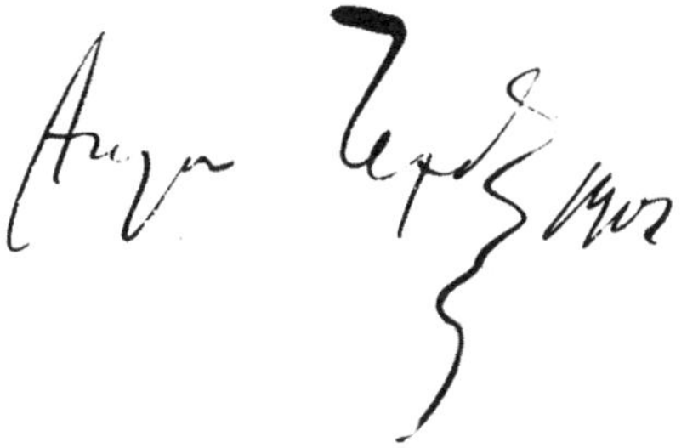
Антон Чехов

Антон Павлович Чехов

СОБРАНИЕ СОЧИНЕНИЙ

王燎　王福曾———译

契诃夫中短篇小说全集　V

上海译文出版社

目 录

1886

1887

1886

受苦受难的女人

莉佐奇卡·库德林斯卡娅是个年轻的太太，有很多的崇拜者。她突然得了病，而且病得那么重，弄得丈夫没法去上班，甚至给她那住在特韦尔城的母亲打了个电报。她是这样讲她得病的经过的：

“我先是坐火车到列斯诺耶夫找我的姨母。我在那里住了一个星期，后来就跟大家一起到表姐瓦莉娅家里去了。瓦莉娅的丈夫，你知道，生性孤僻，专断强横（我会一枪把这样的丈夫打死），不过我们在那里的日子过得倒挺快活。第一，我参加了业余演出。我们上演一出《贵族家庭的丑事》。赫鲁斯达列夫演得精彩极了！幕间休息时，我喝了点凉柠檬水，凉极了，还加上白兰地……柠檬水一加白兰地，那味道就像香槟酒了……我喝完，倒也没觉得怎么样。演完戏，第二天，我跟这个阿道夫·伊万内奇一块儿骑马出去逛了一通。天气有点潮湿，我吹了风，大概那时我受凉了。过了三天光景我坐车回家，看看我那亲爱的瓦萨[1]，我的好瓦萨在怎样生活，顺便取一件绸裙，就是那件带小花的。当然，我回到家里没碰见瓦萨。我就到厨房里去叫普拉斯科维娅烧茶炊，一看，她案子上放着一些小圆萝卜和小胡萝卜，像些小玩艺儿。我吃了一根小胡萝卜，嗯，另外还吃了一个圆萝卜。我吃了很少一点点，可是您猜怎么着，忽然我的肚子绞痛起来……痛得我不住地抽筋，抽筋，抽筋……哎呀，真要把我活活痛死了！瓦萨就从机关跑回来。自然，他揪住他的头发，脸色煞白。他们出去请大夫……您明白吗？我要死去了，我要死去了！”

抽筋是在中午开始的，两点多钟，大夫来了，六点钟莉佐奇卡睡熟了，一直到夜里两点钟都睡得香。

时钟敲了两下……小小的夜灯的亮光透过天蓝色灯罩微弱地照出来，莉佐奇卡在床上躺着。她那顶白色花边包发帽衬着红枕头的深色背景特别显眼。灯罩的带花纹的阴影印在她苍白的脸上和丰满的圆肩膀上。她的丈夫瓦西里 · 斯捷潘诺维奇坐在她脚旁。这个可怜的人看到妻子终于回到家里而感到幸福，同时又被她的病吓坏了。

“喂，你觉得怎么样，莉佐奇卡？”他发觉她醒过来，就小声地问道。

“我好点了……”莉佐奇卡呻吟说，“我已经不抽筋了，可就是睡不着……我没法睡熟！”

“你，我的天使，该不该换压布了？”

莉佐奇卡慢腾腾地坐起来，脸上露出受苦的神情，优雅地歪着头。瓦西里 · 斯捷潘诺维奇一本正经地给她换压布，手指几乎没碰到她热乎乎的身体。莉佐奇卡缩起身子，由于水凉而发痒，就笑了起来，然后又躺下去。

“你真可怜，没法睡觉！”她呻吟说。

“我怎么能睡觉呢！”

“我的病是神经性的，瓦萨。我是个非常神经质的女人。大夫给我开了胃药，可是我觉得他不了解我的病。这是神经出了事，不是胃，我敢和你赌咒，这是神经作怪。我担心的只是一点，我的病别加重才好。”

“不会，莉佐奇卡，不会的！明天你就会复原的。”

“不见得！我倒不是为我自己担心……我无所谓，甚至巴不得死了才好，可是我为你难过！你一下子就丧偶，只剩下一个人了。”

瓦萨很少有机会跟妻子做伴，早已过惯孤独的生活，不过莉佐

---

① 丈夫瓦西里的爱称。

奇卡的话还是使他担心。

“上帝才知道你在说什么，小母亲！为什么会有这种阴暗的想法呢？”

“这有什么关系？你会哭一场，伤心一阵，然后也就习以为常了。你甚至还会再娶一个呢。”

丈夫抱住头。

“得了，得了，我不说就是，”莉佐奇卡安慰他说，“只是你也得做好万一的准备。”

“万一我真的死了呢！”她闭上眼睛在想。

莉佐奇卡暗自想象自己死亡的景象。她的母亲、丈夫、表姐瓦莉娅和丈夫、亲戚们、她的“才能”的崇拜者们，把她临终的病榻团团围住，她呢，小声说着：“永别了。”大家都哭了，脸色白得可爱，头发乌黑，大家都给她穿上粉红色的衣衫（她穿上这一件最好看），把她放进一口贵重的棺材，里面装满鲜花，棺材的腿是镀金的。散发着神香的气味，蜡烛劈啪地爆响。丈夫一步也不肯离开棺材，她的才能的崇拜者们目不转睛地望着她：“她多么像活人啊！她在棺材里还那么美！”全城都在议论，说她过早地夭折了。后来她的棺材给抬进教堂。抬棺材的有伊万·彼得罗维奇，有阿道夫·伊万内奇，有瓦莉娅的丈夫，有尼古拉·谢苗内奇，还有教她喝柠檬水加白兰地的黑眼睛大学生。只是可惜没有人奏乐。做完安魂祭后举行告别仪式。教堂里充满痛哭声。棺材盖抬来了，上面蒙着带穗子的覆布，于是……莉佐奇卡跟白昼的世界永远告别了。敲钉子的声音响起来，咚咚咚！

莉佐奇卡打了个冷战，睁开眼睛。

“瓦萨，你在这里吗？”她问，“我尽想些阴森可怕的事。上帝啊，难道我就这么不幸，要睡觉也睡不成？瓦萨，你可怜可怜我，给我讲点什么吧？”

“可是给你讲什么好呢？”

“随便讲点什么……爱情故事就行，”莉佐奇卡娇滴滴地说，

“要不然讲点犹太人的生活故事也行……”

瓦西里·斯捷潘诺维奇什么事都乐意干，只求他的妻子快活起来，不再谈到死。他把长鬓发拉下来盖住耳朵，做出滑稽的脸相，走到莉佐奇卡跟前。

“您要修表吗？”他问。

“要，要！”莉佐奇卡大笑说，把小桌上她那只金怀表拿给他，“你修吧！”

瓦萨接过表来，久久观看表里的机器，然后整个身子痉挛似的说：

“这表不能修了……这里有个齿轮缺了两个牙。”

全部表演到此结束。莉佐奇卡哈哈大笑，不住拍手。

“妙极了！”她叫道，“精彩得很！你猜怎么着，瓦萨？你不参加业余演出，真太傻了！你有了不起的才能啊！你比瑟苏诺夫强多了。我们演过《我是今天的主角》，有一个业余演员，姓瑟苏诺夫的，参加了。他是第一流的喜剧天才！你想想吧：鼻子有芜菁甘蓝那么粗，眼睛发绿，走路像仙鹤似的……我们都看得哈哈大笑。等一等，我来给你表演一下走路的样子。”

莉佐奇卡跳下床，没戴包发帽，光着脚，开始在地板上走来走去。

“您好！”她模仿男人的腔调用男低音说，“有什么好消息吗？普天下有什么新闻吗？哈哈哈！”她扬声大笑。

“哈哈哈！”瓦萨也跟着大笑。

两夫妇只顾大笑，忘了疾病，在卧室里互相追逐，最后瓦萨抓住妻子的衬衫，贪婪地吻她，这场奔跑才算结束。在一次特别热烈的拥抱以后，莉佐奇卡忽然想起她病得很重……

“多么荒唐！”她说，做出严肃的脸色，盖上被子，“大概你忘了我有病！不用说，你真聪明啊！”

“对不起……”丈夫发窘地说。

“病势加重了，那就得怪你。没心肝，坏心肠！”

莉佐奇卡闭上眼睛，沉默了。先前那种娇滴滴的和苦难深重的神情回到她的脸上，轻微的呻吟声又响了起来。瓦萨给她换过压布，想到妻子待在家里，没有跑到姨母那里去，不免感到心满意足，就在她脚旁温顺地坐着。他没有睡觉，一直熬到早晨。十点钟，大夫来了。

“喏，觉得怎么样？”他一面号脉，一面问，“睡觉了吗？”

“睡得不好，”丈夫替她回答说，“很不好！”

大夫走到窗口去，瞅着一个过路的扫烟囱工人。

“大夫，我今天可以喝咖啡吗？”莉佐奇卡问。

“可以。”

“那么我今天可以起床吗？”

“这，也许，可以吧，不过……最好还是再躺一天。”

“她心绪恶劣……”瓦萨凑着他的耳朵小声说，“思想阴郁……有点悲观。我为她担心极了！”

大夫挨着小桌坐下，用手心擦着额头，给莉佐奇卡开了溴化钠的药方，然后点头告辞，答应傍晚再来一趟，就走了。瓦萨没有去上班，一直在他妻子的脚旁坐着……中午，她的才能的崇拜者纷纷来了。他们忧心忡忡，担惊害怕，送来许多鲜花和法语小书。莉佐奇卡戴着雪白的包发帽，穿着薄罩衫，躺在床上，露出迷茫的神情，仿佛不相信自己会复原似的。才能崇拜者们瞧见她丈夫，虽然觉得有他在场未免讨嫌，不过很快就原谅他了：在病榻旁边，他们和他由同一种灾难联合在一起了！

傍晚六点钟，莉佐奇卡睡熟了，又一直睡到半夜两点钟。瓦萨仍旧在她脚旁坐着，尽力克制睡意，换压布，表演犹太人的生活故事。然而，莉佐奇卡度过了第二个痛苦之夜。到了早晨，她却已经在镜子前面转来转去，戴上帽子了。

“你到哪里去，我的朋友？”瓦萨用恳求的目光瞧着她，问道。

“怎么了？”莉佐奇卡吃惊地说，做出吓坏的样子，“莫非你不知道今天玛利亚·利沃芙娜家里排戏吗？”

瓦萨把她送走后，没有事可做，闷得慌，就拿起皮包，上班去了。一连两夜没睡，他头痛起来，痛得那么厉害，弄得左眼不听指挥，自动闭上了……

“您这是怎么了，老兄？”他的上司问他说，“出了什么事？”

瓦萨摆一摆手，坐下。

“您不用多问，大人，”他说着，叹口气，“这两天我多么痛苦……多么痛苦啊！我的妻子丽莎病了！”

“上帝啊！”上司惊恐地说，“您的妻子？她怎么了？”

瓦西里·斯捷潘诺维奇光是摊开双手，抬起眼睛望着天花板，那意思仿佛想说：“这也是造物主的意志，有什么办法呢！”

“哎呀，我的朋友，我满心同情您！”上司叹道，眼珠往上翻，“我的好朋友，我已经失去了我的妻子了……我明白，那是了不得的灾难……了不得的灾难啊！真可怕……真可怕！我想，现在您的妻子病好了吧？是哪个大夫给她看的病？”

“冯·施捷尔克。”

“冯·施捷尔克？不过您最好还是去请马格努斯，要不然就请谢曼德利茨基。不过，您脸色惨白！您自己也成病人了！这真可怕！”

“是啊，大人……我一直没睡觉……多么痛苦……受了多少煎熬！”

“可是您却来上班！您何必来呢？我不明白。难道可以强制自己吗？难道可以这样糟蹋自己的身体？您回家去，待在家里，一直到养好病再来！您回去，我命令您！热心是好的，是青年文官的特点，可是不要忘记罗马人是怎么说的：健康的精神寓于健康的身体①，也就是说有健康的身体才有健康的头脑！”

瓦萨同意了，把公文放回皮包，向上司告辞，回家睡觉去了。

---

① 原文为拉丁语。

头等客车乘客

头等客车的一位乘客刚刚在火车站上吃过饭，稍有醉意，在丝绒长沙发上躺下，舒服地伸个懒腰，开始打盹。他睡了不过五分钟时间，就睁开油亮的眼睛朝他的对面看，得意地微笑着说：

“我那已故的父亲，吃过饭后，总喜欢叫个农妇来搔他的脚后跟。我完全像他，所不同的只是我每次吃过饭后要搔的不是脚后跟，而是舌头和脑子。我这个有罪的人，吃饱了肚子就喜欢闲聊一阵。您允许我跟您谈谈天吗？”

“请吧。”对面的乘客说。

“对我来说，美餐一顿以后，只要有一星半点的理由，重大的思想像魔鬼一般地钻到我的头脑里。比方说，现在我跟您在食堂附近看见两个青年人，您听见其中的一个祝贺另一个成了名。‘我祝贺您，’他说，‘您已经出了名，开始有声望了。’显然，他们是演员或者小报的记者。然而问题不在这里。现在，先生，使我发生兴趣的是这样一个问题：所谓声望或者名气究竟是什么意思？您是怎样看的？普希金把声望说成破衣服上一块花花绿绿的补丁，我们都是按普希金的方式，也就是或多或少以主观的态度来理解它的，然而至今还没有人对这个词下过一个清楚而合乎逻辑的定义。我倒情愿付出很高的代价来寻求这样的定义呢！”

“您为什么这样需要它呢？”

“您要明白，如果我们知道声望是什么，我们或许也就知道成名的方法了，”头等客车乘客考虑了一下说，“必须对您说明一下，先生，当初我年轻的时候，一心一意想成名。扬名天下成了我的所谓狂热病。为了成名，我学习，工作，通宵不睡，吃得很少，损害了健康。看来，让我能公道地作出判断，那么，我似乎具备成名的一切条件。第一，我在职业上是工程师。我活到现在，已经在俄国造了大约二十座宏伟的桥，在三个城市铺过水管，在俄国、英国、比利时……工作过。第二，我写过许多涉及我的本行的专业论文。第三，我的先生，我从小喜爱化学。我利用闲暇时间研究这门科学，发明了取得某些有机酸的方法，因此您会在国外一切化学教科书里找到我的名字。我一直在机关里任职，已经升到四品文官，而且我的履历是毫无污点的。我不想再列举我的功绩和工作来引起您的注意，我只想说一句，我的成就远比别的名人多。可是怎么样呢？喏，现在我已经老了，可以说准备入土了，可是我的名气也就跟眼前在路基上奔跑着的那条黑狗不相上下。”

“何以见得呢？或许您也出名了。”

“嗯！……那我们现在就来试试看……您说吧，您以前可曾听见过克里库诺夫这个姓！”

对面的乘客抬起眼睛望着天花板，想一想，笑起来。

“不，没有听见过……”他说。

“这就是我的姓。您是知识界的人，又上了年纪，却从来也没听人说起过我，这正是一个有说服力的证据！显然，我只是求名心切，可是我的做法完全不对。我一直不知道真正的方法，我想揪住名声的尾巴，然而却走错路了。”

“那么真正的方法该是怎样的呢？”

“鬼才知道！您说说看：要有才能？有天才？超凡入圣？完全不对，我的先生……有些人跟我在同一个时代生活，跟我相比都只能算是些浅薄、渺小，甚至卑鄙的人，结果却飞黄腾达了。他们做的工作及不上我的千分之一，从没下过苦功，也不见得有才能，也没有求名的心，可是您看看他们吧！他们的名字不断在报纸上和谈话里出现！如果您听着不嫌厌烦，我就举个例子来说明一下。几年前我在某城建桥。我还得向您说明，那个糟糕的小城乏味极了。要不是有女人和纸牌，我似乎要发疯了。嗯，反正事情已经过去，我闷得慌，在那里就跟一个歌女姘居了。鬼才知道是怎么一回事，所有的人都赞叹这个歌女，可依我看来，该怎么对您说好呢？……她其实是个普通的平凡的人，像那样的人多得很。这个丫头浅薄、任性、贪得无厌，同时又是个蠢货。她吃得多，喝得多，一觉睡到下午五点钟才醒，此外似乎就什么也说不上了。人家把她看做妓女，这曾是她的职业，不过每逢人们有意用文雅的言词说到她，就把她叫做女演员或者女歌唱家。从前我是个热爱戏剧的人，因此这种以女演员称号欺世盗名的把戏，鬼才知道惹得我多么愤慨！我的歌女没有一丝一毫的权利称自己为女演员以至女歌唱家。这个人完全没有才能，缺乏感情，甚至不妨说，一无可取。照我的看法，她唱得难听，她的‘艺术’的妙处全在于她到必要的时候能把腿扬得高高的，遇到有人走进她的化妆室，她能不羞不窘。她照例选中由外语翻译过来的轻松喜剧上演，戏里有歌可唱，还可以穿上男人衣服，紧箍在身上，出一出风头。一句话，呸！好，我请您注意听下去。据我的回忆，临到新桥落成，我们那里举行过一次盛大的通车典礼。有祈祷式，有演讲，还发了电报，等等。我呢，您知道，在我的产儿身旁走来走去，老是担忧我那颗心会由于我是造桥人而激动得炸开来。反正这是过去的事，我也不想假意谦虚，我索性对您说吧，我那座桥造得出色极了！那不是桥，而是一幅画，看得人神醉心迷！全城都来参加通车典礼，那怎能不兴奋！‘好，’我心想，‘这样一来，众人的眼睛就要一齐盯住我看了。这叫我躲到哪里去才好？’可是，我的先生，我白担心了，唉！除了官方人士外，根本就没有人把我放在心上。岸上站着一群人，像山羊似的朝着那座桥看，至于桥是谁造的，他们不闻不问。见他们的鬼！顺便说一句，从那时起我就痛恨我们这些最可敬的公众了。不过我要接着说下去。忽然，公众激动起来，人声鼎沸……他们的脸上绽开了笑容，肩膀活动起来。‘他们必是看到我了。’我在想。哪有这种事，痴心妄想！我一看，原来是我的歌女挤进人群来了，身后跟着一大帮浪荡子弟。人群的目光急忙跟着这个行列不放。大家七嘴八舌地小声议论起来：‘她就是某某人……可爱得很！迷人啊！’这时候人家也注意到我了……有两个后生，大概是当地的舞台艺术爱好者吧，瞅了我一阵，互相看一眼，轻轻地说：‘他就是她的情夫！’试问您听了是什么滋味？还有一个其貌不扬的人，头戴高礼帽，很久没刮过脸，在我身边站了很久，一会儿用这只脚支住身子，一会儿又换那只脚。后来他转过身来对我说：

“‘您知道在对岸走的那个女人是谁吗？她就是某某人……她的嗓音很差，不值一提，不过她倒把它运用得挺巧妙！……’

“‘您能告诉我，’我向这个其貌不扬的人说，‘这座桥是谁造的吗？’

“‘说真的，我不知道！’这个人回答说，‘总是一个什么工程师吧！’

“‘那么你们城里的大教堂，’我问，‘是谁造的呢？’

“‘这我也说不上来。’

“随后我又问，城里大家认为最好的教师是谁，最好的建筑师是谁，其貌不扬的人对我提出的问题一概回答说不知道。

“‘那么劳驾，请您告诉我，’最后我问道，‘那个女歌唱家跟谁姘居？’

“‘跟一个叫克里库诺夫的工程师。’

“是啊，我的先生，您听了是什么滋味？不过，我接着往下讲……中世纪游唱歌手和俄罗斯古代歌手在当今世界上已经不复存在，如今名声几乎全要靠报纸来制造了。大桥落成典礼后第二天，我就贪婪地拿起当地的《公报》，在那上面寻找有关我的事。那张报纸一共有四版，我翻来覆去看了很久，最后总算找到了，喏，这就是！好哇！我开始阅读：‘昨日举行新桥落成典礼，天气晴和，人如潮涌，并有省长大人某某及其他政府人员出席，等等’。结尾是：‘又天才女演员某某，素为我城公众之宠儿。亦光临参加典礼，美貌动人，全场为之轰动，自不待言。该明星身穿……’等等。关于我却只字不提！半个字也没有！说来也许无聊，不过信不信由您，当时我简直气得要哭！

“我就安慰自己说，据说外省是愚蠢的，对它不必苛求。要成名，就要到智力活动中心，到京城去。正巧当时我有一篇论文在彼得堡，是送去参加竞赛的。竞赛的日期快要到了。

“我就跟这个城市告别，坐上火车到彼得堡去了。从这个城市到彼得堡，有很长的一段路程。喏，为了不致烦闷无聊，我就在火车里订了一个单间，而且……当然，把歌女也带去了。我坐上火车。一路上吃东西，喝香槟，哇哇地唱歌。后来我们到了智力活动中心。我正在竞赛那天赶到，而且，我的先生，我荣幸地庆祝我的胜利，原来我的论文获得一等奖。乌拉！第二天我到涅瓦大街，花了七十戈比，把各家报纸统统买全。我赶紧回到我的旅馆房间里，在长沙发上躺下，按捺住我的颤抖，赶紧看报。我翻看一份报纸，什么也没有！我再翻看一份，我的天啊，还是一无所获！最后我在第四版上看到这样一条消息：‘昨日著名外省女演员某某乘特别快车抵达彼得堡。我们愉快地发现，南方气候对于我们熟悉的这位女演员颇有裨益，她美妙的舞台风度……’下面的话我就记不得了！在这条消息底下一个不显眼的部位用极小的铅字刊登一行：‘昨日某竞赛会上某工程师获一等奖。’如此而已！而且我的姓也给印错了：应是克里库诺夫，却成了克库里诺夫。这就叫智力活动中心啊。然而事情还不止于此……一个月后，我离开彼得堡，各报都争先恐后地议论‘我们的举世无双、出神入化、才华盖世的女演员’，而且已经不称呼我的情妇的姓，却称呼她的本名和父名了……

“几年后我到了莫斯科。我是由市长亲自写信请去的，为了承担莫斯科以及当地报纸已经喊叫了一百多年的一项工程。我用工余时间在当地一家博物馆里发表过五次公开演讲，目的在于为慈善事业筹款。这似乎足以使我在全城至少扬名三天吧，不是吗？可是，唉！莫斯科报纸不论是哪一家，都对我的演讲只字不提！什么火灾，什么小歌剧，什么睡觉的市议员，什么酗酒的商人等，总之，样样事情都发表消息，惟独对我的工作、设计图、演讲却一声不响。可爱的莫斯科公众啊！我有一回搭乘公共马车……车上挤满了人，有上流女人，有军人，有男大学生，有高等女校学生，总之什么人都有。

“‘据说市议会约请一个工程师来承担某项工程，’我对邻座的乘客说，声音响得全车都能听见。您可知道这个工程师姓什么？

“邻座的乘客否定地摇一下头。其余的乘客瞟我一眼，我从他们的目光看出他们似乎在说：‘不知道。’

“‘据说有个人在某博物馆发表演讲！’我抓住乘客不放，想攀谈一下，‘据说讲得很有趣！’

“连一个点头的人也没有。显然，大家都没听过演讲，那些上流的太太甚至不知道有这样一家博物馆。这还不算什么，可是，您猜怎么样，我的先生，突然间乘客们跳起来，扑到窗口去。怎么了？出了什么事？

“‘您看，您看！’邻座的乘客推着我说，‘您看见出租马车上坐着的那个黑发男子吗？他就是著名的英国赛跑健将金！’

“于是全车的人上气不接下气，纷纷议论当时轰动莫斯科的赛跑健将。

“我还可以给您列举许多别的例子，不过我看，举了这些也就够了。现在，姑且假定我对我自己的看法是错误的，我爱吹牛，其实庸庸碌碌，然而除我自己以外，我还可以给您举出我的许多同辈，他们都是才华出众，异常勤劳的人，却无声无息地死去。所有那些俄国的航海家、化学家、物理学家、机械工程师、农学家，他们出名吗？我们这班受过教育的人知道俄国的画家、雕塑家、文学工作者吗？有一个老文学工作者，写作很勤奋，颇有才华，三十三年来踏破不少编辑部的门槛，写过鬼才知道多少张稿纸，以所谓诽谤罪受审过二十来次，可是他的名声仍然没有越出他的小窝！我们文学界的泰斗，您简直一个也举不出来，至多也只有因为决斗而丧命，得了疯病，流放在外，或者打牌作弊才名扬天下的！”

头等客车乘客讲得那么起劲，弄得雪茄烟从嘴上掉到地下，他把身体稍微抬起了点。

“是啊，”他继续激动地说，“跟那些人相对照，我却可以给您举出上百个各种卖唱的、卖艺的、演小丑的，他们的名字连吃奶的娃娃都知道。是啊！”

车门嘎吱一响，穿堂风吹了进来，接着，有一个人走进车厢里来，脸色阴沉，披着斗篷，戴着高礼帽和蓝色眼镜。这个人看一下所有的座位，皱起眉头，往前走去。

“您知道这人是谁吗？”从车厢的远远的一个角落里传来胆怯的低语声，“他就是某某人，著名的图拉省骗子，由于某银行一案受过审。”

“您看看！”头等客车乘客说，笑了起来，“图拉省的骗子他倒知道，您问他知不知道谢米拉茨基、柴可夫斯基，或者哲学家索洛维约夫，他就要对您不住摇头了……糟糕透了！”

在沉默中约莫过了三分钟。

“请您容许我也向您提出一个问题，”对面的乘客胆怯地清了清喉咙说，“您可知道普什科夫这个姓吗？”

“普什科夫？哦！……普什科夫……不，我不知道！”

“这就是我的姓……”对面的乘客腼腆地接着说，“那么您不知道？我在俄国的一所大学里当了三十五年教授……而且是科学院院士……我发表过不止一篇论文……”

头等客车乘客和对面的乘客互相看一眼，不禁扬声大笑。

天　才

画家叶戈尔·萨维奇住在一个尉官的遗孀的别墅里，这时坐在床上，沉溺于早晨的忧郁情绪中。室外很快已有秋意。

一层层沉重难看的乌云遮蔽天空，寒冷刺骨的风吹个不停。树木带着悲凉的哭声歪向一边。人们可以看到黄色的树叶在空中和地面上不住盘旋。别了，夏天！这种自然界的萧索现象，如果用画家的眼睛去看，倒也另有一种美和诗意，可是叶戈尔·萨维奇无心欣赏美。他满腔烦闷，只有转念想到他明天不再住在这个别墅里了，心里才感到宽慰。床上，椅子上，桌子上，地板上，到处都堆着枕头、揉乱的被子、筐子。房间里没有扫，窗上的花布窗帘已经摘下来，明天就要搬到城里去了！

寡居的女房东不在家。她已经外出去租大车，准备明天运行李。她女儿卡佳是个二十岁左右的姑娘，趁严厉的母亲不在家，早就在这个年轻人的房间里坐着了。明天画家就要离去，她有许多话要跟他说。她说啊说的，却觉得应该说的话连十分之一也没说完。她眼睛里噙满泪水，望着他那蓬乱的头发，眼神既悲又喜。叶戈尔·萨维奇头发蓬松得不像样子，活像一头野兽。他的头发披到肩上，胡子长在脖子上、鼻孔里、耳朵里，眼睛藏到两道突出的浓眉底下。他的须发那么密，那么乱，要是有一只苍蝇或者蟑螂钻进去，那就永生永世也休想从这个茂盛的树林里飞出来。叶戈尔·萨维奇听着卡佳讲话，不住打呵欠。他厌倦了。等到卡佳抽抽搭搭哭起来，他就皱起眉头，一双眼睛从倒挂下来的眉毛里阴沉地望着她，用低沉有力的男低音说：

“我不能结婚。”

“那是为什么呢？”卡佳轻声问道。

“因为画家，以及一般以艺术为生的人，是不能结婚的。画家必须自由。”

“可是我会在哪方面妨碍您呢，叶戈尔·萨维奇？”

“我不是说我自己，我是泛泛而论的……著名的作家和画家都绝不结婚。”

“您将来会成名，这我知道得很清楚，可是您要替我设身处地想一想才好，我怕我妈……她很严厉，动不动就冒火。只要她知道您不打算和我结婚，就凭这一点……那她就要收拾我了。哎呀，我多不幸啊！再说，您又没有付给她房钱！”

“见他的鬼，我会付给她的……”

叶戈尔·萨维奇站起来，开始走来走去。

“要能出国一趟就好了！”他说。

画家紧跟着讲起再也没比出国更容易的事了。要做到这一点，只要画好一张画，把它卖掉就成。

“当然！”卡佳同意说，“那你今年夏天为什么不画呢？”

“难道在这样乱糟糟的房间里，我能工作吗？”画家懊恼地说，“而且在这地方叫我上哪里去找模特儿？”

楼下，有人恶狠狠地把门关得砰砰响。卡佳时刻担心母亲会回来，这时候就站起来，跑出去了。屋里只剩下画家一个人。他从这个墙角走到那个墙角，来回走了很久，每一来回都得绕过椅子和一堆堆家用的破烂什物。他听见回来的寡妇把盘盏弄得叮当响，大声骂几个农民，因为他们要她付给每辆大车两卢布的车钱。叶戈尔·萨维奇闷闷不乐，在小立柜跟前站住，皱起眉头，朝一个装着伏特加的酒瓶看了很久。

“啊，巴不得叫你挨一枪才好！”他听见寡妇对卡佳发脾气说，“你怎么不死哟！”

画家喝下一杯酒，于是笼罩在他心头的乌云渐渐消散。他觉得他肚子里的五脏六腑好像一齐微微地笑了。他就开始幻想……他的想象力描绘他日后怎样成名。至于他将来的作品是什么样子，他却想象不出来，可是他清楚地看见报纸都在议论他，商店里出售他的相片，朋友们在他身后用嫉妒的眼光瞧他。他极力想象自己在一间豪华的客厅里被许多漂亮的女崇拜者团团围住，然而他的想象力所描绘出来的景象却有点模糊不清，因为他平生并没见过客厅。那些漂亮的女崇拜者也不怎么清晰，因为除卡佳以外他从没见过别的女崇拜者，也没见过别的正派姑娘。不熟悉生活的人照例根据书本描绘生活，然而叶戈尔·萨维奇连书也不看，他本来准备阅读果戈理的作品，可是读到第二页就睡着了……

“偏偏点不着，该死的！”寡妇在楼下烧茶炊，嚷道，“卡佳，给我拿炭来！”

正在幻想的画家觉得需要跟外人谈谈他的希望和幻想。他就走下楼去，来到厨房里，那里正烧茶炊，烟雾弥漫，胖寡妇和卡佳在发黑的火炉旁边忙碌着。他就在大瓦罐旁边的一张长凳上坐下，开口说：

“做画家真好！我想上哪里就上哪里去，想干什么就干什么。不要上班，也不要耕地……我没有上级领导，没有长者……我自己领导自己。然而我的工作却给人类带来益处！”

饭后他躺下来“休息”。照例，他一定要睡到天黑。可是这次饭后不久，他觉得有人拉他的腿，有人笑着叫他的名字。他睁开眼睛，看见他的朋友，风景画家乌克莱金来了，这个人整个夏天都是在科斯特罗马省到处跑。

“啊！”他高兴地说，“我见到的是谁呀？”

握手和问话开始了。

“哦，你带来什么了？恐怕已经描了几百张画稿吧？”叶戈尔·萨维奇看到乌克莱金从箱子里取出日用品来，说。

“嗯，是啊……好歹画了一点……你怎么样？画好些什么了？”

叶戈尔·萨维奇在床的后面找来找去，满脸涨得通红，从那里取出一幅油画画稿，绷在一个木框上，上面积满灰尘和蛛网。

“喏……《同未婚夫分手后独坐窗前的少女》……”他说，“这已经画过三次。不过离画完还远着呢。”

画面上勾出卡佳的轮廓，她在敞开的窗前坐着，窗外是花圃和淡紫色的远方。乌克莱金不喜欢这幅画。

“嗯……气氛很浓，而且……有点传神，”他说，“远方画出来了，不过……这丛灌木刺眼……太刺眼了！”

酒瓶上场了。

将近傍晚，叶戈尔·萨维奇的一个住在邻近别墅里的朋友，专画历史画的科斯特列夫到他家里来了。他是个三十五岁左右的汉子，也是新手，前途颇有希望。他蓄着长发，穿着工作服，衣领仿莎士比亚的样式，举止尊严。他见到伏特加，皱起眉头，抱怨胸口痛，可是经不住朋友们敦劝，喝了一杯。

“我想出一个画题，两位老兄……”他带着酒意说，“我想画那么一个尼禄……希律，或者克列片季扬，或者任何一个，你们明白吗，就是这样一类的坏蛋……而且要用基督教思想来同他对抗……一方面是罗马，另一方面，你们明白吗，是基督教……我想画出那种精神……明白吗？精神！”

楼下，寡妇不时叫道：

“卡佳，给我拿黄瓜来！雌马！到西多罗夫小铺去买克瓦斯！”

三个同行，就跟关在笼子里的狼似的，在房间里从这个墙角走到那个墙角。他们一刻也不停地讲话，讲得诚恳而热烈。这三个人心情兴奋，眉飞色舞。如果听一下他们讲的，什么前途、名望、金钱，他们已经都到手了。他们竟没有一个人想到：光阴似箭，日子一天天过去，生命向晚年靠近，他们吃掉别人很多面包，自己的工作却没有做出一点成绩。他们三人都是铁面无情的规律的牺牲品，根据这条规律，一百个大有希望的新手只有两三个能出人头地，其余的一概成为废品，扮演着炮灰的角色而消失得无影无踪……他们却兴高采烈，快乐逍遥，大胆地面对未来！

夜里一点多钟，科斯特列夫告辞，翻起他的莎士比亚式衣领，回家去了。风景画家留下，在风俗画家这里过夜。临上床睡觉，叶戈尔·萨维奇拿起蜡烛，摸到厨房里去找水喝。在狭长而漆黑的过道里，卡佳坐在一口箱子上，两只手放在膝盖上，抬起眼睛看他。她那苍白而疲乏的脸上洋溢着幸福的笑容，眼睛亮晶晶的……

“是你吗？你在想什么？”叶戈尔·萨维奇问她说。

“我在想将来怎样成名……”她压低喉咙说，“我一直在想您会成为一个什么样的大人物……刚才你们讲的话，我全听见了……我在幻想……幻想……”

卡佳发出一连串幸福的笑声，随后又哭起来，恭敬地把手放在她的偶像的肩膀上。

食 客

小市民米哈伊尔·彼得罗夫·佐托夫，一个七十岁左右衰弱而孤单的老人，在寒冷和老年人那种周身酸痛中醒过来。房间里漆黑，圣像前的长明灯已经灭了。佐托夫撩起窗帘，看看窗外。布满云层的天空已经开始转成鱼肚白色，空气变得澄清，可见现在至多也不过四点多钟。

佐托夫喉咙里咔咔地响着，咳嗽几声，冷得缩起身子，下了床。他按多年养成的习惯站在圣像前面，祷告很久。他念完《我们的父》《圣母》《我信仰》，提到一长串的姓名。至于这些姓名是谁，他早已忘却，只是按习惯才提一提。他同样遵照习惯打扫房间和穿堂，然后给他的小茶炊生火，那小茶炊是紫铜做的，粗壮，安着四条腿。要不是佐托夫有这些习惯，他真不知道该怎样来打发他的晚年。

生上火的小茶炊慢慢地燃旺，忽然出人意外地叫了起来，发出颤抖的男低音。

“哼，叫起来了！”佐托夫嘟哝说，“你叫吧，自讨苦吃！”

这时候老人连带想起昨天夜里他梦见了火炉。梦见火炉却是一种凶兆。

只有梦境和预兆还能激起他思考。这一回他特别热心地左思右想，一心要解答他的疑问：茶炊为什么在叫？火炉预示着什么可悲的事？一开头，梦境就应验了：佐托夫洗好茶壶，要煮茶，却发现他的小盒里一丁点儿茶叶也没有了。

“苦役般的生活哟！”他埋怨道，用舌头把嘴里的一小块黑面包转来转去，“简直是狗的命运！茶叶都没有！如果我是普通的庄稼汉倒也罢了，可我到底是个小市民，自己还有房子。丢脸！”

佐托夫嘟嘟哝哝，自言自语，穿上他那件钟式裙的大衣，把脚伸进一双难看的大套靴（那是 1867 年鞋匠普罗霍雷奇做的），走到院子里。外面晦暗、寒冷、阴沉而又平静。大院子里长着蓬松的杂草，地上铺着枯黄的树叶，整个院子在秋天的细雨下略微带点银白色。没有风，没有响声。老人在歪斜的门廊台阶上坐下，于是立刻发生了每天早晨准定会发生的事：他的狗雷斯卡走到他跟前来了。那是一条看家的大狗，白色带着黑点，脱了毛，半死不活，闭着右眼。雷斯卡胆怯地走过来，战战兢兢地扭动着，好像它的爪子不是踩着地面，而是踩着烧红的铁板似的，它整个衰老的身子表现出深受虐待的样子。佐托夫装作没有看见它，可是等到它轻轻摇着尾巴，照先前那样扭动着身子，舔一下他的套靴，他却生气地跺脚了。

“滚开，巴不得你死了才好！”他叫道，“可恶的东西！”

雷斯卡就走到一旁去，坐下，用它那只独眼望着主人。

“魔鬼！”佐托夫接着说，“你们，残酷无情的，只差骑到我脖子上来了！”

随后他憎恨地看着他的板棚，棚顶已经歪斜，生满杂草，门里露出一匹马的大头，正朝着他望。那匹马见到主人注目自己，大概受宠若惊了，就摇摇头，往前移动。于是从板棚里露出马的整个身子，它也像雷斯卡那么衰老，那么胆怯，低声下气，它腿很细，鬃毛发白，肚子瘪进去，背上露出骨节。它从板棚里走出来，迟疑不定地站住，仿佛怕难为情似的。

“你们怎么就不死……”佐托夫接着骂道，“你们怎么还没在我的眼前咽气，该服苦役的害人精……恐怕想吃东西吧！”他冷笑说，皱起气愤的脸，做出鄙薄的笑容，“好吧，马上照办！这么一匹价值连城的骏马，就该吃最好的燕麦，敞开肚子吃，吃吧！马上就送来！还有这条贵重的出色的狗，也得好好喂！要是像这么贵重的狗不想吃面包，那就吃牛肉好了。”

佐托夫唠唠叨叨说了半个钟头，越说越有气。最后，他受不住胸中沸腾着的气愤，跳起来，顿着套靴，哇哇地叫，声音响得满院子都能听见：

“我可没有责任非养活你们不可，寄生虫！我又不是什么财主，能供你们吃饱喝足！我自己都没东西吃，你们这些可恶的瘦鬼，叫你们得了霍乱才好！你们没有给我带来过一点快活，也没带来过一点好处，只带来不幸、倾家荡产！为什么你们就不咽了气？你们算是什么了不得的大人物，连死神都不来收拾你们！你们自管活着好了，见你们的鬼，反正我不愿养活你们了！我够了！我不愿意养活了！”

佐托夫怒气冲冲，大发脾气，那匹马和狗一声不响地听着。至于这两名食客是不是明白它们因为吃了他的粮食而受到责难，我就不知道了，不过它们的肚子更加瘪了进去，身子缩成一团，神态更加灰溜溜，更加低声下气了……它们这种温顺的样子越发激怒了佐托夫。

“滚出去！”他忽然灵机一动，嚷起来，“从我家里滚出去！让我的眼睛别再见到你们！我可没有责任在我的院子里养各种各样的废物！滚出去！”

老人迈着碎步走到大门口，推开大门，从地上拾起一根棍子，着手把他的食客赶出院子。那匹马摇一下头，扭动肩胛骨，瘸着腿往门外走，狗也跟在它后面。它俩来到街上，走出二十步光景，在围墙旁边站住。

“我要给你们点颜色看看！”佐托夫威胁它们说。

他把食客们赶走，才定下心来，着手打扫院子。他偶尔往街上瞧一眼，马和狗一动也不动地站在围墙旁边，垂头丧气地朝着大门看。

“你们离开我，自己去过活好了！”老人嘟哝说，觉得心里的气消了一点，“现在得让别人来照料你们！我又吝啬又凶……跟我一块儿过不舒服，那就跟别人一块儿去过好了……是啊……”

佐托夫欣赏食客们沮丧的模样，唠叨够了，这才走出门外，脸上作出恶狠狠的神情，嚷道：

“喂，你们呆站着干什么？在等谁啊？站在马路当中，妨碍人家走路！回到院子里来！”

马和狗垂下头，带着自觉有罪的样子，往门口走来。雷斯卡大概感到自己不配得到宽恕，就凄凉地尖叫起来。

“你们在这里住，至于讲到吃食，绝不给！”佐托夫把它们放进来，说，“哪怕饿死也不给。”

这时，太阳穿过晨雾，钻出来了！斜射的光芒在秋天的细雨里滑过来。外边响起了说话声和脚步声。佐托夫就把扫帚放回原处，走出院外，去找他的干亲家和邻居马尔克·伊万内奇，那个人开着一家小杂货铺。他走到干亲家那里，在一把折叠椅上坐下，庄重地叹口气，摩挲着胡子，谈起天气。两亲家从天气谈到新来的助祭，又从助祭谈到唱诗班歌手，这场谈话就拖长了。随着交谈，时间不知不觉地过去，等到店里的学徒提来一只装满开水的大茶壶，两亲家开始喝茶，时间就过得很快，像鸟似的飞去。佐托夫周身暖和，兴致勃勃。

“我想求你一件事，马尔克·伊万内奇，”他喝完六杯茶，用手指头敲着柜台，开口说，“你务必……行一行好，今天再给我八分之一斤[①]的燕麦吧。”

马尔克·伊万内奇在大茶壶另一边坐着，发出深长的叹息声。

“你行行好，给我吧，”佐托夫接着说，“茶叶呢，就算了，今天你别给了，只给我燕麦吧……我不好意思求你，我因为穷，老是麻烦你，可是……马在挨饿啊。”

“给倒是可以给，”干亲家叹口气说，“何尝不可以呢？不过，你说说，你养着这些瘦鬼干什么用？要是那匹马还能使唤，倒也罢

---

① 此处指俄斤，1 俄斤相当于 0.41 公斤。

了，可是，呸！见到都叫人害臊……还有那条狗，只剩下骨头架子了！你何苦再养活它们呢？”

“可是叫我拿它们怎么办呢？”

“自有办法嘛。你把它们牵到伊格纳特的死兽剥皮场去，这就是办法。它们早就该到那里去。那才是它们真正的去处。”

“这话当真不错！……我看，也只好这样……”

“你自己四处讨吃，却还养着牲口。”干亲家接着说，“我倒不是舍不得燕麦……求上帝保佑你，可是，老兄，每天都给……也太划不来。你穷没有个尽头啊！给啊给的，我都不知道给到哪天才算完事。”

干亲家叹一口气，摩挲着自己的红脸。

“你还不如死了好！”他说，“你这么活下去，自己也不知道自己为什么活着……是啊，这是真话！不过呢，主偏又不让你死，那你就该想法到养老院或者流浪汉收容所去。”

“这是为什么？我还有亲戚……我有外孙女……”

佐托夫开始冗长地叙述他的外孙女格拉莎是他侄女卡季莉娜的女儿，住在某地的一个农庄里。

“她得养活我！”他说，“我的房子就是留给她的，那她就得养活我！我马上就去。这，你知道，我说的是格拉莎……卡季莉娜的女儿。讲到卡季莉娜，你知道，就是我哥哥潘捷列伊的老婆的前夫的女儿……明白吗？房子留给她了……让她养活我就是。”

“行啊，早就该到她那里去了，这总比讨饭强多了。”

“我会去的！我说了假话就让上帝惩罚我，我会去的。她得养我！”

过了一个钟头，两亲家各自喝下一小杯酒，佐托夫就在店铺当中站着，兴奋地说：

“我早就准备去找她！我今天就去！”

“当然啦！早就该到农庄去，比这么闲逛荡活活饿死强多了。”

“我马上就去！我去了就说：我的房子归你，你养活我，敬重我。这是你的义务！要是你不愿意，我就既不给你房子，也不给你祝福！再见，伊万内奇！”

佐托夫再喝下一小杯酒，被新的想法鼓舞着，赶紧回家去了……他喝过酒，浑身发软，头发昏，可是他没有躺下，却把所有的衣服收拾好，打了个包，祷告一阵，拿起棍子，走出院子。他头也不回，用手杖敲着石头，嘴里叽里咕噜，走完整条街，走到野外，此地离农庄有十俄里到十二俄里远。他顺着干燥的道路走去，见到从城里来的畜群懒洋洋地咀嚼黄草，不由得想到刚才他如此果断地作出决定，使他的生活发生了急剧的转折。他还想到他的食客们。刚才他从家里出来，没关大门，这样就可以让它们爱到哪里就到哪里去吧。

他在野外还没走出一俄里远，就听见身后响起了脚步声。他回头一看，生气地把两只手一拍。原来那匹马和雷斯卡垂着头，夹着尾巴，悄悄跟着他走来了。

“回去！”他对它们挥一下手。

它们就都站住了，互相看了一眼，再瞧着他。他往前走去，它们就又跟在他后面。于是他停了下来，开始思索。带着这些动物到不大熟悉的格拉莎家去，是不行的，至于往回走，把它们关在家里，他也不愿意，再者，要关也关不住，因为大门已经不中用了。

“它们关在板棚里会饿死，”佐托夫想，“是不是干脆到伊格纳特那里去一趟？”

伊格纳特的小木房坐落在牧场上，离拦路杆不过一百步远。佐托夫还没作出最后决定，不知该怎么办才好，就举步往那边走去。他头晕，眼发黑……

至于在伊格纳特的死兽剥皮场里究竟发生过一些什么事，他不太记得了。他只记得他走进伊格纳特的小木房，闻到兽皮的浓重刺鼻的臭气和伊格纳特正在喝白菜汤的香味。他好像做梦似的瞧着眼前发生的事，伊格纳特叫他等了两个小时，长久地准备着什么东西，换上衣服，跟一个女人谈到氯化汞，他记得那匹马给放到马架子上，这以后就发出两下低沉的敲击声：一下是打在头盖骨上的声音，一下是巨大的马尸倒在地上的声音。雷斯卡瞧见它的朋友死了，就尖叫一声，向伊格纳特那边扑过去，于是发出第三下响声，顿时把尖叫声止住了。后来，他记得，他见到两具尸体，就醉意蒙眬，糊里糊涂地走到马架子跟前，把自己的头也伸过去……

后来，直到那天傍晚，他的眼睛上老是蒙着一层雾，他甚至看不清自己的手指了。

第一个情人

叶甫盖尼·阿列克谢耶维奇·波贾罗夫是扮演第一个情人[①]角色的主要男演员。他体态匀称，风度潇洒，长着一张椭圆形的脸，眼睛下面浮肿，为了赶演戏季节，来到南方一个城市。他首先要办的事就是极力跟几个有声望的人家结交。

“是啊，先生！”他常说，优雅地摆动腿，露出红袜子，“艺术家必须间接地和直接地影响群众。第一，可以通过舞台上的表演达到；第二，却要依靠跟市民们交往才能达到。说实话，说实话，我就不懂我们的演员同行们为什么回避跟别人的家庭来往。这是为什么？更不必提聚餐、命名日盛会、宴会、招待客人的晚会，更不必提消遣的事，只是想他对社会能够产生多么大的精神影响就够了！你意识到你在把一星火花投到某人麻木的脑袋瓜里去，这岂不愉快？而且会碰见各种典型人物！还有女人！我的上帝，什么样的女人啊！叫你看到头昏眼花！你摸进一个商人的大宅院，溜进深闺秘室，摘下一只又嫩又红的小橙子，嘿，神仙般的快活，这是实在话！”

在这个南方城市，顺便提一提，他结识了工厂主济巴耶夫的有声望的家庭，可是如今，他每逢回想这次结交，总是鄙夷地皱起眉头，眯着眼睛，烦躁地揪表链。

有一次，那是在济巴耶夫家的命名日宴会上，这个演员坐在他的新结识的客厅里，照例高谈阔论。他四周的圈椅上和长沙发上坐着“各种典型人物”，和蔼地听他讲话，隔壁房间传来女人的笑声和喝晚茶的声音……他把一条腿架在另一条腿上，讲他在舞台上的成就，每说一句话就喝一口加罗木酒的茶，脸上极力做出满不在乎的无聊神情。

“我主要是外省演员，”他谦虚地微笑着说，“不过也在京城演过戏……我要趁便讲一件事，它充分说明了当代的思想状态。有一次在莫斯科，那是为我多得收入的专场演出，青年们送给我那么一大堆桂冠，凭我的神圣的一切起誓，我都不知道该将它们放到哪里去！说实在的！后来，正赶上我缺钱用，就把桂冠上的桂叶送到商店去卖掉了……你们猜猜看：桂叶有多重？两点两普特[②]！哈哈！这笔钱多么恰到好处。一般说来，演员常常是很穷的。今天我手上有成百上千，明天却又囊空如洗……今天我连一块面包也吃不上，明天却大吃牡蛎和安抽鱼，见鬼。”

市民们彬彬有礼地凑着茶杯喝茶，听他讲话。心满意足的主人，不知道该怎样款待这个受过教育而且挺有趣的客人才好，就把从外地来的他那远亲巴维尔·伊格纳季维奇·克利莫夫介绍给他，这位远亲是个四十岁上下的胖子，穿着长礼服和极肥的裤子。

“我来介绍一下！”济巴耶夫介绍克利莫夫说，“他爱好戏剧，以前自己就演过戏，图拉省的地主！”

波贾罗夫和克利莫夫就攀谈起来，使得他俩大为愉快的是，图拉省地主居住的那个城恰好就是演情人角色的主要男演员在那里一连演过两个季节戏的城市。他们就开始谈那个城市，谈双方都认识的熟人，谈剧院……

“您要知道，我非常喜欢那个城！”演情人角色的主要男演员说，露出红袜子，“多么好的马路，多么可爱的公园啊……什么样的社交界！多么好的社交界呀！”

---

① 原文中的外文，除特殊情况外，本书中均以楷体排印，此处为法语，以后法语不再注明，若遇法语外的其他文种，则一一注明。

② 1 普特等于 16.38 公斤。

“对，是个很好的社交界。”地主同意说。

“那是个商业城，可是文化气氛非常浓！……比方说，嗯嗯嗯……中学校长、检察官……军官……县警察局局长也不坏……这个人，正如法国话所说的，魅力四射①。还有那些女人！我的上帝啊，什么样的女人哟！”

“是的，女人……确实……”

“也许我痴心吧！问题在于，我也不知道为什么，在你们城里，我在恋爱方面走运极了，简直可以写出十部长篇小说来。比方就拿这样一段风流韵事来说……当时我住在叶戈里耶夫斯克街，就是地方金库所在的那幢房子里……”

“就是那幢红的没粉饰过的房子吧？”

“对，对……没粉饰过……我现在还记得，我隔壁的科谢耶夫家住着当地的美人儿瓦莲卡……”

“是否就是瓦尔瓦拉·尼古拉耶芙娜？”克利莫夫问道，高兴得眉开眼笑，“的确是个美女……在城里首屈一指呢！”

“称得上在城里首屈一指！古典式的脸型……又大又黑的眼睛，大辫子齐到腰上！她看过我演的《哈姆雷特》……她模仿普希金的塔季扬娜，给我写了一封信……我呢，当然，回了信……”

波贾罗夫环视四周，证实客厅里没有女人，就转动眼珠，忧郁地微微一笑，叹口气。

“有一天散戏后，我回到家里，”他放低声音说，“她正在我的长沙发上坐着呢，开始流泪，诉说爱情……接吻。啊，那真是神魂颠倒的一夜，妙不可言的一夜！后来，我们的恋爱持续了两个月，然而都及不上那一夜。多美的一夜啊，演主要情人的男演员！”

“对不起，这是怎么回事？”克利莫夫嘟哝说，涨红脸，睁大眼睛看看演员，“我对瓦尔瓦拉·尼古拉耶芙娜了解得很清楚……她是我的外甥女！”

---

① 原文为法语的俄语拼音。

波贾罗夫心慌了，也睁大眼睛。

“这是怎么回事？”克利莫夫继续说，摊开双手，“我了解这个姑娘，而且……而且……这真使我感到惊讶……”

“我很抱歉，偏巧发生了这样的事，”演员支吾道，站了起来，用小手指揉他的左眼，“虽说，不过……当然，您作为舅舅……”

客人们本来一直愉快地听演员讲话，报以微笑，这时候也觉得难为情，垂下眼帘了。

“不，请把您的话收回去……”克利莫夫极其困窘地说，“我请求您这样做！”

“如果这话……嗯嗯嗯……伤了您，那就遵命！”演员回答说，还做了个意义不明的手势。

“那么请您承认您说了谎话。”

“我？不……嗯嗯嗯……我没说谎话，不过很抱歉，我没加考虑就说出口了……可是，总的来说……我不明白您怎么用这种口气说话！”

克利莫夫沉默不语，从这个墙角走到那个墙角，仿佛在思考，或者举棋不定似的。他的胖脸涨得越来越红，脖子上暴起青筋，他来回走了两分钟光景，然后走到演员跟前，带着哭音说：

“不，请您承认您说的关于瓦莲卡的事是谎话！劳驾！”

“奇怪！”演员说着，耸了耸肩膀，勉强微笑，摇着腿，“这……这简直是欺人太甚！”

“那么您不愿意承认？”

“我真不懂！”

“您不愿意吗？既是这样，那就对不起了……我不得不采取不愉快的步骤……先生，要么我现在当场辱骂您一番，要么……如果您是个高尚的人，就请您接受我的要求，来一次决斗……我们互相射击！”

“好吧！”演主要情人的男演员清楚地说着，作出鄙夷的姿势，“请吧！”

客人们和主人慌张极了，不知道该怎么办才好，就把克利莫夫拉到一旁，要求他别闹出笑话来。女人们惊讶的脸纷纷在门口出现……演主要情人的男演员转悠一阵，唠叨几句，然后做出仿佛受了侮辱而不能在这所房子里久留的样子，拿起帽子，没有告辞就走掉了。

演主要情人的男演员走回家去，一路上鄙夷地微笑，耸动肩膀，可是回到旅馆房间里，在长沙发上躺下，却感到惶惶不安。

“见鬼！”他想，“决斗倒没什么了不起，他打不死我的，不过麻烦的倒是同事们会知道这件事，他们十分明白我是在胡扯。糟糕！那我就会在全俄国丢脸了……”

波贾罗夫沉思一下，吸一阵烟，为了叫自己镇定下来，就走到街上去了。

“应该跟这个粗暴无礼的人谈一谈，”他想，“给他的愚蠢脑子开开窍，叫他知道他是蠢材，傻瓜……我根本不怕他……”

演主要情人的男演员走到济巴耶夫的房子前边，停了下来，朝窗子内张望。花边窗帘里，仍然灯火辉煌，人影移动。

“我等他出来！”演员决定。

天已漆黑而阴冷。讨厌的秋雨淅淅沥沥下个不停，就跟筛出来的一样……波贾罗夫把胳膊肘倚在路灯的灯柱上，心里乱糟糟的。

他淋湿了，疲惫不堪。

夜里两点钟，客人们才从济巴耶夫家里走出来……图拉省的地主最后一个在门口出现。他叹一口气，声音响得整条街都能听见，然后他那双沉重的套靴踩在人行道上，发出嚓嚓的响声。

“对不起！”演主要情人的男演员追上他，开口说，“等一会儿！”

克利莫夫停住脚。演员微笑一下，游移不定，吞吞吐吐地开口说：

“我……我承认……我说的是谎话……”

“不行，请您当众承认！”克利莫夫说，脸又涨得通红，“这件事我不能就这样放过去……”

“我这不是在道歉了吗！我在求您……明白吗？我来求您是因为，您也会同意，决斗会惹起闲话来，我呢，在工作……我有许多同事……上帝才知道他们会怎么想……”

演主要情人的男演员极力装出满不在乎的样子，微笑着，把身体挺直，然而他的本性却不听从支配，他嗓音发抖，眼睛负疚地眨巴，头低下去。他叽里咕噜说了很久。克利莫夫听他讲完，想了想，叹口气。

“好，就这样吧！”他说，“求上帝饶恕您。只是下一次不要再撒谎，年轻人。再也没有比说谎更使人失身份的……是啊！您年轻，又受过教育……”

图拉省的地主好心好意，用父辈的口吻教训了一番。演主要情人的男演员听着，温柔地微笑……等到那一个讲完，他就赔着笑脸，不住地鞠躬，然后缩起身子，迈着负疚的步子往他的旅馆走去。

过了半个小时，他躺下睡觉，已经感到脱离了险境，心情畅快。他定下心来，这场纠纷如此顺利地结束，使他的心定了下来，感到心满意足，就盖上被子，很快睡着了，而且睡得踏踏实实，一直到第二天早晨十点钟才醒过来。

在黑暗中

一只不大不小的苍蝇钻进副检察官、七品文官哈金的鼻子里。究竟是好奇心驱使它呢，还是出于轻率而飞进去，或者由于黑暗而失足，反正鼻子不能容忍异己的物体存在，就发出打喷嚏的信号。哈金果然打了个喷嚏，打得畅快极了，发出尖细的哨声，如此之响，震得床铺颤动了一下，弹簧受到惊扰而吱吱嘎嘎响。哈金的妻子玛利亚·米哈伊洛芙娜是个高大丰满的金发女人，这时候也猛地一颤，醒过来了。她朝黑暗处看一看，叹了口气，翻了个身。过了大约五分钟，她又翻个身把眼睛闭紧点，可是她再也睡不着了。她不住叹气，翻了几次身，后来索性坐起来，爬过丈夫的身子，穿上拖鞋，走到窗前去。

外面漆黑。她只能看清树木的轮廓和堆房的黑房顶。东方已经微微泛白，可是就连那点鱼肚白色也快被乌云遮蔽了。空气在沉睡，在黑暗的笼罩下，一片寂静。别墅区的守夜人原是要敲响梆子、打破夜间的寂静才可以领工钱的，这时候却没有敲，甚至长脚秧鸡这种不怕跟京城来的别墅住客们做伴的惟一野禽，也默不作声。

打破寂静的倒是玛利亚·米哈伊洛芙娜自己。她站在窗前，朝院子里望着，忽然尖叫一声。她觉得仿佛有个黑影从栽有一棵剪过枝的细杨树的花圃那边溜到房子这边来。起初她以为那是一头奶牛或者马，后来揉了揉眼睛，才看清那是个人影。

后来她又仿佛看见那个黑影走到厨房窗子跟前，站了一忽儿，分明是犹豫不定，然后举起一条腿，伸到窗框上……在漆黑的窗子中消失了。

“贼！”她头脑里闪过这个想法，脸色顿时变得煞白。

刹那间，她的想象力勾勒出别墅女住客极其害怕的一幅画面：窃贼钻进厨房，从厨房溜进饭厅……偷立柜里的银器……随后摸进卧室……手拿斧子……露出一副强盗的嘴脸……偷金首饰……她膝盖发软，背上起了鸡皮疙瘩。

“瓦夏！”她摇着丈夫的身子说，“瓦西里！瓦西里·普罗科菲奇！哎呀，我的上帝啊，你像个死人！醒一醒，瓦西里，我求求你！”

“啊？”副检察官咕哝一声，吸进一口气去，嘴里发出咀嚼的声音。

“看在造物主分上，你醒一醒！贼钻进我们厨房里来了！我站在窗前往外望，不料有个人爬进窗子来了，他会从厨房溜到饭厅，那里的立柜里有银汤匙哪！瓦西里！去年马芙拉·叶戈罗芙娜家里也有贼像这样溜进去过。”

“你……谁？”

“上帝啊，他没听见！可是你要明白，木头人，我刚才看见有个人爬进我们厨房来了！佩拉格娅会吓坏的，而且……而且立柜里有银器啊！”

“胡扯！”

“瓦西里，这真叫人忍无可忍！我跟你讲危险，你却只顾睡觉，哼哼哈哈！你究竟要怎么样？你要人家把我们偷光，再杀死我们？”

副检察官慢腾腾地爬起来，坐在床边上，弄得空中满是响亮的呵欠声。

“鬼才知道你们这班人是怎么回事！”他抱怨说，“难道夜里也不让人安宁？为了一点点小事就把人吵醒！”

“可是我和你赌咒，瓦西里，我确实看见一个人爬进窗子来了！”

“哦，那又怎么样？要爬就让他爬吧……这大概是佩拉格娅的消防队员来找她。”

“什么？你说什么？”

“我说这是消防队员来找佩拉格娅。”

“那就更糟！”玛利亚·米哈伊洛芙娜叫道，“这比贼还坏！我不能容忍我家里有这种厚颜无耻的事！”

“哎哟，这种美德可真是少见……‘我不能容忍厚颜无耻的事。’……可是这难道可以算是厚颜无耻？何必乱用外来语呢？这种事，我的小母亲，是自古以来如此，沿袭成习。做消防队员的，本来就常找厨娘相好。”

“不行，瓦西里！可见你不了解我！我不能容许我家里发生这种……这种事……请你马上就到厨房去吩咐他滚蛋！你马上就去！明天我会对佩拉格娅说，叫她不要放肆，不许她再干这样的事！等我死了，你们自管容许家里发生这种无耻的事，现在可不许你们胡来，请走一趟！”

“见鬼……”哈金懊恼地嘟哝说，“哎，你用你那妇道人家的小脑瓜儿好好考虑一下，我何苦到那里去呢？”

“瓦西里，我马上就要昏倒了！”

哈金吐口唾沫，穿上拖鞋，又吐口唾沫，就往厨房走去。家里四处黑黢黢得像在封口的大木桶里一样，副检察官不得不摸索着走。在路上他摸到儿童室的门口，叫醒保姆。

“瓦西里莎，”他说，“昨天傍晚你把我的长袍拿去刷了，放在哪里？”

“我把它，老爷，交给佩拉格娅去刷了。”

“这成什么体统？拿倒拿走了，可又不放回原处……现在只好不穿长袍四处逛荡！”

他走进厨房，往放锅的搁板走去，厨娘就睡在搁板下面的一口箱子上。

“佩拉格娅！”他摸到她的肩膀，推了一下说，“你！佩拉格娅！喂，你干吗装假？本来就没睡着！刚才是谁爬进窗子来找你？”

“嗯，您好！爬进窗子来！谁爬进来了？”

“可是你……没有必要装糊涂！还是叫你那个坏蛋趁早走掉的好。听见没有？这里没有他干的事！”

“你心里明白，老爷？您真是的……哪有这种蠢娘们儿……我整天累得要命，东奔西跑，一刻也不停，可是到晚上还要听这种数落。我一个月只挣四卢布……茶叶和糖都要我自己出钱买，可是除了这种话以外，谁都没有好好地尊重我……从前我在商人家里干活，这样的耻辱从未受过。”

“得了，得了……用不着装得可怜似的在诉苦！马上叫你那个撒野的兵离开这里，听见了吗？”

“你造孽啊，老爷！”佩拉格娅带着哭音说，“您是知书明礼的老爷……又是贵族，也许你不了解我们的苦楚……我们的不幸生活……”她哭了起来，“你们可以欺负我们，却没有人为我们鸣不平。”

“得了，得了……对我反正也都一样！这是太太打发我来的。要按我的意思，你就是把瘟神放进窗里来，我也满不在乎。”

副检察官如今所能做到的，只有承认他这样的质问不对，然后回到妻子那边去。

“你听我说，佩拉格娅，”他说，“你把我的长袍拿去刷了，它在哪里？”

“哎哟，老爷，对不起，我忘了把它放到你的椅子上了。它就挂在炉灶旁边的小钉子上……”

哈金在炉灶旁边摸到长袍，把它穿上，不慌不忙地走回卧室去。

玛利亚·米哈伊洛芙娜看到丈夫走后，就在床上躺下，等他回来。她安静地躺了三分钟左右，可是后来开始提心吊胆了。

“他，毕竟，去得太久了！”她想，“如果那家伙……只是个无耻之徒，倒也罢了，要是是个贼呢？”

她的想象力又勾勒出一幅画面：丈夫走进漆黑的厨房……一把斧子迎头劈下来……他一声也没吭就死去了……地上一摊血……

五分钟，五分半钟，最后六分钟过去了……她额头上冒出了冷汗。

“瓦西里！”她尖叫道，“瓦西里！”

“唉，你喊什么？我就在这里……”她听见丈夫的说话声和脚步声，“有人要杀你还是怎么的？”

副检察官走到床跟前，在旁边上坐下。

“那里根本就没有外人，”他说，“这是你的幻觉，你这怪人……你尽管放心，你那个傻娘们儿佩拉格娅就跟她的女主人一样贞洁。你也真是胆小！你这个人啊！……”

副检察官就开始讥诮他的妻子。他兴致勃勃，再也不想睡觉了。

“你简直是个胆小鬼！”他笑着说，“你明天还是到大夫那里去治一下幻觉毛病吧。你神经错乱了！”

“这里有煤焦油的气味……”妻子说，“煤焦油或者葱一类的气味……白菜汤的气味。”

“嗯，是啊……空气里是有什么一种气味……我们谁也不想睡了！这样吧，我来点上蜡烛……我的火柴在哪里？我顺便把高等法院检察官的照片拿给你看看。昨天他跟我们告别的时候，送给大家每人一张照片。还亲笔签了名。”

哈金在墙上擦亮火柴，点上蜡烛。可是他还没来得及迈步离开床前去取照片，身后就传来一声撕裂人心的尖叫。他回头一看，却看见他妻子两只大眼睛朝着他看，充满了惊愕、恐惧、震怒……

“你把你的长袍脱在厨房里了？”她脸色苍白地问。

“什么？”

“你看你身上！”

副检察官朝自己身上一看，不由得叫了一声哎呀。原来他肩膀上披着的不是他的长袍，而是消防队员的军大衣。它是怎样跑到他的肩膀上来的？他正思考这个问题，他的妻子却在她的想象里勾勒出一幅吓人的而且糟糕透顶的新画面：一片幽暗、寂静无声、喁喁私语，等等，等等。

无聊的意外事件

八月间，一个阳光灿烂的中午，我和一个家道中落的俄国穷公爵坐着马车，到名为沙别利斯基的大树林去，打算在那里寻找松鸡。在我的心目中，我的穷公爵理应在这个故事里对他所起的作用做详细的介绍。他是个身材修长而匀称的黑发男子，年纪还不算老，然而已经饱经风霜，蓄着警察局局长那种长胡须，长着黑色的暴眼睛，具有退役军人的派头。他智力不高，东方人的风格，但为人诚实而耿直，不是一个好决斗的人，也不是花花公子，更不是沉湎于酒色的人，然而这些优点在公众的心目中却成了平凡和渺小的证明。公众都不喜欢他（本县的人无不称他为“有爵位的糊涂人”），可是我个人倒极其同情公爵，因为他这一辈子不断遭到各种不幸和挫折。首先是他穷。他不打牌，不纵酒，不致力事业，从来也不瞎管别人的事，总是沉默寡言，可是他父亲留下的三四万家产，他却不知怎么统统花光了。只有上帝才知道那些钱到哪里去了，我只知道有许多钱是因为缺乏管理而被总管、管家以至听差盗窃去，有许多钱却是借出去，赠送外人，为人作保去了。在本县，很少有哪个地主不欠他钱。他素来有求必应，这与其说是出于发善心或者对人信任，倒不如说是故意摆出上流人的风度：他说，拿去吧，领教一下我的气派！我和他相识，是在他已经负债累累，领略过第二次抵押的味道，陷入不能解脱的时刻。有些日子他吃不上饭，空着烟盒出门，可是人们永远看见他装束整洁、入时，身上总是冒出浓重的加拿楷树的香味。

公爵的第二种不幸是孑然一身。他没结婚，也没有至亲好友。

他那不爱说笑、孤芳自赏的性格，以及他越要遮掩贫穷就越引人注目的气派，都妨碍他同别人接近。至于谈情说爱，他又太沉闷、软弱、冷漠，因而很难跟女人合得来……

我和穷公爵到达树林旁边，下了马车，顺着狭长的林中小径走去，这条小径隐藏在蕨丛的大叶子的阴影里。可是我们还没走出一百步远，就有一个瘦长的人从一棵新生的、只有一俄尺高的小云杉后边闪出来，仿佛从地底下钻出来一样。他长着长长的椭圆脸，身穿破旧的短上衣，头戴草帽，脚上穿着漆皮长靴。这个陌生人一只手提着装蘑菇的筐子，一只手戏弄着他坎肩上一条价钱便宜的表链。他见到我们，有些腼腆，理了理坎肩，殷勤地嗽一下喉咙，愉快地微微一笑，仿佛见到我们这样的上流人很高兴似的。后来，他完全出乎我们的意料，迈开长腿，沙沙响地踩着草地，弯下身子，继续愉快地微笑着，走到我们跟前，举了举帽子，用狗叫般的谄媚声调说：

“哦哦哦……先生们，尽管我难于启口，却不得不预先警告你们：这个树林里是禁止打猎的。请原谅，我不认识你们，却斗胆打扰你们，不过……请容许我自我介绍一下，我姓格龙托夫斯基，是坎杜里娜夫人的庄园总管！”

“和您认识很高兴，可是为什么不可以打猎呢？”

“树林的女主人定下了这条规矩！”

我和公爵面面相觑。沉默了一分钟。公爵站在那里，若有所思地望着脚旁边他用手杖打落的一个大毒蝇蕈。格龙托夫斯基仍然愉快地微笑。他整个脸都在颤动，现出甜得像蜜那样的表情，连他坎肩上的表链好像也在微笑，极力要向我们表示殷勤似的。窘态仿佛像安详的天使那样在空中飞过，我们二人都感到不自在。

“胡说！”我说，“不久前，还是上个星期，我还在这里打过猎！”

“这很可能！”格龙托夫斯基说着，从牙缝里发出嘻嘻的笑声，“事实上大家都不顾禁令在这里打猎，不过我既然遇上你们，我的职责……我的神圣的职责就是预先警告你们。我是奉命办事的人。如果这片树林是我的，那么凭格龙托夫斯基的人格担保，我不会反对你们的愉快的消遣。然而格龙托夫斯基却身不由己，这又能怪谁呢？”

这个身材细高的人叹口气，耸了耸肩膀。我开始争论，冒火，论证，可是我讲得越是响亮，越有道理，格龙托夫斯基的脸就越是甜蜜，越是腻人。显然，他感到他拥有支配我们的某种权力，这使他得到极大的乐趣。他欣赏他自谦的口气、他的彬彬有礼、他的风度，带着特殊的感情念出他的响亮的姓，大概他是很喜欢这个姓的。他站在我们面前觉得很自在。只是他偶尔用难为情的目光瞟一下他的筐子，只有一种东西败坏他的心境，这就是那些蘑菇，这种娘儿们的、乡巴佬的俗物，伤害他的尊严。

“我们偏不回去！”我说，“我们已经走了十五俄里路！”

“这有什么办法！即使你们不是走了十五俄里，而是十万俄里，哪怕美国的或者别的遥远国家的皇帝来到此地，我也认为我有责任……所谓神圣的职责……”

“这树林是娜杰日达·利沃芙娜的吧？”公爵问。

“对，是娜杰日达·利沃芙娜的……”

“现在她在家吗？”

“在家……这样吧，你们索性到她那里去一趟，离这里只不过半俄里。要是她给你们开一张条子，那我……当然从命！哈哈……嘻嘻！……”

“也好，”我同意说，“去找她总比往回走近得多……您就到她那里去一趟吧，谢尔盖·伊万内奇①。”我转身来对公爵说，“您认识她。”

公爵本来一直望着被他打落的毒蝇蕈，这时候抬起眼睛朝着我看，沉吟一下，说：

---

① 谢尔盖·伊万诺维奇的简称。

“以前我倒认识她，可是……我去找她不大合适。再者我穿得也不整齐……您去吧，您跟她不认识……您倒方便些。”

我同意了。我们坐上双轮轻便马车，由格龙托夫斯基的笑脸陪送着，沿林边往地主庄园走去。娜杰日达·利沃芙娜·坎杜里娜娘家姓沙别利斯基，我以前不认识她，早先从没跟她见过面，只是对她有所耳闻。我知道她非常富有，全省没有一个人比得上。她父亲沙别利斯基地主只有一个女儿，他死后给她留下好几处田产、一个养马场和许多钱。我听说，她虽然只有二十五六岁，却长得不美，不引人注目，和一般人一样平庸，只因为家财豪富，才跟本县的一般太太小姐有所不同而已。

我素来以为财富是可以感觉到的，富人一定有穷人无从领略的特殊感受。往常我路过娜杰日达·利沃芙娜的大果树园，看见其中矗立着一座巨大而沉重的大厦，窗上永远下着窗帘，我在想：“目前她有什么感觉？那边，窗帘里边，有幸福吗？”有一次我远远看见她坐在一辆上等的双轮轻便马车上，赶着一匹漂亮的白马，不知从哪里来，于是我这个罪人不但羡慕她，甚至认为她的骑马姿势、她的动作都有一种不富裕的人所缺乏的特别之处，这就像奴性十足的人遇到比自己身份高贵的人，往往从他们普通的外貌就一眼看出他们出身上流一样。关于娜杰日达·利沃芙娜的内心生活，我只从别人的闲话当中听到一点。据县城里的人说，五六年前，她还没出嫁，她父亲还在世的时候，她热烈地爱上了目前跟我并排坐在马车上的谢尔盖·伊万诺维奇公爵。当时公爵喜欢到她的老父亲家去，往往整天在他的台球房里打台球，总也玩不厌，一直玩到胳膊和腿都酸痛了才罢休。可是老人去世的半年前，公爵突然不到沙别利斯基家去了。本县那些爱说闲话的人看到这种急剧的转变，找不到可靠的根据，就作出各式各样的解释。有人说，公爵已经发现相貌不美的娜杰日达钟情于他，却又无法回报，便认为正派人的天职应当中止这种来往。另外又有人断言，沙别利斯基老人发现他女儿何以憔悴，就向不富裕的公爵建议同她结婚，公爵按照自己不聪明的想象，认为这是要收买他和他的爵衔，一怒之下说了许多蠢话，吵翻了脸。这些闲话究竟是真是假，那很难说，不过公爵一向避免谈到娜杰日达·利沃芙娜，可见那些闲话多少有点道理。

我知道娜杰日达·利沃芙娜在父亲死后不久，嫁给一个从外地来的法学副博士坎杜林，这人家道不富，却工于心计。她嫁给他不是因为爱他，而是法学副博士的爱情打动了她的心，据说他出色地扮演了热恋的情人的角色。在我描写的这个时期，她丈夫坎杜林不知什么缘故住在开罗，常写些《旅行札记》寄给他的朋友，本县的首席贵族。她呢，由一群靠她养活的女食客包围着，在放下窗帘的屋子里苦恼地过下去，做些零星的慈善工作来打发她那寂寞的日子。

公爵在去庄园的路上谈兴大发。

“我已经有三天没回家了，”他轻轻地说着，斜起眼睛看马车夫，“瞧，我活到这把年纪，又不是娘们儿，也不信邪，可就是极厌恶民事执行吏。我在家里一见到民事执行吏，就脸色发白，浑身打战，甚至腿肚子抽搐。您知道，罗戈任逼我还债呢！”

一般说来，公爵是不喜欢抱怨他的困境的。凡是涉及贫穷的事，他总是闭口不谈，极爱面子，做出道貌岸然的样子，因此他的这些话使我暗暗吃惊。他久久地瞧着树林中被太阳晒暖的黄色空地，然后抬起眼睛眺望一长串仙鹤在蔚蓝色的天空中飞翔，随后回过头来瞧着我。

“九月六日以前我要筹足一笔款子交给银行……付田产的利息！”他大声说着，不再顾忌马车夫了，“可是到哪里去筹款呢？总之，老兄，我一筹莫展！唉，简直是一筹莫展！”

公爵看了看自己枪上的扳机，不知什么缘故对它吹一口气，然后抬起眼睛寻找那些不见踪影的仙鹤。

“谢尔盖·伊万内奇，”我沉默了一会儿，问道，“您想一想，要是您的沙季洛夫卡田产卖掉，那您怎么办？”

“我？不知道！沙季洛夫卡总归保不住了，这就跟二乘二等于四一样，可是我又没法想象这样的灾难。我不能想象我连每天的面包都没有着落。我怎么办呢？我几乎没受过什么教育，至今还没工作过，如今再开始到机关去任职已经嫌迟了……再者，进什么机关任职呢？我在什么地方任职合适呢？我们姑且假定，在地方自治局任职用不着多大的聪明才智，可是我……鬼才知道是怎么回事，总是有点胆怯，一丁点儿的勇气也没有。我真要到机关里去任职，就会老是觉得走错了地方。我不是理想主义者，不是空想主义者，也不信奉什么特别的原则，大概只不过是愚蠢、懦弱无能而已。我是个精神病患者、懦夫。总之，我跟别人不一样。所有的人都差不多，惟独我是那么一种……那么一种怪人……星期三我遇见过纳里亚金。您知道他的，他是个酒鬼，衣冠不整……欠了钱不还账，蠢头蠢脑，（公爵皱起眉头，摇摇头）……是个糟透了的人！他身子摇摇晃晃，对我说：'人家要推选我做调解法官了！'当然，他是选不上的，不过，说实在的，他倒相信自己适合做调解法官，认为能胜任这项工作。他又有勇气又自信。我还坐车去看望过我们法院的侦审官。那个人一个月领二百五十卢布薪金，可是几乎什么事也不做，只知道成天穿着衬里衣裤在屋里走来走去，可是您问他，他却相信他在做事，诚实地履行他的职责呢。这我就做不到！我就会不好意思正眼看会计主任的脸。"

这时候，格龙托夫斯基骑着一匹枣红色马神气活现地在我们面前经过。他左臂肘上挎着筐子，白色的蘑菇在筐子里跳动着。他追上我们，向我们龇牙一笑，挥一下手，像是见到了老相识。

"蠢货！"公爵望着他的背影，咬着牙说，"说来奇怪，有的时候看见心满意足的脸相，心里厌恶极了。这是愚蠢的兽类感情，多半是由饥饿产生的……刚才我讲到哪里了？哦，对了，讲到工作……我会不好意思领薪金的，不过，其实，这是愚蠢的。如果看得宽一点，郑重一点，那么，就连现在我吃的东西也不是我的。不是这样吗？可是不知什么缘故，这倒不叫人害臊……这也许是习惯的缘故吧……要不然，就无法理解自己真正的处境……这种处境多半是可怕的！”

我观察了一阵：莫非公爵在卖弄聪明？可是他脸色温和，眼睛忧伤地瞅着那匹枣红色马越跑越远，倒好像他的幸福也随着它一齐逃跑了似的。

看来，他处在那种气愤和忧伤的状态中，这时刻女人就会悄悄地，无缘无故地落泪，而男人就一心想要抱怨生活，抱怨自己，抱怨上帝……

在庄园门口，我下了马车，公爵说：

“有一回，有个人要侮辱我，就说我长着骗子的相貌。我自己也发觉骗子往往是黑发男子。听我说，我觉得，即使我真的天生是个骗子，我也会至死是正派人，因为我缺乏作恶的勇气。我老实告诉您，我这一生，本来有过发财的机会。我一生只要作一次假……只要对我自己和另外一个人……另外一个我知道会原谅我作假的人作一次假，我就会把一百万现款装进我的腰包。可是我做不到！没有那种胆量！”

从大门口到住房，要穿过一片密林，顺着一条像尺那么直的长路往前走，两旁栽着茂密而且剪过枝的丁香花。房子显得沉重、乏味，从正面看去像个剧院。它笨拙地耸立在一片青翠之中，着实刺眼，好比绒毯似的草地上丢着一颗大石子。在正门的门口，我遇见一个穿绿色礼服的年老胖听差，戴着银边大眼镜。他没有进去通报，光是厌恶地打量一下我扑满尘土的衣服，把我领进屋去。我走上铺着软地毯的楼梯，不知什么缘故闻到一股浓重的树胶气味，等到走进楼上的前厅，我就被一种在档案室、地主家大房子、商人旧式住宅里特有的空气笼罩着。那似乎是一种早已过去的东西的气味，那种东西以前存在过，后来消失了，然而它的格调却留在房里没走。我从前厅穿过三四个房间，走到客厅。我至今还记得那闪亮的浅黄色地板、用纱布裹着的枝形吊灯架和狭长的条毯，这种条毯不是像通常那样从这个门口照直铺到那个门口，而是沿着墙根铺着，因此我只得在每个房间里沿着四壁兜一个圈，免得我那双沾泥的笨重皮靴有碰到发亮的地板的危险。听差把我留在客厅里，独自走了。客厅里放着些祖传的老家具，一概蒙着白套子，笼罩在幽暗的光线里。这些家具显得阴森、古老，四周一点声音也没有，仿佛对它们的宁静表示敬意似的。

甚至时钟也不响……塔拉卡诺娃公爵小姐似乎在金边镜框里睡熟了，水和老鼠仿佛被人施了魔法似的一动也不动。白昼的亮光好像不敢破坏这里的安宁气氛，只略微射进放下的窗帘，把昏睡般的苍白色光线投在柔软的地毯上。

三分钟过去了，一个身材高大，身穿黑衣服的老太婆轻悄悄地走进客厅来，脸颊上扎着绷带。她向我点了点头，拉起窗帘。明亮的阳光一照进来，画里的老鼠和水就顿时活了，塔拉卡诺娃醒过来，那些阴沉而古老的圈椅却皱起了眉头。

“她马上就来……”老太婆歇口气，也皱起眉头在说。

又等了几分钟，我才见到娜杰日达·利沃芙娜。首先引我注目的是她确实不美：个子矮小，消瘦，背有点驼。她那浓密的栗色头发却蓬松好看，脸容纯洁、颖慧，带有青春的朝气，眼神显得聪明而清亮，可是由于嘴唇又大又厚，脸的角度太尖，她头部的全部魅力也就消失了。

我通报我的姓名，说明我的来意。

“真的，我也不知道该怎么办才好！”她犹豫地说，低下眼睛，微笑，“我不想拒绝，同时却又……”

“请答应吧！”我要求她说。

娜杰日达·利沃芙娜看着我，笑起来。我也笑起来。引她发笑的，多半就是使得格龙托夫斯基沾沾自喜的东西，也就是准许和禁止的权利。我觉得我的来访忽然变得可笑而奇怪了。

“我不打算破坏早已定下的规矩，”坎杜里娜说，“我们土地上禁止打猎已经有六年了。不能啊！”她果断地摇一下头说，“对不起，我不得不拒绝您。要是答应你，就也得答应旁人。我不喜欢不公道。要么一概答应，要么一个都不行。”

“遗憾！”我叹道，“尤其叫人难过的是我们坐着马车赶了十五俄里路才到此地。我不是一个人来的，”我补充说，“跟我一路来的还有谢尔盖·伊万内奇公爵。”

我说出公爵的名字并不是别有用意，不是出于什么特别的考虑和目的，而是不假思索，随意说出口的，坎杜里娜听见这个熟悉的名字，身子突然一颤，目光久久地停在我身上。我发现她的鼻子变白了。

“这也一样……”她说着，低下她的眼睛。

我是站在窗前跟她说话的，窗子面对着那片密林。我看得见整个密林和林荫路、池塘以及我刚才走过的那条路。路的尽头，大门以外，现在我们的双轮轻便马车的黑色后影。公爵在大门旁边背着房子站着，叉开两条腿，在跟身材细长的格龙托夫斯基谈话。

坎杜里娜始终在另一个窗子跟前站着。她偶尔往密林那边看一下，可是自从我说出公爵的名字以后，她就再也没有从窗口那边掉过头来。

“请原谅我，”她眯细着眼睛望着通道和大门口说，“只准许你们打猎，那是不公平的……再说，把飞禽打死又有什么乐趣呢？何苦呢？难道它们妨碍到你们的事？”

禁锢在四堵墙当中，住在光线暗淡的房间里，闻着朽坏的家具的浓重气味，像这样的孤独生活是会使人多愁善感的。坎杜里娜无意中说出口的想法值得尊敬，然而我还是忍不住说：

“如果这样考虑问题，就应当光着脚走路。靴子就是用杀死的牲畜的皮制成的啊。”

“必要和任性是应该加以区别的。”坎杜里娜闷声闷气地回答。

她已经认出公爵，眼睛一刻也不放松他的身影。她那不美的脸上交织着欢乐和痛苦，很难加以描写！她的眼睛含着笑意，光芒四射，嘴唇发抖，又在发笑，脸更凑近玻璃窗了。她双手扶着一个花盆，略微踮起一只脚，屏住呼吸，那姿态活像狗发现了猎物而趴在地上，急不可待地等着猎人叫一声：“抓住它！”

我望了望她，也望了望生平不肯做一次假的公爵，想到真实和虚伪在人们的私人幸福中起着那么强大的作用，不由得既气恼，又沉痛。

公爵忽然全身一震，把枪口瞄准，放了一枪。一只鹞鹰原在他头顶上飞翔，这时候拍着翅膀，像箭似的飞到远处去了。

“他把枪举高了！”我说，“那么，娜杰日达·利沃芙娜，”我叹道，从窗前走开，“您不允许打猎……”

坎杜里娜一言不发。

“我荣幸地告辞，”我说，“请您原谅我打扰您……”

坎杜里娜本想转过脸来看我，而且已经略微转过来了，可又立刻把脸藏到窗帘里，仿佛感到眼睛里噙着泪水，有意遮盖似的……

“再见……对不起……”她轻声说。

我对她的背影鞠躬，然后迈开步子，不再踩着地毯，索性就在浅黄色地板上走了。我巴不得离开这个小小的王国，躲开它这种金光闪闪的苦闷和悲伤。我急忙走去，仿佛想摆脱一场荒唐的噩梦以及那梦中昏暗的光线，塔拉卡诺娃和枝形吊灯架……

在房子门口，一个使女追上我，交给我一张便条。“兹特准许持条人打猎。娜·坎。”我看完了这张便条……

光明磊落的人

“理想主义者”的故事

一幢房檐肮脏、房顶生锈的棕红色大厦矗立在我的窗子对面，挡住照射进我家的阳光。这个昏暗而丑陋的外壳却包藏着一个美妙珍贵的内果！

每天早晨我看见尽头的一个窗子里露出一个女人的小头。我得承认，这个小头对我却替代了阳光！我倒不是因为她漂亮而喜欢她……那对细小的灰色眼睛、脸上的大雀斑、头上老是有报纸做成的卷发纸，都说不上什么漂亮。我喜欢她是因为她那高度发展的智力具有她个人的特色。

每天早晨我看见那年轻的女人穿着白色短上衣，戴着卷发纸，走到窗前来，如饥似渴地拿起放在窗台上的报纸。先生们，我看见她打开报纸，就目光炯炯地急忙浏览那些乏味的版面……在这种时候，我想恳求您观察一下她脸上的表情。这种表情随情况的变化而不一样……有时她脸上洋溢着快乐的笑容，满面春风，眼睛发亮，她开始在房间里蹦蹦跳跳；有时可怕的、说不出的绝望使她的面容改变，她抱住头，像发疯似的从这个墙角走到那个墙角……我从没有看见她不动感情过……日子一天天过去，幸福和绝望相互交替……今天她幸福得要命，明天她却抓住卷发纸不放。她的快乐和痛苦永无止境！……

我在某种程度上也算是个心理学家和判断人的心理的行家。我在那个窗子里观察到的心理现象，我是能够理解的，就像乘法表一样。每逢青年女人的脸上浮起快乐的笑容，我的头脑里就涌出这样的想法：

“嗯……显然，今天报纸上报道的消息挺顺心……我真为她高兴……大概，仓科夫的行动和格莱斯顿最近的演说引得这个我不认得的女人心花怒放。也许，俾斯麦和卡尔诺克这一次大有希望的会谈使她感到愉快而激动……也很可能她在今天的报纸上看到俄国的一个新天才的诞生……不管是哪种情况，反正我都很高兴……很少有女人能够领略这种具有崇高性质的欢乐心情！”

我高兴得开始从这个墙角走到那个墙角，高声叫道：

“神奇而罕见的人啊！这是妇女解放运动的最新成果！啊，这样的女人要多一点才好！我们需要的恰恰就是这样的女人！”

当这不相识的女人的脸部露出悲观时，我就想：

“哎，可见你根本就不该拿起报纸看！事情糟透了！大概我对面的邻居被卡拉韦洛夫或者穆特库罗夫惹恼了……我还认为奥地利过火的模棱两可的把戏以及米朗的行动都伤害了她正直的天性……她痛苦，然而这种痛苦给她添了多少光彩呀！”

我走来走去，心情激动，高声叫道：

“瞧瞧她，这才是真正的女人！她能怀着公民的悲愤！她在为人类难过呢！……”

我对这个罕见的女人心醉神迷……一到早晨，我就站在我的窗前，等着不相识的女人在对面窗子里出现。每天晚上总是想望和等待早晨的到来，白天我总是在屋里走来走去……是的，先生们，这是个不同寻常的女人啊！

夏天我的窗子和她的窗子都开着，我不止一次听见歇斯底里的哭声和幸福的笑声……有一次我甚至看见她抱住头，听见她又急又气地叫道：

“坏蛋！害人精！”

然后她把报纸撕得粉碎……

我惋惜我的住所里没有住着奥尔巴赫、施皮尔哈根或者其他寻找“新人”的长篇小说家……他们会利用我这个不相识的女人做题材呢……

我感到我那虔敬的心情渐渐变成热烈的爱情了。对，我爱她！上帝啊，一道什么样的深渊把我和她隔开了！她的心充满公民的悲愤，我呢，却早已失去我的理想，为环境所迫，跟那许多为庸俗的利益活着的人同流合污了……

然而，我仍没法克制自己，忍不住走到那所棕红色房子跟前，拉铃找扫院人。两枚二十戈比硬币打开了他的话匣子，经我详细打听后，他告诉我说，不相识的女人住在第五号住宅，有丈夫，不按期付房钱。她丈夫每天早晨总是跑到不知什么地方去，夜深才回来，胳肢窝底下夹着一瓶伏特加和一纸袋食品……丈夫的身份证上写着他是十二品文官的儿子，不相识的女人就是他的妻子……

我一连失眠三夜，然后打发人把我的名片送到她那里去。今天我看见她读完报纸，伸出拳头捶窗台。啊，你们这些卡拉韦洛夫、穆特库罗夫、萨留斯贝尔、公共马车售票员、制糖厂厂主！你们给她招来这么多的痛苦，为什么我就没有力量替她向你们报仇呢？

今天（九月十日）她的丈夫把我推下楼来。我却感到幸福。我为她不惜牺牲一切！……我推迟到明天再去认真倾吐我的爱情。

九月十一日。今天我到她家去，正碰上她在看报。她匆匆看完两三张报纸，忽然在椅子上颓然坐下，发出呻吟声……

“我亲爱的，”我对她说，吻她的手，“您为什么激动？您把您的悲痛告诉我吧，请您相信，我会珍重您的信任！好，您说说，您现在究竟为什么哭？”

“我怎么能不哭呢？”我那不相识的女人说，“您来评一评理吧：今天我们要付房钱，可是我那个糊涂丈夫只给报纸写了六十行！哎，难道我们能这样生活下去吗？昨天他写的东西倒足足挣到十一卢布四十戈比，今天我算来算去，连三卢布也挣不到！哎呀，我不是倒了霉吗？是啊，就连恶毒的鞑靼女人，我都不愿她们做新闻记者的老婆哟！他这个混蛋！恶棍！不好好工作，却在萨弗拉宪科夫饭店里闲坐着！你等着就是，他会回来的！……”

莎士比亚说：“唉，女人啊，女人！”现在我才算弄明白她们的心理状态……

话　剧

剧中人物：

帕宾卡，有 11 个尚未出嫁的女儿。

年轻人。

衣　襟。

年轻人　（挥着手说："去他的！人生百年总有一死，反正总有一死！"走进办公室，朝帕宾卡走去）伊万·伊万内奇！请允许我向您的最小女儿瓦尔瓦拉求婚！

帕宾卡　（眼睛朝下，矫揉造作的样子）我非常高兴，可是……她还这么年轻……这么没有经验……加以……您想使我失去……我的安慰……（眼泪一滴滴在流）……我晚年的依靠……

年轻人　（很快地接着说）在这种情况下……我岂敢坚决地要求……（鞠着躬并想离开）。

帕宾卡　（动作极迅速地拉住他的后襟）请您等一等！我乐意！我有福气！我的恩人！

衣　襟　（悲哀地）嘶嘶嘶……

长舌头

娜塔莉娅·米哈伊洛芙娜是个年轻的太太，早晨刚从雅尔塔回来，正在一边吃午饭，一边喋喋不休地对丈夫述说克里米亚如何美丽。丈夫高兴得深情地望着她兴奋的脸，听着她讲，偶尔插问几句……

“不过，听说，那边物价很贵吧？”他顺便问一句。

“怎么跟你说好呢？依我看，物价昂贵是言过其实，小父亲。魔鬼并不像人家画的那么可怕。比方说，我和尤利娅·彼得罗芙娜就租下一个很舒适而又像样的旅馆房间，每天才二十卢布。我的好朋友，一切，都要看你会不会过日子。当然，如果你要骑马上山去玩……比方说到艾-彼德里山上去……又要租马，又要雇向导，嗯，那当然就破费大了。贵得要命！可是，瓦西奇卡，那些山倒也真好呢！你想象一下高而又高的山，比教堂高一千倍……山上满是雾、雾、雾……山下全是极大的石头、石头、石头……还有意大利松树……嘿，简直不能回想！”

“顺便说一句……你不在时，我在这里的一本杂志上读到过在那边做向导的鞑靼人……简直下流得很！怎么，他们真是些特别的人吗？”

娜塔莉娅·米哈伊洛芙娜作出蔑视的怪相，摇一摇头。

“其实都是些普通的鞑靼人，没有什么特别的……”她说，“不过，我只是远远地看见，匆匆地见到一眼……人家指着他们要我看，可是我才懒得理睬他们呢。小父亲，我对那些切尔克斯人、希腊人……摩尔人，素来有成见！”

“听说，他们都是些糟糕透顶的好色之徒。”

“也许吧！坏女人是有的，她们……”

娜塔莉娅·米哈伊洛芙娜忽然跳起来，仿佛想起什么可怕的事似的，用惊恐的眼睛看了丈夫半分钟，然后拖长每个字的字音说：

“瓦西奇卡，我跟你说吧，有些女人是不道德的！啊，多么的不道德！我说的，你要知道，不是普通人家或者中等人家的女人，而是上流女人，自以为了不起的品行端正！简直吓人，我都不相信我的眼睛了！我到死也忘不了！是啊，到这种地步我怎能忘掉，居然……哎，瓦西奇卡，我甚至不想说了！就拿我的旅伴尤利娅·彼得罗芙娜来说吧……她有那么好的丈夫，又有两个孩子……是属于正派人家，平时装得像个圣徒似的，不料忽然间，你能想象吗……只是，小父亲，这话，当然，就我们俩人说说……你能用人格担保，这话不对外人张扬吗？”

“咦，你想到哪里去了！当然，我不会张扬出去。”

“用人格担保？要当心啊！我信任你……”

夫人放下餐叉，脸上作出神秘的表情，小声说：

“你再也想不到会有这样的事……这个尤利娅·彼得罗芙娜骑着马上山去……那天的天气好得很！她跟向导走在前头，我跟在后头，离他们不远。我们走出三四俄里，忽然，你猜怎么着，瓦西奇卡，尤利娅大叫一声，抓住自己的胸口。她的鞑靼人就搂住她的腰，要不然，她就会从马背上摔下去了……我带着向导策马走到她跟前。怎么回事？出了什么问题？她叫道：‘哎哟，我要死了！我头昏！我没法再往前走了！’想想看，我有多么害怕！我就说，‘那我们往回走吧！’‘不行啊，’她说，‘娜塔莉娅，我不能往回走！哪怕再走一步，我也会活活痛死！我浑身抽筋了！’她就央求我和我的苏莱曼看在上帝面上务必回到城里去一趟，给她取别斯图热夫药水[1]来，治她的病。”

---

① 以别斯图热夫医生命名的用来使人兴奋的药物。

“等一等……你的话我没听大懂……”丈夫搔着额头，低声含糊地说，“先前你说过，你只是远远地见过那些鞑靼人，可是现在你却讲起一个什么苏莱曼来了。”

“咦，你不要找茬儿！”夫人皱起眉头说，一点也不慌张，“现在我受不了这种怀疑！现在我受不了！这是愚蠢，愚蠢！”

“我不是找茬儿，不过……何必说假话呢？既然你跟鞑靼人一起骑马出去玩过，好，那就自管出去玩吧，求上帝与你同在……这又何必支支吾吾呢？”

“哼！……这个才奇怪！”夫人愤慨地说，“吃苏莱曼的醋！我想不出你要是不带向导怎么能上山！我想不出！要是你不知道那里的生活，你不懂，那最好闭上嘴，闭上嘴，别谈这些！在那边，缺了向导是一步路也走不了的。”

“可不是？”

“请别露出这种愚蠢的笑容！我可不是什么尤利娅……我并不想替她辩白，可是我……哼！我虽然不想装成圣徒，可是总还不至于那么忘了身份。我的苏莱曼没有越过界线……是啊！尤利娅的马梅特库尔老是守在她的房间里不走，可是在我这里，时钟一敲十一点，我就立即说：‘苏莱曼，走吧！出去！’我那个傻鞑靼人就乖乖地走了。我把他管得很紧，小父亲，他一唠叨钱或者别的事，我马上就说：‘怎么？什么？你说什么？’于是他就害怕得要命……哈哈哈……他的眼睛，你知道，瓦西奇卡，黑而又黑，像煤一样，那张鞑靼人的小脸，傻里傻气，可笑得很……我把他管得可紧了！真的！”

“我想象得出……”丈夫嘟哝说，把面包屑搓成一个个小球。

“这是愚蠢，瓦西奇卡！是啊，我知道你有些什么想法。我知道你想些什么……可是我向你保证，就是逛山的时候，他也没有做什么出格的事。比方说，不管是骑马上山，还是去看乌昌-苏山的瀑布，我总是对他说：‘苏莱曼，你骑着马在后头走！走吧！’他呀，可怜的人，就老是走在后头了……哪怕在那种时候……在最动情的地方，我也还是对他说：'不过你还是不要忘记你只不过是个鞑靼人，我却是五品文官的夫人！'哈哈……"

夫人高声大笑，然后很快地回过头去看一眼，作出惊恐的脸色，小声说：

"可是尤利娅！哎呀，这个尤利娅呀！我明白，瓦西奇卡，为什么不闹着玩玩呢，为什么不摆脱俗世的空虚，休息休息呢？这都是可以的……你要闹着玩玩，那就请便，谁也不会责怪你，可是把这种事看得太认真，为此闹得天翻地覆……那就随你的便，我无所谓！要明白，她居然吃醋！喏，这不是荒唐吗？有一回，马梅特库尔，她的心肝宝贝，来找她……正巧她不在家……好，我就把他招呼到我的房间里……我们谈起天来，说说这个，谈谈那个……他们这种人，你要知道，有趣极了！一个傍晚不知不觉就这么过去了……忽然间，尤利娅闯进来……她朝着我，朝着马梅特库尔大发脾气……闹得不可开交……呸！这我真不明白，瓦西奇卡……"

瓦西奇卡清了清喉咙，皱起眉头，在房间里走来走去。

"不用说了，你在那里过得挺快活！"他悻悻地说，脸上露出嫌恶的笑容。

"哼，这多么愚蠢！"娜塔莉娅·米哈伊洛芙娜不高兴地说，"我知道你在想什么！你老是产生些可恶的想法！那我再也不跟你讲什么了！我再也不讲了！"

夫人噘起小嘴，不说话了。

生活琐事

尼古拉·伊里奇·别利亚耶夫是彼得堡的房产主，常去看赛马。他年纪还轻，才三十岁，保养得很好，面色红润。有一天将近傍晚，到奥尔加·伊万诺芙娜·伊尔宁娜太太家去。他眼下跟她同居，或者，按他的说法，正把一件冗长乏味的风流韵事拖下去。确实，这件风流韵事的最初几页虽则有趣，令人入迷，却早已读完，然而现在这本书还在拖下去，没完没了，新奇有趣的东西却一点也没有了。

我的男主人公恰好碰上奥尔加·伊万诺芙娜不在家，就在客厅里一张睡椅上躺下，开始等她。

“傍晚好，尼古拉·伊里奇！”他听见一个孩子的声音，“妈妈马上就回来。她带着索尼亚到女裁缝那里去了。”

原来奥尔加·伊万诺芙娜的儿子阿廖沙也在这个客厅里，躺在一张长沙发上。他是个八岁的男孩，身材匀称，养得挺好，打扮得像画中的人，穿着丝绒上衣和黑色的长袜。他躺在缎子的椅垫上，分明在模仿不久以前在杂技场见过的艺人，时而抬起这条腿往上踢，时而又踢那条腿。等到他那两条好看的腿踢得累了，他就抡胳膊，要不然就猛地跳下来，手脚一齐着地，打算把两条腿举到空中去。所有这些动作他都是带着最严肃的脸色做的，累得呼哧呼哧地喘气，仿佛上帝赐给他这么不肯安静的身体，他自己也感到不高兴似的。

“啊，你好，我的朋友！”别利亚耶夫说，“是你吗？可是我简直没看见你，妈妈身体好吗？”

阿廖沙伸出右手去，抓住左脚的脚尖，用极不自然的姿势翻一个身，跳起来，从毛茸茸的大灯罩后面朝别利亚耶夫瞥一眼。

“该怎么跟您说好呢？”他耸耸肩膀说，“实际上，妈妈老是不舒服。是啊，她是女人，尼古拉·伊里奇，女人总归有这样那样的病。”

别利亚耶夫闲着没事做，就开始打量阿廖沙的脸。这以前他跟奥尔加·伊万诺芙娜相好的这段时期，他根本就没留意过那个男孩，完全没有发觉有个孩子存在，只看见一个男孩在他眼前晃来晃去，至于他为什么在那里，是个什么样的人，不知怎的，连想也不愿意想一下。

在苍茫的暮色里，阿廖沙的脸，以及苍白的额头和一眨也不眨的黑眼睛，出乎意料地引得别利亚耶夫想起奥尔加·伊万诺芙娜在这件风流韵事最初几页中的模样。他不由得想对男孩亲热一番。

“你过来，小娃娃！”他说，“让我在近处好好看看你。”

男孩从沙发上跳下来，跑到别利亚耶夫跟前。

“哦，”尼古拉·伊里奇把手放在他的瘦肩膀上说，“怎么样？你过得好吗？”

“怎么跟您说好呢？我们从前的日子过得好多了。”

“为什么呢？”

“很简单！以前我跟索尼亚只学音乐和识字，现在他们却教我们学法国诗了。哦，你最近刚理过发！”

“对，最近理的。”

“我一眼就看出来了。您的胡子短一点了。让我摸一摸……痛吗？”

“不，不痛。”

“为什么揪一根就痛，揪许多胡子反而一点也不痛呢？哈哈！您猜怎么着，您不留络腮胡子可不应该。喏，这些胡子该刮掉，可是这两边的胡子……喏，该留着……”

男孩依偎着别利亚耶夫，动手玩弄他的表链。

“等我进中学，”他说，“妈妈就会给我买一块怀表。我要央求她也给我买这么一条表链……这个圆牌牌多么好！爸爸正好也有这么一个圆牌牌，不过您这上头是花纹，他那上头刻着字……他那圆牌牌中间嵌着妈妈的照片。现在爸爸换了一条表链，不是用小圆圈串起来的，是一根长带子……”

“你怎么知道的？难道你见着爸爸了？”

“我？嗯……没有！我……”

阿廖沙脸红了，心慌意乱，感到自己说谎给人揭穿了，就起劲地抠那个圆牌牌。别利亚耶夫凝视着他的脸，问道：

“你见到爸爸了？”

“没……没有！……”

“不，你得老老实实，凭良心说话……要知道我从你的脸色看出你在说假话。既然你已经说漏了嘴，那就用不着再隐瞒。你说吧，你见到了？好，把我当做朋友，尽管说出来吧！”

阿廖沙沉默不语。

“您不会告诉妈妈吧？”他问。

“那自然！”

“您用人格担保？”

“用人格担保。”

“那您起个誓！”

“嗨，这孩子真叫人受不了！你把我当成什么人了！”

阿廖沙回过头去看一眼，睁大眼睛，压低声音说：

“只是看在上帝面上，千万别告诉妈妈……反正您见了谁都别说，因为这是秘密。求上帝保佑，可别让妈妈知道，要不然，不管是我，还是索尼亚，还是佩拉格娅，全都遭殃……好，那您听着。我和索尼亚每星期二和星期五都跟爸爸见面。吃中饭前，佩拉格娅总要带着我们出去散步，我们就趁机到阿普费尔点心店去，爸爸已经在那里等我们了……他老是在一个单间里坐着，您要知道，那里有一张挺不错的大理石桌子，还有烟灰缸，做成鹅的形状，可就是没有背脊……”

“你们在那里干些什么？”

“不干什么！起初向爸爸问好，后来就围着小桌子坐下，爸爸请我们喝咖啡，吃馅饼。索尼亚，您知道，总爱吃肉馅饼，可我见到肉馅饼就吃不下！我喜欢吃白菜鸡蛋馅的。我们吃个饱，过后到吃中饭的时候又怕妈妈看出来，就拼命多吃。”

“那你们都谈些什么呢？”

“跟爸爸吗？什么都谈。他吻我们，抱我们，讲各式各样有趣的笑话。您知道，他说，等我长大了，他就带我们到他那里去住。索尼亚不愿意，可是我答应了。当然，没有妈妈会闷得慌，不过反正我可以给她写信嘛！这是奇怪的事，可是我们遇到假日甚至可以去探望她呢，不是吗？爸爸还说，他要给我买一匹马。他可真是一个大好人！我弄不懂为什么妈妈不叫他住到我们这里来，而且不准我们跟他见面。要知道，他很爱妈妈。他老是问我们她身体怎么样，她在干什么。听说她病了，他就照这样抱住头……一个劲儿跑来跑去。他总是要我们听她的话，孝敬她。您说，我们真的很不幸吗？”

“嗯，为什么呢？”

“爸爸就是这么说的。他说，‘你们是不幸的孩子。’这话听着简直奇怪。他说，‘你们不幸，我不幸，妈妈不幸。’他说，‘你们为自己，也为她祷告上帝吧。’”

阿廖沙把目光停在一只鸟的标本上，沉默不语了。

“哦……”别利亚耶夫嘟哝说，“原来你们在干这种事。你们在点心店里聚会。那么妈妈不知道？”

“不知道……她怎么会知道呢？反正佩拉格娅任凭怎样也不会说出来。前天爸爸请我们吃梨子。可甜啦，就跟果子酱一样！我吃了两个。”

“嗯……哦，这个……你听着，爸爸说起过我吗？”

“说起您？怎么跟您说好呢？”

阿廖沙试探地望了望别利亚耶夫的脸，耸耸肩膀。

“他没说过特别的话。”

“举个例子，他说过什么呢？”

“那么您不会生气？”

“哎，哪里会呢！难道他骂过我？”

“他没骂过，不过，您知道吗……他生您的气。他说，就因为您，妈妈才变得不幸，又说您……把妈妈断送了。是啊，他这个人真是奇怪！我对他解释说，您挺和气，从来不骂妈妈，可是他一个劲儿摇头。”

“原来他说我把她断送了？”

“是的。您可别生气，尼古拉·伊里奇！”

别利亚耶夫立起来，站了一会儿，开始在客厅里走来走去。

“这话又古怪又……可笑！”他嘟嘟哝哝，耸起肩膀，不住冷笑，“这全怪他自己不对，反而说我断送了她，啊？看看，好一只无辜的羔羊。原来他对你说过我断送了你母亲？”

“是的，不过……您说过您不会生气的！”

“我没生气，不过……不过这不关你的事！不，这……这简直可笑！我自己倒了霉，像一只鸡给扔进了白菜汤，现在反而怪我不对！”

门铃声响了。男孩猛地从坐着的地方跳起来，跑出去。过了一分钟，一个太太带着一个小姑娘走进客厅里来，她就是奥尔加·伊万诺芙娜——阿廖沙的母亲。阿廖沙跟在她身后，蹦蹦跳跳，大声唱着歌，摆动着双手走进来。别利亚耶夫点一下头，继续走来走去。

“自然，不把罪名推在我身上，还能把它推在谁身上呢？”他喷着鼻子，唠唠叨叨说，“他说得对！他是受了委屈的丈夫！”

“你这是在说什么？”奥尔加·伊万诺芙娜问。

“说什么？……你听一听你那位丈夫在散布些什么议论吧！原

来我是坏蛋和流氓，断送了你和孩子。你们都不幸，惟独我幸福极了！幸福得不得了，不得了！”

“我不明白，尼古拉！这是怎么回事？”

“那你就听这位小少爷讲讲吧！”别利亚耶夫说，指了指阿廖沙。

阿廖沙脸红了，随后又忽然变白。他惊慌得面容大变。

“尼古拉·伊里奇！”他压低声音说，可是声音很响，“嘘！”

奥尔加·伊万诺芙娜惊讶地望望阿廖沙，又望望别利亚耶夫，随后再望望阿廖沙。

“你问他好了！”别利亚耶夫继续说，“你那个佩拉格娅，十足的蠢货，带他们去点心店，在那里跟爸爸见面。但问题不在于此，而在于爸爸是个受害者，我却是个流氓，是个破坏你们两人间生活的坏蛋……”

“尼古拉·伊里奇!”阿廖沙抱怨着说，“您是用人格担保的！”

“唉，住嘴！”别利亚耶夫挥一下手说，“这里有比人格担保更重要的事。假仁假义引起我的愤怒，虚伪！”

“我不明白！”奥尔加·伊万诺芙娜含泪说道，“听我说，阿廖沙，”她对着儿子说，“你和父亲见面了吗？”

阿廖沙没有听到妈妈在说什么，只是胆战心惊地望着别利亚耶夫。

“不可能！”母亲说，“我去问佩拉格娅。”

奥尔加·伊万诺芙娜走开了。

“您听着，要知道您是作过人格担保的！”阿廖沙全身在颤抖着说。

别利亚耶夫向他摇一摇手，继续走来走去。他沉浸在委屈之中，像先前一样，不把男孩放在眼里。对他这样严肃的大人来说，完全不会去考虑男孩。但阿廖沙坐到角落里去，带着惊慌的心情告诉索尼亚，他怎样受骗。他浑身发抖，说话结结巴巴，不住地在流泪。这是他有生以来第一次如此难堪地面对面地碰到了虚伪，以前他从来也不知道在这个世界上，除了甜梨、馅饼、贵重的怀表以外，还有许多在孩子的语言里叫不出名字的东西。

难相处的人

叶夫格拉夫·伊万诺维奇·希里亚耶夫是个小地主，出身于教士家庭（他去世的父亲姚安神甫得到过将军夫人库夫欣尼科娃馈赠的一百多俄亩土地）。这时候他正站在墙角上一个铜盆跟前洗手。他的神色照例焦虑而阴沉，胡子乱蓬蓬的，没梳理整齐。

“哼，这是什么天气！”他说，“这不是天气，简直是主的惩罚，又下雨了！”

他不住地抱怨，他家里的人都坐在桌子旁边，等他洗完手好开始吃饭。他的妻子费多西娅·谢苗诺芙娜、在大学读书的儿子彼得、大女儿瓦尔瓦拉和三个小男孩已经在桌旁坐定，等他很久了。那些男孩，科利卡、万卡和阿尔希普卡，都长着翘鼻子，肮里肮脏，脸蛋胖乎乎的，满头的硬发已经很久没有剪过，这时候他们不耐烦地挪动着椅子。至于那些大人，却坐着不动，显然，吃饭也好，等着也好，他们都觉得无所谓……

希里亚耶夫仿佛要锻炼他们的耐性似的，自顾慢腾腾地擦干手，慢腾腾地祷告，不慌不忙在桌旁坐下。白菜汤立刻端上来了。

院子里传来木工斧子的劈砍声（希里亚耶夫家里在盖新板棚）和工人福木逗弄雄火鸡的笑声。稀疏的大雨点敲打着窗玻璃。

大学生彼得戴着眼镜，背有点驼，喝着白菜汤，不时地跟母亲互相看一眼。他有好几次放下汤匙，嗽喉咙，打算开口讲话，可是朝父亲看一眼，就又埋头吃菜汤了。最后，等到麦粥端上来，他才果断地嗽一下喉咙，说道：

“我今天得乘晚班火车动身。我早该走了，已经耽误了两个星期。九月一日就要开课！”

“那你就动身吧，”希里亚耶夫同意说，“何必在这里再待下去呢？干脆动身吧，上帝保佑你。”

沉默了一分钟。

“他要路费，叶夫格拉夫·伊万内奇……”母亲轻声说。

“路费？是啊！没有钱走不成。既要钱用，现在就拿去吧。你早就该来拿了！”

大学生轻松地吐了口气，快活地跟母亲互相看一眼。希里亚耶夫不慌不忙，从上衣的里边口袋里取出钱夹，戴上眼镜。

“你要多少？”他问。

“单是到莫斯科的车票钱，就要十一卢布四十二戈比……”

“哎，钱啊，钱啊！”父亲叹道（他一见到钱总要叹气，哪怕收到钱也如此），“喏，这是十二卢布。这里头，孩子，还有点零头，你可以留着路上用。”

“谢谢您。”

过了一会儿，大学生说：

“去年我没有一下子就找到教书的工作。我不知道今年会怎么样，多半也不会很快找到的。我想请您给我十五卢布的膳宿费。”

希里亚耶夫想了片刻，叹口气。

“给你十卢布也就够了，”他说，“喏，拿去！”

大学生道谢。本来还应当要点钱做衣服，缴学费，买书本，可是他朝父亲看一眼，决定不再麻烦他了。然而母亲却像所有的母亲那样不识趣，不慎重，忍不住了，说道：

“你，叶夫格拉夫·伊万内奇，应该再给他六卢布买双皮靴。是啊，你看，他穿着这样的破鞋怎么好到莫斯科去呢？”

“让他穿我的旧靴子吧。其实那双靴子还新着。”

“至少也该给他点钱买一条长裤。他那样子，看着都丢脸……”

这以后就立刻出现了全家一见都要发抖的风暴信号：希里亚耶夫的短而肥的脖子突然发红，变得跟大红布一样。这种红晕慢慢蔓延到耳朵，再从耳朵扩展到鬓角上，渐渐布满整个脸。叶夫格拉夫·伊万内奇在椅子上扭动身子，解开衬衫领子，免得透不过气来。看得出来，他在跟那种控制着他的感情斗争。死一般的沉寂来临。孩子们屏住呼吸。可是费多西娅·谢苗诺芙娜仿佛不明白她丈夫起了变化似的，继续说：

“要知道他已经不是小孩子了。他穿得太差，觉得难为情了。”

希里亚耶夫突然跳起来，用尽力气把他的厚钱夹往桌子正中一扔，把盘子上一块面包碰飞了。他脸上现出愤怒、委屈、贪婪等混杂在一起的难看表情。

“都拿走吧！”他狂叫道，“你们把我的钱都抢去！都拿走！把我掐死算了！”

他从桌旁跑开，抱住头，踉踉跄跄，满房间急促地走来走去。

“你们把我剥得一丝不挂吧！”他尖叫道，“把我最后一滴血挤出去！抢光我的钱！掐死我算了！”

大学生涨红脸，低下头。他再也吃不下去了。费多西娅·谢苗诺芙娜和丈夫相处了二十五年，可是对他的坏脾气还没习惯，她把身子缩成一团，嘴里嘟哝着什么，极力为自己辩白。她那张鸟一般的瘦脸，素来神色呆板而惊恐，如今却换成惊愕，吓呆了。几个男孩和大女儿瓦尔瓦拉——脸色苍白、相貌不美的年轻姑娘，都放下汤匙，直僵僵地坐着。

希里亚耶夫却越来越凶，说出来的话一句比一句吓人，他跑到桌子跟前，把钱夹里的钱一股脑儿抖落出来。

“拿去！”他唠唠叨叨，周身发抖，“你们吃饱了，喝足了，喏，还有钱给你们用。我什么也不要！你们去买新皮靴、做新制服就是！”

大学生脸色煞白，站起来。

“您听我说，爸爸，”他开口说，上气不接下气，“我……我请求您不要这样，因为……”

“住嘴！”父亲对他大喝一声，声音那么响，连他的眼镜都从鼻子上掉下来了，“闭上你的嘴！”

“以前我……我还能忍受这样的场面，可是……现在我受不了。您要明白！我受不了！”

“住嘴！”父亲顿着脚，嚷道，“你得听着，我在说什么！我想说就说，你给我住嘴！我在你这种年纪已经挣钱了，可是你这个混蛋，你知道，你让我花了多少钱吗？我把你赶出去！寄生虫！”

“叶夫格拉夫·伊万内奇，”费多西娅·谢苗诺芙娜嘟哝说，急得手指头不住动弹，“要知道他……要知道彼佳……”

“住嘴！”希里亚耶夫对她吆喝一声，甚至气得眼睛里涌上了泪水，“这都是你把他们惯坏的！你！全怪你！他不敬重我们，不祷告上帝，不挣钱！你们十个人，而我一个人！我把你们统统从家里撵出去！”

大女儿瓦尔瓦拉张开嘴，久久地望着母亲，后来把无神的目光移到窗子上，脸色发白，大叫一声，头往后仰，身子倒在椅子背上。父亲挥一下手，吐口唾沫，跑到院子里去了。

希里亚耶夫家的这种家庭闹剧通常是这样结束的。然而这一回不同，不幸，一种无法克制的愤恨突然紧紧地抓住了大学生彼得。他的性子也暴，脾气坏，跟他父亲和祖父一样，他祖父做过大司祭，常用手杖敲教民的头。这时他脸色煞白，捏紧拳头，走到母亲跟前，把他的男高音提到无可再高的程度，嚷道：

“这种责难使我感到可恶，讨厌！你们的钱我一个也不要！一个也不要！我宁可活活饿死，也不愿意再吃你们一块面包皮！喏，把你们的臭钱拿回去！拿去！”

母亲把身子贴住墙，摇着手，仿佛她面前站着的不是儿子，而是鬼魂。

“我错在什么地方呀？”她哭着说，“错在什么地方？”

儿子也像父亲那样挥一下手，跑到院子里去了。希里亚耶夫的房子孤零零地坐落在山沟旁边，那条山沟蜿蜒不断，在草原上伸展大约有五俄里远。沟边上长满小橡树和赤杨，沟底有一条小溪流过。房子的一边朝着山沟，另一边对着旷野。四周没有围墙和篱笆，只有各式各样挤在一起的建筑，紧挨着房子前面有一块不大的空地，算是院子，有些鸡鸭和猪在那里走来走去。

大学生走到外边，顺着一条泥泞的道路往野外走去。空中弥漫着秋天那种寒冷刺骨的潮气。道路泥泞，到处有小水洼在闪光。在枯黄的旷野上，秋天正从草地里向外张望，显出一派萧条、衰败、暗淡的气象。道路右边是菜园，菜已经割完，地里坑坑洼洼、景色凄凉、零零落落地立着些向日葵，垂着颜色已经发黑的头。

彼得在思忖，步行到莫斯科去倒不错，而且就照眼前这样，不戴帽子，穿着破靴，身边没有分文也无妨。等他走出一百俄里远，他父亲就会蓬松着头发、惊慌万状地追上他，央求他回去或者收下钱，可是他连看也不看他一眼，只顾往前走去……光秃的树木会换成荒凉的旷野，旷野后面就是树林。不久就会下头一场雪，大地变白，河上结冰……到了库尔斯克或者谢尔普霍夫附近，他已经衰弱无力，饿得要命，就会倒下，死去。人们会发现他的尸体，各报就登出消息，说某大学生在某地饿死了……

有一只白狗，尾巴上粘着泥，在菜园里徘徊，找东西吃，这时候瞧他一阵，就缓缓地跟着他走去……

他顺着道路往前走，想着他的死亡，想着亲人的悲伤，想着父亲精神上的痛苦，于是他幻想各式各样的旅途奇遇，一个比一个离奇，美丽如画的地方、可怕的夜晚、意外的相逢。他想象络绎不绝的香客，想象树林里的小屋，只有一扇小窗子在黑暗里亮着灯光，他就在小窗跟前站住，央求放他进去过夜……人家就让他进去，不料他看见一伙强盗。或者，更好的是走进一个地主的大宅院，人家问明他是什么人，就招待他吃饱喝足，为他弹钢琴，听他诉苦，于是主人的美丽的女儿爱上他了。

彼得满心愁闷，浮想联翩，一步也不停地往前走……前边，很远很远的地方，有一家客栈，背衬着灰色的浮云，看上去发黑。过了那家客栈，再往远看，地平线上有个小丘，那就是铁路的车站。小丘使他想起他现在所在的地方和莫斯科之间的联系，想起莫斯科亮着灯光，车水马龙，大学开始上课了。他又愁又急，差点哭出来。眼前庄严的景物整齐而美丽，周围万籁俱寂，这却惹得他万分反感，心里既绝望又憎恨！

“小心！”他听见身后传来嘹亮的说话声。

一个他熟识的老女地主，坐着一辆漂亮的轻便敞篷马车，走过他身旁。他向她点头，满面笑容。他立刻觉得自己在笑，这跟他的阴郁心境却完全不相称。既然他满心烦恼和愁闷，这微笑是从哪里来的呢？

他想，大概是大自然本身赐给人类这种假的本领，以便人在心灵紧张的困难时刻也能掩盖自己家里的秘密，就跟狐狸或者野鸭一样。每个家庭都有自己的欢乐和悲苦，然而不论这种悲欢多么重大，外人的眼睛却难以看清，这是隐秘的。例如刚才路过的女地主，她的父亲获罪于沙皇尼古拉，沙皇盛怒之下，使他受了半辈子的苦；她的丈夫是个赌徒，四个儿子没有一个成才的。可以想象，她家里发生过多少可怕的场面，流过多少眼泪啊。然而，老太婆却显得幸福、满足，见他微笑就也以微笑相报。大学生想起他的同学们都不乐意讲自己的家庭，想起他的母亲每逢讲到丈夫和儿女，几乎总是说假话。

直到天黑为止，彼得始终顺着道路走着，离家很远，他沉湎在闷闷不乐的思想里。后来下起蒙蒙细雨，他才走回家去。回家的路上，他决定无论如何也要同父亲谈一下，干脆彻底地向他讲明，同他一起生活是不舒畅的和可怕的。

他看到家里一片寂静。妹妹瓦尔瓦拉在隔板后面躺着，由于头痛而发出轻微的呻吟声。母亲带着惊愕而负疚的脸色在她旁边一口木箱上坐着，补阿尔希普卡的裤子。叶夫格拉夫·伊万内奇从这个窗口走到那个窗口，对着天空皱眉头。凭他的步态，凭他的咳嗽声，甚至凭他的后脑勺，都可以看出他觉得自己不对。

“那么你不打算今天走了？”他问。

大学生觉得可怜他了，可是他立刻压下这种感情，说：

“您听我说……我要认真跟您谈一谈……是的，认真谈一谈……我素来敬重您，从来也不敢用这种口气跟您讲话，可是您的行为……最近的举动……”

父亲望着窗外，一声不响。大学生仿佛在考虑措辞似的擦着额头，极其激动地接着说：

“您没有一回在吃饭或者喝茶时不大闹一场的。您知道吗？您的面包卡在大家的喉咙里，再也没有比卡在喉咙里更侮辱人、更伤害人的自尊心的了……你虽然是父亲，可是不论是什么人，上帝也好，大自然也好，都没有给您权利这么严重地侮辱弱者，伤害弱者的自尊心，朝弱者发泄您的坏脾气。您折磨母亲，害得她战战兢兢，惟命是从，妹妹已经吓破了胆，而我……”

“你没有资格教训我。”父亲说。

“不，我偏要管！您尽可以嘲骂我，爱怎么嘲骂都由您，就是我不准您碰母亲！我不容许您折磨母亲！”大学生继续说，两只眼睛炯炯发光，“您让大家纵容坏了，因为至今还没有一个人敢顶撞您。大家在您面前都发抖，不敢开口，可是现在这个局面结束了！粗暴而没有教养的人！您粗暴……明白吗？您粗暴，难于相处，冷酷无情！连农民都受不了您！”

大学生已经失掉思路。他不是在讲话，却像是吐出一个个互不相干的字眼。叶夫格拉夫·伊万诺维奇听着，一言不发，好像愣住了。可是突然，他脖子通红，这颜色布满整个脸，他的身子动了一下。

“住嘴！”他嚷道。

“好哇！”儿子却不甘休，“您不喜欢听真话？好得很！行啊！您尽管嚷吧！叫吧！好得很！”

“住嘴，我跟你说！”叶夫格拉夫·伊万诺维奇大吼一声。

费多西娅·谢苗诺芙娜在门口出现了，脸色苍白，十分惊慌。她想说一句什么话，可又说不出来，光是动着手指头。

“这得怪你！”希里亚耶夫对她嚷道，“这都是你把他宠成这个样子的！”

“我不愿再在这个家里生活下去了！”大学生嚷道，哭起来，气愤地朝母亲看，“我不愿意跟你们一起生活！”

女儿瓦尔瓦拉在屏风后面大叫一声，哇哇地痛哭。希里亚耶夫挥一下手，跑出房外去了。

大学生走回自己的房间，静悄悄地躺下。他一直躺到午夜，动也不动，也不睁开眼睛。他既没感到愤恨，也不感到羞愧，只有那么一种模模糊糊的精神痛苦。他不怪罪父亲，也不怜悯母亲，更没受到自己良心的责备。他明白全家人都在经受那样的痛苦，至于这该由谁负责，谁痛苦得重些，谁痛苦得轻些，那就只有上帝知道了……

到午夜，他叫醒一个长工，吩咐他早晨五点钟以前备好到火车站去的马匹。然后他脱掉衣服，盖好被子，可是总也睡不着。他听见父亲没有睡觉，慢腾腾地从这个窗口踱到那个窗口，唉声叹气，一直熬到清晨。谁都没有睡觉，大家难得大声说话，只是偶尔有喁喁私语。他母亲两次走到屏风后面来看他。她仍然现出原来那样惊呆的神情，久久地在她胸前画十字，心神不安地颤抖……

早晨五点钟，大学生温柔地跟全家人告别，甚至哭了一阵。他走过父亲的房间，往门里看一眼。叶夫格拉夫·伊万诺维奇穿着衣服，至今还没睡，仍然站在窗前，手指敲着窗玻璃。

“再见，我走了。”儿子说。

“再见……钱在小圆桌上……”父亲没有回转身来，回答说。

当长工赶着马车把他送到火车站时，天上下着讨厌而寒冷的雨。向日葵把头弯得越发低，杂草也显得越发黑了。

哎哟，牙齿呀！

舞台艺术爱好者谢尔盖·阿列克谢伊奇·迪博金患牙痛病。

据有经验的女士和莫斯科牙科医生的看法，牙痛有三种类型：风湿性的、神经性的和骨疡性的，可是你看一看不幸的迪博金的面容，你将明白，他的疼痛和这三种类型都对不上号。看来，是魔鬼盘踞在他的牙齿上，用自己的牙骨和触角在那里作怪。不幸者的头脑发胀，耳朵里阵阵作疼，鼻子被抓破。他用两手捂住右脸颊，奔来奔去拼命地大喊大叫……

“请帮帮我的忙！”他边跺脚，边叫喊，“我要用枪自杀了，真是见鬼，我要上吊了！”

厨娘建议他用水漱漱口，妈妈建议他用煤油拌姜粉涂在面颊上，姐姐推荐他用掺墨水的花露水擦，姑妈叫他用碘酒抹在牙床上。然而，用了所有这些药后，他满身都是药的臭味，他变得不知所措，开始叫喊得更响……剩下的只有一种方法没有试验过——用枪朝自己的脑袋上开一枪，或一口气喝三瓶白兰地酒，醉后发酒疯，接着倒下睡觉……然而最后终于有一位聪明人建议迪博金去特维奥尔斯卡娅大街扎格沃兹金大楼，那里住着牙科医生加里宁，他即刻可以把牙拔掉，既不痛，收费又少。迪博金被这种思想怂恿着，如同喝醉了的商人，在栏杆外穿着大衣，乘上马车朝被告知的地址疾驶。穿过萨多尼亚大街，来到特维奥尔斯卡娅大街……西乌、费里波夫、阿伊耶、加拜从旁闪过……这样，终于看到了一块牌子，上面写着“牙医亚·阿·加里宁”。停一停！迪博金跳下马车，连叫带跑地沿着石级朝上奔。他发疯似的按了一下电钮，折断了自己优美的指甲。

“在家吗？现在接待吗？”他问侍女。

“请吧，现在接待……”

“哎哟！脱掉大衣！快点！”

再过一分钟，仿佛受苦人的脑袋痛得要彻底破裂了，像疯子一样，或者，说得确切些，像善良的妻子用滚烫的开水浇过的丈夫一样，他跑进候诊室，啊，真可怕！候诊室里人挤得满满的。迪博金跑到牙医室的门旁，但有人拉住他的后襟对他说，必须按号就诊……

“但我难受！”他激动地说，“见鬼了，我正处在可怕的时刻！”

“不管怎样！”那人冷淡地对他说，“我们也并不开心。”

我的主人公疲惫不堪地倒在沙发椅上，双手捂住两颊，开始在等待。他的脸庞好像用醋洗过一样，眼中含着泪水……

“这真可怕！”他哼着，“啊，我要——死——去——了！”

“可怜的年轻人！”坐在他旁边的女士叹息着说，“我的难受程度并不比你轻：我的亲生子女把我从自己的房子里赶了出来！”

无论怎样先进的财政条款，无论怎样带有慈善目的的演出也不可能如此令人厌恶地无聊，如同候诊室里的等候。一小时、二小时、三小时过去了，但可怜的迪博金还是坐在沙发上呻吟着。家里早已吃过了午饭，很快就要开始饮晚茶了，然而他还是在坐着。随着时间的消逝，牙齿越来越痛得厉害了……

眼看持久的痛苦就要过去，快轮到迪博金就诊了。他很快地离开沙发椅，飞似的奔向就诊室。

“看上帝的面上吧！”他一面呻吟，一面坐到就诊室的圈椅上，张开了嘴“我恳求你！”

“什么呀！你有什么事？”就诊室里戴眼镜的淡黄长发的男主人问他。

“请拔掉！请拔掉！”迪博金下气不接上气地说。

“拔掉谁？”

“天啊！牙齿！”

“真奇怪！”淡黄头发的男人耸耸肩膀，“我，爱开玩笑的先生，没有时间，我请你说：你有什么事？”

迪博金张着嘴，像鲨鱼一样，还在呻吟：

“拔掉，拔掉！人都快要死了，还有什么心思开玩笑！看在上帝的面上，拔掉！”

“嗯……如果你牙痛，那么请到牙医那里去。”

迪博金站了起来，惊得目瞪口呆、毫无表情地朝淡黄色头发的男人看了一眼。

“要知道，我是律师！……”淡黄头发的男人继续说着，“如果你需要牙科医生的话，那请到卡尔克曼那里去，他住在下面一层……”

“下——面——一——层？”迪博金惊讶地说，“我真见鬼了！哎，我是畜生！哎，我是下贱坯！”

读者，你们认为这是怪事后，那他剩下的只有一种措施：用枪自杀……如果手头没有手枪的话，那么喝三瓶白兰地酒，等等。

报 复

列夫·萨维奇·图尔曼诺夫是一个稍有家产和一个年轻妻子的普通市民，他的头顶已经秃掉一大块。有一天他参加朋友的命名日盛会，打纸牌。他输掉不少钱，出了一身汗，这时，忽然想起很久没有喝伏特加了。他就站起来，踮起脚尖，稳重地摇晃着身子，从许多牌桌中间穿过去，路过年轻人跳舞的客厅（在此地他温情脉脉地微笑，像父辈似的拍了拍年轻瘦弱的药剂师的肩膀），然后从一个通向小吃部的小门闯进去。这里有一张小圆桌，上面放着装有伏特加的长颈玻璃酒瓶……酒瓶旁边放着青葱、香芹菜，其他的冷盘中有一碟咸青鱼，已经给人吃掉一半了。列夫·萨维奇给自己斟上一杯伏特加，在空中活动着手指头，好像准备发表演说似的。他喝下酒，作出一脸苦相，然后举起餐叉，往咸青鱼那边扎过去……可是这当儿隔壁传来了说话声。

“也好，也好……”一个女人的声音活泼地说，“不过那要在什么时候呢？”

“这是我的妻子嘛，”列夫·萨维奇听出来了，“她这是跟谁在说话？”

“随你的便，我的朋友……”隔壁有个低沉而又悦耳的男低音回答说，“今天不大方便，明天我又整整一天都有事……”

“这是杰格佳廖夫啊！”图尔曼诺夫听出男低音是他的一个朋友在说话，“‘布鲁特，原来你也在这里！’[①]莫非她已经把他也勾搭上了？好一个贪得无厌、总是不肯安分的婆娘！缺了风流事就一天也活不下去！”

"是啊，明天我有事，"男低音接着说，"要是你不乐意的话，明天给我写封信吧……我会高兴，感到幸福的……不过我们应该把通信的事布置妥当。这得想出一个什么巧妙的办法才成。交邮局寄不大妥当。要是我写信给你，你那只雄火鸡就可能从邮差手里把信截住。要是你写信给我，我的老婆就会趁我不在把信收下，大概还会拆看。"

"那怎么办呢？"

"这得想出一个什么巧妙的办法才成，叫仆人传递也不成，因为你的索巴克维奇②一定把男女仆人全抓在手心里了……怎么，他是在打牌吗？"

"是啊。蠢货，老是输钱！"

"这是说，他在恋爱方面倒会交运呢！"杰格佳廖夫笑起来，"啊，小母亲，我想出了这么一条妙计……明天下午六点整，我下班回家，会路过城市公园，要在那里跟主任见面。那就这么办，我的宝贝儿，最迟六点钟，你务必设法把你的信放在那个大理石花瓶里，你知道它就在攀着葡萄藤的亭子左边……"

"我知道，我知道。"

"这个办法既富有诗意，又神秘，又新奇……不论是你那个大肚皮还是我的夫人，都不会知道，明白吗？"

列夫·萨维奇又喝下一杯伏特加，回到牌桌那边。他刚才发现的这件事并未使他震动，也没让他吃惊，而且丝毫也没惹得他愤慨。讲到愤慨，吵闹，辱骂以至打架，那种时期早已过去了。他对他轻佻的妻子的风流事已经挥一下手，装作不知道。可是他仍然觉得不愉快。像雄火鸡、索巴克维奇、大肚皮之类的说法，伤了他的自尊心。

---

① 据传说，这是恺撒遇刺身死前所说的一句话。布鲁特原是他的朋友，也参与了行刺。

② 俄国作家果戈理的长篇小说《死魂灵》中一个粗鲁蛮横的地主。

“不过，这个杰格佳廖夫可真是个坏蛋！”他一面记下输掉的牌账，一面在想，“每次在街上遇见，总是装成挺亲热的朋友，龇着牙笑，摩挲人家的肚皮，可是现在，你看看，放了些什么样的冷箭！当面叫人朋友，而背后，我在他嘴里却成了雄火鸡和大肚皮……”

他输掉的钱越多，那种受侮辱的感觉也就越重……

“乳臭未干的娃娃……”他想，生气地把记牌账的粉笔也弄断了。“毛头小伙子……我只不过是不愿意多事罢了，要不然，我倒要叫你见识见识什么叫索巴克维奇！”

吃晚饭时，他一见到杰格佳廖夫的脸就心里不舒服。可是那个人却仿佛故意捣乱似的，偏偏缠住他问个没完：赢了钱吗？为什么这么闷闷不乐？等等。他甚至厚颜无耻，以好朋友的资格，大声责怪他妻子对丈夫健康不关心。妻子呢，却仿佛什么事也没发生过似的，用油亮的眼睛望着丈夫，快活地发笑，若无其事地谈天，弄得魔鬼都不会怀疑她有了外心。

回到家里，列夫·萨维奇一肚子的闷气，很不自在，倒好像晚饭席上吃的不是小牛肉，而是旧套靴似的。他本来也许会抑制住自己，装作糊涂地过去，可是妻子的唠叨声和她的笑声却每一秒钟都让他想起雄火鸡、蠢鹅、大肚皮……

“应当给他一记耳光，混蛋……”他想，“应当叫他当众丢脸。”

他心想，现在要把杰格佳廖夫揍一顿，或者跟他决斗，把他当麻雀似的一枪打死……或者弄得他革掉官职，再不然在大理石花瓶里放上一点不体面的、臭烘烘的东西，例如死耗子，那才妙呢……应该事先从花瓶里把妻子的信偷出来，然后掉个包，把一首淫秽的诗放进去，署上“你的母鲨鱼”或者这一类的名字，那才称心。

图尔曼诺夫在卧室里来回走了很久，沉湎在这类幻想里。忽然他停住脚，拍一下额头。

“有了，好哇！”他叫道，甚至高兴得眉开眼笑，“这个办法太好了！太好了！”

等到他妻子睡熟，他就在桌旁坐下，经过长久的思考以后，故意改变自己的字迹，硬造出语法错误，写出如下的一封信：“商人杜利诺夫收。先生！倘若今天9月12日傍晚六时前您不在城市公园葡萄亭左边大理石花瓶里放入二百卢布，则您将被人杀死，您的百货店也将炸毁。”写完这封信，列夫·萨维奇高兴得跳起来。

“这办法想得如何，啊？”他搓着手，嘟哝道，“妙极了！比这再好的报复连恶魔也想不出来！自然，这个买卖人会害怕起来，立刻报告警察局的，于是警察就在六点钟以前埋伏在灌木丛里，当他走过去取信时，就一下子把他抓住，乖乖！……这家伙准会害怕起来！他这个坏蛋，先得吃够苦，坐够牢，才能把事情弄清楚……好哇！”

列夫·萨维奇在信封上贴好邮票，亲自把它塞进邮筒。他带着极其快乐的笑容睡着了，而且很久以来都没有睡得这么酣畅过。早晨他醒过来，想起自己的巧计，快活得嘴里呜呜地叫，甚至撩一下他那负情的妻子的下巴。他动身上班，后来在办公室里坐着，一直笑眯眯的，想象杰格佳廖夫落进陷阱惊恐万状的样子……

到五点多钟，他忍不住了，往城市公园跑去，想亲眼欣赏一下他的仇人狼狈不堪的局面。

“啊哈，果真来了！”他遇见一个警察，暗自在想。

他走到布满葡萄藤的亭子旁边，在灌木丛里藏好，眼巴巴地盯住花瓶，开始等候。他急得像热锅上的蚂蚁似的。

六点钟整，杰格佳廖夫出现了。这个年轻人显然心情畅快极了。他的高礼帽大模大样地歪戴在后脑勺上，甚至他的灵魂也好像从敞开怀的大衣和坎肩里往外张望似的。他嘴里吹着口哨，吸着雪茄烟……

“等着瞧吧，你马上就会明白什么叫雄火鸡和索巴克维奇！”图尔曼诺夫幸灾乐祸地想着，“你等着吧！”

杰格佳廖夫走到花瓶跟前，懒洋洋地把手伸进去……列夫·萨维奇略微欠起身子，凝视着他……那个年轻人从花瓶里取出一个不大的纸包，又耸了耸肩膀，脸上露出大惑不解的神情：原来纸包里装着两张花花绿绿的钞票！

杰格佳廖夫把两张钞票颠来倒去看了很久。最后他仍然耸耸肩膀，把钞票塞进口袋里，嘴里说："谢谢。"

倒霉的列夫·萨维奇听见了这声"谢谢"。这以后他在杜利诺夫商店的对面站了一个傍晚，对着招牌摇晃拳头，气愤地唠叨说：

"胆小鬼！臭商人！叫人看不起的大鲸鱼！大肚皮的兔子！……"

诉　苦

远方来信

亲爱的朋友！现在我刚收拾完我的房间。我累极了，手都写不好字，可是我仍然在桌旁坐下，赶紧跟您这样的好人谈一谈话，也算是精神上进一顿美餐。昨天我已经搬到另外一个村子里来住，离克拉斯诺亚尔斯克比过去近了，不过我的通讯地址暂时跟以前一样。我现在住的农舍倒挺宽敞，相当明亮，每月的房租连茶炊费一共三卢布。只是一到生火的时候，屋里就烟雾腾腾，夜里我总感到脑袋沉重。我的女房东是个很老的老太婆，耳朵聋，呆头呆脑，从各种迹象看来，大概是个旧教徒：至少我一吸烟，她就打喷嚏，而且不愿意跟我谈话。我的生活像先前一样暗淡无光，昏昏沉沉，单调乏味。日复一日，夜复一夜，日子一天天地过去。不过我倒不像以前那么烦闷了。我习惯早睡，而且正在学习绘画，用木头锯出各式各样的小玩意儿。报纸偶尔也能见到，连启事也不放过。我闲着没事做，就试着写我的《忏悔录》，结果写的尽是些琐事。我笔下的银行经理、检察官、陪审员都像是野兽，辩护人像是杏仁软糖，我自己成了羔羊。受审前拘押在监的情形描写得凄凄切切，拖拖拉拉……况且，我亲爱的，描写爱情却着重强调挥霍金钱的不是我，而是我爱的女人的情境，这是何等庸俗！您在最近的那封信上替我辩白，可是您这个人真怪，要知道会计员不是她而是我呀！话又说回来，这件事不要再提它了……

前天我收到妹妹娜佳寄来的卢库金烟盒和一打短袜。随着包裹还寄来一封信，可怜的姑娘写了四张信纸，为我的健康担忧。好朋友，您让她放心吧。您就说我活得挺好，强壮如牛。我也向您保证，我身体健康。我凭人格担保，我没得痨病，也不咳嗽，这话丝毫也不夸大。不过最近，我的身体出了一点没法理解的怪毛病，情形还算严重，大概是神经性的。我倒不在心上，可是仍然不得不为它忙一阵。我发的病近似癫痫。我没有因此瘦下来，然而这毕竟是不愉快的事……麻烦您问一下莫斯科的随便哪个大夫：我该怎么办才能治好这种病呢？叫我把病情大致叙述一下，这我办不到，不过我来给您写一下最近发病的经过和情景吧。一个星期前，星期二深夜，我牙痛得厉害，忽然醒过来。您知道，原来我也常牙痛，不过这一回，我牙痛得格外厉害。我醒来后，痛得难熬……整个脸都像针刺那样，甚至手上。我又蹦又跳，甚至哭了起来，我一会儿把头塞到枕头底下，一会儿伸到寒冷的前堂里……我想到没法求医，又没有药吃，就越发痛得难受……我极力回想当初在家遇到这类情形所采取的办法……我想起花露水、碘酒、各种酏剂、解痛的白兰地等等，总之，都是我在此地没有的东西……我向房东要点伏特加漱口，可是他们不给，推说他们没有。我亲爱的，无法跟您述说这可怕而漫长的一夜我所吃的苦了！……您就想象一下那黑暗、煤烟、羊皮的气味吧……时间拖啊拖的，一直拖下去，没有个尽头，仿佛停在一点上不动了。我的四周一个活人也没有……完全的孤单可以从我每一下脚步声和每一个呻吟声中听出来……回忆是可怕的，又没有任何期望……此外，寒冷的秋雨单调而冷漠地敲打漆黑的窗子，仿佛有意对我的痛苦表示毫不在意……我的朋友，请原谅我的伤感心情：如果有一天，在这样的夜晚，您遇上一个挨饿受冻的病人，那我请您给他一个躲避风雨的地方吧！请您不要相信那些坐在暖和而明亮的房间里，反对给人一星半点的施舍物和临时的帮助的人！您不要拒绝给他五个戈比，好让他到夜店去度过一夜。（最后这几行原来已经涂掉，不过仍然可以认出来）……我不记得天色怎样破晓，早晨怎样开始……我只记得到了早晨我也还是哭个没完，又蹦又跳，两只手捧着半边脸。我的牙痛照例要持续三四天，可是这一回却结束得特别快。事情是这样的：我早晨八点钟接到可敬的奥西普·伊万诺维奇寄来的几份报纸，我在给您的信上谈起过这个人（他不但送我茶具，还送我报纸，那些报纸他是从别人那里得到的）。我在一张报纸上看见用红铅笔标出的一条新闻，大概是助人为乐的奥西普·伊万诺维奇亲笔标出的。您再也想不出我有多么惊讶！那条新闻涉及我个人……其中讲到某银行的前任会计员犯伪造文件和盗用公款罪受审，如今生活在流放地……我看了“从可靠来源向本报提供的消息”，才知道：原来我目前坐着高头大马拉着的马车到处游逛，为情妇从巴黎定制新衣服，喝香槟如同喝白开水一样，操纵着俱乐部的命运等等。我连弄一口伏特加治牙痛都办不到，不料我摇身一变，居然被看作当地时新装束的倡导人，以荒淫无耻的生活影响当地。总之，我不但贪污过许多钱，而且善于把钱藏起来，如今正扬扬得意呢！编造这许多谎言还不够，另外又添上各种恭维我的称号，例如翩翩公子、浪荡子弟、风流才子、赌棍等。总之，这是读者抱怨惩罚太轻，要读者讥笑我，唾弃我……

我把这“可靠的消息”读了三遍，简直不相信自己的眼睛……我是小人物，不是大人物……按理我应该不理睬这种字，丢在脑后，可是我做不到，反而听任我的懦弱性格作怪。于是我发病了。我先是伤心得大声地哭，就跟小孩一样。随后我又怒火中烧。我气得发昏，像发疯似的把报纸撕成小碎片，伸出脚来不住乱踩，对着空中破口大骂，骂得极为难听……我满屋子跑来跑去，发牢骚，顿脚，捶拳头，捞起凳子来砸一条没有任何过错的狗……孤苦伶仃的心绪、回忆、思乡、青春断送的感觉、牙痛，这一切凝成一个沉重的秤砣，紧压着我的脑子，害得我暴跳如雷，精神错乱。我记得最后我躺在床上，要求人家不要管我，我的头上即使不压湿布也已经够凉的了……我已经不感到牙痛，我顾不上这些了……

他们何苦继续诽谤、污蔑一个已经倒下的人呢？不过，问题不在这里……发病以后大约过了两天，我像个挨了打的人，头痛，四肢也酸痛。我的病情就是这样。请您问一下您认识的随便哪个大夫，这究竟是什么病，怎样才能治好？如果大夫根据这封信能知道这是什么病，那就请他，要是他乐意的话，开个方子吧。请您买了药寄给我，在我妹妹那里拿钱好了。不过我的病千万不要告诉娜佳。

请您在信中附几张邮票来。后天就是我的生日。我要满二十八岁了。好人在这样的年纪几乎刚结束学业，我呢，却像个到处闯祸的“我们的淘气鬼”，已经从头到尾过完整整的一生：既念完大学，又置过房产，还受过审判，甚至跑到西伯利亚来了……世界上竟然有这种罕见的、有才华的人！原因是很明白的，有的人有才能，有的人有双倍的才能，有的人却完全没有。如果您有心慷慨解囊，那就请您不要汇款给我。您最好寄点烟草、茶叶来，尽量不要买太差的，再寄点香水来（要英国货，牌子叫“亲爱的”）。现在我才看出来我已经娇到什么程度了。比如说，我看到我在用便宜的信纸写信，就浑身不自在。这种纸不光滑，而且没带着当初她来找我的时候衣服上总带着的那种难忘的香气……

不过，再见了。不要忘记我，给我写信来。紧紧地握您的手。

完全属于您的

某某

此信与原信无异

安·契洪捷[1]

---

① 契诃夫的笔名。

在法庭上

在某县城里，有一幢官府的深棕色房子，地方自治局执行处，调解法官会审法庭以及掌管农务、酒类专卖、军事的机关和其他许多机构，轮流在这里开会。一个秋天阴沉的日子，地方法院分院在那所房子里突击开庭审案。当地一个官员讲起上述那幢深棕色房子，俏皮地说：

“这里有尤斯季齐娅，这里又有波丽齐娅，这里还有米丽齐娅，完全成了贵族女子中学。”

然而，正如谚语所说的，“七个保姆反而带出个瞎眼的孩子”，这所房子外貌阴森，好比营房，陈旧不堪，不论是外表还是内部一点也没有舒适的感觉，弄得新来的、没有官职的人见了，无不感到吃惊，心里发闷。甚至在春光明媚的日子，它也好像被浓重的阴影覆盖着。而在月光明亮的夜晚，当树木和小民房连成一大片阴影，沉入安宁的睡乡时，惟独它凭着它那堆压得人透不出气来的石头，高踞在朴实无华的景物之上，显得有点荒谬而不合时宜，破坏了总体的和谐，它没有睡觉，仿佛过去犯下种种不可饶恕的罪恶，如今无法摆脱沉痛的回忆似的。房子内部完全像个板棚，极不招人喜欢。看起来也真奇怪，那班风度优雅的检察官、委员、首席贵族，在自己家里往往因为屋里有一点淡淡的煤烟味，或者地板上有一块小小的污斑就大吵大闹，如今在这里，通气窗嗡嗡地响，冒烟的蜡烛散发着刺鼻的气味，乌黑的墙壁老是挂着水珠，他们却不计较。

地方法院九点多钟开庭。审讯毫不迟延地进行，显然要加紧办完。案子一个个提出来，结案很快，就跟不唱诗的弥撒一样，因此大量的各式各样人物、活动、言语、不幸的事件、真情、谎言都像春汛的潮水般奔流过去，一闪而过……任何人的头脑都不能由此得出具体而完整的印象……快到下午两点钟，已经办完很多案子：两个犯人被判做苦工；一个享有特权的犯人被判褫夺公民权，关进监狱；一个犯人宣告无罪释放，一个案子延期审理……

两点钟整，庭长宣布审问“农民尼古拉·哈尔拉莫夫被控杀害妻子”一案。法庭仍然由审讯上一案的法官们组成，只有辩护人的位子由新人接替，他是年轻还没有长胡子的候补法官，穿一件纽扣发亮的礼服。

“带被告！”庭长下令道。

可是被告事先已经押来，这时候往被告席走去。他是个高大壮实的农民，年纪大约五十五岁，已完全秃顶了，蓄着棕红色大胡子，毛茸茸的脸上露出冷漠的表情。他身后跟着一个矮小孱弱的荷枪士兵。

差不多就在被告席旁边，押解兵出了点小岔子。他忽然脚绊了一下，手里的枪往下掉，可是他没容它掉下地就马上抓住，枪托猛地砸在膝盖上。旁听席上响起了轻微的笑声。这个兵满脸涨得通红，大概是因为砸痛了，或者也许因为自己笨手笨脚而害臊。

按通常的程序审讯被告，调换陪审员，传唤证人，带领他们宣誓后，就开始宣读公诉状。胸部窄，脸色苍白的书记官穿着制服显得格外的瘦，脸颊上贴着一块膏药，用低沉的男低音念了起来，他念得很快，就像助祭念经的声调那样不高也不低，仿佛生怕累坏他的胸肺似的。法官的桌子后面不住在嗡嗡响的通风窗这时也来配合他，两种声音合在一起，形成了一种给法庭的寂静添上能催人入睡的麻醉性质的响声。

庭长还不算老，脸容极为疲倦，眼睛近视，坐在圈椅上，纹丝不动，把手掌放在额头旁边，仿佛在挡住阳光，不让它照到眼睛似的。他在通气窗和书记官发出的嗡嗡声中想自己的心事。当书记官略微停顿一下，换口气，开始念新的一页时，他忽然全身一震，用暗淡无光的眼睛看一下众人，然后低下头去凑近旁边法官的耳朵，叹口气问道：

“您，马特维·彼得罗维奇，是在杰米扬诺夫旅店里住着吧？”

“对，在杰米扬诺夫那里住。”法官回答说，也全身一震。

“下一回，大概我也要在那家旅店住了。求上帝怜恤吧，季皮亚科夫旅店里简直没法住！通宵吵吵闹闹，乱哄哄的！脚步声、咳嗽声、孩子啼哭声……不行！”

副检察官是个丰满而富态的黑发男子，戴着金边眼镜，留着一把梳理整齐的漂亮胡子，这时候坐着不动，好比一尊塑像，用拳头贴住脸，在读拜伦的《该隐》。他眼睛里充满读得入神的表情，眉毛惊讶地越扬越高……他偶尔往背椅上一靠，冷漠地凝视着前方，过了一分钟，又埋下头去看书。辩护人用铅笔没削过的一头在桌子上划来划去，偏着头沉思……他那年轻的脸上除了呆板而冷漠的烦闷，就没有别的表情，这样的表情只有那些每天必得坐在同一个地方，看见同样的脸和同样的墙的小学生和职员们才会有。他过一会儿就要发言，可是这丝毫也不使他激动。再者，他的发言又算得了什么呢？他是根据上司的指示，按照沿用已久的陈词滥调把它写成的，自己都觉得它毫无光彩、枯燥乏味，在陪审员面前，他会不动感情、有气无力地把它念完了事，这以后就坐上马车，冒着雨，经过泥泞的道路，去火车站，回到城里，为的是很快接到命令再到某个县去，再宣读新的发言……真乏味！

被告先是焦躁不安地对着袖口嗽喉咙，脸色煞白，但那寂静的单调和烦闷感染了他。他呆板而恭敬地望着法官们的制服，瞧着陪审员们疲乏的脸，平心静气地眨着眼睛。原先他关在监狱里，对法庭的环境和审讯的期待，使他提心吊胆，如今他倒十分放心了。他在这里遇到的完全不是他所预料的那样。他头上本来压着杀人罪，可是他在这里却没碰见严厉的面孔、震怒的目光、关于严惩的响亮语句，也没有见到对他那不同寻常的命运的同情。坐在上面的法官，谁也没有把长久而好奇的目光停在他身上……阴暗的窗子，墙壁，书记官的声音，副检察官的姿态，一概浸透了官场的淡漠，冒出凉气，仿佛杀人犯无非是普通的办公用具，或者那些审问他的都不是活人，而是一种肉眼看不见的、上帝才知道是由谁开动着的机器……

放宽心的农民却不明白，这里的人对生活的喜剧和悲剧早已习以为常，司空见惯，如同医院里的人看待死亡一样，而且正是这种机器般的冷漠无情，才包藏着他的处境的可怕和无望。看来，他即使不是温顺地坐着，而是站起来，开口恳求他们，声泪俱下地央求他们大发慈悲，沉痛地忏悔，绝望地死去……这一切也还是会在早已麻木的神经和习惯上撞得粉碎，就同海浪撞在岩石上一样……

当书记官念完时，庭长不知什么缘故摩挲着他面前的桌子，眯细眼睛久久地望着被告，然后懒洋洋地转动着舌头问道：

"被告，您是否承认自己在六月九日傍晚犯了杀害妻子的罪行？"

"不承认。"被告抓住自己衣服的前胸站起来，回答说。

这以后法庭匆匆忙忙着手审问证人，一连审问了两个农妇、五个农民和一个调查过案情的乡村警察。这些人身上都粘着泥浆，他们步行很久，又在证人室里一直坐等，早已筋疲力尽，神色沮丧而阴郁。他们的供词一模一样。他们供道：哈尔拉莫夫像大家一样，和他的老婆相处得"不错"，和大家一样，只有喝多了酒才动手打人。六月九日太阳下山的时候，有人发现老太婆倒在前堂里，头盖骨破裂，身旁一摊血里丢着一把斧子。大家就找尼古拉，要把这个灾难通知他，可是他既不在家，也不在街上。大家就开始在村子里找他，跑遍所有的酒店和农舍，都没找到他。他失踪了，到第二天，他却在乡公所里出现，脸色苍白，衣服破烂，周身发抖。人们就把他绑起来，关进看守所。

"被告，"庭长对哈尔拉莫夫说，"您能向法庭说明一下发生凶杀案以后那两天您在什么地方吗？"

"我在野外走来走去……什么也没吃，什么也没喝……"

“如果不是您杀的，那为什么躲起来呢？”

“我吓坏了……我怕吃官司……”

“哦……好，坐下吧！”

最后一个受审的是给死去的老太婆验尸的县里的医生。他把他还记得的验尸报告里的话以及今天早晨他到法庭来的路上想起来的话对法庭陈述了一遍。庭长眯着眼睛看着他那乌黑发亮的新衣服，看着他讲究的领结，看着他活动的嘴唇，听他讲话，可是不知怎的，却有个懒洋洋的想法在他头脑里自动冒了出来：“现在大家都穿短上衣，为什么做了件长的呢？为什么偏穿长的而不穿短的呢？”

庭长身后传来皮靴慎重的响声。这是副检察官走到桌子这边来，要取一个文件。

“米哈伊尔·弗拉基米罗维奇，”副检察官低下头凑着庭长的耳朵说，“这个科列伊斯基办理的侦讯工作马虎得出奇。被告的亲哥哥他没审问，村长他也没审问，那所小屋的情形也没有写清楚，一点也看不懂……”

“有什么办法呢？……有什么办法呢！”庭长往圈椅的椅背上一靠，叹口气，“他老朽了……不中用了。”

“顺便说一句，”副检察官继续低声说，“请您注意旁听席上第一排右边起第三个人……演员的相貌……他却是当地大财主。有将近五十万家当呢。”

“是吗？从外表倒看不出来……怎么样，老兄，我们要休庭一会吗？”

“审完再休息吧。”

“随您的便……哦？”庭长抬起眼睛望着医生说，“那么您认为她是当场毙命的？”

“是的，由于脑部受到严重的损伤……”

医生讲完，庭长就望着副检察官和辩护人中间的那块空当，问道：

“有什么问题要问吗？”

副检察官眼睛没有离开《该隐》，否定地摇一下头。可是辩护人出乎意料地活动起来，清了清喉咙，问道：

“请您说一下，医生，凭伤口的大小能够判断……判断犯人的精神状态吗？换句话说，我是想问一下：伤势的轻重能否使人有权利认为被告处在感情激动的状态？”

庭长抬起睡意朦胧、神色淡漠的眼睛看着辩护人。副检察官丢下《该隐》，望着庭长。他们光是呆呆地望着，既不微笑，也不惊奇，更不困惑，他们的脸上什么表情也没有。

“也许吧，”医生迟疑地说，“如果考虑到犯人……呃呃呃……用斧子劈下去的力量……不过……对不起，我不大明白您问这话是什么意思……”

辩护人提出问题却没有得到回答，再者他觉得也无须回答。他自己也知道得很清楚：这个问题本来是不知怎么钻进他头脑里来的，只因为受到寂静、烦闷、通气窗的嗡嗡声的影响，才从舌头上滑出来的。

法庭叫医生退席，开始检查物证。首先检查的是一件农民长外衣，袖子上有一块深棕色的血迹。法庭审问这块血迹的来由，哈尔拉莫夫供道：

“老太婆去世大约三天前，片科夫给他的马放血……我正好在那里，喏，当然，我就帮了帮忙，这才……这才把衣服弄脏了……”

“可是刚才片科夫供述，他不记得放血的时候有您在场……”

“我不知道。”

“坐下吧！”

他们开始检查那把使老太婆死于非命的斧子。

“这不是我的斧子。”被告申明说。

“那么是谁的呢？”

“我不知道……我没有斧子……”

“庄稼人一天也不能没有斧子。您的邻居伊万·莫费伊奇跟您一块儿修理过雪橇，他供述这正好是您的斧子……”

“我不知道。不过，我敢当着上帝起誓（哈尔拉莫夫往前伸出一只手，张开手指）……我敢当着真正的造物主起誓。我以前什么时候有过斧子，现在可记不清了。以前倒真是有过那么一把，好像比它小一点，可是我的儿子普罗霍尔把它弄丢了。在他当兵的大约两年前，他去砍柴，跟伙伴们喝开了酒，就把它弄丢了……”

“好，坐下吧！”

这种自始至终的不信任，这种不愿听他讲话的态度，大概惹怒了哈尔拉莫夫，使他感到受了委屈。他开始眨眼睛，颧骨上泛起红晕。

“我敢在上帝面前起誓！”他伸直脖子，继续说，“要是您不相信，那就请您问我儿子普罗霍尔吧。普罗霍尔，斧子哪里去了？”他猛地转过身对着押解兵，忽然用粗声粗气的男低音问道，“哪里去了？”

这真是沉重的一刹那！所有的人都好像蹲下去，或者矮了半截似的……凡是法庭里的人，头脑里统统像闪电似的掠过同一个吓人的、令人无法相信的想法：这可能是不祥的巧合吧。没有一个人敢大起胆子朝押解兵看一眼。人人都情愿不相信自己的想法，认为自己听错了。

“被告，同看押人讲话是不许可的。”庭长赶紧说。

谁也没看见押解兵的脸，恐怖像肉眼看不见的人，戴着面具，飞过法庭。民事执行官悄悄离开位子站起来，踮起脚尖，张开胳膊稳住身子，走出法庭去了。过了半分钟就传来兵士换岗所常有的那种脚步声和响声。

大家都抬起头来，极力装得好像没有发生什么事似的，继续做他们的工作……

统　计

有个哲学家说，如果邮差知道他们的邮袋里装着多少愚蠢、庸俗、荒唐的话语，他们就不会跑得那么快，而且一定会要求加薪。这是实话。有的邮差喘吁吁地拼命爬上六层楼，为的是送到只有一行字的信：“宝贝儿！我吻你！你的米希卡！”或者只有一张名片：“奥杰科隆·潘塔洛诺维奇·波德布留什金”。有的可怜的邮差在房门口足足按一刻钟门铃，浑身发冷，苦恼不堪，可是按地址送去的信却是对叶皮什金大尉家里如何纵酒行乐的淫秽描绘。有的邮差不住脚地满院子跑来跑去，寻找管院子的人，托他把一封信交给房客，而信上要求说：“别让我碰见你，要不然我就给你一记耳光！”或者：“吻亲爱的孩子们，祝安纽托奇卡生日好！”可是谁看见那些邮差，谁都会以为他们简直把康德或者斯宾诺莎装在邮袋里了！

有个闲暇无事的什佩金，平素喜欢东张西望，打听“欧洲有什么新闻”，后来编出一种类似统计表的东西，对科学作出了宝贵的贡献，凭这种多年观察的结果，可以看出市民信函的内容大体上依照季节不同而有所变动。春天以谈爱和求医的信居多；夏天大多是谈庄园管理的信和夫妇之间互相告诫的信；秋天的信大都谈婚姻和打牌；冬天则着重谈职务，挑拨是非。如果把全年的信汇总在一起，并且运用百分比方法加以分类，那么每一百封信当中：

有七十二封信是闲得无聊，写着玩玩的，只是因为手头有纸和邮票而已。这类信描写舞会和风景，废话连篇，空洞无物，或者问：“为什么您不结婚呢？”抱怨烦闷无聊，发牢骚，通知对方说安娜·谢苗诺芙娜怀了孕，要求对方问候“所有的人！所有的人！”骂对方不到他们家里来，等等；

有五封信是情书，其中只有一封提出了求婚；

有四封信是贺信；

有五封信是借钱的信，答应一领到薪金就奉还；

有三封信是非常乏味的信，出于女人的手笔，婆婆妈妈的，这些信推荐“年轻人”，或者要求弄一张剧院免费入场券之类、借新书等等，信尾总是道歉，说是字迹不清，写得潦草；

有两封信是附有诗稿，寄到编辑部的；

有一封信是“文绉绉”的信，在信上，伊万·库兹米奇对谢苗·谢苗诺维奇大发议论，讲保加利亚问题或者公开审判之害；

有一封信是丈夫以法律的名义要求妻子回家以便“共同生活”的信；

有两封信是写给裁缝的信，要求做新裤子，并且延期付清旧账；

有一封信是重提旧债的信；

有三封信是接洽事务的信；

有一封信很可怕，充满眼泪、恳求、抱怨：“爸爸马上就要死了”“科利亚开枪自杀了，您快回来吧！”等等。

求 婚

为姑娘们写的故事

瓦连京·彼得罗维奇·佩列杰尔金是个外貌漂亮的年轻人，他穿着燕尾服和漆皮鞋，鞋头尖得像刺，头戴一顶高礼帽，几乎按捺不住心头的激动，坐着马车到公爵小姐薇拉·扎皮斯金娜家去了……

啊，您不认识公爵小姐薇拉，这太可惜了！她是亲切可爱、令人心醉的美人，长着温柔的天蓝色眼睛，丝绸般的波浪鬈发。

海浪一撞上岩石就粉碎了，然而任何石头碰上她鬈发的波浪，却反而会碰碎而化为齑粉。需要做一个感觉迟钝的糊涂人，才能抵挡得住她的微笑和她那仿佛雕塑成的娇小身材不住发散着的脉脉温情。啊，每当她说话，发笑，露出白得耀眼的牙齿，一定得是麻木的牲畜，才能不感到很大的愉悦！

佩列杰尔金受到接待……

他在公爵小姐对面坐下，激动得浑身无力，开口说：

"公爵小姐，您能听我讲几句话吗？"

"哦，行！"

"公爵小姐……请原谅，我不知道从哪里说起……这件事对您说来是非常意外的……简直是冷不防呢……您会生气的……"

当他伸手到衣袋里取出手绢擦汗时，公爵小姐妩媚地微笑着，疑惑地望着他。

"公爵小姐！"他继续说，"自从我见到您的那天起，在我心里……就产生一种无法遏制的愿望……这个愿望白天黑夜都不给我安宁……要是它不能实现……那我……将是不幸的。”

公爵小姐沉思地低下眼睛。佩列杰尔金沉吟一下，继续说：

“当然，您会感到惊讶……您是高于人间万物的，不过……对我来说，您却是个再适合不过的人了……”

紧跟着是沉默。

“何况，”佩列杰尔金叹道，“我的田产正好跟您的田产交界……我有钱……”

“然而……到底是怎么回事呢？”公爵小姐轻声问道。

“到底是怎么回事？公爵小姐啊！”佩列杰尔金站起来，热烈地开口讲道，“我恳求您不要拒绝我……请您不要用您的推辞来打乱我的计划……我亲爱的，请您允许我向您求婚！”

瓦连京·彼得罗维奇赶紧坐下，低下头凑近公爵小姐，小声讲起来：

“这桩婚事划算极了！……咱们一年之内就能卖掉一百万普特的油脂呢！咱们可以在连成一片的两家田产上合伙开办一家油脂精炼厂！”

公爵小姐想一想，说：

“我很高兴……”

凡是期待着悲欢离合结束的女读者，可以休止了。

不同寻常的人

夜里十二点多钟，助产士——老处女玛利亚·彼得罗芙娜·柯什金娜的门外，站着一个高身量的先生，戴着高礼帽，穿着带风帽的制服大衣。在黑暗的秋夜，他的脸和手都看不清楚，可是他咳嗽和拉铃的方式却流露出庄重、文雅，甚至有几分威严。响过三次门铃后，房门打开，玛利亚·彼得罗芙娜本人出来了。她穿着白裙子，外面披一件男大衣。她手里举着一盏小小的灯，灯上扣着绿罩子，灯光把她那带着睡意和布满雀斑的脸、精瘦的脖子以及从包发帽里溜出来的稀疏的棕色头发一概染成绿色了。

“我可以见一见助产士吗？”那位先生问。

“我就是助产士。您有什么事？”

先生走进前堂，玛利亚·彼得罗芙娜看见面前站着一个高身量的男人，身材匀称，年纪已经不轻，可是长着一张英俊而严肃的脸和浓密的连鬓胡子。

“我是八品文官基里亚科夫，”他说，“我来请您到我妻子那里去一趟。劳驾快一点。”

“好……”助产士同意说，“我马上去换衣服，请您在客厅里等我一下。”

基里亚科夫脱掉大衣，走进客厅。小灯微弱的绿光照着价钱便宜的家具以及打过补丁的白色布套，照着可怜的花朵，照着攀附着长春藤的门框……屋子里有股天竺葵和石炭酸的气味。墙上的小挂钟胆怯地滴答响着，仿佛看到外来的男人感到难为情似的。

“我准备好了！”大约过了五分钟，玛利亚·彼得罗芙娜走进客厅来，她已经换好衣服，洗过脸，精神抖擞地说，“我们走吧！”

“是的，得赶快去……”基里亚科夫说，“顺便，我想提一个不算多余的问题：您接生要多少钱？”

“说真的，我也不知道……”玛利亚·彼得罗芙娜说，不好意思地微笑，“随您给吧……”

“不，我不喜欢这样办事，”基里亚科夫说，冷冰冰地凝视着助产士，“俗语说，协议重于金钱。我不想沾您的光，您也不要沾我的光。为了避免纠纷，我们还是事先讲定价钱比较妥当。”

“我，说真的，不知道……这没有固定的价钱。”

“我自己也工作，因此习惯于尊重别人的工作。我不喜欢不公道。如果我没有给足您钱，那就跟您多要了我的钱一样，对我来说是同样的不愉快，为此我坚决主张您说出您的价钱。”

“要知道，价钱很不一样！”

“嗯！……您决定不下来，这我不能理解，那我只好自己来定价钱。我可以给您两卢布。”

“您说什么呀，求上帝怜恤吧！……”玛利亚·彼得罗芙娜说，脸红了，往后倒退一步，“我都觉得不好意思了……与其拿两卢布，我还不如不要钱的好。愿意的话，付五卢布好了……”

“两卢布，一文也不加。我不要沾您的光，可是我也不打算多出钱。”

“那就随您的便，不过只给两卢布，那我不去……”

“可是按照法律您没有权利拒绝。”

“好吧，那我不要钱，白去一趟就是了。”

“我不想叫您白劳动。各种工作都应当得到报酬。我自己也工作，我明白……”

“只挣两卢布，我不去……”玛利亚·彼得罗芙娜温和地申明说，“要是您乐意，我不要钱去一趟倒行……”

“既是这样，我很抱歉，白白打搅您了……我荣幸地向您告辞。”

“您这个人啊，说真的……”助产士说着，把基里亚科夫送到前堂，“那么这样好了，要是您乐意，请给三卢布，我就去。”

基里亚科夫聚精会神地看着地板，眯细着眼睛，整整考虑了两分钟，然后果断地说：“不行！”接着就走到街上去了。助产士又惊讶又难为情，等他走后，就关上门，回到卧室去了。

“这个人相貌漂亮，举止庄重，可是多么古怪呀，求上帝跟他同在吧……”她边想边躺下。

可是还没过半个钟头，门铃又响了。她从床上起来，不料在前堂里又看见原先那个基里亚科夫。

“出奇的杂乱无章！”他说，“无论问药房里的人，还是问警察和扫院人，谁也不知道助产士的住址，这样我就不得不同意您的条件了。我给您三卢布就是，不过……我要预先申明一下：我雇用女仆，以及一般说来使用别人的劳力，总是事先讲定，到付钱的时候决不加钱，也不给小费什么的。各人应当拿各人该得的。”

玛利亚·彼得罗芙娜听基里亚科夫讲话没有多久就已经觉得他讨厌，惹人反感了，他那四平八稳的话语压在她心上像一块沉甸甸的东西。她换好衣服，跟他一块儿走到街上。周围静悄悄的，可是天气寒冷而阴霾，连路灯的亮光也看不大清。泥泞在脚底下咕唧咕唧地响。助产士凝神细看，却看不到出租马车……

“大概路不远吧？”她问。

“不远。”基里亚科夫阴郁地回答说。

他们穿过一条胡同，又穿过一条，再穿过一条……基里亚科夫只顾迈步走着，就连他的步态也流露出庄重和文雅。

“多么可怕的天气啊！”助产士跟他攀谈说。

可是他庄重地沉默着，显然极力在平整的石头上走，免得踩坏他的套靴。经过长时间的步行，助产士终于走进一个前堂，从那里可以看见布置得很体面的大客厅。在各个房间里，甚至产妇躺着的卧室里，连一个人影也没有……在任何人分娩的时候，亲戚和老太婆总是非常的多，可是这里却一个也看不见。只有厨娘一个人带着呆板而惊恐的神情急速地奔东奔西。不时传来响亮的呻吟声。

三个钟头过去了。玛利亚·彼得罗芙娜在产妇的床边上坐着，低声地说着什么。两个女人已经互相认识了，彼此有所了解，一块儿闲谈，一起惊叹一阵。

“您可不能说话呀！”助产士不安地说，可是她自己又不住地问这问那。

这时，房门开了，基里亚科夫本人静悄悄庄重地走进卧室来。他在椅子上坐下，摩挲着连鬓胡子。接着是沉默……玛利亚·彼得罗芙娜胆怯地朝他那漂亮然而呆板得毫无表情的脸望了一下，等着他开口讲话。可是他死不开口，不知在想什么心事。助产士白等；很久，就决定自己开口，说了一句在分娩的场合照例要说的话：

“是啊，感谢上帝，世界上要添一个丁了！”

“是的，这是愉快的，”基里亚科夫说，脸上保持毫无表情的神态，“不过从另一方面来看，多一个孩子就要多一笔开支。孩子不是天生就吃饱穿暖的。”

产妇的脸上露出负疚的神情，仿佛她没得到批准，或者出于无聊的奇想，就把一个活人生到世界上来了。基里亚科夫叹口气，站起来，庄重地走出去。

“他是个什么样的人啊，求上帝保佑他……”助产士对产妇说，“严肃到这种程度，连笑都不笑一下……”

产妇讲述他总是这样……他为人诚实、公正、慎重、精打细算，然而所有这些品质都达到了不同寻常的程度，弄得一般人都感到受不了。亲戚同他不和，仆人干了一个月就待不下去，没有人跟他来往，妻子儿女老是心情紧张，每走一步路都要担惊害怕。他不打人，不骂人，他的美德远比缺陷多，不过每逢他离家出外，大家却感到自在得多，轻松得多。为什么会这样，连产妇自己也不明白。

“那些盆子得收拾干净，放到储藏室去。”基里亚科夫又走进卧室里来，说，“这些小瓶也要收起来，将来有用处。”

他讲的话都很简单、平常，可是不知什么缘故，助产士却感到惊慌。她开始怕这个人，每次听到他的脚步声就打冷战。早晨她准备辞别的时候，看基里亚科夫的小儿子，一个面色苍白、头发剪短的中学生，正在饭厅里喝茶……基里亚科夫在他对面，用四平八稳的声调说：

“你会吃饭，那也得会工作。喏，你刚喝下一口茶，可是你大概没有考虑到喝这口茶是要花钱的，至于钱，是靠劳动挣来的。你要一面吃，一面想才是……”

助产士看到男孩呆板的脸容，仿佛空气都是沉甸甸的，再过一会儿，那四堵墙也会经不住这个不同寻常的人的威风而倒下来。她害怕得心慌意乱，对这个人产生强烈的反感，就拿起她的小包袱，匆匆地离去。

半路上，她想起她忘记索取那三卢布了。可是她停住脚，站一会儿，想了想，却挥一挥手，仍然往前走去。

我的家规

清晨醒来后，当我站在镜子跟前打领结时，我的岳母、妻子、小姨子就轻手轻脚、规规矩矩走到我房间里来。她们排成一行，恭敬地赔着笑脸，向我问早安。我就对她们点点头，发表演讲，向她们说明，我就是一家之长。

“我供给你们这些混蛋吃，供你们喝，教导你们，”我对她们说，“我教你们这些笨蛋要有头脑和智慧，因此你们得尊重我，敬仰我，惧怕我，赞美我的作品，不准有一丁点儿不听话的地方，要不然……啊，你们这些妖妇要提防着我！当心我揭你们的皮！我要给你们点厉害看看！”等等。

家人们听完我的演说，就走出去，着手办各人的事。岳母和妻子拿着我的文章跑到编辑部去：妻子到《闹钟》去，岳母到《每日新闻》去找里普斯凯罗夫。小姨子坐下来誊写我的小品文、中篇小说、论文。至于领稿费，我总是打发岳母去。倘使出版人付钱不爽气，老是搪塞说“明天再来”，那么我打发她去领稿费以前，先要叫她吃三天生肉，把她要弄得心里冒火，在她心里勾起对出版人的不共戴天的仇恨。她就涨红脸，怒不可遏，张牙舞爪，直奔编辑部去领钱，结果，没有一次她是空着手回来的。此外她还担负一项职责，就是替我抵挡债主们的纠缠。如果债主很多，妨碍我睡眠，我就使用巴斯德的办法把狂犬病的病毒接种到岳母身上去，再把她安置在大门口，弄得一个坏蛋也不敢上门！

吃午饭的时候，我大吃菜汤和烤鹅加白菜，妻子就在钢琴旁边坐下，给我弹奏《薄伽丘》《伊连娜》和《柯尔涅维尔的钟》，岳母和小姨子就在饭桌旁边翩翩起舞，跳的是西班牙民间舞蹈卡楚查舞。谁特别投我所好，我就答应送给谁一本由我亲笔签名的著作集，可是，这个走运的女人要是当天干出一件事，惹得我大发脾气，那就丧失了得奖的机会，我就不履行我的诺言。饭后我躺在沙发上，往四周喷出雪茄的烟，我的小姨子就朗诵我的作品，岳母和妻子静静地听着。

“啊，多么好啊！”她们必须赞不绝口，“妙极了！多么深刻的思想内涵！多么豪放的感情，如同大海的波涛在汹涌！太迷人了！”

等到我开始打盹，她们就在一旁坐着，交头接耳地讲话，不过声音要响到能让我听见。

“他是才子啊！可不是，他是个了不起的才子！人类如果不极力了解他，损失可就太大了！我们这些微不足道的人倒跟这样的天才住在同一个房顶底下，这是多么幸运啊！”

如果我睡熟，值班的女人就在我枕头旁边坐着，给我扇扇子，赶苍蝇。

我一醒来就嚷道：

“笨蛋，拿茶来！”

可是茶已经准备好了。她们把茶端给我，一边鞠躬，一边恳求道：

“您喝吧，父亲和恩人！这里是果酱，这里是甜面包……请您接受我们这种力所能及的贡礼吧……”

喝完茶后，我照例处罚她们违背良好家风而犯下的过失。如果没有什么过失，也还是要处罚，只是记在将来的账上罢了。处罚的轻重依过失的大小而定。

因此，如果我对誊写、舞蹈或者果酱感到不满，犯罪人就得把商人生活的几个场面背得烂熟，或者用一条腿跳着跑遍所有的房间，再不然就到我不投稿的编辑部去领稿费。有谁胆敢不听命令或者表示不满，我就采取更加严厉的措施：关进储藏室去，硬叫她闻阿莫尼亚的臭味，等等。倘使岳母吵闹起来，我就打发人把警察和扫院人叫来。

夜里，当我睡觉时，我家的三个女人却一概不睡，巡视各个房间，守卫我的作品，以免给贼偷走。

泥 潭

1

一个身穿雪白军官制服的年轻男人，在马鞍上潇洒地摇晃着，走进“莫·叶·罗特施泰因继承人”酿酒厂的大院。太阳无忧无虑地朝着中尉的小星章、朝着桦树的白树干、朝着院子里东一堆西一堆的碎玻璃微笑。万物都显示出夏日那种明亮而健康的美，任什么东西都拦不住绿油油的鲜嫩幼芽快活地颤动，跟晴朗的蓝天互使眼色。就连砖房那经烟熏过的肮脏外貌和杂醇油那令人窒息的气味也没有破坏总的美好情调。中尉快活地翻身下马，把马交给了一个跑过来的仆人，伸出手指摩挲着他稀疏的黑胡须，走进正门。在古老的，但明亮，铺有地毯的楼梯最高一个梯级上，遇见一个使女，年纪已经不轻，神情有点傲慢。中尉默默地把名片递给她。

使女拿着名片走进内室，看到名片上印着“亚历山大·格里戈里耶维奇·索科利斯基”几个字。过了一会儿，她走回来，对中尉说，小姐不能接待他，因为身体不舒服。索科利斯基举目望着天花板，努起下嘴唇。

“真遗憾！”他说，“听着，亲爱的，”他急急忙忙讲道，“请您再去一趟，对苏珊娜·莫伊谢耶芙娜说，我很需要跟她谈一谈。很需要！我只耽搁她一分钟。请她原谅我。”

使女只耸了耸肩膀，然后懒洋洋地走去见小姐。

“好吧！”她过了不久回来，叹口气说，“请进！”

中尉跟在她身后，穿过五六个陈设华丽的大房间，经过一条长过道，终于不知不觉地走进一个宽敞的正方形房间。他一跨进房间，就不由得大吃一惊，因为那里摆着极多的花卉，茉莉花的香味浓得令人恶心。沿墙的篱形支架上长满了花，枝叶遮蔽窗户，而且从天花板上倒挂下来，各个墙角也爬满枝叶，弄得这个房间与其说是住人的地方，倒不如说像个花房。山雀、金丝雀、金翅雀吱吱地叫，在绿叶中间跳来跳去，撞在窗玻璃上。

“请原谅我在这里接待您！”中尉听见一个女人清脆的说话声，字母“P”①的声音显得含糊不清，却使人听了觉得很动听。“昨天我的偏头痛发作了，今天我怕再发，就极力不动弹。您有何贵干？”

原来有个穿着贵重的中国式长睡衣，包着头的女人坐在正对门口的一把老年人用的大圈椅上，头往后靠在枕头上。从她那针织的毛线头巾里只露出一个白净的长鼻子和一只大而黑的眼睛。鼻端很尖，鼻梁略微拱起。肥大的长睡衣遮住了她的身材和体态，不过凭她美丽洁白的手，凭她的说话声、她的鼻子和眼睛却可以断定她的年纪至多不过二十六岁到二十八岁。

“请原谅我这样固执地要求见您……”中尉并拢两个靴跟，马刺碰出当的响声，开始说道，“我荣幸地介绍我自己，我姓索科利斯基！我是受我表哥的嘱托到这里来的，他就是您的邻居阿列克谢·伊万诺维奇·克留科夫，他……”

“啊，我认得他！”苏珊娜·莫伊谢耶芙娜打断他的话说，“我认得克留科夫。请坐，我不喜欢这么大的一个人站在我面前。”

“我表哥嘱托我要求您帮一下忙，”中尉再一次把马刺碰响，坐下，继续说，“事情是这样的，您去世的父亲去年冬天在我表哥那里买过燕麦，欠下他一笔不大的款项。表哥拿到的借据要到下个星期才到期，不过表哥恳切地请求您，这笔账能不能今天就还清？”

中尉说着话，斜起眼睛往两旁瞟一眼。

---

① 俄字中的颤舌音。

"是啊，我好像是在她的卧室里吧？"他在想。

在房间的一个绿叶最密最高的角落里，放着一张床，支着棺罩般的粉红色帐子，床铺凌乱，还没收拾整齐。床旁有两把圈椅，上面堆着揉成一团的女人衣服，衣襟和袖子滚着花边和皱边，如今已经揉乱，垂到地毯上。地毯上东一处西一处地乱丢着发白的小带子、两三个烟蒂、夹心糖果的包皮纸……床底下露出一长排尖头和圆头的各式拖鞋。中尉觉得甜腻的茉莉花香气似乎不是从花里而是从床上和那排拖鞋上散发出来的。

"那么借据上开着多少钱呢？"苏珊娜·莫伊谢耶芙娜问。

"两千三。"

"哎呀！"犹太女人说着，把另一只又大又黑的眼睛也露了出来，"您居然说这笔款项不多呢？今天付清，过一个星期付清，反正都一样，可是我父亲死后，这两个月当中，我付出去那么多的钱……碰到那么多的麻烦事，闹得我头都昏了！我一再要求到国外去休养，可是他们逼我干这些无聊的事。什么酒呀，燕麦呀……"她抱怨道，微微闭上眼睛，"燕麦呀，借据呀，利息呀，或者用我的总管家的说法，'利吉'呀……这真可怕。昨天我干脆把收税员轰走了。他带着他的测定酒中酒精含量的器具特拉列斯来找我纠缠。我就对他说：您跟您的特拉列斯一齐滚蛋吧，我什么人也不接待！他吻了吻我的手，就走了。您听我说，您的表哥不能再等两三个月吗？"

"棘手的问题！"中尉笑道，"表哥倒是再等一年也没关系，可是我等不及了！要知道，这笔钱，我得向您说明，是为我自己张罗的。我无论如何非弄到一笔钱不可，可是表哥手边，偏偏不巧，一个闲钱也没有。我不得不骑着马出来收债。刚才我到一个租他地的农民家里去过，现在呢，在您这里坐着，我从您这里出去还要到别处去，直到收齐五千卢布为止。我急等着钱用！"

"得了吧，年轻人要钱干什么用呢？奇怪的念头，简直是瞎胡闹。您吃喝玩乐花费多了吗？欠下了赌债吗？还是要结婚？"

“您猜中了！”中尉笑道，略微欠起身子，磕响马刺，“的确，我就要结婚了……”

苏珊娜·莫伊谢耶芙娜凝视着客人，作出一脸的苦相，叹了一口气。

“我不明白，人为什么热衷于结婚！”她说着，在自己身旁寻找手帕，“生命这样短促，自由这样少，可是偏偏还要捆住自己的手脚。”

“各人有各人的看法……”

“对，对，当然，各人有各人的看法……不过，您听我说，莫非您娶的是个穷姑娘？是出于热烈的爱情吗？而且为什么您一定要五千，不是四千，也不是三千呢？”

“嘿，她可真够贫嘴的！”中尉在想，然后回答说：

“事情是这样：军官依法不能在二十八岁以前结婚。如果一定要结婚，要么就退役，要么上缴五千保证金。”

“啊，现在我懂了。您听着，刚才您说各人有各人的看法……也许您的未婚妻是个了不起的、出色的女人。不过……我简直不懂正派人怎么能跟女人一块儿生活。您即使把我杀了，我也不懂。谢天谢地，我已经活了二十七年，可是生平一次也没见过一个勉强说得过去的女人。她们都是些装腔作势的、不道德的、说假话的人……只有使女和厨娘我还受得了，至于所谓上流女人，哪怕离我有大炮射程那么远，我也不容许。是啊，谢天谢地，她们也恨我，不到我这里来。这倒不是因为骄傲，不是的，不过是胆小罢了，生怕我跟她们大闹一场。啊，她们那种忌恨，我了解得很清楚！当然的！她们有些心思极力瞒住上帝和外人，我却把它们公开摆出来。既是这样，她们能不恨我吗？她们跟您谈起我，坏话已经讲了一大堆了……”

“我来此地还不太久，所以……”

“得了，得了，得了……我凭您的眼神已经看出来了！莫非您到这里来，您的表嫂就没向您交待过什么话？让年轻男人跑到这么糟糕的女人这里来而不预先警告几句，那怎么行呢？哈哈……不过，怎么样，您的表哥好吗？他是个挺好的人，长得真漂亮……我在弥撒时见过他几次。您为什么这样看着我？我经常到教堂去的！大家都信一个上帝嘛。对受过教育的人来说，外貌总不及思想重要……对不对？”

“是的，当然……”中尉微微一笑说。

“是啊，思想……不过您长得完全不像您的表哥。您也漂亮，可是您的表哥还要漂亮得多。说来也怪，怎么就不大像呢！”

“这并不奇怪：我们不是亲兄弟，而是表兄弟。”

“对，这是实话。那么您今天一定要这笔钱？为什么非今天不可呢？”

“我的假期过几天就满了。”

“哦，拿您有什么办法呢！”苏珊娜·莫伊谢耶芙娜叹道，“那就这样吧，我给您钱就是，不过我知道，日后您会骂我的。等到婚后您跟妻子吵起架来，就会说：‘要不是那个邋遢的犹太女人给我钱，那我现在也许自由得像只鸟呢！’您的未婚妻好看吗？”

“是的，挺不错的……”

“嗯！……反正长得像样点、漂亮点，总比不漂亮强。不过对丈夫来说，女人长得再漂亮也弥补不了她的浅薄无聊。”

“这就新奇了！”中尉笑道，“您自己是女人，却又这么恨女人！”

“女人……”苏珊娜冷笑道，“上帝给我这么一个躯壳，难道也能怪我？这件事我有错的话，就跟您长着胡须也是您的错一样。该选什么样的提琴盒，那是不能由提琴自己做主的。我倒很喜欢我自己，不过每逢人家提起我是女人，我就开始恨我自己了。好，您出去一下，我换套衣服。您在客厅里等我吧。”

中尉走出去，头一件事就是深深地呼一口气，好吐尽茉莉花的浓香，这种香气已经熏得他脑袋发晕，喉咙发痒了。他暗暗感到惊奇。

"多么奇怪的女人啊！"他边想，边往四下里看，"她讲话倒是蛮有条理的，可是……话未免太多，也说得太无顾忌了。她好像有点神经不正常。"

他此刻站在客厅里。这里陈设阔绰，力求华丽而时髦。这里有刻着浮雕的深色铜盘，桌上有尼斯和莱茵河的风景画片。另外还有古式的烛架、日本的小塑像，可是所有这些摆设，尽管追求豪华和时髦，却反而显得缺乏美感，那些镀金的墙檐、花花绿绿的壁纸、鲜艳的丝绒桌布、沉重的镜框里镶着的低劣彩色画片都强烈地显出这一点。这里似乎还没有布置完毕，却已经过于拥挤，这就进一步表现出美感的缺乏，使人觉得这里好像还少一点什么，同时又有许多东西应当丢掉。显而易见，全部陈设并非一次买齐，而是趁着减价出售的有利时机，东一件西一件地拼凑起来的。

中尉自己的审美能力也并不高明！可是连他都发觉全部陈设具有一种典型的特点，不论是华丽还是时髦都不能将它消除，那特点就是完全缺乏女性操持家务的手留下的痕迹，可是那样的手，大家都知道，是为给房间的布置添上温暖、诗意、舒适的色彩的。这里的气氛冷冰冰，就跟车站候车室、俱乐部、剧院休息室里一样。

真正犹太人的东西，这个房间里几乎一样也没有，也许只有一大幅描绘雅各和以扫[①]相会的画应当除外。中尉朝四周环顾一下，想到他的奇怪的新相识，想到她随随便便的态度和讲话的方式，就耸了耸肩膀。可是这时候房门敞开，她本人在房门口出现了，身材苗条，穿着长长的黑色连衣裙，腰部勒得很细，仿佛是由旋工旋出来的。现在中尉不单看见她的鼻子和眼睛，而且看见一张又白又瘦的脸和一头像羊毛那么拳曲的黑发。他虽然并不觉得她难看，可还是不喜欢她。一般说来，他对非俄罗斯人的脸型是抱着成见的，现在呢，除此以外，他还发现女主人那张白脸跟她的黑色鬈发和浓眉很不相称，白得使他不知怎的想起茉莉花香。他还发现她的耳朵和鼻

---

① 《圣经 · 旧约 · 创世记》中的两个传说人物，据说是犹太人的祖先。

子白得出奇，像是死人脸上的，或者像是用透明的蜡捏成的。她微微一笑，露出一口白牙以及发白的牙床，这也惹得他不喜欢。

“这是萎黄病……”他在想，“大概她的神经质是跟母火鸡一样。”

“喏，我来了！我们走吧！”她说着，很快地走在他的前面，一路上摘掉花枝上的黄叶，“我马上就给您钱，要是您愿意的话，我还要请您吃早饭。两千三百卢布！获得这笔大财后，您吃起饭来胃口就开了。您喜欢我的房间吗？此地的太太们说，我这里有大蒜味。她们的一切机灵只是拘泥于这种厨房式的俏皮话。我要赶紧向您保证，就连我的地窖里也没存着大蒜。有一回当一个大夫来看我时，从他身上冒出一股大蒜味，我就请他拿起帽子，坐上马车到别的地方去散发他的香气。我这里没有大蒜味，只有药味。我父亲瘫痪了一年半，弄得整个房子里都是药味。一年半啊！我怜惜他，不过他死了，我也高兴：他太痛苦了！”

她领着军官穿过两个类似客厅的房间，再穿过一个大厅，在她的书房里停住脚。那里搁着一张女人用的写字台，上面放满小摆设。旁边地毯上丢着几本翻开的折着书页的书。书房里有个不大的门，从那里望出去可以看见一张桌子，上面已经摆好早饭。

苏珊娜不住嘴地唠叨着，从衣袋里取出一串小钥匙，打开一个盖子弯斜的奇怪的柜子。盖子掀开时，柜子响起悲戚的呜呜音调，使得中尉想起了风神爱奥尔的琴。苏珊娜另拿一把钥匙，又响起咔嚓一声。

“我这里有地道，有暗门，”她说着，取出一个不大的上等山羊皮皮包，“这柜子挺可笑，是不是？这皮包里装着我四分之一的家产呢。您看，它的肚子鼓得多么大！您总不会把我掐死吧？”

苏珊娜抬起眼睛望着中尉，好意地笑起来。中尉也笑了。

“她实在是可爱！”他在想，看她用手指头拨动一个个钥匙。

“找着了！”她挑出开皮包的小钥匙，说，“好，债主先生，请您把借据拿出来。实际上金钱是多么无聊的东西！它多么渺小，可是话又得说回来，女人多么爱它！您知道，我是个彻头彻尾的犹太人，满心喜欢希穆尔和杨凯尔，不过我们闪族人的血液里却有一种东西惹得我厌恶，那就是追求横财。他们攒钱，自己也不知道攒钱是为了什么。人应当生活和享乐，他们却生怕多花一个小钱。在这方面与其说我像希穆尔，倒不如说像骠骑兵。我不喜欢让钱放在一个地方长久不动。一般说来，似乎我不大像犹太人。我的口音弄得我完全露出了马脚吧，啊？”

“该怎么跟您说好呢？”中尉支吾道，“您俄国话讲得很好，不过有个别字母念不清。”

苏珊娜笑起来，把小钥匙塞进皮包的锁眼里。中尉从衣袋里取出一小叠借据来，连同笔记本一齐放在桌子上。

“没有比口音更能显露出他是犹太人的，”苏珊娜接着说，快活地望着中尉，“不管犹太人怎么冒充俄国人或者法国人，可是您要他说‘普’，他却说成‘佩’……可是我咬字很准：普！普！普！”

两个人同时笑起来。

“天哪，她真是可爱的人！”索科利斯基在想。

苏珊娜把皮包放在椅子上，往中尉那边跨出一步，把脸挨近他的脸，快活地继续说：

“除犹太人以外，我最喜欢的莫过于俄国人和法国人了。我在中学里学得很差，不过我总觉得世界的命运就在这两个民族手里。我在国外住过很久……甚至在马德里也住过半年……人见得多了，我就得出一种信念：除了俄国人和法国人以外，再也没有一个像样的民族了。您就拿语言来说吧……德语像马嘶的语言一样，英语呢，比它更蠢的您根本想象不出：什么法伊季——菲伊季——咐伊季的！意大利语只有讲得慢才好听。不过，要是听意大利饶舌的女人讲话，那就跟犹太人说土话差不多。波兰人呢？我的上帝，主啊！再也没有比波兰语更难听的了。‘涅佩普希，佩特舍，佩普申，威普沙，博，莫热什，普舍佩普希特西，韦普沙，佩普申。’这意思是说：彼得，别把胡椒粉撒在乳猪上，要不然乳猪就太辣了。哈哈哈！”

苏珊娜·莫伊谢耶芙娜转动眼珠，笑起来，如此好听而富有感染力的笑声，招得中尉对着她，也快活得扬声大笑，她抓住客人的一个纽扣，继续说：

“您，当然，不喜欢犹太人……我不打算争论，他们的缺点是很多的，就跟一切民族一样。不过，这难道能怪犹太人吗？不，这不能怪犹太男人，要怪犹太女人！她们眼光短浅，贪得无厌，没有任何诗意，枯燥无味……您从来也没有跟犹太女人一块儿生活过，不知道有多少美妙之处哟！”

最后这句话苏珊娜·莫伊谢耶芙娜是拖着长音说出口的，已经没有激情和笑声了。她沉默下来，像是给自己的坦率吓坏了似的。突然间，她的脸相变得奇怪和不可理解的样子。她的眼睛一眨也不眨，呆望着中尉，嘴唇张着，露出咬紧的牙齿。她整个脸上，脖子上，以至胸脯上，有一种凶恶的、猫一般的神情在颤动。她眼睛没有离开客人，身体却很快地往旁边弯过去，猛一下，像猫似的，抓走了桌子上一个什么东西。这一切只是几秒钟的事。中尉注意她的行动，看到她那五个手指头正把他的借据团在手里，那张沙沙响的白纸在他眼前闪一下就消失在她的拳头里了。从好意的欢笑到犯罪，这种急剧而不寻常的转变，弄得他大吃一惊，不由得脸色煞白，后退一步……

她没有把惊恐和试探的眼睛离开他，同时把捏紧的拳头伸到她的胯部去，寻找衣袋。那只拳头像一条被捉住的鱼似的颤动，在衣袋附近挣扎，无论如何也没法伸进袋口。再过一会儿，借据就会落进女人衣服的深处了，可是这时中尉轻轻喊叫一声，与其说是出于理智，不如说是出于本能，一把抓住犹太女人那只捏紧拳头的手腕。那女人越发龇出牙来，用尽全力猛一扭动，把手挣脱了。于是索科利斯基伸出一条胳膊搂紧她的腰，另一条胳膊抱住她的胸部，两个人开始角斗。他怕伤着女人的体面，又怕碰痛她，就光是极力不让她动，想抓住她那只捏着借据的拳头。她呢，像鳗鱼似的，在他怀里扭动她那柔软富有弹性的肉体，极力抽身躲开，用胳膊肘撞他的胸膛，伸手抓挠他，闹得他的手碰遍她的全身，不由自主地碰痛她，顾不得她的体面了。

“这种事真少见！多么奇怪啊！”他在想，惊讶得莫名其妙，简直不相信自己了，同时他又全身心感到茉莉花的香气熏得他要呕。

他们一言不发，呼呼地喘气，脚下绊着家具，从这个地方移到那个地方。苏珊娜越斗越起劲。她涨红脸，闭上眼睛，有一次甚至不顾体统，把脸紧贴中尉的脸，在他的嘴唇上留下了淡淡的甜味。最后他总算抓住了她的拳头……他掰开拳头，却发现借据已经不在，才放开了犹太女人。他们红着脸，头发蓬松，呼吸急促，互相望着。犹太女人脸上那种猫一般的凶恶神情渐渐换成好意的笑容。她哈哈大笑，猛地往后一转身，朝准备好早饭的房间走去。中尉慢腾腾地跟在她身后。她在桌旁坐下，仍然红着脸，呼吸急促，喝下了半杯波尔特温酒。

“您听我说，”中尉打破沉默说，“您，我希望，是闹着玩的！”

“根本就不是闹着玩。”她回答说，把一小块面包塞进嘴里。

“嗯！……那么请问，这件事该怎么理解呢？”

“随您的便，坐下吃早饭吧！”

“可是……要知道这不正派！”

“可能是。不过请您不必费心给我讲大道理。我对事情自有我的看法。”

“您不还给我吗？”

“当然不，如果您是个穷人，是个饿着肚子不幸的人，那倒是另一回事，可是您却是要结婚！”

“可是这钱并不是我的，而是我表哥的！”

“您的表哥要钱干什么用？给老婆做时髦的衣服？您的嫂子有衣服也好，没衣服也好，我完全不放在心上。”

中尉已经忘了他是在别人家里，跟一个不相识的女人在一起，他不再受礼节的拘束了。他满房间踱来踱去，眯着眼睛，烦躁地拉扯他的坎肩。犹太女人干出不正派的事，在他的眼里她降低了身份，因此他觉得胆大多了，也随便多了。

“鬼才知道是怎么回事！”他喃喃地说，“您听我说，我不拿到您手里的借据就不离开这里！”

“啊，那更好！”苏珊娜笑道，“您索性在这里住下，我倒更快活呢。”

中尉给那场决斗弄得精神兴奋，看到苏珊娜笑眯眯的、不知羞耻的脸，看到她那张咀嚼食品的嘴，看到她由于喘气而大起大伏的胸脯，越来越胆大放肆了。他不再想借据，却不知什么缘故，带着一种贪婪的心情，回想他表哥给他讲过的这个犹太女人的风流事，她那放荡的生活方式，这些回忆只能使他更加放肆。他干脆在犹太女人身旁坐下，不再想借据，开始吃饭……

“您喝伏特加还是葡萄酒？”苏珊娜笑呵呵地问，“那么您留下来等借据了？可怜的人啊，为了等借据，您得在我这里度过多少个白昼和夜晚啊！您的未婚妻不会有意见吗？”

2

五个钟头过去了。中尉的表哥阿列克谢·伊万诺维奇·克留科夫穿着长袍和拖鞋，在自己庄园的各个房间里窜来窜去，着急地望着窗外。他是个高大健壮的男人，蓄着一大把黑胡子，相貌英俊，那个犹太女人说得不错，他很漂亮，其实已到了男人身子发胖、皮肉松弛、头顶光秃的年龄。论气质和智慧，他恰好是我们知识界为数众多的那种人：诚恳，温和，有教养，对科学、艺术、信仰都不陌生，对荣誉有追求，然而不求甚解，懒懒散散。他喜欢吃好菜，喝好酒，是个理想的牌手，善于品评女人和马，可是在其他方面他却迟钝、不好动。跟海豹一样。要使他摆脱这逍遥自在的状态，就必得发生一件不同寻常而且非常令人愤慨的事，那时候，他就会忘却世上的一切，表现得极其活跃，大声嚷着要决斗，给大臣写出七张纸的呈文，想尽办法跑遍全县，当众骂人“混蛋”，打官司，等等。

“怎么我的萨沙到这时候还没回来？”他望望窗外，问他妻子说，“这不，都该吃中饭了。”

克留科夫一家人等着中尉，一直到六点钟才坐下来吃中饭。傍晚，临到要吃晚饭，阿列克谢·伊万诺维奇听着脚步声，听着敲门声，不住耸肩膀。

“奇怪！”他说，“这个可恶的大少爷多半耽搁在佃户家里了。”

晚饭后，克留科夫上床睡觉，干脆断定中尉在佃户家里做客，痛饮了一番就留在那里过夜了。

亚历山大·格里戈里耶维奇直到第二天早晨才回到家里来。他的模样极其狼狈，垂头丧气。

“我要单独跟你谈一谈……”他鬼鬼祟祟地对表哥说。

他们走进书房。中尉闩上房门，没开口说话，却先在房间里走来走去，走了很久。

“出了一件怪事，老兄，”他开口说，“我都不知道该怎么跟你说。你不会相信的……”

他就吞吞吐吐，涨红了脸，眼睛没看表哥，把借据的事讲了一遍。克留科夫叉开腿，低下头听着，皱起眉头。

“你这是说笑话吧？”他问。

“哪能说笑话？这怎么会是笑话！”

“我不明白！”克留科夫喃喃地说，涨红脸，摊开手，“从你这方面来说，这简直是……不道德。那个骚娘们儿当着你的面干出鬼才知道的事，犯下刑事罪，做出下流的勾当，可是你倒凑上去跟她亲嘴！”

“可是连我自己也不明白怎么会这样！”中尉小声说，负疚地眨着眼，“老实说，我真不明白！我有生以来还是头一次碰上这么一个怪物！她降伏我，不是凭美貌，也不是凭聪明，而是，你知道，凭老脸皮，无耻……”

“老脸皮，无耻……这是多么纯洁！你真要是这么喜欢老脸皮和无耻，那你就索性从泥地里拉出一头猪来，把它活生生地吞下去！那样至少破费不多，可是，现在呢，两千三啊！”

“看你说得这么优雅！”中尉皱着眉头说，“我以后给你两千三就是！”

“我知道你会还，可是问题难道是在钱上？滚它的吧，那些钱！惹我生气的是你这个草包，窝囊废……该死的懦弱！你还是未婚夫呢！居然有了未婚妻！”

“求你少提这些……”中尉涨红脸说，“现在连我自己都厌恶自己。我巴不得钻进地缝里去才好……我满心厌恶和懊丧：现在我为那五千只好去麻烦姑妈了……”

克留科夫怒气不息，唠叨很久，然后平下气来，在沙发上坐下，开始嘲笑表弟。

“好一个中尉！”他说，声调里带着鄙薄和讥讽，“好一个未婚夫！”

蓦地，他像给蛇咬了一口似的跳起来，顿一下脚，满房间踱来踱去。

“不！这件事我不能就这么放过去不管！”他挥着拳头，开口说，“我要把借据收回来！非收回来不可！我要收拾她！一般说来，男人不兴打女人，可是我要把她打得遍体鳞伤……叫她一块好肉也剩不下！我可不是什么中尉！老脸皮和无耻打动不了我的心。不行，见她的鬼！米什卡，”他叫道，“你跑去吩咐一声，替我把那辆轻便马车套上快马！”

克留科夫很快地穿上外衣，不听忧心忡忡的中尉的劝告，坐上马车，果断地挥一下手，直奔苏珊娜·莫伊谢耶芙娜家去了。中尉久久地望着窗外，看见克留科夫的马车后面扬起滚滚的尘土，就伸个懒腰，打个呵欠，走回自己的房间，过了一刻钟他就睡熟了。

五点多钟，有人叫醒他去吃中饭。

“阿列克谢可真好！”表嫂在饭厅里迎着他说，“他逼得大家等他吃中饭！”

“难道他还没回来？”中尉打着呵欠说，“嗯……大概到佃户家里去了。”

可是晚饭前，阿列克谢·伊万诺维奇还是没回来。他的妻子和索科利斯基断定他在佃户家里打纸牌入了迷，想必就在那里过夜了。其实，所发生的事跟他们推测的全然不同。

克留科夫第二天早晨才回来，跟谁也没打招呼，一言不发，径自溜到他的书房里去了。

“哦，怎么样？”中尉睁大眼睛看着他，小声说。

克留科夫摇一下手，鼻子里哼一声。

“可是怎么了？你笑什么？”

克留科夫倒在长沙发上，把头塞到靠垫底下，由于忍住大笑，不由得全身在颤动。过了一分钟他坐起来，用笑得流出泪水的眼睛看着惊讶的中尉，开口说：

“你把门关上。嘿，这娘们儿啊，我跟你说！”

“借据拿到了吗？”

克留科夫挥一下手，又哈哈大笑。

“嘿，这娘们儿！”他接着说，“老弟，能认识这样的女人倒要道一声谢谢呢！她是个穿着裙子的魔鬼。我到了她家，走进去，你知道，活像朱庇特，连我自己也都害怕自己……皱着眉头，满脸怒容，为了显得威风些，甚至捏紧了拳头……我说：‘太太，跟我可开不得玩笑！’照这样说了一套。我搬出法院和省长来吓唬她……她先是哭，说她是跟你闹着玩的，甚至把我领到柜子跟前去，要还我钱，后来口口声声说欧洲的前途掌握在俄国人和法国人手里，而且痛骂女人……我也跟你一样听得入了迷，我这头蠢驴……她称赞我长得漂亮，拍拍我的胳膊，就在靠近肩膀的那个地方，看我到底有多结实，于是……于是，你看得明白，我现在刚从她那里出来……

哈哈。她倒挺喜欢你呢！”

“好一个娃娃！”中尉笑道，“居然是个成了家的上流人呢……怎么，害羞了？厌恶了？不过，老兄，不是说笑话，你们县里倒有个塔玛拉女王[①]呢……”

“何止是我们县里？你走遍全俄国也找不着另外一条这样的变色龙！我有生以来从没有见过这样的女人，在这方面我是否真的不是行家？我跟妖妇都勾搭过，可就是没见过这样的女人。她确实是凭老脸皮和无耻降伏人，讲到她吸引人之处，那就是急剧的转变、颜色的转换，那就是该诅咒的瞬息万变……呸！借据全完了。没有指望了。我俩都是大罪人，我们的罪应当分担才对。我认为你不是欠我两千三，而只欠一半。当心啊，我要跟我妻子说我到佃户家里去了。”

克留科夫和中尉把头塞到靠垫底下，开始大笑。他们抬起头，打个照面儿，然后倒在靠垫上。

“好一个未婚夫！”克留科夫讥讽道，“好一个中尉！”

“好一个有妇之夫！”索科利斯基回嘴说，“好一个上流人！还是一家之长呢！”

吃中饭的时候，他们讲了些隐语，互相挤眉弄眼，屡次用餐巾捂住嘴笑，惹得一家人感到吃惊。饭后，他们心绪仍然非常好，扮成土耳其人，手拿武器互相追逐，给孩子们表演打仗。傍晚他们争论很久。中尉口口声声说，收妻子的陪嫁钱，甚至在双方热烈相爱的情况下，也是下流而卑鄙的。克留科夫却伸出拳头捶着桌子说，这是荒谬，凡是不愿意妻子有财产的丈夫，都是利己主义者和暴君。两个人大嚷大叫，拍桌子瞪眼，谁也不想了解谁，灌下不少的酒。临了各自提起各自的长袍底襟，回到各自卧室去了。他们不久就睡熟，而且睡得很香。

生活仍然照先前那样平稳、懒散，无忧无虑地流过去。阴影铺

---

① 12 世纪格鲁吉亚的女王，以美貌和残酷闻名。

满大地，云端响起隆隆的雷声，偶尔大风悲凉地哀号，仿佛想证明大自然也能哭泣似的。可是任什么东西也不能惊扰这些人习以为常的安宁。关于苏珊娜·莫伊谢耶芙娜，关于借据，他们都绝口不提了。不知怎的，两个人都不好意思大声谈论这件事。不过这件事他们心里都记得，一想起来就高兴，仿佛偶然间，生活出人意料地为他们演了一场有趣的闹剧，到了老年回忆起来也会觉得愉快……

在会晤犹太女人后的第六天还是第七天早晨，克留科夫坐在自己的书房里，给姑妈写一封贺信。亚历山大·格里戈里耶维奇默默地在桌旁踱来踱去。中尉夜里睡得不好，醒来后心绪也不好，这时候感到烦闷无聊，他走来走去，想着假期就要满了，未婚妻在等他，想着人们永生永世住在乡下怎么会不闷得慌。他站在窗前，久久地望着树木，一连吸了三支烟，忽然回转身来对着表哥说：

"我有一件事想求你，阿廖沙，"他说，"今天你借一匹马给我骑一下……"

克留科夫看着他，眼光里露出寻根究底的神情，然后皱起眉头，继续写信。

"那么你借给我了？"中尉问。

克留科夫又望着他，然后慢腾腾地拉开书桌抽屉，从那里取出一大卷钞票，交给表弟。

"这是五千……"他说，"虽然这钱不是我的，不过求上帝保佑你，反正都一样。我劝你马上派人去叫驿车来，动身走吧。真的！"

这回轮到中尉寻根究底地瞅着克留科夫了。他忽然笑起来。

"你倒真猜中了，阿廖沙，"他说，脸红了，"我本来确实想去找她。昨天傍晚洗衣女工把我那次穿过的该死的军服交给我，军服上还带着茉莉花的香气，我……我就想去找她！"

"你该动身走了。"

"是的，确实该走了。顺便说一句，我的假期已经满了。真的，今天我就动身。我当着上帝说！不管住多久，到头来总还是得走……我要动身了！"

当天中饭前，驿车叫来了。中尉就跟克留科夫一家人告别，他们祝他一路平安，他就动身走了。

又一个星期过去了。这天天气阴霾，然而又热又闷。一大清早，克留科夫就漫无目的地在各个房间里走来走去，向窗外望望，或者翻阅早已看厌的照相簿。他一瞥见妻子或者儿女，就生气地嘟嘟哝哝。这一天，他不知什么缘故，他总觉得孩子们一举一动都惹人讨厌，妻子管教仆人不严，开支超过收入。这一切都表明“老爷”心绪不佳。

吃过中饭后，对汤和烤菜不满意的克留科夫吩咐套上那辆轻便马车。他慢腾腾地坐上去，出了院子，缓缓地走出四分之一俄里，然后停住了。

“要不要去……去找那个魔鬼？”他望着阴霾的天空在想。

克留科夫甚至笑了起来，仿佛那一天他还是第一次向自己提出这个问题似的。他顿时感到心里的烦闷消散，懒散的眼睛里闪出快活的光芒。他扬鞭打马……

一路上，他的想象力描绘着犹太女人见到他会多么诧异，他怎样笑，怎样谈天，然后又怎样精神焕发地回到家里……

“每个月都该做一次……这不平常的事会提提神，”他在想，“这样的事要能在停滞的机体里产生相当厉害的震动……引起反应才行……哪怕是痛饮一番，哪怕是……找苏珊娜也未尝不可。不这样是不行的。”

他的马车驶进酿酒厂的院子里，天色已经黑了。从厂主的房屋那些敞开的窗口传出笑声和歌声：

比闪电还亮，比火焰还烫……

一个有力而深沉的男低音唱道。

“哎呀，她家里有客人！”克留科夫在想。

想到她家有客，他就快快不快。“要回去吗？”他边想边摸到门铃，可是他仍然拉了一下，登上那道熟悉的楼梯。他从前厅往大厅里看了一眼。那里大约有五个男人，都是他熟悉的地主和官员。一个又高又瘦的男人坐在钢琴旁边，用长手指按着琴键，嘴里在唱歌，其余的都在听，高兴得龇出牙来。克留科夫照了照镜子，正要走进大厅时，苏珊娜·莫伊谢耶芙娜本人轻飘飘地走进前厅来了，她兴高采烈，身上仍旧穿着那件黑连衣裙……她见到克留科夫，突然间呆住了，随后却快活地叫起来，眉开眼笑。

“是您吗？”她说，抓住他的手，“多么意想不到啊！”

“啊，她来了！”克留科夫说，微微一笑，搂住她的腰，“那么，怎么样？欧洲的命运还掌握在俄国人和法国人手里吗？”

“我真高兴！”犹太女人笑道，小心地推开他的胳膊，“喏，您到大厅里去吧。那里都是熟人……我去吩咐一声给您送茶来。您的名字是叫阿列克谢吧？好，请进，我马上就来……”

她举起手，对他做了个飞吻的手势，就从前厅跑出去，身后留下了那种甜得发腻的茉莉花香气。克留科夫抬起头来，走进大厅。他跟所有那些在大厅里的人都熟识，然而他只略微向他们点点头，他们对他也略微点头作回答，仿佛他们相逢的地点不成体统，或者他们心里有了默契：对他们来说还是装得互不相识更方便些。

克留科夫穿过这个大厅走进一个客厅，再从那里走进另一个客厅。在这个过程中，他碰见三四个客人，也是熟识的，然而他们似乎没认出他来。他们脸上带着醉意，神态快活。阿列克谢·伊万诺维奇斜起眼睛看他们，心里纳闷，不懂这些成了家的、体面的人受过穷，吃过苦，怎么会自甘堕落，竟然以这种可怜的无聊事为乐！他耸耸肩膀，微微笑着，往前走去。

“有些地方清醒的人觉得恶心，”他想，“可是喝醉的人的心情却好得不得了，他们都是兴高采烈的。我记得我去看小歌剧，听茨冈姑娘唱歌，没有一回是清醒着去的。酒能使人的心软下来，于是安心干坏事……”

突然间，他停住脚，一动也不动地站在那里，用双手去扶住门框。原来中尉亚历山大·格里戈里耶维奇正坐在苏珊娜的书房里的写字台旁边。他在跟一个肥胖而皮肉松弛的犹太男人小声谈天，见到表哥来了，就一下子涨红脸，低下眼睛去看照相簿。

在克留科夫心里，正派人的感觉猛地一动，血涌上了他的头。由于惊奇、羞耻和愤怒而不能自控，他默默地走到写字台旁边。索科利斯基把头垂得越发低了。他的脸容大变，显露出难受的羞愧。

“哦，是你来了，阿廖沙！”他坐着抬头微笑一下说，“我原是顺便到这里来告别的，可是，你瞧……明天我一定要动身走了！”

“唉，我能跟他说什么呢？说什么呢？”阿列克谢·伊万诺维奇在想，“既然我自己也在这里，怎么能批评他呢？”

他就一句话也没说，光是清了清喉咙，慢慢地走出去。

不要说她是天仙，不要叫她离开人间……

男低音在大厅里唱道。

过了不久，克留科夫的轻便马车在尘土飞扬的大路上辘辘地响着。

房　客

曾经做过律师的布雷科维奇，如今无业，靠他那开着一家“突尼斯公寓”的有钱妻子养活。他年纪还轻，但已谢顶。有一天半夜，他从他的住房里跑到过道上，用尽全力砰的一声关上门。

“啊，恶毒的、愚蠢的、不懂人情的畜生！”他捏紧拳头嘟哝说，“魔鬼把我和你拴在一起了！呸！要把这个妖妇的高声说话声压过去，非放大炮不成！”

布雷科维奇又气又恨得上气不接下气，如果这时在路上，在他走过的“突尼斯公寓”长过道上，碰上一个家伙或者一个带睡意的服务员，他就会高兴地伸出手去乱打一通，借此出出气。他一心想辱骂，叫嚷，顿脚……命运仿佛明白他的心意，甘愿为他效劳似的，果然叫他迎面遇见了不按时交房钱的第三十一号住房的房客——乐师哈利亚夫金。乐师正在自己的房门前站着，身子大摇大晃，把钥匙朝锁眼里塞。他抱怨着，不知叫谁见鬼去，可是钥匙不听使唤，每一次都没有塞进锁眼。他一只手颤动着塞那钥匙，一只手拿着提琴盒。布雷科维奇像老鹰似的向他扑过去，气冲冲地嚷道：

“啊，原来是您？您听着，先生，您到底什么时候才付房钱？您已经有两个星期没付了，先生！我要吩咐仆人不给您生火取暖！我要把您撵出去，先生，岂有此理！”

“您……您别来打扰我……”乐师平静地回答说，“再……见！”

“您该感到害臊，哈利亚夫金先生！”布雷科维奇继续说，“您一个月挣一百二十卢布，有能力按时付钱！这样不付钱是不正当的，先生！在您那方面来说，这简直是卑鄙！”

钥匙终于咔哒一响，房门开了。

“是啊，先生，这是欺诈！”布雷科维奇跟着乐师走进房间，继续说，“我要警告您，要是明天您还不付钱，那我就把您告到调解法官那里去。我要给您点颜色看看！而且请您不要把烧着的火柴丢在地板上，您会在我这里闹出火灾来的！我一看见我的公寓里住着酗酒的人就受不了。”

哈利亚夫金用快活的醉眼瞅着布雷科维奇，冷冷地一笑。

“我简直不明白您为什么这样动肝火……”他嘟哝道，点上纸烟，把手指头烫了一下，“我不明白！就算这是因为我没付房钱吧。不错，我是没付，可是，请您说说看，这跟您什么相干呢？这关您什么事呢？您也没付房钱啊，可是我就没纠缠您。您不付，那好吧。求上帝保佑您，不付就算了！”

“这话怎么讲？”

“没什么……在……在这里当家做主的不是您，而是尊夫人。您在这里……您在这里就跟那个吹长号的房客一样，跟别人一样……这个公寓不是您的，您又何必如此操心呢？就拿我来作例子吧，我不是就没操这份心吗？您一个房钱也没付过，那又怎样呢？不付就算了。我一点也不操心呢。”

“我不明白您这话是什么意思，先生！”布雷科维奇嘟哝道。他装出受侮辱的人的腔调，准备随时维护自己的荣誉。

“哦，对不起！……我都忘了：您是把这个公寓作为您太太的陪嫁收下的……对不起！不过呢，如果从道德观点来看，”哈利亚夫金继续说，身子摇摇晃晃，“那么您仍然不必动肝火……这公寓您本来就是白白……白白拿到手的……凭什么您就把它归……归了您呢？就因为您是丈夫？……这有什么了不得的！做丈夫是毫不困难的。老兄，您自管去找一百四十四个女人，统统带到我这里来，我来做这伙女人的丈夫就是，而且一个钱也不要！请您费心去找吧！”

乐师醉后扯的这些话显然刺到了布雷科维奇的痛处。他涨红脸，很久都不知道该回答些什么。后来他跳到哈利亚夫金跟前恶狠狠地对着他，使足力气一拳头擂在桌子上。

“您怎么敢跟我说这种话？”他声音嘶哑地说，“您怎么敢？”

“请容许我说一句……”哈利亚夫金喃喃地说，后退一步，“这简直成了最强音①！我不明白您为什么怄气。我……我说那些话本不是要气您，而是……是要称赞您。我碰上一个开公寓的女人也抢着去娶她……请您费心帮忙好了！”

“可是……可是您怎么敢侮辱我？”布雷科维奇嚷道，又伸出拳头捶桌子。

“我不明白！”哈利亚夫金耸耸肩膀说，不再微笑了，“不过，我喝醉了……可能真的侮辱您了……既是这样，就请您原谅，对不起！老兄，原谅这个第一提琴手吧！我根本没有得罪您的意思。”

“这简直是肆无忌惮……”布雷科维奇说，听到哈利亚夫金讨饶的声调而心软了，“有些事是不能用这种方式讲出口的……”

“好，好……我不说了！老兄，我不说了！我们握手吧！”

“特别是我又没有招惹您……”布雷科维奇用受委屈的声调说，完全心软下来，可是没有伸出手去，“我没有做过什么对不起您的事。”

“的确，本来就不应该谈……谈这种很容易引起误解的问题……我喝醉了酒就冒冒失失讲出来了。原谅我，老兄！真的，我简直是畜生！我马上用凉水浇一下头，就清醒过来了。”

“生活本来就已经很糟，惹人厌恶，可还要加上你的侮辱！”布雷科维奇边说，边激动得满房间走来走去，“谁也没有看见事情的真相，人人都由着性子胡想，胡说。我想得出来公寓里的人背地里都说了我些什么！我想得出来！不错，我不对，我有错：半夜三更为钱来找您的麻烦，这在我是愚蠢的。我有错，不过……您也该原谅

---

① 原文为意大利语。

我，替我想一想，可是……您却当着我的面，说了些不干不净的难听话！”

“好朋友，可是我本来就喝醉了！我后悔了，我觉察到了。说真话，我觉察到了！老兄，房钱我一定付！下月一号我一领到钱，马上就付清！那么咱们讲和了？！好哇！啊，我的好人，我就喜欢受教育的人！我自己也在音乐……乐学院……这几个字真绕嘴，见鬼！……我在那里学习过……”

哈利亚夫金眼泪汪汪，拉住走来走去的布雷科维奇的衣袖，凑上去吻他的脸。

“啊，亲爱的朋友，虽说我醉得像兔崽子，可是我心里全明白！老兄，吩咐茶房给第一提琴手烧个茶炊吧！你们这里有一条规矩，过了十一点钟既不准在过道上闲走，也不准要茶炊，可是我从戏院里回来，真想喝点茶！”

布雷科维奇拉了拉铃。

“季莫菲，给哈利亚夫金先生烧个茶炊来！”他对走来的服务员说。

“不行！”季莫菲用男低音说，“太太不准十一点钟以后烧茶炊。”

“我吩咐你烧嘛！”布雷科维奇脸色发白地嚷道。

“既是不准，吩咐又有什么用呢……”服务员嘟哝着，走出房外，“既是不准，那就不行。有什么可说的呢！……”

布雷科维奇咬住嘴唇，扭转身子对着窗口。

“这是规定啊！”哈利亚夫金叹道，“嗯，是啊，这也没话可说……得了，你也不用在我面前难为情，反正我明白……你的心思我全摸得透。我们懂得这种心理学……好吧，既然不给茶喝，就只得喝酒了！喝伏特加吧，啊？”

哈利亚夫金从窗台上拿过伏特加和腊肠来，在长沙发上坐下，准备喝酒吃菜。布雷科维奇悲哀地瞅着这个酒徒，听他唠叨个没完。也许因为他看见那个蓬松的头，看见酒瓶，看见便宜的腊肠吧，总之，他想起他不久以前的生活了，那时候他也这么穷，却自由自在。于是他脸色越发阴沉，想喝酒了。他走到桌子跟前，喝下一杯酒，嗽了嗽喉咙。

“日子过得真糟！”他说，摇一下头，“糟透了！喏，刚才您侮辱我，后来服务员又侮辱我……这样的事没完没了！这是何苦呢！实际上，太没意思了……”

喝完第三杯以后，布雷科维奇在长沙发上坐下，用手支住头在沉思，然后悲哀地叹口气，说：

“我错了！啊，我真的错了！荒废了青春，抛弃了事业，出卖了原则，于是生活现在就来报复我。报复得好狠哟！”

他喝了伏特加，头脑里产生种种悲哀的思想，脸色煞白，甚至似乎瘦了。他好几次灰心得抱住头，说：“唉，这是什么样的生活啊，但愿你能理解！”

“不过你老实告诉我，凭良心告诉我，”他凝视着哈利亚夫金的脸，要求说，“你凭良心告诉我，说真的，这里的人……对我都有些什么看法。住在那些房间里的大学生都怎么说？恐怕你总有所耳闻吧……”

“听说过……”

“他们说些什么？”

“他们倒也没说什么，只不过……看不起你。”

这以后两个新朋友就什么也没再谈。一直到天亮，过道里开始生炉子了，他们才分手。

“那么房钱……你一个钱也不用给她……”布雷科维奇临走嘟哝说，“你一个戈比也别给她！……随她去……”

哈利亚夫金在长沙发上歪下身子，把头枕在提琴盒上，大声打起鼾来。

第二天深夜他们又凑在一起了……

布雷科维奇尝到了友好的豪饮的甜头，从此一夜也不白放过，如果发现哈利亚夫金不在，他就到别人的房间里去，在那里抱怨命运，然后喝酒，喝了酒又抱怨命运，天天晚上都如此。

不祥的夜晚

素　描

在肃杀、深秋的夜空里会听到时而断断续续、时而报警似的狗吠声，这是狗感觉到有敌人，却又不知道是谁，在什么地方，所以发出这样的吠声。在漆黑的空气里，飞扬着各种声音，打破夜晚的寂静：人们含混的说话声和忙乱不安的奔跑声，旁门嘎吱嘎吱的开关声，奔驰的马蹄的得得声。

佳季金庄园的院子里，老爷房子的露台前面，有三个黑影站在荒芜的花坛上，一动也不动。不难认出，那个身穿钟形皮袄、腰上勒着绳子、皮袄上一绺绺羊毛耷拉下来的，就是守夜人谢苗。跟他并排站着的，两腿瘦长，穿着短上衣，长着招风耳的高个子，这是听差加夫里拉。第三个人穿着坎肩，衬衫下摆散在裤腰外边，身材壮实而笨拙，其笨拙的样子使人想起木头做成的农民形状的玩偶，他也叫加夫里拉，是马车夫。三个人都用手扶着不高的篱栅，往远方眺望。

“拯救我们，怜恤我们吧，圣母啊！”谢苗用不安的声调喃喃地说，“可怕呀，多么可怕！主震怒了……主宰一切的圣母啊……”

“那地方不远，伙计们，”听差加夫里拉用男低音说，“至多也不过六俄里光景……我觉得那是在德国人的田庄上……”

“德国人的田庄在左边一点，”马车夫加夫里拉打断他的话说，“要是你看着那棵白桦树的话，德国人的田庄是在那边。这却是在克列先斯科耶村。”

“是在克列先斯科耶村。”谢苗同意道。

不知什么人光着脚大模大样地把脚后跟登得很响，跑过露台，砰的一声关上门。老爷的房子沉浸在睡乡里。窗子黑得像煤烟似的，看上去阴森森，大有秋天的气象，其中一扇窗子里透出一盏扣着粉红色罩子的小灯的微弱亮光。年轻的太太玛利亚·谢尔盖耶芙娜就在点着小灯的房间里安歇。她的丈夫尼古拉·阿列克谢耶维奇出外去打牌了，至今还没回来。

“纳斯塔西娅！”传来喊叫声。

“太太醒了，”听差加夫里拉说，“慢着，伙计们，我去给她出个主意。让她答应我带领所有的马和工人，动身到克列先斯科耶去，赶紧把那里的事办好……老百姓不懂事，笨头笨脑，总得有人指挥一下，该干些什么，该怎么干才成。”

“嗯，是啊，你去指挥！你倒想指挥，可是你吓得牙齿都打战呢？那边就是没有你，人也已经够多的了。也许区警察局局长、乡村警察、老爷都已经去了。”

露台上玻璃门当地一响，开了，太太本人走出来。

“怎么回事？为什么这么闹哄哄的？”她走到三个人影这边来，问道，“谢苗，是你吗？”

谢苗还没来得及回答她的话，她就害怕得不住往后倒退，把两只手一拍。

“我的上帝，什么样的灾祸啊！”她叫起来，“这已经很久了吗？是在哪里？你们怎么就没叫醒我？”

原来整个南边的天空布满了深红色的火光。天空发红，显得紧张，险恶的色彩在天空中闪烁、颤抖，仿佛脉搏在跳动。在广大的深红色背景上，浮雕般地现出了浮云、高岗、光秃的树木。那边传来匆忙而急促的警钟声。

“这真可怕，可怕呀，”太太说，“哪里起火了？”

“不远，在克列先斯科耶村……”

“哎呀，我的上帝，我的上帝！尼古拉·阿列克谢耶维奇不在家，我不知道该怎么办。总管知道了吗？”

“知道了……他坐着车子，带着三个大木桶去了。”

“那些可怜的人啊！”

“主要的是，太太，他们那边没有河。只有一个不像样的小池塘，可是就连它也不在村子里。”

“难道用水就能浇灭这场火？”听差加夫里拉说，“这当儿要紧的是，应该不让火往四下里窜。这就得有懂事的人在场指挥拆房才成。您让我去一趟吧，太太。”

“用不着你去，”玛利亚·谢尔盖耶芙娜回答说，“你在那里反而碍事。”

加夫里拉委屈地嗽喉咙，走到一旁去了。谢苗和另一个加夫里拉本来就受不了穿短上衣的听差那种自作聪明和自高自大的口气，因此对太太的话，感到很满意。

“可不是，他去了反而碍事！”谢苗说。

两个人——看守和马车夫，仿佛有意在太太面前表现他们的稳重似的，讲出许多敬神的话来。

“主惩罚人的罪过了……就是这么的！人犯了罪，却不去想自己是怎么回事，于是主降下了惩罚……”

火灾的景象对所有的人起着同样的作用。无论是太太，还是仆人统统感到心里战栗而发凉，凉得双手、头、声调都发抖……恐惧是很大的，然而人们的焦急却比恐惧还要厉害……大家都想登得高一点，能看看火、烟、人！强烈感受的渴望胜过恐惧，也胜过对别人痛苦的同情。等到火光淡了些，或者感到小了些，马车夫加夫里拉就快活地叫道：

“喏，火像要熄了！上帝保佑！”

可是从他的语气里还是可以听出惋惜的音调。临到火光又旺起来，火势似乎更大了，他就连声叹息，绝望地摇手，不过从他气喘吁吁，极力踮起脚尖以便站得高一点，可以看出，他多少也有点高兴。大家都觉得见到了可怕的灾难，不住地发抖，可是万一大火突然灭了，他们却又会感到不满意。这样的两面性是自然而然的，为此而对人的利己主义加以责备，就大可不必了。

不管美丽多么凶险，可是仍然不失为美丽，人的感觉也就不能不向往它。

这时候听到了轻微的响声：不知是谁用力地踩在铁皮房顶上。

“万卡，是你吗？”谢苗嚷道。

“是我和纳斯塔西娅！”

“你会摔下来的，鬼东西！看得见吗？”

“看得见！就在克列先斯科耶村，伙计！”

“大概在天窗那里才看得清，”玛利亚·谢尔盖耶芙娜说，“要不要到那里去看一看？”

灾难的景象使得人们互相接近了。太太忘了她的身份，同谢苗和两个加夫里拉一起走进房子。他们害怕得脸色苍白，浑身发抖，而又急于观看火景，就穿过所有的房间，登上楼梯，爬到阁楼上。到处都漆黑一片，听差加夫里拉举着的蜡烛起不着照明的作用，只在他四周投下些朦胧的火点。太太生平第一次看见阁楼……梁木、黑暗的墙角、火炉的烟囱、蛛网和灰尘的气味、脚下古怪的泥土，都在她心里留下了童话里的景物的印象。

“这就是家神住的地方吧？”她在想。

从天窗望出去，火势显得更大更旺。火场都可以看见了。地平线上铺开一条灿烂的金黄色长带。它像水泥似的流动着。

“喏，这里起火的不只是一所小木房。那里，伙计，差不多有半个村子都卷进火里去了！”马车夫加夫里拉说。

“你听，警钟不敲了。可见就连教堂也着火了。”

“那里的教堂是木头造的！”太太说，闻到谢苗的羊皮袄发散出来的难闻气味而透不过气来，“什么样的灾难啊！”

他们看够了才走下来。不久尼古拉·阿列克谢耶维奇老爷回来了。他出外做客，喝多了酒，如今躺在马车里，蜷起身子，大声打鼾。是别人将他叫醒的。他呆呆地望着大火，喃喃地说：

“拉一匹马……马来给我骑！快……快点！”

“不行！”玛利亚·谢尔盖耶芙娜反对说，“算了，你这副样子到哪里去？你去睡觉！”

“马……马！”他吩咐道，身子摇摇晃晃。

有人给他牵来一匹马。他爬上马鞍，摇晃着头，消失在黑暗里。这时候那些狗汪汪地叫着往前冲，仿佛闻出狼的气味来了。谢苗和两个加夫里拉身旁围着许多农妇和小男孩。他们没完没了地哭诉，惊叫，叹息，在胸前画十字。一个骑马的人飞驰到院子里来。

“烧死了六个人，”他上气不接下气，喃喃地说，“半个村子烧光了！牲口烧死了不知多少。木匠斯捷潘的老婆烧死了。”

太太的焦急达到了顶峰。活动和谈话越发闹得她心神不定。她吩咐套好马车，自己也坐上车到火场去了。夜是漆黑而寒冷的。土地受到黎明前的薄寒而略微变松，马蹄踩上去，声音发闷，就跟踩在地毯上一样。听差加夫里拉跟马车夫并排坐在赶车座位上，焦急得坐不安定。他环顾四周，嘴里嘟嘟哝哝，不时略微欠起身子，看他那样子倒好像他能左右克列先斯科耶村的命运似的……

“主要的是不要给火开道……”他嘟哝说，“样样事都得会办，可是普通的庄稼汉怎么能懂呢？”

马车走出五六俄里远，太太看见一种不同寻常的奇观，像那样的奇观不是每个人都能见到的，有人即使能见到，一生也只能有这样一次，而且是任何丰富的想象力也不能想象出来的。村子像是一大堆篝火在熊熊地燃烧。人的视野被一片火海挡住，不住跳动，明亮刺目。农舍、树木、教堂一齐淹没在火海里，犹如淹没在迷雾中一样。火光几乎跟阳光那么耀眼，夹杂着一团团黑烟和朦胧的热气。金色的火舌微微地笑，快活得眨眼，发出贪婪的噼啪声，舔着黑色的房架。红色和金色的尘云很快地腾上天空，仿佛为了显示幻觉似的，有些心慌意乱的鸽子在那团尘云里飞上飞下。各种声音在空中古怪地混杂在一起：惊天动地的爆裂声，火苗忽拉忽拉的响声，仿佛有几千只鸟在拍翅膀；人声喧哗，牛羊乱叫，车轮吱吱嘎嘎地响。教堂令人担忧，从它的窗口里往外冒出火焰和滚滚的浓烟。钟楼像黑色巨人似的挺立在火光和金色灰尘中。它已经全部起火，可是那些钟仍然挂在那里，至于它们怎么能安然不动，那就很难理解了……

道路两旁拥挤不堪，近似赶集或等候涨大水后的头一班渡船。人啊，马啊，大车啊，成堆的什物啊、木桶啊，都拥在一起。所有这些都在流动，挤东挤西，声音嘈杂。太太见到这场混乱，听见她丈夫尖利的叫声：

“把他送到医院去！你们给他泼水呀！”

听差加夫里拉站在一辆大车上，挥动双手。他被火光映着，身后投下长长的阴影，身材似乎比平时高了……

“有人放火，这是肯定的！”他嚷道，身子不停地转动，像是晨祷前的魔鬼，“喂，你们！不能给火开道！给火开道可不行！”

不管往哪里看，到处都是苍白的、发呆的、木头人的脸。狗不住地嗥，鸡咯咯地叫……

“当心点！”邻近的地主纷纷坐车来了，马车夫们嚷道。

不同寻常的情景啊！玛利亚·谢尔盖耶芙娜不相信自己的眼睛了，只有炽烈的热气才使她感到这不是在做梦……

卡尔卡斯①

喜剧演员瓦西里·瓦西里伊奇·斯韦特洛维多夫是一位五十八岁的强壮结实的老人，他醒过来，惊讶地往四处看。他眼前有一面不大的镜子，两旁燃着两支快要点完的油烛。安稳而懒散的烛火朦胧地照亮这个木墙刷过油漆的不大的斗室，室内满是烟雾和昏光。往四周看，可以发现以前巴克科斯和美利波美娜在这里相逢的痕迹，相逢是秘密的，然而不成体统，近乎淫乱，椅子上和地板上丢着上衣、长裤、报纸、配着花花绿绿的衬里的大衣、高礼帽。桌子上奇形怪状，乱七八糟：空酒瓶、玻璃杯、三顶花冠、镀金烟盒、玻璃杯的底托、湿了一角的第二期彩票、装着金饰针的盒子，都挤摊在一起。在那一大堆杂乱的东西上，还扔了许多烟蒂、烟灰、撕碎的小纸片。斯韦特洛维多夫坐在一把圈椅里，穿着卡尔卡斯的服装。

"我的天啊，我是在化妆室里！"喜剧演员环顾一下，说，"这真没想到！我怎么就会睡着了呢？"

他听着，四周寂静得像在坟墓里。烟盒和彩票使他清楚地想起今天是他的福利演出场，他演得很成功，每次幕间休息他都跟光临化妆室的捧场人一起喝下许多白兰地和葡萄酒。

"我是什么时候睡着的呢？"他又说一遍，"啊，老家伙，老家伙！你这条老狗！看来，你喝得太多，坐着就睡着了！真有你的！"

喜剧演员高兴起来。他扬声大笑，笑声带着醉意，夹着咳嗽。他举着一支油烛，走出化妆室。舞台上黑洞洞的，连一个人也没有。从舞台深处两侧和观众席上，吹来轻微而又可以感觉到的清风，这几股微风像幽灵似的在舞台上漫游，互相碰撞，卷成旋风，戏弄油烛的火苗。烛火颤动，往各个方向弯下去，微弱的亮光时而照在一长排化妆室的门上，时而照在旁边立着一个大木桶的红色侧幕上，时而照在舞台中央丢着的一个大镜框上。

“叶戈尔卡！”喜剧演员叫道，“叶戈尔卡，鬼东西！彼得鲁什卡！你们都睡着了，鬼东西，巴不得叫你们咽了气才好！叶戈尔卡！”

“啊……啊……啊！”回声接应着。

喜剧演员想起，叶戈尔卡和彼得鲁什卡在今天的福利演出中，每人得到三个卢布的酒钱。得到这一笔钱后，他们未必会留在剧院里过夜。

喜剧演员嗽了嗽喉咙，在凳子上坐下，把油烛放在地板上。他头沉沉的，醉意未醒，全身刚开始“发散”他喝下的那许多啤酒、葡萄酒和白兰地。他坐着睡了一觉，醒过来觉得浑身发软，打不起精神。

“我酒喝得嘴里发苦……”他吐着唾沫说，“哎，不应该喝酒啊，老糊涂！不应该！连腰也酸，头也痛，周身也发冷……老了。”

他朝前望一望。只隐隐约约地看到提词人的小亭、按字母排列的包厢和乐队池中的乐谱架，整个观众席却好比黑魆魆的无底洞，张开的嘴，出现寒冷严峻的黑暗……观众席平时是朴实而舒适的，可是现在，到了夜里，却显得深不可测，空空荡荡像是坟墓，连一个人影也没有……喜剧演员往黑暗处望了望，随后看了看油烛，继续唠叨着：

“是啊，老了……不管你怎么做假，不管你怎么充好汉，不管你怎么装傻，反正已经五十八岁了，全完了！这一辈子算是交待了！嗯，是啊，瓦辛卡。不过我在舞台上工作了三十五年，夜里看

---

① 希腊神话中的人物，此处指奥芬巴赫的戏剧《美好的叶莲娜》中受人喜爱的丑角。

见剧院却好像还是第一次……这真是可笑的事，真的……是啊，第一次，真可怕，见鬼……叶戈尔卡！”他站起来叫道，“叶戈尔卡！”

“啊……啊……啊！”回声接应道。

在远处的一个地方，仿佛就在张着的嘴的深处，随着回声，响起了召人去做晨祷的钟声。卡尔卡斯在胸前画了一个十字。

“彼得鲁什卡！”他叫道，“你们在哪里呀，鬼东西？主啊，为什么我总是想起鬼呢？你少说这个字，你戒掉酒吧，总之你已经老了，到死的时候了！人家一到五十八岁就总去做晨祷，做好死的准备，可是你……主啊！”

“主怜恤我吧，多么阴森可怕！”他唠叨说，“是啊，照这样通宵坐在这里，能把人活活吓死。要召唤阴魂来相会，这倒是个绝妙的地方呢！”

一提到“阴魂”两个字，他就越发心惊胆战……漫游的微风和闪烁的光点勾起他的想象，把它逗引到最大程度……喜剧演员不知怎的缩起身子，面容憔悴，弯下腰去拿油烛，最后一次带着孩子般的恐惧斜起眼睛朝那个黑洞看一眼。他那由于化妆而变得难看的脸露出呆板的样子，几乎毫无表情。他还没拿到油烛就忽然跳起来，凝视着那片黑暗。他默默地站了半分钟，然后被一种极端害怕的心情所控制，抱住头，连连跺脚……

“你是谁啊？”他尖起嗓子嚷道，声音变了，“你是谁啊？”

有个包厢里站着一个白白的人影。等到烛光往那边照过去，就可以看清那个人的双手、脑袋以至白胡子。

“你是谁啊？”喜剧演员用绝望的声调又问一遍。

白色人影迈出一条腿，跨过包厢的障壁，跳进乐队池，然后，像阴影似的，不出声地往舞台这边走来。

“是我！”他说着，爬上了舞台。

“是谁？”卡尔卡斯边叫，边往后退。

“是我，尼基塔·伊万内奇……提词人。您不用担心。”

喜剧演员吓得浑身发抖，呆若木鸡，瘫软地在凳子上坐下，低下头。

“是我！”那个人走到喜剧演员跟前说，他长得既高又瘦，头顶光秃，胡子花白，只穿着内衣内裤，光着脚，“是我，是提词人。”

“我的上帝啊……”喜剧演员说，伸出手掌摩挲着额头，呼呼地喘气，“原来是你，尼基塔？你……你在这里干什么？”

“我在这个包厢里过夜。此外就没有地方过夜了……只是您不要告诉阿列克谢·福米奇。”

“你，尼基图什卡[①]……”有气无力的卡尔卡斯喃喃地说，向他伸出发抖的手，“我的上帝，我的上帝啊！……大家叫我谢幕十六次，送给我三顶花冠和许多东西……大家都非常高兴，可就是没有一个人叫醒喝醉的老人，把老人送回家去。我是个老人了，尼基塔。我五十八岁。我有病！我衰弱的精力疲惫不堪。”

卡尔卡斯往提词人那边探出身子去，周身发抖，靠在他的手上。

“你别走，尼基塔……”他喃喃地说，像在说梦话，“我年老、有病、该死了……可怕呀！”

“您，瓦西里·瓦西里伊奇，该回家去了。”尼基塔温柔地说。

“我不去。我没有家！没有，没有！”

“主耶稣啊！莫非您忘记您住在什么地方了？”

“我不愿到那里去，不愿意……”喜剧演员有点着急地说，“我在那里孤孤单单……一个亲人也没有，尼基图什卡，既没有亲人，也没有老伴，更没有孩子……一个人，跟野外的风一样……我死了，谁也不会想起我。”

喜剧演员的战栗也感染了尼基图什卡……醉醺醺的、激动的老人拍他的手，焦急不安地握紧它，这双手沾满了化妆用的油彩和泪水。尼基图什卡冷得缩起身子，耸耸肩膀。

---

① 尼基塔的小名。

“我怕一个人……”卡尔卡斯喃喃地说，“没有谁亲近我，安慰我，把我这个醉汉扶上床去。我是属于谁的？有谁需要我？谁会爱我？谁也不爱我啊，尼基图什卡！”

“观众爱您，瓦西里·瓦西里伊奇！”

“观众走了，去睡觉了……不，谁也不需要我，谁也不爱我……我既没有妻子，也没有儿女。”

“哎呀，您何必为这些悲伤！”

“我也是人，活生生的人啊……我是贵族，尼基图什卡，出身于上流人家……当初我没有掉进这个无底洞以前，做过军人，在炮兵营里当差。那时候我是好样的，美男子，热情勇敢的人……后来我成了出色的演员，我的上帝，我的上帝！所有这些往事都到哪里去了？那些岁月在哪里啊？”

喜剧演员抓住提词人的手，站起来，使劲眨眼睛，仿佛刚从黑地里走进灯火辉煌的房间似的。大颗的泪珠顺着他的脸颊淌下来，在化妆的油彩上留下一道道印迹……

“那是什么样的岁月呀！”他继续像梦呓般地说，“如今我看到这个黑洞，一切都想起来了……所有的一切！这个黑洞吞掉我三十五年的生命，那一段生活多么好，尼基图什卡！我现在看到它，看得一清二楚，就跟看你的脸似的！……我想起当时我还是个年轻的演员，刚开始演得出色的时候，有个女人看过我的表演就爱上我……她雅致、挺秀得像一棵杨树，年轻，纯洁，聪明，而且炽热得像夏天的朝霞！我相信即使天上没有太阳，地上也仍然会明亮，因为任何夜晚都敌不过她的美丽！”

卡尔卡斯摇头晃手讲得热烈……尼基图什卡只穿着内衣内裤，光着脚，站在他面前听他讲话。两个人被黑暗包围着，那支微弱的油烛很难赶走黑暗。这是奇怪而独特的一场戏，世界上没有一个剧院上演过，观众却只是那个死气沉沉的黑洞……

“她爱上我了，”卡尔卡斯气喘吁吁地接着说，“是啊。我记得有一次我站在她面前，就跟现在站在你面前一样……那一次，她从来也没有这么漂亮过，她那双眼睛望着我的样子，我就是躺在坟墓里也忘不了！她的目光亲切，柔和得像是丝绒，闪着青春的光辉，深不可测！我陶醉了，满心快活，在她的面前跪下，请求她给我幸福……”

喜剧演员换口气，压低喉咙继续说：

“可是她说：‘您离开舞台吧！’明白吗？她可以爱演员，可是做他的妻子却办不到！我记得我那天演了戏……我的角色很糟，嘻皮笑脸……我一边演戏，一边心里像是有猫在抓挠，有蛇在咬……我没有离开舞台，没有，可是我的眼睛直到那时候才算睁开！我明白我是奴隶，是别人消闲的玩具，根本就没有什么神圣的艺术，一切都是胡说，骗人。我了解那些观众！从那时候起我再也不相信鼓掌、花冠、欢呼！是啊，老兄！他们对我鼓掌，花一个卢布买我的照片，可是我在他们眼里却是外人，我在他们眼里是一摊烂泥，几乎是个妓女！他们出于虚荣心才极力要跟我结交，然而他们不会自甘下流，把自己的姊妹或者女儿许给我做妻子！我不相信他们，痛恨他们，他们在我眼里也是外人！”

“您该回家了。”提词人胆怯地说。

“他们那班人我了解得很清楚！”卡尔卡斯嚷道，对着黑洞摆动拳头，“从那时候起我就心里有数了……我年纪还轻就已经恍然大悟，看到真相……这一识破使我付出了很大的代价，尼基图什卡。自从那件事以后……自从那个姑娘的事以后，我就吊儿郎当，一味鬼混，不往前看了……我表演各种丑角，龇牙咧嘴，败坏人的思想……我耍贫嘴，乱抓哏，丧失了人的尊严……唉！这个洞活活把我吞掉了。以前我倒没感觉到，可是今天……当我醒过来，回头一看，原来我已经活过五十八年！直到现在我才看出我老了！我的歌已经唱完了！”

卡尔卡斯还在发抖，呼呼地喘气……过了片刻，尼基图什卡把他搀进化妆室，动手给他脱衣服，他却已经完全泄了气，四肢瘫软，不过依然不住地唠叨，哭泣。

幻　想

两个乡村警察——一个长着黑胡子，身材矮壮，腿短得出奇，要是从他身后看去，他的腿就像是在比一般人低得多的地方长出来的；另一个瘦长而笔直，好比一根木棍，蓄着稀疏的深棕色胡子，——押解着一个身世不明的流浪汉到县城去。头一个警察大摇大摆地走着，往四周张望，嘴里时而嚼一根细干草，时而嚼自己的衣袖，手不住拍胯骨，鼻子里哼小曲，总之他的神态无忧无虑，吊儿郎当。另一个尽管长着瘦脸和窄肩膀，看起来却庄重、严肃、一本正经，论周身的气派和表情，他俨然是旧教的教士，或者古代圣像上画着的武士，俗语说，“上帝看他才智过人就多给他一个额头”，也就是说，他已经谢顶，这就使他越发像上述那两种人了。头一个叫安德烈·普塔哈，第二个叫尼坎德尔·萨波日尼科夫。

他们押解的那个人，跟一般人具有的流浪汉概念截然不同。他是个矮小孱弱的人、体弱有病、五官小样、缺乏光彩、极不起眼。他的眉毛稀稀拉拉，目光温顺而柔和，胡子几乎还没长出来，其实这个流浪汉的年纪已经超过三十岁。他迈步走路有点胆怯，拱起背脊，把手拢在袖管里。他穿一件并非农民式的呢大衣，绒毛已经磨损，衣领一直竖到帽边上，结果只有他的小红鼻子大着胆子伸出来，窥探上帝创造的世界。他用谄媚的尖细的男高音讲话，不时嗽一下喉咙。很难、很难叫人相信他是个隐姓埋名的流浪汉。倒不如说他像教士的失意的儿子，为上帝所遗弃，而沦为乞丐，或者像是个文书，由于酗酒而被革职了，再者就像是商人的儿子或侄子，在演戏的行业中试了试他微薄的力量，如今正走回家去，以便表演浪子寓言的最后一幕。他在秋天泥泞难行的道路上不声不响，耐着性子挣扎前进，凭这一点看来，或许他是笃信宗教的修道院僧侣，走遍俄国的修道院，顽强地寻求“和平而摆脱罪恶的生活”，却又找不到……

这几个行人已经走了很久，可是好像怎么也走不出一块不大的土地。他们前边大约有五俄丈长的深褐色泥路，身后也有同样距离的那么一段泥泞路，至于远处，不管往哪里看，总是有一堵白雾的高墙。他们走啊走的，可是土地仍然是那样，高墙也没有移近一点，那一小块土地也还是那一小块土地。他们偶尔见到一块有棱角的白石头、一条小沟或者过路人丢下的一抱干草。偶尔闪出一个混浊的大水洼，要不然，突然间前边出人意外地显出一个轮廓不明的阴影，越走越近，阴影就越小越黑，再走近点，这几个行人面前就出现一块歪歪斜斜的里程碑，上面的数字已经模糊不清，要不然就是一棵可怜相的小桦树，湿漉漉、光秃秃，像是路边的乞丐。小桦树的黄色残叶在喁喁私语，有一片树叶脱落了，懒洋洋地飘飞到地上来……随后又是迷雾、泥泞。路旁的褐色杂草，身上挂着混浊的、不祥的眼泪。这不是那种大地迎送夏季的太阳时，充满宁静喜悦的眼泪，也不是每个黎明时供鹌鹑、秧鸡、苗条而又嘴长的麻鹬解渴的眼泪！这几个行人的脚陷在沉重而稠黏的烂泥里。每迈一步都要费不小的劲。

安德烈·普塔哈有点激动。他不住回头看流浪汉，极力要弄明白这个清醒的活人怎么能不记得自己的姓名。

“你总该是东正教徒吧？”他问。

“是东正教徒。”流浪汉温和地回答说。

“嗯！……那么你受过洗礼吧？”

“怎么会没受过洗礼呢？我又不是土耳其人。教堂我也去，到斋期我也持斋，不吃荤腥。我是严守教规的……”

“哦，你叫什么名字？”

“你要怎么叫就怎么叫吧，小伙子。”

普塔哈耸起肩膀，大惑不解地拍自己的胯骨。另一个乡村警察尼坎德尔·萨波日尼科夫保持庄严的沉默。他不像普塔哈那么天真，看来完全知道是什么原因促使这个东正教徒对外人隐瞒自己的姓名。他那富于表情的脸冷漠而严肃。他独自走他的路，不屑于跟同伴们闲谈，仿佛极力向大家，甚至向大雾表明他稳重而老练似的。

“上帝才知道应该把你看成什么人才是，”普塔哈继续纠缠说，“农民不像农民，老爷不像老爷，有点不三不四……前几天我在池塘里洗筛子，捉到那么一条小蛇，喏，只有手指头那么长，长着腮和尾巴。起初我当它是鱼，后来一看，该死的东西！原来长着爪子呢。像鱼不是鱼，像蝮蛇不是蝮蛇，鬼才知道它是什么玩意儿……你也是这样……你是什么出身？”

“我是农民，出身农家，”流浪汉叹口气说，“我妈是地主家的农奴。论相貌，我不像农民，这是对的，因为我命中就注定是这样的，好人。我妈在老爷家当保姆，吃穿讲究，我是她的亲骨肉，跟着她在老爷家里过。她老人家疼我、宠我，打定主意要把我从老百姓改变成上流人。我睡的是床，每天吃上等伙食，穿长裤和半高腰皮靴，活像贵族家的少爷。我妈吃什么，我也吃什么，主人家送给她衣料，她就给我做衣服穿……日子过得可好了！我小时候吃过那么多的糖果和蜜糖饼干，要是现在拿来卖掉，准能买回一匹好马呢。我妈教我读书写字，叫我从小就敬畏上帝，把我管得至今都不会说庄稼汉的不雅致的话。伏特加我不喝，小伙子，衣服总是穿得整洁，在上流社会里周旋应付都很得体。她老人家要是还活着，

那就求上帝保佑她安康，要是她已经死了，那么，主啊，在你那容让规矩人安息的天国里，也让她的灵魂安息吧！”

流浪汉脱掉帽子，露出头上竖起的稀疏的硬发，抬起眼睛望着天空，在胸前画了两次十字。

“主啊，赐给她富饶的地方，安息的地方吧！”他拖着长音说，他的声调与其说像男人，不如说像老太婆，“主啊，用你的道理开导她，开导你的奴隶克谢尼娅吧！要不是亲爱的妈妈，我现在就成了普通的庄稼汉，什么也不懂了！如今呢，小伙子，不管你问我什么，我全懂：世俗的文字也好，宗教的圣书也好，各种祈祷词也好，教义问答也好，我全懂。我就是按圣书上的话活着的……我不得罪人，守身如玉，照教规持斋，按时进餐。别人觉得只有喝酒和说下流话才算是乐趣，可是我有了空闲，却到墙角里去坐着看书。我一边看书，一边止不住眼泪，就哭起来……”

“你哭什么？”

“书上写得可怜啊！有的小书花五戈比就能买到手，可是它看得你止不住哭，止不住唉声叹气。”

“你父亲去世了吗？”普塔哈问。

“不知道，小伙子。我不知道我的亲爹是谁，不必要隐瞒。我是这么想的：我必是我妈的私生子。我妈一辈子住在地主家里，不愿意嫁给普通的庄稼汉……”

“她就跟老爷勾搭上了。”普塔哈冷笑着说。

“她失身了，这是实在的。她老人家笃信宗教，敬畏上帝，可是没有保住贞操。这当然是罪孽，大罪孽，这用不着多说，因此，可以说我身上也就有贵族的血了。可以说我只在名分上是农民，实际上却是贵族老爷。”

这个“贵族老爷”是用轻微的、甜滋滋的男高音说出来的，这时他皱起窄小的额头，冻红的小鼻子里发出一种刺耳的响声。普塔哈听着，惊讶地斜着眼睛看他，不住耸动肩膀。

走出六俄里光景，两个乡村警察和流浪汉在一个小丘上坐下休息。

“就连狗都记得自己的名字，”普塔哈嘟哝说，“我叫安德留什卡，他叫尼坎德尔，各人有各人神圣的名字，这说什么也忘不了！说什么也忘不了！”

“谁有必要知道我的姓名呢？”流浪汉叹道，用拳头支住脸颊，“我说了对我有什么好处呢？要是我说了就可以爱到哪里就能到哪里，那倒也罢了，可是实际上却会比现在更糟。两位教友，我懂法律。现在我是个记不得姓名的流浪汉，那么至多也就判我流放到西伯利亚东部去。再抽上三四十下鞭子罢了，可我要是对他们说出真姓名和真出身，那他们就会把我发配去做苦工了。我懂！”

“莫非你做过苦役犯？”

“做过，亲爱的朋友，剃了头发，戴着镣铐，足足有四年。”

“为了什么案子？”

“杀人案，好人！我小时候，十八岁上下，我妈一不小心，原该在老爷的杯子里放上苏打的，却放了砒霜。储藏室里各式各样的药盒多得很，很容易拿错……”

流浪汉叹口气，摇摇头，说：

“她老人家是个笃信宗教的人，可是谁知道她呢，别人的灵魂是一片密林啊！这也许是不小心，可也许是她心里受不了老爷跟另外一个使女亲近的那种气……说不定砒霜是有意给他放的，上帝才知道！我那时候年纪小，不大懂……现在我还记得，老爷确实另找了个姘妇，我妈伤心得很。后来差不多审了我们两年……我妈被判了二十年苦役刑，我年纪小，只判了七年。”

“为什么把你也判刑呢？”

“因为是同谋犯。那个杯子是我拿给老爷的。往常都是这样：我妈妈冲好苏打水，由我拿给他。不过，两位老兄，这些话，我是照基督教教徒那样，当着上帝的面，给你们讲的，你们可别告诉外人啊……”

“放心吧，别人是连问也不会问我们的，”普塔哈说，“那么，这样说来，你是从做苦工的地方逃回来的？”

“是逃回来的，亲爱的朋友。我们一起逃跑的有十四个人。求上帝保佑他们，那些人不但自己逃跑，也把我带上了。现在你想想看，小伙子，凭良心说，我有什么理由说出我的身份呢？要知道，他们会把我重新押回去做苦工的！可是我怎么能做苦役犯呢？我是个娇嫩的病人，睡和吃我都喜欢在干净的地方。我祷告上帝的时候，喜欢点上一盏小灯或者一支小蜡烛，四周要没有吵闹声才好。临到我叩头，地板上应该没有垃圾，没有痰。每天一早一晚，我要为我妈叩四十个头。”

流浪汉脱掉帽子，在胸前画十字。

“不过，随他们把我流放到西伯利亚东部去好了，”他说，“我不怕！”

“莫非这样倒好些？”

“那完全是另一码事！在做苦工的地方，你活像一只扔进了筐子的虾：万头攒动，挤来挤去，磕磕碰碰，就连喘一口气的地方也没有，活生生的一个地狱，这样的地狱只求圣母别让我们落进去才好！你是强盗，那就叫你尝一尝做强盗的滋味，比狗都不如。吃不好，睡不稳，祷告上帝也说不上。可是在流放地那就不一样了。在流放地，首先，我登记入村社，跟别的社员一样。当局依法得给我一份地……是啊！据说，那里的土地不值钱，简直像雪片，你要多少就给多少！小伙子，那他们就会给我一大片地，又能种庄稼，又能种菜，又能盖房子……我呢，就跟别人那样耕地，播种，买牲口，置办各种农具，养蜂，养羊，养狗……西伯利亚种的猫也要养，免得田鼠和家鼠吃掉我的存粮……老兄啊，我要搭起木架房，我要买圣像……上帝保佑，我还会娶亲，生儿养女哩。”

流浪汉嘴里唠叨着，眼睛没看听讲的人，却望着旁边远处。不管他的幻想多么天真，却是用诚恳热切的口气说出来的，因此使人很难不相信。流浪汉咧开小嘴微笑。他的整个脸、眼睛、小鼻子一动也不动，他乐不可支地玩味遥远的幸福。两个乡村警察严肃地听着他讲，望着他，不由得同情他。他们也相信了。

“我不怕西伯利亚，”流浪汉继续唠叨说，“西伯利亚也是俄国，那里的上帝和沙皇也就是这里的上帝和沙皇，那里的人也像东正教徒那么讲话，跟你我一样。不过那里自由得多，人们的生活也富裕得多。那里样样都比这里强。比如拿那里的河流来说，就比这里的不知好多少倍！鱼啊，野禽啊，多得数不清！我呢，老兄，最喜欢的就是钓鱼。不给我面包吃倒没关系，只要让我在河边坐着钓鱼就成。真是这样。我有时用钓竿钓鱼，有时用钩子，有时用篓子，等冰流动了，我就撒网捕鱼。我没有力气拉网，那就花五戈比雇个庄稼汉好了。主啊，那会多么快活！提到一条江鳕或者大头鲹，就好比见了亲兄弟呢。你想想看，各种鱼有各种鱼的钓法：有的是用鱼饵去钓；有的就用蚯蚓；有的却用青蛙或者螽斯。要知道，一切都必须懂得在行！就说江鳕吧。江鳕这种鱼可不客气，见了棘鲈就吞下肚去。梭鱼喜欢吃鮈鱼，大头鱼喜欢吃蝴蝶。大头鲹，要是在湍急的河水里去捉，天下可就再也没有比这更快活的事了。你把细钓丝扔出大约十俄丈远去，上面不加铅锤，只拴上蝴蝶或者甲虫，让鱼饵漂在水面上，你脱了长裤站在水里，让钓丝顺着水漂，大头鲹就会来上钩！不过这时候要想法叫它，叫这个该死的东西别把食饵扯掉。它刚一扯你的钓丝，你就赶紧拉一拉，不能等。我这辈子捉到的鱼不知有多少！当初在逃回来的路上，别的犯人都在树林里睡觉，我却睡不着，总是到河边去。那里的河流又宽又急，河岸高陡，吓人啊！岸上满是茂密的树林。树木高极了，你抬头一看树顶，头都发晕。要是按此地的价钱，那里每棵松树都能卖十卢布呢。”

这个可怜的人沉醉在对往事的艺术想象和对幸福的甜蜜憧憬等纷至沓来的幻想中，他不说话了，只是努动嘴唇，仿佛在跟自己小声说话。呆头呆脑的快乐笑容一直没离开他的脸。乡村警察也不做声了。他们低下头，沉思着。在秋天的寂静中，寒冷而严峻的迷雾从大地上升起，压在人的心头，像狱墙那样横在人的眼前，证明人的意志是受着限制的，在这样的时候想着宽阔而湍急的河流以及辽阔高陡的河岸，想着无法通行的密林和一望无际的草原，倒是很有滋味的。当清晨天空的红霞还没褪尽，他们的想象还在缓慢而平静地进行时，在荒无人烟的陡岸上却已经有一个人在行走，像是一个小小的黑点。河流两旁，层层叠叠，净是古老而挺拔的松树，严峻地瞧着这个自由的人，阴沉地发出抱怨声。树根、大石块、带刺的荆棘拦住他的去路，可是他身体强壮，精神抖擞，无论是松树和石头，还是孤单和每走一步路都会引来洪亮的回声，他都不怕。

两个乡村警察暗自描绘他们从没经历过的自由生活的画面。至于这究竟是他们模糊地想起了很久以前听说过的故事中的形象，还是自由生活的概念原是他们从遥远而自由的祖先那里连同血肉一并继承下来的，那就只有上帝才知道了！

尼坎德尔·萨波日尼科夫首先打破沉默，他至今还没有吐露过一句话。也许他嫉妒流浪汉的渺茫的幸福，也许他心里感到幸福的梦想跟灰白色的迷雾和深棕色的泥泞格格不入，不过他严峻地看着流浪汉，说：

"话是不错的，一切都挺好，只是，老兄，你走不到那个自由的天地。你怎么能行呢？你走上三百俄里，就会把灵魂交给上帝了。你看看，你的身子多么弱！你才走了六俄里，就已经喘得不行了！"

流浪汉慢腾腾地转过脸朝着尼坎德尔，脸上的快乐笑容消失了。他惊恐而负疚地瞧着乡村警察庄重的脸色，大概想起了什么心事，低下头去。又沉默了下去……三个人都在沉思。两个乡村警察费尽心思，竭力想象也许只有上帝才能想象的事，那就是他们和自由天地之间相距有多么远，而且远得多么可怕。可是流浪汉的脑子里挤满各种画面，它们鲜明、清楚，而且比那距离还要可怕。他眼前生动地现出办事拖拉的法院、临时羁押监狱和苦役犯的监狱、囚犯所乘的船只、沿途令人困顿的停歇、严寒的冬天、疾病、同伴的死亡……

流浪汉负疚地眨着眼睛，用衣袖擦掉额头上冒出的小颗汗珠，不住地喘气，仿佛刚从热烘烘的澡堂里跑出来，然后用另一只衣袖擦一下额头，战战兢兢地回过头去看。

“你也真走不到！”普塔哈同意说，“你哪里是能走路的人呢？你看看你那样儿：皮包骨头！你会死掉的，老兄！”

“当然会死掉！他哪能行呢？”尼坎德尔说，“他现在就该送进医院去了……真的！”

这个身世不明的人惶恐地望着两个凶险的旅伴那严峻而冷漠的脸，帽子也来不及脱就瞪大了眼睛，赶快在胸前画个十字……他周身发抖，脑袋颤摇，四肢开始扭动，像是一条毛毛虫被人踩了一脚似的……

“好，我们也该走了，”尼坎德尔说着，站起来，“歇够了！”

过一会儿这几个行人顺着泥泞的道路走下去。流浪汉越发拱起后背，两只手更深地拢进袖管。普塔哈在沉默。

嘘！

伊万·叶戈罗维奇·克拉斯努欣是一位平凡的报纸撰稿人，深夜回到家里，眉头皱紧，神态严肃，不知何故，显得心事重重。他的模样看起来就像是等着警察来搜捕，或者图谋自杀似的。他在自己的房间里走了一阵后，停住脚，把头发弄得散乱，用《哈姆雷特》中的人物莱阿替斯准备为妹妹报仇的那种口气说：

“人已筋疲力尽，精神劳累，心里又郁着苦闷，可你还得坐下来写作！这就叫做生活？！为什么至今谁也不描写一下发生在作家中的那种难受的不协调；当他忧郁的时候，却一定要去逗读者发笑，或者当他高兴的时候，却又必须按指挥去大流眼泪呢？应该嬉皮笑脸，冷着心肠，说俏皮话，可是你要知道，这时忧愁令我苦恼，比方说，我有病，我的孩子快要死了，我的妻子正在分娩！”

他一面说，一面挥动拳头，瞪着眼睛……后来他走进卧室，叫醒妻子。

“娜佳，”他说，“我要坐下来写东西了……请别让外人打扰我。要是孩子啼哭，厨娘打鼾，那就没法写……还有你去安排一下，准备点茶和煎肉排什么的……你知道，我不喝茶就写不出东西来……在工作时，只有茶才能给我提神。”

他回到自己的房间，脱掉上衣、坎肩、皮靴。他慢慢地脱完，然后脸上做出无辜受屈的神情，在写字台旁坐下。

桌子上没有一件东西是偶然放的日常用品。所有的东西，就连最小的摆设，都带有深思熟虑和严格规划的性质。桌子上有大作家的半身像和照片，一叠手稿，折了书页的别林斯基著作，一块作烟灰碟用的后脑骨，随意折叠着的一张报纸，恰好露出一段用蓝铅笔标出的地方，页边空白处写着两个大字：“卑鄙！”还有十来支新削的铅笔和安了新笔尖的钢笔，这些东西放在那里，显然是不让外在的原因和偶然的事故，例如钢笔损坏等，使他那纵情驰骋的文思哪怕中断一秒钟……

克拉斯努欣把身子往圈椅的椅背上一靠，闭上眼睛，专心思考他已经动过脑筋的题材。他听见他妻子拖着双便鞋，去劈烧茶炊的小木柴。她还没有完全睡醒，这可以从茶炊盖和刀子不时从她手里掉下地听出来。不久就传来茶炊和煎肉的嘶嘶声。他妻子不停地劈小木柴，在炉边碰响炉盖、风门、炉门。忽然克拉斯努欣打个哆嗦，睁开惊恐的眼睛，开始闻空气。

“我的上帝啊，有烟味！”他呻吟说，痛苦地皱起眉头，“有烟味！这个讨厌的女人存心要毒死我！是啊，看在上帝面上，请说说看，我在这样的环境下能够写作吗？”

他跑进厨房，在那里激动得发出演戏般的哀叫声。过了不久，当他的妻子小心地踮起脚尖走来，端给他一大杯茶时，他依旧坐在圈椅上，闭着眼睛，思考他的题材。他一动也不动，用两只手指轻轻敲着额头，做出没听见他妻子走来的样子……他脸上依然露出无辜受屈的神情。

犹如一个少女看到人家送给她一把贵重的扇子一样，他在下笔写上标题以前，久久地对自己卖弄风情，扭扭捏捏，装腔作势……他按紧两个鬓角，时而扭动身子，把脚缩到圈椅底下，仿佛身子酸痛似的，时而又懒洋洋地眯着眼睛，活像一只趴在长沙发上的猫……最后他有点迟疑不定地往墨水瓶那边伸出手去，带着像是签署死刑判决书的神情，写下了标题……

“妈妈，给我点水喝！”他听见他儿子叫道。

“嘘！”母亲说，“爸爸在写东西呐！嘘……”

爸爸写得很快很快，既不涂改，也不停笔，几乎连翻稿纸的时间也没有。那些名作家的半身像和相片看着他动笔迅疾，似乎在想：“嘿，老兄，你可真熟练啊！”

“嘘！”笔尖叫道。

“嘘！”那些作家说，随着他膝盖的碰撞，他们跟桌子一起颤动。

忽然，克拉斯努欣挺直身子，放下钢笔，侧耳倾听……他听见一种平稳单调的低语声……这是邻居福马·尼古拉耶维奇在隔壁房间里祷告上帝。

“您听我说！”克拉斯努欣叫道，“您不能小点声祷告吗？您妨碍我写作！”

“对不起！……”福马·尼古拉耶维奇胆怯地回答说。

“嘘！”

克拉斯努欣写满五页稿纸，伸个懒腰，看一下钟。

“上帝啊，已经三点钟了！”他哀叫道，“人家都睡了，可我呢……只有我一个人不得不工作！”

他浑身散了架，疲劳不堪，歪着头，走进卧室，叫醒妻子，用懒洋洋的声调说：

“娜佳，再给我弄点茶来！我……我精力不济了！”

他一直写到四点钟，要不是题材已经写尽，他会乐意写到六点钟的。对自己和对没有生命的物品悄悄卖弄风情，忸怩作态，这可远远避开别人不讲谦虚和监督的眼睛，而对那些受他支配的人称王称霸，这成了他生活里的盐和蜜。这个暴君在这里，在家里，跟我们在编辑部里习常见到的那个低声下气、沉默寡言、毫无才华的小人物相比，是何等不同！

“我累得恐怕睡不着觉了……”他说着，躺下去睡觉，“我们的工作，这种该死的、费力不讨好的、苦役般的工作，与其说劳累人的身体，倒不如说劳累人的灵魂……我该服点溴化钾才对……啊，上帝看得见，要不是有这个家，我早就丢开这种工作不干了。按约稿写东西！这真要命哟！”

他一直睡到十二点或者下午一点钟，睡得踏实而酣畅……啊，如果他做了有名的作家，主编，或者哪怕做了发行人，那他会睡得更加酣畅，而且会做多么好的梦，会多么痛快啊！

“他写了整整一夜！”他妻子做出惊恐的脸色，低声说，“嘘！”

谁也不敢说话，不敢走动，不敢弄出响声。他的睡眠是神圣之至的，谁要侵犯它，谁就要受到惩罚！

“嘘！”这个声音传遍整个屋子，“嘘！”

在磨坊

磨坊主阿列克谢·比留科夫是个矮壮而结实的中年男人，论身材和相貌，颇像孩子们读过儒勒·凡尔纳的作品以后常梦见的那些举止粗野、动作笨拙、脚步沉重的水手。他坐在他那小屋的门槛上，懒洋洋地吸着已经灭了的烟斗。这一回他穿着兵士的灰色粗呢长裤和沉重的大皮靴，然而没穿上衣，没戴帽子，可是室外已经是深秋天气，潮湿而阴冷。潮湿的雾气自由自在地钻进他敞开的坎肩，可是磨坊主的粗大身体像鸡眼那么硬，分明没感到寒意。他那又红又肥的脸照例神情淡漠，皮肉松弛，仿佛半睡半醒似的。他那转悠的小眼睛在皱着的眉头下往四周围看，时而瞅着水坝，时而瞅着两间带宽檐的堆房，时而瞅着难看的柳树。

堆房旁边两个刚来的修道院修士在忙碌：一个叫克利奥帕，是个个子高高的白发老人，穿着溅了污泥的法衣，戴着打了补丁的旧法冠；另一个叫季奥多尔，黑胡子，黑脸膛，大概是格鲁吉亚人，穿着普通的农民式羊皮袄。他们正从大车上卸下一袋袋黑麦，是运到这里来磨粉的。离他们稍远点，在一块黑色的泥泞草地上，坐着磨坊的工人叶夫谢伊，是个年轻而没长胡子的小伙子，穿着短小的破羊皮袄，已经喝得大醉。他手里揉着一张渔网，作出修补的样子。

磨坊主东张西望了好久，没开口说话，后来把目光停在搬袋子的修士身上，用男低音粗声粗气地说：

“你们这些修士，为什么在这条河里捕鱼？是谁准许你们干的？”

修士们什么也没有回答，甚至连看也没看他一眼。

磨坊主沉默一会儿，点上烟斗，继续说：

“你们自己捕鱼，还容许关厢的小市民来捕鱼。我已经从你们那里包下关厢的这条河，付过你们钱，可见鱼是我的，谁也没有权利来捕鱼。你们经常祷告上帝，可又认为偷偷摸摸不算罪过。”

磨坊主打个呵欠，沉默一会儿，继续抱怨说：

“你看，他们养成了什么习气！他们以为做了修士，就把自己列入圣徒，对他们就没有约束了。我就不管那套，偏要到调解法官那里告一状。调解法官才不管你穿没穿法衣，你就要在他的看守所里坐个够。要不然，也不用找调解法官，我自己就能对付。给我碰上谁在河里捕鱼，就狠狠地揍他的脖子，叫他直到最后审判也不愿再来捕鱼了！”

“您不该说这样的话，阿列克谢·多罗费伊奇！”克利奥帕用文静的男高音说，“凡是敬畏上帝的好人，对狗都不会说这样的话，何况我们是修士！”

“修士，”磨坊主讥诮道，“你要吃鱼？不是吗？那你就到我这里买，却别偷！”

“主啊，难道我们在偷吗？”克利奥帕皱起眉头说，“为什么说这种话呢？我们的见习修士捕过鱼，这话是不错的，不过他们原是经修士大司祭许可才这样做的。修士大司祭认为，您交的钱不是包下整条河，只是您有权在我们的岸边撒网罢了。并不是把整条河都包给您……河不是您的，也不是我们的，而是上帝的……”

“修士大司祭也跟你差不多，”磨坊主嘟哝说，拿烟斗朝自己的靴子上敲，“他也喜欢耍花样！我可不来管他是什么人。在我眼里，修士大司祭跟你，或者，喏，跟叶夫谢伊，反正都一样。往后碰到他在河里捕鱼，也照样揍他一顿……”

“既然你存心要打修士，那也随您。对我们来说，在另一个世界倒好一些。您已经打过维萨里翁和安季平，您也会打别的人的。”

“别说了，你不要去惹他！”季奥多尔拉着克利奥帕的衣袖说。

克利奥帕醒悟过来，闭上嘴，开始搬口袋，可是磨坊主仍然骂个不休。他懒洋洋地发牢骚，每说完一句就吸一阵烟斗，吐一口唾沫。捕鱼问题讲到无可再讲以后，他想起以前他自己有过两袋面粉，似乎被修士们“蒙混”去了，就开始为那两袋面粉骂街。后来他发觉叶夫谢伊喝醉了酒，不干活，就丢下修士，朝那个工人发脾气，使不堪入耳的、听后难以忍受的骂人话充满空间。

两个修士先是隐忍着，只是大声叹气，可是不久克利奥帕就受不住了……他把两只袖子合在一起，带着哭音说：

“神圣的主宰啊，再也没有比要我到磨坊来更苦的差事了！这里是现存的地狱！地狱！真是地狱呀！”

“那你就别来！”磨坊主顶他一句。

“圣母啊，我倒情愿不来，可是另外我们到哪里去找磨坊呢？你自己想一想吧，这一带除了你的磨坊，再也没有另一家了！简直只好活活饿死，要不然就把没有磨过的麦粒生吞下去！”

磨坊主不肯罢休，继续向四面八方发出叫骂声。看得出来，发牢骚和漫骂在他已经养成习惯，如同吸烟斗一样。

“你至少不要提魔鬼吧！”克利奥帕恳求道，惊慌地眨巴眼睛，“得了，你少说几句吧！”

磨坊主不久就沉默了，然而这倒不是因为克利奥帕央求他。原来水坝上出现一个身材矮小而驼背的老太婆，面容忠厚，穿一件古怪的、像甲虫的背脊般的花条长外衣，随身带一个小包袱，拄着一根小拐杖……

"你们好，神甫！"她吐字不清地说，对修士们深深地鞠躬，"上帝保佑！你好，阿廖申卡！你好，叶夫谢尤什卡！……"

"您好，妈妈。"磨坊主嘟哝道，眼睛没朝老太婆看，皱起眉头。

"我到你这里做客来了，我的好孩子！"她说，不住微笑，温柔地瞧着磨坊主，"我很久没有见到你了。大概从圣母升天节起，我们就没见过面……不管你愿意不愿意，跟我一起待会儿吧！不过你好像瘦了……"

小老太婆在磨坊主身旁坐下。在这个大汉身旁，她穿着那件小小的长外衣越发像是甲虫了。

"是啊，从圣母升天节起就没见过面了！"她继续说，"我一直惦记起你，想你把心都想痛了，孩子，可是临到我要动身来看你，不是天下雨，就是我得病了……"

"现在您是从关厢来吧！"磨坊主闷闷不乐地问。

"从关厢来……从家里直接上这里来的……"

"您既然有病，这样的体质，就该待在家里，不该出来做客。嗯，您到这里来干什么？您也不怕磨破鞋底！"

"我是来看望你的……我呢，有两个儿子，"她转过脸去对修士说，"这是一个，另外还有一个瓦西里，住在关厢。一共这么两个。我是活，还是死，他们都无所谓，可是，在我的眼里他们到底都是亲人，是我的安慰……他们缺了我倒能活下去，我呢，缺了他们就像一天也活不下去……不过，神甫，我年纪老了，从关厢到他这里，觉得吃力了。"

开始沉默起来。修士们已经把最后一个袋子抬进堆房里，在大车上坐着休息了……醉醺醺的叶夫谢伊手里仍旧揉搓着渔网，并在打盹。

"您来得不是时候，我的好妈妈，"磨坊主说，"我马上就要坐车到卡里亚日诺村去了。"

"去吧！上帝保佑你！"老太婆叹道，"不要为了我误了你的

事……我歇上一个钟头就回去了……瓦夏和他的孩子都问你好，阿廖申卡……”

“他还在灌酒吗?”

“喝得倒不能说多，不过喝总是喝的。这种罪孽也用不着隐瞒，他是在喝酒……你知道，他也没有钱喝很多的酒，除非有好心的人请他喝……他的日子过得苦啊，阿廖申卡！我看到他就难受。家里没有东西吃，孩子穿得破破烂烂，他自己也不好意思上街，裤子全破了窟窿，皮靴也没有……我们一家六口挤在一个房间里睡觉。真是穷极了，穷极了，没法想象还有比这更苦的了……我就是来特为求你的……阿廖申卡，你就看在我这个老婆子面上，帮帮瓦西里的忙吧……他到底是你的亲兄弟！”

磨坊主一言不发，朝一旁看着。

“他穷，可是你呢——名声很好，上帝啊！你有自己的磨坊，又有菜园，又做鱼生意……主赐给你聪明才智，把你抬举得比众人都高，叫你吃得饱饱的……况且你独身一人……可是瓦夏有四个孩子，我这个该死的又拖累他，他的工钱一共就只有七卢布。他怎么养活得了这些人？你帮帮他吧……”

磨坊主继续沉默，专心地装他的烟斗。

“你肯给点吗?”老太婆问。

磨坊主仍不开口，仿佛嘴里装满水似的。老太婆没有听到回答，就叹口气，抬起了眼睛看了看修士们和叶夫谢伊，站起来说：

“好，求上帝跟你同在，不给就算了。我早就知道你不肯给……我多半是为纳扎尔·安德烈伊奇的事才来找你的……他哭得厉害，阿廖申卡！他吻我的手，不住央求我到你这里来求你……”

“他要怎么样?”

“他求你还给他的债。他说，‘我先前把黑麦运到他那里去磨，可是他没给我面粉。’”

“您用不着管人家的闲事，妈妈，”磨坊主抱怨道，“您的事就是祷告上帝。”

“我一直在祷告，可是不知怎的，上帝不理我的祷告，瓦西里成了叫花子，我自己也沿街讨饭，穿着别人的长外衣走来走去，你呢，倒过得挺好，可是上帝才知道你长着一颗什么心。哎，阿廖申卡，贪婪的眼睛把你毁了！你样样都好，又聪明，又漂亮，又是体面的商人，可就是不像一个真正的人！你不和气，从来也没有个笑脸，一句好话也不会说，一点慈悲心肠也没有，活像头野兽……瞧瞧你这张脸！人家都在背后数落你，我听得好伤心啊！喏，你就问问这两位神甫吧！他们胡乱说你吸人的血，横行霸道，晚上带着你的强盗伙计们打劫过往的行人，偷人家的马……你的磨坊就像一个被上帝诅咒的地方……姑娘和男孩都不敢走近，什么人都躲着你。人家给你取的外号不是别的，而是该隐和希律啊……”

“您胡说，妈妈！”

“你走到哪里，哪里就不长草；你在哪里呼吸，哪里就没有苍蝇飞。我老是听人家说：‘唉，只求有人快点把他打死，或且定了罪才好！’做母亲的听了这些话是什么滋味？什么滋味啊？你到底是我亲生的孩子，我的血肉呀……”

“不过我得走了，”磨坊主说着，站起来，“再见，妈妈！”

磨坊主从堆房里拖出一辆大板车，牵出一匹马，把它像小狗似的往车杠中间一推，开始拴马。老太婆走到他身旁，瞧着他的脸，泪汪汪地眨巴眼睛。

“好，再见！”她说，这时候，她的儿子很快地穿上长外衣，“托上帝的福，你就在这里住下去吧，可是别忘了我们。等一等，我送给你一点礼物……”她压低嗓门说，解开小包，“昨天我到助祭太太家里去，他们给我东西吃……我就藏起一个留给你……”

老太婆向儿子伸出一只手去。手里拿着一块不大的薄荷饼干……

“您走开！”磨坊主叫道，推开她的手。

老太婆窘了，饼干从她手中掉下地，她慢腾腾地往水坝走去……这个场面给人留下沉重的印象。姑且不谈修士们大叫一声，吓得摊开了手，就连喝醉酒的叶夫谢伊也愣住了，惊恐地呆望着他的主人。不知道是磨坊主理解了修士们和工人脸上的表情呢，还是可能有一种沉睡已久的感情在他的胸膛里震动了一下，总之，他的脸上掠过一种类似惊吓的神情……

“妈妈！”他叫道。

老太婆打了个哆嗦，回过头来看。磨坊主匆匆地把手伸进衣袋，从那里取出一个皮革制的大钱包……

“给您……”他喃喃地说着，从钱包里取出一把钱来，有钞票，有银币，“您拿去吧！”

他手里揉搓着那把钱，不知什么缘故转过头去看一眼修士们，然后又揉搓。钞票和银币顺着手指缝里漏下去，一个个回到钱包里去了，结果手里只剩下一枚二十戈比银币……磨坊主把它细细看一遍，用手指头摩挲着，然后嗽一下喉咙，涨红脸，把它交给了母亲。

好　人

弗拉基米尔·谢苗内奇·利亚多夫斯基曾住在莫斯科。他毕业于大学法学系，在某铁路局办事处供职，但如果您问他做什么工作，他就会用炯炯的大眼睛从金边的夹鼻眼镜里坦率爽朗地瞧着您，用平静、柔和、发音不清的男中音回答您说：

“我从事文学工作！”

大学毕业后，弗拉基米尔·谢苗内奇在一家报纸上发表过一篇剧评。他从剧评转到书报评介栏，一年后就发展到每星期发表一篇评论性的小品文。然而，从此开始，就不应当说他是个业余工作者，说他的写作具有偶然性和暂时性。每逢我看见他那装束整洁的瘦小身材、宽大的额头和马鬃般的长发，每逢我细听他讲话，我每每都觉得他的写作似乎不是取决于他写什么、怎样写，而是与生俱来，犹如心跳一样，他还在娘胎里的时候，似乎他的计划就已经在他的头脑里形成，像瘤子一样了。我甚至在他的步伐、手势、弹烟灰的姿态里也看到这个计划，从头到尾，连同它的种种叫嚣、乏味、庄严之处，都能看得清清楚楚。遇到他带着充满灵感的脸容把花圈放在某一名人的棺材上，或者带着郑重而庄严的神情为一封贺电征集签名的时候，他俨然是个以写作为业的人；他极力要结交著名文学家的热情，在没有才能的地方也能找到才能的本领，固有的兴奋心情，脉搏每分钟跳动一百二十次，对生活的无知，在为青年学生募捐的音乐会和文学晚会上带着那种纯粹是女人操心的样子在奔忙，力求接近青年人的心情，即使他没有写过文章，这一切也足以给他建立“作家”的名声。

像他这样的作家，尽管他从来也没有跟什么人斗争过，也从来没有前进过，但他说："我们这种人是不多的！"或者："缺了斗争，那还算是什么生活？前进啊！"却很合适。当他开口畅谈理想时，那也不会显得肉麻。每到大学周年纪念日，在塔季娅娜节，他总是喝得醉醺醺的，唱起《我们来欢乐吧①》，总是走调，同时他那眉开眼笑、不住流汗的脸仿佛在说："您瞧，我喝醉了，我在快活地消遣！"就是这样，对他也是很相称的。

弗拉基米尔·谢苗内奇真诚地相信自己的写作权利，相信自己的计划，不存任何怀疑，显然对自己很满意。只有一件事使他伤心，那就是他发表文章的报纸，订户却很少，名气也不大。不过弗拉基米尔·谢苗内奇相信他迟早会在大杂志上发表文章，发挥才能，大显身手，因此他那小小的悲哀在灿烂的希望面前也就黯然失色了。

我常到这个可爱的人家里做客，认识了他的亲妹妹，女大夫薇拉·谢苗诺芙娜。初看上去，这个女人神色疲倦，她那极其虚弱的病容使我吃惊。她年轻，身材苗条，相貌端正，略显笨拙，然而和活跃的、优雅的、健谈的哥哥相比，却显得乖僻、萎靡、疏懒、阴沉。她的动作、笑容和话语有点不自然，显得冷淡，对什么也漠不关心，人们都不喜欢她，认为她骄傲，不太聪明。

我觉得，实际上她是在休养。

"我亲爱的朋友，"她哥哥常对我说，叹着气，用优美的、作家的手势把头发撩到后边去，"任何时候也不要凭外貌品评人！您瞧这本书吧：它早已被人读过，翻旧，卷了边揉皱，丢在尘土里，像是没用处的东西，可是您一翻开，它就会使您脸色发白，流下泪来。我的妹妹就像这本书。您掀开她的封面，看一看她的灵魂，就会吓一大跳。前后不过三个月的工夫，薇拉经历到的事不下于人家一辈子的经历呢！"

---

① 原文为拉丁语。

弗拉基米尔·谢苗内奇不住地回头看，拉住我的衣袖，放低声音说：

“您要知道，她毕业以后，爱上了一个建筑师，并跟他结了婚。十足的悲剧啊！新婚夫妇还没过完一个月，丈夫得了伤寒病死了——离开了人间！可是事情并未到此为止。她自己也从丈夫那里传染了伤寒，当养好病后，却听说她的伊万死了，就吞下大量的吗啡自杀。要不是她的女朋友们出力，我的薇拉早就升天了。您听听，难道这不是悲剧？难道我的妹妹不像一个扮演天真少女角色的女演员，演完了一生的五幕剧？让观众去看轻松的喜剧吧，可是薇拉这位扮演天真少女角色的女演员却要回家休息去了。”

薇拉·谢苗诺芙娜熬过那不幸的三个月以后，就搬到她哥哥这里来住。行医不合她的心意，没有使她感到满足，反而使她厌倦。再者，她也没有给人留下精通医学的印象，跟她的科学有关的话我一次也没有听她谈起过。

她已经放弃医学，什么事也不做，沉默寡言，好像囚徒一样，低下头，垂着手，懒散而缺乏光彩地打发她的青春。只有一件事总算还能引起她的兴趣，而且多少给她的暗淡生活带来点光明，那就是她所爱的哥哥近在身旁。她爱他本人，爱他的计划，钦佩他的小品文，遇到别人问她哥哥在做什么，她就压低嗓门，仿佛生怕惊扰他或者妨碍他似的，回答说：“他在写作！……”照例，他一写东西，她就在他身旁坐下，眼睛不放松他写作的手。这时候她就像是害病的动物在晒太阳取暖……

一个冬天的傍晚，弗拉基米尔·谢苗内奇坐在桌旁，正给报纸写评论文章，旁边坐着薇拉·谢苗诺芙娜，像往常一样，瞅着他写作的手。批评家写得快，既不涂改，也不停顿。笔尖嗞嗞响，吱吱叫。桌子上，在他写作的手的旁边，放着一本厚杂志，已经翻开，刚裁开书页。

杂志上有一篇写农民生活的小说，署名是两个大写字母。弗拉基米尔·谢苗内奇读得津津有味。他发现作者在描写方式上得心应手，自然景物的描写近似屠格涅夫，笔调真诚，非常熟悉农民的生活。批评家本人不过是靠书本和传说来了解这种生活，然而他的感觉和内心的信念却促使他相信这篇小说。他预言作者会有光辉的前途，对他充满信心，并急不可待地等着看小说的结尾，等等。

“精彩的小说啊！”他说，往椅背上一靠，愉快地闭上眼睛，“主题思想极其动人！”

薇拉·谢苗诺芙娜瞧着他，大声打个呵欠，忽然提出一个意外的问题。一般说来，每天傍晚，她已经养成习惯，常常烦躁地打呵欠，提出简短而奇突的问题，往往跟正事无关。

“瓦洛佳，”她问，“什么叫勿抗恶？”

“勿抗恶？”哥哥睁开眼睛，反问道。

“是啊。你是怎么理解的？”

“是这么回事，亲爱的，假定有贼或者强盗来找你的麻烦，要打劫你，可是你非但不……”

“不，你下一个合乎逻辑的定义吧。”

“合乎逻辑的定义？嗯！……哦，那又何尝不可？”弗拉基米尔·谢苗内奇踌躇不决地说，“勿抗恶指的是对于道德范围里被称为恶的事情一律采取置之不理的态度。”

说完这话，弗拉基米尔·谢苗内奇就埋头去研究一个中篇小说了。这个中篇小说是一个女人写的，描绘一个上流社会的女人同她的情夫和私生子住在一所房子里，她处在不合法地位的困苦。弗拉基米尔·谢苗内奇对动人的主题思想，情节，表现手法都感到满意。他简略地转述中篇小说的内容，选录几个好的段落，然后加上他自己的话：“不是吗，这一切多么忠于现实，多么富于生活气息，多么美丽如画！作者不但是小说艺术家，而且是细腻的心理学家，善于看透人物的心灵。我们不妨就女主人公和丈夫相遇的时候，突出内心状态的生动描写作为例子，”等等。

“瓦洛佳！”薇拉·谢苗诺芙娜打断他那批评家的文章思路，说道，“有一个奇怪的想法从昨天起就盘踞在我的头脑里了。我一直在想：如果人类生活建立在勿抗恶的原则上，我们会成为什么样子呢？”

“大概会消灭。勿抗恶使罪犯的意志得到充分自由，由此别说文明，就连世界也会彻底被摧毁。”

“那么会剩下些什么呢？”

“强盗和妓院。在下一篇文章里我也许会谈一谈这个问题。谢谢你提醒我。”

过了一个星期，我的朋友果然履行自己的诺言。这样做很合时宜，当时是八十年代，我们的社会上和报刊上正在纷纷议论勿抗恶，议论审判、惩罚、战争的权利，在我们圈子里有的人开始不用仆人，或者到农村去种地，或者断绝肉食和性爱。

读完哥哥的文章，薇拉·谢苗诺芙娜想了想，几乎叫人看不出来地耸了耸肩膀。

“写得很可爱！”她说，“不过我仍旧有许多地方不理解。例如列斯科夫的《神职人员》里，有个种菜的怪人为所有的人种菜：为买主，为乞丐，也为打算偷菜的人。他的做法合理吗？”

根据妹妹脸上的表情和她的口气，弗拉基米尔·谢苗内奇明白她不喜欢他这篇文章，他的作家感觉大约生平第一次受到了震动。他不免激动地回答说：

“盗窃是不道德的现象。为盗贼种菜意味着承认盗贼有权利存在。如果我办一家报纸，分成两部分，除了正直的思想外，还要照顾敲诈勒索，那你会怎么说呢？按照那个菜园主的逻辑，我岂不应当也给敲诈者和坏蛋留下地盘，来宣传他们的思想？不是吗？”

薇拉·谢苗诺芙娜什么话也没回答，她从桌边站起来，懒洋洋地走到长沙发跟前，躺下。

“我不知道，我什么也不知道！”她沉思着说，“你的话也许是对的，不过我认为，我有这样的感觉，我们对恶进行的斗争有一种虚伪的味道，仿佛有什么东西没有说穿，或者掩盖着似的。上帝才知道是怎么回事，也许我们抵制恶的办法属于偏见之列，这类偏见已经在我们的头脑里根深蒂固，我们再也没有力量丢开，因此再也不能正确地判断它们了。”

“这话怎么讲？”

“我不知道该怎样才能向你说清楚。也许人们认为必须，而且有权对恶进行斗争，其实是想错了，如同，比方说，人们把人的心脏形状看成同纸牌上的红心一样，是错误的。很可能，我们在对恶进行斗争的时候没有权利用武力，而该用同武力相反的东西，举个例子来说，如果你希望你这幅画不被人偷去，那就不要把它藏起来，而要交出来……”

“高明，高明得很！要是我想娶一个有钱的商人的女儿，那么为了阻止我做这种卑鄙的事，那个商人女儿倒应当赶快主动嫁给我呢！”

兄妹俩一直谈到半夜，互不相让。如果有个局外人听见他们谈话，就未必闹得清这一个争的是什么，那一个争的又是什么。

每逢傍晚，兄妹俩一般都坐在家里。他们没有熟悉的家庭可去，再者，他们也没感到有必要去结识别人的家庭。至于剧院，只有上演新戏的时候他们才去，这是当时写作者的风气。音乐会他们是不去的，因为他们不喜欢音乐……

“你要怎么想都由你，”薇拉·谢苗诺芙娜第二天说，“可是对我来说，这个问题倒已经部分地解决了。我深信：由别人施之于我本人的恶，我没有任何理由反抗。有人要杀死我吗？那就请便。杀人者不会因为我自卫而变得好起来。现在，对我来说，只有这个问题的另一半需要解决：对于施之于别人的恶，我应当采取什么态度呢？”

“薇拉，你可别发疯呀！”弗拉基米尔·谢苗内奇笑着说，“依我看来，勿抗恶成了你的固定观念了！”

他有意把这场乏味的谈话变成玩笑，可是不知怎的，这已经没法变成玩笑，他脸上的笑容显得勉强而做作。妹妹再也不在他桌旁坐着，再也不恭恭敬敬地瞅着他那写作的手了。他每天傍晚都感到身后的长沙发上躺着一个同他意见不合的人……于是他的后背似乎发麻，发僵，他的灵魂里似乎吹出一股凉气。作家的感觉是记仇的，僵持不变的，也不懂得宽容人。妹妹成了头一个，而且是惟一的一个挑起和触动这种不安的感觉的人，这种感觉宛如装满盘盏的木箱，拆散倒容易，再要把它按原样放好，就办不到了。

好几个星期，好几个月过去了，可是妹妹没有放弃她的想法，也不在桌旁坐了。一个春天的傍晚，弗拉基米尔·谢苗内奇在桌旁坐着写文章。他在分析一个中篇小说，其中描写一个乡村女教师拒绝一个她所爱而且也爱她的、富有的知识分子，这只是因为一结婚，她就不能继续做她的教师工作了。薇拉·谢苗诺芙娜躺在长沙发上沉思。

"上帝啊，多么枯燥无味！"她伸个懒腰说，"生活过得多么没劲，多么空虚啊！我不知道自己该怎么办才好，你呢，却把最好的岁月消耗在上帝才知道是怎么回事的工作上。你像炼金术士似的，老是翻这种没人要的旧垃圾。啊，我的上帝！"

弗拉基米尔·谢苗内奇放下笔，慢腾腾地回过头去看他的妹妹。

"见到你就乏味！"妹妹接着说，"《浮士德》里的瓦格纳挖蛆，不过他总算是在找宝贝，你呢，却是为找蛆而挖蛆……"

"这话叫人摸不着头脑！"

"是的，瓦洛佳，这些日子我一直在想，想得很久很苦。我终于相信你是个无可救药的蒙昧主义者和墨守成规的人。喏，你问一问自己吧：你如此般诚恳而热心地工作究竟能给你带来什么呢？你说：能带来什么呢？是啊，你老是翻这堆陈旧的垃圾，可是其中凡是可以提取的东西，早已由别人提取出来了。不管你怎样在研钵里捣水，不管你怎样分解水，可是除了化学家已经说过的话以外，你再也说不出什么新的名堂来了……"

"原来是这样！"弗拉基米尔·谢苗内奇站起来，拖着长音说，"不错，所有这些都是旧垃圾，因为这些思想是永恒的，可是照你的看法，什么才是新的呢？”

“你做的是思想领域里的工作，想出新的东西来是你的本分。不应该由我来开导你。”

“我成了炼金术士！”批评家讥诮地眯细眼睛，惊讶而愤慨地说，“艺术和进步居然是炼金术？！”

“你要明白，瓦洛佳，我觉得你们这些有思想的人如果专心致力解决大问题，那你现在极力要解决的那些小问题也就自然而然地顺带解决了。如果你坐着气球上天，看一看全城，那么你也就不由自主、自然而然地看见了田野、农村、河流……人们制造硬脂，同时，作为副产品，也就得到了甘油。我觉得当代的思想似乎停在一个地方，粘住不动了。它充满偏见，萎靡不振，畏畏葸葸，害怕广阔浩渺的翱翔，犹如我和你怕登高山一样，这就是保守思想。”

这类谈话不会不留下痕迹。兄妹之间的相互关系一天比一天坏，一有妹妹在场，哥哥就不能工作。他知道妹妹躺在沙发上，望着他的后背，就生气。每逢他试着回到过去的局面，打算跟她分享他的喜悦心情，她却病态地皱起眉头，伸懒腰。每天傍晚她都抱怨乏味，谈思想的自由，谈墨守成规。薇拉·谢苗诺芙娜被她的新思想吸引着，口口声声说她哥哥热衷的工作其实是偏见，无非是保守思想徒劳无益地试图维系已经过了时的，并且正在退出历史舞台的东西罢了。她的比拟无穷无尽。她时而把哥哥比作炼金术士，时而比作守旧的分裂派经学家，那种人是宁可死掉也不接受新信念的……

她的生活方式渐渐也起了变化。她能一天到晚躺在长沙发上，什么事也不做，什么书也不看，光是沉思，同时她的脸上显露出冷漠严峻的神情，这是有偏见的人、有宗教信念的人常有的。她开始拒绝仆人服侍她，亲自打扫自己的房间，把垃圾倒出去，亲自擦半高帮皮靴，刷衣服。哥哥见到她做粗活时露出的冷峻神色，就不能不气忿，甚至痛恨。她总是带点庄严的神情干这种活儿，他却觉得这有点生硬、虚伪，认为这是伪善和做作。他已经知道他没有力量触动她的信念了，就索性像小学生那样挑她的毛病，讥诮她。

“你不抗恶，可是又反对我用仆人！”他挖苦说，“如果用仆人是恶，那你为什么反对？这是不合逻辑的！”

他痛苦，愤慨，甚至羞愧。每逢他妹妹当着外人的面做那些胡闹的事，他就不由得害臊。

“可怕啊，好朋友！”他私下里对我说，绝望地摇手，“原来我们的扮演天真少女角色的女演员还要演一出轻松喜剧呢。她精神变态到了极点！我已经灰心了，随她要怎么想就去怎么想，可是她何苦说出来，何苦惹得我心情激动呢。她应当想一想：我听了她的话是什么滋味啊！她居然当着我的面，用亵渎神明的态度，拿基督的教义来肯定她的错误，我听了是什么滋味呢？我连气都透不过来了！我那小妹妹居然宣扬她的学说，极力曲解福音书来为她自己辩护，故意不提耶稣把做买卖的人赶出圣殿那件事，把我气得简直浑身发烧！老兄，这就是一知半解、思想浅薄的结果！这都是不容许人全面发展的医学系造成的。”

有一回弗拉基米尔·谢苗内奇下了班，回到家里，碰见妹妹在哭。她坐在长沙发上，低下头，绞着手，眼泪扑簌簌地顺着她的脸淌下来。批评家善良的心痛苦地收缩了。他的眼睛里也淌下泪水，他一心想亲近妹妹，原谅她，也请她原谅，照老样子生活下去……他就跪下去，吻她的头、手、肩膀……她微微一笑，笑得那么古怪，那么辛酸。可是他快活地大叫一声，从桌上拿过一本杂志来，热烈地说：

“好哇！我们要照老样子生活了，薇罗奇卡！求上帝保佑吧！我给你准备了一篇多么好的作品啊！我们与其喝讲和的香槟酒，不如一块儿把它读一读！精彩美妙的作品啊！”

“哎呀，不，不……”薇拉·谢苗诺芙娜推开那本书，惊恐地说，“我已经读过！不用了，不用了！”

“你是什么时候读过的？”

“一……两年前……我早就读过，我知道，我知道！”

“嗯！……你害了狂热病！”哥哥冷冷地说，把杂志丢在桌子上。

“不，你才害了狂热病，不是我，是你！”

薇拉·谢苗诺芙娜又泪流满面。哥哥站在她面前，瞧着她颤抖的肩膀，沉思着。他心里想的并不是凡开始按新方式、按自己的方式思索的人都会经历到的孤独之苦，也不是人在严肃的思想转变时期难免遇到的痛苦，而是他那受到侮辱的计划和他那受到伤害的作家的感觉。

从这次后，他对妹妹就冷漠，漫不经心，任意讥诮，虽然容忍她在他的寓所里住着，却像容忍一个寄食的老太婆似的。她也不再和他争论，对他的信念、讥诮、挑剔一概用鄙夷的沉默回报，这就越发惹得他生气了。

一个夏天的早晨，薇拉·谢苗诺芙娜穿着上路的衣服，肩上背一个小包，走到哥哥跟前，冷冷地吻他的额头。

“你上哪里去？”弗拉基米尔·谢苗内奇诧异地问。

“到某某省去接种牛痘。”

哥哥送她出门，走到街上。

“瞧你这个胡闹的人，简直想入非非……”他嘟哝说，“你要钱用吗？”

“不要，谢谢，再见。”

妹妹握一下哥哥的手，走了。

“你怎么不雇一辆出租马车？”弗拉基米尔·谢苗内奇喊道。

女大夫没有回答。哥哥在她后面瞧着她那褪色的夏季长外衣，瞧着她懒散的步态，摇晃的身子，勉强叹一口气，可是心里没有产生惜别的感情。妹妹在他眼里已经成为陌生人了。而且在她眼里，他也成了陌生人。至少她一次也没回过头来看他。

弗拉基米尔·谢苗内奇回到自己的房间，立刻坐在桌旁，着手写文章。

此后我就一次也没有见过薇拉·谢苗诺芙娜了。如今她在什么地方，我不知道。弗拉基米尔·谢苗内奇却仍旧在写文章，放花圈，唱《我们来欢乐吧①》，为“莫斯科定期刊物撰稿人互助基金”奔走。

有一次他得了肺炎，卧床三个月，先是在家里，后来在戈利岑医院里。他的膝盖上长出一条瘘管。大家纷纷议论，说应该把他送到克里米亚去疗养，就开始为他募捐。可是克里米亚没有去成，他死了。我们把他葬在瓦甘科夫斯克墓园里，靠左边葬着许多演员和文学工作者的地方。

有一天我们这些写作工作者在鞑靼饭店里坐着。我讲起不久以前我到瓦甘科夫斯克墓园去过，见到弗拉基米尔·谢苗内奇的坟墓。那座坟墓已经完全荒芜，几乎跟地面平齐，十字架也倒了，应该把它修整一下，为此就得募点钱……

可是大家很冷淡地听完我的话，一声也没吭，就这样我一个钱也没募到。谁都不记得弗拉基米尔·谢苗内奇。他完全被人忘却了。

---

① 原文为拉丁语。

变 故

早晨。灿烂的阳光透过布满冰花的玻璃窗射进儿童室。万尼亚是个六岁左右的男孩，头发剪得短短的，鼻子像一颗纽扣。他妹妹尼娜是个四岁的小女孩，头发弯曲，胖乎乎的，身材矮得跟年龄不相称。他们醒过来后，隔着小床的栏杆气冲冲地相互望着。

“哎呀呀，不害臊的人啊！”保姆嘟哝说，“守规矩的人早已喝完早茶了，而你们却怎么也睁不开眼睛……”

阳光在地毯上，墙上，保姆的衣裾上快活地嬉戏，仿佛邀人跟它一块儿玩似的，可是两个孩子没有注意这些。他们一醒过来就心绪不佳。尼娜噘起嘴巴，做出一脸的苦相，开始拖着长音说：

“喝茶呀！保姆，喝茶呀！”

万尼亚皱起眉头在想：该找个什么借口大哭一场呢？他已经眨巴眼睛，张开嘴了，可是这时候客厅里传来了妈妈的说话声：

“别忘了给猫喂牛奶，现在它有小猫了！”

万尼亚和尼娜拉长了脸，大惑不解地互相瞧着，然后他俩人一齐喊叫起来，跳下小床，光着脚，只穿着小衬衫，就往厨房跑去，弄得到处都能听到他们的尖叫声。

“猫下崽子了！”他们嚷道，“猫下崽子了！”

厨房里长凳底下放着一只不大的盒子，这个盒子是斯捷潘给壁炉生火的时候用来搬运焦炭的。母猫正在盒子里往外看。她那张灰色的脸表现出极度的疲乏，绿色的眼睛以及狭长的黑色瞳孔显得劳累、感伤……从她的脸容可以看出来，要叫她幸福圆满，在盒子里只缺“他”，小猫的父亲，她是那么无私地献身于他啊！她想咪呜呜地叫一声，就张大嘴，可是喉咙里只发出沙哑的声音……响起了小猫吱吱的叫声。

两个孩子都在盒子跟前蹲下，一动也不动，屏住呼吸，瞧着盒子……他们惊讶，震动，没有听见保姆不住抱怨，跟在他们身后追过来。他俩的眼睛里闪着极其真诚的欢乐。

家畜在孩子们的教育和生活中起着难以觉察而又无疑有益的作用。我们这些人有谁不记得那些强壮而浑厚的狗、好吃懒动的小狮子狗、关在笼里郁郁死去的鸟雀、迟钝而傲慢的火鸡，不记得我们为了好玩往往踩住老母猫的尾巴、惹得她们疼痛难熬，却仍然原谅我们的温顺的老母猫呢？有时，我甚至觉得我们的家畜具有的耐性、忠心、宽厚对待一切、真诚等品质，对孩子的头脑所起的作用，比起神情严峻、脸色苍白的卡尔·卡尔洛维奇的长篇教诲，或者女家庭教师极力向孩子们证明氢和氧构成水的时候，那种叫人摸不着头脑的空谈来，要有力得多，也有成效得多。

“多么小啊！”尼娜说，瞪大眼睛，发出一连串快活的笑声，“像耗子似的！”

“一只，两只，三只……”万尼亚数着说，“三只小猫。那么，一只归我，一只归你，一只归另外什么人。”

“咪呜……咪呜……”生下孩子的母亲见到有人关心她，就受宠若惊，叫起来，“咪呜。”

孩子们把小猫看个够，把它们从母猫身底下抱过来，搂在手里，然后，觉得这样还不满足，索性用衬衫的底襟把它们兜着，跑到房间里去了。

“妈妈，猫生小猫了！”他们嚷道。

母亲在客厅里陪着一个他们不认识的先生坐着。她看见孩子们没有漱洗，没有穿好衣服，把衬衫的底襟撩起来，就发窘了，瞪起严厉的眼睛。

“把衬衫放下来，不知害臊的人！”她说，“快出去，要不然我就要治一治你们了。”

可是孩子们没理会母亲的吓唬，也没理会有外人在座。他们把小猫放在地毯上，发出震耳的尖叫声。产后的母猫在他们身旁走来走去，用恳求的声调叫着。过了不久，孩子们给拖到儿童室去穿衣服，做祷告，喝茶，可是他们怀着强烈的愿望，一心想赶快摆脱这种平淡无味的生活常规，再跑到厨房去。

他们把平素要做的事和游戏都丢到脑后去了。

小猫的出生压倒一切，成了新鲜事物和当前的大事。哪怕有谁向万尼亚或者尼娜提议，用一普特糖果或者一千枚十戈比银币调换一只小猫，他们也会毫不犹豫地拒绝这笔交易。直到吃中饭为止，尽管保姆和厨娘提出严厉的抗议，他们却在厨房里靠近盒子坐着，摆弄小猫。他们的脸部表情严肃专心致志，流露出关切的神态。他们不仅为小猫的现在，而且也为它们的未来操心。他们决定把一只小猫留在家里陪伴老猫，好让老猫得到安慰，把另一只搬到别墅去，叫第三只住到地下室去，那里有很多老鼠。

“可是它们为什么不睁开眼睛看人呢？”尼娜纳闷地说，“它们的眼睛是瞎的，就跟叫花子一样。”

这个问题也惹得万尼亚心里不安。他着手去翻开一只小猫的眼睛，气喘吁吁，喘了很久，然而他的手术终于不见成效。小猫坚持不吃他们喂的肉和牛奶，这也使得他们大为不安。凡是放在它们小脸跟前的吃食，统统由灰毛妈妈吃掉了。

“咱们来给小猫造小房子，”万尼亚建议说，“它们住在各自的家里，大猫就到它们那里去做客……”

厨房的各个角落里放着些装帽的硬纸盒。小猫被放在帽盒里住下。可是这样分家，未免为时过早，大猫脸上保持着恳求和感伤的神情，走遍各个帽盒，把它的孩子都带回原地去了。

“它们的母亲是大猫，”万尼亚说，“可是它们的父亲是谁呢？”

“是啊，父亲是谁呢？”尼娜重复地提问。

“它们没有父亲可不行。”

万尼亚和尼娜考虑很久，到底谁是小猫的父亲，最后他们选中了被弃置在楼梯底下储藏室里的那匹尾巴已经被扯掉的枣红色大马，它永世跟别的废玩具在一起。他们就从储藏室里把它搬出来，放在盒子旁边。

“当心点！”他们告诫它说，“你就站在这里管住，叫它们规规矩矩。”

这一切都是以极其严肃的方式说出来、做出来的，他们的脸上露出操心的表情。除了小猫住的盒子外，万尼亚和尼娜不想了解世界上其他任何东西。他们的欢乐是无边无际的。不过他们也不得不经历沉重而痛苦的时刻。

正是吃中饭前，万尼亚在父亲的书房里坐着，沉入幻想地望着桌子。一只小猫在灯旁一张盖着官印的公文纸上打滚。万尼亚注视着它的动作，时而用铅笔，时而用火柴朝它的小嘴上戳……忽然，他的父亲仿佛从地里冒出来的一样，出现在桌旁。

“这是什么东西？”万尼亚听见气愤的说话声。

“这……这是小猫，爸爸……”

“我要叫你知道什么叫小猫！你看你干的好事，讨厌的孩子！你把我的公文纸全弄脏了！”

使得万尼亚大吃一惊的是，爸爸不像他那样喜爱小猫，非但不赞叹和高兴，反而拧着万尼亚的耳朵，叫道：

“斯捷潘，把这讨厌的东西拿走！”

吃饭时也出了乱子……饭桌上的人正在吃第二道菜，突然听见吱吱的叫声。大家开始追查原因，发现尼娜的小围裙底下有只小猫。

“宁卡，离开饭桌！”父亲生气地说，“马上把小猫都扔到污水坑里去！家里不准有这种讨厌的东西！……”

万尼亚和尼娜吓坏了。让小猫死在污水坑里，除了残忍以外，还会害得母猫和木马失去它们的孩子，盒子就要空荡荡，又会破坏未来的计划，那个美妙的未来的计划，让一只小猫安慰它的老母亲，另一只住到别墅里去，第三只在地下室里捉老鼠……孩子们哭起来，为小猫讨饶。父亲同意了，可是有个条件，不准孩子们到厨房里去动小猫。

饭后万尼亚和尼娜在各个房间里徘徊，苦恼不堪。禁止到厨房去的命令使他们忧郁不乐。他们不要吃糖果，他们要脾气，对母亲撒野。傍晚彼得鲁沙舅舅来了，他们就把他拉到一边，向他抱怨父亲，说父亲要把小猫丢到污水坑里去。

“彼得鲁沙舅舅，”他们央求舅舅说，“你跟妈妈说一声，把小猫搬到儿童室来住，你说一声吧！”

“行了，行了……好吧！”舅舅说，对他们摇摇手，要他们走开，“可以。”

彼得鲁沙通常不是一个人来的。涅罗也跟着他来了，那是一条丹麦种的大黑狗，耳朵耷拉着，尾巴跟棍子那么硬。这条狗不大爱叫，神态阴沉，富有自尊心。它见到两个孩子，理也不理，从他们身旁走过，摇着尾巴拍打他们，就像拍打椅子似的。两个孩子从心底里痛恨它，可是这一次，实际的考虑压倒了他们的感情。

“你听我说吗，尼娜？”万尼亚睁大眼睛说，“就让涅罗代替那匹马做小猫的父亲吧！那匹马是死的，涅罗到底是活的。”

整个傍晚，他们一直盼着爸爸坐下来打纸牌，他们就可以趁人不注意，把涅罗领到厨房里去……最后爸爸总算坐下来打牌了，妈妈忙着张罗茶炊，没顾到两个孩子……幸福的时刻来临了。

“咱们走吧！”万尼亚小声对妹妹说。

可是这时候斯捷潘走进来，笑着宣布说：

“太太，涅罗把小猫全吃了！”

尼娜和万尼亚脸色煞白，惊恐地瞧着斯捷潘。

“真的，太太……”听差笑着说，“它走到盒子跟前，就吃开了。”

孩子们以为，这所房子里的所有大人都会大吃一惊，去谴责坏蛋涅罗。可是那些大人却心平气和地坐在那里一动也不动，只为那条大狗的胃口而惊讶。爸爸和妈妈都笑了……涅罗在桌旁走来走去，摇晃着尾巴，洋洋得意地舔嘴巴……只有母猫惶惶不安。她竖起尾巴，在各个房间里走来走去，疑心重重地朝着那些大人看，抱怨似的在哀叫。

“孩子们，现在已经九点多钟了！该睡觉了！”妈妈嚷道。

万尼亚和尼娜躺下睡觉，他们流着泪，久久地想着受了委屈的母猫和残忍、无耻，却又没有受到惩罚的涅罗。

剧作家

一个萎靡不振的人走进大夫的诊室，目光无神，外貌显出他患着炎症。从他鼻子之大和脸上阴沉忧郁的神情来看，这个人同烈酒、慢性鼻炎、哲学不会是无缘的。

他在圈椅上坐下，说他气喘，打嗝，胃气痛，心境忧郁，食之无味。

“您做什么工作？”大夫问。

“我是剧作家！”这个人不无自豪地声称。

大夫瞬间对病人怀着敬意，恭敬地现出笑容。

“啊，这是那么出色的专业……”他喃喃地说，“这是繁重而伤神的纯脑力劳动！”

“我想是这样……”

“作家是极少的……他们的生活不可能跟普通人的生活相同……因此我请求您向我叙述一下您的生活方式，您的工作、习惯、环境……总之您的工作使您付出了什么代价……”

“好吧……”剧作家同意说，“我起床，我的先生，大约十二点钟光景，不过有的时候也稍早一点……我一起床，就立刻吸一支烟，喝上两杯伏特加，有时喝三杯……不过有时也喝四杯，这要看前一天晚上喝多少了……是啊……要是我不喝，我的眼睛里就会冒金星，脑袋涨痛。”

“大概，您平时总是喝得很多吧？”

“不，哪能喝很多呢？要是我空着肚子喝酒，那纯粹是由于心绪烦躁，我是这样认为的……然后我穿好衣服，到利沃尔诺饭店或者萨夫拉先科夫饭店去吃早饭……一般说来，我的胃口总是不好……我早饭吃得极少，一份肉饼或者半份洋姜拌鲟鱼肉。我特意喝上三四杯，可还是没有胃口……早饭后，喝点啤酒或者葡萄酒，那就要看我的经济状况如何了……”

“哦，后来呢？”

“后来我就到一家啤酒店去，从啤酒店出来，又到利沃尔诺饭店去打台球……玩到六点钟光景，就吃正餐……正餐我总是吃得很差……信不信由您，有时喝上六七杯，可是胃口却一点也没有！我看见别人，心里总是羡慕，大家都在喝汤，可我见到汤就不想吃，就改喝啤酒……吃完这顿饭，我就到剧院去……”

“嗯……剧院大概使您不安吧？”

“不得了！我不安而且激动，在剧院里朋友们还常常说：喝酒去，喝酒去！跟这个喝伏特加，跟那个喝红葡萄酒，跟第三个喝啤酒，可是后来，您猜怎么着，戏还没演到第三幕，脚就站不稳了……鬼才知道我的神经是怎么回事……散戏以后我坐车到沙龙游艺场去，或者到罗东那里去参加他举办的假面舞会……您自己也知道，在沙龙或在假面舞会上是不能很快就抽身走掉的……要是早晨能在家里醒过来，那就要谢天谢地……有的时候整整一个星期都不在家里过夜……”

“嗯……您是在观察生活吧？”

“哦，是啊……有一回我的神经失常，整整一个月没有住在家里，甚至自己的住址都忘了……不得不到居民住址查询处去问……喏，您要知道，几乎天天都如此！”

“哦，那么您什么时候写剧本呢？”

“剧本？怎么跟您说呢？”剧作家耸着肩膀说，“这就要看情况了……”

“请您费神叙述一下您的写作过程吧……”

“首先，我的先生。我偶尔得到，或者从我的朋友那里拿到一本法国的或德国的作品，可我自己没有时间阅读它！要是它适用的话，我就把它拿到我妹妹那里去，或者花五卢布雇一个大学生……他们把它翻译出来，我呢，您明白，仿效俄国风俗把它改头换面地将外国姓名变成俄国姓名，等等……这就是整个过程……这可难了！啊，真难呀！”

这个萎靡不振的人不住地转动眼珠，叹气……大夫就开始敲他的胸部，听诊，抚摸……

演说家

一个美好的早晨，八等文官基里尔·伊万诺维奇·瓦维洛诺夫落葬，他死于我国相当流行的两种疾病：老婆太凶，嗜酒过度。等到送殡的行列从教堂往墓园走去，死者的一个同事，叫波普拉夫斯基的，就坐上出租马车，赶紧到他的朋友格里戈里·彼得罗维奇·扎波伊金家去。他年纪轻轻，但已经颇有名气。扎波伊金，正如许多读者知道的，具有在婚礼上、纪念会上、葬礼上发表即兴演说的罕见才能：半睡半醒时，空着肚子时，酩酊大醉时，发着高烧时都行。他的演说平稳流畅，犹如排水管里的流水，滔滔不绝。他那演说用语中动人心弦的字眼远比任何一家小饭铺里的蟑螂要多。他演说素来动听而冗长，因此有的时候，特别是在商人的婚礼上，为了阻止他讲下去，只好求助于警察。

“我来找你，老兄！”波普拉夫斯基发现他在家，就开口说，“你马上穿好衣服，我们一块儿走。我们有个同事死了，现在正把他打发到另一个世界去，所以，老兄，在告别之际就非说些废话不可……全部希望都寄托在你身上了。要是死了一个小人物，我们就不来打扰你了，可这位是个秘书……在某种意义上说，是办公室里的顶梁柱啊。给这么一个重要人物落葬而不致悼词，那可是欠妥的。”

“哦，秘书！”扎波伊金打呵欠说，“就是那个酒鬼吗？”

“对，酒鬼。这回有油饼吃，有冷荤菜吃……还可领到车马费呢。我们走吧，亲爱的！你到了坟墓上，像西塞罗那样海阔天空地胡扯一通，大家都会感激不尽的！”

扎波伊金欣然同意了。他把头发弄乱，脸上做出郁郁不乐的神情，跟波普拉夫斯基一块儿走到街上。

“我认识你们那位秘书，”他在出租马车上坐下，说，“老奸巨猾，骗子，祝他升天堂吧，那样的人真是少有。”

“得了，格里沙，辱骂死人可不合适。”

“当然了，关于死人没什么好话可说[1]，不过他毕竟是个滑头的家伙。”

两个朋友追上送殡的行列，加入这个队伍。人们抬着死人走得很慢，因此他们在到达墓园以前居然有工夫三进饭铺，为死人灵魂的安息喝上一小杯酒。

在墓园里做了安魂祈祷。死者的岳母、妻子、姨妹按照风俗流了许多眼泪。当棺材放进墓穴时，妻子甚至叫喊起来：“把我也放到他身边去吧！”大概是想起了抚恤金，她并没有随丈夫进坟墓。等到大家安静下来，扎波伊金就走到前边，对大家扫一眼，开口说：

“我能相信我的眼睛和耳朵吗？这口棺材、这些泪痕斑斑的脸、这些呻吟和哭号，岂不是一场噩梦吗？唉，这不是梦哟，我们的视觉并没有欺骗我们！不久前我们见到他时，还那样精神抖擞，朝气蓬勃、纯洁，他不久前还像不知疲倦的蜜蜂一样，把自己的蜜送进国家福利的总蜂房里，他……他如今却变成一堆骸骨和物质的幻景了。无情的死神对他伸出了僵硬的手，而他尽管到了弯腰曲背的年龄，却还精力充沛，充满灿烂的希望。不可弥补的损失啊！对我们来说，谁能代替他呀？优秀的官吏我们有很多，然而普罗科菲·奥西贝奇却可以说是独一无二的。他直到灵魂深处都忠于他诚实的职责，不吝惜自己的力量，通宵不睡，毫无私心，不收贿赂……对那些为损害公共利益而极力收买他的人，对那些用诱人的生活福利勾引他背弃职责的人，他是何等藐视啊！是的，我们亲眼

---

① 原文为拉丁语，是对拉丁语谚语“关于死人，要么不说，要说就要说好话”的戏谑改写。

见到普罗科菲·奥西贝奇把微薄的薪金散给最穷的同事，现在你们亲自听到了靠他救济活着的孤儿寡妇的痛哭声。他把全部精力都用在公务和做好事上了，没有领略过生活的欢乐，甚至放弃了家庭生活的幸福，你们知道，他至死一直是单身汉！作为我们的同事，谁能代替他呢？我现在好像看见那张刮光胡子、温情脉脉的脸对我们现出好意的笑容，我现在好像听见他那柔和亲热的嗓音。愿你的骸骨安宁，普罗科菲·奥西贝奇！安息吧，正直高尚的劳动者！”

扎波伊金继续讲下去，可是听众却开始议论纷纷。他的演说倒使得大家满意，而且博得一些眼泪，可是悼词中有许多话却显得奇怪。第一，使人不可理解的是演说家何以把死者称为普罗科菲·奥西波维奇[1]，因为死者名叫基里尔·伊万诺维奇。第二，人人都知道死者一辈子跟他那合法的妻子吵架，因而不能说是单身汉。第三，他蓄有浓密的棕红色胡子，从来也不刮脸，因此谁都不明白演说家为什么把他的脸说成刮光了胡子。听众困惑莫解，面面相觑，耸耸肩膀。

“普罗科菲·奥西贝奇啊！”演说家对着墓穴，热情洋溢地说，“你的脸不漂亮，甚至难看，你阴沉而严峻，不过我们都知道，在肉眼看得见的躯壳里，却跳动着一颗诚实友爱的心啊！”

不久，听众就开始发现，连演说家自己也起了奇怪的变化。他盯着一个地方看，不安地扭动身子，自己也在耸耸肩膀。忽然他住了口，惊讶地张着嘴，转过身去朝着波普拉夫斯基。

“你听我说，他活了！”他惊恐地瞪起眼睛说。

“谁活了？”

“就是普罗科菲·奥西贝奇呀！喏，他站在墓碑旁边呢！”

“他本来就没死！死的是基里尔·伊万内奇[2]！”

“可是要知道，你自己说你们的秘书死了！”

---

① 奥西贝奇是奥西波维奇的简称。

② 伊万内奇是伊万诺维奇的简称。

“基里尔·伊万内奇才是我们的秘书，你这个怪人弄错了！普罗科菲·奥西贝奇以前做过我们的秘书，这是对的，可是两年前他已经调到第二科去做科长了。”

“啊，魔鬼才闹得清你们在搞什么名堂！”

“可是你怎么住嘴了？讲下去啊，不讲可不合适！”

扎波伊金回转身去对着坟墓，用原先那种娓娓动听的口才把中断了的悼词继续下去。墓碑旁边果然站着刮光胡子的年老官员普罗科菲·奥西贝奇，他望着演说家，生气地皱起眉头。

“你这是何苦！”官员们行完葬礼，跟扎波伊金一块儿走回去，笑着说，“把活人埋葬了。”

“这可不好啊，年轻人！”普罗科菲·奥西贝奇抱怨说，“您的悼词对死人也许合适，可是用在活人身上简直成了嘲弄！求上帝怜恤我们吧，您都说了些什么呀？什么毫无私心，不被收买，不收贿赂的！要知道，用这种话讲活人，只有在嘲弄的时候才说。再者，谁也没有请您宣扬我的脸。什么不漂亮呀，难看呀，就算是这样吧，可是何必当着众人的面出我的丑呢？真使人生气！”

灾　难

尼古拉·马克西梅奇·普托欣灾难临头，这对具有豪放的和无忧无虑的俄罗斯性格的人来说，是无法杜绝的，犹如杜绝坐牢和讨饭一样：他偶然喝多了酒，醉醺醺地忘记家庭和公务，在花天酒地的场所闲逛了五天五夜。在这放荡的五昼夜里，那些醉脸、花裙子、酒瓶、扬起的腿，在他的记忆里只留下一团杂乱无章的印象，好比一锅粥。他极力追忆，他记得清楚的只有一件事：一天傍晚，那正是点亮街灯的时候，他跑到朋友家里去，原想谈一会儿正事就走，不料那个朋友请他喝啤酒……普托欣喝了一杯，两杯，三杯……等到喝完六瓶以后，两个朋友就动身到一个名叫巴维尔·谢苗诺维奇的人那里去，那个人招待他们吃熏鲑鱼，喝马德拉葡萄酒。喝完了马德拉，又打发人去买白兰地。然后又到别处去，又喝，不过再往后的事却被迷雾遮住了，普托欣隔着雾只能看见一种类似梦乡的情景：一个瑞典女人仰起淡紫色的脸，嚷道："男人，请我喝黑啤酒！"有个天花板不高的长长舞厅，里面挤满了女人和听差，还有他自己，他把大拇指塞在坎肩的口袋里，两条腿不知在跳什么舞……然后他像做梦似的看见一个不大的房间，墙上挂着俗气的木板画和女人的连衣裙……他想起泼洒的黑啤酒的气味，花露水和甘油肥皂的气味……在这种杂乱无章的一锅粥里，只有他睡醒过来的画面略微显得清楚点：他头昏脑涨，心绪恶劣，甚至觉得阳光都讨厌……

他想起他在衣袋里没有找到他的怀表和颈饰，就系上别人的领带，带着醉后昏沉沉的头脑急忙赶去上班。他站在上司面前，羞得脸色通红，正赶上醉后发烧而身子颤抖，可是上司没有看他，用淡漠的声调说：

“您不必费神辩白了……我甚至不明白您何必劳心光临，多此一举！……讲到您以后不再在我们这里工作，这已经是定局了，先生……我们不需要这样的工作人员，您作为通情达理的人，是明白这一点的……是啊！”

上司这种淡漠的口气和眯细的尖刻的眼睛，同事们为顾全礼貌而沉默不语的神态，在那团杂乱无章的印象里明显地浮现出来，再也不像梦境了……

“糟透了！不像样子！”普托欣跟上司谈过话后，在回去的路上嘟哝说，“既名誉扫地，又失去了工作……不像样子，一团糟！”

可恶的宿醉感觉浸透他的全身，从嘴里蔓延到几乎走不动的两条腿上……酗酒后，嘴里发苦的感觉惹得他周身，以至灵魂都不好受。他不由得又是羞愧，又是害怕，又是恶心。

“简直到开枪自杀的时候了！”他嘟哝说，“这叫人又是心里羞愧，又是恼恨得透不过气来。我连路也走不动了！”

“是啊，事情是不妙！”送他回去的同事费奥多尔·叶利谢伊奇同意说，“一切都无所谓，糟糕的是丢了工作！这比什么都坏，老兄……真到开枪自杀的时候了……”

“我的上帝，我头痛……头痛啊！”普托欣痛得皱起眉头，嘟哝说，“痛得要命，像要炸开似的。不行，随你怎么样，反正我要到小饭铺里喝几口酒以解宿醉……咱们走吧！”

两个朋友走进一家小饭铺……

“我怎么会灌了那么多的酒，真不明白！”普托欣喝完第二杯，心有余悸地说，“本来我已经有两年滴酒不进，还在圣像面前对我妻子起过誓，可是忽然间，全完了！工作丢了，而且休想安宁了！太可怕了。”

他摇摇头，接着说：

“我回家就像去受死刑似的……丢了表，花完了钱，失去了工作，我都不可惜……所有这些损失，再加上头痛，上司的教训，我都准备不计较……可是有一件事却弄得我心神不定，我怎么跟我妻子见面呢？我对她怎么说呢？我有五夜没在家里睡觉，把钱全用在灌酒上，现在又丢了工作……我能跟她说些什么呢？”

“没关系，她骂你一阵也就过去了！……”

“她现在一定把我看成讨厌而可鄙的人……她素来受不了喝醉的人，依她看来，凡是纵酒的人都可恶……她倒是对的……照我这样把过日子的钱全喝光，工作也丢了，难道不可恶？”

普托欣喝下一杯酒，吃了点腌白鲟鱼肉，沉思着。

“这样看来，明天不得不去一趟当铺，”他沉默了一阵后说，“工作是不会很快就找到的，于是饥饿就会大摇大摆地光临我们的家门……女人，我的老兄，什么事都能原谅你，喝醉啦，变心啦，殴打啦，年老啦，都不在话下，可就是穷她们不能原谅你。在她们眼里，穷比一切恶习都糟，我的玛莎已经习惯于天天正式开饭，哪怕去偷，也得给她准备。‘不正经开饭，’——她会说，‘可不行，倒不是我贪吃，而是没脸见仆人啊。’是的，老兄……这些娘们儿我仔细研究过。我的五天放荡生活她倒能原谅，可就是不能原谅饥饿。”

“是啊，痛骂一顿还算好的呢……”费奥多尔·叶利谢伊奇叹道。

“她不会好好想一想的……她知道我心里负疚，深深地不幸，可她根本不在意。这关她什么事？女人不管这些，特别是如果她是当事人的话……人家心里难过，羞愧得叹气，恨不得把子弹打进脑门才好，可是她光想：谁叫他不守规矩，造了孽，那就给他苦头吃……要是她痛痛快快骂你一顿，打你几下，倒也罢了，可是不然，她见着你总是冷冷淡淡，一言不发，用轻蔑的沉默足足惩罚你一个星期，挖苦你，说些无聊的话使人难受。这种折磨你可想而知。”

“那你就向她讨饶！”同事出主意说。

“那是白费劲……她在不原谅有罪的人这方面犹为贤惠。”

尼古拉·马克西梅奇从小饭铺里出来，走回家去，一路上盘算着该说些什么话来回答他的妻子。他暗自想象她那气得发白的脸、泪汪汪的眼睛、滔滔不绝的刻薄话，他的心里就充满小学生们所熟悉的那种战战兢兢的恐惧感。

“唉，管它呢！”他在家门口拉一下门铃，暗自决定道，“要出什么事就让它出吧！要是我受不住，我走就是。我对她把话讲完，就信步而行。”

他走进家门，他妻子玛莎正站在前厅里，用疑问的眼光瞧着他。

“让她开始吧，”他瞧着她惨白的脸，游移不定地脱下套靴，在想。

可是她没开口……他走进客厅，然后走进饭厅，可她却一直沉默着，用疑问的眼光看他。

“我要往脑门里放一枪！”他暗自决定，羞得脸上发烧，“我再也不能忍受了！不能了！”

他从这个墙角走到那个墙角，走了五分钟光景，下不了决心开口讲话，然后很快地走到桌子跟前，拿起铅笔，在一张报纸上写道：“我纵酒，结果革了职。”他妻子读了一遍，拿起铅笔来写道：“不要灰心。”他读完了，赶快走掉……回到书房里去了。

过一会儿，他妻子坐在他身旁，安慰他。

“痛苦是会有的，让它逐步消除，”她说，“拿出男子汉的气概来，不要泄气……上帝保佑，我们会熬过这场灾难，找到更好的工作的。”

他听着，不相信自己的耳朵了。他不知道该怎样回答才好，却像孩子似的发出一连串幸福的笑声。他妻子给他吃饱，让他喝点酒解一解醉[1]，然后服侍他上床睡下。

第二天，他精神抖擞，兴致勃勃，出外找工作，不出一个星期

---

① 有些习俗认为宿醉后再喝点酒可以醒酒。

就找到了……他经历的这场灾难使他起了很大的变化。他见到喝醉酒的人，不再像先前那样讥笑、责难了。他喜欢周济醉醺醺的乞丐，常常说：

“恶习不在于我们酗酒，而在于我们不理解醉人。”

也许他的话是对的。

约 稿

巴维尔·谢尔盖伊奇想起他答应过一个周刊的编辑写一篇“比较可怕而又动人的”圣诞节小说，就坐到他的写字台前，抬起眼睛望着天花板沉思。他头脑里有几个合适的题材在徘徊。他伸出手擦着脑门，想了一阵，就选定其中的一个，也就是在他出生和读书的城里十年前发生过的一起凶杀案。他用钢笔蘸一下墨水，叹了口气，就开始写起来。

书房隔壁的客厅里坐着客人：两位女士和一位大学生。巴维尔·谢尔盖伊奇的妻子索菲娅·瓦西里耶芙娜把乐谱翻得沙沙地响，在钢琴上胡乱弹出几个和声来。

“诸位先生，谁给我伴奏啊？”她用哭泣的音调说，“娜佳[①]，好歹您来给我伴奏吧！”

“唉，亲爱的，我已经有三个月没坐下弹琴了。”

“上帝啊，多么扭扭捏捏！好，那我索性不唱了！害臊个什么，其实伴奏是极容易的事！”

两位女士争执很久以后，挨着钢琴坐下：一个弹琴，一个开始唱抒情歌曲《你不要说青春已经断送》[②]。巴维尔·谢尔盖伊奇皱起眉头，放下笔。他听一会儿，把眉头皱得更紧，跳起来，往门口跑去。

“索菲娅，你唱得不对！”他开口叫道，“你的调门太高，而您，娜杰日达·彼得罗芙娜，弹得太快，好像人家在敲您的手指头似的。应当这样：嘚啦，嘚啦……哒……哒……”

巴维尔·谢尔盖伊奇开始晃着双手，顿着脚，表示该怎样唱歌，怎样弹琴。大约过了五分钟，他哼着他妻子唱的曲调，回到书房里，继续写下去：

“乌沙科夫和温克尔都年轻，年龄几乎相同，两个人在同一个办公室里工作。乌沙科夫像个女人，温柔、神经质、胆怯。温克尔却跟他的朋友相反，以粗野、残暴、蛮横闻名，只要他的欲望得不到满足就决不罢休。这是一个极其罕见而独特的利己主义者，有些人认为他心理上不正常，这我倒是乐于相信的。乌沙科夫和温克尔很要好。究竟是什么东西能使这两个性格相反的人结合在一起，我简直不理解。他们只有一个共同点：家业千金。乌沙科夫是独生子，母亲很有钱。温克尔被认为是他伯母的继承人，她是将军夫人，喜欢他，把他看作亲儿子。在人际关系中，金钱是绝妙的联系因素。两个人都能挥霍钱财，花钱博得女人的欢心，装束考究，坐着三套马的马车飞奔，引起大家觊觎，这也许就是把两个愚蠢的孩子搅在一起的水泥吧。

“乌沙科夫和温克尔的友谊没有延续多久。两个人同时爱上一个微不足道的女裁缝卡萨特金娜，就此变成了不共戴天的仇人。其实那个女人是一个以头发做得很讲究而闻名的妖媚女人。她图财心切，乐得委身于两个朋友。那个妖媚的女人十分放荡，贪图实惠，善于挑起两个孩子争风吃醋，因为天下再也没有一种东西比情人的嫉妒心更能使女人大发横财。胆怯而腼腆的乌沙科夫忍气吞声，对情敌无可奈何，可是野蛮而荒淫的温克尔正如人们应该预料到的，完全纵容自己的嫉妒心。”

“巴维尔·谢尔盖伊奇！”客厅里的人喊叫着，“您到这里来！”

巴维尔·谢尔盖伊奇跳起来，跑到太太们那边去。

---

① 娜佳是娜杰日达的小名。

② 由普利戈热夫根据诗人涅克拉索夫的诗歌《沉重的十字架已成为她的负累……》谱写的有茨冈风情的抒情歌曲。

“你跟米舍尔二部合唱！”他妻子说，“你唱第一部，他唱第二部！”

“行！定调门吧！”

巴维尔·谢尔盖伊奇挥一下还闪着墨水亮光的钢笔，顿一下脚，做出悲悲切切的脸色，开始跟大学生合唱《疯狂之夜》。

“好哇！”他唱完歌，搂住大学生的腰，大笑说，“咱俩配得真好！要能再唱一支才好，可是，见鬼，我得去写东西了！”

“您别写了！何苦呢！”

“不行，不行……我答应人家了！你们不要诱惑我！这篇小说今天就得写出来！”

巴维尔·谢尔盖伊奇摇着手，跑回自己的房间，继续写道：

“有一天，晚上十点钟光景，乌沙科夫正在办公室里值班，温克尔溜进值班室，悄悄走到他的情敌身后，用一把不大的斧头砍他的头。法医发现乌沙科夫头部伤口有十一处之多，由此可见，温克尔杀人的时候是多么残暴凶狠。凶手在杀人时和杀人后，都没有考虑周到。他砍死情敌后，身上溅满血，没有放下手里的斧头，却不知什么缘故爬到阁楼上，钻出天窗，走到房顶上，办公楼的守夜人久久地听见有人在铁皮房顶上走动。温克尔从这座官家房屋顺着排水管滑到邻近屋子的房顶上，再从这座房屋爬到另一座房屋，就这样在房顶上徘徊，直到被捕为止。

“全城的人送上花圈，奏着哀乐，为遇害的乌沙科夫送葬。社会舆论对凶手残忍到如此程度深表愤慨，于是人们成群结队往监狱走去，想看一下温克尔正在那里服刑的监狱的围墙。过了两三天，遇害者下葬的坟墓上立起一个十字架，上有报仇的题词：‘死于杀人犯之手’。然而乌沙科夫之死对任何人的影响都不及对他母亲大。不幸的老太婆听到独生子死了，几乎发疯了……”

巴维尔·谢尔盖伊奇接着又写完一页稿纸，连吸两支烟，在躺椅上躺下来，后来又挨着桌子坐下，继续写道：

“乌沙科娃老太婆由人搀着走进法庭，坐在圈椅上陈述意见。

她陈述的时候，周身发抖，回转头去对着被告，向他摇着拳头叫道：

“‘害死我儿子的就是你！你！’

“‘我本来就没有否认……’温克尔阴沉地嘟哝说。

“‘你也不敢否认！’老太婆继续说，不理庭长的话，‘就是你害死的！’

“温克尔的伯母，年老的将军夫人，伤心得有点神志不清，在陈述意见以前，茫然地瞧着她的侄子有三分钟光景，然后用那种使得庭上的人打冷战的声调问道：

“‘尼古拉，你干了什么事？’

“此外她再也说不出话来了。两个老太婆的出现给听众留下郁闷的印象。据说，她们在法庭的走廊上相遇，彼此大闹一场，甚至把法院的差役们气得直发抖。老太婆乌沙科娃极度痛苦，朝将军夫人猛扑过去，破口大骂。她对她讲话不说‘您’而说‘你’，指责她，骂她，搬出上帝来威胁她，等等。温克尔的伯母起初沉默地听着，露出谦恭依顺的神情，只是说：

“‘您发发慈悲吧！他和我也已经受到惩罚了！’

“可是后来她实在忍不下去了，就用辱骂还报辱骂。

“‘要不是您的儿子，’她叫道，‘我的科利亚现在就不会坐在这里！您的儿子把他毁了，’等等。

“两个老太婆好不容易被劝开……经审判员的裁决，温克尔被判处服苦役十年。”

“尼科诺夫的男低音好听得很！”巴维尔·谢尔盖伊奇听见他妻子说，“他的男低音好听，低沉，富有表现力……我不明白，亲爱的，为什么他不去唱歌剧呢？”

巴维尔·谢尔盖伊奇瞪大眼睛，跳起来……

“你说尼科诺夫的男低音好听？”他朝客厅里张望，问道，“尼科诺夫的男低音也能算好听？”

“对，我说的就是尼科诺夫的男低音。”

“得了吧，小母亲，可见你什么也不懂……”巴维尔·谢尔盖伊奇摊开双手，说，“你那尼科诺夫好比一头母牛！哇哇地喊，嗓子沙哑，倒像谁要把他的肚肠拉出来似的。嗓音颤动，发抖，仿佛空酒瓶里塞进了软木塞！我就不能忍受！你那个尼科诺夫的辨音力跟这张长沙发差不多。”

“尼科诺夫居然成了歌唱家！”大约五分钟后他回到桌边，坐下写东西，激怒地说，“我的上帝啊，这是什么鉴赏力！这个尼科诺夫只配到街头去卖唱，根本不能唱什么歌剧。”

他继续在愤怒，生气地把钢笔蘸一下墨水，开始写道：

“温克尔将军夫人动身到彼得堡去奔走，为了不让她的侄子声名狼藉。她出门后，温克尔设法从监狱逃了出去。”

“多好的天气啊！”大学生在客厅里叹道。

巴维尔·谢尔盖伊奇继续写道：“人们在火车站的货车底下找到他，费了很大的劲才把他从那里拉出来。显然，这个人希望还能活下去……这个不幸的人对押解兵龇牙咧嘴，等到把他押回监狱，他就伤心地哭了。”

“现在去城外可好呢！”索菲娅·瓦西里耶芙娜说，“巴维尔，你别在那里写了，真的！”

巴维尔·谢尔盖伊奇烦躁地搔了搔后脑壳，继续写道：

“伯母的疏通没有奏效……温克尔在离开故乡的城市以前，不可避免地要经过上枷示众的处罚，然而骄傲的伯母坚持己见，在温克尔服苦役的前一天，服毒自尽了。人们把她葬在墓园外边专为自杀者下葬的地方……”

巴维尔·谢尔盖伊奇看一下窗外繁星密布的天空，清一下喉咙，往客厅走去。

“是啊，现在坐上雪橇到城外去兜兜倒挺好！”他在圈椅上坐下，说，“这样的天气是少有的！”

“喂！怎么样？我们就走吧！”他妻子心神不定地说，“那我们就去吧，诸位先生！”

“哎呀，见鬼！我得写完那篇小说才成！几乎连一半也没写成呢……不过，要是叫两辆三套马的雪橇来倒挺好……那就马上叫车夫滚开，我们自己坐到赶车座位上去，喊一声，走，快点跑！嘿，见它的鬼，马跑得跟飞一样！不过呢，先得在家里略微喝一点酒才成。”

“好得很！那我们就走！”

“不，不……说什么也不行！不写完那篇小说，我一步也不能动！你们别要求我了！”

“那您就去快点把它写完！趁人家去叫雪橇，送葡萄酒来，您足足能写完五次呢……”

太太们把巴维尔·谢尔盖伊奇团团围住，好说歹说硬要他答应。他挥一下手，同意了。大学生就跑出去叫雪橇，买葡萄酒，太太们忙乱起来。巴维尔·谢尔盖伊奇跑回房间，拿起笔，用拳头捶一下底稿，继续写道：

“乌沙科娃老太婆每天都到儿子的坟上去。不管天气如何，下雨也罢，暴风雪肆虐也罢，她的马车每天早晨八点多钟总是停在墓园大门旁边，她自己在坟墓旁边坐着，不住落泪，眼巴巴地仿佛在欣赏着题词：‘死于杀人犯之手’。”

大学生回来了，巴维尔·谢尔盖伊奇就一口气喝下一杯葡萄杯，写道：

“她到墓园一连去了五年，一天也没放过，墓园成了她的第二个家。到第六年，她得了肺炎，足足有一个月没去看她的儿子。”

“您也写得够了！”大家纷纷催促巴维尔·谢尔盖伊奇说，“别写了！喏，再来喝点！”

“马上就去，马上就去……现在写到最有趣的地方……你们等一下，好朋友，别打搅我……”

“老太婆病后来到墓园里，”巴维尔·谢尔盖伊奇继续写道，“使她惊骇的是，她发现她忘记儿子的坟墓在什么地方了。这场病夺去了她的记忆力……她在大雪齐腰的墓园里跑来跑去，央告看守人……看守人能够对她指出她儿子埋葬的地点，可是也只能指出大概的方位，因为，说来也是老太婆倒霉，在她很久不去的那段时间里，坟上的十字架被那些售卖坟墓十字架的乞丐们偷去了。

“‘他在哪里？’老太婆东奔西跑，‘我的儿子在哪里？我的儿子第二次被人夺去了！’”

“你到底有完没完啊？”索菲娅，瓦西里耶芙娜嚷道，“你让五个人等你一个人，这也太没良心了！别写了！”

“马上就去，马上就去，”巴维尔·谢尔盖伊奇嘟哝着，喝完一杯葡萄酒，皱起眉头，“马上就去……哎！你在碍我的事！”

巴维尔·谢尔盖伊奇使劲揉揉额头，呆呆地环视四周的东西，烦躁地跺着鞋后跟，写道：

“老太婆一路上没找到坟墓，脸色煞白，没戴头巾，举步艰难，疲乏得闭上眼睛，往大门口走去，想回家了。可是她还没坐上马车，就又遇到一件麻烦事。原来她在墓园的门口碰见了温克尔的伯母。”

“这样的先生只能这样对付！”一个女客说着，从桌上把草稿一把抢过去，“走！”

巴维尔·谢尔盖伊奇先还抗议，可是后来摇一下手，索性撕掉草稿，不知什么缘故还把编辑骂了一通，然后嘴里打着唿哨，跑到前厅，帮太太们穿外衣去了。

艺术品

萨沙·斯米尔诺夫腋下夹着一件用第二二三号《交易所公报》包着的东西，他是母亲的独生子，露出萎靡不振的神态，走进科舍利科夫大夫的诊室。

“啊，可爱的小伙子，”大夫迎着他说，“嗯，觉得怎么样？有什么好消息告诉我吗？”

萨沙开始眨巴眼睛，把手按住心口，用激动的声调说：

“我妈妈问候您，伊万·尼古拉耶维奇，她吩咐我向您道谢……我是母亲的独苗，您救了我的命……治好我的重病……我俩都不知道该怎样感谢您才好。”

“得了，小伙子！”大夫快活得不自在地打断他的话说，“我所做的仅仅是别人处在我的地位也会做的事。”

“我是我母亲的独苗……当然了，我们是穷人，无力为您的劳动付钱，所以……我们很羞愧，医生，尽管，首先，妈妈和我……我是我母亲的独苗，恳切地要求您接受我们的谢意……喏，就是这个东西……它很贵重，是古铜的……稀有艺术品。”

“用不着这样！”大夫皱起眉头说，“哎，这是何必呢？”

“不，请您千万不要推辞，”萨沙继续嘟哝说，打开纸包，“您不收，就伤了我和妈妈的心……这东西很好……是古铜的……这是去世的爸爸传给我们的，我们一直保存着它，当作贵重的纪念品……我爸爸收买古铜器，转卖给爱好古董的人……现在妈妈和我也干这个行当。”

萨沙拆开纸包，展现了这件物品，郑重地把它放在桌子上。这是个不高的古铜大烛台，艺术加工的东西。那上面的一组造型：在台座上站着的两个女人雕像，装束得跟夏娃一样，至于描述她们的姿态，我既缺乏勇气，又缺乏适当的气质。那两个女人娇媚地微笑着，总之从外貌来看，要不是她们必须支撑烛台，似乎就会从台座上跳下来，在房间里打打闹闹，关于这样的情景，读者们啊，就连想一下都是不成体统的。

大夫看着礼物，慢吞吞地搔着耳背，清一下喉咙，游移不决地擤鼻子。

“是啊，这东西确实很美。”他支吾道，“不过……怎么跟您说好呢，未免……未免太不文雅了……这已经不是袒胸露背的女人，鬼才知道这是什么东西……”

“简直不知道，您为什么这样讲？”

“就连诱惑人的蛇精也想不出比这再糟的模样了。要知道，在桌上摆这么一个妖形怪状的东西，就把整个住宅都弄得乌烟瘴气了！”

“您，大夫，对待艺术的态度多么奇怪啊！”萨沙抱屈地说，“要知道这是艺术的东西，您瞧嘛！那么美丽，那么优雅，使人的心里充满敬仰的感情，泪水禁不住涌上喉头！当见到这样的美，就会忘掉人世间的一切……您瞧，多么活泼，什么样的气氛和传神啊！”

“所有这些我都非常明白，我亲爱的。”大夫打断他的话说，“可是要知道，我是个有家眷的人，我这里常有孩子跑来跑去，也常有太太小姐们光临。”

“当然，如果用一般人的眼光来看，”萨沙说，“那么，当然，这个具有高度艺术性的作品就误认为另一种形态的……不过，大夫，您应该比一般人站得高些，特别是因为您不肯收，就深深伤了我和妈妈的心。我是妈妈的独苗……您救了我的命……我们把我们认为最珍贵的东西送给您了……只有一点我觉得惋惜：大烛台只有一个，没法配成一对……”

“谢谢，好朋友，我很感激……请您问候妈妈，不过，说真的，您自己想一想：我这里常有孩子跑来跑去，常有太太小姐们光临……是啊，不过呢，就把它留在这里吧！反正您是不理解的。”

“本来就没有什么多讲的，”萨沙高兴地说，“您把大烛台放在这里，喏，放在花瓶旁边好了。真是可惜：没有配成对！太可惜了！好，再见，大夫。”

萨沙走后，大夫久久地瞧着大烛台，搔着耳背，沉思着。

“这东西是顶好的，无须争论，”他想，“丢掉未免可惜……可是留在这里也不行……嗯！……这就成了难题！该把它送给谁，或者捐给谁去？”

他沉思很久，想起他的好朋友乌霍夫律师给他办过事，他还欠着律师的情。

“好极了，”大夫暗自决定，“他既是我的朋友，就不好意思收我的钱，要是我把这个东西送给他，倒很合适。那我索性把这个鬼东西送给他吧！恰巧他是个单身汉，而且对这种事又无所谓的……”

大夫没有把这件事推到以后去办，他穿上外衣，拿着大烛台，到乌霍夫家去了。

“你好，朋友！”他正遇上律师在家，就说，“我来找你……是来感谢你为我出过力，老兄……你不肯收钱，那么，喏，你至少收下这个东西吧……瞧，我的老兄……这东西可真美！”

律师见到这个东西，有说不出的高兴。

“原来是这么一个玩意儿！”他大笑道，“啊，见它的鬼，这是魔鬼才想得出的玩意儿！妙极了！迷人啊！你是从哪里弄来的这么一个可爱的东西的？”

律师流露出自己的喜悦后，胆怯地望着门口，说：

“不过你，老兄，把你的礼物拿走吧。我不能收……”

“为什么？”大夫惊恐地问。

“因为……我母亲和托我打官司的人常到我这里来……再者我也不好意思叫仆人看见。”

“不行，不行……不准你推辞！”大夫摇着双手说，“这你就太不对了！这是艺术品……那么活泼……传神……我都不愿意再说了！你要惹我生气了！”

“至少也该给它涂上点颜色，或者挂上点小小的无花果叶子……”

于是大夫越发使劲地摇着双手，从乌霍夫的寓所跑出来，想到礼物总算脱了手，很满意，就坐车回家了……

他走后，律师瞧着大烛台，伸出手指头去把它前后左右都摸一阵，后来也像大夫那样，长时间为一个问题绞尽脑汁：该怎么处置这个礼物呢？

“这东西挺好，”他想，“丢掉是可惜的，留下来又不像样，最好把它送给别人……那就这么办，今天傍晚我索性把这个大烛台送给喜剧学员沙什金吧。那个坏蛋喜欢这类东西，再者今天正碰上他演捧场戏……”

他说到做到。当天傍晚，大烛台就给包得严严实实，送到喜剧演员沙什金那里去了。整个傍晚喜剧演员的化妆室里涌进许多男人，特意来欣赏那个礼物。化妆室一直充满兴奋的叫声和类似马嘶的笑声。要是有个女演员走到房门跟前来，问一声：“可以进来吗？”喜剧演员的沙哑的声调就立刻响起来：

“不行，不行，亲爱的！我没穿好衣服！”

散场后，喜剧演员耸起肩膀，摊开双手说：

“喏，我把这个劳什子放到哪里去好呢？我是住在私人的住宅里啊！女演员常上我那里去！这又不是照片，桌子上无处可藏！”

“您，先生，把它卖了吧，”理发师正帮着喜剧演员脱掉戏装，就出主意说，“这里城郊住着一个老太婆，收买古铜器……您去一趟，找斯米尔诺娃就行……大家都认得她。”

喜剧演员听从了他的话……过了两天光景，大夫科舍利科夫在诊室里坐着，把一个手指头放在额头上，正在思索一个有关胆酸的问题。突然房门开了，萨沙·斯米尔诺夫冲进诊室里来。他满面笑容，神采焕发，整个身子露出幸福的样子。他手里拿着一个用报纸包着的东西。

“大夫！”他上气不接下气地开口说，“您想想我的高兴劲吧！说来也是您走运，我们总算给您的大烛台配成了对！……妈妈快活极了……我是母亲的独苗……您救了我的命……”

萨沙由于满心感激而发抖，把一个大烛台放在大夫面前。大夫张开嘴，原想说点什么，可什么也没说出来，他的舌头僵住了。

庆祝会

卡尔斯饭店里正在举行简单的庆祝仪式：演员同行们为悲剧演员季格罗夫在戏剧界工作二十五周年设宴庆祝。长桌旁坐着剧院全体人员，惟一缺剧团经理一人，由于舍不得花钱，因此他没有参加设宴人签名，不过答应在宴会结束时到一下场。"尊敬的同事"是庆祝会的受贺者，坐在主要的席位上，那是一把椅背高而直的圈椅。他的脸色通红，满头大汗，清清喉咙，眨眨眼睛，总之，觉得很不自在。他是否因为庆祝会气氛热烈而心情激动，还是因为他在赴宴以前已经"醉醺醺"，那就难于弄清楚了。他右边坐着扮演贵妇的演员利卡尼达·伊万诺芙娜·斯维列佩耶娃，剧团经理的情人，戴着玳瑁的夹鼻眼镜，鼻子上扑了不少粉，左边坐着扮演天真少女的演员索菲娅·杰尼索芙娜·乌内洛娃。桌子两旁，在那两个女人身旁，坐着两行面颊刮得光光的男人。

上汤菜以前，当演员们喝伏特加、吃冷盘菜的时候，扮演说教者的演员巴别尔曼杰布斯基站起来，说：

"诸位先生！我建议为受贺者瓦西里斯克·阿夫里卡内奇·季格罗夫的健康干杯！乌拉……拉！"

演员们高喊一声"乌拉"，离开座位站起来，涌到受贺者那边去，久久地碰杯，接吻后，演员们落座，这时候扮演情人的演员维奥兰斯基站了起来，这个人没有什么才能，却享有学识渊博的演员的名声，无非是因为他用鼻音讲话，手头有一本《三万外来语词典》，又是个发表长篇演说的能手。

"尊敬的同事！"他转动着眼珠，开口说，"自从你踏上荆棘载途的艺术道路以来，到今天已经满了一个世纪的四分之一。是啊！你带着惊奇和略有恐惧的心情回顾你走过的道路，我看见你的前额已经布满了皱纹。是啊！那是一条可怕的道路！你的星在远处闪烁……你被伸手不见五指的黑暗包围着，急忙地朝着那颗星走去，可是你的路上有深渊和绝壁，布满咝咝叫的蛇、两栖动物和爬虫。”

随后，演说者讲到演员的仇人比谁都多。他把一个个思想接连地抛出来，发表自己的看法：哪怕在穷乡僻壤演草台戏的平庸演员，他们带给人类的益处也比造桥的斯特鲁韦或者发明电灯的亚布洛奇科夫大得多，因此剧院和铁路究竟哪一样有益，这还有什么可争论的呢？他越讲越激昂，宣称，人世间没有艺术，世界就会变成沙漠，世界将毁于唯物主义，艺术工作者的责任就在于使金牛[1]的奴仆的心刺痛。鬼才知道他还有什么话没说。临到结束演说，他就对窗子挥拳头，拉下他脖子上的餐巾，说是只有感恩的后代才可能看清季格罗夫的真正价值。

他停止发言后，演员们又高喊“乌拉”，然后人声嘈杂地站起来，离开座位，涌到受贺者那边去。维奥兰斯基吻季格罗夫三次，代表全体同事赠给他一本不大的绒面的照相册，上边用金丝线绣着两个字：“瓦·季”。受感动的悲剧演员哭了起来，拥抱所有出席宴会的人，然后快活得浑身发软，往他的圈椅上一坐，伸出颤抖的手指开始翻阅照相册。整本照相册有将近二十张照片，可是稍稍像样的人脸一张也没有。那简直不能算是脸，都是些丑脸相，有歪着嘴的，有塌鼻的，有眼睛眯得极细或瞪得老大的。没有一个领结打得端正的，所有的丑脸都露出狰狞的表情。提词员普多耶多夫的头有两道轮廓，其中一道在修底版时弄坏的。（事情是这样的：演员们在圣尼古拉节参加过三个命名日宴会后才去照的相，而给他们照相的是“华沙的摄影师杰尔加乔夫”，这个人身材矮小，视力很弱，兼做三种行业：照相、拔牙、典当。）

---

① 指崇拜金钱，典出《浮士德》。

上烤菜前，扮演老实人的演员讲话了，他没有身份证，据他说，名叫格里戈里·博尔晓夫。他伸直脖子，把手按在胸口，说：

“你听我说，瓦夏……我说的是老实话……我说了假话就让上帝惩罚我，你有才华，人人都会对你说有才华……要不是这个东西（演说者用手指弹一下脖子），要不是你那种狗脾气，老兄，你的前程本是远大的……鬼才知道你是怎么回事，你到处跟人打架，吵嘴，就连在不必要的地方也硬要争个清白……你，老兄，要原谅我才好，我说的是良心话……我是当着上帝说的！你有这种坏脾气，任谁也跟你处不来……这是实情！你，老兄，要原谅我才好，要知道我是喜欢你的，大家也都喜欢你……”

博尔晓夫探出身子，吻受贺者的脸颊。

“原谅我，我的好人，”他继续说，“你确实有才华！不过你不要那个……不要多喝波尔特温葡萄酒。喝过伏特加再喝这种坏酒，简直要人的命！”

博尔晓夫说完后，受贺者自己开始讲话了。他显出热烈的、要哭的面容，眨巴着眼睛，手里撕扯手绢，站起来，用发抖的声音说：

“我亲爱的、尊贵的朋友们！请允许我在这个欢乐的日子向你们说出在这儿，我的胸膛里，我那精神大厦的拱顶下积聚着的种种思想……你们面前的是个老人，白发苍苍，一条腿已经伸进坟墓了……我……我哭了。可是人的眼泪是怎么一回事？不过是沮丧的精神状态，如此而已！振作起来吧，老头子！不要流泪！不要让精神衰老啊！使人保持崇高的美，腰杆子挺得直直的！在你们面前，朋友们，站着微不足道的演员季格罗夫，可是他曾经使得三十六家剧院的墙壁发抖，他创造过贝利萨留①、奥赛罗、弗兰茨·穆尔②的形象！三十六座城市知道我的名字……喏！”

---

① 德国剧作家艾杜阿尔德·宪克的悲剧《贝利萨留》的男主人公，拜占庭的统帅。

② 德国作家席勒的剧本《强盗》的男主人公。

季格罗夫把手伸到旁边的衣袋里，从那里取出一卷饭馆的账单来，在空中摇晃几下。

“这就是证据！”他叫道，骄傲地扬起头，“这里有莫斯科城‘大饭店’的账单，有哈尔科夫城‘美景旅馆’的账单，还有平扎城的‘瓦连佐夫旅馆’、塔甘罗格城的‘欧罗巴旅馆’、萨拉托夫城的‘京都旅馆’、奥连堡城的‘欧罗巴旅馆’、坦波夫城的‘大饭店’、阿尔汉格尔斯克的‘金锚旅馆’，等等！瞧！三十六座城！可是怎么样呢？！我这一辈子没有一天不遭到卑鄙的暗算。”

季格罗夫发言中的这种转折是不会使人感到奇怪的：俄国演员按照现存的自然规律，哪怕讲天气也不会不提到阴谋……

“任何人，只要有可能，就一定在我面前撒下阴险和伪善的网！”悲剧演员继续说，气冲冲地转动着眼睛，“我要把这一切全说出来！让你们的头发都竖起来，让血在血管里凝住，让墙壁发抖，可是一定要让真相大白于天下！我什么也不怕！”

然而真相却没有来得及大白于天下，因为房门开了，剧团经理费尼克索夫-季阿曼托夫走进大厅来，这人长得又高又瘦，论相貌像个退休的讼师，耳朵里塞着大团的棉花。他是按一切俄国剧团经理平素走路的架势走进来的，好像挨了妻子一顿痛骂似的。他像所有的剧团经理一样，带着缩手缩脚的负疚样子，用令人讨厌而又谄媚的男高音说话，随时给人留下一种印象，就像他急着要走掉，有什么东西忘在别处似的。

“你好，瓦西里斯克·阿夫里卡内奇，”他走到受贺者跟前，很快地开口说，“我庆贺你，好朋友……唉，我累坏了！嗯，求上帝保佑，这你是明白的……是啊，我认识你已十五年了！是啊，当初你在米洛斯拉夫斯基剧团里工作的情形，我至今都记得！唉，我跑得累极了。”

季阿曼托夫战战兢兢地回头看一眼，搓着手，在桌旁坐下。

“刚才我到市长那里去过一趟，”他继续说，令人怀疑地瞅着菜碟，“他约我喝茶，可是我推辞了……我跑得简直筋疲力尽！我好像没有在设宴人的名单上签过名，不过我还是要……喝点伏特加。”

“你接着说，你接着说！”演员们对受贺者挥着手说。

季格罗夫把眉头皱得更紧，开口说：

“如果，诸位先生，有谁不喜欢我的话，那就让他出去，反正我习惯了实话实说，而且……而且任什么魔鬼我都不怕……谁也别想禁止我说话……是啊……我想说什么，我就说什么……我是自由的！”

“好，你就说吧！”

“总之，我想对你们说，近年来舞台艺术在走……走下坡路了……这是什么缘故呢？这是因为它落在……”悲剧演员作出狰狞的面孔，压低嗓门，嘶哑发狠地说，“……落在卑鄙的贪财汉手里了，他们是些可鄙的、专门抓钱的奴仆，艺术的刽子手，天生只会在艺术之宫里爬来爬去，不配当头头！一点不假！”

“等一等，等一等，”季阿曼托夫正把鹅肉烧白菜放到自己的盘子里，打断他的话说，“根本不是这么回事！艺术确实在走下坡路，然而是什么缘故呢？因为看法变了！现在有个风气，要求舞台上有生活气息。我的妈呀，舞台上才不需要生活气息呢。什么生活气息，滚它的吧！那种东西你到处都可以看到，小饭馆里有，家里有，市集上有，至于戏院里，要的是强烈的表演！这里要的是强烈的表演！”

“什么强烈不强烈！这里需要的是少一点骗子和流氓，不是强烈！要是演员们一连几个月拿不到薪金，哪里还说得上什么强烈！”

“你看看你这个人啊！”剧团经理叹道，脸上作出要哭的样子，“你老是爱说刻薄话！何必这么绕着弯子，说半句留半句？你该痛痛快快照直说出来……不过我没有工夫了。要知道我跑到这里来只能待一会儿就得走……我还要跑到印刷厂去……”

季阿曼托夫跳起来，在桌子旁边犹豫一下，悲伤地斜起眼睛瞥一下那盘鹅肉，然后向大家一鞠躬，迈着碎步往门口走去。

“这把圈椅你们是从剧院里拿来的！”他一边往门口走，一边指着受贺者坐着的圈椅说，“别忘了搬回去，要不然，往后上演《哈姆雷特》的时候，克劳迪斯[1]就没有圈椅坐了。祝你们健康！”

他走后，受贺者绷着脸。

“正派人可不是这么办事的，”他发牢骚说，“你们也太不像话了……为什么你们不支持我？我原想把那条狗臭骂一顿……”

上甜食后，女士们起身告辞，走掉了。受贺者情绪不佳，嘴里骂着难听的话。葡萄酒的瓶子都空了，因此演员们重新喝伏特加。人们围着饭桌纷纷讲趣事，等到大家肚子里的趣事讲完，就开始回忆以往的经历。这类回忆素来是演员聚会场合最好的点缀。当俄国演员态度诚恳，不谈阴谋、艺术的衰败、报刊的偏私之类的废话，而叙述他们的所见所闻时，他们总是无限地讨人喜欢的……有的时候只要倾听一个日暮途穷和憔悴的喜剧演员回忆过去，你的想象中就会出现一个极其动人而且饶有诗意的形象：这个人极其轻狂、任性，往往沾染了恶习，然而不知疲倦地四处漂泊，像石头那样坚忍不拔，性格刚强，不肯安宁，充满信心而又永远不幸，像古代的勇士那样的性情开阔、无忧无虑的胸襟、不平常的生活方式……你只要听一听这种回忆，就能原谅这个追述往事的人犯过的一切有意无意的过失，倾心于他，嫉妒他了。

九点多钟，参加宴会的人开始付清宴席费用，这当然免不了要费很多唇舌，甚至把旅馆老板叫来。不过这时候睡觉还嫌太早，所有的演员从卡尔斯饭店出来后，就往格鲁吉亚饭店走去，到那里打台球，喝啤酒。

“诸位先生，喝香槟！”受贺者兴致勃勃地说，“今天……我想喝香槟！我请大家喝！”

可是香槟没有喝成，因为悲剧演员的口袋里一文钱也没有了。

“格里沙！”他跟博尔晓夫和维奥兰斯基一块儿从格鲁吉亚饭店走出来，嘟哝说，“我们应该再到布拉格饭店去……现在睡觉还太

---

① 《哈姆雷特》中的丹麦国王。

早！到哪里弄五卢布来呢？”

演员们站住，开始动脑筋。

“你猜怎么着？”维奥兰斯基说，想出一个主意，“把照相册拿到杰尔加乔夫那里去吧！你要它有什么用？真的！他给三卢布，咱们就够用了！”

受贺者同意了。不出一刻钟，这三个行人已经在敲杰尔加乔夫的大门了。

谁之过?

我的叔叔彼得·杰米亚内奇是个身体枯瘦而肝火很旺的六品文官，活像那种风干的、肚子里撑着一根木棍的熏鲑鱼。有一天他准备到他教拉丁语的中学校去，却发现他的句法教科书的封面被老鼠咬坏了。

“你听我说，普拉斯科维娅，”他走进厨房，对厨娘说，“我们的老鼠都是哪里来的？得了吧，昨天我的礼帽给咬坏了，今天这本句法教科书又被咬得不雅观了……照这样下去，请看吧，它们要咬衣服了！”

“可是叫我有什么办法！又不是我把它们引来的！”普拉斯科维娅回答说。

“总得想个办法嘛！你该养只猫什么的……”

“猫倒已经有了，可是又有什么用呢？”

普拉斯科维娅就指一指墙角上扫帚旁边蜷起身子睡觉的一只骨瘦如柴的小白猫。

“为什么不中用呢？”彼得·杰米亚内奇问。

“它还小，又笨。算一算，它还没满两个月。”

“嗯！……那就得使它养成捕鼠的习惯！养成这种习惯，总比成天躺着好。”

说完这话，彼得·杰米亚内奇有所担心地叹口气，从厨房里走出去。小白猫抬起头来，懒洋洋地瞧一下他的背影，又闭上眼睛。

小白猫没有睡觉，而是在思索。思索什么呢？它还没熟悉现实生活，没有任何的印象积累，因此只能凭本能思考，根据它从祖先老虎那里（请参阅达尔文的著作）连同血肉一并继承下来的种种概念想象生活。它的思想具有睡意蒙眬的幻想性质。它那猫的想象描绘出一幅类似阿拉伯沙漠的画面，那上面掠过一些影子，像是普拉斯科维娅、炉灶、扫帚。影子当中突然出现一小碟牛奶。小碟长出些爪子，活动起来，表示要打算逃跑，小猫就往前一蹿，由于渴血的欲望而屏住呼吸，把脚爪伸到小碟上……等到小碟消失在迷雾里，就又出现一小块肉，是普拉斯科维娅丢给它的。那块肉胆怯地吱吱叫着，要往旁边跑去，可是小猫往前一蹿，伸出脚爪……凡是在这个年轻的梦想家面前出现的东西，一概引得它往前一蹿，伸爪子，龇出牙齿……别人的心，是不能知道的，猫的心就更不消说了，然而刚才描写的画面在大多数程度上接近真实，却可以从下边的事实看出来：小猫沉浸在睡意蒙眬的幻想里，忽然跳起来，闪着亮晶晶的眼睛瞅着普拉斯科维娅，竖起身上的毛，往前一蹿，伸出爪子抓住厨娘的衣裾。看来，它天生是捕鼠的能手，完全不愧为它那些渴血的祖先的子孙。命运规定它日后会成为地下室、储藏室、谷仓里的霸王，而且，要是不培养它……然而，我们不要提前讲以后的事吧。

彼得·杰米亚内奇从中学回家的路上，走进一家小杂货铺，花十五戈比买到一个捕鼠器。吃饭的时候，他把一小块肉饼安在钩子上，把捕鼠器放在长沙发底下，那里堆着一些学生的练习簿，是普拉斯科维娅留着料理家务用的。傍晚六点钟整，可敬的拉丁语教师正坐在桌子旁边，批改学生作业，这时候长沙发底下忽然发出啪的一响，声音那么大，弄得我叔叔打了个哆嗦，钢笔也失手掉下来了。他马上走到长沙发跟前，取出捕鼠器。有一只干干净净的小老鼠，只有顶针那么大，正在闻铁丝网，吓得索索地抖。

“啊哈！”彼得·杰米亚内奇嘟哝着说，幸灾乐祸地瞧着老鼠，仿佛打算给它批个一分似的，“落网了，坏蛋！你等着吧，我要叫你尝尝啃句法教科书的滋味！”

彼得·杰米亚内奇把这个落难者看了个够，然后把捕鼠器放在地板上，喊道：

“普拉斯科维娅，老鼠被捉住了！快把小猫送到这里来！”

“马上就来！”普拉斯科维娅应道，过了一分钟，她抱着老虎的后代走进来。

“好极了！”彼得·杰米亚内奇搓着手，喃喃地说，“我们来教会它……把它放在捕鼠器前面……这就行了……它闻一阵，看一会儿……这就行了……”

小猫惊讶地看着我叔叔，看着圈椅，纳闷地闻闻捕鼠器，然后大概害怕明亮的灯光，害怕大家对它的瞩目，就猛一扭身，吓得往门口跑去。

“站住！”叔叔喊道，揪住它的尾巴，“站住，这个坏东西！笨蛋，它怕老鼠！你倒是瞧呀！啊？我跟你说：你瞧呀！”

彼得·杰米亚内奇抓住小猫的脖子，把它的脸塞到捕鼠器上。

“瞧啊，笨家伙！你快把它接过去，普拉斯科维娅，抓住它……把它对着小门放……等我把老鼠放出来，你就立刻松手，把它放开……听明白了吗？你要立刻就松手！好了吗？”

叔叔的脸上作出鬼鬼祟祟的神情，拉开小门……老鼠游移不定地走出来，闻了闻空气，箭似的飞奔到长沙发底下去……小猫早已放开，却竖起尾巴，跑到桌子底下去了。

“它跑了！跑了！”彼得·杰米亚内奇做出狰狞的脸相，叫起来，“它到哪里去了，坏蛋？跑到桌子底下去了？你等着就是……”

叔叔从桌子底下拖出小猫，把它提到半空中摇撼不停……

“你这可恶的东西……”他揪着它的耳朵，叽咕说，“给你一下子！给你一下子！下回你还把老鼠放跑吗？可恶的东西……”

第二天，普拉斯科维娅又听见喊叫声。

“普拉斯科维娅，有只老鼠被捉住了！快把小猫送到这里来！……”

小猫受过昨天的侮辱以后，通宵躲在炉灶底下，不肯出来。等到普拉斯科维娅把它拉出来，提着它的脖子，送进书房，把它放在捕鼠器前面，它就浑身发抖，哀声地咪咪叫。

“好，让它先习惯一下！”彼得·杰米亚内奇命令道，“叫它瞧着，闻一下。你要瞧着，学着点！站住，你这该死的！”他发现小猫在捕鼠器前面往后倒退，就叫道，“我要揍你！揪住它的耳朵！这就对了……好，现在把它对着小门放……”

叔叔慢慢地拉开小门……老鼠正好在小猫鼻子底下溜过去，撞在普拉斯科维娅手上，跑到立柜底下去了，小猫呢，觉得自己自由了，就死命一窜，钻到长沙发底下去了。

“又放跑了一只老鼠！”彼得·杰米亚内奇叫起来，“这算是什么猫?！这是草包，废物！该揍它一顿！把它放在捕鼠器旁边揍它！”

当第三只老鼠落网时，小猫一看捕鼠器和里面的囚徒就周身发颤，抓挠普拉斯科维娅的手……第四只老鼠跑掉以后，叔叔大发脾气，一脚踢开小猫，说：

“把这草包弄走！从今后不准它再待在家里！把它赶走！一点用处也没有！”

一年过去了。消瘦虚弱的小猫变成壮实灵敏的大猫了。有一天它溜进后院，去赴爱情的幽会。它快要走到目的地了，却忽然听见一阵沙沙声，紧跟着就看见一只老鼠从排水槽里钻出来，往马房跑去……我的主人公就竖起身上的毛，拱起背脊，嘶嘶地叫着，周身颤抖起来，胆怯地一溜烟跑掉了。

唉！有的时候我觉得我自己也处在那只逃跑的猫的可笑地位。如同小猫一样，我当初也荣幸地在叔叔那里学过拉丁语。现在每逢我有机会见到这种古典语言的著作，我非但不能津津有味地欣赏它，反而想起了连锁反应①、不规则动词、叔叔的铁青脸色、无条件夺格②……我的脸色惨白，毛发直竖，像大猫那样丢脸地逃之夭夭了。

---

① 原文为拉丁语。

② 同上。

人

含哲学味

高大而体健的黑发男子，虽然年纪轻轻，却有过相当优裕的生活。他穿着一套黑色燕尾服，打着一个雪白的领结，站在门口，带有忧郁的心情朝灯光辉煌、挤着双双对对跳华尔兹舞者的大厅里望。

“做人难而乏味！”——他在想。“人不仅是激情的奴隶，同时也是自己亲近人的奴隶。啊，奴隶啊！我是这些穿得花花绿绿对我却不屑一顾的欢乐人群的奴隶。这一人群的心意和渺小的奇怪念头束缚住我的手脚，犹如蟒蛇盯住了家兔。我不怕出力，愿为他们服务，但讨厌向他们献殷勤，这实在令人作呕！唉，其实，我何必站在这里？沉湎于什么呢？这种无休止地和花朵、和香槟酒打交道，使我彻底倒下了；和女舞伴们以及她们的冰淇淋……打交道，真难以忍受！！不，你真可怕，人的命运呀！啊，当我不再做人的时候，我将会多么幸福！”

我不知道，如果非常漂亮的少女不走到年轻的悲观者跟前，他还会思考些什么。年轻美女脸上泛起红晕，流露出坚定的神态。她用手套擦一下自己光滑的额部，用悦耳的音调说：

——人啊，请您给我点水喝！

人做出恭敬的神态，突然离开了原地，逃跑了。

在路上

一朵金黄色的浮云，
停在悬崖巨人的胸膛上过夜……

——莱蒙托夫

小饭馆的老板是哥萨克人谢苗·奇斯托普柳依，他把自己饭馆里的一个房间称为“客房”，也就是专供过路人投宿的。在这个房间里有个高身量宽肩膀的男人，年纪四十上下，坐在没上过漆的大桌旁边。他把胳膊肘撑在桌子上，一个拳头支住头，睡着了。一截油烛头插在本来盛香膏的小罐里，照着他那淡褐色的胡子、粗大的鼻子、晒黑的脸颊和挂在闭紧的眼睛上的黑色浓眉。他的相貌特征，分别地看，无论是鼻子也好，脸颊也好，眉毛也好，都又粗又大，就跟“客房”里的家具和火炉一样，然而合在一起，倒也互相配称，甚至是英俊的。常言所说，俄国人的脸容的天数就是这样：五官越是粗大突出，相貌反而显得越发温和忠厚。这个男人穿着上流人的上衣，不过已经很旧了，用宽阔的新绦子滚了一道边，还穿着棉绒的坎肩和肥大的黑长裤，裤腿塞在大皮靴里。

沿墙放着一条接一条的长凳，在其中的一条长凳上睡着一个八岁左右的小女孩，穿一件小小的深棕色连衣裙，脚上穿着黑色长袜，身子底下铺着狐皮大衣。她的脸色苍白，头发浅黄，肩膀窄小，整个身子消瘦而单薄，不过鼻子挺大，像一个难看的肉疙瘩，也跟那个男人一样。她睡得很熟，连她的半圆形梳子已经从头上掉下来刺着她的脸也没有感觉到。

“客房”布置得有点像过节的样子。房内散发着新刷过的地板的气味。在对角穿过整个房间的一根绳子上，平常是晾着衣服，现在却什么东西也没挂；墙角里的桌子上方点着一盏长明灯，在常胜者圣乔治的圣像上投下一团红光。从圣像起，墙角两侧出现一排民间木版画，按照极严谨的顺序从神的世界过渡到人的世界。在烛头的昏暗光线和长明灯的红光下，那些图画好像成了一条绵延不断的长带，上面布满黑色的墨点，不过有的时候瓷砖面的火炉要跟天气同声合唱，呜呜响地把空气吸进去，炉中的劈柴仿佛睡醒了，燃起明亮的火焰，气呼呼地咆哮，于是圆木墙上有些红色的光点开始跳动，借此可以让人看见在熟睡的男人头上忽而出现长老谢拉菲姆，忽而出现波斯王纳斯尔-埃丁，忽而出现一个深棕色的胖娃娃，瞪大眼睛，凑着一个少女的耳朵低声说话，那少女生着一张异常呆板淡漠的脸……

房外正是风雨交加的天气。在小饭馆周围，有一样疯狂狰狞，但又深深不幸的东西东窜西窜，像野兽那样凶狠，极力要冲进屋里来。它拍响着房门，敲打着窗子和房顶，乱抓着墙壁，时而气势汹汹，时而不住哀求，时而沉寂片刻，随后又带着欢畅而阴险的吼声钻进火炉的烟囱里来，可是炉里的劈柴熊熊地燃了起来，炉火好比套着链子的狗，愤怒地迎着敌人冲过去，于是格斗开始，这以后就是哀号、尖叫、咆哮如雷。在这一片响声中，人可以听到那种曾经处于胜利地位的生物如今却感到咬牙切齿的悲伤，满腔仇恨没处发泄，受尽欺侮而又无力还手……

这间“客房”被稀奇古怪的、非人的音乐迷住，仿佛发呆似的。然而这时房门吱扭一响，小饭馆的学徒穿着新的细棉布衬衫走进房来。他一条腿有点瘸，眨巴着睡意蒙眬的眼睛，伸出手指去掐掉烛花，在火炉里添些劈柴，又走出去了。在此刻间，离小饭馆三百步远的罗加契村教堂开始鸣起午夜的钟声。风戏弄钟声就跟戏弄雪花一样。它追逐钟声，当卷入广阔的天地后，以致有的钟声一下子中断，或者拖成长声，时高时低，有的钟声全然消失在原有的那片闹声中。有一个钟声特别清楚地在房间里响起，仿佛就在窗子跟前。躺在狐皮上的女孩打个冷战，抬起头来。她茫然看一会儿漆黑的窗子，看一会儿这时候正好被紫红色炉火照亮的纳斯尔-埃丁，然后把目光移到睡熟的男人身上。

“爸爸！”她说。

可是男人没有动弹。女孩生气地皱起眉头，躺下去，蜷起腿。房门外边，小饭馆里，有个人打了个响亮的长呵欠。此后很快地传来门上滑轮的尖叫声和含糊的说话声。有个人走进来，抖掉身上的雪，沉重地顿着两只穿毡靴的脚。

“什么事？”一个女人用懒洋洋的声音问道。

“伊洛瓦伊斯卡娅小姐来了……”一个男低音回答说。

门上的滑轮又尖叫起来。传来了大风吹进的声音，有个人，大概是瘸腿学徒，跑到“客房”门前来，恭敬地清一清喉咙，碰碰门闩鼻。

“请到这间屋里来，大小姐，”一个女人用歌唱般的声音说，“我们这里挺干净，美人儿……”

房门敞开了，门口出现一个大胡子农民，穿着马车夫的长襟外衣，肩上扛一口大皮箱，从头到脚浑身都是雪。随后跟进来一个身材不高，几乎比马车夫矮一半的女人，既看不到她的脸，也看不见她的手，周身裹得严严实实，活像一个包袱，上下沾满了雪。马车夫和“包袱”给女孩带来一股好像地下室里冒出来的潮气，烛火晃动了起来。

“真是胡闹！”“包袱”生气地说，“本来可以挺好地赶路！只剩下十二俄里的路程了，大都是穿过树林，不会迷路的……”

“会迷路也好，不会迷路也好，可是马不肯走了，小姐！”马车夫回答说，“上帝啊，这是你的旨意，好像我故意不走似的！”

“上帝才知道你把我们送到哪里来了……不过，小点声……这里好像有人在睡觉。你出去吧……”

马车夫把皮箱放在地板上，同时肩膀上撒下大片大片的雪来。

他吸溜一下鼻子，走了出去。随后女孩看见从“包袱”的中部钻出两只小小的手，举到上边，生气地解开乱七八糟裹在一起的披巾、头巾、围巾。开始地板上掉下一块大披巾，后来又掉下一顶风帽，再后来掉下一块白色的针织头巾。这个刚来的女人卸掉头上戴着的种种东西，再脱下肥大的外套后，她的外形就顿时缩小一半。现在她身上穿一件大纽扣、鼓鼓囊囊的灰色长大衣。她从一个衣袋里取出一个纸包，里面包着不知什么东西，又从另一个衣袋里取出一长串钥匙，漫不经心地随手一丢，惊得熟睡的男人打了一个冷战，睁开眼睛。他呆瞪瞪地往两旁看一会儿，仿佛不明白他是在什么地方似的，随后摇一下头，走到墙角边坐下……刚来的女人脱掉了大衣，因而外形又缩小一半，然后脱下棉绒的长靴，也坐了下来。

现在她再也不像包袱了，而是一个矮小清瘦的黑发女人，年纪二十上下，身子细得像条蛇，长着白净的鹅蛋脸和卷曲的头发。她的鼻子长而尖，下巴也长而尖，睫毛挺长，嘴角却尖，由于处处都尖，她脸上也就显得带点凶相。她穿着紧身的黑色连衣裙，领口上和袖口上镶着大量花边，臂肘尖尖的，粉红色的小手指很长，她的模样很像中世纪英国贵妇的肖像。她脸上那种严肃而聚精会神的表情更增强了这种相似……

黑发女人环视整个房间，斜起眼睛瞧一下男人和女孩，耸了耸肩膀，移到窗子跟前坐下。黑压压的窗子被潮湿的西风刮得颤抖。白茫茫的大片飞雪落在玻璃窗上，可是立即被风刮走，不见了。野蛮的音乐越发强烈起来……

经过长时间的沉默后，女孩突然间翻了个身，开口说话，气愤地咬清每个字的字音：

“上帝啊！上帝啊！我是多么不幸啊！比所有的人都不幸！”

男人站起来，迈着内疚的碎步往女孩那边走过去，这样的步态跟他魁梧的身材和大胡子却完全不相称。

“你没睡着呀，小乖乖？”他用抱歉的口气问，“你想要什么？”

“我什么也不要！我肩膀痛！爸爸，你这个人真不好，上帝会惩罚你！你等着瞧吧，会惩罚你的！”

“我的好孩子，我知道你肩膀痛，可是我有什么办法呢，小乖乖？”男人用喝醉酒的丈夫对严厉的妻子道歉的口吻说，“你，萨莎，是因为路上辛苦才肩膀痛的。明天我们到了目的地，休息一下，就会好的……”

“明天，明天……你天天跟我说明天。我们还要走二十天呢！”

“可是，小乖乖，爸爸用人格担保，明天我们一定会到。我从没撒过谎，不过要是暴风雪挡路，那就不能怪我了。”

“我再也受不住了，我受不住，受不住了！”

萨莎使劲蹬腿，她那刺耳尖叫的哭声惊动了整个房间。她父亲摆摆手，茫然失措地看着黑发女人。那个女人就耸了耸肩膀，迟疑不决地走到萨莎跟前。

“你听我说，亲爱的，”她说，“为什么哭呢？说真的，这不好，肩膀痛是难受的，可有什么办法呢？”

“您瞧，小姐，”男人很快就插起话来，仿佛为自己辩解，“我们有两夜没睡，一直坐着糟糕的马车赶路。她生病和心烦那当然是自然的……再加上，您要知道，我碰上个喝醉酒的马车夫，我们的一口箱子被人偷去了……暴风雪始终不停，可是，小姐，哭有什么用呢？不过，这么坐着睡觉却使得我疲惫不堪，我像喝醉了似的。真的，萨莎，就是你不闹，也够心烦的，可你还要哭！”

男人摇着头，挥一下手，坐下来。

“当然，你不应该哭，”黑发女人说，“只有吃奶的娃娃才哭，要是你痛，亲爱的，那就应该脱掉衣服睡觉……让我一起来帮你脱！”

当女孩脱掉衣服，安静下来时，沉默又来临了。黑发女人在窗旁坐下，纳闷地瞅着小饭馆的房间、圣像、火炉……看来，无论是房间，还是穿着男孩的短衬衫的大鼻子女孩，以及她的父亲，都使她感到奇特。那个奇怪的男人坐在墙角边，神思恍惚，像个醉汉，朝两旁看着，用手掌揉脸。他沉默不语，眨着眼睛。看他那内疚的神态，人家很难设想他会马上开口讲话。然而他却首先开了口。他摩挲着膝头，清一下喉咙，微微一笑，说：

“说实在的，这是一出喜剧……我看了又看，竟然不相信自己的眼睛：嘿，命运把我们打发到这个倒霉的小饭馆里来，搞的是什么把戏？这究竟为的是什么？有时生活会干出翻跟头之类的把戏，以至你看到也只能不知所措地干瞪眼。您，小姐，要走远路吗？”

“不，不远，”黑发女人回答说，“我从我们的庄园到我的父亲和哥哥住的庄子上大约有二十俄里光景。我叫伊洛瓦伊斯卡娅，那个庄子就叫伊洛瓦伊斯基，离这里大约有十二俄里远。多么糟糕的天气！”

“再糟也没有了！”

瘸腿的学徒走进来，把一根新烛头插在香膏罐里。

“你，孩子，给我们烧个茶炊吧！”男人对他说。

“现在还有谁喝茶？”瘸腿的学徒笑嘻嘻地说，“望弥撒以前喝茶是有罪的。”

“没关系的，孩子，反正入地狱，遭火烧的不是你，而是我们……”

喝茶的时候，两个新结识的人攀谈起来。伊洛瓦伊斯卡娅这才知道跟她谈话的人名叫格里戈里·彼得罗维奇·利哈廖夫，也就是邻县首席贵族利哈廖夫的亲弟弟，此人原先也是地主，然而“早已破产”了。然后利哈廖夫听伊洛瓦伊斯卡娅说起，她叫玛利亚·米哈伊洛芙娜，她父亲有大宗田产，然而掌管家业的却只有她一个人，因为她父亲和哥哥懒得管事，无忧无虑，只喜欢养猎狗。

“父亲和哥哥住在庄上很孤单，”伊洛瓦伊斯卡娅说着，活动她的手指头（她谈话的时候有个习惯，喜欢在她的尖脸前边晃动手指头，每说完一句话就伸出尖尖的小舌头舔一下嘴唇），“他们，两个男人，无忧无虑，就是自己的事也不肯动一下手指头。我在想象，谁给他们开斋！我们的母亲不在了，我们的仆人是这样的人：我不在，就连一块桌布也铺不好。现在可以想象得到，他们的处境如何！他们开斋也开不了，我却不得不整夜地坐在这里。这真叫人纳闷！”

伊洛瓦伊斯卡娅耸了耸肩膀，呷一口茶，说：

“有的节日有自己的意味。每到复活节、三一节、圣诞节，空气中散发着特有的气氛。就连不信神的人也喜欢这些节日。比方说，我哥哥平时口口声声说没有上帝，可是一到复活节，他总是头一个跑去做晨祷。”

利哈廖夫抬起眼睛瞧着伊洛瓦伊斯卡娅，笑起来。

“人们说上帝是没有的，”伊洛瓦伊斯卡娅也笑起来，继续说，“可是，请您告诉我，有名的作家、学者，总之聪明人，为什么到了晚年总是信上帝呢？”

“谁青年时期没有信仰，小姐，哪怕他是个再大的作家，到了老年也还是不会信仰什么的。”

从咳嗽声听来，利哈廖夫的说话声该是男低音，然而，也许由于害怕说话声太响，或者因为过于拘谨，他却用次中音说话。他沉默一会儿，叹口气说：

“我是这样理解的：信仰是一种精神的力量。它跟才能一样，是与生俱来的。我凭自己，凭我这辈子见过的那些人，凭我周围发生过的种种事情多少能作出判断，这种力量是俄国人个个都有的，而且达到了极高的水平。俄国的生活就是连绵不断的一系列信仰和神往，至于无信仰和否定，如果您想知道，俄国的生活至今还没有经历过。如果俄国人不信上帝，那就等于说他信仰别的东西。”

利哈廖夫从伊洛瓦伊斯卡娅手里接过茶杯，一口气喝下半杯，继续说：

“我跟您谈一谈我自己吧。大自然把异乎寻常的信仰力量注入我的灵魂。我这半辈子……这话不要在晚上说才好……一直是无神论者和虚无主义者，然而我有生以来没有一个钟头没有信仰。一切才能往往在孩提时期就显示出来，所以我的信仰力量也是当我还在桌子底下走来走去的时候就表现出来的。我母亲喜欢叫孩子多吃东西，她每次给我吃饭，总是说：‘吃吧，人生最主要的是吃汤！’我相信了，就一天喝十次汤，像鲨鱼那样地喝，喝得我大倒胃口，几乎昏厥过去。保姆常讲民间故事，于是我相信家神，相信树精，相信各种妖魔鬼怪。有时我在父亲那里偷点升汞，把它撒在蜜糖饼干上，送到阁楼上去，您知道，为的是要让家神吃了后死掉。当我学会读书，看懂我读的书的时候，那就更起劲了！我一会儿要跑到美洲去，一会儿要入伙做强盗，一会儿要进修道院去修行，一会儿雇些孩子来为信奉基督而鞭笞我。请注意，我的信仰总要见之于行动，不是光想想的。如果我要跑到美洲去，那就不是一个人去，而是找一个跟我同样的傻瓜一块儿去，要是冻死在城外，要是挨一顿打，那我才高兴呢。如果我入伙去做强盗，回来时一定给人打得鼻青眼肿。我告诉您的是，多么不安宁的童年啊！等到家里把我送进中学，在那里向我传授各种真理，例如地球绕着太阳旋转，或者白色不是白的，而是由七种原色合成的，把我听得头昏脑涨！我脑子里乱糟糟的，时而想到约书亚①能阻止太阳旋转，时而想到母亲为了伊利亚而否定避雷针，时而想到父亲对我了解的真理漠不关心，可是我的新知识鼓舞着我。我在家，在马房里像无法节制似的走来走去，宣扬我的真理，为人们的愚昧而惊讶愤慨，痛恨那些认为白色只是白色的人……不过，这都是小事，都是孩子气的行径。所谓严肃的、成人的神往是从我进大学起开始的。您，小姐，请问在哪里毕业？”

“在诺沃切尔卡斯克城的顿河贵族女子中学。”

“那么没念过高等学校？这样看来，您不知道科学是什么东西。一切科学，世界上所有的科学，都有一张同样的身份证，它们认为，缺了它，是不可思议的，那就是追求真理！每一种科学，哪

---

① 约书亚是《圣经》传说中继摩西之后的犹太人的首领，他能使整个自然界都受他的支配，他能叫河流停止流动，太阳停止旋转，等等。

怕是生药学之类，都有自己的目的，不在于追求利益，不在于追求生活上的便利，而在于追求真理。了不起啊！您着手学某种科学，首先使您震惊的是它的开端。我告诉您，再也没有什么东西比一门科学的开端更吸引人，更宏伟，更震动人，更能令人神往的。最初的五六堂课就能激起您的最灿烂的希望，您就觉得自己成为真理的主人了。我呢，把自己无私地、满腔热情地献给各种科学，就像献给心爱的女人一样。我成了它们的奴隶，除了它们以外，我不愿意承认另外还有什么太阳。我日日夜夜埋头钻研，死背强记，硬啃书本，见到有人为个人目的利用科学就痛哭失声。不过我入迷不算久。问题在于每一门科学都有开端，可是简直没有结尾，反正一样，如同循环小数。动物学发现三万五千种昆虫，化学发现六十种元素。将来这些数字后边即使加上十个零，动物学和化学离着结束也仍然会像现在这样遥远，当代的全部科学工作恰好就在于扩大数字。我正是在发现第三万五千零一种昆虫，却没感到满足的时候才明白问题的核心。是啊，我还没有来得及感到绝望，因为很快新的信仰就把我控制住了。我热衷于虚无主义以及它的宣言、黑分派和诸如此类的玩意儿。我到民间去，在工厂做工，当润滑工人，做纤夫。后来我走遍俄国，体验了俄国生活，就变成这种生活的热烈崇拜者了。我热爱俄罗斯民族，爱得心都痛了。我热爱而且相信它的上帝、语言、创作……如此等等。当时我是斯拉夫派成员，常写信去打搅阿克萨科夫。我曾是乌克兰派成员，考古学家，民间优秀作品的收集者……我对各种思想、人物、事件、地点都入过迷……一刻也没有间断过！五年前我致力否定私有财产，我最近的信仰是勿抗恶。”

萨莎断断续续地叹着气，身子开始活动，利哈廖夫站起来，向她那边走去。

“我的好孩子，你想喝茶吗？”他温柔地问道。

“你自己去喝吧！”女孩粗鲁地回答说。

利哈廖夫窘住了，迈着内疚的步伐走回桌旁。

“这样看来，您生活得很快活，”伊洛瓦伊斯卡娅说，“有许多事情可以回忆呢。”

“嗯，是啊，在坐着喝茶，有一个好同伴可以谈天的时候，倒是挺快活的，可是，您会问，为了这种快活我要付出多大的代价，我要为丰富多彩的生活付出什么样的代价？要知道，小姐，我不是像德国的哲学博士那样信仰，不会乔装成彬彬有礼，我也不是在沙漠里生活，我的每一种信仰都使我忙得喘不过气来，简直不可开交。您自己来下断语吧。原先我很富裕，跟我的哥哥们一样，可如今却成了叫花子。在那入迷得晕头转向的环境中，我既花光了自己的钱财，又花光了妻子的钱财，还花掉别人很多钱。现在我四十二岁，老年近在眼前了，我却无家可归，就像黑夜里车队丢下的一条狗。我整个一生从不知道什么叫安宁。我的心灵不断地受折磨，我甚至为各种希望而痛苦……我受过繁重杂乱劳动的苦，我忍饥受寒，坐过五次监狱，步履艰难地走遍阿尔汉格尔斯克省和托博尔斯克省……痛苦的回忆啊！我生活过，可是在那晕头转向的环境中并没有感觉到我在生活。信不信由您，我不记得任何一个春天，也从没留意过我的妻子怎样爱我，我的孩子们怎样诞生。我还能给您讲些什么呢？我驱使一切爱我的人遭到不幸……喏，我的母亲已经为我悲伤了十五年，我那些高傲的兄弟们不得不为我痛心，脸红，低头，花钱，到头来痛恨我就跟痛恨毒药一样。”

利哈廖夫站起来，又坐下去。

“如果仅仅是我自己不幸，我倒要感谢上帝了，”他没朝伊洛瓦伊斯卡娅看，继续说，“每逢我想起在那些神往的岁月我常常做出荒唐的事、背离真理、不公正、残酷、有害时，我个人的不幸倒退居次要的位置！那些值得我爱的人，我却常常痛恨和藐视他们，我做的正是相反。我多次地变过心。今天我信仰，膜拜，可是明天我却像胆小鬼似的躲开我今天的上帝和朋友，只好忍气吞声地听凭人家在背后骂我坏蛋。只有上帝才看见我怎样常常为我的神往害臊得哭泣，咬我的枕头。我有生以来一次也没故意说过谎话，做过坏事，然而我的良心却不清白！小姐，我甚至不能夸口说在我的良心上没有伤害过任何生命的罪孽，因为我的妻子被我的放肆折磨得憔悴而在我眼前死去。是的，我的妻子！您听我说，目前，在我们的社会生活里，盛行着两种对待女人的态度。有些人测量女人的颅骨，打算证明女人比男人低下；寻找女人的缺点，以便嘲笑她们，在她们眼里显出男人高明，为男人的兽性辩护。另一些人却竭尽全力把女人提高到自己水平上来，也就是逼她们背诵三万五千种昆虫，照男人所说和所写的那样说些和写些蠢话……”

利哈廖夫的脸阴沉下来。

“我告诉您吧，女人素来是而且将来也还会是男人的奴隶，”他用男低音讲起来，伸出拳头捶一下桌子，“女人是又柔又软的蜡，男人要把她捏成什么样，就总能捏成什么样。上帝啊，我的上帝，为了男人所热衷的无聊事情，女人往往不惜剪短头发，抛弃家庭，死在异乡啊……女人为种种思想牺牲自己，可是其中没有一个是女人的思想……舍己为人，忠心耿耿的奴隶！我没量过女人颅骨的大小，我是根据沉痛辛酸的经验说这种话的。如果我有机会把我的感悟告诉她们，那么就连最高傲、最有主见的女人也会跟着我走，不假思索，也不问一声，我要她做什么，她就做什么。我曾经把一个修女改造成虚无主义者，后来我听说，她开枪打死一个宪兵。我的妻子在我漂泊期间一分钟也没离开过我，并且像风向标似的，随着我改变入迷的对象，也同样改变她的信仰。”

利哈廖夫跳起来，在房间里走来走去。

“多么大公无私而崇高的奴性啊！”他把两只手合在一起，说，“女人生活的高尚意义恰恰就在于此！我跟女人交往的整个时期，在我头脑里积累下种种杂乱无章的印象，像经筛子筛过那样能完整保留在我记忆里的，却不是思想，不是聪明的话语，不是哲学，而是这种异乎寻常的对命运百依百顺的态度，这种不同凡响的仁慈、宽恕一切……”

利哈廖夫握紧拳头，凝视着一个地方，显示出似乎是热烈而紧张的表情，仿佛在推敲每个字眼似的，从咬紧的牙关里吐出他的话来：

“这种……这种宽宏大量的坚忍精神，视死如归的忠诚，心灵的诗……生活的意义也正在于这种毫无怨言的殉道精神，在于这种能把顽石也泡软的眼泪，在于这种无限的、宽恕一切的爱，这种爱给混乱的生活带来光明和温暖……”

伊洛瓦伊斯卡娅慢慢地站起来，往利哈廖夫跟前迈出一步，定睛瞅着他的脸。凭他睫毛上闪着的泪光，凭他颤抖而热烈的声调，凭他脸颊上的红晕，她看得清楚：女人并不是偶然出现的话题，也不是简单的话题。女人是他新近着迷的对象，或者按他的说法，新的信仰对象！伊洛瓦伊斯卡娅生平第一次亲眼看见一个着迷的、热烈信仰的人。他不住做手势，眼睛闪闪发光，他在她看来，就跟发了狂，着了魔一样，然而他眼睛的光芒、他的话语、他整个魁梧身材的动作，却显得那么优美，她连自己也没觉察到，竟会在他面前站住，像生了根似的，热情洋溢地望着他的脸。

“您就拿我的母亲来说吧！”他说道，向她伸出手去，做出恳求的脸色，“我使她的生活不愉快，而且按她的看法，我给利哈廖夫家族丢脸，我带给她的祸害如同最恶毒的敌人所带来的祸害同样多，可是，怎么样呢？我的兄弟给她几个小钱买圣饼和做祈祷用，她呢，却按捺住她的宗教感情，把那些钱攒起来，悄悄地打发人送给她那不成器的格里戈里！单是这件小事就远比一切理论、聪明的话语、三万五千种昆虫更强有力地教育和净化人的灵魂！这样的例子我可以给您举很多很多。喏，就拿您来说！外边是暴风雪，是黑夜，您呢，却坐着雪橇赶到您哥哥和父亲那边去，为的是在节日使他们感到温暖，说不定，他们并没想到您去，把您忘了。您等着瞧吧，您爱上一个人，就会跟着他到北极去。您会去的，不是吗？”

“是的，如果……我爱他的话。”

“说的就是啊！”利哈廖夫高兴地说，甚至顿一下脚，“真的，我跟您认识，高兴极了！我的命运是如此的好，我总是遇见好人。

不论哪一天我都能结识这种人，为这种人我简直甘愿献出我的生命。在这个世界上，好人远比坏人多。您看怪不怪，我和您已经开诚相见，谈真心话，就跟相识了一百年似的。我跟您说吧，有的时候一个人克制自己十年之久，沉默寡言，不愿意向朋友和妻子倾吐衷曲，可是在火车上遇到一个军事学校的学生，却把心里的话都对他倒出来了。我还只是第一次荣幸地跟您见面，可是我坦然地向您讲出我心底里的话，在这以前，我从来没有这样做过。这是什么缘故呢？”

利哈廖夫搓着手，快活地微笑，在房间里走来走去，又讲起女人。此刻教堂里打起钟来，召人去做晨祷。

“上帝啊！”萨莎哭起来，“他说个没完，不容人睡觉！”

“啊，对了！”利哈廖夫醒悟过来说，“这怪我不好，小乖乖。你睡吧，睡吧……除了她，我还有两个男孩，”他低声说，“他们，小姐，都在伯父家里住着，这一个呢，缺了父亲就一天也活不下去。她难过、抱怨，可是缠住我不放，就跟苍蝇见了蜜似的。我，小姐，唠叨得太多，恐怕您也该休息了。我给您铺床，好不好？”

他没等她许可，就把那件湿外套抖一下，在长凳上铺开，毛皮朝上，然后把丢在那里的披巾和头巾收集在一处，把大衣卷成筒状，当作枕头。他默默地做着这些事，脸上现出卑顺的崇敬神情，仿佛他手里摆弄的不是女人的衣物，而是圣器的碎片似的。他全身露出内疚而困窘的神态，似乎他在一个弱女子面前为他的身量和力气觉得难为情似的……

等到伊洛瓦伊斯卡娅躺下，他就熄掉蜡烛，在火炉旁边的矮凳上坐下。

“是啊，小姐，”他轻声说，点上一支粗纸烟，把烟雾喷到火炉里，“大自然赐给俄国人异乎寻常的信仰力量、追根究底的智慧、思考的才能，然而这些东西一碰到闲散、懒惰以及轻率的幻想，就都粉碎了……真的，小姐……”

伊洛瓦伊斯卡娅惊奇地瞅着黑暗，只看得见圣像上面的一块红光和利哈廖夫脸上闪烁着的炉中火花。黑暗、钟声、暴风雪的怒号、瘸腿的学徒、抱怨的萨莎、不幸的利哈廖夫以及他那番话，统统混在一起，形成一个庞大的印象，上帝创造的这个世界在她心目中显得光怪陆离，充满奇迹和魅力。刚才听到的一番话还在她耳朵里响着，人类的生活，依她看来，就跟一则优美的、饶有诗意的、没有结局的童话似的。

庞大的印象越变越大，使得她的知觉越来越模糊，终于把她送进了睡乡。伊洛瓦伊斯卡娅睡着了，不过仍旧看见长明灯和大鼻子，一块红光在那鼻子上跳动。

她听见哭声。

"亲爱的爸爸，"孩子的声音温柔地恳求说，"我们回到伯父家里去吧！那里有圣诞树，那里有斯乔帕和科利亚！"

"我的小乖乖，我有什么办法呢？"男人用男低音柔声劝说道，"你要明白我的话才好！是啊，要明白才好！"

伴着孩子的哭声，又添加了男人的哭声。在暴风雪的怒号声中，这种人类悲伤的声音飘进姑娘的耳朵里，像是富有人情味的美妙音乐，使她听得心醉神迷，禁不住也哭了。随后她听见那巨大黑色的阴影悄悄地走到她跟前来，拾起掉在地上的披巾，裹在她的腿上。

有一种奇怪的喊叫声把伊洛瓦伊斯卡娅惊醒了。她跳起来，惊奇地看一下周围。窗子有半截埋在雪里，蓝色的曙光隔着窗子照进来。房间里满是灰白色的昏光，透过昏光清楚地显出火炉、睡熟的女孩、纳斯尔-埃丁的轮廓。火炉和长明灯都熄了。从敞开的门口望出去，可以看见小饭馆的大房间以及那里的柜台和几张桌子。有一个人，长着一张呆板的、茨冈人的脸，睁着惊讶的眼睛，站在大房间中央，脚下是一摊融化的雪水，手里拿一根上边有一颗大红星的木杖。他的四周围着一群小男孩，纹丝不动，像是些塑像，身上沾满雪。星光照透红纸，染红了他们的湿脸。这群人扯开嗓子唱歌，歌声杂乱，伊洛瓦伊斯卡娅只听清其中的一段歌词：

喂，你啊，年轻的小伙子，
拿起你的利刃，
我们要杀死，杀死那犹太人，
那可悲的儿子……

利哈廖夫站在柜台旁边，动情地瞧着那些歌手，微微顿着脚打拍子。他看见伊洛瓦伊斯卡娅，就满面笑容，走到她跟前。她也微笑。

“节日好！”他说，“我看见您睡得挺香。”

伊洛瓦伊斯卡娅瞧着他，没有说话，依然微笑着。

经过昨晚的谈话后，他在她的眼里就不再是高身量，宽肩膀，却显得矮小了，犹如人们所说的，经过漂洋过海的大轮船，我们会感到它变小了一样。

“好，现在我该上路了，”她说，“应当穿外衣了。那么请您告诉我，您现在要到哪儿去？”

“我？先到克里努什基火车站，坐火车到谢尔吉耶沃，再从谢尔吉耶沃坐马车，走四十俄里，到一个蠢货、沙什科夫斯基将军的一个煤矿去。我的兄弟们给我在那里谋到了管理员的职位……我要去挖煤了。”

“请您容许我说一句，我知道这个矿场。沙什科夫斯基就是我的舅舅。可是……您到那里去干什么？”伊洛瓦伊斯卡娅问道，惊讶地瞅着利哈廖夫。

“去做管理员。管理矿场。”

“我不明白！”伊洛瓦伊斯卡娅耸着肩膀说，“您要到矿上去。可是要知道，那里是光秃秃的草原，没有人烟，乏味极了，您连一天也待不下去！煤质很差，谁也不买，而且我舅舅是个狂徒、暴君，破了产……您连薪水都会拿不到！”

“那也没关系，”利哈廖夫不在乎地说，“能到矿上工作，也就该谢天谢地了。”

伊洛瓦伊斯卡娅耸耸肩膀，激动地在房间里走来走去。

“我不明白，我不明白！”她说，她的手指在她的脸前晃动，“这不行，也……也不明智！您要明白，这……这比流放还不如，这是一座埋葬活人的坟墓呀！唉，上帝啊，”她激昂地说着，走到利哈廖夫跟前，在他笑吟吟的脸前晃动手指头。她的上嘴唇发颤，尖脸惨白，“喏，您设想一下光秃秃的草原和孤独吧。在那里连谈话的人也没有，而您却对女人入了迷！矿场和女人可是两不相干的！”

伊洛瓦伊斯卡娅忽然为她的激昂害臊，就转过身离开利哈廖夫，走到窗前。

“不行，不行，您不能到那里去！”她说着，用手指在窗玻璃上很快地划来划去。

她不但凭她的心灵，甚至凭她的后背，领悟到她身后站着一个无限不幸、走投无路、被大家抛弃的人；他呢，仿佛没有感到他的不幸，仿佛昨夜哭泣的不是他似的，眼睛看着她，温柔地微笑。他还不如继续哭泣的好！她激动得在房间里来回走了几次，然后站在墙角边沉思。利哈廖夫在说些什么，可是她没听见。她背对着他，从钱包里取出一张二十五卢布的钞票，在手里揉了很久，回头看一眼利哈廖夫，却涨红脸，把那张钞票塞到自己的衣袋里去了。

门外响起了马车夫的说话声。伊洛瓦伊斯卡娅一言不发，带着严峻的、聚精会神的脸色开始穿外衣。利哈廖夫帮她穿，快活地唠叨着，可是他说的每一个字都沉重地压在她的心头。听不幸的人或者垂危的人说俏皮话，是不会让人高兴的。

等到活人终于变成不定形的“包袱”，伊洛瓦伊斯卡娅就最后看一眼“客房”，沉默地站一会儿，慢腾腾地走出去，利哈廖夫走出去送她……

外边，上帝才知道什么缘故，冬天仍然在逞威。软绵绵的大雪片像整团整团的白云，无休止地在地面上旋转，总也找不到安身之处。马匹、雪橇、树木、拴在木柱上的公牛，都是白的，仿佛生了一身柔软的绒毛。

“好，求上帝保佑您，”利哈廖夫把伊洛瓦伊斯卡娅搀上雪橇，喃喃地说，“别记住我的坏处……”

伊洛瓦伊斯卡娅没有开口。等到雪橇开动，绕过大雪堆走去，她却回过头来看一眼利哈廖夫，露出那么一种神情，好像有话要跟他说。利哈廖夫就跑到她跟前去，可是她什么话也没说，只是隔着长睫毛看他一眼，睫毛上挂着细小的雪花……

不知是他那敏感的灵魂果真能够领会这种目光呢，还是他的想象力也许欺骗了他，但他忽然觉得，只要再说上两三句优美而有力量的话，那个姑娘就会体谅他的失意、苍老、苦难，不假思索地跟着他走去，问也不问一声。他伫立很久，就像在地里生了根一样，望着雪橇的滑木留下的痕迹。雪花纷纷落到他的头发、胡子、肩膀上来……不久，滑木的痕迹消失了，他本人浑身是雪，看上去像是白皑皑的悬崖，可是他的眼睛仍然在雪片的云雾里寻找什么东西。

万 卡

万卡·茹科夫是一个九岁的男孩，三个月前，他被送到鞋匠阿利亚欣那里当学徒。圣诞节的前夜，他没有上床睡觉。他等到老板夫妇和师傅们出外去做晨祷后，从老板的立柜里取出一小瓶墨水和一支插着锈笔尖的钢笔，然后在自己面前铺平一张揉皱的白纸，着手写了起来。他在写下第一个字以前，好几次战战兢兢地回过头去看一下门口和窗子，斜起眼睛瞟一眼发黑的圣像和圣像两旁摆满鞋楦的架子，断断续续地叹气。那张纸铺在长凳上，他自己在长凳前面跪着。

“亲爱的爷爷，康斯坦丁·马卡雷奇！”他写道，“我在给你写信。祝您圣诞节好，求上帝保佑你万事如意。我没爹没娘，只剩下你一个亲人了。”

万卡抬起眼睛看着黑暗的窗子，窗子映着他的蜡烛的影子。他生动地想象他的祖父康斯坦丁·马卡雷奇，地主日瓦列夫家的守夜人的模样。那是个矮小精瘦而又异常矫健灵活的小老头，年纪约莫六十五岁，老是笑容满面，眨着醉眼。白天他在仆人的厨房里睡觉，或者跟厨娘们说说笑笑，到夜里就穿着肥大的羊皮袄，在庄园四周走来走去，敲着梆子。他身后跟着两条狗，耷拉着脑袋，一条是老母狗卡什坦卡，一条是雄狗“泥鳅”，它得了这样的外号，是因为它的毛是黑的，而且身子细长，像是黄鼠狼。这条“泥鳅”倒是异常恭顺亲热的，不论见着自家人还是见着外人，一概用温柔的目光瞧着，然而它是靠不住的。在它的恭顺温和的后面，隐藏着极其狡猾的险恶用心。任凭哪条狗也不如它那么善于抓住机会，悄悄溜到人的身旁，在腿肚子上咬一口，或者钻进冷藏室里去，或者偷农民的鸡吃。它的后腿已经不止一次被人打断过，有两次人家索性把它吊起来，而且每个星期都把它打得半死，但它都复原了。

现在，大概，祖父在大门口站着，眯着眼睛看乡村教堂的通红的窗子，顿着穿高统毡靴的脚，跟仆人们开玩笑。他的梆子挂在腰带上。他不时搓手，冷得瑟缩，一忽儿在女仆身上捏一把，一忽儿在厨娘身上拧一下，发出一阵老年人的窃笑。

“咱们来吸点鼻烟，好不好？”他说着，把他的鼻烟盒送到那些女人跟前。

女人们闻了点鼻烟，不住打喷嚏。祖父乐得什么似的，发出一连串快活的笑声，嚷道：

“快擦掉，要不然，就冻在鼻子上了！”

他还给狗闻鼻烟。卡什坦卡打喷嚏，皱了皱鼻子，示意受了委屈，就走到一旁去了。“泥鳅”为了表示恭顺而没有打喷嚏，只是摇摇尾巴。天气却好极了。空气纹丝不动，清澈而新鲜。夜色黑暗，可是整个村子以及村里的白房顶，烟囱里冒出来的一缕缕烟，披着重霜而变成银白色的树木、雪堆，都能看清楚。繁星布满了整个天空，快活地眨着眼。天河那么清楚地显出来，就好像有人在过节以前用雪把它擦洗过似的……

万卡叹了口气，用钢笔蘸一下墨水，继续写道：

“昨天我挨了一顿打。老板揪着我的头发，把我拉到院子里，拿师傅干活用的皮条狠狠地抽我，因为我摇他们摇篮里的小娃娃时，我无意中睡着了。上星期老板娘叫我清洗一条青鱼，我从尾巴上开始，她就捞起那条青鱼，把鱼头直戳到我脸上来。师傅们总是戏弄我，打发我到小酒店里去打酒，怂恿我偷老板的黄瓜，老板随手捞到什么就用什么打我。吃食是什么也没有。早晨吃面包，午饭吃稀粥，晚上又是面包，至于茶、白菜汤，那只有老板和老板娘才大喝而特喝。他们叫我睡在过道里，他们的小娃娃一哭，我就根本不能睡觉，一个劲地摇摇篮。亲爱的爷爷，发发上帝那样的慈悲，带着我离开这里，回家去，回到村子里去吧，我再也熬不下去了……我给你叩头，我会永远为你祷告上帝，带我离开这里吧，不然我就要死了……”

万卡嘴角撇着，举起黑拳头揉一揉眼睛，暗自嘘唏。

“我会给你搓碎烟叶，”他接着写道，“为你祷告上帝，要是我做了错事，就自管抽我，狠狠地打我吧。要是你认为我没活儿干，那我就去求总管看在基督面上让我给他擦皮靴，或者替费季卡去做牧童。亲爱的爷爷，我再也熬不下去了，简直只有死路一条。我本想跑回村子，可又没有皮靴，我怕冷。等我长大了，我就会为这件事养活你，不许人家欺侮你，等你死了，我就祷告，求上帝让你的灵魂安息，就跟为我的妈妈佩拉格娅祷告一样。

“莫斯科是个大城。房屋全是老爷们的，马很多，羊却没有，狗也不凶。这里的孩子不举着纸糊的星星走来走去，唱诗班也不准人随便参加唱歌。有一回，我在一家铺子的橱窗里看见些钓钩摆着卖，都安好了钓丝，能钓各式各样的鱼，很不错，有一个钓钩甚至钓得起一普特重的大鲶鱼呢。我还看见几家铺子卖各式各样的枪，跟老爷的枪差不多，每支枪恐怕要卖一百卢布……肉铺里有野乌鸡，有松鸡，有兔子，可是这些东西在什么地方打来的，铺子里的伙计却不肯说。

"亲爱的爷爷，等到老爷家里摆着圣诞树，上面挂着礼物，你就给我摘下一个用金纸包着的核桃，把它藏在那口小绿箱子里。你问奥尔加·伊格纳季耶芙娜小姐要吧，就说是给万卡的。"

万卡声音发颤地叹一口气，又凝视着窗子。他回想祖父总是到树林里去给老爷家砍圣诞树，带着孙子一块儿去。那时刻可真快活啊！祖父咔咔地咳嗽，严寒把树木冻得咔咔地响，万卡就学他们的样子也咔咔地叫。往往在砍树以前，祖父先吸完一烟斗烟，闻很久的鼻烟，讪笑冻僵的小万卡。那些做圣诞树用的小云杉披着白霜，站在那里不动，等着看它们中间谁先死掉。不知从哪里突然出现了一只野兔，在雪堆上像箭似的窜过去。祖父忍不住叫道：

"抓住它，抓住它……抓住它！嘿，短尾巴鬼！"

祖父把砍倒的云杉拖回老爷的家里，大家就动手装点它……忙得最起劲的是万卡喜爱的奥尔加·伊格纳季耶芙娜小姐。当初万卡的母亲佩拉格娅还活着，在老爷家做女仆的时候，奥尔加·伊格纳季耶芙娜就常给万卡糖果吃，闲着没事做，便教他念书，写字，从一数到一百，甚至教他跳卡德里尔舞。可是等到佩拉格娅一死，孤儿万卡就给送到仆人的厨房去跟祖父住在一起，后来又从厨房给送到莫斯科的鞋匠阿利亚欣的铺子里……

"你来吧，亲爱的爷爷，"万卡接着写道，"我求你看在基督和上帝面上带我离开这里吧。你可怜我这个不幸的孤儿吧，这里人人都打我，我饿得要命，气闷得没法说，老是哭。前几天老板用鞋楦头打我，把我打得昏倒在地，好不容易才清醒过来。我的生活苦透了，比任何一只狗都不如……替我问候阿廖娜、独眼的叶戈尔卡和马车夫，我的手风琴不要送给任何人。孙伊万·茹科夫草上。亲爱的爷爷，你来吧。"

万卡把这张写好的纸折成两个对折，塞进昨天晚上花了一个戈比买来的信封里……他稍微想了想，用钢笔蘸一下墨水，写下地址：

寄交乡下祖父收

然后他搔一下头皮，再想一想，添了几个字：

康斯坦丁·马卡雷奇

他写完信而没有人来打扰，心里感到满意，就戴上帽子，顾不上披皮袄，只穿着衬衫就跑到街上去了……

昨天晚上他问过肉铺的伙计，伙计告诉他说，信件丢进邮筒，就由醉醺醺的车夫驾着邮车，把信从邮筒里收走，响起铃铛，分送到世界各地去。万卡跑到就近的一个邮筒，把那封宝贵的信塞进了筒口……

美好的希望使他昏昏欲睡，过了一个钟头，他就睡熟了……在梦中他看见一个炉灶。祖父坐在炉台上，垂下一双光脚，给厨娘们念信……“泥鳅”在炉灶旁边走来走去，摇晃着尾巴……

那是她!

“彼得·伊万诺维奇!给我们讲点什么吧。”姑娘们说。

上校捻着自己的一根白须,清了清喉咙,开始说:

“这是在1843年,当时我们的团驻扎在琴斯多霍沃近郊。你们应该注意到,我的小姐们,那年冬天酷寒,没有一天哨兵们不把鼻子冻坏,暴风雪不把道路堵塞。凛冽的严寒10月底就开始了,一直持续到4月份。你们应该注意到,我那时候看上去可不是现在这样年迈,像一根熏过的旱烟管,而是很漂亮的,你们可以想得出,脸色白里透红,一句话,是个美男子。我很讲究穿着,漂亮得跟孔雀一样,挥霍无度,捻着胡须,世上没有一个准尉能像我这样有气派。往往,只要我眨一眼,磕一下马刺,捻一根胡须,就连最高傲的美女也会变成顺从的羔羊。那时候我爱追女人像蜘蛛爱捉苍蝇一样,我的小姐们,如果现在我把当初搂住我脖子的波兰女人和犹太女人一一说给你们听,那我敢叫你们相信,数学里的数字还不够用呢……此外,你们还要注意:那时我在团里当副官,跳玛祖卡舞跳得好极了,又娶了个千娇百媚的女人,上帝让她的灵魂安息了。而我当时是个调皮捣蛋,什么也不怕的人,那你们简直是不可想象的。如某县里发生什么恋爱纠纷,如果有谁扯掉犹太人的长鬓发,或者打波兰小贵族的嘴巴,那大家心里有数:这准是维韦尔托夫少尉干的。

“当上副官,我势必要经常在县里各处跑跑。有时我骑马去买燕麦或干草,有时把淘汰的马卖给犹太人和波兰地主,不过,我的小姐们,最经常的却是装着出公差,跑到波兰姑娘那里去幽会,或者到有钱的地主家里去打纸牌……我现在还记得，那是圣诞节前夜，我坐着雪橇从琴斯多霍沃城到舍韦尔基村去，那是公务需要，上级派我去的。我跟你们说吧，那天气真叫人受不了……严寒嘎嘎响，它在显威风，连马都着了凉，不出半个钟头，我和我的车夫都变成冰柱了……光严寒还能忍受，怎么也撑过去，可是你们想象一下看，半路上忽然刮起了暴风雪。白茫茫的大雪在盘旋，就像晨祷前的魔鬼。风在哀号，仿佛它的妻子被人夺走了似的。道路消失了……不出十分钟，我、车夫、马都浑身是雪。

"'长官，咱们迷路了！'车夫说。

"'哎，见你的鬼！你这个木头人，你的眼睛派什么用场的？好吧，一直朝前走，也许会碰上有人烟的地方！'

"好，我们走啊走的，兜来兜去，就这样，到半夜时分，我们的马才停在一个庄园的大门口不走了，据我现在的回忆，那是富有的波兰人博亚德洛夫斯基伯爵的庄园。我对波兰人和犹太人都无所谓，不过应该说实话，波兰小贵族倒是好客的人，而且没有比波兰小姐更热情的女人了……

"他们给我们引了进去……当时博亚德洛夫斯基伯爵本人住在巴黎，他的总管，波兰人卡齐米尔·哈普青斯基接待我们。我记得，不到一个钟头，我就已经坐在总管的厢房里，对他的妻子殷勤抚慰，喝酒打牌。我赢了五个金币，喝够了酒后，我请求让我去睡觉。因厢房里没处可住，我被领到伯爵府邸的正房去了。

"'您不怕鬼魂？'总管把我领进一个不大的房间里，隔壁是一个又冷又黑的空荡的大厅，他问道。

"'难道这里有鬼魂？'听见我的话语和脚步引起低沉的回声，我问道。

"'我不知道，'波兰人笑着说，'不过我觉得，这倒是个极其适合妖魔鬼怪流连的地方。'

"我痛饮了一番，已经酩酊大醉，可是，老实说，我一听见这话，却浑身发冷。见鬼了，看见什么都不要紧，就是别遇上鬼魂！

然而无法防范，只好如此，我就脱掉衣服躺下……我的蜡烛以微弱的光照亮四周的墙，你们想象得出，墙上挂着祖宗的肖像画，一张比一张吓人，还挂着古代的兵器、猎人的角笛以及其他奇形怪状的东西……周围一片寂静，就像在坟墓里一样，只有隔壁的大厅里有老鼠沙沙的响声和家具发出的干裂声。窗外发生天翻地覆的变化……风不知在为谁唱挽歌，树木弯曲得在哀号、哭泣。不知什么鬼东西，大概是百叶窗，轧轧地在抱怨，拍打着窗框。又加上我头晕，天旋地转……我一闭上眼睛，就觉得我的床在整个空房里飘浮，跟魔鬼在玩跳背游戏。为了减轻我的恐惧，我头一件事就是把蜡烛熄掉，因为空荡荡的房间在亮光下远比在黑暗里可怕……”

听上校讲到这里，三个姑娘就向讲述的人靠近，目不转睛地望着他。

“是啊，”上校继续说，“尽管我极力想睡着，可我的睡意却跑了。我忽而觉得有贼爬进窗来，忽而又听见不知什么人在悄悄说话，忽而好像有谁触动我的肩膀，总之，疑心生暗鬼，凡是神经曾经特别紧张过的人都熟悉这种情况。不过，你们想象一下看，在这种种可怕的幻影和嘈杂声中，我却清楚地听见另一种声音，好像有拖鞋的踢踏声。我仔细地一听，你们猜怎么样？我听见有人走到我的房门跟前来了，咳了一声，轻轻推开了门……

“‘谁在这里？’我边问，边坐起来。

“‘是我……你别怕！’一个女人的声音回答说。

“我往门口走去……过了几秒钟，我就觉得有两只女人的手，像鸭绒那样软绵绵的，搭在我的肩膀上。

“‘我爱你……你对我来说比生命还宝贵。’女人用悦耳的声音说。

“火热的呼吸扑到我脸上来……我忘却暴风雪，忘却魔鬼，忘却世上的一切，伸出胳膊去搂她的腰……那是什么样的腰啊！像这样的腰，大自然是根据十年一次专门做出来的……细得就像是旋工旋出来的，热乎乎，轻飘飘，活像婴儿的呼吸！我情不自禁，紧紧地把她搂在怀里……我们的嘴合在一起，热烈而长久地吻着……我以世界上所有女人的名义向你们发誓，我到死也忘不了这一吻。”

上校间歇了一会儿，喝下半杯水，压低嗓音继续下去说：

“第二天我朝窗外一望，看见风雪越发大了……要赶路根本不行。我只好在总管家里坐上一整天，打牌，喝酒。晚上我又在空房子里，午夜时分，我又搂住那熟悉的腰……是啊，小姐们，要不是有这种爱情，那时我就会烦闷得死去。也许我只能以酒解闷，成为酒鬼了。”

上校叹口气，站起来，默默地在客厅里走来走去。

“可是……后来怎么样呢？”一个小姐等得发愣，着急地问道。

“没有什么了。第二天我就上路了。”

“可是……那个女人是谁呢？”小姐们迟疑地问道。

“这很清楚！”

“一点也不清楚啊……”

“就是我的妻子呗！”

三个小姐一齐跳了起来，仿佛被蛇咬了一口似的。

“就是说……怎么这样？”她们问道。

“唉，上帝啊，这有什么不明白的呢？”上校遗憾地说，耸了耸肩膀，“是啊，我好像说得够清楚了！我是跟妻子一块儿到舍韦尔基村去的……她也住在那所空房子里，在我的隔壁房间里过夜……很清楚嘛！”

“哦……”小姐们说着，失望地垂下手，“故事的开头倒挺好，可是结尾，上帝才知道是怎么回事……妻子……对不起，这简直没趣味，而且……一点道理也没有。”

“奇怪！这样看来，你们希望那个人不是我合法的妻子，而是另一个女人！唉，小姐啊，小姐！如果你们现在这样看问题，将来出嫁后会说什么呢？”

小姐们感到难为情，就不开口了。她们闷着一肚子气，皱起眉头，大失所望，开始大声打呵欠……在晚饭席上，她们什么也不吃，只顾把面包搓成小圆球，沉默不语。

“不，这简直……不近人情！”有一个小姐忍不住说，“既然是这样的结局，那又何必讲呢？这个故事一点精彩的地方也没有……甚至毫无道理！”

“开头倒还吸引人……突然中止了……”另一个小姐补充说，“除了开玩笑，别的什么也没有。”

“得了，得了，得了……我刚才是开玩笑……”上校说，“别生气，小姐们，我刚才是开玩笑。那个人不是我的妻子，是总管的妻子……”

“真的吗？”

小姐们忽然高兴起来，眼睛闪闪发光……她们凑近上校，给他斟上葡萄酒，纷纷对他提出问题。烦闷消散了，就连晚饭也很快吃完，因为小姐们胃口大开，吃得津津有味了。

《受苦受难的女人》——《那是她！》

廖鸿钧　译

1887

新年的磨难

最新刑讯录

您穿上一套燕尾服，把“圣斯坦尼斯拉夫”勋章往脖子上一挂（如果您有这样的勋章的话），在手帕上洒点儿香水，再把两撇胡子往上卷成螺旋状；而您在做这一切时，动作是那么凶狠，简直就像是在打扮自己最憎恶的敌人，而不是在为自己本人穿衣服。

“真见鬼！”您低声嘟囔着，咬紧牙关，“平日也好，过节也好，从来都不得安生！人老了，可你还得像条狗一样跑来跑去！邮差们过的日子也比这安静多了！”

站在您身旁的是，恕我冒昧，您的生活伴侣薇洛契卡。她不停地絮叨着：

“你可真能想得出来：不去拜年！我同意，拜年是愚蠢的，是繁文缛礼，没有必要干这类事。不过，只要你敢呆在家里，那么我发誓，我马上就走，我走……我将永远不回来！我将去死！我们只有一位叔叔，而你……你却不愿意，也懒得去向他恭贺新年，不是吗？表妹列诺契卡是那么爱我们。而你这个不要脸的家伙，竟然不愿意向她表示一下良好的祝愿，啊？费奥多尔·尼古拉伊奇借过钱给你。彼佳哥哥是那么爱护我们一家人，是伊万·安德烈伊奇给你找的差事，而你呀！……你真是没良心呢！上帝啊，我是个多么不幸的女人。不，不，你绝对是个糊涂虫！你并不需要一个像我这样温顺的妻子，而是一个巫婆，最好让她一刻不停地折磨你！是啊！你是个不——要——脸的人！我恨你！我蔑视你！你给我马上拜年去！给你这张名单……名单上写的人家你都得去！如果你落了一家，你就别想回家来！”

薇洛契卡既不动手打架，也不用手指去挖您的眼珠。但是您并没觉察到她是多么宽宏大量，却还继续嘟嘟囔囔……当您打扮完毕之后，穿上了皮大衣，您就被送到了大门口，她还在您身后说：

“暴君！害人精！恶魔！”

您离开自己的住宅（祖勃夫花园街，甫弗契金大楼）坐上了出租马车，用索洛宁在《达力列》①一剧中临死时的腔调说：

“到列佛尔托沃去，在红色厂房区附近！”

如今莫斯科的出租马车有盖乘客腿部的车毯了，但是您对这样的宽宏大量也没领情，您仍然觉得寒气袭人……妻子说的那套哲理、昨晚在大剧院举行的化装舞会上的熙来攘往、醉后的疲倦感觉、很想躺下来大睡一觉的强烈愿望、贪杯后的胃肠不适——所有这一切都混合在一起变成一团乱麻，使您困倦已极……您觉得非常难受，而马车这时又偏偏走得很慢，简直就像是去寻死似的……

住在列佛尔托沃的是您妻子的叔父谢苗·斯切潘内奇。这是一位完美无缺的人。他极其爱护您和您的薇洛契卡，死后还打算把遗产留给你们，但是……让他和他的爱护以及遗产都见鬼去吧！您倒霉的是，当您来到他家时，正赶上他完全陷入了政治斗争的迷魂阵。

“你听说了没有，我亲爱的，那个巴登堡②想出什么点子来了？”他一见面就劈头盖脸地问道，“真是一位男子汉，啊？不过，多么令人惊奇的日耳曼国家呀！！”

谢苗·斯切潘内奇对巴登堡可真是着了迷。他像所有的俄罗斯市侩一样，对保加利亚问题持有自己的观点：如果他手中有权，那么他一定会把这个问题解决得非常之好……

---

①《达力列》是当时上演的一出戏，索洛宁是饰演剧中主角的演员。

② 指当时的德国王子。

“不对，老弟，这可不是穆特库尔卡和斯坦布尔卡之流[①]的过错！”他狡猾地使着眼色说道，“这里还有英国呢，老弟！如果不是英国的话，那么就让我这该死的人死三次好了，我决不改口！”

您听他讲了一刻钟并打算告辞，但是他拽住您的袖子请您把话听完。他喊叫着、十分激动，把唾沫星子喷在您脸上，用手指戳着您的鼻子。他引述着整段的报纸社论，一会儿跳起来，一会儿又坐下……您听着听着就感觉到，时间过得那么慢啊，而由于怕自己睡着了，您就故意瞪大了眼睛……因为总是呆着不动，您的脑子开始发木……那些巴登堡啦，穆特库罗夫啦，斯坦布洛夫啦，英国啦，埃及啦，就像一些小鬼似的在您眼前跳来跳去……

过了半个小时……一个小时……哎哟！

“终于脱身啦！”您叹着气坐进马车时，已经是一个半小时以后了，“可把我折磨死了，这个恶棍！车夫，到哈莫夫尼基去！哎哟，该死的，他用政治差点儿没把我折腾死！”

在哈莫夫尼基等着见您的是费奥多尔·尼古拉伊奇上校，您去年曾借了他六百卢布……

“谢谢，谢谢，我亲爱的，”他答谢您的贺年祝词时，亲切地看着您的眼睛说，“我也向您祝贺……我很高兴，很高兴……我早就在等您来……我们大概去年有过一笔账目还没结算……我不记得是多少钱了……，不过，没关系，我这只是提一下……顺便说说……您不想喝点儿酒消除一路上的寒气？”

当您结结巴巴地垂下眼睛说，您确实没有多余的现钱，并且哭丧着脸恳求他再等一个月的时候，上校两手一拍，也装作要哭的样子。

“亲爱的，您可是说只借用半年呀！”他悄声地说，“如果不是急需这些钱，难道我会让您为难么？唉，亲爱的，说真的，您可害

---

① 当时保加利亚的政界人物。

苦了我……噢，大慈大悲的上帝！……主显节[1]一过，我就得还一笔债务……恕我直言，您这样可太不够意思了……”

上校把您教训了半天。您面红耳赤、汗流满面地离开了他，一坐上雪橇，您就对赶车的说：

“去尼日哥罗德火车站，畜生！”

您见到表妹时，她正处于心慌意乱状态。她躺在自己天蓝色客厅的沙发床上，嗅着一种什么难闻的东西，抱怨说她患了偏头痛。

“哟，是您呀，米歇？”她半睁开眼睛，呻吟着把一只手伸给您，“是您么？就坐在我身边吧……”

她闭目静卧了大约五分钟，然后就抬起眼睑，久久地望着您的脸，用垂死的人才有的声音问道：

“米歇，您……幸福么？”

说到这儿，她的眼袋胀起、睫毛上出现了泪花……她站起身，把一只手放在不断起伏着的胸脯上说：

“米歇，难道……难道一切都已经结束了么？难道往事就这样无可挽回地烟消云散了么！噢，不！”

您口齿不清地说了几句什么，不知所措地看着四周，好像在求救似的，但是那双丰满的女人胳膊像两条蛇似的已经缠住了您的脖子，您的礼服翻领上已经落下了一层香粉。那可怜的、对一切都能忍辱负重的礼服哟！

“米歇，难道那甜蜜的一刻已经永远不会再有了么？”表妹在哀叹，把泪水洒在您的胸脯上，“表哥呀，您的山盟海誓哪里去了，永恒爱情的诺言又在何方？”

哎呀呀！……再过一分钟，您就要由于难以忍受而跳进那熊熊燃烧着的壁炉里，一头栽进火堆，不过，您很走运，这时响起了脚步声，一位头戴折叠式礼帽[2]，脚穿尖头皮靴的客人走进了客厅……

---

① 圣诞节之后的第十二天，即耶稣受洗礼的节日。

② 可折叠的礼帽（法语是 chapeau-claque）。——原注

您像个疯子似的一跃而起，吻了吻表妹的手，而且暗自祝福着那位救星，飞快地跑到了大街上。

“车夫，去克列斯脱夫关卡！”

您妻子的弟弟彼佳是反对拜年的，因此每逢过年都可以在他家里见到他。

“乌拉！”他一见到您就喊了起来，“真是稀客！你来得正是时候！”

他吻了您三下，请您喝白兰地酒，给您介绍两位陌生女郎。她俩在他屋里的屏风后面坐着，嘻嘻地笑着。而他蹦蹦跳跳一番之后，就满脸严肃地把您拉到屋角，悄悄地说：

“老兄，我有麻烦了……你知道，年前我把钱花光了，现在我是一文不名……简直糟糕透了……我可就指望你了……如果星期五之前你不借给我二十五卢布，那就是说你不用动刀子就把我给杀了……”

“我向上帝起誓，彼佳，我自己也是囊空如洗呀！”您也在赌咒发誓……

“请你别来这一套！你也太下流了！”

“可我老实对你说……”

“算了，算了……我很了解你！你就说你不愿意借，不就得了……”

彼佳生气了，他开始责备您忘恩负义，还威胁说要向薇洛契卡告您的状，是关于风流韵事的……您给了他五卢布，但是这还不够……您又给了他五卢布，他终于放了您，不过有一个条件，就是明天您必须派人送十五卢布来。

“车夫，到卡鲁佳大街去！”

在卡鲁佳大街住的是您孩子的教父，是官府经营的工厂的主管加特洛夫。这位教父同您拥抱之后就把您拽到摆着各种下酒菜的桌子前面。

“不许说不行！”他给您斟了一大杯露酒，“你敢不喝！进了棺材我也要生你的气！你不喝我就不放你走！谢廖什卡，把门给我锁好！”

没办法，您迫不得已地喝了。你孩子的教父高兴极了。

“喏，谢谢你！”他说，“为了你是这样一个好人，咱们再来一杯吧……不许说不喝……不行！你叫我生气！我不放你走！”

只好再喝第二杯。

“谢谢我的知交！”教父心花怒放了，“为了你没把我忘记这件事实本身，让我们再来一杯！”

如此这般……您在孩子的教父家里喝的那几杯酒发挥了如此提神的作用，以致您在下一站的访问中（索柯利树林街，库尔久科娃大楼）把女仆当成了女主人，因而您久久地热烈地握着女仆的手……

傍晚时分您回家了，您已经筋疲力尽、萎靡不振、又累又醉，几乎都走不动了。而迎接您的，恕我这样称呼，是您的生活伴侣……

“喏，每一家都拜访过了吗？”她问道，“你为什么不回答呀？啊？怎么啦？什么？闭嘴！花了多少车钱？”

“五……五卢布八十戈比……”

“什么？你疯啦！你是个百万富翁还是怎么的，坐车就花这么多钱？上帝呀，他把我们弄成叫花子了！”

接着就是一顿训斥，说什么您酒气熏天啦，连列诺契卡穿的什么衣服都不能说清楚啦，您是个害人精、大坏蛋和刽子手啦……训斥完了之后，当您以为您已经可以躺下来歇口气了的时候，您太太突然开始嗅您的全身，而且瞪大了眼睛尖叫起来。

“我告诉您，”她说道，“您是骗不了我的！除了拜年，您又到什么地方去过？”

“哪儿……也没去过呀……”

“您撒谎，撒谎！您离家时全身是紫罗兰香水味儿，而现在却有一种白芷香的刺鼻子香味！您这没用的家伙。我全都知道！您必须给我说实话！起来！人家跟您说话的时候不许睡觉！她是谁？您到谁那儿去了？”

您瞪着两眼，干咳了几声说不出话来，呆头呆脑地摇头……

“您不说话？！不回答我？”您太太继续说道，“不说吗？我……我要死了！快叫……医生！折磨死我了！我要死了！”

现在，亲爱的男子汉，穿上衣服，快跑去找医生吧。恭贺新禧！

香槟酒

一个无赖的自述

我讲的这个故事是我担任我国西南铁路线上一个小火车站站长那年开始的。我在这个小站上过的日子快乐还是无聊您从下面这种情形就可以看出来了：四周二十俄里之内没有一户人家，没有一个女人，没有一个像样的酒馆，而我当时是个年轻的、健壮的、急躁的、任性和糊涂的人。惟一的娱乐就是看看客车上的窗口、喝犹太人掺了水的劣质伏特加。有时在车厢的窗口闪过一个女人的头，而你就呆若木鸡地站在那里，连气也喘不上来地望着，直到那列火车在远方变成了几乎看不见的一个小点儿。或者有时你毫无节制地喝那种令人讨厌的伏特加而发酒疯，从而在不知不觉中让那些漫长的时日快些逝去。对于我这个生在北方的人来说，草原给我的印象就像荒芜的鞑靼人墓地。夏天，草原显得庄重而又宁静（那些螽斯单调的鸣叫声、那叫人无处可躲的清朗的月光），它使我觉得忧郁而又伤感。到了冬天，洁白无瑕的草原，它那冷清的远方、漫长的黑夜和豺狼的嗥叫使我感到压抑而常做噩梦。

小火车站上只住着几个人：我和妻子、一个患瘰疬病的耳背的电报员、三名守卫。我的助手是个患了结核病的年轻人，他常去城里治病，一连几个月都住在城里，他把自己的工作和月薪都给了我。我没有孩子，至于客人嘛，往往你是耍什么花招也请不来的，而我自己也只能到沿线的同事那里做客，一个月不会多于一次罢了。总而言之，这是无聊透顶的生活。

记得，有一次我和妻子过新年。我们坐在桌旁，无精打采地咀嚼着食物，同时听着那个耳背的电报员在隔壁房间里如何敲打着自己的电键。我已经喝了大约五杯掺了水的伏特加，我用一只拳头支着昏昏沉沉的脑袋、怀着自己那克服不了也挥之不去的苦闷，而妻子坐在我身旁，一直盯着我的脸。她是用除了漂亮的丈夫在这个世界上就一无所有的那种女人特有的眼神看着我的。她对我是一往情深，不仅像奴隶那样爱我的堂堂仪表和心灵，她对我的恶劣行径、对我的凶狠和烦闷都爱，她甚至爱我发酒疯时不知向谁身上发泄自己怨恨而痛骂和折磨她的那种残酷无情的样子。

尽管烦闷无聊把我弄得死去活来，我们还是准备非常隆重地迎接新年，我们迫不及待地盼着午夜的来临。是这么回事，我们储存了两瓶香槟酒，是最好的酒，酒瓶上贴着“克利科寡妇牌”的标签。这是我秋天到区段长家做客时打赌赢来的，那天我参加的是洗礼宴。我上学时常有这样的情形：数学课无聊得连空气都凝固了。这时一只蝴蝶从院子里飞进了教室，男孩子们精神为之一振，开始好奇地看着蝴蝶的飞舞，就好像在自己面前看到的不是蝴蝶，而是某种什么新鲜而又奇怪的东西。这瓶非同寻常的香槟酒也一样，它偶然出现在我的这个寂寞的小车站上，它，使我觉得很开心。我们默默地一会儿看看钟表，一会儿看看香槟酒。

当表针指向差五分十二点钟时，我开始慢慢地开瓶塞了。不知是因为我喝了伏特加两手乏力还是怎么，或许是因为酒瓶子太湿了，不过我只记得当瓶塞砰的一声飞上天花板时，酒瓶子从我双手中滑落到地板上。溢出的酒不多于一杯，因为我及时地抓住了酒瓶，我用拇指堵住了直冒沫子的瓶嘴儿。

“喏，恭贺新年，恭贺新禧！”我边往杯子里斟酒边说，“喝吧！”

妻子拿起自己的酒杯，用惊慌的眼神凝视着我。她脸色苍白，满面恐惧。

“你把酒瓶子摔了？”她问。

“是啊，我把它摔了。喏，那又怎么啦？”

“这不是好兆头，”她说着放下酒杯，脸色更苍白了，“可不是好兆头哩。这表示今年我们要遇到麻烦。”

“你这个老娘们儿！”我叹口气说道，“你也是个知识妇女，怎么像个老保姆似的胡说八道。喝酒吧。”

“但愿上帝保佑，就算是我胡说八道好了，不过……肯定会发生什么不幸！你就瞧着吧！”

她甚至没用嘴唇去沾一下酒杯就离开了桌子，站在一旁沉思起来。我说了几句不必迷信各种预兆的老生常谈，喝完半瓶酒，从一个屋角走到另一个屋角，然后就走出了房间。

院子里是一片寂静而冷峭的夜色，它充分显示出了自己那孤冷的魅力。一轮明月和月亮旁边的两朵柔软的白云都好像粘在一起似的高悬在小车站的上空，它们似乎在等待着什么。从明月和云朵那儿洒下一道淡淡的清澈光辉，亲切地抚摸着大地，好像害怕触及它的羞怯之情；月光照亮了一切：雪堆、路堤……四周是静悄悄的。

我沿着路堤漫步。

“多么愚蠢的女人！”我望着布满明亮繁星的天空想道，“即使预兆有时甚至真会应验，那么我们还会遇上什么更不幸的事情呢？我们已经遭受的和眼下正在忍受的不幸是那么深重，简直无法想象会有比这一切更可怕的不幸了。对于一条已经被捕获、已经被煎好、已经加上了佐料而被端上餐桌的鱼儿来说，还有什么厄运会降临到它头上呢？”

一棵披着白霜的高大杨树像一个穿着白布尸衣的巨人站在淡青色的月光下。它严峻而忧郁地看着我，好像也跟我一样意识到了自己的孤独。我久久地望着它。

“我的青春就像无用的烟蒂被白白地断送了，”我继续想道，“当我还是个孩子的时候，我的双亲去世了，我也被赶出了中学。我生于贵族之家，但是没有得到教养、没有受到教育，因此我的知识并不比任何一个油漆匠更多些。我没有安身的住所，没有亲戚和朋友，也没有心爱的工作。我什么本事也没有，在我年富力强的时候，我却只配让人家把自己硬塞到小火车站站长的位置上。我这一生除了失败和倒霉的事是什么也没遇到过。还会有什么更不幸的东西落到我头上来呢？”

远处出现了红色灯光，一列火车迎面驶来。沉睡着的草原也在聆听着火车的隆隆声。我的思绪是那么痛苦，以致我觉得我把自己的想法说出声来了，似乎电线的悲鸣和火车的轰鸣表达的正是我的思想。

“还会有什么更不幸的东西落到我头上来呢？”我问自己，“这也没有什么可怕的。不能昧着良心逃避的事实是：我并不爱自己的妻子！我还是个孩子的时候就跟她结婚了。现在我还年轻力壮，而她却憔悴不堪、老了、变蠢了，她从头到脚一肚子迷信和偏见。在她那甜蜜得肉麻的爱情中、在她那干瘪的胸脯上和无精打采的眼神里，还有什么乐趣可言呢？我是在容忍，而不是在爱她。还会发生什么不幸呢？我的青春白白地断送掉了，正像俗话所说，连嗅一下鼻烟的代价也没得到。女人们就像流星一样，只是在车厢窗口里从我面前一闪而过。过去我没有、现在也没有爱情。我的勇气、胆量和爱心都已丧失殆尽……一切都将消失，化作烟尘。我在草原这儿拥有的一切连一个铜板儿都不值。”

一列火车隆隆作响地从我身旁驶过，它用自己那些火红的窗口冷漠地把我照亮。我看到它怎样在小站的绿色灯光附近停下，一会儿之后它又向前驶去。走了大约两俄里我就往回走了。令人心伤的思绪依旧困扰着我。虽然我非常痛苦，但是我记得我似乎还力求使我的思绪变得更加令人伤心和凄惨。您知道，有些平庸之辈和自命不凡的人在意识到他们的不幸时，往往会产生一种孤芳自赏的感觉，他们甚至以自己的痛苦自娱。在我的想法中，有不少是真实的，但是也有不少荒诞不经和夸大其词的东西，而在我的下述提问“还会发生什么不幸？”中，就有某种孩子气的挑战味道。

“是啊，还能发生什么不幸的事情呢？”在回家的路上我问自己，“似乎我已经饱经忧患。我生过病、丢过钱、每天都受上司训斥、我挨过饿，而且豺狼常常跑进小站院子里来。还有什么？人们污辱我、欺压我……我一生当中也污辱过别人。我只是从来也没成为罪犯，但是我这个人大概也没有犯罪的勇气，虽然我并不害怕上法庭。”

两朵云彩已经离开了月亮，它们停在一旁的样子就像是在悄悄议论着不该让月亮听见的事情。一阵微风在草原上吹过，送来了驶向远方的火车低沉的车轮声。

妻子在家门口迎接着我。她两眼含着快乐的笑意、一脸喜气洋洋的表情。

“我们家有喜事！”她小声说道，“你快到自己房间去，穿上新的常礼服吧，因为我们有一位女客人。”

“什么女客人呀？”

“娜塔莉娅·彼得罗芙娜舅母，坐火车来的，她刚到。”

“是哪一个娜塔莉娅·彼得罗芙娜？”

“是我舅舅谢苗·费得罗维奇的妻子。你不认识她。她很善良很漂亮……”

大概是因为我皱眉头了，妻子表情严肃地对我小声说：

“当然，她来得有点儿蹊跷，但是你，尼古拉，别不高兴，对她宽厚体谅些，要知道她是个不幸的人。舅舅谢苗·费得罗维奇是个不折不扣的暴君，脾气很坏，很难同他相处。她说，只在我们这儿住三天，一接到她哥哥的信，她就走。”

妻子小声地对我又说了半天有关那个暴君舅舅的什么事情，还讲到一般人，特别是年轻女人们的那些人类共有的毛病，讲到我们有义务给任何人一个安身之地，即使是那些犯了大错的人，等等。我什么也没听懂，不过我还是穿上新礼服去见“舅母”了。

桌旁坐着一位长着大眼睛、黑眼珠的娇小女人。我的桌子、灰暗的墙壁、简陋的沙发……这一切，甚至每一粒灰尘似乎都由于这个年轻女人的存在而变得四壁生辉，活跃起来。这是个穿着入时的新女性，她风华正茂，散发着某种神秘香味，漂亮而又风骚。说到这位女客的风骚，我是从她的微笑、身上的香味、眉目传情时的风流举止、她同我妻子（一个正派女人）谈话时腔调上看明白的……她不必对我说，她是从丈夫家里逃出来的，说什么她丈夫既年迈又粗暴，而她本人则既善良又活泼。我从一见面的时候起就明白了一切。在欧洲，怎么可能还有这样的男子，第一眼他还看不出具有情欲冲突的女人是什么样子。“我还不知道我有这样一个高大的侄女婿呢！”舅母微笑着把手伸给我时说道。

“而我也不知道我还有这样一位这么标致的舅母哩！”我说。

又开始吃晚饭了。第二瓶香槟酒的瓶塞砰的一声飞了出去，而我的舅母一口气便饮下了半杯酒，而当我的妻子出去一会儿的时候，舅母已经毫不客气地喝干了一满杯酒。我因为喝酒，也因为这个女人在场而大醉了。您还记得那支情歌吗?

> 黑眼睛哟，充满激情的黑眼睛，
> 火一般热情的、漂亮的眼睛，
> 我是多么地爱您，
> 我又是多么地怕您！

我不记得后来发生了什么事。若有人想知道爱情是怎样开始的，就请他去读长篇小说和长篇大论的故事吧，我要说的话并不多，而且还是那支愚蠢的情歌里的话：

> 可见，我与您的相识，
> 是在这不幸的时刻……

一切都坍塌了、天崩地裂了。我只记住了把我像片羽毛似的卷起的那阵可怕而又疯狂的飓风。飓风刮了好久，从这个世界上刮走了我的妻子，也刮走了舅母自己，还有我本人的全部精力。正像您见到的，它从草原上的小车站把我刮到了这条阴暗的街道上来了。

现在请您告诉我：我还能遇到什么不幸呢?

严 寒

在主显节那天，某省城里举办了以募捐为目的的“民间”游园会。在位于市场和高级僧侣府邸之间的河道上，选了个宽阔地段，用缆绳、枞树、旗帜把它围了起来，还为滑冰、滑雪和高坡滑雪橇修建了一切必要的设备，准备把游园会办得尽量盛大些，张贴了大量海报，而且许诺了不少令人满意的游乐项目：溜冰场、军乐队、人人有奖的抽彩和太阳灯照明等等。但是由于极度寒冷，这一切差点儿都落了空。主显节的前一天是严寒天气，达到零下二十八度，还刮大风，虽然有人想把游园会推迟，但是并没有延期，这是因为公众期待已久，而且是迫不及待了，无论如何也不同意拖延游园会的召开。

“您别这样做，正因为现在是冬季，天气还这么严寒哩！”女士们说服着主张游园会延期的省长，“如果有人觉得冷，他可以找个地方去暖和暖和嘛！”

树木、马匹和大胡子都被冻得发白了，连空气也似乎由于受不了严寒而喀喀作响地迸裂开来，不过，尽管如此，圣水式一结束，冻僵了的警察们就出现在溜冰场上，而中午一点整，军乐队便开始演奏了。

正值游园会风风火火之际，大约是下午三点多钟，当地社会精英们在修建于河边的省长临时休息室里聚在一起取暖。这里有年迈的省长和他的夫人，有主教，有法院院长，有中学校长以及许多其他人等。女士们坐在安乐椅里，而男士们则簇拥在宽大的玻璃门前望着溜冰场。

“哎哟，我的天，”主教惊叹道，“这些人用腿，是用腿呀，能耍出多少花招！哎哟哟，有的歌手用嗓子也玩不出这些亡命徒用腿做出的花样呀……哎呀，他一定摔伤啦！”

“这是斯米尔诺夫……这是格鲁兹节夫。”中学校长叫着在休息室前面飞驰而过的中学生们的名字。

“呀，这个烟鬼还活着呢！”省长笑了起来，“诸位，瞧，咱们的市长驾到了……正往这儿来。喏，糟糕，他现在可要打开话匣子，要把我们烦死了！”

一位穿着狐皮大衣的瘦小老人，大衣敞着怀，头戴一顶大便帽，正从河对岸朝休息室走来，一路上给溜冰的人们让着路。这位是市长，是商人叶列米耶夫，一位百万富翁，某省城的老住户。他冻得摆动着两臂、蜷缩着身子、蹒跚而行，用一只套鞋磕着另一只套鞋，看来，他想赶快躲开寒风。半路上他突然弯着腰悄悄地从一位女士身后走到她跟前并拉了一下她的袖子。当那位女士转身时，他却跑开了。大概是因为吓了她一跳而感到满意吧，他发出苍老而又响亮的笑声。

“小老头儿身体真棒！”省长说道，“奇怪，他怎么也不在溜冰场上溜溜。”

市长走近休息室时改用小步跑了，他甩开两臂，加快了脚步，他的那双大套鞋便在冰上滑行起来，一直滑到门口。

“叶戈尔·伊万内奇，您该买双冰鞋啦！”省长跟他打招呼时说道。

“我自己也这样想呀！”他摘下帽子，用刺耳的、略带鼻音的大嗓门儿回答说，“祝您健康，大人！主教，崇高的圣徒！祝所有的其他老爷们长寿！可真冷呀！喏，冷得够呛啦，我的上帝！把人都冻死啦！”

叶戈尔·伊万内奇眨着发红的冻僵了的两眼，用套鞋顿着地板、拍打着双手，就像一个冻得透心凉的马车夫。

“这场该死的严寒，简直比恶狗还坏！”他满脸堆笑地继续说道，“一次真正的惩罚！”

“这是好事，”省长说，“严寒锻炼人，使人精神振奋起来。”

“虽然是好事，最好还是完全没有这回事，”市长用红色手绢擦着自己的楔形胡子说道，“随它的便！省长大人，我是这样理解的，上帝把严寒派给我们，这严寒呀，是为了惩罚我们的。我们在夏天做了孽，冬天就得受罚……就是这么回事！”

叶戈尔·伊万诺维奇四下里扫了一眼，便举起双手轻轻一拍。

“可那个……可以取暖的东西在哪儿呀？”他问道，惊慌地时而看着省长，时而望着主教，“省长大人！崇高的圣徒！大概女士们也冻坏了！得弄点什么！这可不行！”

大家纷纷摆着手说，他们到溜冰场来可不是为了取暖，然而市长却谁的话也不听，打开门，用弯成钩形的手指点了点什么人。一位仆役和消防队员跑到他跟前。

“是这么回事，快到萨瓦岑那儿去，”他嘀咕道，“告诉他，尽快地把那个送到这儿来……那个叫什么来着？怎么说来着？就是说呀，叫他送十个杯子来……十杯红葡萄酒……要最热的，或者露酒也成……”

休息室里一片笑声。

“他就请我们喝这个呀！”

“没什么，我们可以喝……”市长喃喃地说，“这么说，是十只杯子……喏，也许再来点儿法国蜜酒……叫他们再烫两瓶红葡萄酒……喏，给女士们喝什么呢？那么好吧，叫他们弄些甜饼干、核桃……糖果之类的东西……喏，去吧！快点儿！”

市长沉默了一会儿，然后又开始诅咒严寒，又是拍打双手，又是跺着穿套鞋的两脚。

“别这样，叶戈尔·伊万内奇，”省长在说服他，“你别怨天尤人了，俄国的严寒自有它的魅力。我不久前读了一篇文章，说是俄罗斯人民的许多优秀品质是被辽阔的大地和气候、是为生存而进行的残酷斗争培养出来的……这是完全合理之论！”

“也许它是合理的，省长大人，不过，最好还是根本就没有它。这个嘛，当然啦，是严寒赶跑了法国人，而且各种各样的食物可以冻起来储存，而且孩子还能穿上冰鞋溜冰……这一切都是对的！严寒对丰衣足食的人来说是一种乐趣，而对于做工的人、穷人、流浪汉和乞丐来说却是最大的不幸和灾难。苦啊，苦啊，我神圣的主宰！在这样的严寒日子里，贫穷令人加倍受苦，窃贼更加阴险、恶人就更加凶狠了。还有什么可说的！我现在快七十岁了，我现在有皮大衣穿了，在家里有壁炉，有各种各样的罗姆酒和露酒。现在我不在乎什么严寒了，我对它也毫不在意，我理都不理它了。但是从前我过的是什么日子呀，我的圣母！可怕得不敢去想！我的记忆力一年不如一年了，什么也想不起来了。不管是敌人，还是自己的罪孽，以及各种灾难——一切都忘了，但是严寒这东西我可记得清清楚楚！母亲去世以后，我就成了无家可归的孤儿，一个小瘪三了……我既没有亲戚，也没有朋友，忍饥挨饿、无处安身，一句话，此地无我藏身之所，只能寻求未来之城郭。那时节我曾给一位瞎眼的老太婆领路，一天挣五戈比……严寒可真残酷无情。带着老太婆一出门，你就开始受罪了，这是家常便饭。我的造物主啊！开头你会冻得发抖，像打摆子一样，你一会儿瑟缩全身，一会儿跳动，接着你的耳朵、手指和双脚就开始痛了，痛得就像有人用钳子夹似的。不过这还算不了什么，不足挂齿，不是主要的。糟糕的是当全身都冻僵了的时候。只要在严寒中行走三个小时左右，崇高的主啊，你就失去常态了。腿麻木了、胸口憋得慌、肚子抽缩、心痛得难以忍受。心在痛，再也忍受不了啦，浑身都觉得难受，好像你手拉着的不是老太婆，而是死神本身。你全身都没有感觉，变成了木头，像尊雕像，你边走边觉得这不是你在走，而是另一个什么人在替你移动着双腿。当我的心灵完全冰冷了，我就失去了自制力，总想着或者把老太婆甩掉，让她没有领路的人，或者从货摊上偷一个热乎乎的面包圈儿，或者跟谁打一架。当你从严寒的大街上回到暖和的下处，也没有什么值得高兴的事！请想想看，你直到半夜还睡不着觉而且哭个不停，而为什么哭却连自己也不知道……”

“趁天还没黑，该到溜冰场去走走了，”省长夫人说，她听得有些心烦了，“谁跟我一起去呀？”

省长夫人出去了，全体游客也跟着她走出了休息室。只剩下省长、主教和市长了。

“天上的圣母啊！当人们把我送到鱼店里当伙计以后，我过的是什么日子哟！”叶戈尔·伊万内奇一举起双手，狐皮大衣就敞开来了，“常常是天蒙蒙亮我就来到店里……不到九点钟我就冻得透心凉了，脸发青、手指张不开，扣子扣不上，连钱也没法数。你在冷处站着，都冻傻了，心里想：‘天哪，一直到晚上都要这样站着！’快到吃午饭时，我的肚子抽缩了，心脏也在痛……这是真的！后来我自己成了店主，日子过得也不轻松。天冷到了极点，而店铺就像个捕鼠器，上下左右都透风。我穿的毛皮大衣，对不起，是件假货，像是用鱼皮做的，也透风哩……你浑身冰凉，冻傻了，你自己变得比严寒还残忍了：你拧这个伙计的耳朵拧得几乎要拧掉了；你又去打另一个伙计的后脑勺，而你看着顾客时你就像个坏蛋，像个野兽似的总想从他身上剥下一张皮。傍晚回到家里本来应当睡大觉的，但是你心情不好，于是就开始骂家里的人白吃我的面包，大吵大闹地连五个警察也没法儿制服我。都是因为严寒我才变得凶狠，喝伏特加喝得毫无节制。”

叶戈尔·伊万内奇两手一拍继续说道：

“而冬天，我们到莫斯科去运鱼的时候，又吃了多少苦呀！我的妈呀！”

于是他激动地讲述了他同自己的伙计们往莫斯科运鱼时可怕的遭遇……

“是啊，”省长叹了口气说，“您真是一位能吃苦的人！叶戈尔·伊万内奇，您是往莫斯科运鱼，而我当年是参加了战争。我记得有一件离奇的事……”

省长就讲了最后一次俄土战争时，有一天夜里，他服役的那个连队在寒风刺骨的雪地上待了十三个小时的故事。由于怕被敌人发现，连队没生火、悄然无声、一动不动，而且禁止吸烟……

缅怀往事的谈话开始了。省长和市长都很兴奋、十分快活、相互打岔地开始回忆各自的经历。连主教也叙述了他在西伯利亚传教时乘坐狗拉雪橇的遭遇。有一次，昏昏欲睡的他从雪橇上摔了下来（那是个严寒天气），他差点儿冻死，当那些通古斯人回来找到他时，他只剩一口气了。后来，三位老人好像商量好了似的突然沉默了，他们并排而坐，若有所思。

“咳！”市长低声说道，“似乎应该忘掉这些事，可只要看看那些运水的车夫、那些学童、那些穿着囚衣的犯人，一切又想起来了！就拿这些现在正在演奏的乐队队员来说吧，恐怕他们的心也在痛，肚子也在抽缩，冷得连喇叭都粘在嘴唇上了……他边演奏边想：‘我的妈呀，我们还得在这儿，在大冷天里再坐上三个钟头哩！’”

老人们陷入沉思。他们想的是，在人类身上还有比出身更崇高，比地位、财富和知识更崇高的东西，还有使最穷的人也去接近上帝的东西，这就是人的虚弱无力、人的悲痛、人的忍受能力……

这当儿空气也变得透亮而发蓝了……门被打开，两个萨瓦岑派来的仆役端着盘子、提着一个包得严严实实的大茶壶走进了休息室。当杯子都已斟满，空气中充满浓烈的桂皮和调料丁香气味时，门又一次被打开了，一位年轻的，尚未蓄小胡子、鼻子发红、一身白霜的警官走进了休息室。他走到省长跟前，行了个举手礼说：

“夫人阁下派我来报告，她已经回家了。”

看着警官用因为冻僵而叉开手指的行举手礼的手、看着他的鼻子、那无精打采的眼睛和位于嘴边的风帽上的白霜，老人们都不知为什么觉得这位警官的心在痛，他的肚子在抽缩，他的灵魂也麻木不仁了……

“喂，”省长有点踌躇地说，“您喝杯加热红酒吧！”

“没关系，没关系……喝吧！”市长挥着手说，“别客气！”

警官双手拿起酒杯，退到一旁，努力不发出声音地神情庄重地一小口一小口喝了起来。他边喝酒边显得忸怩不安，而老人们一言不发地看着他，于是大家觉得年轻警官的心已经不再痛了，灵魂也柔和了。省长叹口气说：

“该回家啦！”他说着站了起来，“再会，再会，”他对警官说，“请告诉那些乐队队员，让他们……停止演奏。请以我的名义请求巴维尔·谢苗诺维奇吩咐给他们……喝啤酒或者伏特加。”

省长和主教同“一市之长”告别之后就走出了休息室。

叶戈尔·伊万内奇喝起加热红酒来了，而在警官还没喝完自己那杯酒这段时间里，他竟抓紧时间对他讲了自己许多有趣的事情。他这个人的嘴是闲不住的。

穷途潦倒的人

“善心的老爷！求您啦，请关怀一下不幸的、没饭吃的人吧。我三天没吃饭啦……我连住店的五戈比也没有……我向上帝起誓！我当过八年乡村教师，由于地方自治局的诬陷我丢了工作，我是被诬告的受害者。我已经一年之久没有工作了。”

斯科沃尔佐夫律师瞅了一下乞求者的蓝色破外衣、看着那双浑浊不清的醉眼、双颊上的红晕，于是他觉得以前在什么地方见到过这个人。

“现在有人给我在卡鲁加省找了个差事，”乞求者继续说，“但是我没有去那儿的路费。求您行个好，帮我一把！乞求别人我也觉得惭愧，但是……我是环境所迫呀。”

斯科沃尔佐夫看了看乞求者的套鞋，一只是高腰的，另一只是浅腰的，于是他突然想起来了。

“您听着，两天前我好像在花园路碰到过您，”他说，“但是当时您对我说您并不是乡村教师，而是被开除的大学生。您记得吗？”

“不……不对，这不可能！”乞求者发窘地喃喃着，“我是乡村教师，您若不信，我可以出示证件。”

“您就别说谎了！您自称是大学生，甚至还对我讲述了您是为什么被开除的。记得吗？”

斯科沃尔佐夫脸都红了，他面带憎恶的表情从衣衫褴褛的人身边走开了。

“这是无耻，尊敬的先生！”他生气地大声说，“这是欺骗！我要把您带到警察局去，见您的鬼！您是穷困潦倒，但是这不等于您有权利如此肆无忌惮地恬不知耻地撒谎！”

这位衣衫褴褛的人像被当场逮住的窃贼那样抓住门柄、不知所措地环顾着接待来客的外室说：

“我……我没撒谎，先生……”他口齿不清地说，“我可以出示证件。”

“谁信那一套？”斯科沃尔佐夫怒气未息地说，“利用社会对乡村教师和大学生们的同情心——要知道，这是那么的卑鄙下流和缺德！太可恶了！”

斯科沃尔佐夫火冒三丈，而且用毫不留情的方式申斥了乞求者。这位穿着破衣烂衫的人用自己厚颜无耻的谎言引起了他的憎恶，也伤害了他斯科沃尔佐夫珍爱的自己本身具有的感情：善良、怜悯心、对受难者的同情。“该人”用自己的谎言和诱骗爱心的手段似乎把他喜欢向穷人施舍的一片纯洁的心意给玷污了。衣衫破旧的人开头还辩解、起誓，但是后来就沉默了，而且满面羞愧地低下了头。

“老爷！”他把手放在胸口上说，“确实我……撒了谎！我不是大学生，也不是乡村教师，这全是胡编的！我本来是俄罗斯民歌合唱队队员，因为我酗酒而被赶出合唱队。可我怎么办呢？上帝作证，不撒谎是不行的啦！当我说实话的时候，谁也不施舍任何东西给我。要说实话就得饿死，也不会有地方过夜而冻死！您说的话有道理，我懂，但是……我有什么办法？”

“有什么办法？您问您有什么办法？”斯科沃尔佐夫叫喊着走到他跟前，“您要工作，这就是您应当做的！要工作！”

“工作……这我自己也知道，但是到哪儿去找工作呢？”

“废话！只要您有愿望，您任何时候都能找到工作，您还年轻、健壮、有力气。但是您却是个懒虫，娇生惯养、嗜酒如命！您本人就像一个酒馆，酒气熏天。您说惯了谎话，已经堕落到不可救药的地步，您只会乞讨和撒谎了！如果您有一天慨然屈就什么工作，那就得向您提供办公室、俄罗斯民歌合唱队、台球记分器什么的，您在那儿可以什么也不干，只拿钱！是否可以请您干体力活儿呢？您大概不会去当门房和工人吧！您可是个自视甚高的人哩！”

“您这是什么话，真是的……”乞求者苦笑了笑说，“我到哪儿去找体力活儿干呢？我已经过了当店员的年龄，因为做生意必须从小开始；也没有人肯用我当门房，因为对我不能称呼‘你’了……而工厂也不会用我，去那儿得有手艺，而我却什么也不会。”

“废话！您永远都能找到理由为自己辩解！那么您能不能干劈木柴的活儿呢？”

“我不反对，但是现在连真正的劈木柴工人都闲着没饭吃呢。”

“喏，所有的寄生虫都这样说。如果叫您干，您就拒绝不干了。您想不想在我这儿干劈木柴的活儿？”

“好吧，我干……”

“那好，咱们试试看……很好……走着瞧吧！”

斯科沃尔佐夫不无幸灾乐祸的样子搓着双手，连忙把厨娘叫出厨房。

“瞧，奥尔加，”他对厨娘说，“把这位先生领到木棚去，让他劈木柴。”

衣衫褴褛的人耸了耸肩，似乎表示莫名其妙，然后他就迟疑不决地跟在厨娘后面走了。从他的步态就可以看出来，他之所以同意去劈木柴不是因为没有饭吃和想挣钱糊口，而只不过是出于自尊心和廉耻心而已，就像一个被抓住话把儿的人那样。还可以清楚地看到，他因酗酒而变得十分虚弱了，显得病恹恹的，丝毫没有干活儿的愿望。

斯科沃尔佐夫匆忙来到餐厅。在那里，从面朝庭院的窗户里可以看到堆劈柴的木棚和在院子里发生的一切。他在窗前站定。斯科沃尔佐夫看到，厨娘和穿着破旧衣服的人怎样通过后门走进院子，沿着泥泞的雪地来到木棚前。奥尔加气冲冲地打量着自己的同行者，用胳膊肘往两旁一推就把木棚的门打了开来，接着又恶狠狠地把门砰的一声关上。

“大概我们打扰了这婆娘，没让她喝完咖啡，”斯科沃尔佐夫想，“这婆娘可真够凶的！”

接下来他看到，这个假教师和假大学生往木墩子上一坐，用两个拳头托住自己发红的双颊发起呆来。那婆娘把斧头往他脚边一扔，生气地吐了口唾沫。从她那嘴唇的动作来看，她开口骂街了。穿破衣衫的人犹犹豫豫地拾起一根劈柴，把它夹在两腿之间，小心翼翼地劈了一下。劈柴晃了晃就倒了。衣衫褴褛的人把劈柴捡起来，往自己冻僵了的两手上唾了两下便又拿斧子劈了下去，他是那么地谨慎小心，好像生怕碰着自己的套鞋或把手指砍掉。那根劈柴又倒了。

怒气已消的斯科沃尔佐夫开始感到难过和惭愧，因为他强迫一个娇气十足的酒徒，也可能是个病人在大冷天里干粗活儿。

“喏，没什么，先干着吧……”他从饭厅走向书房时想道，“我这可是为他好。”

一小时后奥尔加来禀报说，劈柴都劈好了。

“拿去吧，给他半个卢布，”斯科沃尔佐夫说，“如果他愿意，就叫他每个月的一号来劈木柴……总会有活儿干的。”

这位破衣烂衫的人一号那天来了，而且又挣了半个卢布，虽然步履蹒跚。从这回开始他就经常出现在庭院里，每一次都为他找到了可干的活儿，他时而扫雪，把雪堆积起来；时而打扫木棚子；时而掸掉地毯和床垫的灰尘。每一次他都为自己的劳动得到二十至四十戈比，有一次他甚至还得到了一条旧裤子。

搬往另一处住宅时，斯科沃尔佐夫雇他帮助装运家具。这一次衣衫褴褛的人没喝酒，愁眉苦脸的样子，而且金口难开。他几乎没摸过家具，只是低着头走在货车后面，他甚至不努力装着勤快的样子，冻得只顾瑟缩着身子，而当车夫们嘲笑他游手好闲、没有力气、笑他那件破旧但高贵的大衣时，他就显得十分尴尬。搬完家后，斯科沃尔佐夫吩咐把他叫到跟前。

“喏，我看，我说过的话对您还是起了作用，”他给了他一个卢布时说道，“这是给您的劳动报酬。我看您不喝酒的时候是不反对干活儿的。您叫什么？”

“鲁什科夫。”

“鲁什科夫，我现在可以给您介绍另外一种工作，比较好一些的工作。您会书写吧？”

“我会，先生。”

“那么您就拿着这封信明天去找我的一位朋友，您将在他那儿得到抄写的工作。您应该工作，不要再酗酒了，别忘了我对您说过的话。再见吧！”

因为帮助一个人走上了正路而感到满意的斯科沃尔佐夫亲切地拍了拍鲁什科夫的肩膀，分手时甚至还跟他握了手。鲁什科夫拿了信就走了，而且再也没到院里来找活儿干。

过去了两年。一次，斯科沃尔佐夫正站在剧院售票窗口买票并付钱时，看见自己身旁有一位身穿羊羔皮领大衣，头戴一顶旧海狗皮帽的矮小身材的人。此人胆怯地向售票员买了一张楼上最便宜座位的票并付了几枚五戈比的铜币。

“鲁什科夫，这是您？”斯科沃尔佐夫认出这个人就是自己以前的劈柴工之后问道，“怎么样？在哪儿高就啊？日子过得好吗？”

“还可以……我现在在公证人手下工作，挣三十五卢布，先生。”

“喏，感谢上帝。这太好了！真为您高兴。非常、非常高兴，鲁什科夫。从某种意义来说，您是我的教子呀。要知道，是我把您引上正路的。还记得我是怎样训斥您的吗，啊？当时您在我面前可真是无地自容啦。喏，谢谢，亲爱的，您没把我的话当成耳边风。”

“我也谢谢您啦，”鲁什科夫说，“当时如果我没去您那儿，大概到如今我还会冒充教师或者大学生呢。真的，我是在您那儿得救的，跳出了火坑。”

“我非常、非常高兴。”

“谢谢您的好言忠告和做过的善事。当时您说的话好极了。我对您和您的厨娘都由衷感激，让上帝保佑这位善良和高尚的女人身体健康吧。您当时说的话很好，您的恩情我是至死不忘，但是救了我的实际上是您的厨娘奥尔加。”

“这是怎么回事呀？”

“是这么回事。通常我一到您那儿劈柴禾，她就开始唠叨了：‘哼，你这个醉鬼！你这该死的家伙！你一定不得好死！’然后她就在我对面坐下，发起愁来，盯住我的脸，哭着数落道，‘你这个不幸的人呀！在这个世界上你没有什么乐趣，就是到了阴间也一样没有乐趣，醉鬼呀，在地狱里你要遭火烧呢！你这个倒霉蛋呀！’这样的话她说个没完，您知道。她为我费了多少心血、流了多少泪，我对您都说不上来。但是主要的一点是：劈柴是她替我劈的！要知道，老爷，我在您家连一根柴禾都没劈过，一切是她干的。她为什么救我，我为什么变成了另一个人，为什么看着她我就不想再喝酒——这一切我也没法儿向您说清楚。我只知道一点：她的话和高尚行为使我的灵魂发生了转变，是她改变了我，我永远也不会忘记这个。不过到时间了，已经响起了进场的铃声。”

鲁什科夫鞠躬告辞后就朝楼上最便宜的座位走去。

仇　人

一个漆黑的9月之夜，大约是九点多钟，县医基里洛夫的独生子，六岁的安德烈因患白喉症而死去。正当医生的太太在亡故的儿子床前双膝跪地、第一次完全陷入悲痛欲绝的心境的时候，前厅里突然响起刺耳的铃声。

鉴于白喉症的出现，所有的仆人一大早就离开了主人的家。基里洛夫本来就没穿常礼服，这时便穿着敞了怀的背心，也没擦干脸上的泪痕和被石炭酸灼伤了的湿漉漉的双手，亲自走去开门了。前厅昏暗无光，在走进来的这个人身上只能分辨出中等的身材，白色的围巾和异常苍白的一张大脸，这张脸是如此苍白，以至使人觉得由于它的出现前厅里也亮了些……

"大夫在家吗？"

"我在家，"基里洛夫答道，"您有何贵干？"

"啊，大夫就是您哪？非常高兴！"进来的这个人很高兴地开始在昏暗中找医生的手，找到手以后就把它紧紧地握在自己手中，"非常……非常高兴！我们认识！……我是阿保金……今年夏天在格努切夫家我有幸见到过您。很高兴我能在您家中见到您。请看在上帝面上，别拒绝马上跟我走一趟……我的妻子病情严重……我有马车迎候……"

从来人的声音和动作可以察觉到，他正处于极度的激动状态之中。他就像一个被大火或狂犬吓坏了的人，难以抑制住急促的呼吸，说话时声音发抖，而且言谈之间流露出一种不加掩饰的孩子般的恐惧口吻。像所有受了惊吓而惊慌不安的人那样，他的话既短又不连贯，还说了不少与正事无关的多余的话。

“我怕找不到您，”他继续说，“来您这儿的途中，我真是忧心如焚……请穿上衣服咱们就走吧，看在上帝面上……这件事是这样发生的。帕普钦斯基，亚历山大·谢苗诺维奇，您认识的，到我家来了……我们谈了会儿话……后来就坐下来喝茶。突然我妻子大叫一声，双手按在胸口上，倒在椅背上了。我们马上把她扶到床上躺下。而且……我用氨水擦了她的太阳穴，喷了水……她躺在那儿，像个死人……我怕这是患了动脉瘤症……我们走吧……她父亲也是死于动脉瘤症……”

基里洛夫听着，沉默着，似乎他不懂俄语。

当阿保金再次提到帕普钦斯基和自己妻子的父亲，并且又一次开始在昏暗中找医生的手时，医生才如梦方醒地甩了一下脑袋、冷漠地拖长着每一个词的声音说：

“对不起，我不能去……五分钟前我的……儿子死了……”

“真的？”阿保金低声说着，向后退了一步，“我的上帝，我来得多么不是时候！一个多么惊人的不幸的日子……真令人惊奇呀！多么凑巧……就像是故意安排的！”

阿保金握住门把手，低着头想了一会儿。看来他犹豫不决，不知如何是好：离开这儿还是继续求医生出诊。

“您听我说，”他拉住基里洛夫的袖子激动地说，“我很理解您的处境！上帝作证，在这样的时刻我还试图让您分心，我是心中有愧的，但是我怎么办呢？您想想，我能去找谁呢？要知道，这一带除了您就没有别的医生了。看在上帝面上我们还是走一趟吧！我不是为我自己求您……病了的不是我！”

接着是一阵沉默。基里洛夫转过身，背对着阿保金站了一会儿，然后就走出前厅，来到了客厅。从他那晃晃悠悠的身不由己的步态、从他如何在客厅里把没点亮的灯那毛茸茸的灯罩安放好并瞥了一眼放在桌上的厚书的全神贯注的样子来看，他这时既无意向，也无愿望，他什么也没想，也许他已经忘了在前厅还有一个陌生人站在那里。看来，客厅里的昏暗和寂静使他更加痴呆了。当他从客厅走回自己的书房时，他的右腿抬得比平时高了些，他用双手去摸门框，这时他的整个身体便出现了一种莫名其妙的感觉，就好像他闯进别人的家或者有生以来第一次喝得酩酊大醉，因而现在他困惑地沉浸在自己新的感受之中。一道宽阔的光线越过书柜照在书房的一面墙上，同这道光线一起，一股浓烈的石炭酸和乙醚气味从通向卧室的书房那微微敞开的门冲了进来……医生在书桌旁的沙发椅上坐下来了，他无精打采地看着自己那些被照亮的书籍，看了一会儿之后，他就站了起来进到卧室里。

在这间卧室里是一片死寂。一切的一切，连任何一个微不足道的细节都明显不过地道明了刚刚经历过的那场感情震撼和悲痛欲绝而出现的疲惫无力，如今一切都静下来了。一支蜡烛立在摆满了药瓶、药盒和药罐的小凳子上，一盏大灯放在五斗橱上，它们把整个房间照得通亮。在紧靠窗户的床上躺着一个睁着两眼的男孩子，他脸上留下了吃惊的表情。他一动不动，但是他那一双睁开的眼睛似乎正在一分一秒地变得黯然无光、越来越深地陷到颅骨内部。母亲跪在床前，两手放在儿子身上，把脸埋在被子的皱襞里。她像男孩子一样一动不动，但是她那弯曲的躯体和双臂流露出多少沉痛的内心活动！她全身忘我地伏靠在床上，紧紧地、无限热爱地偎依着，好像生怕她终于为自己疲惫的身体所找到的这个安详而舒服的姿势被干扰。被子、抹布、水盆、地板上的水渍、到处丢弃的刷子和勺子、装石灰液的白瓶子以及令人窒息的难闻的空气本身——所有的一切都寂然无声，好像都陷入了长眠状态。

医生在妻子身边站定，双手插进裤兜里，偏着头注视着儿子。他脸上表情冷漠，只有他胡须上闪闪发光的泪珠显示他不久前还哭过。

在卧室中并没有人们谈到死亡时所想象的那种令人生畏的恐怖气氛。悲痛得呆若木鸡的样子、母亲的姿势、医生的满脸冷漠都有一种令人怜惜和动情的东西，这就是人类的痛苦所具有的微妙的、难以捉摸的美，人们还不能很快地学会理解和描述它。也许，只有音乐才能把它表达出来。在愁肠百结的寂静中也能够感觉到这种美，基里洛夫和他的妻子默默无语，也不哭泣，似乎他们除了痛失爱子的心情之外，又意识到了自己处境的全部苍凉：正如曾几何时他们拥有过的青春已经消逝那样，如今，随着这个男孩子的死去，他们也就永远失去了拥有子女的权利！医生四十四岁，他的头发已经花白，看样子像个老头儿；他那憔悴而又多病的妻子三十五岁了。安德烈不仅是他们惟一的，也是最后的一个儿子。

与自己的妻子相反，医生属于那种在悲痛时刻需要更多地活动的人。他在妻子身旁站了大约五分钟，就高高地抬起右腿走出卧室，来到一个小房间。在这里，一张宽大的沙发椅就占了半个房间，他又从这儿走进厨房，在火炉旁和厨娘的床前转悠片刻之后，便弯下腰通过小门走进前厅。

在这儿他又看到了那条白围巾和那张苍白的脸。

“您终于来了！”阿保金如释重负地松了口气，握住门把手。

“咱们走吧，有请啦！”

医生全身一震，看了看他，于是想起来了……

“请听我说，我已经对您说过，我不能去！”他说着，渐渐地打起精神，“莫名其妙！”

“大夫，我不是木头人，我非常理解您的处境……我是同情您的！”阿保金用哀求的口吻说，把手放在自己的围巾上，“要知道我不是为自己在求您……是我的妻子要死了！如果您听到了那样的叫声，看到了她的脸，那么您就会理解我的固执了。上帝啊，我还以为您去穿衣服了呢！大夫，时间宝贵！咱们走吧，求您啦！”

“我不能去！”基里洛夫一字一顿地说完就朝客厅走去。

阿保金跟在他身后，拽住了他的袖子。

“您很难过，我明白，但是我不是请您去治牙，不是去会诊，而是去救人一命！”接着他又像乞丐那样恳求道，“人命比任何个人的悲伤都更重要！喏，我求您鼓起勇气，作出贡献！为了博爱！”

“博爱——这也是吉凶未卜的事情，”基里洛夫不耐烦地说，“正是为了那个博爱，我请求您不要把我带走，而且莫名其妙，真是的！我勉强支撑着，您却用博爱来吓唬我！现在我什么也干不了……说什么我也不去，何况我让谁来照顾我妻子呢？不行，不行……”

基里洛夫连连摆手，后退了几步。

“也……也别再求我了！”他慌张地继续说，“原谅我……根据法规第十三册我有义务出诊，而且您有权利抓住衣领把我拖走……那就请吧，拖好了，不过……我无能为力……我甚至连话都说不清楚……请原谅……”

“大夫呀，您没有必要用这种口吻跟我说话！”阿保金又拽住医生的袖子说，“让第十三册去见上帝吧！我没有任何权利强迫您去。您想去就去，不想去就算了，但是我不是对您的意向，而是对您的感情呼吁。一个年轻的妇女要死了！您说刚才您的儿子死了，除了您还有谁能理解我的惨境呢？”

阿保金的声音由于激动而颤抖着，这颤音和语气比言词更有说服力。阿保金是诚恳的，然而也有一个值得注意的特点：不管他说的是什么话，那些词句总显得装腔作势、言不由衷、不合时宜而又异常华丽，因而这些话就显得甚至是对医生家中的气氛和对某处濒临死亡的女人的一种污辱。他自己也感觉到了这一点，因而生怕被人误解，便竭尽全力地使自己的声音带上温和亲切的调子，为的是即使不能用词句，也能以语调打动别人的心。一般来说不管词句多么华丽和深奥，只能对那些无动于衷的人起作用，然而对那些幸福的人或不幸的人却不会在任何时候产生影响，因为幸福或者不幸的最高表现往往是沉默无语。一对爱侣在沉默相对时能更好地相互理解，而在墓前发表的热情洋溢、激动人心的演说只能打动局外人，死者的子女和未亡人则会觉得它是冷漠和毫无价值的。

基里洛夫站在那里一言不发。当阿保金又说了几句关于医生的崇高天职和自我牺牲精神之类的话以后，医生闷闷不乐地问：

“路有多远？”

“将近十三四俄里。我的马很出色，大夫！我向您保证，接送您来回只要一小时。只要一小时！”

最后这句话比关于博爱或医生的天职之类的大话对医生更有说服力。他想了想便叹口气说：

“好，咱们走吧！”

他动作迅速地已经迈着四平八稳的步子走进自己的书房，不一会儿就穿着长长的常礼服走了回来。高兴的阿保金迈着碎步，手忙脚乱地围着他转来转去，帮他穿上大衣并同他一起走出家门。

院子里天色灰暗，但是比前厅亮些。在夜幕里清楚地显现出了医生的拱肩缩背的瘦高身材，他那细长的山羊胡子和鹰钩鼻子。至于阿保金，除了那张苍白的脸，现在可以看清他的大头和一顶大学生式的小帽，帽子刚够盖住他的头顶。白围巾只在他胸前露了出来，而在背后，围巾是埋在长发下面的。

“请相信，我对您舍己为人的精神是能够充分理解的，”阿保金把医生扶上马车时低声说，“我们很快就会赶到。你呀，鲁卡，亲爱的，尽量快点儿！请快点儿吧！”

马车夫在快马加鞭地赶车。开头是沿着医院的院子那一排难看的房子走着，到处是一片黑暗，只在院落深处从什么人的窗户里露出一道明亮的光线，光线穿过了篱笆；医院楼房的上层有三个窗户比外面亮些。后来马车便驶过漆黑的夜幕之中，这里散发着蘑菇的潮气，可以听到树林的低语。被车轮声惊醒了的乌鸦骚动起来，在簇簇树叶下面发出不安的悲鸣，似乎它们知道医生的儿子已经死了，而阿保金的妻子也疾病缠身。然而树林渐渐稀疏，出现了丛丛灌木；一个池塘阴郁地闪亮着出现在面前，池塘里沉睡着一些巨大的黑影。接着马车便驶上了平坦的草地。乌鸦的叫声已经听不清了，叫声越来越远，很快就完全无声无息了。

基里洛夫和阿保金一路上几乎都没说话。只有一次阿保金深深地叹了一口气，喃喃地说：

“多么令人痛心！一个人在有失去亲人的危险的时刻，才会觉得从来没有这样爱过他们。”

当马车轻轻地渡过一条河时，基里洛夫突然全身一震，就像汩汩水声吓着了他，他坐不住了。

“喂，放开我，”他心烦意乱地说，“我以后再到你们这儿来，我只想给妻子找个医士做伴。要知道她是独自一人呢！”

阿保金没说话。马车在碎石上摇摇晃晃地走过，穿过岸边的沙滩，驶向前去。基里洛夫焦虑不安得手足无措，四处张望着。透过暗淡的星光，可以看到身后的大路和消失在黑暗中的柳树。右侧是平坦的草原，它是那么宁静和一望无际，就像天空一样；而在平原的远处，大概是在泥炭沼泽地里，到处闪烁着幽暗的火光。在左边，是与大路平行的丘陵，由于长满矮小的灌木丛，山丘显得郁郁葱葱。在山丘上面悬挂着月牙儿，它大而发红，一动不动，被一层薄雾笼罩着，四周簇拥着小朵的云彩，这些朵朵碎云好像从四面八方回首翘望着月牙儿，守护着它，为的是不让它走失。

整个自然界都有一种悲观失望和悲痛欲绝的感觉，大地就像一个青春不再的荡妇，她孤身一人坐在昏暗的房间里，竭力不去回想往日的生活，她因回忆阳春和盛夏的往事已经痛苦不堪了，她只是在无动于衷地等待着无法回避的冬天的到来。目光所及，到处是自然界呈现出来的形象：一个黑暗的、没有尽头的、寒冷的深渊，基里洛夫也好，阿保金也好，发红的月牙儿也好，都无法跳出这个深渊……

马车越驶近目的地，阿保金就越显得不耐烦。他坐不住，常常跳起来从车夫背后望着前方。当马车终于停在用条纹麻布帘子裹住的漂亮大门前时，当他望了望二层上亮着灯的窗户时，可以听得见他的呼吸在颤抖。

“如果发生了什么不幸，那么……我会受不了的，”他同医生走进前厅时不安地搓着手说，“听不到人慌马乱的嘈杂声，可见暂时还平安无事。”他在寂静中聆听着，补充了一句。

在前厅既听不见有人说话，也听不到脚步声，整所房子似乎坠入梦乡，虽然灯火通明。只是到了这时，一直在黑暗中相对的医生和阿保金才有可能彼此看清对方。医生是个高个子，有点儿驼背，衣着邋遢，面貌难看。他那黑人似的厚嘴唇、那鹰钩鼻和无精打采而又冷漠的目光使人觉得他身上有一种令人讨厌的生硬、严峻和冷酷的东西。他那一头乱发、凹陷的太阳穴、细长的山羊胡子上未老先衰的银丝、稀疏的山羊胡子下面露出来的下颌、苍白的皮肤、满不在乎和态度生硬的举止——这一切都以其生硬的作风使人想到他曾度过艰苦的生活，经历过苦难、饱尝过生活和人们给他带来的辛酸。看着他那干瘪的身体，令人难以相信这个人是有妻室的人，他还能为孩子的夭折而痛哭流涕。而阿保金的外表则是另外一种样子。这是个敦实的、仪表堂堂的金发男子，大脑袋，粗眉大眼，面貌和善，衣着入时，而且是最时髦的样式。他的仪表、纽扣扣得整整齐齐的常礼服、满头的长发和面颊都给人以高贵、风流倜傥的感觉。他走路时昂首挺胸，讲话时用的是令人愉快的男中音，他取下围巾或者整理一下头发时所采取的动作举止流露出一种精巧的、几乎是女性的优雅。甚至在他边脱衣服，边向上望着楼梯时那苍白的脸色和孩子般的恐惧也没有破坏他优美的姿势，没有使他全身洋溢着的那种酒足饭饱、身强力壮和自鸣得意的神气失去光彩。

“没有一个人影，也没有一点儿动静，”他在楼梯上说，“没有忙乱的迹象。上帝保佑！”

他领着医生穿过前厅，走进一间宽敞的客厅，这儿放着一架黑色钢琴，挂着有白罩子的枝形吊灯架。从这里他们走进了一间很温馨、漂亮的小客厅，客厅里充满令人倍感舒适的粉红色的微弱灯光。

“喏，大夫，请在这儿坐坐，”阿保金说，“而我……马上就来。我去看看，让他们准备一下。”

基里洛夫一个人留了下来。小客厅的豪华、令人愉快的微弱灯光以及置身于别人的、陌生人的家中这一事实本身所具有的新奇性显然都没能使他动心。他坐在沙发椅里看着自己的一双被石炭酸灼伤的手。他只是粗暴地看了看鲜红的灯罩、大提琴的盒子。不过当他朝滴答作响的钟表那边瞟去时，却发现了一只狼的标本，这头狼神气十足，体格强壮，同阿保金本人一样。

一片寂静……在远处的某个比邻房间里，有人大声地叫了一声“啊”！接着就是咣当一声，大概是橱柜的玻璃门发出的响声，然后一切又没有动静了。等了五分来钟之后，基里洛夫也不再看自己的双手了，他抬起眼望着阿保金走出去的那扇门。

阿保金正站在门口，然而已经不是走出去时的那个阿保金了。他那酒足饭饱和精巧的优雅表情已经无影无踪，他的脸，还有双手和姿势不知是由于惊吓还是由于肉体上的剧痛而被一种令人作呕的表情弄得面目全非了。他的鼻子、双唇、胡须，所有的五官都在动，它们似乎想脱离面部，只有两眼仿佛由于伤痛而苦笑着……

阿保金沉重地大步走到客厅中间，弯着腰，挥舞着拳头呻吟道：

“她骗了我！”他喊叫着，咬牙切齿地说出“骗”这个字，“她骗了我！她跑啦！她装病，派我去请大夫，她这样做只是为了同这个小丑帕普钦斯基私奔！我的上帝！”

阿保金步履艰难地走到医生跟前，把自己白嫩的拳头伸到他的面前，晃着拳头继续喊道：

“她跑啦！！她骗了我！喏，这场骗局有什么必要？！我的上帝！我的上帝！干吗要耍这套鬼把戏，玩这种魔鬼和毒蛇的游戏？我做了什么对不起她的事？她跑啦！”

他已是泪如泉涌了。他单腿撑地，猛然转过身，便开始在客厅里踱来踱去。现在，他穿着短礼服和摩登的紧身裤子，这身打扮显得他的双腿同躯体相比显得很细，而那个大脑袋和一头长发又使他很像一头狮子。医生那张冷漠的脸上流露出好奇的神情。他站起来打量着阿保金。

“请问，病人在哪儿？”他问。

“病人！病人！”又哭又笑的阿保金叫着，依然挥动着双拳，“这不是个病人，而是个十恶不赦的女人！卑鄙呀！是下贱，大概连魔鬼也想不出比这更恶劣的行径了！把我支走是为了逃跑，跟一个小丑，一个愚蠢的马戏团丑角、一个面首！噢，上帝，她还是死了的好！我受不了啦！我无法忍受！”

医生挺直身体站在那里，他眨巴着含泪的眼睛，细山羊胡子同下巴一起忽左忽右地颤动着。

“请问，这叫什么？”他好奇地环顾着四周，“我的孩子死了，妻子悲痛欲绝，孤零零一个人守在家里……我自己也勉强支撑着，三个夜晚没睡觉了……可怎么回事儿？有人强迫我在一个庸俗的喜剧里参加演出，扮演一个小道具的角色！我不……不明白！”

阿保金松开一只拳头，把一张揉皱了的字条扔在地上，用脚踩着它，就像踩着一只他想踩死的虫子。

“我也没看出来……我也是不明白呀！”他咬牙切齿地说，同时把一只拳头举到自己的脸前，露出了好像被人触到痛处的表情，“我没注意到他每天都到我家里来，我没发现这一次他是坐轿车来的！为什么坐轿式马车？我竟然没看出来！笨蛋！”

“不……不明白！”医生喃喃地说，“这是什么事儿呀！这是对人格的污辱，是对人的苦难的嘲弄！这是不可想象的……我生平第一次遇到这样的事情！”

医生带着一个刚刚明白自己蒙受了严重侮辱的人那样的惊呆了的表情耸着肩膀，摊开双手；他不知道该说什么，也不知道该做什么，只是颓然无力地往沙发椅里一坐。

“喏，你不爱我，爱上了另一个人，随你的便好了，可为什么要骗我，为什么要玩弄这样下流的背信弃义的花招呢？”阿保金用哭诉的声音说，“这是何必呢？而且目的何在呢？我做过什么对不住你的事情了呢？听我说，大夫，”他走到基里洛夫跟前气急败坏地说，“您无意中成了我的不幸遭遇的见证人，所以我将不向您隐瞒实情。我向您起誓，我爱过这个女人，像奴隶那样忠顺地爱过她！我为她牺牲了一切：我同亲人们吵翻，我放弃了仕途和音乐。对自己的母亲和姊妹都不原谅的一些事情，对她，我什么事情都原谅了……我从来没用白眼瞅过她……也没做过任何令她不快的事！何必要玩弄这骗人的把戏呢？我不强求爱情，但是何必搞丑恶的骗局呢？你不爱了，那就直截了当，光明磊落地说好了，何况你也知道我对这类事情的观点……”

阿保金泪流满面、全身哆嗦着向医生诚心诚意地说出了心里话。他说话时心情激动，双手按着胸口，毫不犹豫地暴露了自己的家庭生活秘密，他甚至由于终于把这些秘密从他内心和盘托出而感到高兴。如果他这样一两个小时地说下去，把自己的心里话全讲出来，毫无疑问，他会觉得好过些。如果医生耐心地把话听完，友好地向他表示同情，他，也许会像常有的情形那样，会把自己的苦果咽下去而不会干出表示抗议的那些不必要的蠢事……然而事与愿违。当阿保金大发议论时，受到屈辱的医生明显地改变了态度。冷漠和吃惊的表情在他脸上渐渐地让位给痛苦的怨恨、愤懑和恼怒的表情了。他的容貌变得更凶狠、冷酷和难看了。当阿保金把一张有着美丽但冷冰冰、毫无表情的修女似的脸的少妇照片递到他眼前并问他，看着这张脸是否有可能相信这样的脸会有虚伪的表情时，医生突然一跃而起，两眼闪闪发光，粗暴而又清晰地一字一句地说道：

“为什么您对我没完没了地谈这些事情呢？我不愿意听！不愿意！”他大叫着，用拳头拍了一下桌子，“我不需要您的那些下流的秘密，让它们见鬼去！不许您对我讲这些低级下流的事情！或者您以为我受到的屈辱还不够吗？怎么，我是个可以污辱个没完没了的奴仆吗？啊？”

阿保金倒退了几步，离开基里洛夫身边，不胜惊讶地看着他。

“为什么您把我接到这儿来？”医生接着说，他的山羊胡子在抖动，“如果您因为脑满肠肥而要结婚、由于肥得发疯而要演传奇闹剧，那么这跟我又有什么关系？我同你们的风流韵事有什么共同之处？别来烦我！去干你们崇高的蝇营狗苟的勾当去吧，去炫耀那些人道主义思想好了，去表演（医生睥睨着大提琴盒子）——去演奏低音提琴和吹长号吧，像阉鸡那样发胖吧，但是不许您污辱别人的人格！既然您不懂得尊重人，那就请您不要过问别人的事！”

“请问，您说的这一切是什么意思？”阿保金问道，他的脸也红了。

“就是这个意思：如此戏弄别人是下流和无耻的！我是医生，您把医生和一般做工作的人都看作是自己的奴仆和下等人，可他们身上并没有香水味和卖淫的气味。喏，您要这样想就想吧，但是谁也没有给您权利把心灵蒙受创伤的人变成一个小道具！”

“您怎么敢对我说这样的话？”阿保金低声问道，他的脸又开始颤动，而这一次显然是出于愤怒。

“不对，您既然知道我很痛苦，怎么敢把我带到这儿来听那些俗不可耐的故事呢？”医生吼叫着又用拳头捶了一下桌子，“谁给您权利来这样嘲弄他人的伤痛呢？”

“您疯了！”阿保金嚷道，“这叫毫无气量！我自己也是非常不幸，而且……还……”

“不幸！”医生轻蔑地冷笑道，“请您别动这个词儿，它跟您可不沾边儿。借不到钱的二流子也自称是不幸的人，阉鸡肥得发愁也是不幸的哩。卑鄙小人！”

“老先生！您可别忘乎所以呀！”阿保金尖声叫喊着，“口出不逊……是要挨揍的！您懂吗？”

阿保金急忙把手伸进一侧的衣兜，从那里掏出钱包并从中取出两张纸币往桌子上一扔。

“这是给您的出诊费！”他鼻孔微微地翕动着说道，“这就是已经向您付过账了！”

“您休想向我支付什么钱！”医生吼叫着把手一甩就把钱拂到地板上了，“侮辱他人的行为是用钱抵偿不了的！”

阿保金和医生面面相对，在盛怒之下继续相互辱骂，说出一些并不合适的话来。大概他们这一辈子，甚至在梦呓中也没说过这么多不公道的、无情的荒唐话。在这两人身上强烈地表现出不幸的人具有的自私心理。不幸的人是自私的、凶恶的、不公正的、残酷的，他们不如笨伯那样能彼此理解。不幸不是把人们团结起来，而是把他们拆散。那些有着同样悲痛的人们比相对来说满足现状的人们甚至会一反常态地干出更多不公平和残忍的事情来。

“请把我送回家！”医生气喘吁吁地说。

阿保金没好气地摇起铃来。当没有人应声而来时，他又摇了摇铃，然后就生气地把摇铃摔在地上。摇铃落在地毯上时发出了低沉的响声，像是垂死挣扎时的哀泣。仆役出现了。

“你们都藏到哪儿去了，见你们的鬼啦？！”主人紧握双拳朝他咆哮道，“你刚才上哪儿了？你去告诉一声，给这位先生备好马车，而给我，你吩咐下去，套好轿车！等一下！”当仆役转身要出去时他又喊道，“明天不许一个奸细留在家里了！都给我滚！我要雇新的！这些畜生！”

阿保金和医生在等候马车时都一声不吭。阿保金的脸上已经恢复了心满意足和故作高雅的表情。他在客厅里踱着方步，潇洒地摇着头，显然他正在策划着什么。他虽然余怒未息，但是力图装作对仇人不予理睬的样子……医生一只手扶着桌子边沿站在那里，用他那深沉的、略带鄙视和恶意的眼神看着阿保金，只有悲痛和苦难的人面对心满意足和故作高雅的人时才会这样看着对方。

过了一会儿，当医生坐进了马车并走上归途时，他的两眼依然带着轻蔑的神色望着前方。漆黑一片，天色比一小时前更显得黑暗。红色的月牙儿已经走到山岗后面去了，守护它的黑云变成簇簇云团悬挂在繁星中间。轿式马车挂着红灯在大路上隆隆作响驶近而且超过了医生的马车奔向前去。这是阿保金乘车前去找人吵架、干蠢事……

一路上医生想的不是妻子，不是儿子安德烈，而是阿保金和他刚才离开的那个家里的人们。他的一些想法是不公正的，是残酷无情的。他在心中诅咒了阿保金和他的妻子，帕普钦斯基和所有住在那玫瑰色半明半暗的和香水味扑鼻的房子里的人们，而且他一路上都在痛恨他们，蔑视他们，以至恨到了他的胸口隐隐作痛的地步。因而在他的脑海中对这些人就形成了一种坚定不移的看法。

随着光阴的流逝，基里洛夫的悲痛将会消释，然而这样的看法，尽管是不公正的、是与常人的心肠不相称的，它却不会消失而留在医生的心灵深处直到他进入坟墓。

心善的德国人

伊万·卡尔洛维奇·施威是冯克公司炼钢厂的工长，老板派他到特维尔市执行在当地订购产品的任务。他为了订购事宜忙了四个月左右，终因非常想念自己年轻的妻子开始食欲不振，而且还哭了两次。当他踏上返回莫斯科的归途时，一路上他闭目遐思，想象着他怎样回到家，厨娘玛利亚怎样为他开门，妻子娜塔莎怎样扑向他怀中，搂住他的脖子尖叫起来……

“她没料到我的到来，”他想，“这更好。一个意外的惊喜——这太好了……”

他是乘晚班火车回到莫斯科的。趁搬运工取他的行李时，他及时地在小卖部喝了两瓶啤酒……由于喝了啤酒，他变得非常和善起来，因此，当马车夫送他从火车站前往普列斯尼亚大街时，他不停地嘟哝着：

“你呀，车夫，是个好车夫……我爱俄国人！……你是俄国人，我妻子也是俄国人，我也是俄国人呢……我的父亲是德国人，可我是俄国人……我希望跟德国打一仗……”

像他幻想过的那样，给他开门的正是厨娘玛利亚。

“您是俄国人，我也是俄国人……”他把行李交给玛利亚时还在嘟哝着，“我们都是俄国人，都说俄国话……可娜塔莎在哪儿呀？”

“她睡了。”

“喏，别叫醒她……嘘……我自己叫醒她……我想让她吃惊，我给她一个惊喜……嘘！”

仍有睡意的玛利亚拿起行李就向厨房走去。

伊万·卡尔洛维奇[1]面带笑容，搓着双手，挤眉弄眼地踮着脚走到通往卧室的门旁，而且小心翼翼地（生怕弄出吱扭声）推开了房门……

卧室里漆黑而又安静……

“我现在就让她吃一惊。”伊万·卡尔洛维奇想着，划亮了一根火柴……

然而，可怜的德国人！当他的那根火柴亮起了硫黄的蓝色火光时，他看到的却是这样的场面：在靠墙的那张床上睡着的是蒙上了脑袋的一个女人，因此只能看得见裸露的双脚。在另一张床上则躺着一个大块头男子，他长着火红头发的大脑壳和长胡子……

伊万·卡尔洛维奇不相信自己的眼睛，所以又点燃了一根火柴……他一根接一根地点燃了五根火柴——而那个场面依旧是那么令人难以置信、可怕而又可恨。德国人两腿发软，后背麻木得如冷水浇背。啤酒引起的醉意突然从头脑中消失了，因而他觉得心如刀割，方寸已乱。他的第一个想法和愿望就是抓起椅子，全力抡起它来朝那个红头发脑袋砸去，然后就抓住这个不忠实的妻子的一双光脚把她扔到窗外去，扔得她撞破两层窗框，哐啷一声摔在下面的马路上。

“哦，不对，这样做是不够的！”他想了想便作出决定，“我要先羞辱他们，我要把警察和亲戚们都叫来，然后我再宰了他俩……”

他穿上皮大衣，不一会儿就走到大街上了。在这里他伤心地哭了。他哭着，想到了人心难测、忘恩负义……这个光脚女人曾几何时不过是个女裁缝，是他把她变成了冯克公司年薪七百五十卢布的有学问的工长的妻子并使她获得了幸福！她本来是个无足轻重的小人物，穿的是印花布连衣裙，像个女用人，由于沾了他的光，她现在才戴上了呢帽和手套，甚至冯克公司都用“您”称呼她了……

---

① 即男主人公的名和父名，施威是他的姓。

于是他又想到，女人是多么阴险和狡猾！娜塔莎表面上装作她嫁给伊万·卡尔洛维奇是出于热爱，而且她每周都给他往特维尔市写一封情意缠绵的信……

"嘿，这条毒蛇，"施威走在大街上想道，"咳，我为什么要娶一个俄国人呢？俄国坏人！野蛮人，庄稼汉！我希望跟俄罗斯干一仗，他妈的！"

过了一会儿，他想道：

"真不可思议，她竟然不要我而看上了一个红头发流氓！喏，要是她爱上了冯克，我也许会原谅她，可她偏偏爱上一个口袋里连十戈比都没有的鬼家伙！噢，我是个多么不幸的人哪！"

施威擦去眼泪，走进一家兼营酒馆的旅店。

"把纸和墨水给我，"他对跑堂儿说，"我要写信！"

他用颤抖的手先给住在谢尔普霍夫的妻子的双亲写了封信。他向老人们说，正派的有学问的工长不想同一个淫妇生活在一起了；他说既然父母是猪猡，他们的女儿也必定是猪猡；他说我施威对谁都已经不在乎地吐唾沫了……最后他要求老人们把自己女儿同那个红头发的恶棍都带回自己家里，还说他之所以没宰了那个坏蛋是因为他不想弄脏自己的双手。

后来他离开旅店，把信投进邮筒。到凌晨四点钟，他一直在城里游荡，为自己的痛苦黯然神伤。这个不幸的人瘦了，面容憔悴，而且得出的结论是——生活就是命运的辛辣嘲弄，活着是愚蠢的，而报复是有失一个正派德国人的身份的事。他决定既不去报复妻子，也不去报复那个红头发男人了。他所能做的最好的事情——这就是用豁达大度惩罚妻子。

"我去把心里话都说出来，"回家时他这样想道，"然后我就自杀……让她去跟自己的红头发男人过幸福生活好了，我将不去妨碍……"

于是他幻想起来：他将怎样地死去，而妻子将如何受到良心的折磨而痛苦不堪。

"我把我的财产留给她，就这么办！"他在拉自家门铃时这样嘟哝着，"既然红头发比我强，那就让他也去挣年薪七百五十卢布好啦！"

这一次给他开门的还是厨娘玛利亚，她一见主人竟然大吃一惊。

"把娜塔丽娅·彼得罗芙娜叫来，"他没脱皮大衣就开口说道，"我要跟她谈谈……"

不一会儿，年轻的妻子只穿一件衬裙、光着脚、神色惊奇地站在他面前了……被骗的丈夫哭着举起双手说：

"我一切都知道了！骗不了我！我亲眼看见了那个有长胡子的红头发畜生！"

"你疯啦！"妻子叫道，"你嚷嚷什么？你会把房客吵醒的！"

"噢，这个红头发骗子！"

"我说了，别嚷嚷！一喝醉，就嚷嚷个没完！给我睡觉去！"

"我不想跟红头发睡在一张床上！永别了！"

"你真是疯了！"妻子生气地说，"要知道，他们是我们家的房客！在我们原来的那间卧室里住的是钳工和他的妻子！"

"啊……什么？哪个钳工？"

"就是那个红头发钳工和他的妻子呀。我把房间租给他们了，每月是四卢布……你别嚷嚷了，要不就会吵醒人家了！"

德国人瞠目结舌地看着自己的妻子，呆看了半天之后他才低下头，长长地吹了声口哨……

"现在我明白了……"他说。

过了不长时间，德国人的心灵又恢复了自己的常态，于是伊万·卡尔洛维奇觉得心情好极了。

"我看你是个俄国人，"他喃喃地说，"厨娘也是俄国人，我也是俄国人……我们都说的是俄国话……钳工嘛，是个好钳工，我也想拥抱他……冯克公司也是个好公司……俄罗斯是个美好的国家……我想跟德国打仗呢……"

愚昧

一位年轻小伙子，头发浅黄、颧骨突出，身穿破皮袄、脚蹬黑色大毡靴，一直等到地方自治局的医生看完了门诊，正准备离开医院返回自己寓所的时候，便胆怯地走到他跟前来了。

“大人，麻烦您一件事。”他说。

“你有什么事呀？”

小伙子用手掌自下而上地抹了一下鼻子，瞅了瞅天空，然后才回答道：

“大人，麻烦您一件事……我哥哥瓦西卡，瓦尔瓦里诺村的铁匠，在老爷您这儿的囚犯病房里……”

“是啊，那又怎么啦？”

“我就是瓦西卡的弟弟……我父亲就我们两个儿子：他——瓦西卡和我——基里拉。除了我俩，还有三个姐妹，而瓦西卡已经结婚，有了一个小娃娃……家里人口多，可没有挣钱的人……铁匠铺差不多已经有两年没生火了。我自己是在织布厂干活儿，不会打铁，而父亲还能算得上什么把式？这么说吧，他不仅干不了活儿，连吃饭都困难，连木勺子都放不进嘴里去了。”

“你到底找我有什么事呀？”

“求你开恩，放了瓦西卡吧！”

医生诧异地看了看基里拉，便一言不发地走开了。小伙子跑到他前面，接着就扑通一声跪在地上。

“大夫呀，好心的老爷！”他苦苦地哀求，眨巴着眼睛，又用手掌抹了一下鼻子，“求您发发慈悲吧，你把瓦西卡放回家吧！我们要永远为你向上帝祷告！老爷呀，放了他吧！全家人就要饿死啦！我妈整天哭个不停，瓦西卡的媳妇也哭个不停……简直是死路一条！我也不想活了！求你发发慈悲，放了他吧，好心的老爷！”

“你是笨呢，还是疯了？”医生气恼地看着他问道，“我怎么能够放他呢？他可是个囚犯呀！”

基里拉哭了起来。

“放了他吧！”

“呸，你这个怪人！我怎么会有这样的权力呀？难道我是监狱的看守吗？人家领他到医院来找我治病，我就给他治病。至于放他，这就像抓你坐牢一样，我都没有权力这样去做。你这笨蛋！”

“可是他们把他关进监狱是没有道理的！他去监狱里蹲了差不多一年了，还没开庭审判呢。那么现在，请问，为什么还关着他呢？要是他杀了人，比方说，或是偷了马，还说得过去，而他却碰上了这种事，就无缘无故地关着。”

“有道理，不过这与我有什么关系？”

“他们把个庄户人关进大狱，他们自己也不知道是为什么。他喝醉了，老爷，他什么也想不起来了，甚至还打了父亲一个耳刮子，他醉醺醺地撞在树枝上而剐破了脸皮。我们村里的两个小伙子想抽土耳其烟，你瞧，他们就跟他说，劝他跟他们一起半夜里钻进亚美尼亚人开的杂货铺去偷香烟。喝醉了的他就同意了，这傻瓜。你知道，他们砸开锁，溜进铺子里就撒起酒疯了。他们翻箱倒柜，砸碎了玻璃，把面粉撒了一地。一句话，都喝醉了！喏，警察马上就出现了……吆吆喝喝地就把他们押送到侦查官那儿去了。在牢里整整关了一年。一周前，星期三那天，在城里审判了他们三个人。一个持枪大兵站在他们的身后……大家都宣过誓。瓦西卡是罪过最轻的，可老爷们却认定他是匪首，那两个小伙子被判入狱，可瓦西卡却被判在苦役连服刑三年。为什么呢？审判要公道啊！”

“我再说一遍，这与我不相干。你找官府去吧。”

“我已经找过长官啦！我找过法院，想呈递状纸，他们没接受状纸。我也找过警察局长、找过侦查官，他们都说：‘这事与我无关！’那么与什么人有关呢？在医院里，没有比你更大的官了。你想怎样做，老爷，你就能怎样做。”

“你这笨蛋！”医生叹了口气，“既然陪审员们定了罪，不要说省长，就是大臣也没有什么办法了，何况是警察局长。你这是白费力气！”

“可是谁做的判决呢？”

“是陪审员先生们呀……”

“这些人算什么先生呀？都是我们庄户人！他们是安德烈·古里耶夫、阿廖沙·胡克。”

“喏，跟你谈话真没意思……”

医生把手一挥就快步朝自家门口走去。基里拉本想跟着他往前走，但是一看门砰的一声关上了，便停了下来。他在医院的院子里一动不动地站了差不多有十分钟，也没顾上戴帽子，眼巴巴地望着医生的家门，然后就长叹一声，慢腾腾地挠着头，朝大门口走去。

“该去找谁呢？”他嘟嘟囔囔地走到大路上，“这个说这件事与我无关，那个说，这不是我管的事。到底是谁该管呢？不对，看起来不花点钱是什么事也办不成。医生说话时一直看着我的手，看我是不是会给他一张钞票吧？喏，老兄，就是省长那儿我也要去的。”

他犹豫不决地站在那里，毫无必要地时而转过头去望着身后，无精打采地沿着大路走着，显然他是在盘算上哪儿去……天不算冷，脚下的积雪发出微弱的嘎吱声。在他的前方，至多有半俄里远，小县城展现在一座丘陵之上，不久前他哥哥就是在这里被判的刑。右边是阴暗的监狱，房顶是红色的，各个拐角处设有岗亭；左边是城郊的一大片树林，现在都披上了银霜。四周静悄悄的，只有一个穿着女式棉袄，戴了一顶大帽子的老头走在他前面，老头咳嗽着，朝一头奶牛吆喝着，他正把奶牛往县城里赶哩。

“老爷爷，你好啊！”基里拉同老头并排走着聊了起来。

“你好……”

“你赶牛去卖呀?”

“不是，随便遛遛……”老头懒洋洋地答道。

“你是城里人还是怎么着?”

他们聊起来了。基里拉讲了他为什么到医院去过并同医生讲了些什么。

“当然啦，大夫对这些事是不在行的，”当他俩走进县城以后，老头对他说道，“虽然他也是老爷，但是他学的只是用各种药物治病，至于要他给你出个真正的主意，或者，比如说，为你写个状纸什么的，他可就不行了。干这个的有专门的长官。你找过法官和警察局长了，这些人也管不了你的事。”

“那去找谁呢?”

“主管你们农民事务的是一位常务专员。得去找他，是西涅奥柯夫老爷。”

“就是佐洛托沃村的那位先生?”

“是啊，他住在佐洛托沃村，他就是你们的主要人物。有关你们的事情，甚至县警察局长也没有充分权力驳回他的意见。”

“老兄，这条路可够远的！……大概有十五俄里吧，也许更远些。”

“有事要办的人一百俄里也要去走哇……”

“是这话……要向他递状纸吧?”

“到了那儿你就知道了。如果需要递状纸，文书会马上为你写好的。常务专员有个文书。”

告别老头以后，基里拉站在广场中央想了一会儿就离开县城往回走了。他决定到佐洛托沃去看看。

大约过了五天，医生看完门诊部的病人，回到寓所，又在他家的院子里看见了基里拉。这一次小伙子不是独自来的，而是带来了一位骨瘦如柴、面色苍白的老人，这位老人不停地像钟摆那样点着头，嘴唇不住地嚅动着。

“老爷，我又来求你了！”基里拉开口道，“我跟父亲一起来了，行行好吧。把瓦西卡放了吧！常务专员不搭理人。他说：‘滚开！’”

“老爷啊！”老人用喉咙发出的嘶嘶声说道，“您发发善心吧！我们是穷人，没有什么可孝敬您老人家的，但是如果老爷您愿意，基里拉和瓦西卡可以为您干活儿，您就吩咐好了。”

“我们将为您干活儿，”基里拉举起了一只手说，好像是在发誓，“放人吧！一家人要饿死了！都哭得死去活来的，老爷！”

小伙子急忙瞅了一眼父亲，扯了一下他的衣袖，于是他俩就像听到号令一样给医生跪下了。那位医生把手一挥，看也不看一眼地快步朝自己家门走去。

波琳卡

下午一点多钟。大商场中一间名为“巴黎新潮”的服饰用品商店里，生意十分兴隆。店员们的声音所形成的嘈杂声不绝于耳，这种嘈杂声很像学校教师让全体学生出声背诵什么时的嗡嗡声。而且这种单调的噪声是太太们的笑声、玻璃大门的开关声和学徒们的奔跑声都打不断的。

波琳卡站在商店的正当中，她是时装裁缝店女店主玛利亚·安德烈耶芙娜的女儿。她瘦小、金发，这时正四下张望、寻找着谁。一个黑眉毛的学徒跑来，严肃地望着她问道：

“您有什么吩咐，小姐？”

“我一向是由尼古拉·季莫菲伊奇接待的。”波琳卡答道。

店员尼古拉·季莫菲伊奇是一位身材匀称、有卷曲黑发的男子。他衣着时髦、领带上别着一枚大领带夹子。他已经在柜台上腾出了一块地方，含着微笑探头望着波琳卡。

“彼拉盖雅·谢尔盖耶芙娜[①]，您好啊！”他用动听有力的男中音说道，“欢迎光临！”

“啊，您好！”波琳卡说着走到他面前，“您瞧，我又找您来啦……给我拿些花边看看。”

“您要做什么用的花边呢？”

“做胸衣用的、做衣服背部用的，总而言之，是做整套衣服用的。”

“请稍候。”

尼古拉·季莫菲伊奇把几种花边摆在波琳卡面前，而那位小姐就懒洋洋地挑选起来，并开始讨价还价了。

“请相信，一卢布可一点儿不贵！”店员在说服她时露出了宽厚的微笑，“这是法国花边，八面体的……另外我们还有普通的花边，是按尺数量着卖的……那种花边一俄尺是四十五戈比，这样的花边在质量上就比不上法国的了！请相信吧！”

“我还要带花边装饰纽扣的镶边用的玻璃珠串，”波琳卡说着低头看着花边，还莫名其妙地叹了口气，“你们能否找到同这种颜色相配的玻璃珠花边？”

“有的。”

波琳卡在柜台上把头埋得更低了，她小声问道：

“为什么您，尼古拉·季莫菲伊奇，星期四那么早就离开了我们？”

“哦！……奇怪的是您竟然发现我走了，”店员酸溜溜地笑道，“当时您对大学生老爷是那样的着迷……简直奇怪，您怎么会发现我走了！”

波琳卡两颊绯红，一言不发。店员用激动得发抖的手指把一个个小盒子合上，而且毫无必要地把小盒子一个个地摞了起来。接着沉默了一会儿。

“我还要买有玻璃珠的花边。”波琳卡说着，抬起两眼内疚地看着店员。

“您要的是哪一种？带网状纱的黑花边和彩色花边是最时髦的饰物。”

“你们这儿的价钱呢？”

“黑花边是八十戈比起价，彩色花边是二卢布五十戈比。我再也不到你们家去了。”尼古拉·季莫菲伊奇低声地补充道。

“为什么呀？”

“为什么？很简单。您自己应该明白。我为什么要折磨自己

---

① 对波琳卡的尊称，也是她的名字和父名的全称。

呢？咄咄怪事！看着这个大学生在您身边装腔作势的样子，难道我会高兴？要知道，我对这一切看得清楚，心里明白。从秋天起他就开始认真地追求您了，而且几乎每天您都同他散步，当他到您家做客时，您就像望着天使那样目不转睛地看着他。您爱上他了，对于您来说，没有比他更好的人了，喏，很好嘛，没有什么可说的了……”

波琳卡不说话，只是忸怩不安地用一只手指在柜台上划来划去。

“这一切我看得很清楚，”店员接着说道，“我有什么理由去您家呢？我是有自尊心的。不是任何人都愿意做四轮大车上的第五个车轮。您还想买别的什么？”

“我妈叫我买许多东西，可我忘啦。我还要买羽毛饰物。”

“您要哪种的？”

“要好一点的，要时髦一点的。”

“现在最时髦的是鸟类的羽毛。要是您想知道，现在最时髦的颜色是黄色或称波利尼西亚色，即带点黄色的波尔多红葡萄酒那样的颜色。花色品种非常多。不过，这件事会有什么结果，我简直是一无所知。您是爱上了他，那么这件事将如何收场呢？”

尼古拉·季莫菲伊奇那张脸上有一些红斑出现在眼圈四周。他两手揉搓着一条非常柔软的毛茸茸的丝带，继续喃喃地说：

“您奢望嫁给他还是怎么的？喏，对这种奢望您还是放弃了吧。大学生们求学期间是禁止结婚的，何况他常去找您难道是想光明磊落地对待一切？怎么可能呢！要知道，他们这些大学生是不把我们当人看的……他们去找商人们和女时装师们只是为了嘲笑那些人的无知，为了饮酒作乐、一醉方休。在自己家里、在上等人家里认为饮酒是可耻的行为，喏，而在像我们这样的没有文化的普通人家里，他们就不怕任何人耻笑了，还可以两脚朝上地用双手走路哩。就是这样！那么您想买哪种羽毛呢？如果他向您献殷勤是为了演出一场爱情戏，那么他的用心就不言自明了……在他当上了医生或者律师以后，他就会回忆道：'嘿！他说，我当年还有过一个金发女郎呢！现在她在哪儿呀？'或许他现在就在自己的那些大学生中间吹嘘说，他有了一个女时装师作为恋爱对象呢。"

波琳卡坐在椅子上，望着一堆白色盒子发呆。

"不，我不要买羽毛了！"她叹了口气说，"让我妈自己来挑好了，她想要什么就挑什么，而我可能弄错。请您给我六俄尺做长大衣的流苏，要四十戈比一俄尺的那种。您再给我拿些椰子色的纽扣，要带透针缝合的针鼻儿的那种……为了纽扣钉得结实些……"

尼古拉·季莫菲伊奇给她包好了流苏和纽扣。她面带愧色地瞧着他的脸，看来是等着他继续说下去，然而他却拉长着脸一言不发，顺手整理着那些羽毛。

"我可别忘了再买些连衣裙用的纽扣……"她沉默了一会儿说道，同时用手帕擦着苍白的嘴唇。

"您买哪种纽扣？"

"是给商人家的太太们做的，所以要比一般纽扣特别显眼的……"

"对，如果是商人太太们用，那就要选些颜色鲜艳的。请看这些纽扣。是蓝、红和时髦的金黄色相结合的纽扣。是最显眼的了。那些比较讲究的太太在我们这儿买的多是有一个闪闪发光的套圈的暗黑色纽扣。我只是不明白，难道您自己就看不清楚？喏，这种……溜溜达达会有什么结果？"

"我自己也不知道……"波琳卡悄声道，她俯身在一堆纽扣上面，"我自己也不知道，尼古拉·季莫菲伊奇，我这是怎么啦。"

一个留着络腮胡子的、身材魁梧的店员从尼古拉·季莫菲伊奇背后挤过来时，把他挤得紧靠在柜台上，而那位店员容光焕发，极其高雅和彬彬有礼地喊道：

"劳您驾，太太，请光临这边的柜台！这儿平针上衣有三种：素色无花纹的、带装饰丝纽带的和有玻璃珠的，您想买哪一种？"

与此同时，一位胖太太从波琳卡身旁走过，她用几乎是男低音的低沉有力的声音说：

“请费心，我不要有接缝的，而是整体编织的，还要铅印是打进衣料里的那种。”

“请您装作在看这些货品的样子，”尼古拉·季莫菲伊奇凑到波琳卡身边、勉强地笑着低声说道，“您哪，上帝保佑您，脸色怎么苍白了，好像生病了，脸色可完全变了。彼拉盖雅·谢尔盖耶芙娜，他肯定会抛弃您的！如果他有一天要娶您，那也不是出于爱情，而是由于他穷得吃不上饭了，他贪图的是您的钱。他会用您的嫁妆为自己布置一个体面的家庭，然后就会因为您的存在而感到羞耻。他将不让您会见客人和同学们，把您藏起来，因为您没受过教育。他会这样说：我家里的那个蠢婆娘。难道您知道在同医生和律师们交往时如何应酬吗？对于他们来说，您只是个女服装师，一个无知的人！”

“尼古拉·季莫菲伊奇，”有人从商店的另一头喊道，“这位小姐要三俄尺花绦带！我们有没有？”

尼古拉·季莫菲伊奇朝商店另一头转过脸咧嘴笑着喊：

“有啊！有花绦带，有绸缎合璧绦带和波纹压花缎子绦带！”

“对了，我别忘了，奥利亚托我为她买件紧身胸衣！”波琳卡说。

“您眼睛里……有眼泪啦！”尼古拉·季莫菲伊奇慌了手脚，“这是为什么？我们去看紧身胸衣吧，我来把您遮住，否则就太难堪了。”

这位店员强作笑脸并以夸张的毫不在乎的样子急忙把波琳卡领到胸衣部，把她藏在堆积如山的纸盒子后面以便挡住众人的视线……

“您买哪一号的胸衣呀？”他大声问道，立即又小声地说，“把眼泪擦掉吧！”

“我买……我买四十八厘米的！只是请您费心，她要的是双层里子的……带真鲸鱼须的……我要跟您谈谈，尼古拉·季莫菲伊奇。今天您过来吧！”

“谈什么呢？没有什么可谈的了。”

“只有您一个人……爱我，而除了您，我是没有人可以谈谈的。”

“这不是芦苇，不是骨头，而是真正的鲸须……我们谈什么呢？没有什么好谈的了……本来您今天还要跟他去散步的吧？”

“我……要去的。”

“喏，那还有什么好谈的？谈也没有用……您爱上他了，不是吗？”

“是的……”波琳卡信心不足地小声应道，大颗的泪珠涌出了她的眼眶。

“还有什么可谈的？”尼古拉·季莫菲伊奇嘟哝着，神经质地耸耸肩膀，脸色苍白，“没有必要谈了……把眼泪擦干，好，就这样。我……我没有任何愿望了……”

这时一个瘦长身材的店员从堆积如山的纸盒后面走了出来并对自己的女顾客说：

“您看这种非常好的有松紧的吊袜带怎么样，它不会阻碍血脉循环，这是医学界承认了的……”

尼古拉·季莫菲伊奇遮挡着波琳卡，为掩饰她和自己的激动不安，勉强装出笑脸并大声地说：

“有两种花边，小姐！棉的和丝的！东方的、英国的、瓦伦西亚的、合股线的、粗料的，这些都是棉质的，而洛可可式的、饰带用的、康布雷式的，这些都是丝质的……看在上帝分儿上，把眼泪擦掉！有人来了！”

然而，他一看，她的眼泪还在不断地流，便继续用更高的声音说道：

“西班牙的、洛可可式的、饰带用的、康布雷式的……袜子有细棉纱的、棉的、丝的……”

醉汉们

有两个人在城郊饭店的一个大厅里饮酒作乐。一位是工厂主弗罗洛夫，他是个黑发美男子，留着圆形胡须，有着一对天鹅绒般柔和的眼睛；另一位是他的代理人，阿利梅尔律师，是个已过中年的男子，有一个长着硬头发的大脑壳。他们俩是直接从舞会来到饭店的，因此都穿着燕尾服，系着白领结。除了他们俩和门前的侍者之外，餐厅里没有一个人，因为遵照弗罗洛夫的吩咐，不许放任何人进来。

一开始他们各饮了一大杯伏特加，吃了下酒菜牡蛎。

"好啊！"阿利梅尔说，"老弟，是我提倡把牡蛎当下酒菜的，现在成了时髦。伏特加火辣辣的，喉咙呛得慌，可只要吃下一块牡蛎，嗓子眼儿就觉得痛快多了。对不对？"

胡须修剪得整齐干净、连鬓胡子已经花白、神气十足的侍者把调味汁碗放在餐桌上。

"你这是上的什么菜？"弗罗洛夫喝道。

"是吃鲱鱼用的色拉油酱汁……"

"什么？难道可以这样上菜吗？"工厂主吼着，看也不看调味汁一眼，"难道这是酱汁吗？连上菜都不会，笨蛋！"

弗罗洛夫的天鹅绒般柔和的两眼突然怒气冲冲地闪亮起来，他把桌布的一角缠在一只手指头上，轻轻地一拽，于是那些下酒菜、蜡烛台、酒瓶子都一股脑儿地稀里哗啦地摔到地板上了。

那些对酒馆里的灾祸习以为常的侍者都跑到餐桌前，认真而又冷静地，就像正在动手术的外科医生那样，开始收拾碎片。

“你对付他们还真有办法，”阿利梅尔说着笑了起来，“不过，你还是离桌子远点吧，要不然你就要踩一脚鱼子酱了。”

“把工程师叫来！”弗罗洛夫喊道。

被叫作工程师的是一个老弱的、从无笑脸的老头儿。曾几何时他确实当过工程师，而且是一位有钱的人。他把自己的家业挥霍得一干二净之后，在他行将就木之际竟沦落到饭店里来了。在这里他管理着侍者们、歌手们以及承办有关女性的种种服务事项。他应声而至，表示尊敬地把头垂向一侧。

“听我说，伙计，”弗罗洛夫对他说，“怎么这么乱七八糟的？你手下的人是怎么上菜的？难道你不知道我不喜欢这类事情吗？见你的鬼去吧，我再也不上你们这儿来啦！”

“我求您宽大为怀，原谅他们，阿列克赛·谢苗诺维奇！”工程师一只手按住胸口说道，“我马上采取措施，您最细小的愿望都将以最好和最快的方式贯彻执行。”

“喏，算了，你去吧……”

工程师鞠躬，往后退，而且始终保持着鞠躬的姿势，终于消失在门外了，他衬衫上和手指上的那些假钻石还最后一次闪烁了一下。

置放酒菜的桌子重新摆满了。阿利梅尔喝的是红葡萄酒，他狼吞虎咽地吃着鲜蘑菇烧的飞禽一类野味，还叫了加调味汁的鳕鱼块和一条鱼尾插在鱼嘴里的鲟鱼。弗罗洛夫只喝伏特加，用面包当下酒菜。他用手心搓着面颊，双眉紧锁、呼哧呼哧地喘着气，看来他情绪很不好。他俩都不说话，四周静悄悄的。两盏配有透明度很差的灯罩的电灯朦胧地闪亮着，发出嘶嘶的声音，就好像在生气似的。门外，一群吉卜赛女人轻轻地唱着歌走过。

“就是喝酒，你也一点乐趣也没有，”弗罗洛夫说，“我往自己肚子里灌酒灌得愈多，反而愈觉得清醒。人家喝了伏特加会快活起来，可我却满肚子怨恨、满脑袋令人厌恶的想法、失眠。老兄，这是为什么，难道除了酗酒和胡闹之外，人们就想不出别的使人高兴的事情做啦？真叫人恶心！”

“你可以把吉卜赛女人们叫来嘛。”

“喏，让她们见鬼去！”

一个吉卜赛老太婆在门口探头探脑。

“阿列克赛·谢苗内奇[1]，吉卜赛人向您讨茶和白兰地喝呢，”老太婆说，“可以叫一些来喝吗？”

“可以！”弗罗洛夫说，“你知道，他们要顾客请他们吃喝是因为这样就能从饭店老板手里得到提成。眼下甚至连向你讨酒喝的人也不可信了。人们都越来越下流、卑鄙和好逸恶劳了。就拿这些侍者来说吧。从外表看，个个像教授似的脸色苍白，一个月能赚到两百卢布，他们住的是自己买的房子，送女儿们到中学念书，可你可以骂他们，对他们颐指气使，随心所欲。叫工程师的那个人为了一卢布可以吃下一罐芥末酱，学公鸡打鸣。说真的，只要有一个人敢发脾气，我就会赏给他一千卢布！”

“你这是怎么啦？”阿利梅尔吃惊地瞅着他问道，“哪儿来的这种灰溜溜的情绪？你脸红脖子粗的样子，活像个虎视眈眈的野兽哩……你到底是怎么啦？”

“糟透了。我脑袋里有一个东西坐着，像钉子一样钉在那儿，用什么办法也不能把它从那儿拔出来。”

一个矮小的圆滚滚的肥头大耳的老头儿走进了餐厅，他的头已经完全秃了，一根头发也没有了，穿着件难看的短上衣，套着一件紫色坎肩，手里拿着一把吉他。他滑稽地装出一副白痴似的表情，挺直身子，像士兵那样行了个举手礼。

“噢，你这个二流子！”弗罗洛夫说，“我来介绍一下吧：这一位是靠学猪叫挣下一份家产的。你给我过来！”

工厂主往杯子里倒了伏特加、葡萄酒、白兰地酒，又撒了盐和胡椒粉，把这一切搅了搅，便递给了二流子。二流子一饮而尽，装

---

① 谢苗内奇是谢苗诺维奇的简称。

出剽悍的样子清了清喉咙。

“他喝惯了劣质酒，所以喝好酒反而更难受，”弗罗洛夫说，“喏，二流子，坐下来唱吧。”

二流子坐了下来，用胖手指拨弄着琴弦唱了起来：

尼特卡呀尼特卡，
玛尔加丽特卡……

喝完香槟酒之后，弗罗洛夫就醉了。他用拳头捶了一下桌子说：“不错，有个东西坐在我脑袋里！它一分钟也不让我安静呢！”

“出了什么事啦？”

“我不能说。是秘密。我有一个这样的秘密，只能在祷告的时候说。不过，如果你愿意，出于友情，就在你我之间谈谈倒可以……只是你要当心，对谁也不要漏一个字……我向你把一切讲出来，我心里会轻松一点，但是你……看在上帝面上，听完你就把它忘了吧……”

弗罗洛夫俯身靠近阿利梅尔，在他耳边说了一会儿话。

“我恨自己的老婆！”他说。

律师吃惊地瞧着他。

“对，对，我恨自己老婆，玛利亚·米哈伊洛芙娜，”弗罗洛夫嘟哝着，涨红了脸，“我恨她，就是这么回事。”

“为什么呀？”

“我自己也不清楚！我结婚才两年，你知道，我是恋爱结婚的，现在却已经像恨最讨厌的敌人、像恨这个，请原谅，二流子一样恨她了。要知道并没有原因，一点儿原因也没有！当她坐在我身边，吃着什么，说着什么，我的全身心都会沸腾起来，几乎忍不住要对她说些粗暴无礼的话。事情就这样简单地发生了，说不清楚。同她分手或者对她实话实说都不行，因为这是一件丑闻，但是同她一起生活对我来说还不如下地狱。我在家里没法儿待了！于是白天我就忙于事务，在各家饭店里厮混，而晚上就到妓院去嫖妓。喏，你怎样来解释这种憎恨呢？要知道她不是一般的女人，而是个美人，她聪明、脾气好。”

二流子跺了一下脚唱道：

我跟一个军官去啦，
把秘密跟他说啦……

“说实话，我从来都觉得玛利亚·米哈伊洛芙娜跟你并不般配。”阿利梅尔沉默了一会儿之后，叹了口气说。

“你是说她有文化吗？听我说……我自己读过商学院，毕业时得了金质奖章，三次进出巴黎。我当然没有你聪明，可也不比我老婆愚蠢。不，老兄，问题不在于有没有文化！你听我说这麻烦是从哪儿开始的。麻烦是从我突然觉得她不是出于爱情，而是为了财富才出嫁这个想法开始的。这个想法在我脑袋里扎了根。我想尽办法赶走它，可它这个该死的一动不动！这时我妻子变得日益贪婪了。过惯了穷日子的她一旦进了大财主的家门就开始肆无忌惮地挥霍起来。她昏头昏脑、忘乎所以到这种地步。每个月居然能花掉两万。而我是个多疑的人，我谁也不相信，对谁也怀疑，你越对我亲热，我就越难受。我总觉得人们讨好我是为了钱财。我谁也不相信！老兄，我是个难以相处的人，很难相处的人啊！”

弗罗洛夫一口气干了一杯酒之后又继续说：

“不过，这一切都微不足道，”他说，“关于这类事任何时候都不应该去谈论。愚蠢。我是酒后失言，而现在你是用律师的眼光来看我了，而且你高兴的是知道了别人的秘密。喏，喏……我们不谈这些。咱们还是喝酒吧！喂，”他冲着侍者说，“穆斯塔法在你们这里吗？把他叫来！”

不一会儿一个十二岁左右的鞑靼族小孩，身穿礼服，戴着白手套走进了餐厅。

“过来！”弗罗洛夫对他说，“你给我说明这样一件事情吧。曾几何时，你们鞑靼人统治过我们，要我们进贡，而现在你们却在俄罗斯人这儿当奴仆、还卖长袍。你怎么解释这样的变化呢？”

穆斯塔法扬起眉毛，细声细气地拉长声音说：

“命运是反复无常的！”

阿利梅尔看着他那张严肃的脸，笑得前仰后合。

“喏，赏他一个卢布！”弗罗洛夫说，“他就是用这命运的反复无常赚钱的。正是为了这句话主人才留他在这儿呢。穆斯塔法，喝酒吧！你将来能成为一个大坏蛋！也就是说，你们这些二流子，围着阔佬混饭吃的家伙太多啦。你们这些貌似安分的强盗和匪徒繁衍了多少啊，简直多得碰腿！还要把吉卜赛人也叫来吗？啊？把吉卜赛人叫来吧！”

早已经在走廊上等得不厌烦的吉卜赛人喧闹着冲进了餐厅，狂欢的酒宴开始了。

“喝吧！”弗罗洛夫大声叫着，“玩纸牌的部族！喝呀！嘿——咿——咿！”

冬天的日子里……嘿——咿——咿……
雪橇在飞驰……

吉卜赛人唱着，打着唿哨，跳着舞……

在发狂的状态下，弗罗洛夫就开始胡闹了，有时这种发狂状态会支配那些非常富有的任性的“天性豪放”的人。他吩咐给吉卜赛人上晚餐和香槟酒；他打碎了遮光灯罩；他丢酒瓶去砸壁画和大镜子。而做这一切时，他显然并不感到高兴，而只是皱着双眉，生气地叫嚷着，他的眼神和举止都流露出蔑视人的、憎恨人的表情。他强迫工程师唱独唱①，给男低音歌手灌用葡萄酒、伏特加和奶油拌在

① 原文为意大利语。

一起的混合酒……

六点钟整，账单被送到他面前。

“九百二十五卢布四十戈比！”阿利梅尔说着耸了耸肩膀，“这是为什么？不，等一下，必须核实！”

“算了吧！”弗罗洛夫嘟哝着掏出了钱夹，“喏，让他们敲诈吧……我有钱，就是为了让他们敲诈……没有寄生虫……是不行的……你是我的代理人……年薪是六千，而……而凭什么呢？不过，请原谅……我自己也不知道我在说什么了。”

弗罗洛夫在同阿利梅尔一起回家时喃喃地说：

“回家——对我来说这太可怕了！是的……我没有一个能够为之敞开心扉的人……都是匪徒……叛徒……喏，为什么我向你讲了自己的秘密呢？为……为什么？你说，为什么？”

在自己的家门外面，他向阿利梅尔凑过去，摇摇晃晃地吻了吻他的嘴唇，这是按照莫斯科的老习惯——不问情由，不分场合就吻一吻。

“再见……我是个难以相处的坏人，”他说，“过的是丑恶的、花天酒地的、可耻的生活。你是个有知识的聪明人，可你只是皮笑肉不笑地同我一起喝酒，你们所有的人都不……不帮我一把……而你，如果你是我的朋友，如果你是个正人君子，你就应该真心实意地对我说：‘咳，你是个下流的坏人，你是个坏蛋！’”

“喏，喏……”阿利梅尔喃喃地说，“你睡觉去吧。”

“你们都不帮我一把。我只是希望，夏天到来的时候，我将到别墅去住，我将到田野上去，碰上一场暴风雨，一声雷响，我当场被劈死……再……再见吧……”

弗罗洛夫又吻了吻阿利梅尔，边走边昏昏欲睡地嘟哝着。在两个仆人搀扶下，他沿着楼梯上楼去了。

粗心大意

彼得·彼得罗维奇·斯特里仁，就是去年被人偷了一双新套鞋的那个人，也是上校夫人伊万诺娃的侄子。这天半夜两点整，他参加过洗礼宴之后回到了家里。为了不吵醒家里人，他在前厅里轻手轻脚地脱掉衣服，大气不敢出一声地踮起脚尖走进自己的卧室，灯也不点地就准备睡觉了。

斯特里仁过着滴酒不沾和合乎常规的生活，他有一张带着救世主表情的面孔，只阅读道德说教的书籍，不过，在洗礼宴上，他得知柳宝芙·斯皮里多诺芙娜顺利地生下了孩子之后便一时高兴，竟大方地喝了四小杯伏特加和一大杯葡萄酒，不过这葡萄酒的味道则令人想起介于醋和蓖麻籽油两者之间的那种味道。而烈酒就像海水或者市井流言一样，你喝得越多就越觉得渴……这不，现在斯特里仁脱衣就寝了，却有一种无法克制的再喝点儿酒的愿望。

“好像达申卡有伏特加放在柜橱里，是放在右角处，”他想道，“如果我喝一小杯，她是不会看出来的。”

经过几番踌躇、克服了自己的惧怕心理，斯特里仁朝柜橱走去。他小心翼翼地打开柜门，在右角处摸到了瓶子和小酒杯，斟满杯子，把瓶子放回原处，然后画了个十字便一饮而尽。可是马上就发生了奇迹般的某种情况。一种可怕的力量突然把斯特里仁像颗炸弹似的从柜橱那儿抛到了大木箱子上了。他两眼冒金星、呼吸困难，一种似乎掉进了沼泽里，身上爬满了水蛭的感觉传遍了全身。他觉得他喝下去的不是伏特加，而是一块炸药，它把他的身体、房子和街巷都炸飞了……头、双臂和双腿——都炸掉了，都飞去见鬼了，都四分五裂地消失在什么地方了……

他在大木箱上躺了大约三分钟，一动不动，屏住呼吸。后来他站了起来，问自己道：

“我在什么地方呀？”

他定神之后的第一个感觉就是闻到了一股强烈的煤油味。

“我的老天爷，我这是把煤油当成伏特加喝啦！”他吓坏了，“我的圣徒、上帝的仆人啊！”

一想到自己中毒了，他就一会儿冷得发抖，一会儿热得发昏。证明他确实中了毒的是种种下述迹象：除了房间里的气味之外，嘴里烧得慌，两眼冒金星，脑袋里有大钟的轰鸣声，胃里有刺痛感。感觉死到临头的他，不再想用不可实现的希望欺骗自己了，他只想同亲人们告别。于是就朝达申卡的卧室走去。（他是个鳏夫，所以在自己家里没雇佣女管家，而是请了自己的大姨子，一个老处女主管家务。）

“达申卡！”他一走进卧室就用哭丧的声音说，“亲爱的达申卡！”

黑暗中有人翻身的声音，接着是长吁了一口气的声音。

“达申卡！”

“啊？怎么啦？”立即响起了一个女人的声音，“是您呀，彼得·彼得罗维奇？已经回来了？喏，有什么事？给小女孩起了个什么名字？谁是教母呢？”

“娜塔莉娅·安德烈耶芙娜·维利考斯维斯卡娅是教母，而教父是巴维尔·伊万内奇·别索尼岑……我……我，达申卡，大概要死了。而新生婴儿叫奥林皮阿达，这是为了向他们的女恩人表示敬意……我……我，达申卡，喝了煤油啦……”

“胡说！难道他们请客人喝煤油？”

“说老实话，我原想不告诉您就去喝点儿伏特加，可……可上帝惩罚了我，在黑暗里我无意中喝了煤油……我可怎么办呀？”

达申卡一听说未经她的允许竟然打开了柜橱就立即来了劲

儿……她赶忙点燃蜡烛，跳下床来，只穿着内衣。她满脸雀斑，骨瘦如柴，头上留着卷发纸，赤着脚奔向柜橱。

“是谁准许你这样做的？”她边查看着柜橱里的东西边问道，“难道伏特加是为了您放在这儿的吗？”

“我……我，达申卡，我喝的可不是伏特加，而是煤油呀……”斯特里仁擦着冷汗喃喃地说。

“可您为什么要动煤油呢？难道这是您该干的事？是为您把煤油放在这儿的？还是您以为煤油不值钱？啊？您知不知道，现在煤油是什么价钱啦？您知道吗？”

“亲爱的达申卡！”斯特里仁呻吟道，“现在的问题是生死攸关，可您却讲起钱来啦！”

“喝醉了，就动手去翻柜橱！”达申卡怒气冲冲地把柜门砰的一声关上，大声嚷叫着，“哎呀，坏蛋！害人精！我多么苦命，多么不幸，白天黑夜都不得安宁！眼镜蛇和妖蛇，该死的恶棍，让你们到地狱里也不得好报！我明天就离开这儿！我是个姑娘家，我不允许您只穿着内衣站在我面前！当我还没穿好衣服的时候，不许您那样看着我！”

她就这样没完没了地大发脾气……斯特里仁知道，你恳求也好，发誓也好，甚至开枪放炮也好，都不能让发了火的达申卡安静下来，于是他只好把手一摆，穿上衣服，决定去找大夫。但是大夫只有在你不需要他的时候才容易找到。斯特里仁跑了三条街，在切普哈良茨大夫家门口拉了五次门铃、在布尔兑辛大夫家门口拉了七次门铃之后，他向药店奔去：也许药店老板能帮助他。他在这儿等了半天，终于一位个子矮小、头发发黑而又卷曲的药剂师朝他走来。这位药剂师睡眼惺忪，穿着睡袍，他那张脸是那么严肃和莫测高深，以致令人望而生畏。

“您要什么？”他问话的声调是只有犹太教徒出身的异常聪明和派头十足的药剂师才具有的。

“看在上帝面上……我恳求您！”斯特里仁上气不接下气地说，

“请开点儿什么药吧……我刚才不当心喝了煤油！我要死啦！”

“请您不要害怕，回答我向您提出的问题。您惊慌失措这一事实本身就不可能让我听懂您的意思。您喝了煤油吗？是这样吗？”

“是，喝了点儿煤油！救救我，求您啦！”

药剂师冷静而严肃地走到写字台前，打开一本书就埋头读起来了。看完两页之后，他先是耸起一侧肩膀，接着耸起另一侧肩膀，做了个鄙视的鬼脸，又想了想，就走到隔壁房间去了。钟表响了四下。当钟表指针显示已经差十分五点钟的时候，药剂师捧着另一本书回来了，他重新专心致志地读了起来。

“嗯！”他似乎有点儿困惑地说，“就您觉得不好受这一事实来说，您应当去看医生，而不是到药店来。”

“可我已经找过医生们！但是没能叫开门！”

“哼……您不把我们药剂师当人看，甚至在深夜四点钟的时候还来打扰别人，可每条狗每只猫也都要睡觉的呀……您什么也不想理解，而且照您看来，我们不是人，我们的神经就像绳子一样。”

斯特里仁听药剂师把话说完，叹了口气就回家了。

“看来我是死定了！”他想。

而他嘴里依然发热，一股煤油味儿，胃里面阵阵地刺痛着，两耳轰鸣：咚、咚、咚！每一分钟他都觉得，他的末日已到，他的心也已经停止了跳动……

回家以后他就急忙写道：“请勿因我死而归罪任何人。”然后他就祷告上帝，蒙头而卧了。直到早晨他也未能入睡，只等着死亡的来临。而且他始终有一种幻觉，即他的坟头长满了嫩绿的小草，鸟儿在上面啁啾个不停……

天亮以后，他在床上坐了起来，微笑着对达申卡说：

“凡是过着正派的合乎常规生活的人，我亲爱的大姐，是什么东西也毒不死他的。就拿我来作个例子吧。我已经濒临死亡了，眼看着不行了，吃尽了苦头，现在却没事儿了。只是嘴里烧得慌，嗓子眼儿火辣辣地痛，可身子骨安全无恙，真得谢天谢地呀……这是怎么回事儿呢？因为我过的是有规律的生活嘛。”

“不对，这说明煤油是劣等货！”达申卡叹息道，她想到了家务的开支，呆呆地目光凝视着前方。“这就是说，卖煤油的打给我的煤油不是最好的，而是一个半戈比一俄升的那种。我真是个苦命的、不幸的人呀，你们这些恶魔，害人精啊，让你们下地狱不得好报，该死的坏蛋们……”

她破口大骂，一发而不可收……

薇洛奇卡

伊万·阿列克谢耶维奇·奥格涅夫记得，在那个8月的夜晚，他如何咣的一声推开玻璃门，走到阳台上。那时他披着一件薄薄的斗篷，头戴宽檐草帽，也就是现在在床底下与骑兵马靴堆放在一起、满布灰尘的那顶帽子。他一手提着一大捆书籍和笔记本，另一只手拿着根有很多节子的手杖。

而房主人库兹涅佐夫则站在他身后，正擎着一盏灯为他照亮。这是一位秃顶老人，留有花白的长胡须，穿着一件雪白的凸纹布上衣。老人温厚地微笑着点头告别。

“再见，老人家！”奥格涅夫朝他喊道。

库兹涅佐夫把灯放在小桌上，走到阳台上来了。两条细长的影子走向台阶，摇摇晃晃地移向花坛，两个脑袋的影子就靠在椴树树干上。

“再见了，我再一次向您道谢，亲爱的！”伊万·阿列克谢耶维奇说，“感谢您的殷勤好客，感谢您的盛情款待，感谢您的厚爱……我今生今世，永远也不会忘记您的盛情好客。您是位好人，您的女儿也是好人，你们这儿所有的人都是善良的、快乐的、与人为善的……多么好的一些人呀，我简直都不会形容了！”

由于感情过于冲动，而且是在刚饮过的露酒影响下，奥格涅夫的这些话是用神学校学生唱颂歌似的声音说出来的，而且他被感动到这样的程度，以致他表达自己感情时，与其说用的是词句，不如说用的是两眼的闪烁和双肩的耸动。也有些醉意的库兹涅佐夫深受感动了，他走近年轻人，同他吻别。

“我像猎犬一样跟你们处熟了！”奥格涅夫继续说，“我几乎每天都来找你们闲聊，有十来次在你们这儿过夜，喝了多少露酒呀，现在想起来都觉得可怕。但是最主要的，加甫里尔·彼得罗维奇，对您给予的合作和协助我是感激不尽的。没有您的帮助，我要做完自己的统计工作非得忙到十月份不可。因此我一定要在前言中这样写：我认为对N县地方自治局主席库兹涅佐夫所给予的热情支持表示自己的感激之情是我的责任。统计学的前途是一片光明！向薇拉·加甫里洛芙娜深表谢意，也请转告各位医生、两位侦讯官和您的秘书，我对他们的帮助将永志不忘！那么现在，老人家，让我们相互拥抱，最后一次吻别吧。”

激动得不能自持的奥格涅夫同老人吻别之后便走下台阶。在最后一级台阶上他回头问道：

“我们以后还会见面吧？”

“上帝知道！”老人答道，“也许永远不能再会面了。”

“是啊，这是实话！反正没有任何办法能把您请到彼得堡来，而我很难说何年何月再到这个县里来喽。喏，别了！”

“您不如把书籍先留下！”库兹涅佐夫在他背后喊道，“您何必提着这么重的东西呢？明天我派个人给您送去好了。”

不过奥格涅夫已经不去听他说什么了，他匆匆忙忙地离开了这座房子。他那颗被酒燃起热情的心当时是快活的、温馨的、伤感的……他边走边想，在生活中常常遇到一些好人，然而遗憾的是，除了回忆之外，这些邂逅就什么也留不下来了。往往有这样的情况：天边隐约地出现了几只仙鹤，微风送来了它们那如泣如诉又充满激情的叫声，但是，眨眼之间，不管你怎样聚精会神地望着远方的蓝天，你既看不见它们的身影，也听不到叫声——这就像人一样，人的音容笑貌也是在生活中一闪而过，它们都又在我们消逝了的岁月中销声匿迹了，除了记忆中无足轻重的痕迹之外，什么也没有留下。伊万·阿列克谢伊奇[①]从开春起就住在N县，他差不多每

① 阿列克谢伊奇是阿列克谢耶维奇的简称。

天都到好客的库兹涅佐夫家做客，像亲人一样地同老人、老人的女儿和仆人们相处，已经非常熟悉了，他对整座房子、舒适的阳台、林荫路的所有曲径、厨房和澡堂屋顶上的树枝侧影都作过细致的观察，然而他现在一走出那个便门，一切就变成了回忆而永远地失去它们对他具有的现实意义了，而再过一两年之后，这一切可爱的形象将同他幻想中的虚构事物一样，在他的意识中黯然失色了。

“生活中没有什么比人更重要的了！”十分激动的奥格涅夫沿着林荫小径走向便门时想道，“没有！”

花园里静悄悄的、暖融融的。花坛里一些尚未凋谢的花花草草，诸如木犀草、烟草、天芥菜，正散发着香气。在灌木丛和树干的空当处，飘动着柔软的薄雾，薄雾中浸透了月光，这一景色长期以来一直留在奥格涅夫的记忆里。幽灵似的团团雾气前后簇拥着，慢慢地，但是清晰可见地横越过林阴小路游荡着。月亮高悬在花园上空，而在月亮下面，则是一团团透明的薄雾朝东方飘去。似乎整个世界就是由黑影和飘荡的白色幽灵构成的，于是在这8月的月夜里观赏着雾霭的奥格涅夫，几乎是生平第一次想到他看见的不是大自然的景色，而是舞台布景，似乎那些不高明的制造焰火的技师们，为了想用白色烟火照亮花园，便潜伏在灌木丛后面，把白烟同灯光一起放到大气中来了。

当奥格涅夫走近花园便门时，一条黑影从不高的篱笆处走了出来并朝他迎面走来。

“薇拉·加甫里洛芙娜！”他高兴地说，“您在这儿呀？而我还找来找去的，本想告别……再见，我要走了。”

“这么早？才十一点钟。”

“不，该走了！要走五俄里，而且还得收拾行李。明天要起个大早。”

站在奥格涅夫面前的是库兹涅佐夫的女儿，薇拉，二十一岁，经常是面带愁容，不修边幅又富有魅力。那些沉湎于幻想而又整天懒洋洋地躺着阅读一切随手拿来的书籍的姑娘们，那些整天寂寞无聊和愁肠百结的姑娘们，一般来说都是不注意穿戴的。她们中间有些人具有先天的审美力和爱美的本能，对于这些姑娘来说，这种对衣着的漫不经心反而使她们具有特殊的魅力。起码当奥格涅夫事后回忆起可爱的薇洛奇卡[①]时，就不能不想起她的那件宽大的上衣，这件上衣的腰部有很深的皱褶，但并没有贴在身上；也不能不想起从她那梳得高高的头发里散落在额头上的一绺鬈发；还有那边沿缀有毛茸茸小球的手织红围巾，晚上这条围巾就像标志着无风天气的小旗，无精打采地耷拉在薇洛奇卡的肩上，而白天，这条围巾就被揉成一团放在前厅里与男人的帽子为伍或者放在餐厅里的那个大木箱上，而一只老猫总是不客气地趴在大木箱上睡觉。这条围巾和上衣的那些皱褶明显地流露出逍遥自在的懒怠、不爱出门的家居习惯、无忧无虑的安逸情绪。也许是因为奥格涅夫对薇拉颇有好感，他在她衣服的每个纽扣上，衣服的每个皱褶中都能感受到某种温暖的、安适的、天真的东西，某种善良和美好的东西，而这些正是那些虚情假意的、没有审美能力和冷漠的女人们所欠缺的。

薇洛奇卡身段苗条、眉目清秀，一头漂亮的鬈发。对于生来还没有看见过多少女性的奥格涅夫来说，她就算是个美人了。

“我要走了！”他在便门旁同她告别时说道，“我若有什么过失，就请多多原谅吧！对您的一切善意我非常感激！”

他也是用跟老人辞别时的那种神学校学生唱歌似的声音讲话，依然是那样闪烁着两眼，耸动着双肩开始感谢薇拉的好客、体贴和善意。

“我在写给母亲的每一封信里都谈到了您，”他说，“如果所有的人都像您和您的父亲，那么这个世界拥有的就不是一般的生活，而是天天过节了。您的全家都是非常好的人！是朴实的、有爱心的、诚挚的人们。”

“现在您要上哪儿去呢？”薇拉问。

---

① 薇拉的爱称。

"我现在到奥廖尔市，到母亲那儿，在她那儿住两个星期，然后就去彼得堡述职。"

"以后呢？"

"以后，整个冬天都要工作，春天一到就又要去某县收集资料了。喏，愿您幸福，活一百岁……请您宽宏大量。我们再也不能见面了。"

奥格涅夫低下头来，吻了吻薇洛奇卡的手。然后，他在无声的激动中把斗篷整理好，换了个舒服一点儿的姿势提着那捆书，沉默片刻之后又说道：

"雾已经大起来了！"

"是啊，您没把什么忘在我们家里吗？"

"有什么呢？好像没忘什么……"

奥格涅夫沉默着站了几秒钟，然后就笨手笨脚地朝便门转过身去，离开了花园。

"等一下，我送您，送到我家的树林那儿。"薇拉说着就跟他走出花园。

他们沿着大路走着。现在树木遮不住广大空间了，可以看到天空和远处。整个大自然似乎戴上了面纱，它躲在半透明的朦胧的烟雾之中，透过烟雾，大自然的美貌充满欢乐地呈现在面前。一团团更浓更白的雾气并不均衡地留在灌木丛和干草堆附近，或者一团团地飘荡在大路上，它们贴在地面上，仿佛力求不去遮住那广大的空间似的。透过烟雾可以看到通往树林的大路，路旁两侧是黑黝黝的水沟和一些矮小的灌木丛，这些灌木丛生长在水沟里，它们妨碍着团团雾气四处飘荡。距花园便门约半俄里远就是库兹涅佐夫家那片黑压压的树林。

"她为什么跟着我？要知道我还得送她回去呢！"奥格涅夫想道，但是看了看薇拉的侧影，他便亲切地微笑着说：

"真不愿意在这样的好天气里离开这儿！一个真正富有浪漫色彩的夜晚，一个有月亮的、安安静静的、美不胜收的夜晚。您知道吗，薇拉·加甫里洛芙娜？我在这个世界上生活了二十九年，但是我在生活中还一次也没恋爱过。我这一生还没有过一次恋爱经历，所以什么幽会啦、林荫小径上的叹息啦、接吻啦，我只是听人家说说而已，这不正常呀！在城里，当你坐在自己房间里的时候，你并察觉不到这个空白，但是在这儿，在清新的空气中，这个空白就强烈地令人意识到了……这简直太令人遗憾了！”

“您怎么会这样呢？”

“不知道。大概是活到今天还一直没有时间去考虑它，也可能只不过是没有机会遇到那样的女人……一般来说我的朋友不多，我也很少与人来往。”

一对年轻人沉默着走了大约三百步。奥格涅夫不时地瞅着薇洛奇卡那没戴帽子的头和围巾，于是春季和夏季的一连串日子便接连不断地再现在他的心灵里了。那是他远离自己彼得堡的那间灰色住房的一段日子，当时他尽情享受着好人们的亲切接待，在大自然中和喜爱的工作中自得其乐，因而他没来得及发觉朝霞是如何为晚霞所接替，这种周而复始的接替又预告着夏日的终结。开始时是夜莺停止了歌唱，后来是鹌鹑，而不久之后则是长脚秧鸡不再啼叫……时间在不知不觉中流逝，这意味着，日子过得很好很轻松……他开始自言自语地回忆起他这个并不富有、也不习惯活动和与人来往的人，是如何在 4 月底抵达了 N 县。他原以为在这里遇到的是寂寞、孤独和对统计学的冷漠态度，而他却认为，现在统计学在科学中应占有最重要的地位。4 月的一个早晨，他到达 N 县县城之后，就在旧教教徒里亚布辛的客店住下了，在这里，他以每天付二十戈比的房租得到了一个明亮而又干净的房间，附带的条件是他必须到街上去抽烟。稍事休息之后，他探听到了谁是县地方自治局主席，便立即步行着找加甫里尔·彼得罗维奇去了。他不得不走四俄里的路，途中经过的是一片美好的牧场和嫩绿的小树林。百灵鸟在白云下把银铃般的歌声撒向大地，忽上忽下地飞翔着，而白嘴鸦则神气十足而又庄重地在绿油油的耕过的田野上翱翔。

“上帝啊，”当时奥格涅夫惊奇地想道，“难道这儿一向都有如此新鲜的空气呢，还是这空气只是今天才散发着清香，以便欢迎我的到来？”

以为会遇到冷冰冰的公务接待场面的他，胆怯地、双眉紧锁地、腼腆地捋着胡须走进了库兹涅佐夫的家门。一开始老人只是皱着额头，他不理解这位年轻人和他的统计学找地方自治局解决什么问题，然而当年轻人详细地向他说明了什么是统计资料，而且它应当在什么地方收集之后，加甫里尔·彼得罗维奇便振作起来，露出了微笑，而且带着孩子气的好奇心开始翻阅他的笔记本……当天晚上伊万·阿列克谢伊奇就已经是库兹涅佐夫家晚餐时的座上客了。他饮过露酒之后很快就有了醉意，他瞧着自己新朋友们安详的面容和懒散的动作，觉得自己的全身也有一种甜蜜的、昏昏欲睡的倦意，正像他想睡觉、伸懒腰和笑一笑的时候才感觉到的那种心情。而新朋友们则亲切地端详着他，问他父母是否还健在，他每月收入有多少，是否常去剧院看戏……

奥格涅夫想起了自己到各地区出差的情景，想起了野餐、钓鱼、成群结伙地参观玛尔法嬷母的圣女修道院，这位嬷母送给每人一个缀有小玻璃珠的钱包。他还想起了热烈的、无休止的、纯粹俄国式的争论，争论双方唾沫四溅，用拳头敲着桌子，彼此还没听懂对方的话就打断别人的话，自己也没能察觉到每一句话都是自相矛盾的，而且经常改变话题，就这样争论两三个小时之后大家便笑着说：

“鬼知道我们在争论什么！从问好开始到再见结束！”

“您还记得我、您和医生骑马去舍斯托沃的事吗？”伊万·阿列克谢伊奇同薇拉走近树林时对她说，“当时我们碰到了一位疯疯癫癫的苦行僧。我给了他一枚五戈比铜板，而他却画了三次十字便把我的铜板丢到黑麦田里了。上帝啊，我带走了多少印象啊，如果把它们提炼成密度高的物体，那就会炼出一块很好的金锭！我不懂，为什么那些聪明而又感情丰富的人们偏要拥挤在大城市里而不到这儿来呢？难道涅瓦大街和高大的灰色楼房里的空间和真理比这儿更多吗？说实话，我觉得我的那些公寓房里尽管上上下下都住满了艺术家、学者和记者，我总觉得这是一种偏见在作怪。”

离树林二十步远处有一个又窄又小的木板栈道，它横架在大路上，它的四角有木墩撑着。库兹涅佐夫一家和他们的客人傍晚散步时，这儿一向被当作小小的驿站。从这里，有兴致的人们可以喊叫几声而激起树林的回声，还可以眺望一下大路是如何消失在漆黑的林间小路深处。

“喏，到站啦！”奥格涅夫说，“您得从这儿往回走了……”

薇拉停住脚步，定了定神。

“让我们坐会儿吧，”她在一个木墩上坐下时说道，“在出远门之前，当人们告别的时候，大家总是多坐一会儿的。”

奥格涅夫坐在她身旁，他坐在自己的那捆书上继续说着话。她由于走了一段路而有些气喘。她没看伊万·阿列克谢伊奇，而是瞧着别处，所以他看不见她的脸。

“而突然十年过后我们又重逢了，”他说，“那时我们将会是什么样子？您将是家中备受敬重的母亲，而我则是一部厚厚的但谁也不需要的统计学文集的作者，它厚得就像四万本文集一样。我们相遇并缅怀往事……现在我们感觉到的是真实，它使我全身心地投入，使我激动不已，而到我们重逢的那个时候，我们将不会想起具体的日期、月份，甚至哪一年也想不起来了，我指的是我们在这个楼道上最后一次的会面。您大概会变成另一种样子了……请问，您会变成另一种样子吗？”

薇拉打了个冷战，朝他转过脸来。

“什么？”她问。

“我刚才问您……”

“对不起，我没听见您说的话。”

这时奥格涅夫才发现了薇拉的变化。她面色苍白、呼吸困难，她喘气时的颤抖波及到了双手、嘴唇、头颅。从头上垂到前额的不是像往常那样一绺，而是两绺鬓发……看来她在避免同他面对面地正视对方，而是力图掩饰心情的激动，一会儿整整领子，好像领子刺痛了她的脖子，一会儿把红围巾从一个肩头拉到另一个肩头上……

“您觉得冷吧，”奥格涅夫说，“在雾气里坐着对身体没有好处。让我送您回家①。”

薇拉没吭声。

“您怎么啦？”伊万·阿列克谢伊奇微笑道，“您不说话也不回答问题。您身体不舒服还是生气了？啊？”

薇拉用力把一只手掌按在面向奥格涅夫一侧的面颊上，又立即把手缩回来了。

“多么可怕的情况……”她脸上露出极其痛苦的表情低语道。

“情况怎么个可怕法呢？”奥格涅夫耸着肩膀，毫不掩饰自己的惊奇问道，“出了什么事？”

薇拉还在困难地喘着气，双肩颤抖着，她转过身，背对着他，望了一会儿天空说道：

“我要跟您谈谈，伊万·阿列克谢伊奇……”

“我听着呢。”

“也许您觉得奇怪……您将会大吃一惊，不过我已不在乎了……”

奥格涅夫又一次耸了耸肩膀并作好准备听她讲下去。

“是这么回事……”薇拉开口道，她低下头，用手指拽着围巾上的小球，“您瞧，我要对您说的是……我想说……您会以为奇怪和……愚蠢。而我……我再也受不了啦。”

薇拉的话变成了口齿不清的喃喃低语并突然被哭声所打断。姑娘用围巾遮住了脸，头垂得更低，而且伤心地哭了起来。伊万·阿列克谢伊奇不知所措地干咳了几声，他既惊奇，又不知道该说什

① 原文为德语的俄语拼音。

么，该怎么办，只是无可奈何地瞧着自己的四周。由于很少看到别人哭泣和流泪，他自己也两眼有点发痒了。

“喏，这何必呢！”他心慌意乱地嘟哝着，“薇拉·加甫里洛芙娜，您这是为什么呀？真是的。好姑娘，您……您病了吗？还是谁欺负您了？您说吧，也许我那个……我将帮助您……”

当他试图安慰而不客气地、十分谨慎地把她那蒙着脸的双手拉开的时候，她含着眼泪微笑着说道：

“我……我爱您！”

这句简单而又普通的话是用朴实的人类语言说出来的，但是奥格涅夫却很不好意思地扭过脸去，不瞧薇拉，站起身来。他先是觉得很不好意思，然后他又觉得害怕了。

辞别和露酒在他心中引发的那种忧郁、温情和感伤情绪突然消失了，这种情绪让位给了令人羞愧不安的一种强烈的令人不快的感觉。他的心灵可真是突然翻了个儿，他斜着眼睛看了看薇拉。现在，当她向他表白了爱情之后，薇拉已经从自己身上脱去了使女人具有魅力的那种神圣不可侵犯的东西了，他觉得她的个子似乎也变矮了，人也变得平平常常，没有光彩了。

“这是怎么回事？”他暗自惶恐不安地想，“但是我曾经对她……我爱还是不爱她呢？这可就难办了！”

而她终于说出了最主要的也是难于启齿的话之后，呼吸就变得轻松和自在多了。她也站起身，正视着伊万·阿列克谢伊奇的脸，开始快而又热烈地滔滔不绝地讲起来了。

就像一个突然受到惊吓的人不能事后回忆起使他丧胆的飞来横祸所发出的声音孰先孰后那样，奥格涅夫也记不起薇拉说过的话和词句了。他只记得她的话的内容，记得她本人和她的话在他心中唤起的感觉。他记住了那由于激动而上气不接下气的嘶哑的声音，以及那种富有音乐色彩和激情的声调。她一会儿哭一会儿笑，眼睫毛上闪着泪花地对他说，从相识的最初几天起，他就以自己与众不同的风度、聪明才智、善良而又聪明的眼神、自己的生活目标和承担的任务使她惊奇不已，她热烈地、发狂地、深情地爱上了他，夏天的时候常常有这样的情况，她从花园走到家里，在前厅里看见了他的斗篷或者听见了远处传来的他的声音，她的心就激动得发抖，充满了幸福感，他的那些没有什么意义的笑话使她开心地大笑，她在他的笔记本里的每一个数字里面都看到了某种非同凡响的合理性和重要意义，而他的那根节子多的手杖在她看来比那些树木更美。

树林、团团烟雾、大路两旁的漆黑阴沟似乎都悄然无声了，它们在听着她的叙说，而在奥格涅夫的心里却出现了某种很不舒服的、奇怪的感觉……尽管薇拉在表白爱情时是那么美丽动人，她的话是那么动听而又热情，他却没有感到喜悦和满足，没有得到他所希望的人生乐趣，而只觉得他同情薇拉，他感到痛心和遗憾，因为一个好人曾因他而备受煎熬。是他身上的书卷气起了作用，还是那种往往妨碍人们过正常生活的禀性难移的客观性使然，这只有上帝知道了。只是薇拉的狂热和苦恋他觉得过于多情而又幼稚天真，与此同时情感却在他内心忿忿不平并悄悄地对他说，现在他看见和听见的一切，从人的天性和个人幸福的观点来看，是比任何统计学、书籍和真理都更为重要……于是他很生气并责备自己，虽然他不明白自己究竟有什么错。

而使他最感到困惑的是，他根本就不知道该说些什么，而不说话是不行的。他没有勇气直截了当地说“我不爱您”，而说“爱”他也不能，因为不管怎样搜索枯肠，他在自己的心灵中甚至连一点儿爱的火花都没找着……

他沉默着，而她这时又讲到：她的至高无上的幸福就是她能看到他，跟着他，现在就跟他远走高飞，去他想去的任何地方，做他的妻子和助手。她还说，如果他离她而去，她将因忧愁而死去……

“我不能再在这里住下去了！”她拧着手说，“这座房子，这片树林，这儿的空气都使我厌烦。我无法忍受这种不变的安宁和没有目标的生活，我厌弃了我们那些平淡无奇和庸碌无为的人，他们像水滴一样，一个个十分相似！他们都待人亲热和温厚善良，因为他们饱食终日，既不受苦，也不去争斗……而我想去的正是那些潮湿的大房屋，在那里人们受苦受难、劳累不堪、穷困难熬……”

这也使奥格涅夫觉得偏激和幼稚。当薇拉说完之后，他依然不知道该说什么好，但是再也不能沉默了，于是他喃喃地说：

“我呢，薇拉 · 加甫里洛芙娜，非常感谢您，尽管我觉得我没有理由得到……您这方面的……感情。其次，作为一个诚实的人，我应当说……幸福是建立在平衡上面的，就是说，当双方……同样地相爱……”

然而奥格涅夫立即为自己的喃喃自语而羞愧万分，他终于沉默了。他感觉到，这时他的脸是愚蠢的、内疚的、呆板的，因为这是一张表情紧张的绷紧了的脸……薇拉可能是从他脸上的表情理解了实情，因为她突然变得严肃起来，她面色苍白地低下了头。

“请您原谅我，”奥格涅夫嘟哝着，他再也不能沉默了，“我是那么尊重您，以致……我很难过！”

薇拉迅速地转过身，快步朝庄园走去，奥格涅夫跟在她后面。

“不，不要送了！”薇拉说着朝他挥了一下手，“别送了，我自己能回家。”

“不行啊，还是……不可以不送您……”

他觉得不管说什么，他的每一句话都是令人讨厌和不自然的。他心中的负疚感随着迈出的每一步越来越沉重。他生气了，握紧拳头，咒骂自己的冷漠无情和不善于同女人交往。为了刺激自己兴奋起来，他端详着薇洛奇卡那优美的腰身，她的发辫和一双纤足留在土路上的脚印。他想着她说的话和流的泪，然而，所有这一切只能使他备受感动，却未能使他神魂颠倒。

“噢，不可能强迫人去爱呀！”他说服着自己，同时又想道：“何时我才能不强迫自己去爱一个人呢？要知道我已经快三十岁了！我还从来没遇见过比薇拉更好的女性，而且今后永远也遇不到了……啊，未老先衰的人！三十岁的老头儿！”

薇拉走在他前面，她越走越快，从没回头，也没抬头。他觉得她似乎由于伤心而一下子瘦了下去，肩膀也变窄了……

“我可以想象到现在她心里是什么滋味！”他想着，瞅了瞅她的背影，“她一定既害羞，又痛苦得想一死了之！上帝啊，这一切孕育着多少生命的活力、诗意、涵意哟，精诚所至，金石为开，而我……我既蠢又浑！”

薇拉在便门旁匆匆地瞅了他一眼，便弯着腰，围上围巾，快步朝林荫小径走去。

伊万·阿列克谢伊奇独自一人了。返回树林时，他慢慢地走着，时而停了下来，回头望着便门，他的全身都流露出一种似乎对自己毫无信心的神情。他的两眼在大路上寻觅着薇洛奇卡的纤足留下的脚印。他简直不相信这位他那么喜欢的姑娘刚刚向他表白了爱情，而他竟那么笨拙粗鲁地“拒绝”了她！他生平第一次亲身体验到，一个人要按照自己的意愿行事是多么难，他也亲身经历了这样的窘境：一个正派和诚实的人，不得不违心地给自己的亲朋好友带来了残酷的、不应有的痛苦。

他的良心在隐隐作痛，而在薇拉离去之后，他开始感觉到，他失去了某种极其宝贵的、亲密的，他已经再也找不回来的东西。他感觉到，同薇拉一起从他身边悄然而逝的是他的一部分青春年华，而被他白白浪费掉的那些时日是再也不会重现了。

走到栈桥处他便停了下来而陷入沉思。他想找到自己那奇怪的冷漠无情的原因。这种冷漠无情不是外在的，而是埋在他的内心，对他来说这是很清楚的。他面对自己诚心诚意地承认，这不是那种聪明的人们时常夸口炫耀的理性的冷漠，也不是自私的糊涂虫的那种冷漠，而不过是心灵的脆弱，是没有深刻地理解美的能力，是教育和动荡的谋生斗争以及公寓里的单身汉生活所带来的未老先衰。

从栈桥这里他开始慢腾腾地、好像不愿离开似的朝树林走去。在这里，在漆黑一片的浓荫深处，到处闪耀着刺眼的月光斑点；在这里，除了自己的思想之外，他没有任何感觉，他非常渴望追回那失去的东西。

伊万·阿列克谢伊奇记得，当时他又原路返回。他通过对刚才情景的回想鼓励着自己，在自己的想象中强制着描绘出薇拉的模样，朝花园迅速走去。大路上和花园里雾气已经消失了，一轮明月在天空中俯瞰着大地，月亮好像洗过似的，只有东方依然雾蒙蒙的、天色阴暗……奥格涅夫记得自己小心翼翼的脚步，漆黑的窗口、木犀草和天芥菜的浓重气味。那只熟悉的卡罗友善地摇着尾巴走到他跟前，嗅了嗅他的手……这是惟一的生物看到他怎样绕着房子走了两圈，在薇拉那漆黑的窗口下面站了一会儿，终于把手一摆，深深地叹了口气，走出了花园。

一小时之后他已经来到城里，他筋疲力尽，全身无力地倚在旅店大门上，把发烧的脸颊贴在上面，敲着门环。城里的某处一只半睡半醒的狗吠叫了几声，仿佛是在回答他的敲门声，在教堂附近有人敲响了铁板……

“夜深了还到处闲逛……”旅店老板，一个旧教派信徒嘟哝着给他开了门，老板穿着一件长袍，像女人的衣服一样，“与其闲逛，还不如祷告上帝，岂不更好。”

伊万·阿列克谢伊奇回到自己的房间，坐在床上，久久地望着灯光，然后摇了摇头，就开始收拾行李了……

大斋前夕

“巴维尔·瓦西里伊奇！”彼拉盖娅·伊万诺芙娜把自己的丈夫叫醒，“喂，巴维尔·瓦西里伊奇！你最好还是去跟斯乔帕一起温习功课吧，不然他就对着书本呆坐着，还流泪呢。他又有什么地方看不懂了！”

巴维尔·瓦西里伊奇起来了。他在打哈欠的嘴边用手画着十字温和地说：

“这就去，亲爱的！”

在他身旁睡觉的猫儿也起来了，它伸直尾巴、拱起背、眯起两眼。一片静寂……可以听得见老鼠在壁纸后面跑动的声音。巴维尔·瓦西里伊奇穿上长筒靴和睡袍。无精打采的他，由于睡意未消而显得愁眉苦脸。他从卧室出来，走进了饭厅。他一出现，另一只正在窗台上嗅着一块鱼冻的猫儿便从窗台跳到了地板上，躲到柜橱后面去了。

“谁求你嗅它啦！”他气呼呼地说着，用一张报纸把鱼冻盖上了，“你这样做可就是一头猪了，而不是一只猫……”

饭厅里有通向儿童室的门。在儿童室里，斯乔帕就坐在桌旁，桌子上面到处是斑点和划破的痕迹。斯乔帕这个中学二年级学生一脸闹别扭的表情，瞪着刚哭过的两眼。他抬起双膝几乎顶到了下巴，双手抱着小腿，像个中国不倒翁似的摇晃着身子，生气地看着算术习题课本。

“你在学习哪？”巴维尔·瓦西里伊奇打着哈欠坐在桌旁道，“那么，我的小少爷……玩够了，睡足了，摊饼也吃饱了，而明天就是吃斋的日子了，要忏悔，而且该干活儿了。一切时节都有自己的限期。你的眼睛怎么泪汪汪的？是背书累的吗？就是说，吃饱摊饼以后再温习功课实在令人不快是吗？你瞧，就是这么回事嘛。”

“你干吗嘲笑一个小孩子呀？”彼拉盖娅·伊万诺芙娜在另一间屋子里喊道，“与其嘲笑他，还不如教他怎么做呢！要不然明天他又得一分了，真叫人发愁的孩子！”

“你什么问题不懂啊？”巴维尔·瓦西里伊奇问斯乔帕。

“就是……分数的除法！”斯乔帕气呼呼地说，“用分数除分数……”

“噢……你这怪小子！这有什么？没有什么费脑筋的问题。背熟规则就行了……用分数除分数的时候就得为此目的用第二个分数的分母乘第一个分母的分子，这将是商数的分子……喏，然后第一个分数的分母……”

“没有你我也知道这个！”斯乔帕打断了他的话，把一块核桃壳用手指从桌子上弹掉了，“您做个例题来证明给我看！”

“证明？好，把铅笔给我。听着。比方说我们要用五分之二除八分之七。这样。这要怎样做呢，我的小少爷，这就要求这两个分数相除……茶炊准备好了吗？”

“不知道。”

“该喝茶了……七点多钟了。那么，你现在要注意。我们将这样来计算。比方说，我们不是用五分之二除八分之七，而是用二来除，也就是只用分子除它。我们来除一下，得出的数是多少呢？”

“十六分之七。”

“对了，好样儿的。喏，我的小少爷，问题在于我们……所以，如果我们用二来除，那么……等等，我自己也糊涂了。我记得，我们中学的数学老师叫西吉兹蒙·乌尔班内奇，是个波兰人。他每堂课都犯糊涂，这是常有的事。他开始论证一条定理，往往讲着讲着就乱了套，涨红着脸在教室里跑来跑去，就像有人用锥子在扎他的后背似的，然后他就擤上五次鼻子，开始哭泣。但是我们，你知道，都很宽宏大量，佯装没看见，我们问：‘您怎么啦，西吉兹蒙·乌尔班内奇？您牙痛吗？’你说说看，全班都是一群强盗似的学生，是一些无法无天的人，可是，你知道，却都宽宏大量得很呢！在我上学的年月，没有像你这么小的学生，个个都是大个子，呆头呆脑的小伙子，一个比一个高。比如说吧，我们三年级就有个玛玛辛。上帝啊，一个多么笨的家伙！你知道，这个大个子足有一俄丈高①，他走路时连地板都震动，他若用大拳头给你后背一下，就会把你打死！我们算老几，连老师们都怕他呢。说起这个玛玛辛，他常常……”

门外响起了彼拉盖娅·伊万诺芙娜的脚步声。巴维尔·瓦西里伊奇朝门那边挤了一下眼睛小声地说。

“妈妈来了，咱们温习功课吧。喏，我的小少爷，”他提高了声音，“这个分数要乘那个分数。那么，为了这样做就需要把第一个分数的分子……”

“喝茶啦！”彼拉盖娅·伊万诺芙娜喊道。

巴维尔·瓦西里伊奇和他的儿子放下算术就去喝茶了。而在饭厅里，彼拉盖娅·伊万诺芙娜已经坐在那儿了。同她坐在一起的有一向不爱讲话的大婶，另外一位大婶是聋哑人，还有玛尔可芙娜老

---

① 1 俄丈为 2.134 米。

婆子，她是接生婆，斯乔帕就是她接的生。茶炊在咝咝作响，冒着气，因而在天花板下面留下了一大片波纹状痕迹。两只小猫翘起尾巴从前厅走了进来，它们一脸睡意，无精打采的样子……

“喝吧，玛尔可芙娜，在茶里加上果酱，”彼拉盖娅·伊万诺芙娜对接生婆说，“明天就是大斋了，今天多吃些吧！”

玛尔可芙娜舀了满满一匙果酱，犹豫不决地送到嘴边，就好像那是一匙火药似的，她朝巴维尔·瓦西里伊奇斜着眼睛看了一下，吃了果酱，她的脸立即现出了甜蜜的微笑，那微笑甜得就像果酱一样。

“果酱还真不错呢，”她说，“您哪，亲爱的彼拉盖娅·伊万诺芙娜，亲自动手做的吧？”

“是我自己做的，还会有谁呀？我什么都是自己动手。斯乔普卡，我给你倒的茶是不是太浓了？哎呀，你已经喝光了！来，我的小天使，我给你再倒上。”

“那么正是这个玛玛辛，我的小少爷，”巴维尔·瓦西里伊奇朝斯乔帕转过身继续说，“非常讨厌法语教师，他喊着，我是贵族，我不允许法国人指使我！他叫着，我们在1812年打败了法国人！喏，当然啦，人家鞭笞了他……抽得很厉害呢。而他一觉察到人家要揍他，就往窗外一跳，溜走啦！这是常有的事。就这样，五六天之内他是不会在中学里露面的了。他母亲来找校长，以上帝耶稣的名义恳求说：‘校长先生，劳您大驾把我的米什卡找回来，把他这个浑小子给我揍一顿！’而校长却对她说，‘算了吧，太太，我们的五个看门人也逮不住他哩！”

“上帝啊，竟然也养得出这样的强盗来！”彼拉盖娅·伊万诺芙娜吃惊地看着丈夫小声道，“那个可怜的母亲可怎么办！”

大家都不说话了。斯乔帕大声地打着哈欠，端详着他已经看过上千次的茶壶上画的那个中国人。两位大婶和玛尔可芙娜小心翼翼地喝着茶碟里的茶水。屋里一片寂静和壁炉散发的闷热……在人们的脸上和动作中间，流露出肚子虽已填满，却又不得不再吃点儿东西时的那种慵懒和倦怠情绪。茶炊、茶碗和桌布都已经拾掇走了，可一家人依然在桌前坐着不动……彼拉盖娅·伊万诺芙娜时不时地匆忙起身，脸上带着惊恐的表情跑进厨房，以便在那里与厨娘谈有关晚饭的事情。两位大婶没有改变一动不动地坐在那里的姿势，她们的两臂交叉在胸前打着盹，时而用呆滞的目光瞧着灯。玛尔可芙娜不停地打着嗝问道：

"为什么我老是打嗝呢？好像我也没吃什么……似乎也没喝过什么呀……呃！"

巴维尔·瓦西里伊奇和斯乔帕并排坐着，他们的头相挨着，伏在桌子上谈1878年版的《田园》杂志。

"'米兰市维克多·埃马努伊尔画廊前的列奥纳多·达·芬奇的纪念碑'。嘿……很像是凯旋门……骑士同女士的合影……而远处是一些小人儿……"

"这个小人儿很像我们中学的同学尼斯库宾。"斯乔帕说。

"往下翻一页……'在显微镜下看到的普通苍蝇的喙部'原来这就是喙部！好一个苍蝇！小少爷，要是把臭虫放在显微镜下面会是什么模样呀？真恶心！"

客厅里那座古老的钟表嘶哑着嗓子，就像患了感冒似的，不是在敲响钟声，而是咳嗽了十下。厨娘安娜走进饭厅，扑通一声就跪在了主人的脚下！

"看在耶稣基督的面上，你原谅我吧，巴维尔·瓦西里伊奇！"她说着涨红了脸，站起来了。

"看在耶稣基督的面上你也得原谅我呀。"巴维尔·瓦西里伊奇无动于衷地说。

安娜照着刚才的办法挨个地走到主人家的其他成员面前扑通扑通地跪下求饶。她只绕过了玛尔可芙娜一个人，她认为这位老太婆不是上等人，不值得给她下跪。

在寂静和安逸中又过了半个小时……《田园》杂志已经被放在沙发椅上，而巴维尔·瓦西里伊奇竖起一只手指，背诵着他童年时代学会了的拉丁文诗句。斯乔帕看着他那只戴着结婚戒指的手指，听着不知所云的语句在打盹。他用双拳揉着眼睛，两只眼睛却更难睁开地粘在一起了。

“我去睡觉……”他伸着懒腰，打了个哈欠说。

“什么？睡觉？”彼拉盖娅·伊万诺芙娜问，“那斋期前最后一顿荤食吃不吃啦？”

“我不想吃。”

“你傻不傻呀？”母亲吓了一跳说，“怎么可以不吃最后一顿荤食呢？要知道在整个斋期里你都吃不到荤食啦！”

巴维尔·瓦西里伊奇也吓了一跳。

“对呀，对呀，我的少爷，”他说，“七个礼拜你母亲不会给我们荤食吃了。别这样，应当吃最后这顿荤食。”

“咳，我现在就想睡觉嘛！”斯乔帕任性地说。

“既然是这样，那就快点儿上菜啦！”巴维尔·瓦西里伊奇不安地叫了起来，“安娜，你这傻瓜坐在那儿干什么？快来，把菜饭都端上来！”

彼拉盖娅·伊万诺芙娜两手一拍就跑进了厨房，脸上露出似乎家里着了火的神情。

“快呀！快呀！”全家上下都能听见这喊声，“小斯乔帕要睡觉啦！安娜！哎唷，我的上帝，这是怎么回事，快！”

五分钟后菜饭就上齐了。两只小猫又翘起尾巴，拱起背，伸着懒腰，一起来到饭厅……全家人开始吃晚饭。谁都不想吃，大家的胃都已经填满了，但是这饭还是得吃下去。

一个无力自卫的人

不管夜间痛风病的发作多么厉害，也不管后来神经几乎支持不住，基斯屠诺夫一大早还是上班去了，并且按时接见了银行的求见者和客户们。他的面容显得痛苦不堪、一副被折磨得有气无力的样子。他费劲儿地说着话，气喘吁吁，像一个快要死去的人。

“您有什么事？”他对一位求见的妇女说，她穿的是一件旧外衣，从背后看，这女人像一只大屎壳郎。

“请大人您给评评理，”求见者的话说得很急很快，“我的丈夫希丘金是八等文官，他病了五个月。正在他卧床不起的时候，请原谅，他是在家里治病的，他们就无缘无故地让他退职了，大人。而当我去为他领薪水的时候，他们竟然从我丈夫的薪水里扣除了二十四卢布三十六戈比！‘为什么？’我问，他们说：‘他借了福利基金，别的官员还为他担了保。’这怎么可能呢？难道他会未经我的同意借钱吗？这是不可能的，大人。可为什么他们这样做呢？我是个没有钱的女人，我是靠房客们的租金吃饭的……我是个脆弱的女子，没人保护……在什么人面前我都得忍气吞声，听不到任何人说一句关怀的话……”

这位求见的妇女眨巴着两眼，伸手取出大衣里的手帕。基斯屠诺夫拿起她的呈子开始读了起来。

“请问，这是怎么回事？”他耸着肩问，“我一点儿也不明白。显然是您，太太，找错了地方。实际上，您的请求完全不关我们的事。劳驾您到您丈夫工作过的机关去提出自己的请求吧。”

“咳，老爷，我去过五个机关啦，到处都一样，甚至连呈子都不接！”希丘金娜说，“我已经没主意了，不过谢天谢地，愿上帝赐福给我的女婿鲍里斯·马特维伊奇，保佑他平安，是他给我出的主意来找您。他说：‘老妈妈，找基斯屠诺夫先生去吧，他是个有影响的人，他能为您办好一切。’……您帮帮忙吧，大人！”

“我们，希丘金娜太太，不可能对您有所帮助……您要知道，您丈夫，据我的理解，是在军事医疗部门工作过，而我们这个机构纯粹是私人企业机构，我们这儿是银行。您怎么就不懂这个道理！”

基斯屠诺夫又耸了耸肩，转过身同一位穿军服的先生开始谈话了。由于患牙疾，他的脸有点浮肿。

“大人啊，”希丘金娜可怜巴巴地拉长声音说，“说到我丈夫的病，我这儿有医生的证明！这就是证明，请您看看！”

“很好，我相信您，”基斯屠诺夫不耐烦地说，“但是我再说一遍，这同我们没有关系。真奇怪，甚至可笑！难道您丈夫也不知道该去什么地方吗？”

“他呀，大人，什么也不知道。他就知道翻来覆去地说那一句话：‘与你无关！你给我滚！’就完了……与谁无关呀？要知道他们是骑在我脖子上的呀！骑在我脖子上！”

基斯屠诺夫再一次向希丘金娜转过身来并开始向她解释军事医疗机关与私营银行之间有什么不同。那位太太聚精会神地听他把话说完，还连连点头表示同意，但是接着她又说：

“是，是，是啊……我明白，老爷。这样的话，大人，您就吩咐他们发给我十五卢布就行了！我同意不必一次都发给我。”

“哎呀！”基斯屠诺夫往后仰着头，叹了口气说，“没法儿让您明白了！您要知道，您向我们提出这一类的请求就像是，比如说，向药房或者金银检验所提出离婚一样莫名其妙。他们没付足钱给您，这与我们有什么关系？”

“大人呀，让我为您永远祷告上帝吧，可怜我这个孤苦伶仃的老婆子吧，”希丘金娜哭了，“我是个没有人保护的、脆弱的女人……我痛苦得要死……我得跟房客们争吵不休，还得为丈夫整天操心，为家务事忙个不停，又得在斋期里吃素，女婿也丢了差事……看上去我现在能喝能吃，实际上我连站都站不稳了……整夜都失眠。”

基斯屠诺夫觉得自己心动过速，因而露出难受的样子，一只手按着胸口，重新开始向希丘金娜解释，但是他的声音突然中断了……

“不行，对不起，我不能跟您讲话了，”他把手一摆说道，“我的头都晕了。您既妨碍我们工作，又在浪费时间。哎唷！……阿列克谢·尼古拉伊奇，”他对一位职员说，“请您来解释一下吧，向这位希丘金娜太太！”

基斯屠诺夫绕过所有求见的人，走进了自己的办公室，签署了十来份文件，而这时，阿列克谢·尼古拉伊奇却一直在忙于应对希丘金娜。基斯屠诺夫坐在自己的办公室里，好长一段时间他都能听到两个人的声音：单调而克制的阿列克谢·尼古拉伊奇的男低音和希丘金娜如泣如诉的尖叫声……

“我是个没人保护的、脆弱的女人，我是个病人，”希丘金娜说，“也许从表面看我是个挺结实的人，可要是检查一下，我身上没有一个地方没有病呢。我勉强地站着，胃口也不好……今天喝了咖啡，却一点味道也没有。”

然而阿列克谢·尼古拉伊奇向她解释了各个机构之间的差别和办理手续的复杂。很快他也累垮了，于是会计把他换了下来。

“这婆娘太烦人了！”基斯屠诺夫神经质地绞着手指，时而走到盛水的长颈玻璃瓶旁边气愤地自言自语着，“这是个白痴、蠢货！把我折磨了半天，现在又把他们弄得筋疲力尽，这个臭婆娘！哎唷！……我心跳得多厉害！”

半小时后他按了铃。阿列克谢·尼古拉伊奇进来了。

“你们那边怎么样了？”基斯屠诺夫有气无力地问。

“还是怎么也说不通，彼得·亚历山得雷奇！把人快折磨死了，我们说什么她也不信……”

“我……我可再也不能听她说话了……我病了……我受不了啦……”

“叫看门人来吧，彼得·亚历山得雷奇，把她轰出去。”

“不行，不行！”基斯屠诺夫惊慌地说，“她会尖叫起来，而在这栋大楼里还有很多住户呢。鬼知道他们会把我们想象成什么样的人……还是请您，亲爱的，尽力而为地向她解释清楚吧。”

一分钟之后又可以听到阿列克谢·尼古拉伊奇低沉的声音了，又过了一刻钟，会计那嘶哑的男高音接替了他的男低音而嗡嗡响起。

“一个奸邪透顶的女人！”基斯屠诺夫怒不可遏地想，神经质地耸着肩膀，“蠢得不可救药，让她见鬼去吧。我的痛风病看来又发作了……偏头痛也开始了……”

在隔壁房间，阿列克谢·尼古拉伊奇终于精疲力竭了。他用一只手指敲了敲桌子，然后又敲了敲自己的前额：

“一句话，您肩膀上长的不是脑袋，”他说，“而是这……”

“喏，说得好，说得好……”老太婆生气了，“你去对自己妻子拍桌子去……小子！你那两只手可得放规矩些。”

阿列克谢·尼古拉伊奇凶狠地、极其愤怒地、似乎要把她活活地吞下去的样子，用压低了的声音小声说道：

“滚出去！”

“什么？”希丘金娜突然尖声叫了起来，“您怎么敢这样？我是个脆弱的、没人保护的女子，我决不允许您这样放肆！我丈夫是八等文官！你这浑小子！我去把律师德米特里·卡尔雷奇找来，你会丢掉乌纱帽的！我已经把三个房客送上了法庭，而你要为自己说过的那些话给我下跪求饶！我还要找你们的将军去！将军大人！将军大人！”

“你给我从这儿滚出去，扫帚星！”阿列克谢·尼古拉伊奇发狠地低声说。

基斯屠诺夫推开门，扫了一眼在场的人。

“怎么回事儿？”他用几乎要哭出来的声音问道。

希丘金娜脸红得像煮熟了的对虾，她站在房间当中，转动着眼珠子，指手画脚地诉说着。银行职员们站在两侧，也红着脸，显然是给折磨得够呛，他们不知所措地你看看我，我看看你。

“大人哪！”希丘金娜急忙跑到基斯屠诺夫跟前，“就是这个人，就是他……这个人（她指着阿列克谢·尼古拉伊奇）用一只手指敲了敲额头，然后又敲了敲桌子……您吩咐他办理我的案子，可他却嘲弄我！而我是个脆弱的、没人保护的女人……我丈夫是八等文官，我本人是少校的女儿！”

“好吧，太太，”基斯屠诺夫无力地哼哼着说，“我来办……我要采取措施……您走吧……以后再说！……”

“那么，我什么时候才能拿到手呀，大人？我现在需要钱用！”

基斯屠诺夫用颤抖的手抚摩了一下自己的额头，叹了口气，又开始解释道：

“太太，我已经向您解释过了，这儿是银行，是私营企业机构……您想要我们干什么呢？请您好好地想想，您在妨碍我们工作。”

希丘金娜听他把话说完，也叹了口气。

“是啊，是啊……”她表示同意，“只是您哪，大人，行行好吧，让我永远为您向上帝祷告，请您就当我的亲爹吧，保护我吧。如果医生的证明还不够，那么我可以到警察分局去开证明……请您吩咐他们把钱发给我！”

基斯屠诺夫眼前冒金星了。他把肺里面存有的全部空气都呼出来之后，就全身无力地坐在椅子上了。

“您想要多少钱？”他用微弱的声音问道。

“二十四卢布三十六戈比。”

基斯屠诺夫从衣兜里取出钱夹，从钱夹里拿出一张二十五卢布面值的钞票递给了希丘金娜。

“拿去吧，就……就走吧！”

希丘金娜把钱用手帕包了起来，收藏好，眉头一皱就装出了十分满意、非常客气的样子，甚至露出了娇媚的微笑，她问：

“大人，我丈夫可不可以官复原职呢？”

“我得走……我病了……”基斯屠诺夫说，他已经疲惫不堪了，“我心动过速，快得可怕。”

他走后，阿列克谢 · 尼古拉伊奇派尼基大出去买来了桂樱药水，让所有的职员都各饮二十滴，然后大家才坐下来办公。这以后，希丘金娜在前厅里又坐了两小时左右，还同看门人聊了一会。她在等着基斯屠诺夫回来呢。

第二天她又来了。

祸殃

“谁？”

没有人搭腔。公墓守卫什么也看不见，但是从风和树叶的响声里可以清晰地听出来，有人沿着林荫路在他前面走动。3月之夜是多云而又多雾的，夜幕覆盖着大地，守卫觉得，大地、天空和他自己以及他的那些思绪都融为一个巨大的、神秘莫测的黑色世界了，只能摸索着走路。

“谁在那儿？”守卫又问了一遍，他开始觉得他听见了有人在悄悄说话和压低的笑声，“是谁呀？”

“我呀，老兄……”一个苍老的声音答道。

“你到底是谁呀？”

“我……是过路的。”

“什么过路的呀？”守卫生气地喊着，想用喊叫掩饰自己的恐惧，“什么鬼怪把你带到这儿来啦！你这怪物，半夜三更地到公墓来溜达什么！”

“怎么这儿是公墓呀？”

“不是公墓是什么，这儿当然是墓地啦！你看不见呀？”

“哎唷……圣母娘娘呀！”可以听到苍老的叹息声，“什么也看不见，老兄，什么也……嘿，多么黑呀，一片漆黑，黑得伸手不见五指呀，老兄，哎唷唷……”

“你到底是干什么的？”

“我是朝圣的，老兄，徒步流浪。”

“这些魔鬼，夜游神……也算是朝圣者！是酒鬼……”守卫嘟哝着，他听到过路的这个人的声调和叹息声之后便放心了，“跟你们在一起就要犯错误！白天就知道喝酒，而半夜里就让鬼怪领着到处乱窜。不过我似乎听得出来，不只你一个人在这儿，好像你们是两三个人哩。”

“就我一个，老兄，就一个人。只有一个人……哎唷……我们有罪呀……”

守卫同那个人撞了个满怀，他停住脚步。

“你怎么到这样的地方来了？”他问。

“我迷路了，好心人。我是往米特里耶夫磨坊走的，可迷了路。”

“嘿！这里哪有通向米特里耶夫磨坊的路呀？你这个傻瓜！要去米特里耶夫磨坊得往左走一大段路，从城里出来时沿着官道走。你醉了，所以多走了三俄里的冤枉路呢。看来你在城里是贪杯了吧？”

“是有这么回事，老兄，罪过呀……说真的，是有这么回事，我不想隐瞒罪过。我现在可该怎么走啊？”

“你就一直往前走，沿着这条林荫路一直走，一直走到头，在那儿马上往左拐弯，穿过整个墓地，到便门那儿，那儿有个便门……你推开便门就走你的路好了，让上帝保佑吧。小心点儿，别掉进阴沟里。离开墓地以后你就往前走，那里是没有尽头的旷野、旷野、旷野，一直到你走上官道的时候。”

“愿上帝保佑你平安，老兄。圣母啊，拯救我们吧，宽恕我们吧。要不你送我一程，大善人！你就行行好吧，送我到便门那儿！”

“啱，我哪有时间！你自己走吧。”

“发发善心吧，让我为你祷告。我什么也看不见，伸手不见五指，我是毫无办法啦，老兄……天真黑呀，太黑了！送我一程吧，亲爱的先生！”

“我还有时间送你呢！要是对每个人都这样侍候，那可就侍候不完啦。”

“看在基督分上，送送我吧。我既看不见，又害怕一个人穿过墓地。好可怕呀，老兄，真可怕，我怕得要命，大善人。”

“你真缠人，”守卫叹口气道，“喏，好吧，咱们走吧！”

守卫和过路的人一起动身了。他们是并排走着的，他俩并肩而行，沉默不语。潮湿的刺骨寒风扑面而来，看不清的树木飒飒作响，把大颗的水点洒在他们身上……林荫路的路面几乎全被水洼给覆盖了。

“我只有一件事弄不明白，”守卫沉默了半天之后说，“你是怎么到这儿的？大门是上了锁的呀。你是翻墙进来的，还是怎么的？如果是翻墙进来的，那么这种事对老人来说可不好办！”

“不知道，老兄，我不知道。我是怎么进来的，连我自己也不知道。真是鬼使神差呀。上帝的惩罚。真的，中了魔啦，魔鬼的勾引。而你，老兄，当然是在这儿当守卫了？”

“是当守卫。”

“全墓地就你一个人？”

阵风的风力大得两个人不得不站住，他们停了一会。守卫等风力减弱之后回答说：

“我们这儿是三个人，一个人得了热病躺下了，另一个人睡觉了，我俩轮流值班。”

“噢，噢，老兄，是这样。瞧这风，多大！大概死人也能听得见呢！吼叫着，简直就像凶猛的野兽呢……哎唷……”

“你自己是从哪儿来的呀？”

“远着哪，老兄。我是沃洛格达省人，从远方来。我步行去参拜那些圣地，为善心的人们祈祷，主啊，拯救和宽恕我们吧。”

守卫为了点燃烟斗而停了一会儿。他蹲在过路人的背后划了几根火柴。第一根火柴的火光闪了一下，只在一瞬间照亮右边林荫路的一小片地方和白色墓碑上的天使雕像以及黑色十字架。第二根火柴的火光很亮，但被风吹灭了，它像闪电般划过左边的一片地方，只有铁栅栏的一角在黑暗中显现了一下。第三根火柴既从左边也从右边照亮了墓碑、黑十字架和葬有小孩子的坟墓四周的铁栅栏。

“去世的人都睡了，亲爱的人们进入了梦乡！”过路人低声地自言自语，大声地叹着气，“富有的、贫穷的、精明的、愚蠢的、善良的、凶狠的，大家都睡了。他们都是一个身价，而且要一直睡到末日审判的号角声响起来的时候。愿他们的在天之灵永远安息。”

“现在我们走吧，总有一天我们也要躺下睡觉的。”守卫说。

“是的，是的，我们所有的人都有这么一天。没有一个人不死。哎唷唷。我们的行为残酷，我们的心眼儿狡诈！罪过呀罪过！我的灵魂罪孽深重，贪得无厌，我是个贪婪成性的坏蛋！我惹恼了上帝，我今生和来世都不能得救了。我已经身陷罪恶的苦海，就像虫豸陷入了污泥。”

“是啊，可谁都要死呀。”

“说的就是，不得不死呀。”

“朝圣的人大概会死得轻松些，比起我们这种人……”守卫说。

“朝圣的也是什么样的人都有哇。有的是真的，他们信奉上帝，保持灵魂的纯洁；有的则是一些半夜里跑到墓地里来找鬼魂们寻开心的家伙……是啊！有的朝圣者，只要他想干，他就会抓住你往你脑袋上砍一斧子，你的小命就没啦。”

“你怎么说这样的话？”

“随便说说嘛……喏，这就是便门了。是便门。亲爱的，请打开门！”

守卫摸着黑打开便门，拉着朝圣者的袖子把他领到门外说：

“墓地就到这儿。现在你就一直沿着旷野往前走好了，直到你看见官道为止。只是这附近有一条地界的阴沟，别掉进沟里了……你一走上官道，就往右拐，然后就一直走到磨坊……”

“哎唷唷……”朝圣者沉默了一会儿，叹了口气说，“我现在觉得我没有必要到米特里耶夫磨坊去了……我上那儿找鬼去呀？亲爱的先生，我最好还是在这儿跟你站一会儿……”

“你干吗要跟我呆在一起呀？”

“没什么……跟你在一起热闹……”

“你也算是给自己找了个伴儿！你这个朝圣的，我看你是个爱开玩笑的人……”

“没错，我爱开玩笑！”过路的人说，沙哑着嗓子笑了起来，“噢，你这个人呀，我亲爱的老伙计！大概从现在开始你在很长时间里都会想起我这个朝圣的人了！”

“我干吗要想起你呀？”

“很简单，我巧妙地把你骗了呀……我哪是什么朝圣的？我根本不是朝圣的人。”

“那么你是什么人呀？”

“死人……我刚从棺材里出来……你还记得那个在谢肉节的时候上了吊的钳工古巴廖夫吗？我就是古巴廖夫……”

“别瞎说啦！”

守卫不相信他的话，但是他觉得一种沉重和阴森森的恐怖感传遍了全身，于是他急忙离开原地，开始迅速地摸索着，他想打开便门。

“站住，你上哪儿呀？”过路的人喊着，拽住了他的胳膊，“嘿……原来你是这样一个人！你一走叫我找谁去呀？”

“放开我！”守卫叫着，使劲挣脱胳膊。

“站住！我叫你站住你就站住……别跑，你这条癞皮狗！你要是想活命，你就给我站着，别出声，听我的……我只是不想流血伤人，否则你早就死在我手里了，你这个无赖……站住！”

守卫的双膝发软。他吓得闭上了眼睛，全身发抖地靠在围墙上。他想喊叫，不过他知道，他的喊声达不到有人住的地方……过路的人站在他身旁，抓住了他的胳膊……在沉默中大约过了三分钟。

“一个守卫得了热病，另一个睡着了，第三个守卫陪着朝圣的人，”过路人喃喃自语道，“三个不错的守卫，可以发薪水嘛！不对，老兄，贼永远都要比守卫更敏捷能干！站住，站住，别动……”

在沉默中过了五分钟，十分钟。突然风儿传来了呼哨声。

“喏，现在你走吧，”过路的人松开手对他说，“走吧，你要祈祷上帝，因为你还活着。”

过路的人也打了个呼哨，从便门处跑开，可以听到他跳过阴沟的声音。守卫预感到，已经发生了某种非常可怕的灾难，他依然吓得浑身哆嗦，犹豫不定地打开便门，闭上两眼就往回跑。在通向林荫路的宽阔处，在拐弯的地方，他听见了什么人的急促的脚步声，不知是谁用唏嘘的声音问：

“这是你吗，季莫菲？米其卡哪儿去了？”

跑到这条宽阔的林荫路的尽头处，他在黑暗中发现了一个小小的微弱的灯光。离灯光愈近，他就愈觉得可怕，将发生某种灾难的预感就愈强烈。

“看来这灯光是教堂里的，”他想，“这亮光怎么会到了那儿？圣母啊，救救我，宽恕我吧！灯光是在教堂里！”

守卫在被打碎了的窗前站了一会儿，他恐惧万分地瞧着祭坛……盗贼们忘了熄灭的一支小蜡烛在从窗外刮进来的夜风中发出朦胧的亮光，它把昏暗的红色光点洒落在乱扔了一地的法衣上面、洒落在倒在地上的小柜橱上面、洒落在供桌和祭坛四周的那些众多的脚印上面……

又过了一段不长的时间，怒吼着的夜风便把焦急的、慌乱的警钟的声音送到了墓地的各个角落……

家长里短

“格里高里耶夫家来人要取一本什么书，但是我说您不在家。邮差把报纸和两封信送来了。顺便说说，叶甫盖尼·彼得罗维奇，我想请您注意一下谢廖沙。今天和两天前我发现他抽烟。当我开始数落他的时候，他就像平时那样用手堵着耳朵，为了压倒我的声音，大声地唱了起来。”

叶甫盖尼·彼得罗维奇·贝可夫斯基是地区法院的检察官，他刚开完会回来，正在自己书房里脱手套。他望着正在向他报告家务的家庭女教师，笑了笑说：

“谢廖沙抽烟了……”他耸了耸肩，“我想象得出这个小胖墩儿叼着烟卷的那个样子！他已经几岁啦？”

“七岁。您以为这是无关紧要的事，但是在他这样的年龄抽烟可是个有害而又很坏的习惯，而坏习惯是应当在它刚露头的时候就要根除掉。”

“完全正确。不过他从哪儿弄到的香烟呀？”

“在您的写字台里。”

“是吗？那就请您把他给我叫来吧。”

家庭女教师走开后，贝可夫斯基往写字台前的沙发椅里一坐，就闭上眼睛开始思考了。他在想象中不知为什么把自己的谢廖沙描绘成一个叼着一根硕大无朋的，有一俄尺长的烟卷的人，这幅漫画竟使他露出了微笑。与此同时家庭女教师那严肃和不安的脸唤起了他的回忆，他想起了很久以前已经几近忘却了的那个时代。当时，在学校和家庭儿童室中的抽烟行为使教师们和家长们产生了一种奇特的、令人不能完全理解的恐惧感。正因为这种恐惧感，使人们无情地鞭笞了孩子，把他们从中学里开除，毁了他们的生活，尽管没有一位教师和父亲知道吸烟之害和这种罪行究竟是怎么回事儿。甚至那些非常聪明的人也不觉得同自己不懂的罪恶进行斗争是一件令人为难的事。叶甫盖尼·彼得罗维奇想起了自己的中学校长，他是个很有学问和仁慈的长者，当他看到一个中学生抽烟时，竟吓得面无血色，马上召开了紧急教师会议，决定把犯有过失的学生开除学籍。大概社会生活规则已经是这样形成了：恶的本质越是尚未为人们所理解，同恶的斗争也就越是残酷和粗暴。

检察官想起了两三个被开除的同学以及他们后来的生活道路，于是他不能不想到，惩罚会更经常地带来比罪行本身更多的恶果。活人的器官具有很快适应环境的能力，它对任何氛围都能逐渐习惯并嗅出其特点加以辨别，否则人就会时刻感觉到他的合理的活动往往具有多么不合理的另一个侧面：他会感觉到，甚至在一些有重要意义和有可能产生可怕后果的活动中，诸如错误的教育方式、司法活动和文学活动中，有理性的真实和坚定信念还多么少……

这类轻松而又飘忽不定的想法只有可能在已经疲倦了的、正在休息的大脑中出现，它们在叶甫盖尼·彼得罗维奇的脑海中也开始徘徊了。不知这类想法来自何方，为什么会出现。它们在脑海中停留得并不久，而且似乎只是在大脑表层爬行，没有深入到脑海深处。对于那些整整几个小时，甚至几天都不得不按照官方指定的一个方向思考问题的人来说，这些无拘无束的、与家常生活有关的思考实际上是一种舒适的享受，是一种令人愉快的温馨气氛。

晚上八点多钟。在上面，在天花板上面，那是二楼，有人正在从一个角落到另一个角落地来回踱步。而在更高的地方，在三楼上，是四手联弹的钢琴声。从正在踱步人的脚步声来判断，他不是在苦苦地思索着什么，就是牙痛得要命；而那单调的琴声则使晚间的静寂增添了令人昏昏欲睡的气氛，让人产生懒洋洋的遐想。在相隔两间屋子的儿童室里，家庭女教师和谢廖沙正在谈话。

“爸——爸回来了！”男孩唱歌似的拖长着声音说，“爸爸回——来了！爸！爸！爸！”

“爸爸在叫你，快去！”家庭女教师喊了一声，她像一只惊弓之鸟那样尖声地说，“你听见我说什么了吗？”

“可我将对他说些什么呢？”叶甫盖尼·彼得罗维奇想。

然而在他还没来得及想出什么办法时，他的儿子谢廖沙，一个七岁的男孩已经走进了他的书房。这是个只能按照他的穿着才能判断出他的性别的孩子：他身体单薄、脸色白净、十分柔弱……他浑身显得无精打采，像暖房里培育的蔬菜。他的动作、鬈发、眼神、丝绒上衣——一切都显得极其娇嫩、温柔。

“你好，爸爸！”他柔声说着爬到父亲的膝头并很快地吻了一下脖子，“你叫我了吗？”

“是啊，是啊，谢尔盖·叶甫盖尼伊奇①，”检察官回答着，把他从自己身边抱开，“在相吻之前，我们得谈谈，而且得严肃地谈谈……我生你的气了，而且再也不喜欢你了。你记住，孩子，我不喜欢你了，你不是我的儿子……是的。”

谢廖沙仔细观察着父亲的脸色，然后把视线移到写字台上，耸了耸肩。

“我做了什么事惹你不高兴？”他眨巴着眼睛不解地问，“我今天一次也没到你书房来过，我什么也没动过。”

“娜塔丽娅·谢苗诺芙娜刚才向我抱怨说，你抽烟了……这是真的吗？你抽烟了吗？”

“是的，我抽过一次……这是真的！……”

“瞧，你还在撒谎，”检察官皱起眉头以掩盖自己的微笑，他说，“娜塔丽娅·谢苗诺芙娜有两次看见你抽烟。这就是说，有三种错误行为你被别人当场抓住：抽烟、从写字台里拿别人的烟和撒谎。三个错误！”

---

① 谢廖沙的名字和父名。一般父子之间不这样称呼。

“嗨，对了！”谢廖沙想起来了，他的眼睛微笑着：“这是真的，真的！我是抽了两次烟：今天这一次和以前的一次。”

“你瞧，就是说不止一次，而是两次……我对你非常、非常不满意！过去你是个好孩子，但是现在，我看，你学坏了，成了个坏孩子。”

叶甫盖尼·彼得罗维奇在把谢廖沙的衣领弄整齐些时，暗自想：

“还要对他说什么呀？”

“是的，这不好，”他接着说，“我没料到你会这样。第一，你无权拿不属于你的香烟。每个人都有权享用只属于自己的东西，如果他拿了别人的东西，那么……他就是个坏人！（‘我对他说的不是心里话！’叶甫盖尼·彼得罗维奇想。）比如，娜塔丽娅·谢苗诺芙娜有个大木箱子。里面是衣服。这是她的木箱子，而我们，也就是说无论是我还是你，都休想碰它，因为木箱子不是我们的。是不是？你有一些玩具马、画片……我不是从来不动它们吗？……也许我想拿它们来玩玩。但是……它们不是我的，而是你的！”

“如果你愿意就拿呗！”谢廖沙扬了扬眉毛说，“爸爸，请你别不好意思，拿吧！你书桌上的这个小黄狗是我的，不过我不在乎……就让它摆在这儿好了！”

“你没明白我的意思，”贝可夫斯基说，“小狗是你送给我的，现在它是我的了。我想对它怎样都可以，但是香烟却不是我送给你的！香烟是我的！（‘我这样对他解释不合适！’检察官想，‘不是我要说的话，完全不是！’）如果我想抽别人的香烟。那么我就得先请求允许……”

贝可夫斯基懒洋洋地想一句说一句地尽量模仿着儿童的语言开始向儿子解释，什么是个人私有观念。谢廖沙看着他的胸口聚精会神地听着他的解释（儿子很喜欢每晚同父亲聊天），然后儿子就把双手撑在写字台边沿，开始眯起一对近视眼瞅着那些文件和墨水瓶。他的视线在写字台上四处寻觅着什么，最后停在一瓶阿拉伯胶水上面。

“爸爸，胶水是用什么东西做的？”他突然问，还把胶水瓶拿到眼睛跟前看着。

贝可夫斯基从他手中拿过胶水瓶并把它放回原处，继续说：

“第二，你抽烟……这很不好！如果我抽烟，那么这还不应该成为可以抽烟的理由。我抽烟，而且我知道这样做是愚蠢的，为此我骂自己也不喜欢自己……（‘我是滑头教育家！’检察官想。）香烟对健康极其有害，因此抽烟的人都会在不应该死的时候早死。像你这样年龄小的孩子抽烟是特别有害的。你的肺还弱，你还不够健壮，而身体虚弱的人抽烟则会得肺痨病和其他疾病。比如伊戈纳齐舅舅就是得了肺痨病死的。如果他不抽烟，可能他到今天还活着哩。”

谢廖沙若有所思地看着灯，用一只手指碰了一下灯罩，叹了口气。

“伊戈纳齐舅舅小提琴可拉得真好！”他说，“他的小提琴现在放在格里高里耶夫家里呢！”

谢廖沙又把双臂撑在桌沿上沉思起来。在他白净的脸颊上出现了凝思的表情：他似乎在倾听着自己思想的活动并跟着它一起思考；他那一对凝视着的大眼睛露出了悲伤和某种类似恐惧的神情。也许现在他想到了死亡，不久前死神把他的母亲和舅舅伊戈纳齐召回到自己身边。死神把母亲们和舅舅们带走了，而死者的孩子们和那些小提琴却留在人间。死去的人住在天上那些星辰附近并且从那儿望着大地。他们经受得了这离别之苦吗？

“我还要对他说些什么好呢？”叶甫盖尼·彼得罗维奇想，“他没听我在说什么。显然他认为不管是他自己的行为也好，我讲的道理也好，都不重要。怎样才能使他明白事理呢？”

检察官站了起来，在书房里来回踱步。

“以前，在我小的时候，这类问题的解决是再简单也没有了，”他在思考着，“凡是被发现抽了烟的男孩一律要加以鞭笞。那些胆小的、怯懦的人确实戒了烟，但是那些胆子比较大也更机灵些的孩子被鞭笞后就开始把烟藏在长靴的靴筒里，躲在库房里抽烟。当人家在库房抓住了他并再一次鞭笞他之后，他就躲到河滩上去抽烟了……甚至走得更远些，直到小孩子长大成人。我母亲为了我能戒烟，常常给我钱花，给我糖吃。现在这类手段被认为是毫无意义和不道德的了。现代的教育家们站在伦理学的基础上，力求孩子们不是出于恐惧，不是从出人头地或得到奖励的愿望出发，而是自觉地去接受优良的品质。”

正在他踱步和思考这些问题时，谢廖沙从写字台侧面爬上了桌面并开始画画儿了。为了避免他弄脏文件和乱拿墨水瓶，桌面上放着一叠四开纸和一枝蓝色铅笔。

“今天厨娘切白菜丝的时候把自己的手指头割破了，”谢廖沙边画着小房子，边眉飞色舞地说，“她喊叫得那么可怕，我们大家都吓了一跳，都跑进了厨房。她这个笨蛋！娜塔丽娅·谢苗诺芙娜叫她把手指浸在凉水里，可她却用嘴去吮……她怎么能把脏手指放到嘴里去呢！爸爸，这是不成体统的嘛！”

接下去他又讲起吃午饭时一个流浪乐师领着一个小女孩到院子里来了，这个小女孩在手摇风琴的伴奏下又唱又跳。

“他有自己的一套思想方法！”检察官想，“他的头脑里有一个自己的小小世界，而且他是按照自己的想法来认定什么重要什么不重要的。为了控制他的注意力和思想意识，光是片面地去模仿他的语言是不够的，还应当学会按照他的那套方法去思维。如果我真是舍不得这些香烟，如果我真是生气了、哭了……那么他或许会真的理解我。这就是为什么在培育孩子方面母亲是不可替代的，因为她们善于同孩子们一起感受一切，一起哭泣，一起哈哈大笑……在这里，伦理学和道德说教是无能为力的。那么，我还应当对他说些什么呢？说什么？”

于是叶甫盖尼·彼得罗维奇觉得奇怪而又可笑的是，他这个半辈子都在从事各种制止犯罪、提出警告和惩罚措施的工作，是个有经验的法学家，现在却完全束手无策了，他不知道该对男孩儿说些什么。

“你听着，向我保证你再也不抽烟了。”他说。

“我保证！”谢廖沙使劲握着笔，上身伏在画上拉长了声音说，“我——保证——证！”

“他知道什么是保证吗？”贝可夫斯基在问自己，“不对，我不是个好的教育者！如果教师当中的某一位或者我们法院里的某一位同事这时观察一下我的头脑内部的话，他们可能把我叫作废物，也许还会怀疑我过于卖弄聪明……但是所有这些复杂的难题在学校和在法庭上比在家里可以更简单地得到解决，在家里你面对的是你非常热爱的人，而爱则要求很多的、很深的感情投入，它使问题变得复杂化。如果这个男孩儿不是我的儿子，而是我的学生或者法庭上的被告，我可能就不会这样胆怯，我也不会这样六神无主，心慌意乱！……”

叶甫盖尼·彼得罗维奇在写字台前坐了下来，他把谢廖沙的一张画拿了过来。画面上画的是有一个歪斜屋顶的房子，房顶上冒着烟，那烟就像闪电一样从烟囱里曲曲弯弯地延伸到四开纸的边上。房子旁边站着一名士兵，代替两只眼睛的是两个黑点儿，手里拿的刺刀像是数字“4”。

“人不可能比房子还高，”检察官说，“你看，你画的屋顶只有士兵的肩膀高。”

谢廖沙爬到他膝头上扭动了半天，以便坐得舒服些。

“不对，爸爸！”他看了看自己的画说，“要是把士兵画小了，那么就看不见他的眼睛了。”

有必要跟他争论吗？检察官从每天对儿子的观察中得出了一个坚定的信念，儿童就像野蛮人一样有他们自己的艺术观念，而且有成年人所理解不了的特殊的要求。经过认真观察，成年人会以为谢廖沙是个不正常的人。这孩子认为把人画成比房子还高的样子是可以的，也是合理的，用铅笔不仅可以画物体，还可以表达自己的感觉。比如他把交响乐队的乐曲声画成了球形的烟色斑点，把口哨声画成了螺旋形的线状……在他的概念中，声音永远是同形与色紧密相关的，因此，他在给字母上颜色时，总是把N涂成黄色，把M涂上红色，把A涂上黑色，等等。

放下画，谢廖沙又扭动一会儿，找到了舒服的姿势之后便玩起父亲的胡子来了。开头他用心地把胡子抚摸一番弄整齐，然后就把它一分为二并开始梳理成络腮胡子的样式。

“现在你像伊万·斯切潘诺维奇了，”他喃喃道，“而现在你将像是……我们的看门人了。爸爸，为什么看门人都站在门口呢？是为了不让小偷进来吗？”

检察官感觉到儿子的呼吸吹在自己脸上，便用面颊频频地去摩擦他的头发，于是他的心开始涌上一股暖流而变得温柔了，似乎不是他的双臂，而是他的整个心灵都紧靠在谢廖沙那件丝绒上衣上。他凝视着儿子那双深色的大眼睛，他觉得在一双宽大的瞳孔后面望着他的既是母亲，又是妻子，是他曾几何时热爱过的一切。

“看你怎么下得了手鞭笞他……”他想，“看你如何去想办法惩罚他！不，我们有什么资格做教育孩子的人。过去人们都很单纯，想得很少，因而解决问题时也很大胆。而我们却想得太多，伦理学把我们弄得迂腐了……人越是饱学，就想得越多，就越喜欢钻牛角尖，他就会变得举棋不定、顾虑重重，因而也就更加胆小怕事，不敢采取行动。事实上，如果深入地想想这个问题就会明白，需要具有多么大的勇气和自信人们才能着手去教育别人，审判别人，撰写厚厚的一部著作……”

钟表响了十下。

“哦，孩子，该睡觉了，”检察官说，“再见了，去睡吧。”

“不，爸爸，”谢廖沙皱着双眉说，“我还想再玩一会儿。给我讲个什么故事吧！讲个童话。”

“好，不过讲完童话就马上睡觉。”

在闲暇的晚上，叶甫盖尼·彼得罗维奇通常总是给谢廖沙讲童话故事。像大多数公职人员一样，他背不出一句诗，没记住一个童话的完整情节，因而每一次讲故事他都得即兴发挥。一般他是用习惯的套式开始讲：“在某个王国里，在某个国家中”，接下去就堆砌一些随手拈来的荒诞无稽的事情。他在讲述故事的开头时，还完全不知道故事的中间和结尾将是怎么回事儿。场景、人物和主题都是他想当然地临时编造的，而情节和结尾的说教则不以讲故事者的意志为转移地、自然而然地发展着。谢廖沙非常喜欢这种即兴表演，于是检察官发现，故事情节越平淡无奇，它对孩子的影响力反而越大。

“你听着，”他眼睛瞅着天花板开始讲故事了，“在某个王国里，在某个国家中，有一个长着很长的白胡须的老沙皇，而且……长着也是这么长的白髭须。喏，他住在水晶宫里。在阳光下，这个水晶宫就像一大块透明的冰那样闪闪发光。这座宫殿哪，我的小少爷，是坐落在一个巨大的花园里，而在花园里呢，你知道，长着橙子……香梨、甜樱桃……盛开着郁金香、玫瑰花、铃兰花，色彩斑斓的小鸟在婉转歌唱……是啊……树上挂着玻璃小铃铛，当风儿吹来的时候，它们响得那么柔和动听，简直叫人听个没够。玻璃发出的声音比金属声柔和悦耳……你记得在索尼亚姑姑的别墅里见到过的喷泉吗？在沙皇的花园里喷泉就是那样，只是比它大得多，水柱喷得像最高的杨树那么高呢。”

叶甫盖尼·彼得罗维奇想了想又继续说道：

“老沙皇有一个独生子，也是皇位的继承人——这个男孩儿像你一样小。这是个乖孩子。他从来没使过性子，晚上睡得也早，从来不动写字台上的东西，而且……而且总的来说是个聪明伶俐的孩子。他只有一个缺点——他抽烟……”

谢廖沙聚精会神地、眼睛也不眨一下地，盯住父亲的眼睛听着。检察官接着说下去，同时在想“下面该说什么？”就像通常说的那样，他胡编瞎扯了半天，最后这样结束道：

“皇太子二十岁的时候，他因为抽烟而患了肺痨病死了。年老多病的老沙皇孤苦伶仃，无人相助。找不到管理国家和保卫宫殿的人了。敌人来了，杀死了老沙皇，拆毁了宫殿，于是花园再也没有樱桃，没有小鸟，没有小铃铛了……就这样，故事完啦，我的小少爷……”

叶甫盖尼·彼得罗维奇本人觉得这样的结局可笑而又天真，然而整个童话却给谢廖沙留下了强烈的印象。他的双眼蒙上了一层忧郁的，类似恐惧的淡淡哀愁。他若有所思地望了一会儿黑洞洞的窗外，打了个冷战，用沮丧的声音说：

“我不再抽烟了……”

当他道过晚安而走去睡觉以后，他的父亲在房中从这个房角走到另一个房角地踱起步来，而且微笑着想：

“人们会说，在这里是美和艺术形式起了作用。”他想，“就算是这样吧，但是这并不令人放心。这毕竟不是真正解决问题的办法……为什么道德和真理不应该原封不动地呈现到人们面前，而必须加上各种其它成分，非得像药片那样包上糖衣，镀上一层金作为包装呢？这不正常……是伪造、欺骗……变戏法儿……”

他想起了那些非得发表“演说”不可的陪审员们，还有那些只靠壮士歌和历史小说认识历史的芸芸众生；他也想起了自己，不是从布道词和法律中，而是从寓言、小说、诗歌中去理解生活的意义……

“药应当是甜的，而真理则应当好看……人就是从亚当时代起给自己编造了这个瞎话……不过……也许这一切是理所当然的，而且本该如此……自然界中种种合理的骗局和幻觉还少了吗？……”

他开始工作了，然而那些懒洋洋的有关家务的想法还久久地在他脑中徘徊。天花板上面唱歌的声音没有了，不过二楼上的房客还在从一个屋角走到另一个屋角地来回踱步……

彩　票

伊万·德米特里奇是位家境中等，年薪一千二百卢布的有家室的人，他对自己的命运很满意。有一次吃过晚饭，他往沙发椅上一坐，就看起报纸来了。

"我今天忘了看报，"他的妻子边收拾桌上的餐具边说道，"你看看，报上登没登中彩号码的一览表？"

"噢，有，"伊万·德米特里奇答道，"难道你的彩票没典押出去而作废？"

"没有，星期二我付过利钱了。"

"号码是多少？"

"9499 期，26 号。"

"噢……我查查看……9499 和 26。"

伊万·德米特里奇不相信有中彩的可能，如果在另一种情况下，他是绝不会去查看中彩号码一览表的，不过现在他无事可做（不错，报纸就在他面前），他就用一只手指从上到下地查看着彩票的期号。于是还没看完第二行时，立即就有 9499 几个数字清清楚楚地冲进他的眼帘，简直像是在嘲笑他的毫无信心似的！他还没来得及查看彩票的号码，也没再核实一下自己是否看花了眼，很快地便把报纸放在膝头上，而且感到似乎有人在他肚子上泼了些凉水，心口有一种舒服的凉意，既有点儿痒痒，又有些害怕，心里甜滋滋的！

"玛莎，有 9499 呢！"他用沙哑的声音说。

妻子看了一眼他那吃惊的，被吓了一跳的脸色便明白了，他不是在开玩笑。

“9499 吗？”她面色苍白，把叠好了的桌布放在桌子上问道。

“对，对……真有！”

“那么彩票的号码呢？”

“哦，对了！还得看看彩票的号码。不过，等等……待会儿吧。你别说，真没想到吧？毕竟有了我们彩票的期号！毕竟有了，你懂吗……”

伊万·德米特里奇眉开眼笑地看着妻子，而且是在傻笑，就像一个小孩子看到了一件光彩夺目的东西那样。妻子也笑了，她像丈夫一样，由于丈夫只说了彩票的期号而不想急于知道中彩彩票的号码而感到高兴。用有可能走运的希望来陶醉自己、刺激自己——这是那么令人觉得甜蜜而又可怕呀！

“我们的彩票期号有了，”沉默半晌之后伊万·德米特里奇说道，“就是说，我们有中彩的可能性。仅仅是可能，但是毕竟有了这个可能呀！”

“喏，现在你往下查查看吧。”

“等等。还来得及失望呢。号码是从上面数的第二行，这等于说彩金是七万五千卢布。这不仅是钱，而且是力量，是资本！如果现在我突然看一眼一览表，而那儿又印着：26！啊？喂，如果我们真的中了彩，我们要干什么呢？”

夫妻二人开始大笑，久久地彼此对视着。走运这一可能性使他们失去了清醒的头脑，他们甚至不能去幻想，也不能说清楚他们俩要这七万五千卢布干什么，他们想买什么，他们要到哪儿去旅行。他们想的只是 9499 和 75000 这些数字，他们在自己的想象中描绘的只是这些数字，至于可能实现的幸福本身，他们却没去想。

伊万·德米特里奇拿着报纸来回踱着步。走了几个来回之后，只是在他克服了最初的激动心情之后，他才开始幻想。

“如果我们中了彩我们干什么呢？”他说，“要知道，这将是新生活的开始，这将是重大转折！如果你的彩票是我的，那么我首先当然是要买价值二万五千卢布的庄园式的不动产，用一万卢布作为一次性开销用，重新装修室内设备……去旅行、还债之类的……其余四万卢布存到银行里生利息……”

“是的，买庄园——这很好。”妻子坐了下来，把双手放在膝头上说。

“在图拉省或在奥尔洛夫省买……第一，不要买别墅；第二，毕竟会有一笔收入。”

在他的想象中一个画面比一个画面显得更美妙、更富有诗意，而在所有这些画面中，他看到的自己都是酒足饭饱、安然自得、身强力壮的样子，他觉得心里暖烘烘的，甚至有些全身发烧了！瞧，他刚吃完冰凉的杂拌汤，肚子朝上地躺在河边晒热了的沙土上或花园里的椴树下……大热天……小儿子和女儿在他身边爬来爬去，挖沙土或在草丛里捉小甲虫玩耍。他在舒舒服服地打盹，什么也不想，全身上下都感觉到，不管是今天、明天还是后天，他都不必去上班。而如果躺腻了，他就去割草或者到树林里采蘑菇或者去看庄稼汉们撒网捕鱼。太阳下山后，他就拿着被单、香皂，不急不忙地走进浴室。在这里他慢条斯理地脱光衣服，用手掌搓半天胸部之后，便进入水中。而在水中，鱼儿在混浊的肥皂泡附近乱窜，翠绿的水草在摇摆着。洗完澡以后，喝一杯加了鲜奶油的茶，吃抹了奶油的小甜面包……晚上去散步，或者跟邻居们打纸牌。

“是啊，买座庄园可真好。”妻子说，她也在幻想，从她的面部表情上可以看出，她被自己的想法弄得心花怒放了。

伊万·德米特里奇为自己描绘了多雨的秋天，冷气袭人的傍晚和秋老虎的日子。在这样的时候，应当故意在花园里、菜园里和小河边多溜达一会儿，以便痛痛快快地把自己冻一阵子，然后就喝它一大杯伏特加，吃些松乳菇或加了土茴香腌的酸黄瓜作为下酒菜，接着再喝一杯酒。孩子们从菜园里跑进屋来，手里拿着胡萝卜和萝卜，它们散发出泥土的清香……在这以后，往沙发上一倒，悠闲自得地拿起一本什么画报看看，然后就用这本杂志把脸盖上，把背心的纽扣松开来，安心地打个盹……

秋老虎过后就是阴雨季节。白天和黑夜雨下个不停，光秃的树木在哭泣，风儿潮湿而又阴冷。狗、马、鸡——一切都是湿漉漉的，都显得无精打采，畏畏缩缩。没有地方散步，也不能出门。整天都不得不在屋里来回踱步，从房间的一个角落走到另一个角落，闷闷不乐地望着窗外那阴霾的天空。寂寞啊！

伊万·德米特里奇站住，望着妻子。

"我呀，你知道，玛莎，可能出国看看。"他说。

于是他开始想，最好是深秋时节到国外去，到法国南部，到意大利……到印度的什么地方去！

"我也想，一定得到外国去，"妻子说，"喏，你看看彩票的号码吧！"

"等一等！别着急……"

他在房间里走着，继续想下去。有一种想法出现了：如果他妻子真的出国了，将会怎么样呢？独自一人旅行愉快呢，还是跟一些放荡的、无忧无虑的、只顾眼前的女人们一起旅行，而不是跟那种一路上只想着和议论着孩子、总是唉声叹气，为了花掉的每个戈比而心痛得发抖的女人一起旅行好呢。伊万·德米特里奇想象着自己的妻子带着许多包裹、筐子、小袋子坐在火车车厢里的样子。她在叹气、抱怨说旅行使她头痛、说她花了很多钱。他还得时不时地跑到火车站里去打开水，买夹肉面包和汽水……她不可能去餐车吃午饭，因为太贵了……

"要知道她会限制我花每一文钱，"他看着妻子想道，"彩票是她的，而不是我的！而且她何必非到外国旅行不可呢？她在那里有什么好看的？她将呆在车厢里，而且也不放我出去，不许我离开她……我知道！"

于是他生平第一次注意到，他的妻子老了，丑了，全身都散发出厨房的气味，而他自己却还年轻、健壮、有活力，再结一次婚也可以。

“当然，这些念头都是胡闹和愚蠢的，”他想，“不过……她为什么想到外国去呢？她去那儿能看懂什么呢？可她肯定还是想去的……我可以想象到……而实际上对她来说什么是那不勒斯，什么是克林，其实都一样，她只能妨碍我，我可能要受到她的制约。我可以想象到，只要她一把钱拿到手，就立即会把钱照村妇的方式加上六道锁地藏起来……不会让我知道藏在什么地方……她将要把钱花在自己娘家人身上，而对我则在花每个戈比时都要抠抠搜搜。”

伊万·德米特里奇想起亲戚们。所有这些兄弟姊妹、五姑八姨、表叔表舅们一旦知道了中彩这件事，都会一哄而上，开始哭穷，死乞白赖地哀求、阿谀地谄笑，口是心非地奉承你。多么讨厌的一群可怜虫。如果给他们钱，他们就会得寸进尺地再要，而如果不给——他们将对你恨之入骨、造谣污蔑、诅咒你不得好死。

伊万·德米特里奇想起了自己的亲戚们，想起了他们的脸，过去他是无动于衷地看着他们的。现在这些脸使他觉得反感、可憎。

“这些畜生！”他想。

妻子的脸他也觉得令人反感、可憎了。在他心里升起一股厌恶妻子的敌意，于是他幸灾乐祸地想：

“对金钱的意义她一窍不通，因而吝啬成性。如果她中了彩，大概也只能给我一百卢布，其余的钱她就锁起来了。”

这样一来，他就不是微笑着，而是憎恨地看着妻子了。她也看了他一眼，也是带着憎恨和气愤的样子。她有自己的五彩缤纷的幻想，有自己的计划、自己的想法，她很清楚她丈夫在幻想着什么。她知道谁会第一个把魔爪伸向她中彩赢得的巨款。

“幻想怎样去花别人的钱还觉得挺美的！”她的眼神在这样说，“不，你休想！”

丈夫看懂了她的眼神。仇恨在他胸中翻腾，于是为了让自己的妻子难受，他就不怀好意地迅速地看了看报纸第四版，接着就得意地宣布道：

“9499 期，彩票 46，而不是 26！”

希望和憎恨这两个尤物一下子都消失了，而伊万·德米特里奇和他的妻子都立即发现，他们的房间是阴暗的、狭小的、低矮的；他们吃过的那顿晚饭并不饱人，而只是觉得胃部下面噎得慌；他们觉得长夜漫漫、寂寞无聊……

“鬼知道是怎么回事儿，”伊万·德米特里奇开始发脾气了，他说，“你走到任何地方，脚下到处是纸片、碎屑、什么东西的壳皮。从来也没人打扫这些房间！只好离开家，我算倒霉透顶了。我马上就走，在见到的第一棵山杨树上吊死算了。”

还早着呢！

在沙尔诺沃村里，响起了晨祷的钟声。太阳正在地平线处同大地亲吻，它红光满面，不过很快就会藏起来的。在谢苗那个不久前把酒馆改称为客店的木屋里（客店这一封号可与木屋的稀稀拉拉的茅屋顶和两扇昏暗的窗子不相称）坐着两位打猎的庄稼汉。其中的一个叫菲利普·斯留恩卡，这是个六十岁左右的老头儿，当过扎瓦林伯爵家的仆人，按职业来说是个钳工，曾在制钉厂里干过活儿，因酗酒和懒惰而被赶出了工厂。现在他靠讨饭糊口的老妻养活。他很瘦弱，留着稀疏的山羊胡子，说话时带着尖细的呼哧声，而且说完每一个词，他的右脸颊就抽搐一下，同时右肩膀也跟着痉挛着扯动一下。另一位是伊格纳特·里亚包夫，一个身强力壮、宽肩膀的庄稼汉，他从来什么正经事也不干，永远不吭声，这时他正坐在屋角里，头上是一大串小面包圈。朝里敞开的大门把浓浓的黑影投在他身上，所以斯留恩卡和客店老板只能看见他那有补丁的膝头、又大又粗的鼻子和覆盖着他那大脑壳的稠密乱发中披散出来的一大绺头发。谢苗这个矮小病弱的人有着青筋突起的长脖子和一张苍白的脸。他站在柜台后面忧郁地望着那一串小面包圈，恭顺地咳嗽着。

“你现在用脑子来想一想吧，如果你还有头脑的话，”斯留恩卡抽搐着面颊对他说，“东西放在你那儿一点用处都没有，对你也没有任何好处，可我们却很需要它。没有枪的猎人就像教堂里的僧人嗓子哑了一样。这是要动脑子才能明白的，而你呢，我看，还没明白，所以呀，你没有真正的头脑……给我吧！”

“可你是把枪押在我这儿的！”谢苗像女人那样细声细气地说，

他深深地叹了口气，一直盯着那串小面包圈，“把你拿去的一卢布还给我，那么你就可以把枪拿走了。”

“我没有一卢布。我对你，谢苗·米特里奇，在上帝面前发誓：你把枪给我，我现在要同伊格纳什卡[1]去打猎，完事儿以后再把枪还给你。否则就让上帝惩罚我，我把枪一定还给你。若不还，就让我今生和来世都得不到幸福。”

“谢苗·米特里奇，给他吧！”伊格纳特·里亚包夫用男低音的嗓子说，在他的语气中不难听到强烈的欲望——得到他想要的东西。

“你们要枪干什么呀？”谢苗忧郁地摇着头叹息道，“这时节打什么猎哟？外面还是冬天，除了乌鸦和寒鸦之外，就什么猎物也没有了。”

“什么冬天呀？这还算是冬天？”斯留恩卡从烟斗里用手指往外抠烟灰，“当然啦，现在还早点儿，可谁也摸不准丘鹬的脾气。丘鹬是一种你必须埋伏起来等它出现的鸟儿。说不定，你坐在家里等它飞来这工夫，它却飞过去了，于是你就错过了机会，那就等到秋天再说啦……就是这么回事儿！丘鹬可不是寒鸦……去年它是在复活节前一周飞来的，可前年却让人们等到复活节过了的那个星期。不，谢苗·米特里奇，你还是行行好，把枪给我们吧！我们要永远为你祷告上帝。简直是祸不单行，伊格纳什卡也把自己的枪给换酒喝了。咳，你在喝酒的时候，还不觉得有什么不好，可现在……咳，对它呀，这个可恨的伏特加啊，我连看都不想看了！真的，这东西是恶魔的血呀！给我枪，谢苗·米特里奇！”

“我不给！”谢苗说，他把自己蜡黄的双手交叉地放在胸前，好像做祷告之前那样，“应当讲良心，菲利莫努什卡[2]……押出去的东西不能白白地拿走，必须付钱……还有，你想一想，何必打死鸟儿

① 伊格纳特的小名。

② 菲利普的爱称。

呢？为了什么？现在是斋期，你不会吃它呀。”

斯留恩卡不好意思地同里亚包夫相互交换了一下眼色之后，叹了口气说：

“我们只是打算在丘鹬求偶的时候，埋伏在那里等机会。”

“为了什么呢？这都是干蠢事……你可不是那种天生干蠢事的人哪……伊格纳什卡是没有办法啦，他是个糊涂虫，上帝没照顾好他，而你，谢天谢地，一个老头子，也该入土啦。你最好还是去做彻夜祈祷吧。”

看来，只要一提起他年迈，斯留恩卡就不高兴。他干咳嗽了几声，皱着眉头，足有一分钟没搭腔。

“你听我说，谢苗·米特里奇！”他站起来激动地说，他现在不只是右脸颊，而是整个脸都在抽搐了，“说真的，就像在上帝面前一样……让造物主用雷劈死我好了，复活节一过，我可以得到斯杰潘·库兹米奇给我修理大车轮轴的工钱，到那时我给你的不是一个卢布，而是两个卢布！让上帝惩罚我吧！我在圣像面前对你说话，只求你给我枪！”

“给吧！”里亚包夫发出了嚎叫似的男低音，可以听得出来，他的胸口憋得难受，可以感觉到他有很多话要说，但找不到合适的词句，“给吧！”

“不，哥儿们，别再求我了，”谢苗忧郁地摇着头叹息道，“别引诱我去犯罪吧，我不能把枪给你们。要拿回押出去的东西还不想付钱——还从来没时兴过这一套。再说啦，干吗要胡闹呢？你们走吧，愿上帝保佑你们！”

斯留恩卡用袖口擦了擦脸上的汗，便又开始激动地指天发誓和恳求谢苗。他画十字，向圣像伸出双手，呼叫着自己已经过世的父亲和母亲的名字为他作证，但是谢苗依然故我，恭顺地看着挂起来的那串小面包圈连连叹息。终于迄今为止一直坐着不动的伊格纳什卡·里亚包夫一跃而起，并且扑通一声就在酒馆老板面前跪下了。但是这也没能起作用！

“你就跟我的枪一块儿死了吧，魔鬼！”斯留恩卡说，他的面颊和肩膀都在抽搐，“你死去吧，你这霍乱瘟神，狼心狗肺的强盗！”

他边骂街，边挥动着拳头，跟里亚包夫二人走出了小酒馆，在大路当中停了下来。

“他没给，这该死的！”他用带哭的声音说着，受了委屈似的望着里亚包夫的脸。

“他没给呀！”里亚包夫的男低音重复道。

村头一带木屋的小窗，酒馆屋顶的欧椋鸟鸟巢、杨树树梢和教堂上的十字架都像灿烂的金黄火焰在闪耀着。只能看见太阳的一半了，它在回去过夜时还眨着眼睛，放射出红色的余晖，好像在高兴地笑着。斯留恩卡和里亚包夫看到，在太阳的右侧，离村庄大约两俄里的地方，树林渐渐变黑了，而在明朗的天空上，簇簇碎小的云朵正飘动到某个地方去，于是他们感觉到，今天将有一个晴朗和安静的夜晚。

“现在正是时候，”斯留恩卡抽搐着面颊说，“要是能站它个把小时，等丘鹬飞来多好啊。可他没给枪，这个坏蛋，让他……”

“要是埋伏下来打丘鹬，眼下可正是时候……”里亚包夫结结巴巴地，很费劲儿似的说完这句话。

他们站了一会儿，彼此一句话也没说就走出村庄，望着黑压压的树林一带。整个天空都被飞动的小黑点占满了——这是一群白嘴鸦飞回去过夜了……在深栗色的耕地上，有些地方覆盖着白雪，在阳光下发出微弱的金黄色亮光。

“去年这时节我在日甫基打过丘鹬，”沉默许久之后斯留恩卡说，“带回了三只丘鹬呢。”

又是一阵沉默。两个人站着，望着树林，然后就懒洋洋地离开了那地方，在村外泥泞的大路上走着。

“应当想到，丘鹬还没飞来，”斯留恩卡说，“也可能已经出现了。”

“柯斯其卡说还没来。”

“也许没来……谁知道它们是怎么回事儿！年年情况不同，可这路也太泥泞了！”

“不过还是得去试试吧。”

“那当然，得去试试。为什么不去等丘鹬呢？等是可以等的，不妨到树林里去看看。如果有，我们就告诉柯斯其卡，不过也许我们自己也能弄到枪，那么明天我们就去打丘鹬了。嗨，真是鬼迷心窍，原谅我吧上帝，魔鬼迷住了我，竟把枪押到酒馆里！我心里难受得都不知道对你怎么说了，伊格纳什卡！”

两位猎人就这样一问一答地来到了树林跟前。太阳已经落山了，它在身后留下了一道像被烈火烧红了的晚霞，它被一团团云朵割断了，而这些云朵的颜色却令人难以分辨。云朵的边缘是红色的，但是云朵本身一会儿像是灰色的，一会儿又像是淡紫色的，时而像是烟灰色的。树林里，茂密的云杉枝丫中间和小白桦的树丛下面是一片昏暗，只有面向太阳的林边枝丫在空中才清晰可辨，在那些树枝上长有饱满的幼芽和发亮的树皮。可以闻到融雪和腐烂了的树叶的气味。一切都静悄悄的，一切都静止不动了。远处传来了白嘴鸦渐渐远去的叫声。

“现在要是在日甫基打丘鹬就好了，”斯留恩卡小声地说，他心惊胆战地望着里亚包夫，“那儿可是最重要的猎丘鹬的地方。”

里亚包夫也满脸恐惧地看着斯留恩卡，张着嘴，眼睛也不眨一下。

“这么好的时候，”斯留恩卡声音颤抖着悄悄地说，“上帝送来了一个好的春天……所以应当想到丘鹬已经来了……它们为什么不来呢……时下风和日暖……一大早就有大雁飞过，多得很呢！”

斯留恩卡和里亚包夫小心翼翼地在融雪上面走着，脚陷在烂泥中，沿着树林边沿走了大约二百来步就停住了。他们的脸上出现了恐惧的表情，他们在等待着即将发生某种可怕的非同小可的事情。他们像泥塑一样一动不动地站着，一声不吭，他们的双手渐渐地摆出了一种他俩似乎拿着枪的姿势，而枪也似乎上了扳机……

一大片阴影从左边铺天盖地而来，罩住了大地。夜幕降临了。如果往右边望去，那么就可以透过灌木丛和树干的间隙看到一片片紫红色的晚霞。四周寂静而又潮湿……

“听不见什么。”斯留恩卡冷得蜷缩成一团，冻得直吸溜着鼻涕，小声说道。

不过，他被自己的悄悄话声吓了一跳，用一只指头以示警告，还瞪大了眼睛，闭紧了嘴唇。响起了轻微的噼啪声。两位猎人相互看了看，彼此示意，用眼色告诉对方说，这没什么，是干树枝或树皮的破裂声。夜幕越来越浓重，紫红色的霞光也越来越暗淡了，而湿气却越来越让人难以忍受。猎人们站了好长时间，但是他们什么也没听见，什么也没看见。每一个瞬间他们都期望会出现这样的场面！空中响过一阵细细的呼哨声，可以听到像小孩子用哑嗓子咳嗽的那种急促的哑哑声、翅膀的扇动声。

“没有，没听到，”斯留恩卡说，他垂下双臂，眨着眼睛，“就是说，还没飞来。”

“太早了！”

“说的正是，太早了……”

猎人们不看彼此的脸了。大地一下子变得漆黑了。

“还得等五天左右，”斯留恩卡同里亚包夫一起走出灌木丛时说，“还早着呢！”

这两个人往家里走去，一路上一句话也没再说。

一次遇遇

> 他有一对闪闪发光的眼睛，一只小耳朵，短粗得几乎是滚圆的脑袋，就像一只最凶猛的野兽的脑袋那样，这是怎么回事儿？
>
> ——马克西莫夫[①]

叶甫列姆·杰尼索夫闷闷不乐地环顾周围那一片荒凉的大地。他渴极了，全身每一个部分都在隐隐作痛。他的马也疲惫不堪了，被太阳晒得好苦，而且好长时间没喂它了，马儿垂头丧气地走着。道路沿着山岗的缓坡一直伸展到山岗下，然后便奔入很大的一片松树林。在远方，树林的顶峰同蓝天连成一片，只能看到懒洋洋的鸟群飞来飞去和气流的颤动，这现象在非常炎热的夏天是经常可以见到的。树林拥挤在台阶式的山坡上，一层比一层高地延伸到远方，似乎这个绿色怪物是没有尽头的。

叶甫列姆是从库尔斯克省的自己家乡出来为被大火烧毁了的教堂募捐的。大车上放着一尊喀山大教堂的圣母像。圣像经过雨淋日晒，已经褪色，有些地方已经破裂脱落了。圣像前面放着一个铁皮包着的大募捐箱，箱子两侧往里凹陷着，箱盖上的一个裂口也是往里凹陷的，往这个裂口里足可以放进一块黑麦甜饼。大车后面钉着一块白色招牌，上面写着印刷体大字说明：某年某月某日在马利诺维兹村“由于上帝授意，教堂毁于火灾之中”，村社会议经有关官府批准和赞许决定派出“热心的志愿者”为重建教堂而募集捐款。在大车的一侧挂着一口二十俄斤重的大钟。

叶甫列姆怎么也搞不清楚，他这是到了什么地方，而消失在一片林海中的道路也没有迹象表明，近处是否有人家。停了一会儿之后，他拉了拉皮后鞦，便开始小心翼翼地赶着大车往山下走去。大车震动一下，钟声就响，于是阵阵钟声便打破了炎夏的死寂。

在树林里等着叶甫列姆的是令人窒息的环境，空气中充满了针叶、苔藓和腐烂树叶的气味。他听到了挥之不去的蚊虫们尖细的哀叫声和他这个步行者低沉的脚步声。穿过树叶的阳光照在树干上和低处的树枝上，阳光在铺满针叶的阴暗的林中草地上留下了一些不大的光圈。在有些树干附近，蕨类植物和样子可怜的石生悬钩子隐约可见。

叶甫列姆走在大车旁，赶着马。每当车轮碰上蛇一般绕着道路的树根时，大钟便发出如泣如诉的阵阵响声，好像它也想休息了。

"你好啊，大叔！"叶甫列姆突然听到一声刺耳的叫喊，"一路辛苦了！"

一个三十岁左右的长腿农民就躺在路边的蚁冢上。他穿着印花布衬衫，一条不是农民常穿的瘦腿裤子，裤腿塞在棕红色短皮靴的靴腰里。在他的脑袋旁边放着一顶官吏戴的制帽，这顶帽子褪色褪成这样，只有凭原来钉有帽章的那块圆形料子才可能猜到帽子原来的颜色。庄稼汉躺在那里并不老实。就在叶甫列姆端详他的这段时间里，他不是挥舞双手，就是踢起两腿，好像有蚊子在叮他，或者身上痒得熬不住似的。然而，他的穿着也好，他的动作也好，都不如他那张脸奇怪。过去，叶甫列姆有生以来从没见过这样的脸。这张脸苍白、头发稀疏、下巴向前翘起，额头上披着一绺头发，从侧面看，这张脸像月牙一样。他的鼻子和耳朵小得令人惊奇，两眼也从不眨巴一下，而且总在凝视着一个地方一动不动，就像个白痴或受了惊吓的人。除了脸部的种种怪相之外，还有一点要提及的就是

---

① 谢尔盖·瓦西里耶维奇·马克西莫夫（1831—1901），俄国作家、民族志学家。

他的整个脑袋似乎被什么从两边挤了一下，因而他的后脑勺向后突出而变成了不折不扣的半圆形。

“教友，”叶甫列姆叫他道，“这儿离村庄远吗？”

“不，不远，到马雷村还有五俄里。”

“我可是渴坏了！”

“怎么能不渴！”奇怪的庄稼汉说着冷笑一声，“天老爷怎么搞的，天这么热！大概有五十度了，也许还更热……你叫什么？”

“我叫叶甫列姆，小伙子……”

“喏，我叫库兹玛……也许你听说过媒婆们是怎么说的：我给自己的库兹玛来说媒，你想要谁就要谁。”

库兹玛的一条腿踩在车轮上，用嘴唇吻了吻圣像。

“你从远处来呀？”他问。

“从远处，教友！我已经去过库尔斯克了，甚至也到过莫斯科，而现在我要访问尼日尼，去参加集市盛会。”

“为教堂募捐？”

“为教堂募捐，小伙子……为喀山圣母……教堂烧毁了嘛！”

“怎么会烧毁了呢？”

叶甫列姆懒洋洋地开口讲起了在伊利亚节的前一天，他们马利诺维兹村的教堂如何遭雷击的情景。好像故意安排好了似的，当时庄稼汉们和教士都下地干活儿了。

“一些留在家里的人发现教堂冒烟了，本想去敲报警的大钟，可是先知伊利亚大概是发怒了，教堂大门上了锁，整个钟楼都已经被火焰吞没了，所以你也没法儿去打钟了……我们从地里回来的时候，上帝啊，教堂正在熊熊地燃烧着——谁也不敢靠近它！”

库兹玛在他身边走着，听他讲述着，他并没喝酒，可他走路的样子就像个喝醉了的人，摆动着胳膊，一会儿走在大车旁边，一会儿走在大车前面……

“喏，你呢？是为了拿工钱干这个吗？”他问。

“我们拿什么工钱！我们出来是为了拯救灵魂，是村社派出来的……"

"白干你就上路了吗？"

"可谁来发工钱呀？我不是自愿出来的，是村社派的，不过村社将替我收割庄稼，播种黑麦，缴纳赋役……所以也不算是白干！"

"可你靠什么过日子？"

"靠讨饭呗。"

"你这匹骟马是村社的吗？"

"是村社的……"

"是这样啊，老兄……你有烟吗？"

"我不抽烟，小伙子。"

"要是你的马死了，你将怎么办？你怎样赶车呢？"

"马怎么会死呢？它不要死……"

"喏，要是……强盗们来抢你怎么办？"

这个油嘴滑舌的库兹玛不断地问着：如果叶甫列姆自己死了，这钱和马匹怎么办？老百姓把捐款往哪儿放，如果捐款箱突然装满了？如果箱底突然掉下来了怎么办？诸如此类。叶甫列姆也来不及一一回答，只是被他烦得只有喘气的份儿，吃惊地端详着自己的这个同路伙伴。

"你这个箱子肚子可真大呀！"库兹玛用拳头敲了敲箱子继续胡扯，"嘀，还挺沉的！大概银子多得数不清了吧？啊？那还用说，要是，比如说吧，这里面装的全是银子呢？喂，你这一路上募捐到很多钱了吧？"

"我没数过，不知道。老百姓捐的既有铜板，也有银卢布，捐了多少——我可没看见。"

"放进去的有纸币吗？"

"有的上等人，那些老爷和商人，他们捐纸币。"

"怎么，你就把纸币装在箱子里？"

"不，何必呢？纸币是软的，容易弄破……我是揣在怀里的。"

"那么你募捐到很多纸币了吧？"

“我募捐到了二十六卢布。”

“二十六卢布呀！”库兹玛说着耸了耸肩，“我们卡恰勃罗沃村，你随便问谁都行，盖的教堂光是设计图纸就花了三千卢布，怎么样！你那点儿钱连买钉子也不够！这年头，二十六卢布——呸，算什么呀！……现在，老兄，花一卢布半买的一俄斤茶叶都喝起来没味道了……瞧，我现在抽的这支烟……这种烟我还抽得来，因为我是庄稼汉，一个普通人，但是如果是军官或大学生……”

库兹玛突然两手一拍，继续微笑着说：

“有一个在铁路上工作的德国人同我一起坐过拘留所，我的老兄，他抽的香烟一支就值十戈比！啊！十戈比！这就是说，老爷子，你瞧，一个月就要抽掉一百卢布呢！”

库兹玛被这愉快的回忆弄得甚至喘不上气来了，而他那一双一眨不眨的眼睛竟也眨巴起来了。

“你真的蹲过拘留所呀？”叶甫列姆问。

“蹲过，”库兹玛望着天空说，“我被放出来有两天了，蹲了足足一个月。”

夜幕降临了，太阳已经下山，不过闷热并未稍减。叶甫列姆十分困倦，几乎没有力气去听库兹玛的唠叨了。瞧，终于遇到了一个庄稼汉，他说还有一俄里就到马雷村了。又走不远，大车便离开树林，面前出现了一片广阔的草地，仿佛神话中讲的那样，两位行人看见的是魔法般展现出来的充满阳光和花香鸟语的生机勃勃的画面。大车照直走到一群群牛、羊和腿被绳子拴住的马群中间。在马牛羊后面是绿油油的牧场，这里生长着黑麦、大麦和白色荞麦花，而在稍远一点儿的地方就可以看到马雷村了。村里的小教堂昏暗无光，矮小得似乎紧贴在地上似的。村子外面，远处又是一望无际的树林，如今看上去是黑压压的一片。

“这就是马雷村！”库兹玛说，“这儿的庄稼汉日子过得不错，可都像强盗。”

叶甫列姆脱帽击钟，于是立即有两个庄稼汉离开村边上那口井沿，朝他走过来，吻了吻圣像。接着便开始通常的一套询问：上哪儿去？从哪儿来？

“喏，乡亲们，给上帝的仆人喝点水吧！”库兹玛拍拍这个、拍拍那个的肩膀唠叨道，“快点！”

“谁是你的乡亲？凭什么说你我是乡亲？”

“嚯——嚯——嚯！你们的神甫跟我们的神甫可是叔伯兄弟一样的呀！你奶奶可是把我爷爷揪着头发从克拉斯诺村抢来的呀！”

在大车走过村庄这段时间里，库兹玛不知疲倦地同所有遇到的人都拉拉扯扯、胡搅蛮缠。他摘下这个人的帽子、用拳头捅一下那个人的肚子，再揪揪另一个人的山羊胡子。他把农妇们叫作亲爱的、宝贝儿、老大妈。而把庄稼汉们则按其特征叫作红毛儿、栗色马、大鼻子和独眼龙等等。这一套引起了最活跃最诚心诚意的欢笑声。库兹玛很快地便找到了熟人。只听得有人喊道：“啊，库兹玛，车轮轴呀！你好啊，绞刑犯！你从大牢里出来好久了吗？”

“喂，你们大伙儿捐给上帝的仆人一些钱吧！”库兹玛挥舞双臂咋呼着，“快点！快！”

他显得派头十足，吆三喝四，似乎把上帝的这个仆人置于他自己的庇护之下或者他成了这个人的向导。

人们把叶甫列姆带到阿莫道其娅老奶奶的木屋里过夜，这儿平时就是给朝圣者和过往行人歇脚的地方。叶甫列姆不慌不忙地卸下马笼头，牵着马到井边饮水。在这儿叶甫列姆跟庄稼汉们聊了半个来小时，然后就回屋休息了。库兹玛一直在木屋里等着他。

“啊，你回来了！”这个古怪的庄稼汉高兴地说，“你想去客店喝茶吗？”

“喝茶……那倒不错，”叶甫列姆搔着头皮说，“喝茶倒不错，可没钱哪，小伙子，怎么你要请客吗？”

“请客……哪有钱？”

库兹玛失望地站了一会儿，又沉思着坐了下来。叶甫列姆笨手笨脚地干起活儿来，他喘着粗气，搔着头皮把圣像和募捐箱放在木屋的圣像下面。他脱了衣服，脱了鞋，坐了一会，然后又站起来把募捐箱放到一条长凳上。他又坐了下来并开始吃饭。他细嚼慢咽地吃着，就像一头奶牛嚼着反刍的饲料，喝水时发出很响的声音。

“我们真穷啊！”库兹玛叹了口气，“现在最好喝杯伏特加喝……喝杯茶……”

傍晚，暗淡的霞光从临街的两个窗口射了进来，光线微弱。巨大的阴影笼罩着全村，一幢幢木屋都显得更加昏暗了。教堂在黑暗中似乎向横里扩展了，好像要钻进地里面去……微弱的红光，大概是晚霞的返照，在教堂屋顶的十字架上柔和地闪烁着。吃过饭后，叶甫列姆坐了好久，一动不动，两手放在膝头上，望着窗外。他在想什么呢？在静静的黄昏，当你在面前看到的只是暗淡的窗口，而窗外的自然界正在静静地消逝；当远处传来陌生人家的嘶哑的犬吠声和陌生人的手风琴发出微弱而又刺耳的声音时，你很难不想念那遥远的故乡和家园。曾经漂泊异乡，曾经出于贫困、迫于无奈或者被古怪的念头所驱使而远离自己亲人的人们都知道，在举目无亲的地方，乡村的夜晚往往是多么漫长，而且令人难熬。

然后叶甫列姆便久久地站在自己带来的圣像前祈祷。当他准备在长凳上睡下时，深深地叹了口气，仿佛不得已似的说：“你这个人不正常……你怎么是这个样子，上帝知道……”

“怎么啦？”

“是这样……你不像个正派人……你张牙舞爪，胡说八道，还有，你刚从拘留所里出来……”

“说得倒轻巧！在拘留所里蹲着的也常常有一些体面的老爷呢……拘留所嘛，老兄，这还没啥，算不上什么。就是蹲上一年我也行，可要是蹲大狱，那就倒霉了。说实话，我已经蹲了三次大狱了，而且在乡里没有哪个星期我不挨揍……他们这些人变得凶狠了，该死的家伙们……村社还打算把我流放到西伯利亚去呢。这样的决定已经作过啦。”

“所以说，你有两下子！”

“我怕个啥？在西伯利亚住的也是人呀。”

“你有父亲和母亲吗？”

“去他们的吧！都还活着，没死呢……”

“那么上帝的教导——要孝敬你的父母，你还记得吗？”

“管他呢……我是这么认为，他们才是我最早认识的坏蛋和杀人犯。是谁唆使大家都来反对我的？是他们，还有斯杰潘叔叔。没有别人了。”

“你懂什么，傻瓜……大家不用听你的斯杰潘叔叔说什么也知道，你是个什么人。为什么这儿的庄稼汉叫你是绞刑犯呢？”

“啊，当我还是个小孩子的时候，我们那儿的庄稼汉差点儿没把我给宰了。他们把我吊在树上，这些该死的家伙，谢谢叶尔马林村的庄稼汉们，他们路过这儿，把我抢救下来了……”

“一个社会的害虫！……”叶甫列姆说着叹了口气。

他脸朝着墙躺下，很快就打起鼾来。

当他半夜醒来，以便去看看马时，木屋里已经没有库兹玛的影子了。在敞开着的屋门外面附近，有一头白色奶牛站在那里朝屋里张望，并用犄角撞着门框。村里的狗都睡着了……一片寂静和安宁的气氛。远处的某个地方，在深夜的宁静中，在阴影深处，一只长脚秧鸡在鸣叫，还有一只猫头鹰拖长声音在哭诉。

黎明时分，当他第二次醒来时，库兹玛坐在桌前的长凳上正在想着什么。他那张苍白的脸上流露出醉意和心满意足的笑容。在他那被挤扁了的脑袋里，不知是什么种种诱人的思想一个接一个地掠过，使得他十分兴奋。他好像刚刚登过高山的人那样呼哧呼哧地喘着气。

“啊，上帝的仆人！”当他发现叶甫列姆已经醒来时便微微一笑地说，“你想吃白面包吗？”

“你上哪儿去啦？”叶甫列姆问。

“格格！”库兹玛笑着，“格格！”

他面带奇特而不变的笑容发出的这种“格格”笑声大约有十次

左右，最后他终于因大笑不止而全身抽搐得喘不上气来了。

“喝……喝茶去啦，”他笑着勉强地说出了几句话，“喝伏特……伏特加来着！”

他开始讲述冗长的事情经过，他怎样在客店里同过路的车夫们喝茶、喝伏特加。他边讲述，边从衣兜里往外掏火柴和一包四分之一俄斤的香烟，还有面包圈……

“这是瑞典火柴！瞧！哧的一声！”他说着，一连划了好几根火柴，点着了烟，“瑞典的，真牌儿的！你看看！”

叶甫列姆打着哈欠，搔了搔痒。但是，突然好像什么东西把他痛咬了一下，他一跃而起，赶忙把衬衫抖搂几下，又开始摸了摸赤裸的胸口，接着在长凳附近转了几圈儿，像只熊那样沉重地跺着脚，他又把所有自己的破布烂衫抖搂一番，看了又看，往长凳底下瞅了瞅，一再地摸着胸口。

“钱丢啦！”他说。

叶甫列姆大约有半分钟一动不动地站着，望着长凳发愣，接着又开始找钱。

“天哪，钱丢啦！你听见了吗？”他对库兹玛说，“钱丢啦！”

库兹玛聚精会神地欣赏着火柴盒上的画，一声不吭。

“钱在哪儿？”叶甫列姆朝着他跟前迈了一步问道。

“什么钱？”库兹玛爱理不理地从牙缝里挤出一句话，眼睛依旧看着火柴盒。

“就是那些钱呀……就是揣在我怀里的钱！……”

“你干吗老缠着我？你丢的，你就找嘛！”

“可上哪儿找去呀？钱在哪儿？”

库兹玛望着叶甫列姆那涨红了的脸，自己的脸也红了起来。

“什么钱？”他跳起来喊叫道。

“钱！二十六个卢布！”

“难道是我拿了，还是怎么的？缠住人家不放，畜生！”

“说什么畜生！你告诉我，钱在哪儿？”

“你的钱是我拿了吗？我拿了吗？你说，我拿了吗？我要是给你这个混蛋看看钱的话，你就连爹娘也认不出来啦！”

“要不是你拿了，那你为什么把狗脸转过去了？所以是你拿的。再说啦，你在酒馆里喝了一夜的酒，还买了烟，用的是什么钱？你这个笨蛋，你这个不正常的家伙！你以为你欺负的是我吗？你欺负了上帝！”

“我……我拿的钱？我什么时候拿的？”库兹玛大声地尖叫着，抡起胳臂就用手打了叶甫列姆一记耳光，“叫你知道点儿厉害！你还想挨揍吗？我可不管你是什么上帝的仆人！”

叶甫列姆只是晃了晃头，什么也不说地开始穿靴子。

“哼，你这个骗子！”库兹玛继续叫骂着，越喊越来劲儿了，“你自己把钱拿去喝酒，钱花光了就赖别人，你这老狗！我要去告你！你得为犯了诬陷罪而蹲大狱！”

“既然你没拿你就别嚷嚷了。”叶甫列姆平静地答道。

“来，你搜搜看！”

“既然你没拿钱，我为什么……要搜你身呢？你没拿，喏，就算了吧……有什么好嚷嚷的，你再嚷嚷也瞒不了上帝……”

叶甫列姆穿好靴子之后就离开了木屋。当他回来时，库兹玛依然涨红着脸，坐在窗前抽烟，双手在发抖。

“老不死的，”他嘟哝着，“你们这么多人到这儿来，就是为了坑害别人。你可找错了对象，老兄！你可骗不了我。我自己对这类勾当就非常在行。你把村长给我叫来！”

“这是为什么？”

“写状子呀！让他们到乡法庭上裁决我们好了！”

“我俩没有必要上法庭！不是我的钱，是上帝的……让上帝裁定吧。”

叶甫列姆做了祈祷，然后就拿起募捐箱和圣像走出木屋。

一小时后马车就已经进入树林。马雷村和它那低矮的小教堂，林中草地和黑麦田已经留在身后，沉没在稀薄的晨雾中了。太阳出来了，但是还没有从树林后面升起来，阳光只把面对日出方向的云彩边沿染上了金黄色。

库兹玛在稍远处跟着马车走。他的样子就像被别人毫无道理地羞辱了一番。他非常想说话，但是他沉默着，而且在等着叶甫列姆先开口。

“我是不愿意理你，要不然你就要跟我咕哝个没完，”他似乎在自言自语，“我会教训教训你，看你还敢不敢诬赖别人，你这个秃鬼……”

在沉默中又过了半个小时。上帝的仆人边走边做完了祈祷，很快地画了个十字，深深地叹了口气，就爬上车取面包。

“我们就要到切利别耶沃村了，”库兹玛开口道，“我们的民事法官住在那儿。你去递状纸吧！”

“你别瞎扯。有什么必要去找民事法官？难道那是他的钱吗？钱是上帝的。在上帝面前被告可是你呀。”

“你就会唠叨什么上帝的！上帝的！像只乌鸦。事情是明摆着的：如果是我偷的钱，就让他们判我的刑，而如果我没偷，那么就该因诬陷罪而判你的刑。”

“我可没有时间去泡法庭！”

“所以你并不心疼那些钱，是吗？”

“我有什么可心疼的？钱也不是我的，而是上帝的……”

叶甫列姆说话时流露出漠然的、无动于衷的样子。他的脸是冷淡的、心平气和的，真像是他确实不痛惜钱或者忘了自己的损失似的。这种对待损失和罪行的无所谓态度使库兹玛既尴尬又气恼。这种态度是他难以理解的。

当人们用计谋和暴力去报复自己所受到的凌辱时，当这种凌辱引发了争斗，而这一争斗把凌辱人的人置于被凌辱的地位时，一切才是合乎规律的。如果叶甫列姆像大家一样行事，即被惹恼了，动手打架了，去告状了，如果民事法官判决罪人坐牢或作出了“没有证据”的决定，那么库兹玛也许就心安理得了。但是，他现在跟在马车后面走着，一副不知缺了点儿什么的表情。

“我没拿过你的钱！”他说。

“没拿就算了。”

“我们一到切利别耶沃村，我就去找村长，让他……来评评理……”

“他没有什么必要评理。不是他的钱。而你呀，小伙子，还是走吧！讨厌死了！”

库兹玛斜着眼看了他半天，弄不懂他的意思，想猜透他的想法和在他灵魂深处隐藏着什么可怕念头。最后他终于下决心换了口气说：

“哎呀，你这个装腔作势的家伙，跟你开个玩笑都不行呀，马上就生气了……喏……给你钱，拿去！我这是开了个玩笑。”

库兹玛从衣兜里掏出了几卢布纸币递给了叶甫列姆，而叶甫列姆既没吃惊也没高兴，他似乎早就等着这一手，接过钱，一句话也没说就把钱揣进衣兜里。

“我想开个玩笑，”库兹玛继续说，极力想猜出对方意图地望着他那张毫无表情的脸，“我是想吓唬你一下。我想，吓唬一下之后就在早晨还给你……总共是二十六卢布，可这里是十卢布。也许是九卢布……是马车夫们从我手里拿走的……你别生气呀，老爷子……不是我，而是马车夫们喝酒花掉了……上帝作证！”

“我生什么气？钱是上帝的……你欺负的不是我，而是圣母啊……”

“我也许喝酒花了一卢布。”

“我有什么好说的？你都拿去，把钱都花光也没关系……你花了一卢布也好，一戈比也好，对于上帝来说都一样。要负责的是你。”

“你别生气啦，老爷子！真的，别生气。没什么了不起的！”

叶甫列姆不说话了。库兹玛的脸抽搐着，流露出小孩子要哭泣的样子。

"看在耶稣基督的面上，原谅我吧！"他说着，用恳求的目光望着叶甫列姆的后脑勺，"你呀，大叔，别生气，我这是开了个玩笑。"

"喂，你真缠人！"叶甫列姆焦躁地说，"我对你说啦，钱不是我的！向上帝求饶吧，这跟我没有关系！"

库兹玛朝圣像、天空、树木都望了望，似乎在寻找上帝，于是恐怖的表情出现在他脸上，使他的口眼歪斜了。在树林的寂静气氛中，在圣像的冷峻颜色和在叶甫列姆的非同寻常又缺少人情味的那种冷漠态度影响下，他觉得自己是孤立无援的、被人们抛弃的、将要被可怕的、愤怒的上帝惩罚的人。他跑到叶甫列姆前面，开始望着他的眼睛，似乎要确信他自己不是孤单单一个人。

"看在基督面上原谅我吧！"他开始全身发抖地恳求道，"老爷子，饶了我吧！"

"走开！"

库兹玛又一次很快地望了望周围的天空、树木、载有圣像的马车，然后就跪倒在叶甫列姆脚下。他惊恐万分地喃喃自语，口齿不清，用前额撞着土地、抱住老人的腿，像一个小孩子那样嚎啕大哭起来。

"老爷子，我的亲人！老祖宗，上帝的人！"

一开始叶甫列姆困惑不解地退了几步，想用手把他从身边推开，但是后来叶甫列姆自己也开始惊恐地望着天空了。他觉得可怕，同时也很可怜这个小偷。

"你等等，小伙子，听我说！"他开始开导库兹玛说，"你要好好听我对你这个傻瓜说的话！嗐，你哭叫什么呀，简直像个老娘们儿！听着，要是想让上帝饶恕你，那么你一回到自己村里，马上就去找神甫……听见了吗？"

叶甫列姆开始向库兹玛解释说该做些什么来赎罪：要向神甫忏悔，接受宗教方面的惩罚规定，然后把偷了和花了的那些钱筹集起来寄到马利诺维兹村去，而且从今以后要老老实实做人，要诚实、戒酒，像个基督徒那样生活。库兹玛把他的话听完之后，逐渐地平静下来，而且似乎完全忘了自己的痛苦：他又故意说些气叶甫列姆的话，并自吹自擂起来……他又一分钟也不停地讲起那些过着只有自己才觉得满意的生活的人，又讲起拘留所和德国人以及监狱，总而言之，讲起了昨天晚上讲过的一切。他大笑不止，手舞足蹈，诚心诚意地把过去讲的又说了一遍，真好像在讲什么新闻一样。他的话十分流畅，学着饱经风霜的人们的腔调，插科打诨地加上一些俏皮话和谚语，但是听上去却很吃力，因为他老是重复那些车轱辘话，时而还停下来想一想突然断了的思路。在这样的时候，他就皱起眉头，站在一个地方转着身子，抡着双臂。他夸下了多大海口，说了多少谎言哟！

中午，当马车停在切利别耶沃村时，库兹玛到酒馆去了。叶甫列姆休息了两个小时左右，而库兹玛却始终没从酒馆里走出来。可以听到他在那里怎样骂大街，敲着柜台，以及醉醺醺的庄稼汉们怎样地在嘲笑他。当叶甫列姆赶着马车走出切利别耶沃村时，酒馆里有人打起架来了，库兹玛在用响亮的声音威胁着什么人，他叫喊着，要把乡村警察找来呢。

伤寒病

年轻的中尉克利莫夫坐在从彼得堡开往莫斯科的邮车里，他的包房是在吸烟区。坐在他对面的是刚刮过脸、有着商船船长面貌的一位上了年纪的人。从各种迹象看，这是个富有的芬兰佬或者瑞典人。一路上他都在咂着烟斗，总是重复着一个话题：

“哈！您是军官！我弟弟也是军官，不过他是海军军官……他是个海军军官而且在克隆施塔德服役。您去莫斯科有何公干？”

“我在那里服役。”

“哈！您有家小吗？”

“没有，我同姑妈和妹妹住在一起。”

“我弟弟也是军官，是海军，但是他成家了，有妻子和三个孩子，哈！”

芬兰佬谈起某些事时总是大惊小怪，当他感叹地说“哈”时，就像个白痴似的满脸堆笑，时不时地吹吹自己那个臭烘烘的烟斗。身体不适的克利莫夫觉得应答问题时十分吃力，因而对他打心眼儿里感到厌烦。他幻想的是，最好把咝咝作响的烟斗从他手中夺过来扔到沙发床下面，再把芬兰佬本人轰到另一个车厢里去。

“这些芬兰佬可真讨厌……还有希腊人，”他暗想，“完全是多余的、什么也干不了的、讨厌的人们。他们只是在地球上占了个地方而已。他们有什么用呢？”

于是关于芬兰佬和希腊人的想法使他全身出现了类似呕吐的感觉。为了比较一下，他打算想想法国人和意大利人，然而对这些人的记忆不知为什么却在他心中唤起了关于流浪乐师、裸体女人和挂在家中姑姑的五斗橱上的外国石印画留下的印象。

总而言之，克利莫夫觉得自己很失常，他不知道把双手和两腿怎样放在沙发上更舒适些，尽管整个沙发床是供他一个人用的。他觉得嘴里发干、发黏，脑袋昏昏沉沉地，有点沉重。他的思想似乎不仅在脑海里，而且也在脑壳外面活动。在沙发和被夜幕笼罩着的人们中间游荡。他是透过脑中迷迷糊糊的意识和梦境倾听着喃喃的低语声、隆隆的车轮声和车门的开关声的。车站上的钟声、列车员的哨声，月台上乘客们的奔走声他比平时听到的次数更多些。时间在不知不觉中过得很快，因此觉得火车似乎是每一分钟就停在一个火车站上，而且时而从外面传来了响亮的清脆的声音：

"邮件装完了吗？"

"装完啦！"

他觉得，车上的锅炉工过于频繁地进到包房查看气温表，迎面开来的火车的轰隆声以及火车行驶在桥上的隆隆车轮声都不间断地可以听到。轰隆声、哨声、芬兰佬和香烟的烟雾——这一切都与模糊不清的众多怪物的威胁姿态混为一团，而这些怪物的样子和性质是健康的人想象不出来的，于是它们就像难以忍受的噩梦那样压迫得克利莫夫喘不过气来。他怀着不安的烦恼心情抬起沉重的头来望着信号灯，而在灯光中旋转着的是阴影和模糊不清的斑点。他想要点儿水喝，但是他那发干的舌头不听使唤，而且他几乎没有气力回答芬兰佬提的问题。克利莫夫尽力想躺得舒服点儿，以便好好地睡一觉，但是他没能如愿。芬兰佬几次睡着了又醒了过来，他一醒就抽烟斗并对克利莫夫说出自己的"哈！"然后他就又睡着了。中尉的两腿却始终也没能在沙发床上找到个舒服的地方，而那些威胁他的怪物却一直在眼前晃来晃去。

在斯皮罗沃车站，他走到站台上找水喝。他看到，人们如何坐在桌前匆匆忙忙地吃东西。

"他们怎么能吃得下去！"他想，尽量不去闻散发着炸肉气味的空气，也不去看那些嚼东西的嘴巴——这两个形象他都厌恶得要呕吐了。

有一位漂亮的太太在同一位头戴红色制帽的军人在大声谈话，她一笑就露出了洁白的一口好牙齿。微笑也好，牙齿也好，太太本人也好，留给克利莫夫的印象都像火腿和煎肉饼一样令人厌恶。他不明白，这位戴红色制帽的军人坐在她身旁，看着她那健康的笑脸怎么会不觉得恶心。

当他喝过水，回到车厢时，芬兰佬已经坐起来在抽烟斗了。他的烟斗发出咝咝的声音，呜咽着，就像阴雨天的一只破套鞋。

“哈！”他吃惊地说，“这是什么站啦？”

“不知道。”克利莫夫答道，他躺下时闭上了嘴，以便不把呛人的烟雾吸入口中。

“我们几时能到达特维尔呢？”

“不知道。请原谅，我……我不能回答您，我病了，我今天感冒了。”

芬兰佬用烟斗敲打着窗框又开始讲起自己的海军弟弟。克利莫夫已经不再听他讲什么了，他在愁眉不展地怀念着自己家里那舒服柔软的床铺、装凉白开水的玻璃瓶、妹妹卡佳——她是那么善于为他铺床、宽慰他、给他水喝。当他的想象中闪现出马弁巴维尔时，他甚至微笑了一下，那马弁正在给老爷脱下沉重而又闷热的长筒靴，又把水放在他的小桌子上。他觉得，只要躺在自己的床铺上，喝口水，噩梦就会把自己的位置让给深沉而健康的睡眠了。

“邮件都装完了吗？”远处传来了低沉的声音。

“装完啦！”一个男低音几乎就在他窗外回答了一声。

这已经是离开斯皮罗沃站以后的第二个或第三个火车站了。

时间疾驰，突飞猛进，然而，那些钟声、哨声和车站似乎永远也没有尽头。绝望之中克利莫夫把脸藏在沙发床的一角，双手抱头，开始想妹妹卡佳和马弁巴维尔，但是妹妹和马弁同那些模糊不清的怪物混成一团，旋转了一会儿就消失了。他呼出的气从沙发床靠背上返回到他脸上时，依然是热乎乎的。他的两条腿很不舒服地放在那里。从窗外吹进来的风正冲着他的后背。但是不管他觉得多么难受，他已经不想变换睡觉的姿势了……一种沉重的、梦魇般的倦怠感逐渐控制了他，把他的四肢给铐住了。

当他终于下决心抬起头来时，车厢里已经很亮了。乘客们穿好了皮大衣，开始走动。火车停驶了。穿着白罩衣和佩戴号牌的搬运工们在乘客当中忙忙碌碌地奔走，提着他们的皮箱。克利莫夫穿上了军大衣，下意识地跟在别人后面走出了车厢。他觉得正在走动的不是他，代替他的是另一个人，一个不知名的陌生人，而且他觉得同他一起走出车厢的还有高烧、口渴和那些一整夜没让他睡觉的、不断威胁着他的怪物。他下意识地取出了行李并雇了一个车夫。车夫的要价是一卢布二十五戈比，送他到波瓦尔街，但是他没有讨价还价，而是毫无争议地、老老实实地坐上了雪橇。数目字的差别他还能明白，但是钱对他来说已经没有任何价值了。

在家里，姑姑和十七岁少女、卡佳妹妹欢迎了他。当卡佳同他打招呼时，她手里拿着铅笔和练习本，于是他想起妹妹正在准备参加教师资格考试。他并没有回答向他提出的问题和亲人的问候，而只是由于发高烧而困难地喘息着，漫不经心地把所有房间都看了看，走到自己的床前时他就一头栽倒在枕头上了。芬兰佬、红色制帽、有洁白牙齿的太太、炸肉味和忽明忽暗的斑点占有了他的头脑，因此他已经不知道自己在什么地方，他也听不见惊慌不安的大呼小叫了。

当他醒来时，他发现自己躺在自己的床上，衣服已脱光，他看见了盛水的玻璃瓶和巴维尔，然而他并未因此而感觉到凉爽些，也不觉得床铺柔软些和舒服些。胳臂和腿依然不知往哪儿放才好，舌头粘在腭部，而且还听到了芬兰佬的烟斗发出的咝咝声……在床头附近，一位留着黑胡须的敦实的大夫忙碌着，时而用自己宽阔的脊背推挤着巴维尔。

"不要紧，不要紧，小伙子！"他喃喃地说着，"很好嘛，很好……嗯，嗯……"

大夫称克利莫夫是小伙子，把该发“啊”的音读成了“唉”的音……

“是，唉，唉，”他不停地很快地说着，“嗯，唉，唉……好极了，小伙子……别灰心！”

大夫顺口而又急促地说出的话，他那张胖脸和故作宽容的称呼“小伙子”都使克利莫夫十分恼火。

“您为什么叫我是小伙子？”他呻吟着说，“何必来这一套故作亲昵？见鬼！”

然而他被自己的声音吓了一跳。这声音显得那么干巴巴、虚弱和嗲气，简直他自己都听不出来了。

“很好，很好，”大夫嘟哝着，毫不介意继续唠叨着，“是，唉，唉……”

在家里也像在火车厢里一样，时间过得惊人的快……卧室里，白天的光亮经常是同夜晚的黑暗交替着。似乎大夫从未离开过床铺，而且每一分钟都可以听见他的“是，唉，唉”。许多面孔排成队穿过了卧室。这里有：巴维尔、芬兰佬、雅罗舍维奇上尉、马克西姆司务长、戴红制帽的军人和有一口洁白牙齿的太太，还有大夫。他们都在说话、挥舞双手、抽烟、吃东西。有一次甚至是在白天的光亮下，克利莫夫看见了自己团队的神甫亚历山大，他身穿法衣，手持圣礼书站在床前，口中念念有词，一脸严肃的表情，克利莫夫过去从未见到过他这种模样。中尉想起，神甫亚历山大把所有的天主教的军官都叫做“波兰人”，于是人们为了取笑他，便高喊：

“父啊，波兰人雅罗舍维奇奔跑得牙齿都格格作响啦！”

然而平时喜欢开玩笑和快活的亚历山大神甫，这时却不笑了，他反而更严肃地开始为克利莫夫画十字。半夜里有两个影子不停地默默地走进走出，那是姑姑和妹妹。妹妹的身影是跪着的，而且在祈祷，她朝圣像膜拜时，她那映在墙上的灰色身影也在膜拜，所以膜拜上帝的是两个影子。炸肉味一直可以闻到，还有芬兰佬的烟斗味，但是有一次克利莫夫觉察到了一种刺鼻的神香气味。由于恶心，他想活动一下，而且喊道：

“神香！把神香拿开！”

没有人搭腔。只能听到在远处的什么地方教士们轻声地唱着，有人在楼梯上跑上跑下。

当克利莫夫从昏迷中清醒过来时，卧室里已经空无一人了。早晨的太阳照着窗子，阳光穿过垂下的窗帘射进屋里，一条颤抖的光线在玻璃瓶上闪动，它纤细、优美如同剑锋刀刃。这时响起了车轮的辘辘声，这说明大街上已经没有积雪了。中尉看着光线，看着熟悉的家具，看着门口，他做的第一件事就是开怀大笑。胸膛和肚子由于那甜蜜的、幸福的和令人发痒的笑声而颤抖起来。他的整个肉体，从头到脚都被一种无限的幸福和生命的喜悦所笼罩，这样的喜悦大概只有上帝创造的第一个人第一次看见了世界时才有过的吧。克利莫夫热切地要活动，要见人，要说话。他的肉体像泥块一动不动地躺在那里，只有两手能微微动弹，但是他对此几乎没有察觉到，他把全部注意力都集中到一些细节上了。他高兴的是他能呼吸，他能笑；他高兴的是这里有玻璃瓶、天花板、阳光、窗帘上的带子。上帝创造的世界甚至在像他的卧室这样狭窄的一隅，也令他觉得那么美好，那么多彩多姿，那么伟大。当大夫出现时，中尉又想，医学多么美好，大夫多么可亲可敬，而一般说来，人们是多么善良和可爱。

“是，唉，唉……”大夫匆匆地说，“太好了，太好了……现在您已经没病了……嗯，唉，唉。”

中尉听着听着就笑起来了。他想起了芬兰佬、有洁白牙齿的太太、火腿肉，于是他想抽支烟。

“请吩咐给我送一块加盐的黑麦面包来……还有沙丁鱼。”

大夫不同意，巴维尔不服从命令，没去拿面包。中尉忍受不了屈辱而像个任性的小孩子似的哭了。

“小娃娃呀！”大夫笑道，“找妈妈呀，乖乖地睡吧！”

克利莫夫也笑了。而在大夫走后，他就进入了酣睡状态。当他又醒来时，心情依然是那么愉快和充满幸福感。姑姑坐在床边。

“噢，姑妈！”他高兴地说，“我这是怎么啦？”

“得了伤寒病。”

“原来是这样，不过现在我很好，非常好！卡佳在哪儿？”

“她不在家。大概从考场出来到什么地方去了。”

老太太说完这句话就低下头织袜子了。她的双唇抖动着，她转过身去，于是突然放声大哭起来：

“哎呀，卡佳，卡佳！我们的天使已经没啦！不在啦！”

她的袜子掉在地上，她弯腰去捡，这时她头上的包发帽也滑落了。看着她那满头白发，克利莫夫什么也没懂，很为卡佳担心地问道：

“她在哪儿呀？姑妈？”

已经忘了克利莫夫的存在而只想着自己伤心事的老太太说道：

“她从你这儿感染了伤寒……就死了。两天前下的葬。”

这个可怕的意外消息终于被克利莫夫完全理解了。但是不管这消息多么可怕和令人震惊，它并不能驱走充满在正在康复的中尉心中那动物本能的喜悦。他又哭又笑，不一会儿就开始大骂人们不给他东西吃。

只是过了一个星期之后，当他穿着睡袍、在巴维尔搀扶下走到窗前、望着阴霾的春天天空，倾听着运旧铁轨的大车路过时铁轨的碰撞声——直到这时，他的心才痛得难受，他哭了，把头靠在窗棂上。

“我这个人多么不幸啊！”他嘟哝着，“上帝哟，我多么不幸！”

于是喜悦让位给了日常生活的烦恼和不可挽回的损失。

苦涩人生

列夫·伊万诺维奇·波波夫是个神经质的人。他官场失意、家庭生活也不幸福。他拿起算盘来就开始重新算账。一个月前，他在克什凯尔银号买了张有奖债券，其条件是以每月分期付款方式偿还全部贷款。于是现在他要计算，在整个偿还贷款期间，他应付出多少钱才能使债券完全成为他的私有财产。

“按行情，证券值二百四十六卢布，”他计算着，“我已付定金十卢布，那么还欠二百三十六卢布。好的……在这笔待付欠款上还得加付年利率百分之七的一个月的利率、加上佣金的百分之零点二五、加上印花税、加上邮寄抵押收据的邮费二十一戈比、加上债券保险费一卢布十戈比、加上转送费一卢布二十二戈比、装卸费七十四戈比、加上滞期罚款十八戈比……”

波波夫的妻子躺在隔板后面的床上，索菲娅·萨维什娜是从姆岑斯克来找丈夫申请办理分居身份证的。在路上她患了感冒和齿龈脓肿症，眼下正受着折磨。楼上，在天花板上面，有一位精力充沛的男子，大概是音乐学院的学生，正在弹钢琴，他练习着李斯特的狂想曲。他是那么认真地练习着，以致让人觉得有一列货运火车从房顶驰过。而在右边，在隔壁房间里，一位医学院的大学生在准备考试，他从一个墙角走到另一个墙角地背书，用神学校学生才有的那种浑厚的男低音念着：

“慢性胃炎还常见于那些嗜酒之徒、贪食者，以及过着毫无节制生活方式的人们……”

房间里充满令人窒息的气味，这里有丁香花芽、木馏油、碘酊、石炭酸以及其它难闻的东西发出的气味，这些东西都是索菲娅·萨维什娜治疗自己的牙痛用的。

“好的，”波波夫继续计算着，“二百三十六加十四卢布八十一戈比，这个月共有二百五十卢布八十一戈比。那么三月份我付五卢布，就成了二百四十五卢布八十一戈比了。好的，那么算上提前一个月的年利率百分之七的百分之零点二五佣金的话……”

“哎呀！”妻子呻吟着，“你快帮帮我吧，列夫·伊万内奇！我要痛死啦！”

“我能干什么，亲爱的，有什么办法？我也不是大夫……百分之零点二五的佣金、给经纪人的佣金百分之零点二、近海航运费一卢布二十二戈比、转送费七十四戈比……”

“你这没心肝的！”索菲娅·萨维什娜哭了起来，从隔板后面探出自己浮肿的脸，“你从来也没怜惜过我，害人精！喂，我在跟你说话哪！粗野的人！”

“所以，百分之零点二五的佣金……转送费七十四戈比……近海航运费十八戈比、包装费三十二戈比，总共是十七卢布十二戈比。”

“慢性胃炎，”大学生来回踱着步在背书，“还常见于嗜酒之徒、贪食者……”

波波夫摇晃了一下算盘，甩了甩昏昏沉沉的头，又开始算账了。一个小时后他还坐在原处不动，睁大眼睛看着抵押收据，喃喃地说：

“就是说，到 1896 年 8 月时，将剩下二百二十八卢布六十七戈比。好的……我 9 月将付五卢布，还剩下二百二十三卢布六十七戈比。喏，如果加上按年利率百分之七计算的月利息；佣金的百分之零点二五……”

“野蛮人！把氨水递给我！”索菲娅·萨维什娜尖声喊道，“暴君！刽子手！”

“慢性胃炎还常见于肝病患者……”

波波夫把氨水给了妻子，便接着算账了……

“佣金百分之零点二五，转送费七十四戈比、误差费十八戈比、罚款三十二戈比……”

楼上的琴声停了一会儿，但是接着弹琴的人重新猛击琴键地演奏起来，他用力如此之猛，以致索菲娅·萨维什娜躺在上面的褥垫弹簧都颤动起来了。波波夫发呆地望着天花板，然后又开始从 1896 年 8 月的账目算起。瞅着写满数字的纸张、瞅着算盘，他看到的似乎是大海的波浪，他的两眼冒金星，脑子也乱了，而且口干舌燥，额头上冒出了冷汗。但是他下决心不彻底弄清楚自己同克什凯尔银号之间的金钱交易关系就不站起来。

“哎哟！”索菲娅·萨维什娜痛苦地呻吟着，“整个右脸都痛得要死。圣母啊！哎哟，我实在受不了啦！可他这个狠毒的家伙一点也不关心我！我就是死了他也不在乎！我是个不幸的女人，我快被折磨死了！我嫁给了一个笨蛋，我这苦命的女人呀！”

“可我有什么办法呀？那么到 1903 年我将欠二百零八卢布七戈比。好的，现在加上年利率百分之七、佣金的百分之零点二五，给经纪人的佣金七十四戈比……”

“慢性胃炎也常见于有肺病的人……”

“你不是丈夫，你不是自己孩子的父亲，而是暴君和害人精！快把丁香花芽给我，无情无义的人！”

“呸！佣金百分之零点二五……我这是算到哪儿啦？扣除息票的利息，加上年利率百分之七的提前一个月的佣金，佣金的百分之零点二五……”

“慢性胃炎还常见于患肺病的人……”

大约三小时之后，波波夫最后算清了账目。结果是整个偿付期间他必须向克什凯尔银号付出一百三十四万七千八百二十一卢布又九十二戈比，而且如果从中扣除中奖应得的二十万卢布，那么他的亏损也将有一百多万卢布。看到这个数字之后，列夫·伊万诺维奇慢慢地站了起来，全身都凉了……他的脸上流露出恐惧、困惑和惊慌失措的表情，就好像有人朝他耳朵根开了一枪似的。这时，在天花板上面的楼上房间里，一位钢琴演奏者的伙伴也在他身旁落座了，响起了四手联奏，齐心地击打着琴键，开始猛烈地弹奏起李斯特的狂想曲。医学院的大学生也越走越快，他咳嗽着低声背诵：

“慢性胃炎还常见于嗜酒之徒、贪食者……”

索菲娅·萨维什娜尖声叫着，把枕头抛了起来，两腿踩着地板……看来，她的牙痛才刚刚开始发作……

波波夫擦去冷汗，又在桌前坐了下来，摇晃了一下算盘说：

“应当核对一下……很可能我犯了点错误……”

于是他拿起单据来开始重新计算：

“债券按行情价值二百四十六卢布……我付了十卢布的定金……所以还剩有二百三十六卢布……”

然而他的两耳却在轰鸣：

“咚……咚……咚……”

而且已经听到枪声、呼啸声、鞭子的抽打声、一群狮子和豹子的吼叫声。

“剩有二百三十六卢布！”他大声喊叫起来，试图把耳边的喧闹声压过去，“6月份我支付五卢布！见鬼去吧，五卢布！见你的鬼去，最好用辕杆把你的嘴堵住，五卢布！*法兰西万岁*！德鲁列特万岁！①”

第二天早晨，他被抬进了医院。

---

① 德鲁列特（1846—1914），法国诗人，1886年访问过俄国。

受难周[1]的一天

“去吧，已经打钟了。不许你在教堂里淘气，要不然上帝会惩罚你的。”

母亲把几个铜板塞给了我，这是给我去教堂用的花费，她拿着已经凉了的熨斗匆匆忙忙地跑进厨房，就不再管我了。我很清楚，做了忏悔之后，他们就既不给我吃的，也不给我喝的了，因此我在出门之前硬着头皮吃了一大块白面包，喝了两杯水。大街上完全是春天的样子了。路面已经被褐色的烂泥浆所覆盖，上面已经开始形成未来的路径轨迹。屋顶和人行道倒是干的。在围墙下面，娇嫩的绿芽正穿过去年留下的烂草探出头来。水沟里的污水在奔流，发出快乐的淙淙声，翻着泡沫，连太阳光线也不嫌脏地在污水里游泳哩。碎木屑、干草秸、葵花子壳在水中很快地被冲走，它们旋转着、相互纠缠在一起粘在肮脏的泡沫上。这些碎木屑流向何处、流向何方？很可能它们从水沟流进河里，从河里流进大海，从大海流进汪洋……我打算自己想象一下这条漫长而可怕的路程，但是我的幻想还没到达大海就被打断了。

一辆马车走过。车夫咂着嘴、拉着缰绳在赶车，他没发现在马车后尾有两个街头顽童吊在那里。我想跟他们一起玩耍，但是想起要去忏悔这件事，就开始觉得这两个男孩是大逆不道的罪人了。

“末日审判的时候，人们将问这两个男孩儿，你们为什么淘气，而且欺骗可怜的马车夫？”我想道，“他俩将开始为自己辩解，但是鬼怪们却抓住他们，把他们拖到永不熄灭的火坑里去。不过，如果他们听父母的话，向穷人施舍，每人给一戈比或一个面包圈，那么上帝将会怜悯他们，放他们进天堂。”

教堂大门前的台阶上没有一点儿污泥浊水，它笼罩在太阳光下。台阶上空无一人。我怯生生地推开门，走进了教堂。在这儿，在似乎从来没有过的浓重和阴郁的黑暗中，我深深觉得自己是有罪的和渺小的。首先闯入眼帘的是耶稣受难的大十字架雕像和位于两侧的圣母和圣徒约翰·鲍戈斯洛夫。枝形吊灯和烛台披上了黑色丧服般的罩子，油灯昏暗而胆怯地闪烁着，太阳似乎故意绕过了教堂的窗户。圣母和耶稣基督心爱的学生被画成侧面图像，他们默默地望着那不可忍受的痛苦而没有注意到我的存在。我感觉到，我对他们来说是陌生的、多余的、不起眼的人，我既不能用语言，也不能用行动去帮助他们，因而我是个令人讨厌的、不老实的孩子，是个只知道调皮捣蛋、粗鲁无礼和告密的孩子。我想起所有我认识的人们，我觉得他们都是一些渺小的、愚蠢的、凶狠的人，他们无力减轻哪怕是一点一滴我现在看到的这种可怕的痛苦。教堂里的昏暗更深沉更阴郁了，于是我觉得圣母和圣徒约翰·鲍戈斯洛夫十分孤单。

站在烛台立柜后面的是普罗柯菲·伊格纳奇契，他是个退伍老兵，现在是教堂长老助手。他扬起眉毛，摸着大胡子，小声地对一位老太婆解释道：

“晨祷将在今天的晚祷以后举行，明天七点以后打钟为号，听明白了没有？七点多钟。”

而在右侧的两根大圆柱中间，从伟大的殉教者瓦尔瓦拉副祭坛处开始，等候忏悔的人们就站在屏风外面排着队……在那儿还有米其卡，一个衣衫褴褛，头发剪得难看，长着一对招风耳和一双非常凶狠的小眼睛的男孩。他是当女仆的寡妇娜斯塔西娅的儿子，是一个打架能手、一个强盗，他不止一次地从女小贩的货摊上抢走苹果，夺走我的羊拐子。他生气地打量着我，我觉得他正在幸灾乐祸

① 基督教复活节之前的一个星期，又译苦难周。

地想，不是我，而是他将先到屏风后面去。我也怒火中烧，尽量不去看他，但是在我内心深处感到不快的是，这个男孩的罪过将马上得到宽恕了。

站在他前面的一个人是盛装的漂亮太太，她戴着插有一根白羽毛的帽子。她显然正激动而紧张地等待着，她面颊的一侧由于激动而发烧似的出现了红晕。

我又等了大约五分钟……从屏风后面走出一位穿着考究的年轻人，他有一个细长的脖梗儿，穿着一双橡皮底高跟套鞋，于是我就幻想，等我长大以后，也为自己买一双那样的套鞋，一定买！那位太太打了个冷战就走到屏风后面去了。轮到了她。

从屏风的两个隔扇中间的缝隙里可以看到那位太太怎样走到读经台前，跪下拜了一拜，然后她站了起来，没看神甫一眼就低下头来等待忏悔仪式的开始。神甫背对着屏风，因此我只能看见他那灰白的鬈发、佩戴在胸前的十字架项链和宽大的肩膀以及后背，却看不见脸。他叹了口气，瞅也不瞅那位太太一眼，就开始很快地说起来了，他摇头晃脑，低沉的声音抑扬顿挫。太太驯顺地听着，像一个犯了错误的人，她回答问题时简明扼要，眼睛看着地下。

“她有什么罪？”我想着，无限崇敬地望着她那温顺美丽的脸，“上帝啊，宽恕她的罪过吧！赐给她幸福吧！”

然而神甫用法衣的上襟盖住了她的头。

“我这卑微的神甫……”可以听到他的声音，“凭上帝赐给我的权力，宽恕和赦免你的一切罪过……”

太太跪下叩拜，吻了吻十字架便回来了。她的双颊已经绯红，但是面容祥和、明朗、愉快。

“现在她是幸福的了，”我心想，一会儿看着她，一会儿望着宽恕了她罪过的神甫，“但是有权力宽恕别人的人怎样才能成为幸福的人呢？”

现在轮到了米其卡，但是对这个强盗的憎恨在我心中油然而起，我想比他更早地进到屏风后面去，我想第一个进去……他发现了我的举动便用蜡烛敲我的脑袋，我也对他以牙还牙，于是有半分钟之久可以听到气喘吁吁的声音和折断蜡烛的声音……人们把我俩拉开了。我的对头胆怯地走近读经台，他没跪下就膜拜起来，不过后来的情况我没看见。在米其卡之后马上就该轮到我的这个想法使我两眼开始昏花，看不清楚，各种东西都在旋转，米其卡的招风耳变得大得惊人，并同他那晒黑了的后脑壳混为一体，神甫在摇摇晃晃，地板似乎像起伏不定的波涛一样……

响起了神甫的声音。

“我这卑微的神甫……”

现在是我在往屏风后面走去。我觉得脚底下什么也没有。简直就像腾云驾雾似的……我走近比我还高的读经台。神甫那漠然的、疲惫的面容在我眼前闪现了一下，瞬息即逝，这以后我看到的只有他那有浅蓝色衬里的法衣袖子、十字架和读经台的边沿部分。我感觉到神甫离我很近。闻到了他法衣的气味，听到了他严肃的声音，于是面向他的我的面颊就开始发烫了……由于激动，有许多话我没听清楚，但是我真心诚意地回答着问题，用的不是自己的，而是一种特别奇怪的声音。我想起孤单的圣母和约翰·鲍戈斯洛夫、耶稣受难的十字架雕像，自己的母亲，于是我想哭，想请求宽恕。

“你叫什么名字？”神甫问道，他用柔软的法衣上襟盖住我的头。

我现在是多么轻松，我心里是多么高兴！

罪过已经没有了，我是神圣的，我有权进入天堂了！我觉得我也有法衣那样的气味了。我从屏风后面出来去找教堂执事把自己的姓名登记上，我闻着自己的衣袖。教堂里的黑暗我不觉得那么阴郁了，我对米其卡也能处之泰然，没有恶意。

“你叫什么名字？”执事问。

“费佳。”

“父名呢？”

“我不知道。”

“你爸爸叫什么名字？”

“伊万·彼得罗维奇。”

“姓什么？”

我不吭声了。

“你几岁了？”

“八周岁了。”

回到家里我就为了不去看他们怎样吃晚饭而很快地上床躺下了，我闭上眼幻想着：如果我也受到过希律①和第奥斯科耳②的折磨，我也在荒野中生活，就像谢拉菲木长老③那样喂养熊，住在修士居室里，只靠吃圣饼活命，把财产都施舍给穷人，步行到基辅去——这该有多好啊。我听得见在厨房他们在准备饭菜了——这是要吃晚饭了，他们将吃杂拌、白菜馅煎包子和煎鲈鱼。我多么想吃饭呀！我同意去忍受任何苦难、离开母亲、住在荒野里、亲自动手去喂熊，但是我只要先吃哪怕是一个白菜馅煎包子也好呀！

“上帝，洗净我这罪恶的灵魂吧，”我蒙上头祈祷着，“守护神天使，保护我不受恶魔的引诱。”

第二天是星期四，我醒来时灵魂纯洁而明朗，就像这美妙的春日。我高高兴兴地、勇敢地向教堂走去，觉得我也是圣餐礼的参加者。我穿的是一件华丽名贵的衬衫，是祖母遗留的丝绸衣裳改做的。教堂里的一切充满了欢乐的气氛，充满了幸福和盎然的春意。圣母和约翰·鲍戈斯洛夫的脸已经不像昨天那样忧伤了，圣餐礼的参加者们面带希望的笑容，似乎过去的一切都已经忘却，都得到了宽恕。米其卡也像过节一样梳洗一番，穿着整齐了。我快活地看着他那一对招风耳，为了表示我对他毫无恶意，就对他说：

“你今天挺帅，如果你的头发梳得整齐些、穿得不这么寒酸，

---

① 《圣经》中的人物，古犹太国王。
② 《圣经》中的人物，古亚力山大城的大牧首。
③ 谢拉菲木长老（1760—1833），俄国修士。

大家就都会想，你妈妈不是个洗衣工，而是有钱的太太。复活节的时候来找我玩吧。我们将玩羊拐子。”

米其卡疑惑地看着我，还暗中摇晃着拳头威胁我。

而昨天的那位太太，我觉得真是一位美人儿。她穿着浅蓝色的连衣裙，戴着一个马蹄形的光彩夺目的大胸针。我边欣赏着她边想，我长大以后一定娶她这样的女人为妻，但是一想到娶媳妇是件令人害臊的事，我就不再想这件事了，我朝唱诗班那边走去，执事已经在那里布道了。

春天里

独角戏

凌晨时刻。一只鼻子上有一道被抓得很深的伤痕的灰色年轻公猫出现在屋顶的天窗上。它表示蔑视地眯了一会儿眼睛，然后说道：

“站在你们面前的是世界上最幸福的公猫！啊，爱情！啊，甜蜜的瞬间！啊，当我老朽以后人们抓住我的尾巴把我抛进臭水沟的时候，甚至到那时我也不会忘记在翻倒了的木桶旁的初次会面，不会忘记她那细小眼珠的神色，她的柔软而又毛茸茸的尾巴！为了这优美无比的、令人销魂的尾巴动一动，我准备献出整个世界！不过呢……我跟你们说这些干什么？你们从来也不理解公猫、中学生和老处女。你们这些人，渺小、卑微，不可能冷静地观察猫的幸福。你嫉妒地微笑着并指责我说，我的幸福是‘猫类的幸福！’但是你们中间没有一个人会想到问一问，我们为幸福付出了什么样的代价！那么就让我告诉你们，猫的幸福是怎样争取到手的吧！你们将会看到，为了追求幸福，猫要斗争，要冒险，比人类要吃更多的苦头！听我说……平时我们的厨娘是晚上九点钟出去倒泔水。我跟在她身后走出去，蹚着水洼穿过整个院子。猫是不可以穿套鞋的，因此不管你愿意还是不愿意，一整夜你都得忘却自己对潮湿的厌恶。在院子尽头我跳上板墙并小心翼翼地沿着它的边沿行走，而在下面，有一条猎犬在幸灾乐祸地盯着我，它是我最凶恶的敌人，它幻想着早晚有一天我会从板墙上掉下去并让它狠狠地揍一顿。然后是一个漂亮的跳跃动作——我就已经走在木棚的棚顶了。从这儿我要费力地沿着高楼的排水管爬，接着又沿着又窄又滑的房顶檐板往前走，从檐板这儿我便跳上邻居家的楼房，在楼顶上，平时迎接我的就是我的竞争对手们了。噢，先生们，如果你们知道在我的毛下面隐藏着多少伤疤、牙痕和肿包，你们的头发可能竖起来！去年我的一只眼珠子差点没被挖出来，而两天前我的竞争者们把我从二层楼的高处推了下来。但是言归正传，我开始唱了。我们猫在音乐方面是理论家，而且支持新流派，我们认为，我们才是新流派的鼻祖：我们不追求旋律，而是尽力地、大声地、长时间地唱。市井小人是一些蹩脚的理论家，因而他们听不懂我们唱的歌，还向我们投石块、铁块、泼脏水、放狗来咬我们，这是不奇怪的。我一唱起来就得唱将近三个小时，有时还要长些，要一直唱到微风把那一声温柔的呼唤声‘喵’传送到我耳边。我像闪电一样向前飞奔，响应这声召唤，去同她相会……我们的母猫们，特别是茶叶店养的猫，都是守身如玉的。不管她们多么地爱你，她们也从来不会不加抵抗地就委身于你。为了取得成功，就必须具有顽强刚毅的意志。她吱吱地叫着嘘你，抓你的鼻子、卖弄风骚地眯起眼睛，当竞争者们当着她的面对你拳脚相加的时候，她却哼哼着小曲，胡子在微微地动着，她沿着屋顶和板墙从你身边跑掉。简直麻烦死了，所以销魂的一刻一般不会早于凌晨四五点钟。

现在你们明白了吧，我要为幸福付出多么大的代价。”

（它翘起尾巴，很神气地大摇大摆地往前走去。）

奥 秘

复活节的第一天晚上，四品文官纳瓦津做客回来时，在前厅他拿起来访客人签过名的一张单子，并带着它走进了自己的书房。他脱去外衣、喝过德国矿泉水之后，便在躺椅上坐得尽量舒服些，开始阅读单子上的签名。当他的视线移到一长串签名的中间部分时，不禁打了个冷战，吃惊地用鼻子哼了一声，脸上流露出极其困惑的样子，用手指打了个榧子。

“又来了！”他说着拍了一下膝头，“真令人惊奇！又来了！又是这个人签的名，鬼知道他，他是个什么人，这个费久科夫！又是他！”

名单上的众多签名者当中，有一个费久科夫。纳瓦津根本就不知道这个费久科夫是何许人。他在记忆中反复搜寻着自己所有的熟人、亲戚和下属，回想着多年以前的往事，然而却怎么也想不起任何一个费久科夫。最奇怪的是，近三十年来，每逢圣诞节和复活节，这位匿名者[1]费久科夫总是签名不误。他是什么人，他是从什么地方来的、他的长相如何——对此纳瓦津也好，他的妻子也好，看门人也好，都一无所知。

“真奇怪！”纳瓦津在书房里踱着方步惊奇地想，“奇怪而又令人不解！简直神秘极了！叫看门人到这儿来！”他喊了一声，“怪极了！不，反正我一定要搞清楚他到底是谁！喂，格里戈里，”他对进来的看门人说，“这个费久科夫又签了名！你看见他了吗？”

“没有……”

“怎么可能呢，他的确是签了名的呀！这就是说，他来过前厅了吧？来过吗？”

“没有，没来过。”

“如果他没来，他怎么能签名呢？”

“我不知道。”

“那谁知道呢？你在前厅只顾打瞌睡！你好好想想，也许是一个陌生人来过！想想！”

“没有呀，老爷，没来过任何陌生人。我们的官员们来过，一位男爵夫人来看望过夫人阁下，教士们手持十字架来过，再没有别的什么人了……”

“怎么，他是用隐身法来签的名还是怎么着？”

“我可不知道，但是叫费久科夫的人确实没来过，我就知道这些，我向圣像起誓……”

“奇怪，不可理解！太奇怪了！”纳瓦津陷入沉思，“这甚至是可笑的。人家签名签了三十年，而你却无法知道他是谁。也许这是谁开的玩笑？也许是哪个官员签自己的名时又签上了这个费久科夫的名字，为了寻开心？”

纳瓦津开始研究费久科夫的签名了。签字是潇洒豪放的，字尾是带花笔的古字体，从笔法上看，它与其他人的签字迥然不同。它位于省长书记官施屠奇金的签名下面，紧挨着，而这位书记官则是个胆小怕事的人，如果是他胆敢开这样无礼的玩笑，那么他大概会把自己吓死。

“这个神秘的费久科夫又签名了！”纳瓦津来到妻子跟前时说，“我还是没能搞清楚到底是谁！”

纳瓦津娜太太是一位迷信招魂术的人，因而她对自然界发生的一切可以理解的和不可理解的现象都有很简单的解释。

“这没有什么值得大惊小怪的，”她说，“你就是不信，可我说过，我现在还要说：自然界里有很多由于我们智力不足而永远无法

---

① 原文为拉丁语。

理解的超自然现象！我相信，这个费久科夫就是对你有好感的鬼魂……我若处在你的地位，我就把它招来问它有什么需要。”

“胡说八道！”

纳瓦津是个没有什么成见的人，但是引起他注意的这个现象是如此神秘莫测，以致使他自觉不自觉地想入非非了。整个晚上他都在想，这个匿名者费久科夫乃是早已过世的哪个官员的魂，他是被纳瓦津的先人们撤了职的，而现在就来报复仇人的后代了。也许这是某一个办事员的亲戚，而这个办事员曾被纳瓦津本人所解雇，或者是被他诱骗过的一个姑娘的亲戚……

纳瓦津整夜都在做梦，他看见一个瘦弱的年迈官员，穿着破旧的制服、有一张柠檬色的黄脸、胡子拉碴的、头发像鬃毛那么硬、两眼无神，用死气沉沉的声音说着什么，还伸出瘦骨棱棱的一只手指威胁着纳瓦津。

纳瓦津差一点儿患了脑炎。有两星期之久沉默着，皱着眉头，走来走去地独自思索着。终于他克服了自己怀疑一切的傲气，走到妻子跟前用喑哑的声音说：

“季娜，把费久科夫的魂招来吧！”

迷信招魂术的妻子喜出望外，吩咐仆人把硬纸板和小碟子拿来，让丈夫坐在身旁，开始煞有介事地作起法来，费久科夫也没让人等多久……

“你想要什么？”纳瓦津问。

“忏悔吧……”小碟子这样答。

“在阳间你是干什么的？”

“我是迷途的羔羊……”

“你瞧！”妻子小声地说，“过去你还不相信！”

纳瓦津同费久科夫谈了半天，后来又招来了拿破仑、汉尼拔[1]、

---

① 汉尼拔（前 247—前 183），迦太基名将。

阿斯科琴斯基[1]、自己的姑母克拉芙姬娅、扎哈罗芙娜等人的魂，他（她）们都作了简明扼要但含义深刻而又准确的回答。他同小碟子对话大约有四个钟头，然后就去睡觉了。他心安理得，十分幸运，因为他同神秘的世界相识了，对他来说这是个新发现。从此以后，他每天都搞招魂术活动，而且在办公时他向官员们解释说，自然界中一般来说存在着很多超自然现象。他还说，我国学者们早应对此加以注意。催眠术、降神术、比肖普法术、招魂术、四维空间以及其他神秘事物完全使他着迷了，因此，他整天都在阅读招魂术的书籍或者在小碟子上面下功夫，钻研扶乩和对超自然现象的论证，他的夫人对此极其满意。在他的带动下，所有他的下属也都成了迷信招魂术的人，而且走火入魔得竟有一个老庶务官得了神经病，有一次，这位庶务官派信差发出这样一封电报："寄往地狱。省税务局发。我知道我正在变成鬼。怎么办？回电费已付。瓦西里·克利诺利斯基。"

阅读完一百多本招魂术小册子以后，纳瓦津产生了自己也写一本书的强烈愿望。他埋头写作达五个月之久，终于写完了一篇很长的论文《我的意见》。完成这篇文章以后，他决定把它寄给招魂术杂志。

决定寄出文章的那一天是他难以忘怀的。纳瓦津记得，在这永志难忘的一天，正在他办公室里处理公务的是誊写文书的书记员和被叫来处理公务的本教区的教堂执事。纳瓦津满脸春风，他充满爱心地看着自己的作品，用手指比量着自己写的这篇文章有多厚，幸福地微笑着对书记员说：

"我想，菲利普·谢尔盖伊奇，用挂号寄出去，这样做可靠些……"他抬起眼睛看着教堂执事说："我叫你来是为了一件公事，亲爱的。我要送小儿子上中学了，我需要一张他的出生证明，只是能不能快点办妥。"

---

① 阿斯科琴斯基（1813—1879），俄国作家。

“很好，大人！”教堂执事鞠躬道，“很好，我明白……”

“能不能明天就办妥？”

“好的，大人，请您放心！明天就准备好！请在明天晚祷前派人到教堂来取！我将在那儿。请吩咐来人找费久科夫，我一直都在那儿……”

“什么？”将军脸色苍白地问道。

“找费久科夫就行了。”

“您……您是费久科夫？”纳瓦津瞪大了眼睛问道。

“是的，我就是费久科夫。”

“您……您在我家前厅签过名？”

“是的，”教堂执事承认道，他觉得不好意思，“大人，我嘛，当我们手持十字架巡行的时候，我总要在达官贵人家门前签上名字……我喜欢这样做……一看见前厅里，请原谅，放着那张纸，我就憋不住要把自己的名字写上……”

纳瓦津一时被弄得目瞪口呆、懵懵懂懂，什么也听不见了，他在房间里走来走去。他抚摸着门帘，右手挥动了三下，像芭蕾舞的年轻的主角那样，看见女主人公的口中打着呼哨，无动于衷地微笑了一下，用一只手指指着前方。

“那么我立即就把文章寄出去了，大人。”书记员说。

这句话把纳瓦津从迷迷糊糊的状态中唤醒。他毫无表情地看着书记员和教堂执事，终于想起了什么，于是他生气地跺了一下脚，用刺耳的男高音尖叫着：

“别缠着我啦！别——缠——着——我，我说的话听见了吗！你们还要我怎么样？我真不明白。”

书记员和教堂执事已经走出办公室，来到了大街上，可他还在不停地跺着脚，大喊大叫：

“别缠着我！你们还要我怎么样？我真不明白。别——缠——着——我！”

信

监督司祭费奥多尔·奥尔洛夫神甫是一位端庄文雅、身体富态的五十岁左右的男子。他一如既往庄重而严肃地，带着习以为常、时刻挂在脸上的富有自尊心的表情，然而已显得极度疲惫的样子在自己的小客厅里踱步，他从一个角落走到另一个角落，并且紧张地思量着一个问题：他的这位客人到底什么时候走呢？这个想法使他心烦意乱，一分钟也不让他安静。来客阿纳斯塔西神甫是城郊一个乡村的司祭，大约三小时之前来找监督司祭办自己的事，这是桩非常令人不快而又无聊的事件。来客一直坐到现在，把胳膊撑在一本厚厚的账本上，坐在小圆桌旁边的一个角落里，看样子他是不想走了，虽然已经是晚上八点多钟。

不是任何人都懂得及时地打住话头、及时地走开。往往有这样的情况，甚至是一些在社交方面训练有素的政界人士也察觉不到，他们的造访在疲惫或繁忙的主人心中会引起什么样的感觉，这感觉近似厌恶，而这样的感觉却又被虚情假意严密地隐藏和掩盖起来。阿纳斯塔西神甫清楚地看到而且心里也很明白，他呆在这儿是令人不快的，也不是时候。夜间做过晨祷、白天又做了很长时间弥撒的监督司祭已经很累了，想休息一会儿了。阿纳斯塔西神甫每一分钟都打算起身告辞，但是却一直也没站起来。他坐在那里好像在等待着什么似的。这是个六十五岁上下的老人，但要比实际年龄衰老得多。他骨瘦如柴，驼着背、有一张黑黝黝的老年人的瘦脸、眼睑发红，脊背像鱼背一样细长。他穿着一件十分时髦的鲜艳的淡紫色法衣，不过对他来说法衣显得过于肥大（法衣是不久前过世的一位教师的未亡人送的），他身上还套着一件呢绒长外衣，腰系一根宽皮带，脚穿一双笨重皮靴，这双靴子的尺码和颜色都表明，阿纳斯塔西神甫是从来不穿套鞋的。虽然他身为神职人员，又有受人敬重的一把年纪，但是他那一对发红和浑浊的眼睛、后脑勺上系着绿带子的灰白小发辫、瘦骨嶙峋的脊背上的肩胛骨都表现出一副穷酸相。他显得愚钝、低三下四的样子……他不吭声，坐着不动，甚至咳嗽起来也小心翼翼地，似乎生怕咳嗽声会使他的存在引人注目。

老人经常到监督司祭这儿来办事。大约两个月之前，他被禁止做弥撒直到问题解决为止，而且立案对他进行审查。向他提出的罪状很多。他整日酗酒、同教士们和乡民们之间的纠纷不断、婴儿出生登记工作搞得混乱不堪，账目也记得不清不楚——这些不过是形式上的罪状罢了。除此以外，早就有传闻说，他为了赚钱而给人们主持非法婚礼并向从城里来找他的官吏们和军官们出售斋戒证书。这类传闻甚嚣尘上，久久不散，这是因为他穷困，而且有九个孩子，孩子们都靠他养活，像他一样都是些没出息的人。他的儿子们没受过教育、被惯坏了、游手好闲，而长得难看的女儿们也都没出嫁。

监督司祭既然没有勇气公开表示心中所想，就只好一声不吭地从这个角落走到那个角落，或者另有所指地讲些暗示的话。

“就是说，现在您是不想回自己的家了？”他问，在黑糊糊的窗前停住脚步，把小指头伸在噘着嘴睡着了的金丝雀面前。

阿纳斯塔西神甫全身一震，小心翼翼地咳嗽了一声便急急忙忙地说：

“回自己的家？算了吧，我不回去了，费奥多尔·伊里伊奇。您自己也知道，不许我祈祷和做弥撒了，我回去干什么呢？我是故意走开的，为的是不看人们的脸色。您自己也知道，不作祈祷我心里总觉得不安，何况在这儿我还有事情要办。费奥多尔·伊里伊奇。我想明天开斋以后，跟办案子的神甫彻底地谈一谈。”

“是这样……”监督司祭打着哈欠道，“那么您住在哪儿呢？”

“住加甫金那儿。”

阿纳斯塔西神甫突然想起，再过大约两个小时监督司祭就得主持复活节晨祷，于是他为自己这不愉快的、给别人带来麻烦的久坐不去的行径深感羞愧，他决定马上离开，让已经疲惫不堪的主人休息一会儿。老人站起来准备离去，然而在告辞之前他咳嗽了几声，用试探的目光瞧着监督司祭的后背，依然带着整个身心都在期望着什么的表情。他脸上流露出羞愧、胆怯和勉强挤出的可怜的笑容，这是不尊重自己的人们才有的笑容。他好像横下一条心似的摆了摆手，用刺耳的哑嗓子说：

“费奥多尔神甫，请您行善就行到底吧，请吩咐给我……一盅伏特加以志告别！”

“现在不是喝伏特加的时候，”监督司祭严厉地说，“要有羞耻心嘛。”

阿纳斯塔西神甫更加难为情了，他笑了起来，却忘了自己要离开这儿回家的决定，竟又坐了下来。监督司祭瞅了一眼他那不知所措、非常尴尬的脸和伛偻的身体，开始可怜这个老人了。

“上帝保佑，我们明天一定喝，”他说，希望以此缓和一下自己的严词拒绝，“做任何事情都要适合时宜。”

监督司祭相信人是可以改邪归正的，然而现在当他心中产生了怜悯之情时，他开始觉得，这个正在受审查的、虚弱的、被罪恶和病痛缠住了的老人已经从生活中永远地消失、死亡了。人世间已经没有能把他的脊背弄直，把他的目光变得清澈，止住他那令人不快的、胆怯的、故意装出来的笑声的那种力量了。他装笑是想多少消除一点儿他给别人留下的讨厌的印象。

费奥多尔神甫已经觉得这个老人是无辜的和无罪的了，他是个被侮辱和被损害的不幸的人。监督司祭想起了老人的妻子、九个孩子、加甫金家又脏又旧的高板床。不知为什么他还想到了那些就想看看神甫酗酒、官吏们遭揭发的人们，他想，现在阿纳斯塔西神甫所能做的最好的事情就是尽快地死掉，从这个世界上永远地消失。

响起了脚步声。

“费奥多尔神甫，您没休息呀？”一个男低音在前厅里问道。

“没有，助祭，请进。”

奥尔洛夫的同事、助祭柳比莫夫走进了客厅。这是个上了年纪的人，头顶全秃了，不过身板儿倒结实，像个格鲁吉亚人似的长着黑头发和黑浓眉。他朝阿纳斯塔西鞠过躬就落座了。

“有什么好消息？”监督司祭问。

“还会有什么好消息？”助祭答道。他沉默了一会儿就微笑着继续说：“孩子小，有小的烦恼；孩子大了，就有大的烦恼啦。这件事，费奥多尔神甫，真叫人到现在也没法儿定下心来。这是一场喜剧，仅此而已。”

他又沉默了一会儿。这一次他笑得开心些，他说：

“尼古拉·马特维伊奇刚从哈尔科夫回来。他对我讲了有关彼得的情况。他说，他到彼得那儿去过两次。”

“他都对你讲了些什么呀？”

“他的话使我不安，让上帝保佑他。他想让我高兴，可我仔细想了想，得出的结论是没有什么值得高兴的事。应当感到痛心，而不是高兴……‘你的小彼得生活得很好，’他说，‘现在我们可高攀不起啦。’喏，我说，那就谢天谢地啦。‘我在他那儿吃过饭，看到了他的全部生活方式。’他说，‘彼得的生活很贵族化，好得不能再好了。’我，当然啦，很感兴趣，所以我就问：吃饭的时候都上的什么菜呀？‘开头上的菜是鱼，有点像煮鱼汤，接着上的是牛舌加豌豆，随后就是，’他说，‘烤火鸡。’这是在斋期吃火鸡呀？我说，这有什么值得叫人高兴的。在大斋期内吃火鸡？啊？”

“没什么可大惊小怪的。”监督司祭嘲笑似的眯起眼睛说。

于是他就把双手的两只大拇指塞在腰带里，挺直腰身，用他平时布道或给县立中学的学生们讲授宗教课程时的声调说：

“大凡不遵守斋戒的人们可分为不同的两类：一类人不持斋是因为秉性轻浮，另一类人是因为不信仰上帝。你的彼得是因为不信仰上帝而不持斋，就是这样。”

助祭胆怯地看着费奥多尔神甫严厉的面容说：

“下面还有更多的麻烦哩……我们又闲聊起来，东家长西家短的，说到最后，原来我这个不信上帝的儿子还跟一个女人同居，她还是个有夫之妇呢。她在彼得的家里充当的是妻子和女主人的角色：给人们斟茶，接待客人，以及处理其它事情，就像个合法妻子，什么都管。他跟这条毒蛇已经鬼混了两年多。这是场喜剧，仅此而已。同居快三年了，连个孩子也没有。”

“可见他们过的是恪守贞节的同居生活哩！”阿纳斯塔西神甫嘻嘻地笑了起来，嘶哑地咳嗽了几声，“孩子还是有的，助祭神甫，有啊，只是不留在家里，而是送到孤儿院里！咳，咳，咳……”（阿纳斯塔西猛地咳嗽起来。）

“少管闲事，阿纳斯塔西神甫。”监督司祭严肃地说。

“尼古拉·马特维伊奇就问他，在餐桌旁为大家盛汤的那位太太是您的什么人呀？”助祭继续说，不高兴地看着阿纳斯塔西那伛偻的身躯，“可彼得对他说，这是我的妻子，但是客人又问：‘你们什么时候举行的婚礼？’彼得回答：我们是在库利科夫的点心店里举行的婚礼。”

监督司祭气得脸都红了，左右太阳穴出现了红斑。彼得除了自己的这条罪状之外，作为一个人也是他所不喜欢的。费奥多尔神甫也确有对他（正如俗话所说）反感的理由。他记得彼得还是个男孩时的样子，这个中学生他是记得很清楚的，所以他当时就觉得这孩子不正常。中学时代的小彼得就认为到祭坛那儿去帮忙是不光彩的；当别人用“你”称呼他时他就不高兴；他走进房间时从不在胸前画十字；而最令他难忘的是彼得讲起话来总是很冗长也很激动，在费奥多尔神甫看来，说话太多对孩子来说是有失体统和有害无益的。除此以外，小彼得对钓鱼抱着轻蔑和批评的态度，而监督司祭和彼得的父亲助祭则是钓鱼迷。大学生时代的彼得从来不进教堂，他一直睡到中午；他居高临下地看着别人，而且总带着挑衅的样子提出一些敏感而又无法答复的问题。

“你还要怎样？”监督司祭走到助祭跟前生气地看着他，“你还要怎样嘛？这是早就应该料到的事！我从来就知道而且相信，你的彼得没出息！我过去对你说过，现在还是要对你说。种瓜得瓜，种豆得豆，现在你就得承受一切！”

“可我到底有什么错，费奥多尔神甫？”助祭小声地问，仰起头来看着监督司祭。

“不是你的错又是谁的错呢？你是父亲，他是你的孩子！你应当管教他，向他灌输崇拜上帝的观念。要教育他！你们只管生孩子，却不管教育孩子。这是罪过！不对！可耻！”

监督司祭忘了自己的疲倦，他来回踱着步，继续说着。助祭的秃顶上和前额上出现了汗珠，他抬起表示歉意的眼睛看着监督司祭说：

“可难道我没管教过他吗？费奥多尔神甫，上帝慈悲，难道我不是自己孩子的父亲吗？您也知道，我为他不惜一切，一辈子都埋头苦干，祈祷上帝，为的是让他受到真正的教育。他上过中学，我为他雇过家庭教师，他也念完了大学。至于说到我没能够在理智上指导他，费奥多尔神甫啊，那是因为，您想啊，我根本就没有这个能力！想当初，他还是大学生的时候，有时回到这儿来，我就开始用我的方式开导他，可他不听啊。我对他说：‘到教堂去’，他就说：‘为什么？去干什么？’或者他拍着我的肩膀说：‘在这个世界上一切都是相对的，差不多的，假定的，我是什么也不知道，你也是什么也不晓得呀，老爸。’”

阿纳斯塔西神甫嘶哑着嗓子笑了起来，猛地又咳嗽不止。还用手指在空中比划着，似乎想说什么。监督司祭看了他一眼，然后就严肃地说：

“你少管闲事，阿纳斯塔西神甫。”

这位老人笑着，满脸春风得意的样子，显然他非常满意地听了助祭的讲述，似乎他高兴地得知在这个世界上除了他还有一些罪人。助祭却是满腔真诚地讲述了一切，怀着破碎的心，甚至眼泪涌上了他的双眼。费奥多尔神甫开始可怜他了。

“你是有过错呀，司祭，有过错，”他说，但是已经不那么严厉和激昂了，“既然会生孩子，就应当也会管教他们。必须从童年时代起就严加管教，到了大学时代你可就没有办法了！”

接下来大家就都沉默了。助祭两手轻轻一拍，叹口气道：

“要知道，我还不得不对他承担责任哩！”

“说的就是嘛！”

又沉默了一会儿，监督司祭又是哈欠又是叹气地问：

“谁念‘使徒行传’？”

“叶甫斯特拉特念。一直是叶甫斯特拉特念。”

助祭站起身，用恳求的目光看着监督司祭问：

“费奥多尔神甫，我现在该怎么办？”

“你想怎样就怎样吧。父亲不是我，而是你。你比我更清楚。”

“我什么也不清楚，费奥多尔神甫！开导开导我吧，求您啦！你相信吗，我的心碎了！现在我是觉也睡不好，坐也坐不住，过节也感觉不到节日的气氛。开导开导我吧，费奥多尔神甫！”

“你给他写封信吧。”

“我给他写些什么呢？”

“你就写，这样下去不行。信要短，但是口气要严，理要说透，不要淡化和回避他的罪过。这是你为父的责任。你写了信就是尽了自己的义务，从而也就心安理得了。”

“这话对，不过我给他写些什么呢？从哪些方面谈起？如果我给他写了信，而他在给我的回信中却说：‘为什么？干什么？为什么这是罪过？’”

阿纳斯塔西神甫又发出嘶哑的笑声，他的手指也动了起来。

“为什么？干什么？为什么这是罪过？”他尖叫着，“有一次我听一位老爷的忏悔，我告诉他，过分地请求上帝对你发慈悲是罪过的。但是他问：为什么呢？我本想回答他，可这儿，”阿纳斯塔西拍了拍自己的前额，“可我这儿空空如也！嘻，嘻，咳，咳……”

阿纳斯塔西的话，他那嘶哑和刺耳的笑声以及他所嘲笑的事情等情况使监督司祭和助祭感到不快。监督司祭原想说老人：“你少管闲事。”但是他没说，只是皱起眉头。

“我不能给他写信！”助祭叹了口气说。

“你不能写，那么谁还能写呀？”

“费奥多尔神甫！”助祭偏着头，手按在胸口上说，“我是个没有文化的贫智的人，而上帝却赐给了你智慧和才能。您知道和通晓一切，你聪明得可以理解一切，而我却不会通过文字说清楚问题。您就慷慨地帮助我写这封信吧！请您教给我怎样写，写什么……”

“这有什么可教的？没什么可教的，坐下来写就成了。”

“不，还是求您发发慈悲啦，堂长神甫！我恳求您。我知道，他一定会尊重您的信，听您的话，因为您也是有文化的人。您就发发慈悲吧！我坐下写，您就口授。要是明天写就有罪了，今天正是好日子，我也就安心了。”

监督司祭看着助祭那张恳切的面容，想起了令他反感的彼得，他终于同意口授了。他让助祭坐在自己的桌前并开始念道：

“喏，你写吧……基督复活，亲爱的儿子……惊叹号。你父亲，我听到一些传闻……接着用括号……至于传闻来自何人，这与你无关……括号完……写完了吗？……说是你过的是一种既不符合上帝戒律，也不符合人伦法规的生活。舒适的生活也好、上流社交界的华丽也好、很高的文化修养也好，你用来粉饰自己表面的这些东西都不可能掩盖住你那异教徒的真面目。你挂着基督徒的空名，本质上却是个异教徒，你像所有其他异教徒一样，是那么的可怜和不幸，你甚至更加可怜，因为那些异教徒不知道有基督存在，他们是在不知情中死去的，而你却是身在福中不知福的情况下死去。我不在这里一一数落你的罪过了，因为你对这些是很清楚的，我只想告诉你，你毁灭的原因我看是你不信仰上帝。你自以为英明无比，吹嘘自己学识过人，但是你却不想理解。没有信仰的学识不仅不能使人成为高尚的人，它甚至会把人降低到低级动物的水平，因为……”

信的全部内容就是这种调子。助祭写完以后，把信读了一遍，容光焕发地跳了起来。

“有才华，这是真正的才华！”他激动地看着监督司祭、双手一拍地说，“主赐给了你多么高的才华呀！啊？圣母啊！我大概一百年也写不出这样的信来！上帝保佑您！”

阿纳斯塔西神甫也来了劲儿。

“没有才华是写不了这样的信的，”他站起来，手指动来动去地说，“写不出来！这样的雄辩才能可以让任何一位哲学家都无力应对，而且还要把他们教训一番。聪明呀！聪明绝顶啦！如果您没结婚，您早就当主教了，费奥多尔神甫，真的，当定了！”

监督司祭在信中发泄完自己的怒气之后，也觉得轻松多了。但是疲劳和全身无力的感觉又出现了。助祭既然是自己人，监督司祭就不客气地对他说：

“喏，助祭，请回吧，我要在沙发上打个盹儿，半小时左右，得休息一下啦。”

助祭临走时把阿纳斯塔西也带走了。就像在耶稣复活节的前夜一向都会出现的情景那样，大街上黑暗无光，但是满天的星斗却光辉灿烂。在静谧的、无风的空气中，充满了春天的气息和节日的气氛。

“他总共才口授了多长时间？”助祭叹服地说，“十分钟左右，不会再多！换了别人大概一个月也写不成这样一封信呢。啊？这是多么聪明的人！这样聪明的人，我简直都不会形容了！令人惊奇！真的，令人惊奇！”

“是学问好！”阿纳斯塔西叹了口气说，他在穿过泥泞的街道时，把法衣的下摆提到腰带处，“我们不能跟他比，我就是从执事干起的，而他是受过高等教育的。是的，一个真正的人，没说的。”

“而你好好听听吧，一会儿他将怎样在做弥撒时用拉丁文念福音书！他拉丁文也懂、希腊文也懂……可小彼得呀，小彼得！”助祭突然想起了心思，“喏，他现在可要搔头皮了！可要放老实些了！要吃苦头啦！现在可不敢问为什么了。这正是两强相遇嘛！哈哈哈！”

助祭高兴地大声笑了起来。自从给彼得的信写完以后，他就高兴地安下心来了。那种尽了为人父的义务的感觉和对这封信的威力的坚信不疑使他又恢复了爱开玩笑和宽厚待人的心情。

“彼得这个词翻译过来就是石头的意思。”走到家门口时他说，“我的彼得可不是石头，而是窝囊废。那条毒蛇骑在他头上作威作福，而他就对她百依百顺了，就摆脱不了她啦。呸！真有这样的女人啊，上帝饶恕！啊？她的羞耻心哪儿去啦？骑在男人头上，缠住不放，他围着她的裙子转……让她到树林里去见鬼吧！”

“不过也许不是她缠着彼得，而是彼得缠住她不放呢？”

“不管怎样，还是她不知羞耻！我并不想护着彼得……他会受到惩罚的……一读完信他就要搔后脑勺了！他将无地自容！”

“信是写得不错，不过就是有点儿那个……最好别寄出去，助祭神甫，让上帝与他同在吧！”

“为什么？”助祭吓了一跳。

“没什么！别寄信了，助祭！会有什么用呢？喏，你把信寄去，他看了信，那么……那么以后又会怎样？你只不过骚扰他一下而已。原谅他吧，让上帝与他同在吧！”

助祭惊讶地看着阿纳斯塔西那张黑黝黝的面孔，看着他那敞着怀的法衣，在黑暗中那敞开的两襟就像翅膀一样。助祭耸了耸肩膀。

“怎么可以就这样原谅他呢？”助祭问，“要知道我对他要在上帝面前负责呀！”

“即使这样，你还是原谅他吧，真的！而上帝也会因为你善良而原谅你的。”

“可他是我的儿子吧？我应当不应当管教他呢？”

“管教他？为什么不管教他呢？管教是可以的，但是为什么叫他是异教徒呢？要知道，助祭，他会伤心的……”

助祭是个鳏夫，住在一幢有三个窗户的平房里。他的姐姐，一位三年前两腿不能走动的老处女为他管家，而现在她已经不能起床了。他怕姐姐，对姐姐是言听计从的，没有她的参与他是什么也不敢做的。阿纳斯塔西神甫来到他家一看，桌子上已经摆满了专为复活节烤的圆面包和红鸡蛋，不知为什么，大概是想起了自己的家吧，阿纳斯塔西神甫哭了，为了把自己的流泪解释为故意开的玩笑，他又立即嘶哑地笑了起来。

“是啊，马上就要开斋解馋了，”他说，“是啊……助祭，现在马上就开斋也不是不可以呀……喝一小杯。可以吗？我会小心地喝，”他斜瞅着门外小声地说，“免得老太太……听见……不出一点声音……”

助祭沉默着把装酒的玻璃瓶和小酒杯放在他面前，打开信又开始读了起来。就是现在，这封信也令他喜欢，就像监督司祭口授信的时候一样。他由于满意而容光焕发，好像吃了什么很甜的东西似的摇头晃脑。

“嘿，信哪！”他说，“小彼得做梦也不会想到这样的信，他需要的正是这样的一封信，为了让他全身发烧……哼！”

“你知道吗，助祭？别寄信！”阿纳斯塔西好像健忘似的斟了第二杯酒，说，“原谅他吧，让上帝同他在一起！我这里凭良心对你……对您说的。如果亲老子都不原谅他，那么还有谁来原谅他呢？就这样，没有人原谅地生活下去吗？可你呀，助祭，你想想，惩罚他的人不算上你就已经够多的了，你最好还是为自己的亲儿子挑些能体恤他的人呢！我……我，老弟，喝……最后一杯……你干脆拿起笔来给他写上：我原谅你，彼得！他会理解的！他会感觉到！我呀，老弟……我，助祭，凭自己的经验知道。想当初我过的是同大家一样的日子，我没有什么痛苦！可现在，当我已经丧失了做人的尊严和本分的时候，我只有一个希望，就是善心的人们会原谅我。而且你想啊，需要原谅的不是那些正人君子，而是那些有罪过的人呀。你们的那位老太太如果是没有罪过的人，那何必要你去原谅她？不，你要原谅那种看上去很可怜的人……就是这样！”

阿纳斯塔西用拳头撑着脑袋，陷入了沉思。

“不幸啊，助祭，”他叹了口气说，显然他是在极力克制着喝酒的欲望，“不幸啊！我妈在罪恶中生下了我，我就将在罪恶中生活，也将在罪恶中死去……上帝啊，原谅我这个罪人吧！我已经迷失了方向，助祭！我没救了！而且我不是在长年的生活中迷失了方向，而是在行将就木的晚年……我……”

老人把手一摆，就又喝了一杯酒，然后站了起来，坐在另一个地方。助祭手中仍然拿着那封信，从一个角落到另一个角落地来回走着。他想着自己的儿子，不满、伤心和恐惧已经不再令他不安了，所有这一切都发泄在信里面了。现在他只是在自己的想象中描绘着彼得的脸，回忆着过去的岁月。那时，儿子常回家过节。想到的都只是那些美好的、充满温情的、令人伤感的事情，这一切是终生难忘的，怎么想也不会感到厌倦的。由于想念儿子，他又把信读了一遍，用疑问的眼光望着阿纳斯塔西。

“不要寄了！”那一位摆着手说。

“不，毕竟……得寄去。毕竟这信会使他那个……多少让他理智些。并不是多此一举……”

助祭从书桌里取出信封，但是在把信放进信封前，他在桌前坐了下来，微笑了一下，在信纸下面加上了自己的话：“我们这里派来了一位新学监。这一位比原来的那位可活跃多了。既是跳舞能手，又是个话匣子，手也特别巧，因此城里的淑女们都迷上他了。据说驻军司令官考斯退廖夫也快退休了。早该如此！”助祭非常满意，但是他不知道，加上这段话之后，归根结底他便破坏了信的严肃性。他写上地址并把信放在了桌子上最显眼的地方。

哥萨克

尼扎农庄的承租人马克辛·塔尔恰科夫原为别尔江市一名市民。这时，他赶着车同年轻的妻子一起离开了教堂，车上放着的是刚刚接受了复活节圣礼的圆面包。太阳还没有升起来，但是东方的天空已经出现了金光闪闪的红霞，四周一片寂静……鹌鹑不断地鸣叫着，自言自语地说："喝酒去！喝酒去！"在远处小山冈的上空，一只老鹰在翱翔。除了这些，在整个草原上就再也看不到一个有生命的物体了。

塔尔恰科夫赶着马车在想，再也没有比基督复活的节日更好更快乐的节日了。他是不久前结的婚，现在同妻子共度第一个婚后的复活节。不管他看什么，不管他想什么，一切的一切他都觉得是光辉灿烂、快活和幸福的。他想到自己的农庄生产，他发现他经营的一切都很顺利，家里的摆设也好得不能再好了，什么都有了，什么都好。他看了看妻子，他觉得妻子漂亮、善良而又温顺。使他高兴的还有东方上空的朝霞和青青的小草，也有他那辆吱吱呀呀的不停颠簸着的马车，甚至那只老鹰也令他喜欢，老鹰正在沉重地扇动着翅膀。当他在半路上跑进了小酒馆抽支烟还喝了一杯酒之后，他就更加快活了……

"人们都说，今天是个伟大的节日！"他说，"确实是伟大！你等着瞧吧，丽莎，太阳马上就要开始表演了。每逢复活节它都要表演！太阳也像人一样高兴呢！"

"太阳不是活的呀。"妻子说。

"它上面住着人呢！"塔尔恰科夫喊道，"在所有的星球上都有人，在太阳和月亮上也有！真的……也可能是学者们在胡扯，魔鬼才知道他们！且慢，那儿不是一匹马站着吗！是有匹马！”

在回家的半路上，在“歪头山谷”附近，塔尔恰科夫和他妻子看见了一匹备有鞍子的马，它一动不动地站着，闻着土地。在路边土墩上坐着一个红头发哥萨克，他弯着腰，看着自己的腿。

“基督复活了！”马克辛朝他喊了一声。

“真的复活了！”哥萨克没抬起头来回答着。

“你上哪儿呀？”

“回家休假。”

“你干吗在这儿坐着？”

“没什么……我病了……走不动啦。”

“你哪儿不舒服？”

“全身都不好受。”

“噢……真是祸从天降！大家都过节，而你却在生病！你还是到村子里去或者找个旅店住下，总坐在这儿怎么行啊？”

哥萨克抬起头，用病人那疲乏无力的眼睛望着马克辛和他的妻子，还有拉车的马。

“你们这是从教堂来？”他问。

“从教堂来。”

“我却在半路上碰上过节。上帝没让我走到家。我真想马上就走，可一点儿劲儿也没有了……你们最好还是给我这过路的人一点受过圣礼的圆面包开斋吧，东正教的教徒们！”

“圆面包？”塔尔恰科夫问，“那可以，不在话下……等等，我马上……”

马克辛急忙摸了摸衣兜，便看了一眼妻子说：

“我没有小刀子，没有切面包的工具，而用手掰又不好掰，会把整个面包弄坏，真难办！你找找看，你那里有没有小刀子？”

哥萨克吃力地站了起来，他走到自己的马鞍那儿取刀子。

“你想的好主意！”塔尔恰科夫的妻子生气地说，“我不许你乱来，不许你切圆面包！我怎么有脸把切过的面包带回家呢？何况在草原上开斋——这算什么事儿呀！你到村里去找庄稼汉们好了，你就在那儿开斋吧！”

妻子从丈夫手中夺过白餐巾包着的圆面包说：

“我不许你这样做！应当懂规矩。这可不是小白面包，而是受过圣礼的圆面包，而且糊里糊涂地切它是罪过。”

“喏，哥萨克，你别生气！”塔尔恰科夫说着就笑了起来，“妻子不批准哩！再见，一路平安！”

马克辛拉了一下缰绳，咂了一下嘴，马车就辘辘地继续赶路了。而妻子却还在说，没到家就切圆面包是罪过和不守规矩，说什么做任何事都要有适当的时间和地点。在东方上空亮起了初升的太阳光芒，它把毛茸茸的云朵染成了五彩缤纷的朝霞，传来了百灵鸟的歌声。草原上空已经不是一只，而是三只老鹰彼此相距甚远地在盘旋。太阳略带暖意地普照着大地，嫩绿的草丛里螽斯在鸣叫着。

走了大约一俄里多地，塔尔恰科夫转过身来聚精会神地望着远处。

“看不见哥萨克了……”他说，“这个可怜的人，怎么要在半路上病倒呢！没有比这种情况更糟糕的啦，必须继续赶路，可一点力气也没有了……弄不好会死在半路上呢……我们没给他要的面包，丽莎，也许应当给他才是。也许他很想开斋呢。”

太阳已经升起，不过它是否表演了一番，塔尔恰科夫却没顾上看。一路上他沉默着，直到来到家中，他一直在想着什么，两眼没离开过马的黑尾巴。不知为什么他觉得心里闷得慌，过节的欢乐情绪在他心中已经荡然无存，好像从来就没有过欢乐似的。

夫妻俩回到家里，跟打工的人们互吻三次以示祝贺之后，塔尔恰科夫又来了兴致，打开了话匣子。不过当大家都坐下来开斋，每一个人都拿起一块受过圣礼的面包时，他心情沉重地看了看妻子说：

“这件事做得不好，丽莎，我们没让那个哥萨克开斋。”

“你这人真怪，真的！”丽莎说着，吃惊地耸了耸肩膀，“你这是从哪儿学来的这套新规矩：去半途上向人们施舍受过圣礼的面包？难道这是小面包吗？现在受过圣礼的面包就放在桌子上，谁想吃就吃，哪怕是你的那个哥萨克呢！难道我还舍不得？”

“话是这么说，可我是可怜这个哥萨克呀，要知道他比乞丐和孤儿还可怜呢。在半路上，离家那么远，病倒了……”

塔尔恰科夫只喝了半杯茶就已经什么也不喝什么也不吃了。他没有食欲，觉得茶像草一样没有味道，他又开始觉得烦闷无聊了。

开斋之后他们就睡下了。大约两小时过后，当丽莎醒来时，看见他站在窗前望着院子。

“你已经起床了？”妻子问。

“睡不着呀……咳，丽莎，”他叹了口气，“我们俩让哥萨克受委屈了！”

“又是你的哥萨克！你怎么老是没完没了地想着他呀，算了吧。”

“他为沙皇效过力，也许还流过血，而我们对待他却像对待一头猪。我们本应当把他这个病人带回家来，给他吃些东西，可我们连一小块面包也没给他。”

“是的，我决不让你糟蹋面包，而且又是受过圣礼的面包！你和哥萨克把面包乱切一通，以后我就得在家里睁大了眼睛看着它？可真有你的！”

马克辛悄悄地离开妻子来到厨房，他把一块面包用餐巾包起来，又拿了五个鸡蛋就到库房里去找打工的人们了。

“库兹玛，别拉手风琴了，”他对一个打工的人说，“你给我骑上枣红马或者那匹伊万奇克马，快赶到‘歪头山谷’去。那儿有个骑马的哥萨克，他病了，你就把这包东西交给他，他大概还没离开那儿。”

马克辛又快活了，但是他等了几个小时没见库兹玛回来，就沉不住气，备上马鞍就跑去接他。在山谷附近他遇到了库兹玛。

"喏，怎么样，看见哥萨克了吗？"

"哪儿也找不到他，他兴许已经走啦。"

"噢……真不巧！"

塔尔恰科夫从库兹玛手中拿过包裹，骑马往前驰去。到达村庄之后他就问农民们：

"弟兄们，你们看没看见一个生了病的哥萨克和他的马？他有没有到这儿来过？他是个红头发瘦子，骑的是一匹枣红马。"

农民们面面相觑，然后说他们没见到过哥萨克。

"倒是有回程的邮车经过这儿，这是确定的，至于一个哥萨克或者别的什么人——没有来过。"

吃午饭的时候马克辛回到了家里。

"这个哥萨克在我脑子里是坐定了，怎么也赶不走他！"他对妻子说，"一刻也不让我安宁。我总是在想：如果这是上帝为了考验我们而派了个天使或者某位圣徒，以哥萨克身份在半路上等我们的呢？要知道这是常有的事。这件事做得不好，丽莎，我们对不起他！"

"你干吗老是拿哥萨克来跟我纠缠？"丽莎忍无可忍地叫了起来，"像焦油一样，粘住人就不放！"

"而你，知道吗，可是个狠心的女人……"马克辛说，仔细地端详着她的脸。

于是他婚后第一次发现，他的妻子是个狠心的女人。

"就算我是个狠心的女人好了，"她叫喊着，生气地用木勺敲着桌子，"可我只不过是决不把受过圣礼的面包施舍给随便哪个酒鬼！"

"难道那个哥萨克是酒鬼吗？"

"是酒鬼！"

"你怎么知道？"

"他就是酒鬼嘛！"

"喏，你是个混蛋！"

马克辛怒气冲冲地从桌旁站了起来，他开始责备自己年轻的妻子，说她是个冷漠的愚蠢的女人。而他的妻子也勃然大怒，哭着跑进卧室并在那儿大喊大叫道：

“你那个哥萨克饿死才好哩！你给我走开，讨厌的家伙，找你的臭哥萨克去吧，要不我走，找我父亲去！”

在婚后的整个期间，这是塔尔恰科夫同妻子第一次吵嘴。一直到晚上，他就在院子里走来走去，他想着妻子的为人，他心情懊丧极了，现在他觉得妻子是个凶狠的、丑陋的女人。而且似乎有意与他为难，哥萨克总留在他脑子里，马克辛在幻觉中时而看见了他那病人特有的眼神、时而听见了他的声音、他的步态……

“唉，我们对不起他哟！”马克辛喃喃地说，“对不起他！”

到了晚上，天色已经漆黑，他觉得无聊得难以忍受，这是从来没有过的烦恼——简直想吊死！由于烦闷无聊和对妻子的不满，他喝得酩酊大醉，就像他以前还没结婚的时候一样。他醉醺醺地用最难听的字眼儿大骂妻子，并对她吼叫着说，她一脸凶相，他明天就把她赶走，让她回父亲家去。

过节后的第二天早晨，他想喝一点酒来醒醒酒，却又一次喝得酩酊大醉。

从此以后，一切就陷入混乱状态。

马匹、奶牛、羊群和蜂房一点一点地相继从农庄消失了，于是债台高筑，妻子也使他厌恶起来……这一切灾难，就像马克辛常说的那样，是因为他有一个凶狠、愚蠢的妻子之后出现的，是上帝为了那个生病的哥萨克而迁怒于他和他的妻子……他越来越经常地喝得酩酊大醉了。当他喝醉了的时候，他就坐在家里耍酒疯，而在他清醒的时候，他就在草原上走来走去，等待着什么人，也许他会遇见那个哥萨克……

蟒蛇和家兔

彼得·谢苗内奇，一位纵欲过度的虚弱不堪的秃顶男子，穿着缀有紫红穗子的丝绒睡袍，摩挲着络腮胡子继续说道：

“那么，我亲爱的，如果您愿意，还有一种方法。这方法最巧妙、最聪明、最阴险，对丈夫来说也是最危险的。只有心理学家和深知女人心灵的行家们才懂得它。这一方法的必不可少的条件，是耐心、耐心再耐心。这个方法不适用于那些不善于等待和忍耐的人。按照这个方法，您在征服某人的妻子时，要尽可能地让自己离她远些。当您觉得爱上了她，你如醉如痴了，那么您就得停止拜访她，尽量减少同她见面的机会，见了面也是匆匆地打个照面，并且要放弃同她谈心的乐趣。这时，您就要进行遥控了。这种做法整个来说类似催眠术。她不应当看到，但应当感觉到您的存在，就像家兔感觉到蟒蛇的目光那样。您不是用目光，而是用您舌头上的毒汁来给她催眠，而且最好的传递消息的导线可能是她丈夫自己。

“比如，我爱上了某某夫人并想把她弄到手。我在俱乐部或者戏院这类场所遇见了她丈夫。

“‘您的夫人近来无恙否？’我顺便问道，‘她是一位最受爱戴的女性，我就实话告诉您吧！我非常喜欢她！也就是说我对她有多么喜欢只有魔鬼才知道呢！’

“‘嗯……她有什么值得您如此喜欢的地方呢？’得意的丈夫这样问道。

“‘她是最完美的、富有诗意的艺术品，她甚至能让石头受到感动而爱上她！不过，你们这些为人丈夫者都是一些俗气十足的人，而且只是在婚后头一个月里才理解自己的妻子……请相信，您夫人是最理想的女性！您应当理解而且高兴的是，命运赐予了您一位这样的妻子！在我们这个时代正需要这样的女性……正是这样的女性！’

“‘她身上有什么与众不同之处呢？’

“丈夫不解地问。

“‘您说什么呀，她是一位洋溢着优雅气质、充满活力和有一颗赤诚之心的美人儿，她是一位有着崇高情操和胸怀坦荡同时又像个谜似的女人！这样的女人一旦爱上了一个人，那么她就会爱得强烈！她热情得犹如一团火焰呢……’

“说些其它诸如此类的话。当天，丈夫便在睡觉前迫不及待地对妻子说了：

“‘我见到了彼得·谢苗内奇。他把你夸得天花乱坠。诗兴大发……你又是美人儿，又有优雅的气质，又是谜一般的女人……说你似乎能够以非同凡俗的方式去爱。好话说了三箩筐……哈哈……’

“此后，我在不同她见面的情况下，想方设法地同她丈夫会面。

“‘顺便说说，我亲爱的……’我对他说，‘昨天有一位画家到我家做客。某位公爵向他订购了一张画：画一张典型的俄罗斯美人头像，付酬两千卢布。他求我为他找一位模特儿。我本想让他去找你妻子，但是我没好意思这样做。而您的妻子应当是最合适的人选！她有多么好看的头部。我觉得非常可惜，这样无与伦比的素材居然没有被画家发现！太可惜了！’

“如果做丈夫的不把这件事告诉妻子，那么这个丈夫就太不通情达理了。妻子早晨起来久久地看着镜中的自己想道：

“‘他根据什么说我有一张纯粹俄罗斯女人的脸呢？’

“从此以后，每当她照镜子的时候，她都会想起我来。在这期间，我同她丈夫的偶然相遇仍在继续。在某一次会面之后，她丈夫回到家里就开始仔细端详起妻子的脸来了。

“‘你干吗这样聚精会神地看我呀？’她问。

“‘还是那个怪物彼得·谢苗内奇，他发现你的一只眼睛比另一只眼睛的颜色深一点。我怎么也看不出来，哪怕打死我！’

“妻子又去照镜子。她久久地望着镜中的自己想道：

“‘是啊，左眼比右眼的颜色略微深点儿……不，好像右眼比左眼深……不过，也许这只是他的感觉而已！’

“在第八次或第九次会面以后，丈夫对妻子说：

“‘我在戏院里遇见了彼得·谢苗内奇。他请求原谅，因为他没空儿来拜访你！他说他很忙。大概有四个月他没到我们家里来了……我为这事责备他，他一再道歉并说只要他的一本什么著作写完他就来。’

“‘他什么时候能写完呢？’妻子问。

“‘他说不会在一年或两年内结束。这种游手好闲的人会有什么好写的，鬼才知道。一个怪物，真的！他还一再逼着我问，就像用刀子搁在我脖子上那样：您的夫人为什么不登台演戏呢？他说，有她那样美好的外貌，有她那样的才华和感受能力而呆在家里，简直是罪过。他说，她应当放弃一切而听从内心的呼唤，去干一番事业。像她那样的人不应当受日常生活框框的限制。他说，像她那样的天生丽质应当超越时空的局限。’

“当然，他妻子对这种高谈阔论不过是一知半解，然而她还是会浑身酥麻，像喝了迷魂汤似的欣喜若狂。

“‘真是胡说八道！’她说，尽量装出无动于衷的样子，‘他还说过什么？’

“他说，如果不是因为忙，他早就从我手中把你夺走了。我说‘您夺好了，我不会跟您决斗。’他叫道，‘您不理解她！对她是需要理解的！’他说，‘这是一种超凡脱俗的气质、一种寻求抒发的强大力量！’他说，‘遗憾的是我不是屠格涅夫，否则我早就动笔描写她了。’哈哈……你可把他迷住了！喏，我心想，老弟，只要你同我妻子生活在一起两三个年头，你大概就会唱另一种调子啦……

怪物！’

“于是这位可怜的妻子逐渐地产生了同我会见的强烈的、如饥似渴的愿望。我是惟一真正理解她的人，也只有我才能听到她要讲述的许多肺腑之言！然而我固执地不去拜访她，也不在她面前出现。我已经好长时间没跟她见面了，然而我那既折磨人又非常甜蜜的毒药已经让她中毒了。她丈夫打着哈欠把我的话继续向她传达，而她觉得她听到的是我的声音，看到的是我双眼里的亮光了。

“抓紧机会的一刻来到了。一天傍晚，她丈夫回到家里说：

“‘我刚刚遇见了彼得·谢苗内奇。他闷闷不乐，很忧郁的样子，一个垂头丧气的人。’

“‘为什么，他怎么啦？’

“‘搞不清楚。他抱怨说，害了单相思。他说，‘我是个孤独的人。’不对，他说，‘我既没有亲人，也没有朋友，我没有一个可以理解我并同我心心相印的真心实意的朋友。’他说，‘谁也不理解我，现在我就想着一件事：死……’

“‘蠢话！’妻子这样说，可心里却在想：‘可怜的人儿！我非常理解他！我也是孤独的，除了他没有人理解我，那么，我不理解他的心还有谁能理解呢？’

“‘是啊，真是个大怪物……’丈夫接着说道，‘他说，由于心烦意乱，家也不想回了，他整夜都在花园路散步。’

“他妻子觉得有一股热流传遍了全身。她极想到花园路去，哪怕是瞧一眼那个善解人意的他也好，何况这个人现在正为单相思所苦。谁知道呢？现在她若能同他谈谈，对他说几句安慰的话，也许他就不再感到痛苦了。如果她告诉他说，他有一个理解他并珍爱他的朋友，也许他的灵魂就会复活。

“‘但是这是不可能的……这是发疯，’她想，‘这件事甚至连想都不该想。也许你还会爱上他呢，谁敢说不会呀，可这是发疯……也是愚蠢的。’

“等到丈夫睡着了以后，她抬起自己发烧的脸，把一只手指按在嘴唇上想：怎么样，如果她现在就冒一下险，从家里走出去呢？以后可以编个谎言，就说她跑去药店找牙科医生了。

“‘我这就走！’她决心已定。

“计划也已拟定：从后门下楼，坐马车到花园路，在花园路她将先从他身旁走到他前面，再回头看一看。这样一来，她既不会损害丈夫的名誉，也不会败坏她自己的名声。

“于是她穿上衣服，悄悄地离开家，便匆忙地奔向花园路了。花园路上既黑暗又安静，光秃秃的树都睡着了，但是她看见一个人的身影，‘这应该是他喽。’她浑身发抖，忘了一切地慢慢地走近了我……我迎了上去。我们默默地站在那里互相对视了一分钟。又过了无言的一分钟。于是……家兔就不顾一切地倒在了蟒蛇的口中。”

批评家

在一个私营戏院的小吃部里，长着歪下巴和红鼻头、年迈而又伛偻的“高贵的父亲”[①]同自己的老友，一位报界人士相遇。经过照例的寒暄、相互探询和唉声叹气一番之后，高贵的父亲邀请报人喝一小杯酒。

“有必要吗？”报人皱了皱眉头。

“没关系，我们去喝一杯。我自己，老弟，也是不爱喝酒的人，不过这儿为我们演员弟兄打折扣售酒，几乎按半价计费，你本来不想喝酒，可这一来，也想喝了。咱们去吧！”

两位朋友走到小吃部就喝起来了。

“你们那些戏院我可看够了。好啊，没说的，”高贵的父亲唠叨着，挖苦地笑了笑，“多谢，我可没想到。还是首都呢，还是艺术中心呢！看着都叫人害臊。”

“你去过亚力山大剧院了吗？”报人问。

高贵的父亲轻蔑地摆了一下手，冷笑了笑。他皱起红鼻头，发出了一阵笑声。

“去过啦！”他好像勉强地回答。

“怎样？喜欢吗？”

“是啊，建筑我喜欢。从外观上看，是个好剧院，我不准备争论，至于说到演员们，对不起，也许他们是些好人，是天才，是迪德洛[②]传人，但是按我的观点看来，他们是扼杀艺术的凶手，如此而已。如果我有权力，我就把他们赶出彼得堡。他们的头头是谁？”

“波杰辛。”

“嗯……波杰辛，他怎么能当剧院老板呢？从身材、相貌和嗓音来看都不合适。老板或是经理，如果是真正的，应当具有体面的外表、派头十足又威严得很，为的是让剧团的全班人马都感觉到这一点！必须对剧团严加管理才行，就像这样！”

高贵的父亲把一只攥紧了的拳头伸了出来，并用双唇发出嗞嗞啦啦的声音，就像黄油在平锅里煎东西的声音一样。

“就这样！而你以为怎样呢？对我们当演员的弟兄，特别是对年轻人，可不能听之任之。必须让他懂得而且感觉到他是个怎样的人。如果剧院老板讲话时称他是‘您’而且宠爱有加，他就会骑到老板的脖子上。已经过世的萨瓦·特里弗内奇，大概你还记得他，这个人常同你称兄道弟，像同地位平等的人谈话一样，不过，只要一涉及艺术，他可就成了响雷和闪电！！通常是，或者他惩罚你，或者当着全团人员的面羞辱你，或者把你骂个狗血喷头，使你以后连续三天都觉得恶心。可波杰辛能做到吗？他既没有那样的力气，也没有那样的嗓子。不要说是悲剧演员和能言善辩的角色了，就是扮演福丁勃拉斯③随从当中的一个最不起眼、只会尖声喊叫的角色也不会怕他。怎么样，我们再喝一杯，啊？”

“有必要吗？”报人皱了皱眉头。

“这个嘛，在天要黑了的时候喝酒是不那个……但是我们哥们享受打折优待呢——不喝白不喝呀。”

两位朋友就喝起来了。

“不管怎样，如果客观地评论一下，我们这个剧团还是不错的。”报人吃了一口紫甘蓝说。

“剧团？嗯……不错，没说的……不，老弟，现在在俄国好演员已经绝迹了！一个也没剩！”

---

① 指经常扮演“元老”“权威人士”角色的人。

② 迪德洛（1767—1837），法国芭蕾舞教育家。1801—1831年间为俄罗斯芭蕾舞做了重要贡献。

③ 莎士比亚的《哈姆雷特》中的人物。

“怎么一个也没剩！不要说是在全俄国，甚至就在我们彼得堡也能找到一些好演员哩。比如，斯沃鲍金……”

“斯沃鲍金？”高贵的父亲说着，佯装吓得后退了几步，还双手一拍，“难道这也算演员？你别作孽了，难道有这样的演员吗？这是个玩票的！”

“可毕竟是……”

“什么毕竟是？如果我有权力，我会把你这个斯沃鲍金赶出彼得堡！难道可以那样演戏吗？啊？难道可以？冷漠、干巴巴的，没有一点儿感情，千篇一律，没有一点儿表情……不，我们去喝一杯！我受不了！闷得慌！”

“不，老兄，你饶了我吧……我再也不能喝了！”

“我请客！我们哥们享受折扣待遇——连死人都喝酒呢！别人要付十戈比，而我们只付五戈比，比蘑菇还便宜！”

两位朋友喝着，而且报人在不住地摇头，还那么坚决地咳了几声，真好像他下决心要去为真理而牺牲了。

“他不是用心灵，而是用头脑演戏！”高贵的父亲继续说道，“真正的演员是用神经和膝头的筋腱全身心地投入，而这一位却像照着语法书或字帖在背台词……因此他的表演是千篇一律的。在所有的角色中他都是千人一面！不管你给狗鱼加上什么调味汁，狗鱼还是狗鱼！就是这么回事，老弟……你让他去演情节剧或者悲剧，你就会看到他是多么猥猥琐琐了……什么人都能演喜剧，可你去演一下情节剧和悲剧试试，不行啊！为什么我们不上演情节剧呢？害怕呀！没有人才！你们的演员既不会化妆，也不会吆喝，更不会摆架势。”

“你等等，我还是觉得不可理解……如果斯沃鲍金不是有才华的演员，那么除了他我们还有萨赞诺夫、达尔马托夫，我们有过彼契查；而在莫斯科则有基谢廖夫斯基、戈拉多夫-索柯洛夫；在外省有安德烈耶夫-布尔拉克……”

“喂，我可是同你在认真谈话，可你却跟我开玩笑，”高贵的父亲不高兴地说，“如果你认为这些人都是演员的话，那么我真不知道怎样跟你继续谈下去了。难道这些人也算是演员？这是一些不折不扣的庸才！除了滑稽模仿、动作夸张、无聊的呻吟，就再也没有别的本事了！如果我有权力，我就会让他们所有的人离剧院远点儿，远得呆在大炮射程以外！他们都让我烦透了，我都准备向他们提出决斗的挑战啦！你算了吧，难道这些人是演员？他们在舞台上表演死亡时，做出的那种怪样子，简直把顶层上的观众逗得笑破了肚皮。前几天有人建议我同瓦尔拉莫夫认识一下——我说什么也不同意！”

高贵的父亲凶狠地瞪着报人，做了个生气的手势，用轻蔑的悲剧演员口气说：

“不管你想不想喝了，可我还要再喝一杯！”

“哎哟……这是干什么？已经喝得够多了！”

“你干吗皱眉头呀？要知道是打折呀！我自己是不嗜酒的，可怎么能不喝，如果……”

两位朋友在喝酒，呆呆地对望了一分钟，想着他们谈的话题。

“当然啦，仁者见仁，智者见智，”报人喃喃地说，“但是只有非常偏激和成见很深的人才会不同意高列娃是……”

“是吹捧起来的！”高贵的父亲打断了他的话，“是一块冰！是有才华的一条鱼！矫揉造作！她有点儿小聪明，我不想否认，但是没有火焰，没有活力，没有这个，你知道，泼辣劲儿！她的表演是什么呢？是一份黄连木冰淇淋！是柠檬汽水！在她表演的时候，真正懂行的观众的胡须上就会结成霜！一般来说，俄国已经没有真正的女演员了……没有了！大白天点着灯你也找不着了……即使出现了一些有点儿才气的女演员，也只是昙花一现，而在当前的风气影响下都很快地枯萎了……也没有男演员了……比如，就说你们的彼萨列夫吧……这是个什么东西？”

高贵的父亲退后几步表示困惑地睁大了眼睛。

“这是个什么东西呢？难道这是演员？不，你还是凭良心告诉我，难道这是演员吗？难道可以让他登台表演吗？他总是用野人似的嗓音喊叫着、跺着脚、无缘无故地挥动手臂……他那不是表演人，而是在表演鱿鱼和太古时期的猛犸……没错儿！”

高贵的父亲用拳头捶着桌子喊道：

“没错儿！”

“喏，喏……你小声点儿！”报人劝他道，“多难为情，众人在看我们哩……”

“再不能这样下去啦，我的老弟！这不是演戏，这不是艺术！这意味着扼杀、宰杀艺术！你再看看那个萨文娜……她这是怎么啦？！毫无才气可言，只有装模作样的风风火火和搔首弄姿，而严肃的剧院是不允许这种东西出现在舞台上的！你看着她，你就会觉得可怕，你明白吗，可怕的是我们这是到了什么地方啦？我们要到什么地方去呢？我们在追求什么呢？艺术已经消亡了！”

两位沉默着，他们已有默契，这大概是凭着比绍普式的法术吧，同时走到小吃部前又喝起来了。

“你……你也太严……严厉了。”报人结结巴巴地说。

“不这样不行啊！我是个古典派。我演过哈姆雷特。所以我要求艺术就应当是艺术……我已经是老人了……同我相比，他们可都是小……小孩子……是的……俄国艺术被扼杀了！比如说，莫斯科的费多托娃或叶尔莫洛娃……人们为她俩开会祝寿，可她们为艺术作出过什么值得一提的贡献？什么呢？只是把观众的鉴赏力给糟蹋了！或者，比方说，备受赞赏的莫斯科演员连斯基和伊万诺夫-柯泽尔斯基……他们有什么才华呢？装腔作势罢了……他们是怎样理解艺术的，天晓得！要知道，演戏可不能光靠愿……愿望，这里还要有天赋，要碰出火花！我们再喝最后一杯怎么样，啊？”

“可刚刚已……已经喝了！”

“喏，反正一样……我请客……我们哥们享受打折优待，喝不了多少钱的。”

两位朋友又喝开了。他们已经感觉到，坐着远比站着舒服些，于是他们就在一张小桌旁坐了下来。

“或者就拿其他人来说吧……”高贵的父亲含糊不清地说，“简直是人类的不幸和耻辱……有的人还不到二十岁，他就已经从头到脚都坏透了……一个人年纪轻轻的，身体棒棒的，长得也挺漂亮，却总想去扮演斯维斯丘尔金或彼夏洛契金之类的角色，因为这容易得到顶楼上的观众的欢心，至于扮演古典戏剧中的角色嘛，他们连想也不想。在我们那个年代，老弟，任何一个演员都演过哈姆雷特……我记得，在斯摩棱斯克，过世的提台词者瓦西卡由于一个演员病倒了而上台扮演了黎塞笛公爵……我们对艺术的态度是严肃的，不像现在这些人……我们埋头苦干……常常是在过节的时候，上午你给李尔王擦松香，而晚上你就痛骂科威尔莱一顿，而且要做到剧院因掌声而要震裂了似的……”

“不，就是现在也常有好演员出现。比如莫斯科科尔什剧院的达维多夫——我向他致敬！你看过他的戏吗？巨匠啊！大师！”

“呸……不过，还可以……是个可以派用场的演员……只是啊，老弟，风度差点儿，太嫩了……他最好找个好的剧院老板，让他受到真正的训练，哈，他将成为一个多么好的演员！不过他现在毫无光彩……什么也不是……我甚至觉得他并没有才华，是吹……捧起来的，是夸大其词地吹出来的。喂！再来两杯伏特加！快点儿！”

高贵的父亲又口齿不清地嘟哝了半天。他享用小吃部的打折优待一直享用到红鼻头上的红色蔓延到全脸，而报人的左眼已经自己闭不上了的时候。高贵的父亲的脸依然是严厉的，讥诮的微笑一直挂在脸上，声音低哑，那声音好像是从坟墓中发出来的，他两眼无情而又恶狠狠地看着四周。然而他的脸、脖子，甚至拳头都突然流露出最开心和最温柔的笑容，温柔得像绒毛一般。他神秘地眨着一只眼睛，伏下身在报人的耳边小声地说：

“而要是从你们的亚力山大剧院把波杰辛，甚至把他的整个剧团都撵出去——他就完蛋了！然后你们就招募一个新剧团，一个真正的、没有被惯坏了的剧团，然后再到梁赞或者喀山地区去找来一位班主，你知道，一个有能力严格控制剧团的班主。”

高贵的父亲激动得上气不接下气了，他还是接着说了下去，他看着报人说：

“最好是上演《乌果林诺之死》和《威利扎利亚》，而且要赶快让炙手可热的《奥赛罗》或者把《遭劫的邮车》，你知道，精心设计一下搬上舞台，那样一来，你就会看到什么是真正的戏剧表演和才华了！”

飞灾横祸

马车夫讲的故事

就在这道小山沟后面的树林里，老爷，发生了那次灾难。我过世的老爹——愿他在天之灵得到安息，带着五百卢布要到地主家去。当时我们村和舍别列夫村的农民都租了地主的地，所以我老爹带着钱去交半年的地租。我爹是个敬畏上帝的人，他常读《圣经》，从来也不克扣谁的财物，或者欺负人，或者，比如说，谁能料到呢，骗取钱财什么的，所以庄稼汉们都很喜欢他，而且每当需要派谁进城办事——去找官府或者带钱出门什么的，就总是派他去。他老人家的确比一般人能干，但是，不是我说他的坏话，他对自己的一些怪念头往往控制不了。他嗜酒如命。只要路过酒馆，他就不能不进去。常常是走进酒馆，喝上一杯——接下去可就大难临头了！他也知道自己有这个毛病，所以当他带着公众的款子出门的时候，为了不致睡着的时候或者偶尔疏忽大意把钱丢了，就总是把我或者把我小妹妹安纽特卡带上。

说句良心话，我们全家人都很爱喝酒。我是识字的人，我在城里一家烟草商店当了六年伙计，因此我能跟任何受过教育的先生们谈上几句，我也能说一些各行各业的人都爱听的话，但是自从我在一本书中读到，说伏特加是魔鬼的血，我才认识到这话确实正确，老爷。我因为酗酒而脸色变得黑黝黝的，正像您老现在见到的这样。我现在当了马车夫，像个不识字的庄稼汉，像个大老粗。

那么，我接着给您讲，我老爹带着钱到地主家去，安纽特卡跟他一起坐在车里，那时安纽特卡只有七岁，也许是八岁，是个不懂事的小傻瓜，长得矮小。到达卡兰契克村之前的那段路上，一切还挺顺利，他滴酒没沾。但是一到达卡兰契克村，而且一走进莫依赛卡小酒馆，他的那些怪念头就冒出来了。三杯酒下肚，他就当众吹嘘起来了：

“我这个人嘛，”他说，“是个小小的百姓，一个粗人，可我口袋里却有五百卢布。只要我愿意，”他说，“我就能把这酒馆也好，这些家什也好，这个住着犹太佬和犹太娘们儿的莫依赛卡也好，都买下来，我可以，”他说，“把一切都买下来，全包下来。”

他老人家就这样开了个玩笑，但是过后他就又自怨自艾起来：

“不幸啊，”他说，“东正教的教徒们，当一个富人、商人或者这一类的什么人，是很不幸的。你没有钱就没有必要操心钱的事，你有了钱你可就得随时看住自己的口袋，为的是不让恶人偷去。有钱的人在这个世界上可是活受罪呀。”

那些喝得醉醺醺的人，当然，听着他讲的话，也明白了他的意思，而且记住了他的话。但是那时节卡兰契克村一带正在修铁路。各种各样的二流子和光脚汉成帮结伙，多得不得了，简直像蝗虫一样。我老爹醒悟过来了，但是已经晚了。一言出口，驷马难追呀。他和我妹妹，老爷，走进了小树林。突然，他觉得有人在后面骑着马赶路。我老爹可不是个胆小鬼，谁也不会这样说他，但是他这时起了疑心。在小树林里，那儿的路并不是通车的路，人们在这段路上通常是运干草和柴火的，没有人也没有必要到这儿来骑马飞奔，特别是在农忙季节。骑马猛追总不会有什么好事。

“像是在追赶谁，”我老爹对安纽特卡说，“跑得可真急。我在酒馆里应当管住嘴巴不说话，要是我的舌头长了疔疮就好了。咳，小女儿，我的心感觉到了，马上就会发生不幸啦！”

老爹对自己的危险处境想了一会儿就对我妹妹安纽特卡说：

“事到如今也没有别的办法了，也许真是来追赶我们的。这样吧，安纽特卡，你把钱拿去，乖孩子，把钱藏在衣襟里面，躲到树丛里去，藏好。说不定他们这些该死的家伙会抓住我抢钱哩，那么你就跑去找你娘，把钱给她，让她把钱交给村长。只是你要小心，别让任何人看见你，你得沿着树林跑，沿着小山沟跑，千万别被别人看见。你自己逃跑吧，求大慈大悲的上帝保佑吧，愿基督与你同在！”

我老爹把一包钱塞到安纽特卡手里，而她看准了一处茂密的树丛就躲到里面去了。过了不一会儿就有三个骑马的人跑到我老爹跟前。其中一个身体很强壮，一副肥头大耳的样子，穿着大红布衬衫，脚蹬一双大皮靴；另外两个人衣衫褴褛，显然是修铁路的。我老爹当时怀疑到的事情，老爷，终于成了真的了。那个穿大红衬衫的、强壮有力而又与众不同的庄稼汉拦住马，于是他们三个人就冲着我爹来了。

“站住，傻瓜！钱在哪儿？”

“什么钱？见你的鬼！”

“就是那些你要送给地主的租金！拿出来吧，傻瓜，秃头鬼，要不然我们就宰了你，叫你来不及祷告就死！”

于是他们就对我爹又打又骂，而我爹不仅不求饶、不哭泣或者有什么惧怕的表示，反而大发雷霆，破口大骂，就是说，他是严阵以待，寸步不让。

“你们这些魔鬼，”他说，“干吗缠着我不放？你们这群畜生，你们连上帝都不放在眼里，你们一定会遭瘟疫的！你们该要的不是钱，而是应该挨一顿毒打，以便你们脊背痒上三年才好呢。滚蛋，混蛋，不然我就要动手自卫了！我有一支六轮手枪，就在我怀里！”

强盗们听到这些话变得更加凶恶了，随手操起家伙就打我爹。

他们搜遍了马车，搜遍了我爹全身，甚至脱下了我爹的长筒靴。当他们看到我爹越被打得凶就骂得越厉害，他们就开始变着法儿折磨他。安纽特卡这时还蹲在树丛里，可怜的她看见了一切，等到她看见我爹躺在地上、声音嘶哑地嚷着，她就急忙离开原地，拼命往家里跑，只挑选小树丛、小山沟一带潜行。她还是个小姑娘，什么也不懂，并不知道回家的路，她是在盲目地往前跑。这时离家还有九俄里，换个人只要一小时就能跑回家了，可一个小孩子，大家都知道，有可能是前进了一步，又退回去两步，何况不是任何人都能够光着脚在树林的荆棘丛里跑来跑去的，这也需要有个适应的过程，而我们的姑娘们通常总是挤在火炕上或呆在自家院子里，她们害怕跑到树林里去。

傍晚时分，安纽特卡总算跑到有人家的地方了。她一看，是有人住的木屋。那是守林人的房子，在苏霍鲁柯沃村后面的一片官家树林里，当时它被商人们租下来烧木炭用的。她敲了敲门，一个女人出来了，她是守林人的妻子。安纽特卡立即泪流满面，第一件事就是对守林人妻子说出了一切，原原本本，毫无隐瞒，甚至把钱的事也向她说了。守林人的妻子非常怜悯地说：

"我的心肝宝贝呀！乖孩子呀！是上帝把你这个小人儿保护下来了，上帝保佑了你，我亲爱的孩子！咱们进屋吧，我给你弄点儿吃的吧！"

就是说，她开始讨好安纽特卡，让她吃饱喝足，甚至同她一起伤心流泪。她终于取得了安纽特卡的信任，这女孩甚至，你猜怎么着，把一捆钱也交给她了。

"我呢，乖孩子，把钱先藏起来，"这女人说，"明天一早我就还给你。把你送回家，亲爱的。"

女人收好钱，把安纽特卡安顿在炉台上睡下，迄今为止那儿一直是烘干笤帚的地方。就在这个炉台上，在笤帚上面，也是守林人的女儿常睡觉的地方，她像我们的安纽特卡一样小。正像后来安纽特卡告诉我们的那样，这些笤帚散发着香味，像蜂蜜一样！安纽特卡躺下了，但是她睡不着，而在悄悄地啜泣，因为她为我爹难过，还有些后怕。只过了一个来小时，老爷，她看到，那三个折磨过我爹的强盗走进了木屋。那个肥头大耳，穿着红衬衫的家伙是他们的头目，他走到女人跟前说：

"喏，老婆，白白地杀了一个人。就在今天，"他说，"中午的时候我们杀了一个人。杀是杀了，可一分钱也没得到。"

看来，这个穿红衬衫的家伙是女人的丈夫。

“这个人白白地送了命，”他的衣衫褴褛的同伙们说，“我们真不该让自己的灵魂留下罪恶的烙印。”

守林人的妻子瞧着他们三个人，笑起来。

“你这蠢货，笑什么？”

“我笑的是，我既没杀人，也没让自己的灵魂留下罪恶的烙印，钱却弄到手啦。”

“什么钱？你胡扯些什么呀？”

“那么你就看看我胡扯的是什么吧。”

守林人的妻子打开包裹，这个该死的娘们儿把钱拿给他们看了，接着就讲述了一切，安纽特卡怎样来到她这儿，安纽特卡是怎么说的，等等。这些杀人犯喜出望外，开始分赃，差点儿没动手打起来。后来，他们就坐下来大吃大喝起来。但是安纽特卡还躺着，可怜的她听见了他们说的一切，她全身发抖，像犹太人掉进了油锅。这可怎么办呢？她从那些人的谈话中得知，我爹已经死了，就横躺在大路当中，而且她这个傻丫头似乎看见，狼和狗正在吃我爹的尸体，似乎那匹马已经跑进树林很远的地方，也被狼吃了，似乎安纽特卡自己也因为没能看好这些钱而将被投入监狱，而且还要挨揍。

这时强盗们已经喝了很多酒，酒喝完了就派娘们儿去打酒，给了她五卢布买伏特加和甜葡萄酒。他们用别人的钱又是狂饮又是高歌。他们喝呀喝的，这群狗崽子，接着又派那娘们儿去打酒了，看来他们是要没完没了地喝下去。

“我们要喝到天亮！”他们喊着，“现在我们有的是钱，没有什么可吝惜的！喝吧，只是可别喝昏了头！”

就这样喝到半夜。一个个都喝醉了。娘们儿已经是第三次跑去打酒了，而守林人在屋子里来回转了两圈，他也身子摇摇晃晃，脚步不稳了。

“怎么样，”他说，“弟兄们，要知道，这个小妞儿可得收拾掉！如果我们把她留下来，那么她将是第一个告发我们的人。”

经过讨论和商量，最后作出了决定：安纽特卡不能活下来，必须宰了她。谁都知道，杀死一个无辜的孩子是件多么可怕的事，也只有醉鬼或疯子才下得了手。也许他们争论了有一个钟头之久——该由谁动手杀人，他们互相推诿，又差一点儿打了起来，不过，谁也没同意去干这件事，于是他们就抓阄，守林人抓中了，他便又喝了满满一杯酒，咳嗽几声清了清嗓子，就到外屋去拿斧子了。

可安纽特卡这丫头还挺有心眼儿。别看她傻乎乎的样子，可您说这是怎么回事，竟然想出了不是任何有学问的人都能想得出来的主意。也许是上帝可怜她而在这当口儿把聪明伶俐赐给了她，也许她是由于害怕而一下子变聪明了，反正事实表明她的确比谁都有心计。她悄悄地爬了起来，先向上帝祷告，然后就拿着守林人妻子给她盖的那件短羊皮袄给守林人的女儿盖上了。你知道，守林人的女儿跟她同年，是同她并排睡在炉台上的，而她把这个女孩儿盖着的女主人的短上衣拿过来，盖在自己身上。就是说她调换了一下盖的东西。安纽特卡用女主人短上衣蒙住头，从醉汉们身旁穿过木屋走了出来，而那些人还以为这是守林人的女儿哩，所以连看也没看一眼。她幸运的是，那女主人没在屋里，她去打酒了，否则安纽特卡大概逃不过这一斧子呢，因为那女人眼睛尖得很，就像老鹰的眼睛一样。娘们儿都有一双锐利的眼睛呢。

安纽特卡一走出房门，拔腿就跑。一整夜她都在树林里转来转去，天亮后才来到树林边上，于是她就沿着大路跑了起来。也是上帝的旨意，让她碰上了文书叶戈尔·达尼雷奇，如今他已去世，愿他的灵魂也得到安息。这时文书正拿着钓鱼竿准备去钓鱼，安纽特卡就向他把事情经过全都说了。他马上就转身往回走（哪还顾得上钓鱼），回到村里他就把农民们召集起来，朝守林人家奔去。

他们到了那儿，杀人犯们却都已经酒足饭饱，横七竖八地乱躺在屋里。喝醉了的娘们儿也同他们在一起。人们第一件事就是搜查他们全身，把钱夺回来了。可当人们往炉台上望去的时候，天哪，上帝保佑我们吧！守林人的小女儿躺在笤帚上，盖着短羊皮袄，脑袋已经被斧子砍了下来，一片血肉模糊了。他们叫醒了庄稼汉们和那个女人，把他们的双手捆在背后，带到乡里去了。那女人放声大哭，而守林人只是摇着头，恳求说：

“给我喝点酒醒醒酒吧，弟兄们！我头痛啊。”

后来法庭就按自己的规矩去城里开庭审判，按照法律严格执行。

瞧，这就是发生在树林后面，在那个小山沟后面发生的事情，老爷。那片树林现在已经看不清了，红色的太阳落在树林后面了。我跟您谈话都谈得忘了一切，连马也站住不走了。它似乎也在听哩。喂，我亲爱的、听话的马儿哟！快些跑起来吧，老爷是位好心的主人，不会少给赏钱的，喂，我亲爱的马儿呀！

侦查官

在一个春意盎然的日子里，县医和法院侦查官一起乘车去验尸。侦查官年约三十五岁，他若有所思地看着马说：

“在自然界中有很多神秘和不可理解的现象，然而在日常生活中，大夫，也常常会遇到绝对无法解释的现象。比如我知道有几桩奇怪的、莫名其妙的死亡事件，对于造成这些死亡的原因，也只有招魂术术士和神秘主义者才能作出解释，而头脑清醒的人却只能困惑地双手一摊而已。比如我认识一位非常有教养的太太，她预言了自己的死期，而且没有任何显而易见的原因恰好在她预言的那一天死了。她说何日死，就在何日亡。”

“没有一种行为是毫无原因的，”大夫说，“既然有死亡，那就是说，也必然有它的原因。至于说到预言，那么在这方面是没有什么值得惊奇的。我们所有的太太们和娘们儿都有预言和预知的天赋。”

“话是这么说，不过我的这位太太，大夫，可完全是另一种人。在她的预言和死亡中没有一点儿娘们儿气和太太派头。她是一位少妇，身体健康，聪明伶俐，没有任何偏见。她有那么一对聪明、明亮和诚实的眼睛；有那么一张开朗、明智的脸，嘴唇上和目光中总带着一种只有俄国人才有的淡淡的讪笑。她身上惟一带有太太或者娘们儿特点的东西，直说了吧，就是美貌。她身材苗条、婀娜多姿，就像这株白桦树，她有一头令人惊奇的美发！为使她不致成为您不可理解的人，我要再补充说，这是一位洋溢着很有感染力的乐观情绪的人，她总是那么无忧无虑，又是那么聪明、风度潇洒，这是只有那些有头脑而又豁达和快乐的人才具有的品质。对于这种人你能说什么神秘主义、招魂术、预感的天赋以及诸如此类的什么吗？她对这一切都嘲笑过。”

大夫乘坐的马车在一口井边停下了。侦查官和大夫都喝足了井水，然后就等着车夫饮完马。

“喏，那位太太是怎么死的？”

“她死得很奇怪。有一天，天气晴朗，她丈夫来到她的房间说，开春之前最好把那辆旧的四轮马车卖掉而买一辆比较新和更轻便些的马车。还有，也许可以把左面拉边套的那匹马换掉，让包勃岑斯基（她丈夫的马的称号）驾辕。

“妻子听他说完，就答道：

“‘你想怎样就怎样吧，我现在已经无所谓了。夏天临近的时候我就要进坟墓了。’

“丈夫当然就耸耸肩膀微微一笑。

“‘我一点也不想开玩笑，’她说，‘我严肃地向你宣布，我就快死了。’

“‘你说快死了这是什么意思？’

“‘生了孩子马上就死。一分娩就死。’

“她丈夫对这些话根本就没当回事儿。他不相信任何预感，何况他很清楚，怀孕的妇女总喜欢发脾气，一般来说容易心灰意冷、想入非非。过了一天，妻子又对他说，生下孩子以后，她就立即死去。从此以后她每天都说这件事，然而他却总是嘲笑她，叫她村妇，算命的女巫，歇斯底里、大喊大叫的人。即将死去竟成了他妻子的固定观念。当丈夫不想听她说话时，她就到厨房里去，在那儿她同保姆和厨娘谈自己的死。

“‘我活的时间不长了，奶娘，孩子一生下来我马上就死。我并不想死得那么早，不过我知道我是命该如此。’

“保姆和厨娘，当然啦，都流了泪。有时，神甫的妻子或地主婆坐车来探望她，而她却把她们拉到一个角落里倾吐积愫——还是说即将死亡的那件事。她说话时态度严肃，带着情绪不佳的笑容，甚至是一脸忿忿不平的样子，不容许别人提出相反的意见。她原来是个摩登女郎、穿戴入时，然而由于很快就要死了，她就把一切都置于脑后，开始穿得十分邋遢。她也不读书了，不开怀大笑了，不再谈论自己的幻想了……不仅如此，她还同姑母一起来到墓地为自己找好了修座坟墓的地方，而大约在分娩前五分钟她写好了遗嘱。请您注意，这一切都是在她非常健康，没有一点儿身患疾病的迹象或有什么危险的情况下发生的。分娩——这是件不容易的事情，有时是致命的，然而对于我现在跟您提到的这位太太来说，一切都非常顺利，没有任何值得担心的事。终于所有这一切使她丈夫厌烦透了。有一次吃午饭时丈夫发了脾气，他问：

"'喂，娜塔莎，这一切胡言乱语要闹到什么时候才结束？'

"'不是胡言乱语。我是严肃认真地说的。'

"'胡说！我劝你还是停止胡闹的好，免得以后你自己也觉得不好意思。'

"分娩的日子来临了。丈夫从城里请来了最好的助产士。他妻子是头一次分娩，尽管如此一切都进行得很顺利。完事以后，产妇希望看一眼婴儿。看过之后她说：

"'喏，现在可以死了。'

"她说完告别的话，闭上了眼睛，半小时后她就把灵魂交给了上帝。直到最后一分钟她也是清醒的。起码有一件事可以证明这一点：当递给她一杯牛奶而不是水时，她曾经小声地说：

"'为什么你们给我的不是水而是牛奶？'

"您瞧，事情的经过就是这样。她就是像她预言过的那样死去了。"

侦查官沉默了，他叹了口气又说道：

"那么请您解释吧，她为什么死呢？我请您相信，我说的是实话，这一切不是杜撰，而是事实。"

大夫望着天空想了想。

“应当检验她的尸体。”他说。

“为什么?”

“为的是寻找死因。她可不是因为自己有预言在先而死去的,很可能是服了毒。”

侦查官急忙向大夫转过脸来,眯缝着眼睛问:

“您是根据什么断定她服了毒呢?”

“我不是断定,我是推测。她同丈夫生活和睦吗?”

“嗯……不太和睦。婚后不久就发生了误会。有过这样一件凑巧发生的事。有一次死者撞见丈夫同一位太太……不过她很快也就原谅了他。”

“那么丈夫的不忠和关于死亡的想法——这两件事哪个先出现的?”

侦查官凝视着大夫,似乎想猜出,他为什么要提这个问题。

“好吧,”他没有立即回答,“好吧,让我想一想,”侦查官摘下帽子,擦掉额头上的汗珠,“对,对……正是在那次事情之后不久,她就开始谈起死了,对,对。”

“喏,您瞧……很可能她在那个时候就决定服毒自杀了,不过因为她,可能是,不想把怀着的孩子同自己一起杀死,于是她就把自杀搁置到分娩以后。”

“很难说,很难说……这不可能。她当时原谅了他。”

“很快就原谅了,这意味着她有了一个凶多吉少的念头。年轻的妻子不会那么快就原谅这种事。”

侦查官强迫着自己微笑了一下,他为了掩盖自己过于明显的激动不安,就点燃一支烟抽起来了。

“很难说,很难说……”他继续说,“我根本就没想到过会有这样的可能……而且……她丈夫并不像看上去那样罪孽深重……他那次做出了对妻子不忠的事是有点奇怪,他自己也没想那样做。半夜里他回到家时已有醉意了,他很想跟什么人亲热亲热,而妻子却正怀着孕……这时,见她的鬼,碰上了一位太太,是来他家做客的,只住三天，这是个轻佻的、愚蠢的、难看的女人。这件事谈不上对妻子不忠。妻子自己对这件事也是这样看的，而且很快就……原谅了他。后来她再也没谈起过这事……

“人们不会无缘无故地去死。”大夫说。

“这话不错，当然，不过，毕竟……我还是不能接受她服毒自杀这一推测。不过奇怪的是，怎么迄今为止我居然从未想到她有这样死的可能性！……而且谁也没想到这一点！所有的人都惊奇不已的是她的预言实现了，关于她这样死的可能性……却与大家的想法相距太远了……而且她不可能服毒自杀！不可能！”

侦查官陷入了沉思。关于奇怪地死去的那个女子的想法去验尸的时候也没离开过他。他在记录大夫口述给他的验尸报告时，边忧郁地皱着眉头，边擦着自己的前额。

“难道有这样的毒药。它能在一刻钟之内，渐渐地，没有任何痛苦地毒死人吗？”当大夫解剖头盖骨时，他问道。

“是的，有。比方说，吗啡。”

“嗯……奇怪……我记得，她有过类似这样的东西……可也难说！”

在归途，侦查官一脸疲惫不堪的样子，神经质地咬着唇髭，说起话来也是满脸不高兴的样子。

“让我步行一段路吧，”他向大夫请求道，“坐车坐腻了。”

走了大约一百步，大夫觉得这位侦查官就已经筋疲力尽了，就好像一个人爬高山时的样子。他停住，用奇怪的，就像喝醉了似的眼神看着大夫说：

“我的上帝，如果您的推测是正确的，那就太……太残酷、太惨无人道了！她毒死自己是为了用这个办法惩罚别人！难道别人的罪行真这么大吗！噢，我的上帝！您又何必送给我这个可恨的想法，大夫！”

侦查官绝望地抱住头继续说道：

“我对您讲述的是有关自己的妻子和我自己的事。啊，上帝！

好，我有罪，我伤害了她，但是难道死比原谅别人更容易些吗！这正是女人的逻辑。是残酷的、狠心的逻辑。噢，她在世的时候就是个残酷的女人！现在我都想起来了！现在我什么都明白了。”

侦查官说着，忽而耸着肩膀，忽而双手抱头。他一会儿上车坐着，一会儿又下车步行。大夫告诉他的那个新思路似乎把他弄得惊慌失措，扫兴已极。他六神无主，身心都变得脆弱无力。当他们回到城里以后，他立即向大夫告别，拒绝了共进午餐的邀请，虽然头一天他还向大夫许下了要同他一起吃饭的诺言。

市侩们

早上九点钟。伊万·卡季米罗维奇·利亚什凯夫斯基，一个波兰裔中尉，由于头部受过伤，如今靠养老金生活在南方省份的一个城市里，这时他正坐在自己住宅里一个完全敞开了的窗前，同本地一位来他家串门儿的城市建筑师弗兰茨·斯切潘内奇·芬克斯聊天。他二人都把脑袋伸到窗外，望着大门口。利亚什凯夫斯基的房东就坐那儿的长凳上。这是个虚胖的市民，穿着敞开怀的坎肩和肥大的蓝色裤子，他的双颊肌肉松弛、汗津津的。这位市民正在凝思苦想着什么，用一根小棍子心不在焉地抠挲着自己长筒靴的靴尖。

"真是令人惊奇的民族，我实话告诉您吧！"利亚什凯夫斯基厌烦地瞅着那个市民唠叨着，"只要他往长凳上一坐，瞧吧，这讨厌的家伙，就抄着手一直坐到晚上。他是什么也不干的主，整个儿一个懒虫和寄生虫。要是你这个下流坯子在银行有钱或者有自己的农场而且在那里有别人为你干活儿也就罢了，可你一无所有，老是白吃人家的饭，欠了一屁股债，让一家人挨饿受罪，真是活见鬼！您也许不信，弗兰茨·斯切潘内奇，有时我气得真想干脆跳到窗外用鞭子把这个混蛋抽一顿。喂，你为什么不干活儿呀？你为什么坐着不动？"

那个市民无动于衷地瞅了利亚什凯夫斯基一眼。他想回答几句什么，但是他没能做到，因为炎热和懒惰把他的说话能力给麻痹了……他懒洋洋地打了个哈欠并在嘴边画了个十字就抬起两眼望着天空，空中有一群鸽子在炎热的气浪中翱翔。

"批评得太严厉可不行呀，我最可敬的朋友，"芬克斯叹息道，他正用手帕擦着自己那秃了顶的大脑袋，“您要设身处地替他们想想：现在市面上不景气，到处是失业、歉收、生意萧条。”

“哎呀，我的上帝，您怎么这样说！”利亚什凯夫斯基愤慨地说，生气地拉了拉长袍的下摆，“好吧，就算是没有地方找活儿干和做生意，可他为什么在家里也什么都不干呢？见他的鬼！喂，你听我说，难道你家里就没有活儿干吗？你看看，畜生！你家的大门台阶都塌了，人行道都塌陷成了一条水沟、板墙也腐烂了，你就不会动手把这一切都修好呀，如果你不会干，那么你就到厨房里去帮帮妻子的忙也好。你妻子每一分钟都不停地干活儿，一会儿去挑水，一会儿去倒污水。为什么你这个坏蛋就不替她跑跑腿呢？不过我还要请您注意，弗兰茨·斯切潘内奇，他家有三俄亩的果园和菜园呢，他还有猪圈和鸡棚，但是这一切都荒废了，没有一点儿收益。果园里长满了野蒿杂草，几乎一切都干涸了，而菜园已经成了小孩子们玩球的地方了。喏，他还不算是个畜生吗？我告诉您吧，我家只有半俄亩园子，但是您总能在那里找到萝卜、生菜、茴香、葱头什么的，可这个恶棍却到集市上去买这些东西。”

“一个俄罗斯人，你拿他有什么办法！”芬克斯说，故作宽容地笑了笑，“俄国人就是这样的人种……一些非常非常懒惰的人！如果把所有这些财富交给德国人或者波兰人，那么一年以后您就认不出这个城市了。”

穿蓝裤子的那个市民把挎着篮子的小女孩儿叫到跟前，买了她一戈比的葵花子就开始嗑起来了。

“狗杂种！”利亚什凯夫斯基气恼地说，“他就会干这个！嗑葵花子和谈论政治问题！哼，真见鬼！”

利亚什凯夫斯基生气地看着穿蓝裤子的房东，渐渐地冲动起来，以致进入了双唇之间冒白沫的状态。他的话带有波兰口音，而且发狠而又清楚地咬着每一个音节，到最后，他的肿眼泡竟鼓胀起来，于是他不再去理会那些俄国下流坯子、恶棍和骗子了。他瞪着两眼，由于使劲叫喊而咳嗽着，用波兰话破口大骂道：

“懒鬼、狗杂种！都去见鬼吧！”

这位市民清清楚楚地听见了这些骂人话，然而从他那萎靡不振的样子来看，谩骂对他毫无触动。显然他对此早已习以为常了，就像对苍蝇的嗡嗡声一样习惯了，因此他认为表示抗议是多余的。而芬克斯每一次来串门都不得不听这一套关于懒惰的、什么也干不成的市民话题，而且每次讲的话完全一模一样。

“可是……我该走了！”芬克斯说，他想起来了，他很忙，“再见！”

“您上哪儿呀？”

“我只是到您这儿坐一会儿。女子中学的地下室墙壁裂了，他们请我快去看看。我得走一趟。”

“嗯……可我叫瓦尔瓦拉烧茶炊了呀！”利亚什凯夫斯基感到意外地说，“坐一会儿，喝足了茶再走吧。”

芬克斯很听话，他把帽子放在桌子上就留下来喝茶了。喝茶的时候利亚什凯夫斯基高谈阔论地证明，市民们已经无可挽回地消亡了，说什么现在只有一条出路——把他们全都逮起来，并在严格的监视下押解到官方的劳动营地去。

“您想想看！”他激动地说，“您不是问，坐在那儿的这只蠢鹅靠什么生活吗！他把自己的房子租给我住，每月要租金七卢布；还有他常去参加命名日宴会——就靠这个把肚子填饱，这个骗子，见他的鬼！他既没有薪俸，也没有进项。他们不仅是一些懒鬼和寄生虫，还是一群骗子。有时他们向银行借钱，可把钱用到什么地方了呢？他们去干投机买卖，比如把肉牛运到莫斯科去贩卖，或者开办一个采用新工艺的油坊，但是如果要把牛群弄到莫斯科或者干榨油，这就必须在肩膀上长着个脑袋才行，而在这些坏蛋的肩膀上却只有南瓜而已。当然，任何投机买卖都没有好结果……白白地把钱花光，惹一身麻烦，然后就只好欠银行的钱了。你又能把他们怎么样？房子被抵押出去了，而且抵押了不止一次，已经没有任何可抵押的财物了，一切早已吃光喝完了。这些流氓，十个倒有九个是大肆进行欺骗勾当的！有借无还——这是他们的惯技。城市银行在他们的关怀下已经摇摇欲坠了！”

“我呢，昨天到叶戈罗夫家去了，”芬克斯打断了波兰人的话，想换个话题，“您瞧，打‘皮开’纸牌，结果我赢了他六个半卢布呢。”

“我大概打‘皮开’纸牌时还欠了您点儿赌债哩，”利亚什凯夫斯基说，“我必须赢回来才是。您不想打一局吗？”

“打一局还可以，”芬克斯犹豫不决地说，“要知道我还得尽快地赶到女子中学去看看。”

利亚什凯夫斯基和芬克斯就在敞开的窗口开始打“皮开”纸牌了，而那位穿蓝裤子的市民则心满意足地伸了个懒腰，于是葵花子壳从他身上纷纷落在地上。这时从对面的大门里出来了另一位市民，他穿着一件皱皱巴巴的亚麻粗布上衣，留着长胡子。他对蓝裤子市民亲切地眯起眼睛喊道：

“早晨好啊，谢苗·尼古拉伊奇！我有幸祝您过一个平安的星期四！”

“我也向您祝贺，卡比通·彼得罗维奇！”

“请您到我这儿的长凳上坐坐吧！我这儿凉快着呢！”

蓝裤子市民呼哧呼哧地站了起来，像鸭子似的左右摇摆着身子穿过街心。

“三张牌的大同花顺……”利亚什凯夫斯基喃喃地说，“还有几张皇后……五和十五……他们谈起政治了，混蛋们……您听见了没有？开始谈英国了……我有六个红桃。”

“我有七个黑桃。我拿牌。”

“对，您拿牌。听见了吗？他们骂起比康斯费尔德[1]了。他们不知道，这两头猪猡，比康斯费尔德早就死了。就是说我有了二十九点……该您出牌……”

---

① 比康斯费尔德（1804—1881），曾任英国首相。

“八……九……十……是啊，这些俄国人可真奇怪！十一……十二。俄罗斯的惰性在全世界也算是独一无二的了。”

“三十……三十一。我想拿起一根，您知道吗，好使的鞭子到外面去教训教训他们，让他们知道什么是比康斯费尔德。瞧这些人多么能嚼舌头呀！耍嘴皮子比干活儿容易多了。那么您把梅花皇后打出来了，我还没明白过来呢。”

“十三……十四……热得受不了啦！只有用生铁铸就的人才能在这么热的天气里坐在长凳上晒太阳呢！十五。”

打完了一局接着打第二局，第二局之后是第三局……芬克斯输了，因而逐渐进入了赌徒特有的狂热状态，而忘却了中学地下室出现了裂缝的墙壁。利亚什凯夫斯基边玩牌边不时地望着两个市民。他看见那两个人畅谈了一通之后，如何走向敞开的大门，穿过泥泞的院子，坐在山杨树暗淡的树阴下。快到一点钟的时候，裸露着褐色小腿肚子的胖厨娘把一块像婴儿被单似的白布铺在他们跟前，白布上到处是棕色斑点，午饭就摆在那上面。他俩用木勺吃饭，边吃饭边赶着苍蝇并继续谈论着什么。

“鬼才知道这是怎么搞的！”利亚什凯夫斯基生气地说，“我很高兴我手边没有武器或手枪什么的，否则我会朝这两匹劣马开枪了。我有四张杰克——十四……您拿牌……说真的，我的小腿肚子都抽筋了，我不能心平气和地看着这两个无赖！”

“您别着急上火，这有害无益。”

“您得了吧，就连石头也到了忍无可忍的地步啦！”

穿蓝裤子的那个市民吃足了葵花子之后，有气无力、疲惫不堪地迈着懒散的和吃得过饱的步伐，穿过街道走回自家门口，困乏无力地坐在长凳上。他在瞌睡和蚊虫的夹击下挣扎着，而且他是那样沮丧地望着四周的一切，好像在等待着自己即将到来的死亡。他那垂头丧气的可怜相终于把利亚什凯夫斯基气急了，这个波兰人从窗口探出头，唾沫四溅地朝他喊道：

“吃饱喝足啦？哟，乖乖！宝贝儿！撑饱了，现在不知道把自己的肚子放哪儿好了！你给我滚，该死的家伙，别再让我看见你！滚蛋！”

这位市民厌烦地瞅了他一眼。他只是活动了几下手指而没搭腔。一位他认识的中学生背着书包正从他面前走过。市民把他叫住，但是想了半天该问他什么问题，终于问道：

“喏，喏，怎么样？”

“没怎么样。”

“什么叫没怎么样？”

“就是没怎么样呗。”

“嗯……哪一门课是最难的？”

“那要看对谁来说喽。”中学生耸了耸肩膀。

“啊……那么树在拉丁文里怎么说？”

“叫阿尔勃尔。”

“嘀……连这个也得知道呀！”蓝裤子叹息道，“对什么都要下功夫……不容易呀，不容易！你妈身体好吗？”

“还不错，谢谢您。”

“噢……喏，你去吧。”

输掉两个卢布之后，芬克斯想起了中学。他大吃一惊。

“我的天，已经三点钟啦！”他叫了起来，“我怎么在您家坐了这么久呀！再见吧，我有急事！”

“您干脆就在我这儿吃了饭再走吧，”利亚什凯夫斯基说，“您来得及。”

芬克斯同意留下，但是有一个条件，就是吃午饭的时间不得多于十分钟。吃过饭后，他在沙发上坐了五分来钟，想着出现了裂缝的墙壁，接着他就下了决心，把头放在枕头上，于是整个房间里便响起了鼻子发出来的尖细的哨声。在他睡觉这段时间里，从不认为有必要睡午觉的利亚什凯夫斯基坐在窗前，瞧着正在打盹的市民骂骂咧咧地数说着：

“哼，狗崽子！你怎么就没懒得把命送掉！你什么活儿也不干，你任何精神上和思想上的追求也没有，而只有一种存在方式：像植物一样自生自灭……讨厌的家伙！呸！”

六点钟了，芬克斯也醒了。

“要去中学已经太晚了，”他伸着懒腰说，“只好明天再去了，而现在……我要把赌输的钱再赢回来，怎么样？咱们再打一局吧……”

利亚什凯夫斯基晚上九点多钟送走客人之后，望着他的背影说：

“该死的家伙，一整天都闲呆着，什么也没干……只是白拿薪俸，见他们的鬼……一头德国猪猡……”

他望了望窗外，市民已经没有了，他回家睡觉去了。没有可骂的人了，于是在这整整一天里，他头一次闭上了自己的嘴，然而十分钟过后，堵在心头上的烦恼终于逼得他忍无可忍，他开始唠叨起来，推了一下破旧的沙发椅子说：

“你只会占地方，老废物！早该把你烧掉，可我总是忘了吩咐他们把你拆了，真不像话！”

上床睡觉了，他用手心按着褥垫的弹簧，皱着眉头骂骂咧咧地说：

“该死的弹簧！一整夜它都要扎我的腰。明天我就吩咐他们把褥垫拆掉，然后把你这没用的破烂扔掉。”

直到半夜他才睡着，他梦见自己正用开水浇那些市民、芬克斯、破旧的沙发椅……

瓦洛佳

一个夏日的星期天、大约是傍晚五点钟，瓦洛佳这个长相难看、体弱多病而又生性腼腆的十七岁少年，正坐在舒米辛家的别墅凉亭里，他觉得寂寞而又无聊。他的缕缕愁绪涉及的都是这三个方面的问题。其一是，明天，星期一，他要参加数学考试。他知道，如果明天他的笔试不及格，那么他将被开除学籍，因为他在六年级已经念了两年。他的代数全年分数是两分又四分之三①。其二，在舒米辛家，在这个富有的、追求贵族气派的一家人当中所度过的日子，使他的自尊心不断受到伤害。他觉得，舒米辛娜太太和她的侄女们把他的妈妈和他本人视为穷亲戚，视为寄人篱下的食客，她们不尊重他的妈妈，常常嘲笑她。有一次，他偶然暗中听到舒米辛娜太太如何在凉台上对自己的表妹安娜·费多罗芙娜说，他妈妈继续在打扮自己，以便显得尽量年轻些；说她总是浓妆艳抹，以便显得漂亮些；说她从来不偿还赌债，还特别喜欢借别人的鞋穿，要别人的烟抽。瓦洛佳每天都恳求妈妈不要到舒米辛家做客，他向她描述她在这些老爷太太们面前扮演的是什么角色。他想说服她，有时还说一些难听的话，然而他母亲，一个轻浮的、娇生惯养的，生平已经挥霍光了两份遗产（自己的和丈夫的），一贯倾心于上流社会生活的女人，并不理解他的心情，于是瓦洛佳就不得不每周两次陪着母亲到这个他痛恨的别墅来。

第三个问题是，这位少年一分钟也无法摆脱某种奇怪的、令人不快的感情冲动，而这种感情对他来说完全是新的体验……他觉得他爱上了舒米辛娜的表妹、女客安娜·费多罗芙娜。这是个精力充沛、嗓音洪亮、爱笑的小女人，三十岁上下，身体健壮，面色红润、有圆乎乎的肩膀和胖胖的下巴，薄嘴唇上总是挂着微微的笑意。她既不漂亮也不年轻——瓦洛佳很清楚这一点，但是不知何故他却不能不去想她，不去看她那每当玩槌球游戏时耸动着的圆乎乎的肩膀、晃动着的肉乎乎的后背或者在她大笑一阵之后，沿着楼梯跑了一阵后一屁股坐到沙发椅里眯起眼睛、上气不接下气地喘息着，故意做出胸部因为憋得慌而上下起伏的样子。她已经嫁人。她丈夫是位仪表堂堂的建筑师，每星期都到别墅来一次，睡个好觉之后他就返回城里。瓦洛佳的奇怪感情是从这样的时候开始的，他无缘无故地恨起这位建筑师，而每当他回城市时瓦洛佳就觉得高兴。

现在，坐在凉亭里想着明天的考试和被人家讪笑的妈妈的瓦洛佳，非常希望见到纽达（舒米辛一家人是这样称呼安娜·费多罗芙娜的），想听听她的笑声和她衣裙的窸窣声……这希望与他从小说中读到的那种十分熟习的纯洁、富有诗意的爱情是不同的，这样的爱情是他每天晚上睡下时都幻想过的。这希望很奇怪，他也不甚理解，甚至觉得它是令人惭愧的和令人害怕的，就好像害怕某种恶劣的、肮脏的东西那样，他对自己也难以承认它是什么……

"这不是爱情，"他对自己说，"人们不会爱上三十岁的结过婚的女人……这不过是一种无足轻重的私通……是的，是通奸……"

他一想到通奸，就想起了自己那不可克服的腼腆、还没长出髭须的嘴脸、雀斑、一对眯眯眼，他在想象中把自己同纽达肩靠肩地并列起来，他觉得这一对儿是很不般配的，于是他赶忙又去想象，力求把自己想象成一个漂亮的、勇敢的、机智的、穿着极其入时的人……

正当他的想象进入最动人心弦的一刻，当他坐在凉亭的一角，弯下腰盯着地面的时候，他听见了轻微的脚步声。不知是谁在林荫路上悠然漫步。脚步声很快就消失了，凉亭入口处出现了一个白色

---

① 5分制考试制度，3分为及格。

的东西。

“这里有人吗？”一个女人的声音问道。

瓦洛佳听出了这是谁的声音，于是他惊慌失措地抬起了头。

“是谁在这儿呀？”纽达走进凉亭问道，“哦，这是您，瓦洛佳？您在这儿干什么？想心思？怎么可以老是想啊，想啊，想啊……这样想下去会发疯的呀！”

瓦洛佳站了起来，手足无措地看着纽达。她刚从河滨浴场回来，肩上搭着一条被单和一条毛茸茸的浴巾，她头上的白绸头巾下面露出了几绺湿淋淋的头发，头发贴在额头上。她身上散发着浴场的潮湿和清凉气息以及扁桃香皂的气味。由于快走了几步，她有点儿喘吁吁的。她上衣的第一个纽扣解开了，所以这位少年看见了她的脖子和胸脯。

“您为什么不说话呀？”纽达打量着瓦洛佳问道，“当一位女士同您谈话时，默不作声是不礼貌的。不过，您这人可够笨的，瓦洛佳！您总是坐着，沉默着，想着什么，活像个哲学家。您身上一点儿活力和热情也没有！您不叫人喜欢，真的……在您这样的年龄，应当快乐地生活，蹦蹦跳跳，高谈阔论，追求女人，谈恋爱。”

瓦洛佳看着白被单和抓着它的那只又白又胖的手而开始想入非非了……

“您还不说话！”纽达惊奇道，“这简直有点儿怪怪的……喂，做一次男子汉吧！喏，哪怕就笑一笑呢！嘿，讨厌的哲学家！”她笑了起来，“您知道吗，瓦洛佳，为什么您这么笨吗？因为您不向女人们献殷勤。为什么您不献殷勤呢？不错，这儿没有小姐，要知道，您也不妨向太太们献殷勤呀！比如说，您为什么不向我献殷勤呢？”

瓦洛佳听着，他心情沉重而精神紧张地思索着，用手搔着鬓发。

“只有非常骄傲的人才沉默不语和喜欢独来独往，”纽达继续说，她拉住瓦洛佳的手把他的手从他的鬓发那儿移开，“您是个骄傲的人，瓦洛佳。为什么您总是皱着眉头看人呢？请您正面看我的脸！来呀，喏，笨蛋！”

瓦洛佳决心开口了。他想微笑，撇了一下嘴唇，眨了眨眼，却又用手搔起鬓发了。

“我……我爱您！”他终于把这句话说出来了。

纽达吃惊地扬起眉毛，接着就笑了起来。

“我听到了什么？！”她像歌剧女演员听到了什么可怕的话那样唱歌似的说道，“怎么？您说什么？请你再说一遍，再说一遍吧……”

“我……我爱您！”瓦洛佳又说了一遍。

于是他便身不由己，自己也还没弄明白是怎么回事儿，而且也没仔细想一想，就朝纽达跟前走近一小步，抓住了她手腕上面一点的地方。他的眼神慌乱，含着泪水，整个世界变成了一条毛茸茸的大浴巾，而浴巾散发着的是浴场的气息。

“妙啊，妙！”他听到了快活的笑声，“您怎么还不说话呀！我要您说话！喏！”

瓦洛佳看到她并没有反对他拉着自己的胳臂，于是就看着纽达的笑脸，笨拙地、呆板地用两条胳膊搂住了她的腰，而且他的两只手就在她背后合拢起来了。他双手搂着她的腰，她则把两手往后伸开并放在脑后，于是胳膊肘上的两个小窝便露了出来，她理了理头巾下面的头发，用平静的声音说道：

“人哪，瓦洛佳，要机灵、热情礼貌、可爱，而要成为这样的人，就只有在女人们的影响下才是可能的。不过您这张脸多么难看……而又凶恶。您应当讲话、要笑口常开。对了，瓦洛佳，您不要做一个孤僻的人，您还年轻，还有时间去想您的哲学问题。喏，放开我吧，我要走了，快放开我！”

她没费什么力气就脱了身，哼哼着什么歌曲，走出了凉亭。瓦洛佳一个人留下来了。他抚摸着自己的头发、微笑着。从凉亭的一个角落走到另一个角落，来回走了三次，然后就坐在长凳上，又微笑了一下。他羞愧得无地自容，以致他甚至感到惊奇——人的羞愧竟能达到如此尖锐和强烈的程度。他羞愧得竟微笑起来，嘟哝着毫不连贯的一些句子，还做着各种手势。

他感到羞愧的是，人家刚才像对付一个小孩子一样对待了他，他为自己的懦弱而羞愧不已，不过主要的是，他竟胆敢去搂一个正派的已婚女子的腰，尽管无论从年龄上、从自己的长相上、从他的社会地位等方面来说，他觉得他都无权这样做。

他一跃而起，走出凉亭，头也不回地往花园深处走去，他想尽量离别墅远些。

“咳，最好是快点离开这儿！”他双手抱着头想道，“上帝啊，快些离开吧！”

瓦洛佳和他妈妈要乘的火车是八点四十分钟离站。离开车时间还有近三个小时，但是他更愿意马上就到火车站去而不等他的妈妈。

七点多钟时他回到别墅附近。他的全身都透露出一种果断精神：豁出去了！他下决心勇敢地进到屋里，面对现实，大声说话，不顾一切。

他穿过凉台、大厅、客厅，在客厅里停了下来，以便喘口气。在这儿可以听得见隔壁饭厅里人们喝茶时的谈话。舒米辛娜太太、妈妈和纽达在说说笑笑。

瓦洛佳侧耳聆听起来。

“请相信我！”纽达说，“我连自己的眼睛都不敢相信了！当他开始向我表白爱情，甚至，你们想象一下吧，搂住了我的腰的时候，我简直认不出他了。你们知道，他可是有自己的派头！当他说他爱上了我的时候，他的脸上就出现了某种野兽般的表情，就像切尔克斯人一样。”

“真的！”妈妈吃惊地叫了一声，接着就哈哈大笑起来，“真的呀！他多么像他的父亲呀！”

瓦洛佳回头就跑，一口气跑到室外。

“她们怎么可以公开地议论这样的事情！”他痛苦地想道，他两手一拍，惊恐地望着天空，“她们大声地说出口来，那么冷漠地……连妈妈也笑了……那是妈妈呀！我的上帝啊，你为什么给了我这样一个母亲？为什么呀？”

然而他还是必须到屋里去，无论如何也要到那里去。他在林荫路上来回走了三遍，心情稍微安静下来之后，走进了屋里。

“您怎么不按时来喝茶呀？”舒米辛娜太太严肃地问道。

“对不起，我……我该回家了，”他眼睛也没抬地喃喃着，“妈妈，已经八点钟了！”

“你自己走吧，我亲爱的，”妈妈懒洋洋地说，“我要在丽丽家留下来过夜。再见，我的朋友……让我祝福你……”

她给儿子画了个十字，然后就对纽达用法语说：

“他长得有点像莱蒙托夫……不是吗？”

瓦洛佳匆匆地告别，他没有看任何人的脸，走出了饭厅。十分钟之后他已经走在通往火车站的大路上了，而且为此而感到高兴。现在他可以不再担惊受怕，自惭形秽，他可以轻松自由地呼吸了。

在离火车站约半俄里的地方，他在路旁的一块岩石上坐了下来，开始望着太阳。大半个太阳已经躲进路堤后面了。在火车站里，有几个地方亮起了灯火，有一盏绿色灯光昏暗地闪烁着，但是还看不见火车。瓦洛佳觉得坐在这儿很舒服，不必走动，可以倾听黄昏在如何渐渐降临。凉亭里的半明半暗、脚步声、浴场的气息、笑声和腰身——这一切异常清晰地出现在他的想象中，而且这一切已经不像先前那么可怕和意味深长了……

“这没什么了不起的……她并没有把手缩回去，而且还笑了，那时我正搂着她的腰，”他想，“就是说，她喜欢这样。如果她讨厌这样，那么她会生气的……”

于是现在瓦洛佳觉得懊丧，因为在凉亭那儿他缺乏勇气。他开始惋惜自己就这样愚蠢地坐火车走了，而且他已经颇有信心地认为，如果再有那样的机会，他会更勇敢地行事，而且对这类事情不会看得那么严重了。

而且这样的机会的重新出现并不困难。舒米辛一家每次吃过晚饭后都要长时间地散步。如果瓦洛佳同纽达一起在昏暗的花园里散步，那么——机会就来了！

"我这就回去，"他想，"明天早车再走……我就说没赶上火车。"

他真的回去了……舒米辛娜太太、妈妈、纽达和一位侄女都坐在凉台里打纸牌。当瓦洛佳对她们撒谎说，他误了火车，她们都为他担心起来，怕他明天赶不上考试，于是大家劝他早些起床。在她们打纸牌的整个时间里，他一直坐在旁边，贪婪地看着纽达，他在等着呢……他已经暗中作好了计划：他将在昏暗中走在纽达跟前，拉起她的手，然后就搂着她，不需要说什么话，因为他俩不用说话也是心照不宣的。

然而，晚饭以后女士们没到花园里去散步，而是继续打牌。她们玩到半夜十二点钟以后，后来就各自睡觉去了。

"这一切多么愚蠢！"瓦洛佳睡下时懊丧地想，"不过没关系，我还是等到明天再说吧……明天再到凉亭里等一等。没关系的……"

他没想尽快进入梦乡，而是坐在床上，双手抱膝，陷入沉思。想起考试他就心烦。他已经下决心让学校开除，而且觉得开除了也没有什么可怕的。相反，一切会很好，甚至非常好。明天他将像鸟儿一样自由，穿上便服，当众抽烟，坐火车到这儿来向纽达献殷勤，他随时都可以这样做。他不再是中学生了，而是"年轻人"了。至于其他方面，诸如所谓的功名和前途，那也很清楚：瓦洛佳去当后备军官生，去当电报员，最后，可以到药店工作，在那儿可以一直干到当上药剂师……各种职位还少吗？过了一个多小时，他依然坐在那里想啊想的……

半夜两点多钟的时候，天开始蒙蒙亮了，房门被小心翼翼地吱呀一声推开，妈妈走进了房间。

"你没睡呀？"她打着哈欠问道，"睡吧，睡吧，我只来一会儿……我只拿点儿药水……"

“您要它干吗？”

“可怜的丽丽又犯痉挛症了。睡吧，我的孩子，你明天要考试……”

她从柜橱里取出一个盛着什么的小瓶子，走到窗口那儿看了看瓶子上贴的说明签就出去了。

“玛利亚·列昂节耶芙娜，这不是那种药水！”过了一会儿瓦洛佳听到了一个女人的声音，“这是铃兰香水，可丽丽要的是吗啡。你儿子睡着了吗？请您让他找一下……”

这是纽达的声音。瓦洛佳全身发冷，他急忙穿上裤子，把大衣披到肩上，走到门口。

“您明白吗？吗啡！”纽达小声地解释说，“那上面应当有用拉丁文写的说明签。叫醒瓦洛佳，他能找到……”

妈妈打开了房门，于是瓦洛佳看见了纽达。她穿着那件去浴场时穿的上衣。她的头发没有梳理，披散在双肩上，满脸睡意，由于天色昏暗她的脸色显得黝黑……

“瞧，瓦洛佳没睡……”纽达说，“瓦洛佳，您找一下吧，亲爱的，在柜橱里有吗啡！这个丽丽真折磨人……她永远都有事儿。”

妈妈嘟哝了句什么，打了个哈欠就走开了。

“您快找呀，”纽达说，“站着干什么？”

瓦洛佳走到柜橱跟前，跪在地上开始查看那些药瓶和药盒。他的手在发抖，他觉得胸口和肚子里面有一股寒流在他的五脏六腑之间窜来窜去。酒精味、石炭酸味和各种草药味熏得他喘不上气来，头也发晕了，这是因为他用发抖的双手没有任何必要地什么瓶子盒子都抓，因而弄洒了药水。

“大概妈妈走了，”他想，“这很好……很好……”

“快了……瞧这个，大概是吗啡……”瓦洛佳说，他在一个说明签上看到了拉丁文“morph……”“给您！”

纽达站在房门口。她的一只脚站在走廊上，另一只脚站在房间里。她理了理难以理整齐的头发（它是那么密，那么长！），心不在焉地看着瓦洛佳。她穿着肥大的上衣、满脸睡意、披着散乱的头发、站在微弱的光线中——虽然天空出现了鱼肚白色，但还未被太阳照亮，光线就是从那里照进房间里来的。这时的纽达在瓦洛佳看来是那么的迷人和华丽……他着了魔似的周身发抖，沉醉在他曾经在凉亭里搂抱过这妙不可言的腰身的回忆之中。他把药水递给她时说道：

"您多么……"

"怎么？"

她走进了房间。

"怎么啦？"她微笑着问。

他默默地看着她，然后，像当时在凉亭里那样抓住她的手……而她看着他，微笑着等待他下一步要干什么呢？

"我爱您……"他悄悄地说。

她不笑了，想了想之后说：

"等等。好像有人来了。咳，你们这些中学生哟！"她小声说着走到门口，朝外面走廊上看了看，"没有人，我谁也没有看见……"

她回来了……

后来瓦洛佳就觉得，房间、纽达、黎明和他自己都融为一体而产生了一种强烈的、异常的、从未体验过的幸福感受；为了它可以献出整个生命，可以去承受永久的痛苦。但是过了半分钟，这一切突然消失了。瓦洛佳看到的只是一张丑陋的胖脸，这张脸被厌恶的表情所扭曲，于是他自己也突然对刚才发生的事感到厌烦了。

"我可得走了，"纽达嫌弃地看着瓦洛佳说，"你多么丑，多么可怜……呸，丑小鸭！"

"丑小鸭……"她走后瓦洛佳想道，"我确实令人讨厌……这一切都令人讨厌。"

院子里已经是红日当空，百鸟正在欢唱，可以听见园丁在花园里走动，他的手推车吱咯作响……再过一会儿，可以听见奶牛的哞哞叫声和牧笛的吹奏声。阳光和各种声音说明，在这个世界的某个地方还存在着纯洁的、优美的、充满诗意的生活。它在哪儿呢？无论是妈妈，无论是瓦洛佳周围的人们。谁都从来没对他谈起过这样的生活。

当仆人来叫醒他去赶早晨的火车时，他假装睡着了……

“不管它了，让一切都见鬼去吧！”他想。

早上十点多钟他起床了。在镜子前梳头时，他看着自己丑陋的，由于整夜失眠而显得苍白的脸想道：

“完全正确……丑小鸭。”

当妈妈见到他时，妈妈竟然吓了一跳，因为他没去参加考试。瓦洛佳说：

“我睡过头了，妈妈……但是您别担心，我将弄一份医生证明。”

舒米辛娜太太和纽达是中午十二点钟已过才睡醒的。瓦洛佳听见，刚睡醒的舒米辛娜太太怎样砰的一声打开了自己的窗户，纽达是怎样用咯咯的笑声回答了她用沙哑的嗓子说的话。他看见，门怎样被打开，怎样从客厅里走出一长串去吃早饭的侄女们和食客们（走在人群后面的是妈妈），洗得干干净净的纽达的笑脸一晃而过，在这张脸的旁边是一张生着黑眉毛和黑胡须的建筑师的脸，他是刚到达这里的。

纽达穿了一身小俄罗斯[1]民族服装，这样的服装对她很不合适，而且把她变得臃肿不堪。建筑师则尽说些庸俗而又平淡无奇的俏皮话。早餐时吃的煎肉饼里葱太多了，瓦洛佳觉得是这样。他还觉得，纽达故意哈哈大笑，而且常朝他这边看看，以此让他明白，她一点儿也不担心提起昨夜的事，她根本就没觉察到这时在场的还有一个丑小鸭。

三点多钟时，瓦洛佳同妈妈一起来到火车站。昨夜的下流行径、失眠之夜、即将被中学开除、良心上的自责——这一切现在都

① 即乌克兰。

激起了他内心极大的阴郁的敌对情绪。他看着妈妈那瘦削的侧影，她那小小的鼻子和纽达送给她的那件雨衣，嘟嘟囔囔地说：

“为什么您要给自己扑粉？您这样的年纪不应该这样做！您挖空心思地想把自己打扮得漂亮些，您不还赌债，白抽别人的香烟……真叫人恶心！我不爱您……不爱！”

他辱骂她，可她只是惊慌地转动着两眼、无奈地两手拍打着小声说：

“你说什么呀，我的朋友！上帝呀，马车夫会听见的！别说啦，要不就被马车夫听见啦！他什么都听去了！”

“我不爱……我不爱！”他上气不接下气地继续说道，“您是个缺德的、无情的人……不许您穿这件雨衣！听见了没有？要不然我就把它撕个粉碎……”

“你别犯浑了，我的孩子！”妈妈哭了，“马车夫会听见的！”

“我父亲的家产哪儿去了？您的钱财在哪儿？您把一切都挥霍一空！我不为自己的贫穷感到羞耻，但是我为有这样的母亲感到可耻……每逢我的同学们问起您，我就脸红。”

坐火车进城要坐两站地。瓦洛佳一直站在车厢之间的过道里，全身发抖。他不愿意进到车厢里，因为他所憎恨的母亲就坐在那里。他也憎恨自己，憎恨列车员和火车头喷出的烟，以及他认为是使他发抖的那股寒气。他的心情越沉重，他就越强烈地感觉到，在这个世界上的某个地方，在某些人中间，一定有一种纯洁的、高尚的、温情的、优美的、充满爱心、充满欢乐和自由的生活……他感觉到了这一点而且是那么强烈地渴望着它，以致有一位乘客仔细地端详了半天他的脸后问道：

“也许您牙痛吧？”

在城里，妈妈和瓦洛佳是住在玛利亚·彼得罗芙娜的房子里的。这是一位贵族太太，她租了一套很大的住宅并转手租给房客们居住。妈妈租了两个房间，一间有窗户，在这里放着她的床，墙上挂着两幅有镀金框子的油画，她自己住在这儿。另一个房间是套间，又小又暗，是瓦洛佳住的。这里放着沙发，他就睡在沙发上，而除了沙发之外就没有任何一件家具了。整个房间里放满了装有衣服的柳条筐、帽盒和不知为什么妈妈珍藏着的各种破烂。瓦洛佳是在母亲房间里写作业，或者也在“公共”房间里学习，这是一个大房间，吃饭的时候以及每天晚上房客们就都聚集到这里来。

回到家里，他就躺在沙发上，盖上被子，想把颤抖止住。帽盒、筐子和各种破烂告诉他，他没有自己的房间，也没有一个安乐窝，没有地方可以躲开妈妈，躲开她的客人们和谈话声，眼下这谈话声就从“公共”房间里传了过来。书包和到处乱放的书本则提醒他，有个考试他没去参加……不知为什么，他完全不适当地想起了他同自己已经过世的父亲生活过的城市曼东[1]，他那时是七岁。他还想起了比亚里兹[2]，有两个英国小女孩同他一起在沙滩上奔跑着……他很想在记忆中重新看到天空和海洋的颜色、浪涛的高度和自己当时的心情，然而他没能做到这一点。在想象中只有英国女孩们栩栩如生地闪现过，而其余的一切都乱成一团，在混乱中消失了……

“不行，这儿也冷。”瓦洛佳想着，起来穿上大衣，到“公共”房间去了。

在“公共”房间里，人们正在喝茶。茶炊跟前坐着三个人：妈妈、音乐女教师，她是位戴着乌龟形状夹鼻眼镜的老太太，和阿甫古斯岑·米哈伊雷奇，一个上了年纪、非常肥胖的法国人，他在化妆品厂做事。

“我今天还没吃午饭，”妈妈说，“得派女用人去买面包。”

“杜尼亚什。”法国人喊了一声。

可是女用人被房东支使出去了。

“哦，这算不了什么，”法国人开朗地笑着说，“我马上就亲自去买面包。哦，这不算什么！”

---

① 法国疗养地之一。

② 法国另一疗养地。

他把自己那支烟劲十足而又难闻的雪茄搁在显眼的地方，戴上帽子就出去了。他走后，妈妈就开始向音乐女教师讲述她在舒米辛家里做客的情况，夸口说她受到了多么好的招待。

“要知道，丽丽·舒米辛娜是我的亲戚……”她说，“她那过世的丈夫，舒米辛将军是我丈夫的表兄弟。而她本人则是柯尔勃男爵家的小姐……”

“妈妈，这不是真的，”瓦洛佳气呼呼地说，“你干吗要说谎？”

他知道得很清楚，妈妈说的是真话。在她讲述的有关舒米辛将军和柯尔勃男爵小姐的话里面没有一句谎言，尽管如此他还是觉得她在说谎。在她说话的方式、面部的表情、眼神等一切方面都让人觉得她是在说谎。

“您说谎！”瓦洛佳又说了一遍，而且用拳头猛击了一下桌子，他用了那么大的劲儿，以致所有的茶具都被震得丁当作响，妈妈的茶也溅出来了，“您为什么讲这些将军和男爵小姐呢？这一切都是谎言嘛！”

音乐女教师可慌了神儿，她用手帕捂着嘴咳嗽起来，佯装呛着了，而妈妈却哭了。

“上哪儿去呢？”瓦洛佳想。

街上他已经去过了，找同学们去他又觉得丢人。他重新想起了那两个英国小女孩儿……在“公共”房间里，他从一个角落走到另一个角落，接着就走进了阿甫古斯岑·米哈伊雷奇的房间。这里充满了浓烈的乙醚和甘油的气味。在桌子上，在窗台上，甚至在椅子上，都放着很多小瓶子、小杯子和小酒杯，里面装着各种颜色的液体。瓦洛佳从桌上拿起一张报纸，打开一看，标题是《费加罗报》……报纸散发着一种浓烈和令人愉快的气味。后来他又从桌子上拿起手枪……

“算了，别在意！”在隔壁房间里音乐女教师劝慰着妈妈，“他还那么年轻！在他那样的年纪，年轻人总是那么任性而难免出言不逊。对这些你得容忍。”

“不，叶甫盖妮娅·安德烈耶芙娜，他已经不可救药了，”妈妈像唱歌似的拉长了声音说，“没有一个长辈来管教他，而我是个弱女子，什么也不会干。咳，我是个不幸的人！”

瓦洛佳把枪筒放进嘴里，摸到一个像扳机或勾机似的东西，用手指按了一下……接着他又摸到一个突起的什么地方，便又按了一下。他从嘴里拔出枪筒，用大衣下摆擦了擦它，看了看枪机，他生平还从来没有拿过武器……

“大概，得把这个顶上去……”他琢磨着，“对，大概是这样……”

阿甫古斯岑·米哈伊雷奇走进“公共”房间，哈哈大笑地讲述着什么。瓦洛佳又一次把枪筒放进嘴里，用牙咬住枪筒，用手指按了一下什么。枪响了……不知是什么东西以可怕的力量猛击瓦洛佳的后脑。他扑倒在桌子上，他的脸正好倒在小酒杯和小瓶子上面。后来他就见到了已经过世的父亲，他头戴礼帽，礼帽上系着一条黑色的宽丝带，这是父亲住在曼东时为一位什么夫人带的孝。父亲突然用双手抱住了他，于是他俩就朝着某个非常黑暗的无底深渊飞去了。

后来，这一切都乱作一团而消失了……

《新年的磨难》——《瓦洛佳》

王燎　译

幸 福

献给雅·彼·彼隆斯基

一条称之为大道的宽阔道路，穿过草原，有一群羊在路旁过夜。两个牧人守护着这群羊。一个是老头，八十岁左右，牙齿脱落，面皮抽搐，两肘放在落满尘土的车前草草丛上，肚皮朝下，趴在路边。另一个是个年轻的小伙，有两道浓眉，还没有长胡髭，穿着一件用廉价麻袋布缝的麻布衫。他两手放在头下，仰面躺着，脸正对着上空伸展开去的银河。星儿昏昏欲睡。

不止有这两个牧人。在离他们一俄丈远的地方，在吞没道路的昏暗中，显现出一匹马的黑影，那是配备鞍辔的马。一个男子靠着马鞍站着，他穿着大皮靴和短上衣，看来，这是一个地主家巡视田庄的庄头。从他笔直不动的身姿，从他的仪表，从他对牧人和马的态度看，这是一个严肃拘谨，知道自己身价的人。就是在黑暗中，也明显觉察得出他身上的军人派头，他那种只有常和老爷们和总管们打交道的人，才有的居高临下的威严表情。

羊儿睡了。曙色已慢慢笼罩东方的天空，在灰色天光的衬托下，随处可看到一些未睡羊儿的身影。它们站着，低着头在思索什么。它们思索着印在它们头脑中的广大草原和天空，还有循环往复的白昼和黑夜，慢慢悠悠思索了很久，它们始而惊讶，继而感到压抑，以至于变得麻木。它们现在站着，像入定了似的，对生人的到来，对狗儿的烦躁，都不在意。

在充满睡意的、凝止不动的空中，有一种草原夏夜不可或缺的单调的嗡嗡声。蝨斯不停地吱吱叫着，鹌鹑在歌唱，在离羊群一俄里远，有小河流淌和绿柳生长的山谷中，小夜莺懒洋洋地鸣啭。

庄头停下马来，向牧人借火点烟斗。他默默点上烟，抽了一袋烟。然后，一句话没说，就肘臂靠着马鞍想心事。年轻的牧人根本没注意到他，仍然躺着看天空。老头子久久打量庄头，问道：

“好像是马卡罗夫庄园的潘捷列吧？”

“是我。”庄头回答。

“我看着像。认不出来了，准是要阔了。这是从哪儿来？”

“从科维利那块地来。”

“够远的。那块地是按粮垛租的办法租出去的吗？”

“各种办法都有。有按粮垛租分粮的，有交租金的，有交瓜的。其实，我是去了磨坊一趟。”

一条衰老的灰白色大牧羊狗，浑身的厚毛，眼睛和鼻子边有好几绺长毛，它尽量对陌生人的出现表示淡漠，心平气和围着马转了三圈，猛然，恶声恶气，带着苍老的嘶哑声，向庄头扑去。别的狗也忍不住，各自跳了起来。

“去，讨厌！”老人支起肘臂，叫了一声，“该死的，可恶的家伙！”

狗儿安静下来，老人恢复了原来的姿势，静静说道：

“升天节那天，叶菲姆·日美尼亚死在科维利了。可别在夜里说这事，说这种人是罪过。这是个极可恶的老头。也许听说了？”

“不，没听说。”

“叶菲姆·日美尼亚，是斯捷普卡的舅舅。整个这地方的人都认识他。嘿，真是个可恶的老头！从赶走法国人的沙皇亚历山大[①]被车拉着由塔干罗格运往莫斯科那时候算起，我认识他有六十年了。我们一块恭迎奉安死去的沙皇，当时的大道不通巴赫穆特，而是从叶萨乌洛夫卡到戈罗季谢。那个地方，就是现在的科维利，当时有很多大鸨鸟的窝。大鸨鸟的窝随处可见。还在那时候我就瞧出来，

---

① 指亚历山大一世（1777—1825），死于塔干罗格。

日美尼亚丢了灵魂，有魔鬼附身。我就是这个看法：一个男人要是老不吭声，好干老娘们的营生，还老爱一个人单住，那可不是好事。叶菲姆卡[①]打年轻时候起就闷不做声，还总是斜着眼看人。好像总是生气，就像公鸡在母鸡面前摆架子，谁都瞅不起的样子。无论是去教堂，还是跟小伙子们上街闲逛，还是去酒馆，他一概都没那个兴趣。而是一个人坐着，要么就跟老太婆嘀咕。他那时候年轻，给人家养蜂、种瓜。常常是，有好心人去瓜园看他，可他的西瓜和甜瓜会叫。有一回当着人跟前逮了一条狗鱼，可这狗鱼竟哈哈哈，笑了起来……”

“有这事。”潘捷列说。

年轻的牧人侧过身来，扬起黑眉，盯看了老头一眼。

“你听过西瓜叫？”他问。

“倒是没听到过，上帝保佑，”老人叹口气，“可人家都这么说。没什么可怪的……只要妖怪愿意，那石头就会叫。农奴解放前[②]，我们那里有块岩石，叫了三天三夜。我亲耳听到的。要说狗鱼哈哈笑，那是因为日美尼亚捉到的不是狗鱼，而是魔鬼。”

老头又想起点事。他急忙双膝跪下，仿佛觉得冷似的，瑟缩着，急急把手伸进袖子里，像女人那样快嘴快舌的，用鼻音念叨着：

“救救我们吧，怜悯我们吧！有一回我顺着河边到诺沃巴甫洛夫卡去。雷雨来了，是那样大的暴风雨，天后圣母保佑吧……我使出吃奶的劲儿快走，一看，在荆棘丛中，（当时荆棘正开花）有一头白牛。我就想：这是谁家的牛？真见了鬼了，它干吗到这儿来？它走着，摇着尾巴，哞，哞！就是这么回事，老弟，我追上这个家伙，走到跟前，瞧吧！——又不是牛了，是日美尼亚。圣明的神，圣明的神，圣明的神！我画了个十字，可他瞅着我，瞪着眼嘟囔

---

① 叶菲姆的爱称。

② 指 1861 年，俄国废除农奴制度。

着，我吓了一跳，真可怕！我跟他并排走着，不敢跟他说一句话，——雷声吼着，闪电在天空中划道道，垂柳弯到了水面上，突然，老天惩罚我吧，让我得不到忏悔就死了吧，有个兔子跑着穿过小路……跑着过来，站住，口吐人言：‘你好啊，庄稼汉！’去，可恶的家伙！”老头冲着长毛狗嚷了一声，这狗又围着马转了一圈，“该死的！”

“有这事。”庄头还是靠着马鞍子，一动不动地站着，就像陷入深思的人说话那样，他那话音低沉得几乎听不见。

“有这事。”他又心事重重，肯定地重复了一遍。

“嗯，这老头真坏透了！”老人接着说下去，不过不那么眉飞色舞了，“农奴解放后过了五年，他在村公所当众挨了一顿打。结果，就是说，他要露一露他的恶毒手段，让科维利这地方所有的人都得了白喉病。当时蹬腿的人数都数不清。好像是霍乱……”

“那他是怎么散布瘟疫的？”年轻的牧人略微沉默了一会儿，问道。

“这是明摆着的事儿。不用费很大劲，只要他愿意。日美尼亚还用蛇油毒死过人。这样一种药，不用吃了那油，而是一闻那味人就死。”

“这没错。”潘捷列同意这说法。

“那时候小伙子们都要把他弄死，可老人们不让。可别杀死他，他知道藏宝的地方。除了他没一个人知道。那些宝贝都让人念了咒语了，就是你找到了，也看不见，可他就看得见。常常是，有人在白桦树和林子旁边走路，就在树丛和山岩下看到火苗，一团一团的火苗……那些火苗好像是硫黄冒出来的。我亲眼所见。大伙都盼着日美尼亚把那地方指点给人们，要么他自个儿挖出来也行。可他呢，说啦，狗自己不吃，也不让别的狗吃，就这么死了：自己不挖，也不告诉别人。”

庄头吸那烟斗，一刹那照亮了他的大胡子和威严而体面的尖鼻子。细微的光亮从他手上跳到帽子上，顺着马背滚过马鞍，消失在马耳边的鬃毛上。

“这地方有好多的宝贝。”他说。

他慢慢吸了一口烟袋，往四周看了一下，眼神停在发白的东方，又说：

“一定有。”

“那还用说，”老人叹了口气，“随处都有，只是，老弟，没人会挖。谁都不知道确实地点。大概，到现在所有的宝贝都让人念了咒语了。谁想找到和看得见，就要有那种符。小伙子，没符毫无办法。日美尼亚就有符，这个秃头魔鬼有这东西，你求他吧？他攥在手里，谁也得不到。”

年轻的牧人爬了两步，靠近老人，两只拳头支着头，一动不动地盯着。他的黑眼睛流露出恐惧和好奇的幼稚表情，好像在薄暗中，他的年轻而粗大的脸，拉长了，变扁了。他神色紧张，听着。

“《圣经》里写着，这里有许多宝贝。”老人接着说下去，“是这么写的……没的说。在伊万诺夫卡，有人给一个来自诺沃巴夫洛夫斯克的老兵一张字条，那上边有地点，甚至有多少普特重的金子，还有，装在什么罐罐里。本来照这个字条早就找到宝贝了，只是这宝贝给念了咒了，没辙。”

“老爷爷，怎么会没辙呢？”

“大概有什么原因，老兵没说。让人念了咒了……要有符才行。”

老人像对这过路人一吐为快似的，说得入了神。他不惯于伶牙俐齿高谈阔论，所以说起话来就显得鼻音很重，结结巴巴的，又觉得说话还不足以表达他的意思，就使劲摇头晃脑，用他的手和消瘦的肩膀来加重语气。他每一摇动，身上的麻布衫就堆起一层褶，滑向肩头，露出由于日晒和衰迈而变得发黑的后背。终于，老头好像不能再容忍这不听话的麻衫了，跳起身来，带着愁苦说道：

“是有幸福可找的，如果埋在地里头，那有什么办法。好事就这样白白溜跑了，像糠秕和臭羊粪一样没啥用处！幸福有很多，多得很，小伙子，这地方有的是，可没一个人看得见！人们迟早会发现，要么老爷们发掘出来，要么官家拿走。老爷们已经开始挖那岗子了……闻出味来了！他们对庄稼汉的幸福馋极了！官家也在打主意。法律上写着，哪个庄稼人找到宝贝，就要报官。等着瞧吧，你捞不到！有好事，也没你们的事！”

老人轻蔑地笑了起来，坐在地上。庄头聚精会神听着，表示同意，不过从他的身影和他的沉默看，老头说的这些事，他并不感到新鲜，他早就想过多少遭了，比老头要知道的多得多。

“老实说，我这辈子有十来次去找过幸福，”老人有点不好意思，挠挠头说，“地方找对了，可你知道，碰到的还是那些给念了咒的宝贝。我父亲找过，我兄弟找过，连个毛都没找到，就这样没找到幸福，死了。我的兄弟伊利亚，愿他早升天国，受一个修士指点，说是在塔干罗格有个古堡，一个地方的三块石头，下面压着宝贝，说那宝贝是让人念过咒的。我记得，这是1838年的事，在马特维耶夫坟岗住着个亚美尼亚人，他就有符卖。伊利亚买了符，带了两个小伙伴，去塔干罗格。谁知，老弟，他一走近古堡里的那个地方，一个拿枪的兵站在那里……”

在草原寂静的空中，传来星星点点的响声。远处有什么东西猛然砸了一下，碰到石头上，发出“咚，咚，咚”的声音，从草原上飘过。当这声音静下来的时候，老人满怀狐疑，看着一动不动、漠然站着的潘捷列。

“这是矿井的吊桶绳断了。”年轻人想了想，说。

天已麻麻亮。银河变得苍白了，像雪一样慢慢融化，失去了轮廓。天色显得阴郁而朦胧，你弄不清楚，这天色是清朗的，还是蒙上了云层，只是从东方的一条亮铅色和几点残星看，你才明白是怎么回事。

初起的晨风无声无息，轻轻拂动大戟草和去年留下来的褐色蒿草梗，从路边掠过。

庄头从沉思中惊醒，甩了一下头。他两手晃了晃马鞍，碰了碰马肚带，像是还没下决心上马，又停下来想心事。

“对，”他说，“近在嘴边，就是吃不到……幸福是有的，但没办法找到。”他转身面向牧人。他的脸像失意落魄的人那样忧闷而可笑。

“是啊，没看到幸福，没看到幸福是个什么样子，就死去了……”他抬起左脚，伸进马镫，一板一眼地说，“要是年轻点，可能等得到，可我们到了抛弃这些想法的时候了。”

他理着沾着露珠的长胡子，笨手笨脚地上了马，眯起眼睛看远方，看那样子，好像忘了说什么，或者言犹未尽似的。在淡蓝色的远方，在最后一个可以看得见的山丘与迷雾融合的地方，没有一丝动静。错错落落，高耸于地平线和无边无际草原之上的望楼和坟岗，显得狰狞、死寂。在这些土丘的凝止不动和无声无息中，你会感到世纪的嬗替和对人的决然淡漠。还会有一千年过去，还会有亿万人死亡，而它们一如以往存在下去，它们对死者毫无怜悯，对生者毫无兴趣，没有一个人知道，它们为什么在这里，它们珍藏着草原的什么奥秘。

白嘴鸦醒来，默默地，独来独往，在大地的上空飞翔。无论是这些世代繁衍的鸟儿慵懒的飞翔，无论是昼夜轮回中的早晨，还是这无边无际的草原，都看不出有任何的意义。

“多么宽阔的地方，上帝怜悯吧！去，找幸福去！这里，”他压低嗓门，脸色严肃，接着说下去，“这里好像就有两个窖藏。老爷们还不知道这批财宝，年老的庄稼汉和孤僻的大兵们也不确切知道这些东西。这地方的一个山包上（庄头用马鞭朝旁边指去）当年，一伙强盗劫了一队驮金子的马帮，这金子是由京城彼得堡运给彼得大帝的，那时候，他在沃罗涅什造舰队。强盗们打死驮夫，把金子埋了起来，事后却找不到了。另一个窖藏是我们的顿河哥萨克埋的。1812年，他们神出鬼没，从法国佬那里夺到了各种各样的细软和金银财宝。在回家的路上，听说官府要没收他们的全部金子和银子，好汉们就埋藏了这批东西，好留给后代，埋在什么地方了，没人知道。”

“这批财宝的事儿，我听说过。”老头面色忧郁，嘟囔了一句。

“对，”潘捷列又想他的心事，“是这么回事。”

都默不作声。庄头若有所思，看了看远方，笑笑，动了动马缰绳，还是带着那种忘了说什么，或者言而未尽的表情。马儿勉强举步。走了百十来步，潘捷列毅然抖动一下头，从思索中清醒过来，抽了马一鞭子，一溜烟跑去。

就剩下牧人。

“这潘捷列是马卡罗夫庄园的，”老人说，“一年挣一百五，在主人家吃饭。有学问的人……”

羊儿们醒来（大约有三千来只羊），它们百无聊赖，勉勉强强，啃那些半已踏平的矮草。太阳尚未升起，但所有的高岗和远处像云一样的萨乌尔尖顶丘陵已依稀可见。如果爬上丘陵，就会看到像天空一样平坦而无边无际的平原，看到地主的庄园，德国人和莫罗勘派教徒[①]的田庄和乡村。如果要是眼睛看得远的卡尔梅克人，他们甚至看得见城市和火车。只有在这个地方才能看清，这个世界上，除了沉寂的草原和古老的丘岗之外，还有另一种和地下埋藏的幸福，和绵羊的思索毫不相干的生活。

老头摸摸顶部带钩的“牧羊杖”，站起来。他默默无语，想着。年轻牧人的脸上还带着恐惧、好奇的天真神情。方才听到的一切，给他留下了很深的印象，就更急不可待想听新的故事。

“老爷爷，”他站起来，拿起自己的牧羊杖，问道，“你的兄弟和那大兵都干了什么了？”

老人没听清他的问题。他无精打采，看看年轻的牧人，没牙的嘴嘟囔着，答道：

“可我一直在想着伊万诺夫卡那儿的人让大兵看的那张字条。我没告诉潘捷列，愿上帝和他同在，字条上写的那地方，就是娘儿们也找得着。你知道是哪儿吗？在发财谷，你知道，那里的谷地像鹅掌一样，分出三条谷，就是中间那个谷。”

---

① 指18世纪俄国反对设教堂和神甫的莫罗勘教派。

“怎么，你去挖么？”

“我想碰碰运气……”

“爷爷，你要是挖出宝来，想干什么？”

“我？”老头笑笑，“哼！……只要找到了……我就让大伙尝尝我的厉害……哼！我知道干什么……”

老头答不出来，一旦找到宝贝，他要干什么。这个问题大概他这辈子是头一次在这个早上碰到。从他的肤浅而淡漠的脸相看，他觉得这个问题无关紧要，不值得煞费脑筋。山卡的头脑里还有一个百思不解的问题：为什么要寻宝的都是一些老头，那些每天都可能老死的老人，干吗还要这尘世的幸福？但山卡不会因大惑不解而提出问题，恐怕老头也未必有办法回答他。

巨大而殷红的太阳似乎环绕着一层薄雾。一条条宽阔的阳光带着冷意，落在凝露的草地上，那光亮欣欣然，伸展开去，平铺在地面上，好像是说，它们对这一切还不觉得腻烦。银色的艾蒿，带蓝花的猪葱，黄色的山芥菜，还有矢车菊，都开得热热闹闹，色彩斑斓，它们觉得这阳光就是它们的微笑。

老人和山卡分开，走到羊群两边。两个人像木桩一样一动不动，看着地面想事儿。一个是一刻不停想着幸福，另一个想着夜里所听说的故事，他感兴趣的倒不是幸福本身，他不需要，也无法理解，他觉得有趣的是人类幸福的虚幻和离奇。

有上百只羊被惊动，像听到哨音那样向羊群的一边扑去。山卡顷刻间也好像被羊的冗长而沉重的思绪所感染，同样带着不可言喻的野性恐惧，冲到那边去，但立刻就清醒过来，嚷道：

“去，疯啦！发疯了，该死的！”

太阳预示着要有一个漫长的、无可回避的暑热，开始炙烤大地，一切夜行昼伏，不甘寂寞的活物都沉入了半睡状态。老头和山卡拿着牧杖站在羊群的两边，一动不动站着，如同苦行僧在祈祷那样，潜心思索着。他们彼此都没有注意对方，他们都各自生活在自己的世界里。羊儿也在思索……

阴雨连绵

大雨点敲打着阴暗的窗子。这是别墅地区一种令人讨厌的雨天，这雨天一下开了头，通常拖很长时间，要好几个星期，住别墅的人虽说冻得手脚发麻，也就习以为常，淡然处之了。很冷，有一股让人心烦的浓重潮气。律师克瓦申的丈母娘和他的太太、娜杰日达·费莉波芙娜裹着雨衣，披着围巾，在餐厅里吃午饭。老太婆脸上挂着的表情是，感谢上帝，她吃得饱，穿得暖，身板结实，还让她惟一的爱女嫁了个好人，现在，心安理得，可以摆纸牌算卦玩了。她的女儿，小巧玲珑、身材丰腴、一头金发，二十来岁，有着温顺而显得贫血的脸蛋，两肘支在桌子上看一本书，从她的眼神判断，与其说是在看书，还不如说是想书上没写着的，她自家的心事。两个人都一言不发。听得到雨声，还有厨房那边传来厨娘的长长哈欠声。

克瓦申本人不在家。每逢下雨天，他不到别墅来，而是留在城里。别墅这边潮湿的天气大不利于他的支气管炎，难以工作。他坚持一种看法，说灰蒙蒙的天空和窗上如泪的雨滴，让人没劲，勾人愁绪。在城里舒舒服服，几乎留意不到阴雨连绵的天气。

老太婆摆了两回纸牌卦，推乱了纸牌，看了一眼女儿。

“我算过卦了，明天会不会是好天，我们的阿列克谢·斯捷潘内奇会不会来，”她说，“他已第五天不在了……老天爷这天气惩罚我们……”

娜杰日达·费莉波芙娜淡淡看了看母亲，站起来，从这一角走到那一角。

“昨天气压表升了，”她想着心事说，“可据说今天又降下去了。”

老太婆把牌摆成三溜，摇了摇头。

“想了？”她瞥一下女儿，说。

“当然啦！”

“我看就是。怎么会不想？他已经第五天没来了。通常五月里最多不过两三天，可现在，——是闹着玩的吗？——第五天！我不是他的老婆都怪想的。昨天有人对我说，气压表升了，我就吩咐下去，为他，为阿列克谢·斯捷潘内奇宰小鸡，收拾鲫鱼。他爱吃。你死去的父亲就看不得鱼，可他老是吃得很香。”

“我很心疼他，”女儿说，“我们寂寞，他呢，妈妈，就更寂寞。”

“可不是！白天办案子，夜里一个人在空空的宅子里，够闷的。”

“可怕的是，妈妈，他那里一个人，没有使唤人，没人给他烧茶炊，或者倒水什么的。干吗夏天不雇个仆人？既然他不喜欢，干吗还租这个别墅？我跟他说，不需要，他说不行。说‘是为了你的健康’。怎么为了我的健康？我心疼的是，他为了我才受这种煎熬。”

女儿越过母亲肩膀，看到牌摆错，就弯身向桌子，动手给摆对。谁也不说话。两个人看着牌，却在想象着，她们的阿列克谢·斯捷潘内奇现在孤单单，一个人在城里，又饿，又累，又想家，还要在阴暗空荡的书房里办公事……

“你猜怎么着，妈妈？”娜杰日达·费莉波芙娜突然说，她的眼睛亮了起来，“如果明天是好天，我明天坐早晨那趟车进城去看看他！起码我要看看他身体好不好，看看他，给他沏点茶喝。”

两个人都愕然，怎么这样不费吹灰之力就能想出来的简单主意，过去她们就从没想过。到城里坐火车总共不过一个半小时，然后再坐二十分钟马车。她们又说了些话，心里挺满意，就在一个房里睡下。

“唉——唉——唉……老天，原谅我们这些罪人吧！”厅里的钟敲了两点，老太婆叹口气，“睡不着！”

“你睡不着，妈妈？”女儿低声问，“我也一直在想阿廖沙。他在城里没弄坏身体吧！天知道他的早饭和午饭是在哪儿吃的，是在餐厅，还是在饭铺。”

“这一点我也想到了，”老太太叹息了一声，“天后圣母拯救我们，保佑我们吧。可是这雨，雨！”

清早，雨水不再敲打窗子，但天色还像昨天那样灰沉沉的。树木都显着感伤，每吹过一阵风，就有水珠掉下来。泥路印着的行人脚印里，水沟和车辙里都水汪汪的。娜杰日达·费莉波芙娜决心走一趟。

“问他好，”老太太把女儿裹得严严实实，说，“说给他听，别为那些案子太……要休息好。让他上街的时候，把脖子包上。这天……上帝救救我们吧！给他那儿捎只鸡去。家里做的，虽说凉点，总比饭铺里吃着放心。”

女儿说，坐晚上那趟车，或者明天清早回来，就动身去了。

但是，她在午饭前老早就回来，当时老太太坐在卧室的柜子上打盹，正反复惦念晚上给女婿烤点什么。

女儿脸色苍白，无精打采，走进她的房间，一句话都没说，没脱掉帽子就歪在床上，头倚着枕头。

“你怎么啦？”老太太感到惊讶，“为什么这么快就回来了？阿列克谢·斯捷潘内奇在哪儿？”

娜杰日达·费莉波芙娜抬起头，她的枯涩的目光里带着央求，看了看母亲。

“他把我们给骗了，妈妈！”她说。

“你怎么啦，基督和你同在！”老太婆大惊失色，睡帽从她的头上滑了下来，“谁会骗我们？怜悯我们吧，老天！”

“他骗了我们，妈妈！”女儿又说了一遍，她的下颏抖着。

“你是怎么啦？”老太太的脸吓白，叫道。

“我们的宅子锁着。打扫院子的人说，这五天里阿廖沙一次也没回家。他不在家住！不在家！不在家！”

她挥着手，嚎啕大哭，一个劲说：

“不在家！不在家！”

她发起狂来。

“这是怎么回事？”老太太嘟囔着，“他三天前还写信来，说没出过家门！他在哪过夜的？圣徒啊！”

娜杰日达·费莉波芙娜瘫软了，连帽子都无力摘下来。她就像给打了麻醉针似的，两只眼糊里糊涂地转着，下死劲攥着她母亲的手。

“这种人也值得你信：一个扫院子的！”老太太连说，一边在女儿身边忙乱着，哭着，“真是醋坛子！他不会骗我们……他怎么敢骗我们？难道我们是好欺负的？我们虽说是商人出身，可他没有权利，因为你是他的合法太太！我们可以去告他！我为了嫁你花了两万！你不是没有陪嫁的女儿！”

老太太大恸不已，挥挥手，也瘫软了身子，躺在箱子上。她们俩都没注意到，天上已出现一片片蓝色，云层渐稀，第一道阳光悄悄在花园里雨浇过的草地上滑过，快活的雀儿在映着行云的水洼边跳跃。

傍晚，克瓦申来了。出城前，他到过家里，从扫院子的那里打听到，他不在的时候，太太来过了。

“我来了！”他走进岳母房间，乐呵呵地说，装出没看到她们两个泪眼模糊的严厉脸相，“我来了！五天没见面了！”

他赶紧吻过妻子和岳母的手，看那样子，像好容易才忙完一件劳累的业务，心里痛快，一屁股坐在沙发上。

“嗬！”他把肺里所有的气全都呼出来，说，“真格的，累极了！坐都坐不住了！差不多五天五夜……白天黑夜，连滚带爬！家里一次也没回去过，你想想看！一直在忙什普诺夫和伊万奇科夫的债权人会议，凑合着在加尔捷耶夫那里工作，在他的账房里，店里……不吃，不喝，躺在长凳上睡觉，冷得要命……没一点闲空，连回家的时间都没有。就这么着，纳久莎，我就没着家……”

克瓦申两手放在腰的两侧，就像他真格的腰疼似的，他斜瞟了一眼妻子和岳母，想看看他这谎话效果如何，或者，照他的说法，他的外交手腕能否奏效。岳母和妻子彼此带着欣喜而惊诧对视，就好像一件珍宝出乎意料，出乎想象，失而复得似的……

“我亲爱的，”岳母蹦了起来，说，“我怎么老坐着？沏茶！快沏茶！也许想吃点什么？”

“当然，他想吃！”妻子从头上扯下“蘸了醋”的头巾，“妈妈，快拿酒跟酒菜！娜塔莉娅，收拾桌子！唉哟，我的天，什么都没准备！”

娘俩失惊打怪的，满心欢喜，忙乱着，在各个房间里跑进跑出。老太婆情不自禁，看着冤枉了好人的女儿，女儿也怪不好意思的……

很快摆好桌子。克瓦申浑身散发着马德拉葡萄酒和甜酒气味，饱得简直透不过气来，他抱怨老挨饿，狼吞虎咽的，一个劲说关于什普诺夫和伊万奇科夫的债权人会议这件事，妻子和岳母直瞪瞪看着他的脸，心想：

“他是多么聪明厚道啊！他多帅气！”

“好啦！”克瓦申饭后躺在软乎乎的鸭毛褥子上，想道，“虽说她们是商人出身，虽说土气，还是有她们的别样好处，一个星期里头在这儿有滋有味地过上一两天……”

他盖好被子，暖暖和和的，带着睡意说：

“好啦！”

剧本

“巴维尔·瓦西里伊奇[1]，外边有一位夫人来访，要见您，”卢卡禀报，“等了整整一个小时了……”

巴维尔·瓦西里耶维奇刚吃过早饭。听说是位夫人来，就皱皱眉头说：

“真见鬼！就说我没空。”

“巴维尔·瓦西里耶维奇，她都来了五次了。说非要见您不可……差点没哭出来。”

“嗯……好吧，请她到书房。”

巴维尔·瓦西里耶维奇慢条斯理，穿上衣服，一手拿着笔，一手拿着本书，一副忙得不可开交的样子，走进书房。在那儿等他的是一位女客。这位太太身材高大、肥胖，有一张红扑扑的肉脸，戴着眼镜，外表颇为尊贵，穿着相当考究（裙子里有四道腰衬，高高的帽子上缀着一个红褐色的鸟羽）。一见到主人，她就翻了一下脑门下的眼珠，双手做着祈祷的姿势。

“您当然不记得我，”她操着男高音嗓门开腔说道，显然很激动，“我……我有幸在赫鲁茨基家里见过您……我是穆拉什金娜……”

“啊，啊……噢……请坐！我怎么为您效劳？”

“您看……我……我……”这位太太坐下接着往下说，显得更加激动，“您不记得了……我是穆拉什金娜……您看，我十分崇拜您的才华，我一向认为读您文章就是一种享受……您别以为，我这是奉承，上帝救救我吧，我这说的不过是应有的评价……经常，我经常看您的书！在某种程度上说，我对写作还不算生疏，就是说，当然……我还没资格把自己称为作家，但是……我毕竟还是蜂房里的一滴蜜……我先后发表过几篇童话故事，——您当然没看过……我翻译过很多东西，而且……而且我的去世的哥哥在《行动月刊》[②]工作过。”

“噢……嗯……我能为您做点什么？”

“您看……（穆拉什金娜眼睛向下看，脸上泛起红晕）我了解您的才华……我想知道您的观点，巴维尔·瓦西里耶维奇，您的看法，或者，确切点说……想向您讨教。我，应该对您说，请原谅我这样说，我勉为其难，写了个剧本，在交给检查官之前，我想知道您的意见。”

穆拉什金娜带着坠网的鸟儿才有的那种表情，急急在衣服里一阵乱摸，掏出一个厚厚的笔记本来。

巴维尔·瓦西里耶维奇只喜欢看自己的文章，要让他看，或者听别人的文章，他总是有一种大炮口直对着他的脸的感觉。一看到这笔记本，他吓一跳，赶紧说：

“好，放下吧……我会拜读的。”

“巴维尔·瓦西里耶维奇！”穆拉什金娜站起来，双手做出祈求的姿势，有气无力地说，“我知道，您忙……您珍惜每一分钟，我知道，您现在打心眼里要把我轰走，但是……行行好……请允许我马上给您读读我的剧本……就发发善心吧！”

“我很高兴，”巴维尔·瓦西里耶维奇欲言又止，“但是，太太，我……我忙……我……我马上要出门。”

“巴维尔·瓦西里耶维奇！”这位太太哀叫一声，她的眼睛里噙着泪水，“我求您做点牺牲！我厚颜无耻，我强人所难，但请您宽容！明天，我要去喀山，我今天就想知道您的意见。您给我半个小

---

① 瓦西里耶维奇的简称。

② 俄国 1866—1888 年间学术性文艺刊物。

时的面子……只半个小时！求求您啦！”

巴维尔·瓦西里耶维奇心肠软，不会回绝别人。他觉得这太太就要哭出来，乃至下跪，他很难为情，就胡乱嘟囔着：

“好，那就请吧……我洗耳恭听……我拿出半个小时。”

穆拉什金娜高兴得叫起来，脱了帽子，坐下，开始念稿。一开头，她念的是，一个男仆和一个女佣打扫豪华的客厅，两个人有好长一段台词，说小姐安娜·谢尔盖耶芙娜在村子里办了一所学校和一个医院。男仆退场，女佣有个独白，说学问就是光明，愚昧就是黑暗。后来，穆拉什金娜让男仆回到客厅，也让他说了好长一段独白，说男主人是位将军，他不能忍受女儿的信念，硬要把女儿嫁给一个颇有家财的小副官，他还认为拯救人民是十足的无知。后来，仆人退场，小姐本人露面，对着观众说明，她一夜没睡，在想念一个穷教师的儿子瓦连京·伊万诺维奇，他义无反顾照料病中的老父。瓦连京学识渊博，但不相信友谊，不相信爱情，生活茫无目的，一心要死，因此小姐要挽救他。

巴维尔·瓦西里耶维奇听着，百无聊赖想他的沙发。他恶狠狠，上下打量穆拉什金娜，觉得她的男高音嗓门，敲打他的耳膜，什么都没听明白，心想：

“让你见鬼去吧……我有工夫听你这胡扯！……你写剧本，我干吗陪着受罪？上帝，这笔记本有多厚！真是折磨人！”

巴维尔·瓦西里耶维奇看看两窗间那块墙，那儿挂着他妻子的照片，想起来，妻子吩咐过他，买五阿尔申长的花边，一磅干酪和牙粉，带回别墅去。

“我没把花边的样子给丢了吧，”他想，“我塞到哪儿去了，好像在蓝上衣里……下贱的苍蝇到底还是把夫人的照片弄上了斑点。要吩咐奥尔加擦干净玻璃……念到第十二场，就是说第一幕快完了。这大热的天，像这个胖女人这样的臃肿劲儿，还有灵感？写什么剧本，不如钻到地窖去喝冷杂拌汤，睡大觉去……”

“您不认为这段独白长了点？”穆拉什金娜忽而抬起眼睛，

问道。

巴维尔·瓦西里耶维奇没听这段独白。他慌了手脚，就像这段独白不是这太太写的，而是他自己写的似的，拖着有点自愧的腔调，说：

“不，不，丝毫不……很迷人……”

穆拉什金娜美得心花怒放，接着往下念：

安娜　您让分析害苦了。您过早地不知用心灵生活，太相信理智。

瓦连京　什么是心灵？这是解剖学的概念。这是界定情感的公认术语，我不承认。

安娜（难为情的样子）　可是爱情呢？难道这也是观念联想的产物？您坦白地说：您什么时候爱过吗？

瓦连京（痛苦地）　我们别去触动过去尚未愈合的伤口。（停顿）您在想什么？

安娜　我觉得您是不幸的。

念到第十六场的时候，巴维尔·瓦西里耶维奇打了个哈欠，没留神嘴唇发出一种狗抓苍蝇的时候才有的响声。他为这不得体的声音，吓了一跳，为了掩饰过去，他让他的脸做出虚心倾听的表情。

“第十七场……什么时候才是头呢？”他想，“噢，我的上帝！如果这种折磨再持续十分钟，我就要喊人了……真让人受不了！”

但是，终于这位太太念稿子的速度加快，声音也更大了，她抬高嗓门，念道：“幕落。”

巴维尔·瓦西里耶维奇松了口气，打算立起身来，可是，穆拉什金娜立刻又翻了一页，接着往下念：

第二幕。场景是村中街道。右边是学校，左边是医院。医院的台阶上，坐着村夫和村妇。

“请原谅……”巴维尔·瓦西里耶维奇打断她，“一共几幕？”

“五幕，”穆拉什金娜答道，像是怕听者溜掉似的，立刻赶紧接着往下念：

瓦连京从学校窗子里向外看。显然，在舞台深处，村夫们提着家私用具，进了酒馆。

巴维尔简直就像被判了死刑，而认定绝无可能得到宽赦似的，已经不再等她念完，不再抱任何希望，只是尽量别让他的眼睛合上，别让他的脸失去注意听的表情……至于将来这位太太什么时候念完，什么时候走，他已经觉得那样渺茫，就不再想这事了。

“嘟——嘟——嘟……”他的耳朵里响着穆拉什金娜的声音。“嘟——嘟——嘟……嗡嗡嗡……”

“我忘了吃苏打了，”他想，“我到底忘了什么事儿了？对，苏打……我非常有可能得了胃黏膜炎……怪了：斯米尔诺夫斯基整天灌伏特加，他怎么到现在也没得胃黏膜炎……窗户上落下个鸟……家雀……”

巴维尔·瓦西里耶维奇使劲儿让他的绷紧发黏的眼皮睁开，闭着嘴打了个哈欠。看看穆拉什金娜。她变得模糊了，在他眼里摇晃，成了长着三个头的人，一个头顶到天花板上……

瓦连京　不，让我走吧……

安娜（吃惊）　为什么？

瓦连京（旁白）　她脸色发白！（对她）别强迫我解释原因。我宁愿去死，但您不会了解这原因的。

穆拉什金娜开始膨胀，胀成了一个庞然大物，和书房里发暗的空气混成一片，只看到她的嘴在动。后来，她又变小，小得像只瓶子，摇晃着和桌子一块退到屋里面去……

瓦连京（把安娜抱在怀里） 你拯救了我，指出了我的生活目标！你像春雨一样让我获得新生，让苏醒的大地换了新颜！但是，晚了，晚了！不治之症已经在折磨着我的胸膛……

巴维尔·瓦西里耶维奇抖了一下，他的黯淡无神的眼睛盯着穆拉什金娜。他看了一分钟，好像什么都没听懂……

第十一场。场景同前。男爵，县警察局长和见证人……

瓦连京 把我带走吧！

安娜 我是他的人！把我也带走！对，把我也带走！我爱他，我爱他胜过我的生命！

男爵 安娜·谢尔盖耶芙娜，您忘了您这样做要葬送您的父亲……

穆拉什金娜又变大了……巴维尔·瓦西里耶维奇发狂一般看着四周，微微欠起身，以一种发自胸腔的非人声音，叫了一声，一把从桌子上抓起沉甸甸的镇纸，疯狂朝着穆拉什金娜的脑袋打去……

“把我捆上，我杀死了她！”过了一分钟，他对跑进来的仆人说。

陪审员宣判他无罪开释。

这种人常见

临开车前一个小时，有别墅住的一家之主手里托着一个圆形的玻璃灯罩、一辆玩具自行车、一个小孩棺材，来找他的朋友。他疲乏至极，一屁股坐在沙发上。

“亲爱的，我的朋友……”他上气不接下气，茫然若失地转动眼珠，说，“我恳求你。我以基督的名义求你……借支枪使，我明天用，劳驾了。”

“你要枪有什么用？”

“需要……噢，我的上帝！给我点水！……夜里我要经过一片黑压压的森林。这样我……以防万一……你借吧，行行好！……”

朋友看着这位一家之主的苍白、困乏的脸，他的汗津津的额头和发狂的眼睛，耸耸肩膀。

“嘿，你胡说，伊万·伊万内奇！”他说，“那个地方哪来的鬼森林？大概，你要干什么！但从你的脸色，我看得出来，你要干坏事！你怎么啦？你这棺材是怎么回事？听着，你心情不好！”

“给点水……噢，我的上帝！……等等，让我喘口气……我像狗一样累坏了。浑身上下和我的脑袋里的血管，好像都给抽干了，然后再放在烤肉锅上煎似的……我再也不能忍受了……劳您驾了，什么也别问，别细问……给我支枪！我求您了！”

“够了！伊万·伊万内奇，干吗想不开？一家之主，堂堂五等文官！不害羞！”

“你住在城里，没有尝过住这该死别墅的滋味。拿别人打趣……说得轻巧……如果你在我的位置，就不会唱高调了……我是受苦受难之徒！我是畜生，是奴隶，是还存着奢望，自作自受的下流坯！我是窝囊废、蠢货、白痴！我为什么活着？为了什么？”

这一家之主跳将起来，失魂落魄，搓着手，来回在书房里踱步。

“你跟我说说，我是为什么活着？”他跳到朋友跟前，一把抓住他的纽扣，嚷着，“这没完没了的精神的和肉体的折磨是怎么回事！我知道我是思想上的受难之徒，是！但是，鬼才知道为什么，要做一个为夫人们的裙子和小孩们的棺材奔波的受苦受难者，不，做服服帖帖的听差的！不，不，不！我够了！够了！”

“你别嚷，留神邻居听见！”

“让邻居们听去吧，对我反正就是这么一回事！你不借我枪，那就借我别的家伙，我没法活了！我决心干了！”

“等等，你把我的纽扣给揪掉了……冷静点说。我还是不懂你的生活有哪些不顺心的事？”

“哪些事？你问：是哪些事儿？好吧，我告诉你！好吧！我要向你和盘托出，也许，我的心里这样会轻松点！我们坐下……我说简短点，我还要赶紧去火车站，还要去找秋特留莫夫，给玛利亚·奥西波芙娜拿两个鲱鱼罐头，外加一磅水果软糖，好让她到那个世界，给魔鬼揪去她的舌头！听着……至少就拿今天做个例子。就这样，你是知道的，从十点到下午两点钟，就得在办公室里硬撑着。又热，又闷，又是苍蝇，还有，老兄，乱七八糟，一塌糊涂。秘书请假。赫拉波夫去结婚。办公室的小职员们泡别墅，闹恋爱，参加业余戏剧演出。一个个都没睡醒的样子，精疲力竭，喝得醉醺醺的，你拿他们没办法，劝说、吼叫，都无济于事……代行秘书职务的是一个左耳聋子，正在热恋之中，连收文和发文都几乎分不清的主儿。这个笨家伙一窍不通，一切的事，我都要亲自替他做。秘书和赫拉波夫不在，谁也不知道东西放在什么地方，文件往哪里发。来办事的人傻头傻脑的，到处瞎跑，忙手忙脚，大发脾气，出言不逊，哪成个体统，你简直就要喊救命了！毫无头绪，乱乱哄哄……

这工作让人烦得要命：周而复始，老一套，查阅，发文；查阅，发文，单调得像海上的水波。您懂吗，只能干瞪眼。我还有倒霉的事儿，上司跟他的尊夫人闹离婚，又喊坐骨神经痛，唠唠叨叨，愁容满面，谁都不得安生。真受不了！”

一家之主跳起来，马上又坐下。

“都是这些鸡毛蒜皮的事。你听着，往后还有哩！”他说，“从班上出来，摇摇晃晃，散了架似的。该去吃顿午饭，躺下睡会儿了吧，那可不行，记住，你是别墅的住客，就是说，你是奴隶，是不值钱的废物，是软棉花团。好吧，像个龟孙子，马上就去跑遍全城完成交办的差事。在我们别墅有一条可爱的风俗：如果别墅里的人要进城，那么，就别说他的夫人了，任何一个废物和无赖都有权力硬塞给你一堆要办的事。夫人让我顺便到裁缝那里去一趟，让我骂那家伙一顿，说她胸衣做肥了，肩做窄了；索涅奇加要换鞋；小姨子要照着样子买二十戈比的红丝线和三尺丝带……我马上给你念念。”

一家之主从马甲的兜里抻出一张揉成一团的条子，怒气冲冲念着：

“‘一个玻璃灯罩；一磅火腿肠；五戈比的丁香调料和肉桂；给马沙买蓖麻油；十磅砂糖；从家里取回铜盆和研碎糖的研钵；石炭酸；二十戈比的波斯粉；二十瓶啤酒和一瓶醋精；到格沃兹杰夫那里取尚索小姐的82号胸衣；回家拿米沙的秋大衣和套鞋。’这是夫人和家里人的命令。现在是亲爱的邻居和熟人派的差事，让鬼把他们都吃了吧！符拉辛家明天是瓦洛佳的命名日，要给弄一辆自行车；库尔金家的婴儿死了，应该去买个棺材；玛利亚·米哈伊洛芙娜常做果酱，因此，我每天给她拖半普特砂糖去；中校夫人维赫莉娜怀孕了，这跟我毫不相干，可是，干吗我一定要去找接生婆，吩咐她到时候必到……还有托办的买信封，买香肠，发电报，买牙粉之类的差事，没说的。我的衣兜里有五张条！不干这种差事可不行：不懂礼貌，不通人情！见鬼去吧！硬要人家扛一普特糖，代请助产婆，这就是礼貌吗，你要不干，就不得了，这才是货真价实的不礼貌！我要是回绝库尔金家人，夫人就要头一个出来反对：公爵夫人玛利亚·阿列克谢芙娜要说话的？！[①]……唉！然后就一连串的昏厥，真见了鬼了！就这样，老兄，在上班和坐车的间隙，跑遍全城，像狗一样，伸出舌头，跑，跑。你诅咒这生活。从商店到药房，从药房到裁缝铺，从裁缝铺到香肠店，再从那里到药店。在这儿跌了个跤，在那儿丢了钱，在又一个地方，忘了付款，结果，人家追上来，大出其丑，再到一个地方踩了一位太太的长裙角……甭提了！这样的奔命，把你弄得气急败坏，精疲力竭，然后，一整夜骨头酸痛，浑身抽筋。瞧，事都办了，该买的都买了，现在该如何遵命把这些玩意包起来？比方说，你怎么把沉重的铜研钵，磨石跟灯罩放在一块儿，或者怎么把石炭酸跟茶叶放到一块儿？那就要动点脑子了。你怎么把啤酒瓶跟这辆自行车捆到一块儿？老弟，这可是件卖苦力的活儿，是个开动脑筋的活儿，是个猜不破的谜！无论你怎么包，无论你怎么捆，末了，大概总要有点什么东西打碎，散开。到了车站和列车上就要站着，伸着胳膊，劈着腿，用下巴顶着里边装着小包、纸盒，还有别的废物的大包。列车一开动，乘客就从各个方向朝着你这行李这里挤：说你的东西占了别人的位置了。列车员就大呼小叫，声言要赶我下车，可我是干什么吃的？反正我不会把我的东西扔到窗外去！说是把东西交寄行李！说着容易，这么一来，就需要箱子，再把这些破烂装进去，可我每天到哪去弄箱子去，我怎么把灯罩和研钵拢到一块儿去？就这么着，一路上，只要你没到站，列车里头就吼声不断，气得你牙痒痒。且慢，今天那些乘客还为了这个小棺材把我一顿臭骂！唉！老兄，倒点水。现在，你接着再往下听。差事是吩咐办了，可买东西花的钱呢——赖账！我垫了许多钱，收回来的只有一半。我打发女仆给库尔金家送

① 这句话引自俄国剧作家格利鲍耶陀夫的名剧《智慧的痛苦》中的一句台词。

去小棺材，人家现在烦恼，提钱的事不合时宜。结果，这钱没还。讨债，尤其是向太太们讨债，那你杀了我也不干。卢布还勉勉强强给你，几个戈比的零头就别想要了。于是，我回到自己的别墅。辛辛苦苦劳动一番，该好好喝喝，好好啃一顿，再睡上一觉，对吧？但是，满不是那么一回事。我的夫人早就翘盼多时了。你刚刚喝完了汤，她就一下把你这上帝的奴仆抓到手：您是不是去看看业余戏剧演出，或者，去跳舞。你不能抗旨不遵。你是丈夫，'丈夫'这个词儿翻译成夫人的语言，就是废物、白痴和不会说话的畜生，可以随便骑，随便让他拉货，不用担心动物保护协会来干涉。你去了，瞪着眼看《上流家庭的丑闻》，或者《莫嘉》[①]，你要照夫人的吩咐鼓掌，就觉得，你简直就要一口气上不来，一命呜呼了。在舞会上，你要看跳舞，给夫人找舞伴。如果男士不够，那劳您驾，还要亲自跳上一圈卡德里尔舞。你跟独眼的伊万诺芙娜跳上一圈，傻里傻气地微笑，可你心里却在嘀咕：'什么时候是头啊，老天爷？'深更半夜，从剧场，或者从舞会回家，你已经不成个人样了，半死不活的。但是，你终究达到了目的：脱了衣服，往床上一躺。闭上眼睛睡觉……好极了……一切都很妥帖：暖暖和和的，隔壁孩子们也不吵了，夫人不在身边，心安理得，再好不过了。刚要睡，你突然……突然听到：嗡嗡嗡……蚊子！蚊子，这些骂三遍都不解气的该死蚊子！"

一家之主跳起来，挥着拳头。

"蚊子！这是酷刑，是宗教裁判所的煎熬。嗡嗡……那样如泣如怨，像是祈求宽恕似的，但是，这个下流坯要是咬你一口，事后要搔一个小时的痒痒。你抽烟、扑打、把头蒙上，一切都无济于事！最后，不管了，由它们折磨去：咬吧，可恶的东西！你还没来得及应付完这些蚊子，客厅里夫人又跟那些男高音学唱抒情歌曲了。他们白天睡觉，夜里排练业余音乐会节目，噢，我的上帝！男

① 两部俄国轻松喜剧名称。

高音，这是和蚊子不可比拟的磨难。”

一家之主哭丧着脸唱道：

“‘不要说埋葬了青春……我又失魂落魄，站在你的面前’。噢，下流！我受够了！为把声音压低些，我就想了个辙：用手指敲耳边的太阳穴。就这么着敲到四点来钟，直到他们散伙……他们刚一离开，新的刑罚又来了：太太要让我尽为夫之道了。她那里一对月伤情，跟她的男高音们如醉如痴，我就发怵。你信不信，每当夜里她到我身边，我就吓得不得了，浑身发热，惊慌失措……就这样，还没睡足，六点钟起床，一溜跑，去火车站赶火车。跑着，怕误了车，又是泥，又是雾，冷飕飕的，直抽凉气！到了城里，还是周而复始，老一套。就这么回事，老弟……我正言相告，生活糟糕透了，就是你的仇敌，你也不希望他那样！你看，我得病了！气喘，胃疼，总是害怕胃消化不好……一句话，这不是生活，就是一个愁字！没人怜悯，没人同情，好像就该这样似的。甚至人家笑话你。一个有别墅的丈夫，一个有别墅的一家之主，就是说，他就该这样，哪怕累死。但是，你想想，我是个活物，我要生活！这不是轻喜剧，而是悲剧！听着，要是不借给我枪，至少也有点同情吧！”

“我同情。”

“我看您是同情的……再见……我要去买鲱鱼，再去车站。”

“您的别墅在什么地方？”朋友问。

“在死河沟……”

“对，我知道这地方……听着，您是否知道那里有个住别墅的女人奥尔加·帕夫洛芙娜·芬贝尔格？”

“知道……甚至很熟……”

“瞧你！”朋友惊讶了，他的脸呈现出快活而惊奇的表情，“可我过去不知道！要是这样，好朋友，亲爱的，你能不能满足我的一个小小的请求？劳驾了，亲爱的，伊万·伊万内奇！说老实话，你办得到！”

“什么事？”

“不是公事，是朋友间的私事。我求你了，亲爱的。首先，你向奥尔加·帕夫洛芙娜致意，其次，给捎点小东西。她托我买了个手摇缝纫机，没人给她弄去。给捎去吧，亲爱的！”

这位住别墅的一家之主呆呆看了朋友一分钟，好像什么都没听懂，后来，满脸通红，跺着脚叫了起来：

“随您便吧，把我这人吃了吧！把我弄死吧！宰了我吧！把机器拿给我！把我当马骑吧！水！来点水！我干吗要活着！为的是什么？”

急 救

“乡亲们，让开路，村长和文书来了！”

“格拉西姆·阿尔帕特奇，过节好！”一群人冲着村长嗡嗡着，“上帝保佑，就这么着，格拉西姆·阿尔帕特奇，不是您，不是我们，而是上帝的意愿。”

喝得醉醺醺的村长想说点什么，但说不出来。他迷迷糊糊动动手指，睁大眼睛，又红又肥的嘴巴使劲鼓得圆圆的，像是吹一个大喇叭，要吹出最高音似的。那文书五短身材，红鼻子，戴一顶赛马骑手的帽子，脸上带着煞有介事的表情，走进人群。

“什么时候溺水的？”他问，“那溺水的人在哪儿？”

“就是这个人！”

刚才让庄稼汉们从水里拖出来的人，是个精瘦的高个子老头，他穿着一件蓝色的衫子和树皮草鞋，由头到脚，浑身湿透，两只手撑着，两条腿叉开，坐在河岸边的水洼里，嘴里嘟囔着：

“侍奉上帝的圣徒们……信正教的乡亲们……我是梁赞省札拉伊县的……跟两个儿子分了家，自己在普罗霍尔·谢尔盖耶夫那里……干泥瓦活。眼下，就是这么回事，他给我七个卢布，说，‘你啊’，他说，‘费佳啊’，他说，‘你就把我看成是你的爹。’唉，让狼吃了他吧！”

“你这是从啥地方来？”文书问。

“他说，‘就把我看成你爹……’唉，让狼把他吃了！就给七个卢布？”

“就这么嘟囔着，他自己也不知道说的是啥话，”村里的警察阿尼西姆下半身全是湿漉漉的，他嚷着，声音都变了，显然，让眼前的事惊呆了，“让我跟您说，叶戈尔·马卡雷奇！乡亲们，等等，别吵！我想把这事一五一十都说给叶戈尔·马卡雷奇……是这么着，他从库尔涅夫来……对，等等，乡亲们别乱吵吵！这么着，他从库尔涅夫来，是魔鬼让他蹚河。这么着，他喝醉了，糊里糊涂，晕头转向，下了水。一下摔倒，就像个木片打转。他就拼命喊叫，这时候我就跟利亚克山德拉……怎么回事？怎么有人在喊？一看，他沉了底了……怎么办？我就喊，‘利亚克山德拉，把你那手风琴扔给魔鬼，救救这个庄稼汉！’我们一下就跳进水里。他就在那儿打转，摇晃，打转，摇晃，救救他吧，天后圣母！我们游到水打漩的地方……他抓住他的衣衫，我揪住他的头发。别的人就在岸上跑着，喊着……每个人都想拯救他的灵魂……累坏了，叶戈尔·马卡雷奇！要是我们没及时赶到，大过节的，这人就完全淹死了……”

“你叫什么？”文书问那溺水人，“什么出身？”

那人毫无意识地转动眼珠，不说话。

“糊涂了！”阿尼西姆说，“怎么会不糊涂？大概，满肚子都是水。可爱的人，你叫什么？不说话！他身上哪还有点活人气？就是个外壳，灵魂大概有一半出了窍了……大过节的多让人烦！现在，你看怎么办？说不定会死掉……看，脸都发青了！”

“听着，你！”文书拍打溺水者的肩膀，嚷着，“你！说话啊，你说！你是啥出身？一言不发，就像你的脑子也灌满了水似的。你！”

“就这七个卢布吗？”溺水人嘟囔着，“我说，你见鬼去吧……我们不要……”

“你不要什么？说清楚点！”

溺水人沉默不语，浑身冻得发抖，牙齿打战。

“只不过叫他是活人罢了，”阿尼西姆说，“看看，哪像个人样。要不给他灌几滴……”

“几滴……”文书故意模仿他的语调，“几滴有啥用？人都快溺死了，他还几滴！要赶紧救！都张着嘴看干啥？一帮麻木无知的人！快去乡里拿张草席来，把他往上抛抛！”

有几个人跑开，去乡里拿草席。文书来了精神头儿。他挽起袖子，两只手揉着腰，伸伸腿脚，说明他精力充沛，办事果断。

“别挤，别挤，”他低声说，“没事的人走开！已经有人去找县警察去了吗？那您就走吧，格拉西姆·阿尔帕特奇，”他转身面向村长，“您喝多了，您这有趣的模样，最好还到家里歇着的好。”

村长含意不明地摇摇手指，想说点什么，脸涨得就像马上就要涨裂，破成碎块，四溅而去似的。

“嘿，把他放倒，”当人们取来草席的时候，他叫着，“揪着他的手脚。就这么着。现在放倒。”

“我说，你见鬼去吧，”溺水人低声唠叨着，他不反抗，大伙抬他，把他放到席上，他好像毫不在意，“我不愿意。”

“没什么，没什么，朋友，”文书对他说，“别害怕。我们轻轻把你抛起来，上帝保佑，你才会恢复知觉。县警察局的人马上就到，会根据现行法律写呈子送上去的。抛吧！上帝慈悲！”

包括乡村警察在内的八个精壮的庄稼汉，抓住草席的四角。起初，他们好像不相信自己的力量，抛的时候显得犹豫，后来，渐渐劲头来了，他们的脸上带着十分专注的野性表情。他们狂热而激昂，抛着。他们挺直身子，踮起脚尖，微微跳起，好像要和这溺水人一起飞上天似的。

“一下！一下！一下！一下！”

小个子文书在他们身边来回跑着，使出全副力量探着身子，双手抓住草席，用一种变态的声音，喊着：

“利落点！利落点！大家动作一致！一下！一下！阿尼西姆，别松手，我诚心诚意求你啦！一下！”

在席子上抛时的短暂停息期间，看得见那蓬头散发的头，那张苍白的脸，那脸上呈现的麻木、恐惧和疼痛的表情，但随即消失，因为草席又迅速朝右上方抛去，接着快速落下来，又带着撕裂的声响向左上方抛起。看热闹的人发出赞许的叫声：

“好样的！为了拯救你们的灵魂出把子力呀！谢谢啦！”

“你真行，叶戈尔·马卡雷奇！为了你的灵魂出把力，干得好！”

“乡亲们，我们不能见死不救啊！等他活过来，还了魂，弄桶酒感谢大伙的帮忙！”

“糟糕！看，乡亲们，这是什美列夫家的太太和管家来了。就是他们。管家戴着帽子。”

马车停在人群旁，车上坐着一位肥胖的中年太太，她带着夹鼻眼镜，拿着一把花花绿绿的阳伞。她背后，在车夫座上，和马车夫坐在一起的是管家。他是个年轻人，戴着草帽。太太的脸上现出惊慌之色。

“怎么啦？”她问，“这是干什么？”

“我们在抛溺水的人！过节好！喝了点酒，就出了这事。现在，全村的人都抬着圣像游行哪！过节好！”

“我的天！”太太吓坏了，“他们这是抛溺水的人！这是怎么回事？埃季延，”她转身面向管家，“为了上帝，去告诉他们别这么蛮干！他们会折腾死他的！抛人，这是迷信！要按摩和进行人工呼吸。去，我求您了！”

埃季延跳下车夫座，走向抛人的那堆人。他一脸怒色。

“你们干什么？”他气呼呼地喊道，“人是能乱抛的吗？”

“那拿他怎么办？”文书问道，“他溺了水啦！”

“怎么弄溺水的人？不能把淹得半死的人往上抛，要按摩。日历上就这么写的。你们别这么干，放下！”

文书酸溜溜的，耸耸肩，走到一边去。抛人的这帮人把席子放到地上，他们莫名其妙，看看太太，又看看埃季延。溺水人双目紧闭，仰面躺着，呼吸艰难。

“一帮灌醉了酒的家伙！”埃季延火了。

“好人！”阿尼西姆上气不接下气，手放在心窝上，说，“斯捷潘·伊万内奇！干吗说这话？我们是一群猪，不懂事理吗？”

“别再抛了！要按摩！把他挪下来，按摩！快给他脱了衣服！”

“伙计们，按摩！”

他们把溺水人的衣服脱下，在埃季延的指点下，开始按摩。太太不愿看这个扒得精光的汉子，让车靠远点。

“埃季延！”她带着哭腔叫道，“埃季延！到这边来！您知道怎么做人工呼吸吗？要由一侧翻到另一侧，按他的胸脯和肚子。”

“要翻过来，再翻过去！”埃季延离开太太，到人群那边去，“按他的肚子，只是要轻点。”

文书在一阵神气十足、轰轰烈烈忙乱之后，有点不大自在，现在凑到溺水人跟前，也来按摩。

“好好干啊，乡亲们，我诚心诚意求你们了！”他喊着，“我诚心诚意求你们了！”

“埃季延！”太太带着哭腔叫着，“到这边来！让他闻闻烧煳的羽毛，刺激他的鼻子发痒……让他们弄他发痒！快着，为了上帝！”

五分钟，十分钟过去……太太看着人群里边忙乱着。听得见那些卖力气的庄稼汉们气喘吁吁，还有埃季延和文书吆五喝六的声音。有一股羽毛烧煳了的味和酒精味。又过去十分钟。工作仍在进行。但是，末了，人群让开，满脸通红，冒着汗的埃季延走了出来。跟在他后面的是阿尼西姆。

“一开头就应该按摩，”埃季延说，“现在没救了。”

“那有什么办法，斯捷潘·伊万内奇！”阿尼西姆喘着气，“动手晚了！”

“怎么样？”太太问，“还活着？”

“不，完了，愿他去天国，”阿尼西姆画着十字，叹息着，“刚从水里拉出来的时候，他身上还有点活气，眼睛睁着，可眼下，都凉了。”

“多可惜！”

“就是说，命该如此，不让他死在地上，偏让他死在水里。您赏个茶钱吧！”

埃季延跳上车座，马车夫回头看了一眼离开尸体的人群，扬鞭抽马。马车远去。

于心有愧的事儿

“赶车的，你这心沾了煤焦油了。你老兄从来就没风流过，所以你没法理解我的心情。我心中的火焰，这雨是扑不灭的，就如同消防队扑不灭阳光一样。见了鬼了，我怎么用诗的语言跟你说话！赶车的，你该不是诗人吧？”

“不。”

“你看见没有……”

日尔科夫好容易摸到了他衣兜里的钱夹，要付钱。

“老兄，我们说好了是一个卢布二十五戈比。接车钱。这是给你的一个卢布零三十戈比。多给五个戈比。再见，记住我的好处。不过，先把这篮子拿下来，放到大门口。小心着点，篮子里有一件女人的舞裙，我爱这女人爱得要命。”

车夫叹口气，不大情愿，从车把式座上滑下来。他在黑暗中站稳，一步一步踩着泥泞，拖着篮子蹭到大门口，放到台阶上。

“这天气！”他满腹牢骚，叨咕着，又叹口气，鼻子里发出一种似哭非哭的声音，无可奈何，爬上赶车座。

他的嘴吧唧一下，那瘦马有点犹豫，在泥泞中举步走去。

“好像我该办的都办妥了，”日尔科夫思量着，他的手摸到门框，再摸门铃，“娜佳让我到女裁缝那去取衣服，办了；让我去买糖果和奶酪，办了；买鲜花，办了；‘向你致意，这神圣的寻欢之所……’[①]”他唱起来，“可是，见鬼，铃在哪儿？”

日尔科夫心情舒畅，如同一个人刚吃完晚餐，好好喝了几口，而且，心里清清楚楚，他明天不必早起的那种舒畅心情。更何况，在泥泞和苦雨中，从城里走了一个半小时的路之后，迎接他的是温暖和年轻的女人……只要一想马上就暖和过来，冻得打战，浑身淋湿也心甘情愿。

日尔科夫摸着黑抓到门铃按钮，拉了两下。听到门里有脚步声。

“是您吗，德米特里·戈里高利耶维奇！”一个女人低声问。

“我，可爱的杜尼娅莎！”日尔科夫答道，“快开门，我浑身都淋透了。”

“噢，我的上帝！”杜尼娅莎开开门，大吃一惊，低声说，“别大声说话，也别跺脚。老爷从巴黎回来了！今天傍晚回来的！”

一听到“老爷”这个词，日尔科夫就从门边倒退了一步。一瞬时，他感到有一种胆小的幼童才有的恐惧，就是最豪勇的莽汉突然碰上情妇的丈夫回家，也有这样的恐惧。

“倒霉！”他想，侧耳细听。杜尼娅莎轻手轻脚关上门，顺着走廊回去，“这是怎么回事？这就是说，要扫兴而归了？谢谢，真没想到！”

他突然觉得好笑而有趣。在他看来，他深更半夜，不顾瓢泼大雨，从城里来别墅会她，这本身就是滑稽可笑的冒险。现在，他撞上她的丈夫，这种冒险就更加可笑。

“有趣至极，感谢上帝！”他自言自语说，“我现在往哪儿躲？回去？”

雨下着。风很大，树声乱成一片，但在黑地里看不见雨，也看不见树。水沟里和排水管道里，水声汩汩作响，很像是在嘲笑他，在发狠挖苦他。日尔科夫所在的门廊，没有遮檐，实际他是在雨中浇着。

“好像有意让我碰上这种鬼天气似的，”他一边笑，一边想，

---

① 法国作曲家古诺（1818—1893）所作歌剧《浮士德》仿咏叹调中的一句。

“让所有的丈夫都倒霉去吧！”

他和娜杰日达·奥西波芙娜一个月前开始偷情，不过，他还不认识她的丈夫。只知道，她丈夫是法国人，姓布阿佐，干的是经纪人的营生。从日尔科夫看到的照片判断，是个不起眼的阔佬，四十岁上下，有一张长满胡髭、法国兵式的脸膛，看着这张脸不知为什么，总想摸摸他的唇髭和他的拿破仑式的大胡子，问他：“嘿，有什么新闻吗？中士先生？”

日尔科夫踩着泥水，深一脚浅一脚，往旁边走了几步，叫了一声：

“马车夫！马车夫！！！”

没有回应。

“无声无息，”日尔科夫抱怨了一句，摸索着又回到门口，“来时候的车夫打发走了，这个地方就是白天也找不到车。就这样吧！只能等到天亮了！见鬼，篮子要是淋透了，舞裙就要弄脏。值两百卢布……就这样吧！”

日尔科夫冥思苦想，看看带着篮子到哪儿去躲雨，他想起来，别墅区的舞场边上，有个乐池亭。

“要不到乐池那边去？”他自问，“就是这个主意！不过，我怎么拖走这个篮子？大得很哪！该死的……奶酪和鲜花就随它便吧。”

他提起篮子，但他马上就想到，恐怕还走不到亭子那边，这篮子就彻底湿透了。

“难题！”他笑笑，“老天，脖子都流进水了！扫兴……千万可不能让她的丈夫跑到大街上来，拿着棍子敲我。可是，怎么办呢？不能在这里一直站到明天清早，而且，这舞裙就完了……这么着……我再按一下铃，把东西交给杜尼娅莎，我再到亭子那边去。”

日尔科夫小心翼翼按了铃。过一分钟，听到门后有脚步声，从锁眼里透出一缕灯光。

“是谁敲门？”一个带有非俄罗斯人腔调的沙哑男声问道。

“上帝，一定是她丈夫，”日尔科夫心想，“要编个谎……”

“劳驾，这是兹留奇金的别墅吗？”

“见了鬼了，这里没什么兹留奇金，滚开，让您的兹留奇金见鬼去吧！”

日尔科夫不知为什么觉得不好意思，愧疚地咳嗽一声，离开门口。一脚踩进水洼，灌了满鞋的水，他气得吐口唾沫，但立即又笑了笑。他的这次奇遇越发变得滑稽。他心满意足，想着明天他怎么向他的朋友和娜佳本人描绘他的这次冒险，描绘她丈夫的嗓音和雨鞋踩泥的响声，是多么的逗人……朋友们一定会笑破肚皮的。

“就是有一件事糟糕，舞裙会淋湿的！”他想，“要是没这件舞裙我早就到乐亭里去睡大觉了。”

他在筐子上坐下，想用身子遮住雨，可是从他那淋湿的披风和帽子上流下来的水，却比天上落下的雨水还要多。

“唉，你真他妈的倒了霉了！”

日尔科夫在雨地里站了半个小时，想到自己的身体。

“要是这样，我说不定闹感冒发烧的，”他想，“妙极了！要不要再按铃？嗯？说真的，我就去按铃……要是她的丈夫来开门，就再随便撒个谎，把衣服交给他……我不能在这儿一直熬到天亮啊！对，去它的吧！按铃！”

他带着小学生一样的刁顽劲，朝着大门和夜暗伸了伸舌头，抓住铃钮。过了一分钟，没声。他再次按铃。

“谁呀？”带着洋腔调的发怒的嗓门问。

“布阿佐先生住在这儿吗？”日尔科夫毕恭毕敬，问道。

“您有什么屁事？”

“裁缝卡吉什太太派我来给布阿佐太太送裙子来了。请原谅这么晚了。是这么回事，布阿佐太太要求一定要尽快把舞裙送来……天气讨厌……好不容易才到……我不……”

日尔科夫没说完，因为他面前的门打开了，在门廊里摇曳的灯光中，布阿佐先生站到他的眼前，和照片上的尊容一模一样，一张大兵的脸，长长的胡子，不过，没有照片上那么衣冠楚楚的派头，现在，他只穿着一件衬衫。

“我本不该打扰您，”日尔科夫接着说，“可是，布阿佐太太让尽快送来。我是卡吉什太太的弟弟……而且……这天气讨厌。”

“耗（好），”布阿佐愁眉苦脸，挤挤眉，接过篮子，“斜斜（谢谢）您的姐姐。我太太今天等这裙子一直等到一点钟。有个太太答应给她送来的。”

“还请麻烦您转交这奶酪和鲜花，是尊夫人忘在卡吉什太太那里的。”

布阿佐接过奶酪和鲜花，闻闻这个，又闻闻那个，没关门，摆了个等待的姿势，站在那里。他看日尔科夫，日尔科夫看他。一分钟过去，谁也不吱声。日尔科夫想起他明天要向他们报告这回冒险趣事儿的朋友，他想再给这场滑稽戏添一点更逗人的笑料。但这笑料想来想去想不出来，可这法国佬一直站着等他走。

“可怕的天气，”日尔科夫低声说，“又黑，又脏，又湿。我浑身都淋透了。”

“是啊，先生，您全都淋湿了。”

“再加上，我的车夫也走了。还不知道往哪儿去避避雨。如果您允许我在这门廊里呆会儿，等雨过去，那您可就太好了。”

“啊？好，谢谢，先生。您脱掉雨靴，到这边来。这不算什么，可以。”

法国佬锁上门，领日尔科夫走进这间熟而又熟的小客厅。客厅里一切如常，只是桌子上有一瓶红葡萄酒，在客厅中间排成一溜的椅子上，铺着一条又窄又薄的褥子。

“冷啊，”布阿佐把灯放到桌子上说道，“我昨天刚从巴黎来。那里，到处都暖和，可这个地方，俄罗什（斯），冷，还有问（蚊）子……稳（蚊）子……蚊子。该死的，咬人。”

布阿佐倒了半杯葡萄酒，做出生气的脸相，一饮而尽。

“一整夜睡不着，”他坐在褥子上，说，“蚊子，还有一个畜生老按铃，找兹留奇金。”

随后法国人不言语了，低着头，大概是等雨过去。日尔科夫认为出于礼貌，要跟他搭讪几句。

“就是说，您在巴黎那段，正是非常热闹的时候，”他说，“您在的时候，布朗热①下台。”

接着话茬儿，日尔科夫说到格雷维②，第鲁列特和左拉，而且，他弄明白了，这些名人，是这个法国佬头一回听到。在巴黎，他统共不过知道几家商业公司和他的姑母卜列塞太太，别的人一概不知。等到布阿佐又一次做出发怒的脸相，又喝了一点酒，伸直身子躺在薄褥子上的时候，关于政治和文学的谈话，只得收场。

“对，这位夫君的权威大概不太大，”日尔科夫想道，“鬼才知道这叫什么褥子！”

法国人闭上眼，静静躺了一刻钟之后，突然翻身跃起，愣头愣脑，好像莫名其妙的样子，用他呆滞的眼神看定来客，过后，又做出发怒的脸相，喝了杯酒。

“可恶的隐（蚊）子。”他咕噜了一句，他的一条长满毛的腿蹭蹭另一条毛腿，走到旁边的房里去。

“有一位红头发的先生给你送衣服来了。”

他很快回来，再次喝那瓶酒。

“太太麻（马）上就出来，”他打着哈欠说，“我理解，你是要钱吗？”

“往下就更不好对付了，”日尔科夫心想，“瞧好吧！娜杰日达·奥西波芙娜马上就出来。当然，要装出不认识她的样子。”

听到裙子的响声，门微微打开。日尔科夫瞄见看熟了的那一头鬈发，还有带睡意的脸和带睡意的眼神。

“谁从卡吉什太太那儿来？”娜杰日达·奥西波芙娜问道，但立刻就认出是日尔科夫，惊叫一声，笑笑，走进客厅，“是你呀？”她

---

① 布朗热（1837—1891），1881—1889 年间法国沙文主义运动的领导人。
② 格雷维（1807—1891），1879—1889 年间任法国总统。

问，“这是开什么玩笑？你这么脏？”

日尔科夫的脸通红，眼神严肃，实在尴尬至极，斜瞥了布阿佐一眼。

“噢，我明白了！”太太猜着了，“你大概是怕扎克吧？我忘了事先告诉杜尼娅莎了……你们认识吗？这是我的丈夫，扎克，这位是斯捷潘·安德烈伊奇……舞裙拿来啦？噢，谢谢，朋友……走吧，反正我也不想睡了。你呢，扎克，睡吧……”她对丈夫说，“一路累了。”

扎克一惊，看看日尔科夫，耸耸肩，于是，满脸怒色，又奔那酒瓶去了。日尔科夫也耸耸肩，跟着娜杰日达·奥西波芙娜出去。

他看着混沌的天空，看着泥泞的道路，心想：

“肮脏！一个理智健全的人千万可别落到这种地步！”

他开始思考道德和堕落、纯洁和污秽。每当人们陷进尴尬的处境时，常有这种情况。他思念他的办公室，他办公桌上的公文。他想家。

他轻轻穿过扎克睡觉的客厅。

一路上，他沉默不语，尽量不去想扎克，不知为什么扎克钻进了他的脑子。他也没心思和车夫拉话了。他的内心不舒服，胃也不舒服。

不轨行为

八品文官米古耶夫傍晚遛了个弯，在电线杆旁边停住脚步，深深叹口气。一个星期前，就在这个地方，他傍晚散步回家，过去在他们家干活的女仆阿格尼娅追上他，恶狠狠地对他说：

“等着瞧吧！你会尝到糟蹋清白无辜的女孩是什么滋味！我把小孩扔给你，让你吃官司，让你跟你老婆解释去……”

她让他在银行存五千卢布，记在她的名下。米古耶夫想起这事儿，叹息一声，再一次悔恨交加，责怪自己贪图一时的快乐，竟给他带来这么多的麻烦和痛苦。

来到自家的别墅，米古耶夫坐在门廊上喘口气。已经十点整了，一牙弯月从云层中向外窥探。街上和别墅附近没有一个人影。别墅区里的老人已经睡下了，年轻人还在林中散步。他从衣兜里摸出火柴，想抽支烟。米古耶夫的肘臂碰到一个软乎乎的东西。他随便看了一眼右臂的下方。突然，他顿时大惊失色，吓得非同小可，好像在他身边看见一条蛇似的。他家大门的门廊上，放着一个包袱，里边裹着一个圆圆长长的东西，凭触觉判断，像是一条小棉被。包袱的一头，微微开着。八品文官伸手摸将进去，感到那是一个温软潮润的东西。他吓得一下跳了起来，简直就像一个罪犯马上就要拔腿溜之大吉似的……

“到底扔到这儿了！”他握紧拳头，恨得他从牙缝里冒出这句话来，“放在这里……这是丢人现眼！噢，老天！”

由于惧怕、恼怒和羞愧，他木然……现在该怎么办？妻子要是知道了，他该何言相对？他的长官大概现在要拍拍他的肚皮，阴阳怪气地说："我祝贺老兄了……嘿，嘿，嘿……这把子年纪，还拈花惹草啊，谢苗·埃拉斯托维奇！"整个别墅区马上都会知道他的隐私，说不定，各家可敬的母亲就会将他拒之于门外。各家报纸一哄而起刊登弃婴的事，这样，米古耶夫这个无名之辈就要在整个俄罗斯闹得沸沸扬扬……

别墅中间那个窗子开着，显然听得到米古耶夫的妻子，安娜·费莉波芙娜在操持晚餐。打扫院子的叶尔莫拉依在拨拉三弦琴，弹着如泣如诉的曲调……只要这娃娃醒来一哭，就要露馅儿。米古耶夫急如火燎，要快想主意。

"快点，快点……"他嘟囔着，"就这时候，趁没人看见。把这孩子挪个地方，放到别家的门口……"

米古耶夫拿起包袱，为了不让人疑心，慢条斯理，在街上轻轻走过……

"真倒霉透了！"他想，尽量装出若无其事的样子，"堂堂八品文官抱着私生子在大街上走！噢，老天爷，要是有谁看见，明白了其中的缘由，我可就完了……把小家伙放到这家门口……不，等等，这边窗子都开着，也许有谁会看到。那把他放到哪儿呢？哦，这样吧，我把他放到商人梅尔金家别墅那里……商人都富有，而且心肠好。说不定，他们还感激不尽，说是弄个小孩抱养。"

虽说这个商人的别墅在别墅区最边上那条街，紧挨着一条河，米古耶夫还是下决心一定把这孩子送给梅尔金。

"只要他别在我手里嚎啕大叫，从包袱里滚出来就成，"八品文官心想，"就这么着吧，我谢谢啦——真是没想到的事！我夹着这个活人，就像夹着个公文包似的。他和别的孩子一样，是个活人，是个有灵魂、有感情的活人……也许，梅尔金收养了他，说不定他会出息成个人物……说不定，他会成为一个教授、一个统兵将帅、一个作家……世界上什么事都可能发生！现在，我把他夹在腋下把他不当个东西，可再过三四十年，说不定，我要在他面前站得挺直……"

米古耶夫从一条空荡荡的窄胡同中穿过，路旁是一长溜笼罩在椴树黑影下的篱栅。这时，他突然觉得，他犯了一个极其残酷的罪过。

“这实在是太卑鄙了！”他想，“这真太卑鄙不过了……我们干吗这样把这不幸的小孩从这一门口抛到那一门口？我们是一群坏蛋……我们爱寻欢作乐，反倒让这些无辜的小孩受罪呀……这事要好好想想！我放荡无度，可等待这小孩的却是凄惨的命运……我把他塞给梅尔金，梅尔金再把他送进慈幼院，那个地方都是些陌生人，一切都是例行公事……没有体贴，没有母爱，没有娇惯……然后就让他去当鞋匠……酗酒，学会干坏事，最后饿死……当鞋匠，可他是八品文官的儿子，血统高贵……他是我的亲骨肉……”

米古耶夫从椴树阴影中走出，来到洒满月光的路上，打开包袱，看看那小生命。

“睡着，”他轻声说，“瞧你，这小坏蛋，长着个他爸爸一样的鹰钩鼻子……睡着哩，不知道他亲爹看他……悲剧呀，老弟……那就原谅我吧……宽恕我吧，老弟……就是说，你命中注定……”

八品文官眨眨眼，觉着有热乎乎麻酥酥的东西顺着两腮流下……他把小孩包起来，夹在腋下，再往前走。一路走去，直到梅尔金家别墅前，他的脑子里想了一堆社会问题，他的胸中感到良心的谴责。

“还是让我做一个正经、诚实的人吧，”他想，“我要是不顾一切，抱着这小孩去见安娜·费莉波芙娜，跪在她的面前，说：‘宽恕我吧！我是个罪人！折磨我吧，但我们别害了这无辜的孩子。我们还没有一男半女的，我们就养育他吧！’她是个善良的女人，她会同意的……到那时我这小孩就留在我的身边了……唉！”

他走到梅尔金别墅近旁，停下脚步，犹豫不决……他想象着，他坐在自家的别墅看报，这鹰钩鼻子小家伙在他身边晃悠，玩弄他睡袍的穗子，与此同时，他又想到同事们挤眉弄眼，他的上司嘿嘿冷笑，拍他的肚皮的情景……他的心中，既有良心的谴责，又有一股轻飘温柔的愁绪……

这八品文官轻手轻脚，把小孩放在凉台的台阶上，挥挥手。他的脸上又有热乎乎麻酥酥的东西从上而下流下来……

“宽恕我这个下流坯吧，老弟！”他低声说，“别记恨我！”

他向后退了一步，但是马上就毅然决然，哼了一声，说：

“豁出去了！我什么都不管了！把他带回家，就让人们爱说啥就说啥吧！”

米古耶夫抱起小孩，大步流星向回走。

“爱说啥就说啥吧，”他想，“我现在就回家，双膝跪下说：‘安娜·费莉波芙娜！’她是个善良的女人，她会理解的……然后，我们抚养……如果是个男孩，就叫弗拉基米尔，如果是女孩，就叫安娜……起码，这是我们晚年的慰藉……”

他说做就做。他哭着，他惧怕，羞愧，如痴如呆，他满怀希望和一种说不清的喜悦，走进自家别墅，径直去找妻子，跪在她的面前……

“安娜·费莉波芙娜！”他抽泣着，把小孩放到地板上，说道，“别让我去死，就看您一句话了……我有罪！这是我的孩子……你记得阿格尼娅吧，就这么回事……我鬼迷心窍……”

他由于羞愧和惧怕而失魂落魄，没等回话，他就一下跳起来，就像挨了一鞭子跑出屋去……

“只要她不叫我，我就死守在院子里，”他心想，“让她冷静一下，好好想想……”

打扫院子的叶尔莫拉依拿着三弦琴从旁走过，看了他一眼，耸耸肩……过一分钟，他又走过去，又耸耸肩。

“这事儿，谁想得到，”他冷笑着，悄声说，“谢苗·埃拉斯特奇[1]，刚才洗衣裳的那个娘们阿克西尼娅到这儿来了。这傻娘们把她的小孩子放到临街的一个门廊上。当时，她在我这儿坐了一会儿，

---

① 埃拉斯托维奇的简称。

有个什么人捡起来，把这小孩又拿走了……真是怪事！”

“什么？你说什么？”米古耶夫吼了一声。

叶尔莫拉依照他自己的想法解释老爷发火的原因，他挠了挠后脑勺，叹口气。

“请原谅，谢苗·埃拉斯特奇，”他说，“不过，眼下是来别墅消遣的时候……没这事不成……没娘们，就是说……”

他溜了一眼老爷气急败坏瞪得圆圆的眼睛，有点惭愧，咳了一声，又接着往下说：

“这事儿当然是罪过，那又有什么办法……您没吩咐不让别的娘们进这院子，就这么回事儿，自己院里娘们在哪儿。当初，阿格尼娅在的时候，就不放别的娘们进来，是因为您有娘们，可现在，您看……没点野食哪儿成……阿格尼娅在的时候，就这么回事儿，就不乱套，因为……”

“滚，混账！”米古耶夫朝他喊道，他跺着脚，走回屋去。

安娜·费莉波芙娜震惊之余，气得七窍生烟。她原地不动坐在那里，她泪眼模糊，一直看着那小孩……

“嘿，嘿……”米古耶夫面色苍白，歪扭的嘴上浮着微笑，他悄声说道，“我开了个玩笑……这不是我的，而是……而是洗衣女工阿克西尼娅的……我开了个玩笑……把这孩子给扫院子的吧。”

风滚草[①]

旅途文稿

我做完彻夜祈祷回来。圣山钟楼先奏出一阵宁静悦耳的音乐算是引子，随之就敲响十二点。圣山脚下的顿涅茨河边上，是一个很大的修道院院落，四周像围墙一样，圈着一圈高高的客房。现在，已是午夜时分，只有昏黄的灯光，窗中的微亮，和点点星光，照着这院落。这修道院里人马走动，声音嘈杂，乱糟糟成一锅粥。整个院子，就视力所及，密密实实塞满了各式各样的四轮马车、带篷马车、带篷的运货车、双轮大车，还有老式的四轮大马车。车的周围挤着黑毛的、白毛的马们，犄角长长的牛们。人们都忙忙碌碌的，穿着长摆黑衣的修道院见习修道士们在这中间穿梭往来。黑影和窗中射出的光束在马车中间，在人头和马头之间窜动。这一切都在浓重的夜暗中，勾勒出极其美妙而奇幻的图形： 忽而那马车车辕向天上伸去；忽而马的嘴脸上，出现了火眼金睛；忽而修道院见习修道士们长出黑色的翅膀……人声，马打响鼻声和咀嚼声，小孩的尖叫声，吱扭吱扭的响声，充斥耳边。一批一批新来的人群和一批一批迟到的马车仍陆续走进大门。

壁立的山坡上，一层一层茂密的松林探身向着客房的屋顶，窥视着这有如深坑的院落，惊魂失魄的，侧耳倾听着。黑压压的密林中，杜鹃和夜莺一刻不停地鸣叫……看着这一团混乱，听着这喧闹，就觉得在这翻腾着的乱粥里，谁也不了解谁，大家都在寻觅着什么，而又绝无所获，就觉得这乱成一团的人和车，不知道要到哪一天才能疏散开。

每到圣约翰节和奇迹创造者圣尼古拉节这些日子，都有上万的人来这圣山。不止那些客房，就是那些面包房、裁缝铺、木工作坊、马车棚，都塞得爆满……一些深更半夜来的人，要等给他们安排住宿，就像秋后的苍蝇一样，挤在墙边、井边，或者挤在客房的窄走廊里。年轻的和上年岁的修道士们都忙活着，一步不停，都别想休息，也都别想有人换班。无论白天和深夜，他们一律给人的印象是，来去匆忙，心情紧张。他们的脸相，尽管疲乏已极，都一律看着精神饱满，和蔼可亲。他们说话柔和，动作敏捷……他们要为每一个乘车来的、步行来的香客，安排住宿，打点吃喝。有的人耳聋、昏聩，或者有的人爱提问题，他们就要不厌其烦，花好长的时间说明，为什么没有空房，什么时候做祈祷，哪里卖圣饼，等等之类。要跑腿，要搬东西，要无休无止地说话，但是，除此之外，还要更为亲切而委婉，尽量让比乌克兰人更阔绰的马里乌波尔的希腊人一定要跟别的希腊人一块儿住；让巴赫穆特，或者穿着“高雅的”利西昌斯克的市民，别跟庄稼汉们同住，别让他们感到降低身价。不时听到有人喊：“神甫，送克瓦斯来！送草料来！”或者，有人喊：“神甫，能不能做过忏悔后给我送点水来？”接着就有个见习修道士送克瓦斯、草料来，要不，就要赶紧答话：“大娘，您要去找忏悔神甫。我们没法办这事。”接着又有人提问题：“忏悔神甫在哪里？”还要再说明忏悔神甫的修行室在哪里……就在这百般忙乱之中，还要抽出时间去教堂应付差事，还要到贵族那边服侍，不着边际，信口回答那些有学问的香客喜欢问的一堆无聊和有聊的问题。你要花上一天一夜的时间，细心观察他们，仍很难弄明白，这些走动着的黑衣人什么时候能够坐下歇歇，什么时候能够睡上一觉。

当我做完整夜祈祷，回到楼中安排我住的那套房间的时候，有个待客修士站在门边。他的身旁围着几个城里人打扮的男人和

---

① 草原上的草本植物。果实成熟时，草根折断，随风而去，像球一样滚动，传播种子。

女人。

“先生，”这待客修士叫住我，“劳驾，请让这个年轻人搬到您的房间来！多谢了！人多，没地方，糟透了！”

他手指着一个身材不高，穿着短大衣，戴着草帽的人。我答应了，于是，这位不速之客随着我走过来。每当打开门的挂锁，我每一次都不由自主，看看挂在门框上和我的脸齐平的一张画。这画的标题是：“死的思索”。画的是一个双膝下跪的修士，看着里面有一具骷髅的棺材。那修士的背后，还有一具手里拿着镰刀、更大点的骷髅。

“骨骼一般不是这个样子的，”我的同室房客指着骷髅盆骨的地方，“您看，给咱送的斋饭并不太好。”他带着鼻音发出悠长而悲伤的叹息，这就使我知道，我碰到的是一个对斋饭内行的人物。

我找火柴，点上蜡烛。他再次发出叹息，说：

“我在哈尔科夫有好几次去过解剖室，看到过骨头是怎么回事。我甚至去过停尸房。我不妨碍您吧？”

我这房间窄小，没有桌椅，窗子下面满满堵着一个箱子，顺墙有一个壁炉和面对面成对放着两个木质沙发，以致形成一条窄通道。沙发上放着发黄的薄褥子和我的东西。有两个沙发，就是说，是供两人住的房间，我向我的同室者指出这一点。

“不过，很快就敲晚祷钟了，”他说，“我妨碍不了您多长时间。”

他总以为，他对我有所妨碍，未免觉得尴尬，于是，带着负疚的神色，蹭到他的沙发边，又带着负疚的神色叹口气，坐下。当蜡烛摇曳着昏黄无力的光亮，终于燃旺，把我们两人都照清楚的时候，我才看清了他。这是个二十二岁上下的年轻人，圆脸，讨人喜欢。他有一双带着稚气的、黑黑的眼睛，穿着一身半灰不白的廉价衣服，城里人打扮。从他的脸色和他的窄肩膀看，没干过体力活儿。看来，他是个琢磨不透的人物。不能说他是大学生，不能说是商人，更不能说是工人。看着他的可爱的脸庞和那双稚气和悦的眼睛，就不会猜想，他也是这修道院中许许多多白吃白喝的无赖和懒汉，是自称为了真理而被开除的中学生，或者，是冒充倒了嗓子的歌手……他的脸上有一种特殊而典型，而又十分让人熟悉的东西，但我无论如何也想不透，更不记得这究竟是什么。

他沉默良久，若有所思。大概是，我对他的关于骨骼和停尸房的议论，不大赏识，他就觉得，我不悦，不欢迎他来住我房里。他从衣兜里掏出一根香肠，在眼前晃了晃，犹豫不决地说道：

“对不起，我要打扰您一下……您有没有刀子？”

我把刀递给他。

“这香肠让人恶心，”他皱皱眉头，切了一块，“此地的小店都卖这些破烂货，可贵得很哪……我本想让给您一块，不过，恐怕您不一定赏光。您要点吗？”

从他的“让给”和“赏光”这两个词儿的用法，也听得出来和他的特殊脸相有许多共同之处的特殊味道，但究竟是什么，我还是百思不得其解。为了表示对他信任和表明我毫无不快的意思，我接受了他给我的一小块香肠。这香肠确实令人生畏。要想对付它，那就要有铁链拴着的良种狗才有的那种牙齿才成。我们一边大动其下巴，一边就攀谈起来。开头先说的是，我们都嫌这祈祷持续的时间太长。

“这儿的规矩和阿索斯那地方相仿，”我说，“但是，在阿索斯一般通宵祈祷不过十个小时，遇到重大节庆，是十四个小时。您到那儿去祈祷多好！”

“是啊！”我的同室住客说道，摇了摇头，“我在这里有三个星期了。您瞧，每天祈祷，每天祈祷……通常是，十二点钟一敲响去早祷，五点钟去早日祷，九点去晚日祷。根本没法睡觉。白天唱颂歌，循规蹈矩，晚祷……每当斋戒的时候，我简直就累得昏倒了。”他叹口气，接着说，“不去教堂吧，不好意思……修士们给你住，给你吃，您看，不去于心有愧。呆上一两天，也许无所谓，但是，三个星期就够受了！太难熬了！您到这里呆多久？”

“明天晚上走。”

“可我还要住两个星期。”

“这里好像不让呆这么长时间？”我说。

“对，这是对的。要是有人长期住在这里，白吃修士们的，那就要请他走。您想想看，如果有多少算多少，随便容留无产阶级住在这里，那就一间空房也剩不下了。他们会把修道院吃垮的。这是对的。但修道士们对我额外照顾，我希望现在先别轰我走。你知道，我是新入教的。”

“就是说？”

“我是犹太人，改信基督教……前不久我信的东正教。”

到现在我才明白我原先在他脸上无论如何也弄不清楚的东西：厚嘴唇，说话的时候，挑右嘴角，挑右眉梢的习气，特别是他的眼睛里那种只有闪米特人独有的油腻腻的光亮。我还懂了“让给”和“赏光”这两个词……再往深谈，我知道，他叫亚历山大·伊万内奇。过去，他叫伊萨克。他出生在莫吉廖夫省，是从他改信东正教的诺沃切尔卡斯克来到圣山。

亚历山大·伊万内奇啃完了香肠，站起身来，翘起右眉梢面对圣像祈祷了一番。然后又坐到沙发上，开始向我简短叙述他的冗长的自传。

“从小我就爱学问，”他从头说起，那腔调好像不是说他自己，倒像是诉说一个故去的伟人的生平，“我的父母是穷犹太人，做点赚小钱的买卖，您或许知道，他们过着卑微贫穷的日子。反正那里所有的人都贫困而愚昧，都不喜欢做学问，因为受教育就会使人远离宗教……都是些可怕的宗教狂……我的父母无论如何也不让我去上学，而想让我经商，让我除了《塔木德书》[①]什么都不知道……您信不信，不是所有的人都肯为了糊口而一辈子风里来、雨里去地苦熬，一辈子只知道把《塔木德书》背得滚瓜烂熟的。一些军官和地

---

①《塔木德书》，犹太教的一种经典。

主常来泡我爸爸的小酒店，说了许许多多我做梦都没听到过的事情，这当然很有诱惑力，让人羡慕不已。我就哭着求家里送我去上学，可还是只教我学犹太文，别的一概不学。有一回，我找到一张俄文报纸，带回家来，好做纸鸢玩，结果，为这事挨了一顿打，虽然我当时还看不懂俄文。当然，没点狂热也不成，因为每个民族都珍惜他们的民族传统，但是，我当时不懂这一点，而是气得不得了……"

这位过去叫伊萨克的人说了这句警人的话之后，就满意得把右眉梢挑得更高，侧着头，就像一只公鸡看到一颗米粒那样，看了我一眼，那神气似乎是说："现在，您到底相信我是个聪明人了吧？"他说了一些关于宗教狂热和他一心一意要上学的话，又接着说下去：

"就这么办吧！我一下就逃了出去，到了斯摩棱斯克。那儿有我一个堂兄弟，他会镀锡和做白铁器皿。没的说，我到他的作坊里当伙计，因为我无法维持生活。我光着脚，破衣烂衫的……盘算着，白天干活，夜里和星期天去上学。我就这么干了，但是，警察得知我没有身份证，就强行押我回到父亲身边……"

亚历山大·伊万内奇耸了耸一侧肩膀，叹口气。

"有什么办法呢！"他接着说，而且对过去的回忆越强烈，他的犹太人口音就听着越明显，"父母打了我，把我交给祖父，一个老犹太教狂去管教。但是，我趁着黑夜跑到什克洛夫。在什克洛夫，我的叔叔抓住了我，我又投奔莫吉廖夫。在那里混了两天，就跟一个伙伴去了斯塔罗杜布。"

再往下，他就边回忆，边数落：戈梅利、基辅、白教堂、乌曼、巴尔塔、宾杰里，最后到了敖德萨。

"在敖德萨，我闲逛了一个星期，无事可干，直到那些满城里收旧衣服的犹太人收留我之前，只有挨饿的份儿。我那时已学会看书写字，会点包括分数在内的算术，想找个地方念书，可是，没钱。没办法的事！我在敖德萨呆了半年，收旧衣服，但那些犹太骗子手不给我分文，我受不了，走了。后来，我坐船去彼列科普。”

“为什么？”

“是这样的。有个希腊人答应帮我找个出路。一句话，直到十六岁之前，直到去波尔塔瓦之前，我就这样，没有像样的事可干，还没有个立足之地。那里有个犹太人大学生知道我想学习，就写信给哈尔科夫的大学生，介绍我去。我当然去了哈尔科夫。学生们商量了一下，就帮我报考技术学校。你看，我以后还要对您说，我遇到的这些大学生，终生难忘。且不要说他们给我住，给我吃，他们还使我走上了正路，让我学会了思考，指明了我的生活目标。这些人中间很有一些聪明的优秀人物，他们现在都出了名了。比如，您听说过格鲁马赫尔这个人没有？”

“没有。”

“没听说过……他在哈尔科夫报纸上发表了一些非常奥妙的文章，听说要当教授了。我念了许多的书，参加大学生的小组活动，在这里绝听不到乌七八糟的事。我拿出半年时间准备功课，但报考技术学校要修完中学的全部课程，于是，格鲁马赫尔就劝我报考兽医学院，那里录取中学六年级的学生。我当然就着手准备了。我不想当个兽医，但是，别人对我说，在兽医学院读完一年级，可以不经考试升入医学系的三年级。我念完丘涅尔的全套课本①，还不经准备就读通了科尔涅里·涅波特②的书，还读完了库尔奇乌斯③的全部希腊文著作，不过，您瞧，这么着……大学生们后来五零四散，我前途未卜。我又听说，我妈妈来了，在哈尔科夫满城里找我。我马上抬腿就走。怎么办哪！不过，万幸的是，我知道，在顿涅茨大道这个地方有个矿山学校。干吗不进这学校？您知道，矿山学校出来，可以当矿长，是个肥差。我知道矿井的矿长年薪都是一千

① 原文为拉丁语。

② 科尔涅里·涅波特，罗马历史学家，其著作是学拉丁语必读书。

③ 库尔奇乌斯，希腊语教科书作者。

五……很好……我去了……”

亚历山大·伊万内奇脸上带着虔敬而诚恐诚惶的表情，说了矿山学校讲授的二十来种玄而又玄的学科，说了学校状况，矿井设施和工人的境遇……过后，他又说了一个可怕的事故，这事虽说很像是杜撰的，但你不能不相信，因为他娓娓道来，那语调极其真诚，他的闪米特人的脸孔流露出的畏惧之情，极其真挚。

“实习期间，我有一回碰上了什么样的事故！”他双眉挑起，说道，“当时，我在顿涅茨矿区的一个矿井里。您肯定见过矿工是怎么下井的。您听着，当有人抽着马，把大门拉动的时候，就带动滑轮，一只吊桶下去，头一个上来，另一个再下去，就跟水井的两只木桶一样。有一回，我坐着木桶里下井，您猜怎么回事，突然，咚的一声！链子断了，我就跟着这吊桶和那截链子见魔鬼去了……胸和肚子朝下，直溜溜从三俄丈高掉了下去。桶比人重先着地，我的一边肩膀撞到桶边上。您瞧，我昏昏沉沉躺着，心想，必是摔坏了，猛然间，我再一看，新的灾难又来了：刚刚吊起的另一个吊桶，失去平衡，轰隆一声直冲着我砸了下来……怎么办？看到这个情况，我就紧贴近墙，蜷缩着身子等死，这桶马上就要直上直下向我的头砸来，我想起爸爸妈妈，想起莫吉廖夫，想起格鲁马赫尔……我求上帝，但是，万幸……一想起来就害怕。”

亚历山大·伊万内奇勉强笑笑，用手擦擦额头。

“但是，万幸的是，那桶落到近旁，只是略微钩了一下这边的腰……您瞧，擦破了这一侧的上衣、衬衫和皮肤……那力量大得吓人。后来，我失去知觉。他们把我拖出来，送到医院。我治了四个月。医生对我说，我得了肺病。现在，我常咳嗽、胸疼，有严重的心理障碍……每当我一个人独处的时候，我就觉得非常害怕。当然，这样的健康状况，是不可能当矿长了。我只好离开矿山学校……”

“可现在您干什么？”我问。

“我通过了乡村教师资格考试。现在我信东正教了，有权做一名教师。在我受过洗礼的诺沃切尔卡斯克，大伙都十分同情我，答应给我在教区学校谋个职位。再过两个星期我去那里，还要再提申请。”

亚历山大·伊万内奇脱了外衣，只穿一件有俄罗斯绣花领子的衬衣，系着丝腰带。

“该睡了，”他把外衣放到床头，打着哈欠说，“您是不知道，我直到最近还根本不信上帝。我过去是个无神论者。在医院的时候，我想起了宗教，开始思考这个问题。我认为，对于一个思维健全的人来说，惟一可信的宗教，就是基督教。如果不信基督，那就没有可信的了……是不是？犹太教已经过时，仅仅是由于犹太民族固守其特点，它才维持到今。一旦犹太人涉足文明，犹太教就会销声匿迹。您看看，所有的犹太青年人都是无神论者。《新约》是《旧约》的自然延续。对不对？”

我就琢磨他之所以大胆、严肃走出这一步，即改变他的宗教信仰的缘由，不过，他只对我反复唠叨一句话：“《新约》是《旧约》的自然延续。”——这话显然是别人的，是陈词滥调，这丝毫不能说明问题。无论我怎样冥思苦想，绞尽脑汁，这缘由对我来说仍然不得其解。如果照他的说法，姑且认为，他改信东正教是出于信念，那么，这信念的内容是什么，这信念的基础是什么。从他的话里，是弄不明白的。说他改变信仰是为了功利目的，则不可能做此设想：穿着不值钱的旧衣服，在修道院里白吃白住，前途未卜，这不大像有功利目的。那就只能做这种设想，我的这位同房住客改变宗教信仰的诱因，就是他躁动不安的精神状态，因而，他就像一块木片一样，从这个城市，抛到那个城市，他把这种精神状态用一句套话说，是追求文明开化。

就寝前，我到走廊里去找点水喝。当我回来的时候，我的同屋人站在房中间，惊恐地看着我，他的脸发灰，额头上有闪亮的汗珠。

“我神经错乱得一塌糊涂，”他苦笑着低声说，“多可怕！严重的心理失调。不过，这无所谓。”

他又开始絮叨，说《新约》是《旧约》的自然延续，说犹太教已经过时。他说这些话的目的，好像是要集中他的全部信念力量，来压抑他心中的不安。他要向自己证明，他改变父辈的宗教信仰，并没有付出多么可怕的特殊代价。他的所作所为，是一个有理智、无偏见的人应该做的。因此，他在这房里就可理直气壮，面对自己的良心。他在说服自己，可他的目光却在向我求援……

这时，烛台里又粗又难看的烛花已经燃尽。天色渐明。透过阴沉而泛着蓝光的窗口，顿涅茨河两岸和河后面的椴树林，清晰可见。

“明天这里非常吸引人，”我吹熄蜡烛，躺下的时候，我的同屋人说，“早祷以后是乘船游行，由修道院到隐修区去。”

他扬起右眉侧着头，对着圣像祈祷一番，没脱衣服，就躺在他那小沙发上。

“我在诺沃切尔卡斯克信了东正教的时候，我的妈妈正在罗斯托夫找我。她已感到我要改变信仰。”他叹口气，接着说，“我离开莫吉廖夫省已有六年了。我姐姐可能早出嫁了。”

沉默了片刻，见我还没睡着，他就轻声说，谢天谢地，他很快就有个地方可呆，他终于有了立足之地了。地位稳定，每天吃喝不愁了……我睡意蒙眬，心想，这人是永远不可能找到安身立命之地的，也永远不会有稳定的地位和可靠的衣食的。他只是在口头上说渴望得到教师职位，就像向往找到一片乐土。他和许多人一样，偏爱流浪，他觉得流浪生活奇特，陌生，就像得病一样，那样常碰上奇遇。他想摆脱凡俗的日常生活。从他的话音里，听得出他已意识到自己的异乎寻常和他的追悔心情。他似乎在为自己辩白，求得谅解。

就离我不到一俄丈远的地方，躺着一个流浪汉。在这房的四壁之外，在院里，在大车旁，还有上百的这种流浪者，他们在等待天明。扩而言之，试想整个俄罗斯大地，有多少这种风滚草，他们为寻找更好的地方，现在正在大大小小的道路上走动，或者，他们在大车店，在小酒馆，在客栈里，在苍天之下的草地上，瞌睡着，等待黎明的到来……我睡意蒙眬，想象着，要是有人能想出一种道理，找到一种说词，说明他们的生活和别人一样，大可不必为自己辩解，这些人就一定觉得惊奇，甚至大喜过望。

在梦中，我听到门外忧戚的钟声，像嚎啕啼哭着。有个见习修道士喊了几声：

“上帝耶稣，圣子，怜悯我们吧！去早祷喽！”

我醒来的时候，我的同屋人不在房里。阳光明媚。窗外人声嘈杂。出了门，我才知道早祷早就完了，游行队伍早已向着隐修区那边走去。人们一群一群的在河边缓行。他们百无聊赖，不知道自己要干什么。还不能吃吃喝喝，因为隐修区那边晚日祷还没完事。修道院里香客们爱去闲逛和讨价还价的小店还关着门。许多人尽管累，但耐不得寂寞，还是去了隐修区。我走的这条由修道院到隐修区的小道，在陡峭的河岸上，围绕椴树林和松林，曲折蜿蜒，忽上忽下。下面，顿涅茨河闪闪发白，映着日光。上面，是一片白色的白垩石岩以及岸上那些绿得耀眼、一层一层、千方百计要在几乎垂直的岩壁上生长，而不肯下坠的椴树和松树幼林。香客们在小路上鱼贯而行。最多的是邻县的乌克兰人，但也有许多远自库尔斯克省和奥尔洛夫省步行而来的人。在五颜六色的队伍里，常碰得到马里乌波尔来的希腊村民，他们健壮，不苟言笑，和蔼可亲，而他们那些充斥于我们南方城市的同族人却瘦弱而潦倒，两者大不相同。这里还有衣服上绣着红镶条的顿河人，还有从塔夫利达省移居过来的人。这里来的许许多多的香客都像我的亚历山大·伊万内奇一样，难以判定他们是哪种人：他们是干什么的，从哪儿来，无论从脸相，从衣着打扮，还是从言谈话语，都看不出来。

山路的尽头是个小码头。有一条不宽的公路穿山而过，向左拐，通往隐修区。码头边有两条笨重的大船，愁眉苦脸的样子，就像只能在凡尔纳①书里读到的那种新西兰独木舟。有一条船凳子上铺着毯子，是给神甫和唱诗班坐的，另一条船没毯子，是众香客坐的。当游行队伍乘船返回修道院的时候，我有幸挤进这第二条船。有幸挤上第二条船的人太多，这船走得很吃力，人们一路只能站着，不能动，怕挤坏了帽子。沿途风光旖旎。两旁的河岸，一边是陡峭的白色岩岸，上面是倒垂的松树和椴树，还有顺着山路匆匆返回的人群；另一边是缓坡，青青的草地和椴树林丛浴在阳光里，一派美好、欢悦的景象，仿佛这草地和林丛的秀色责无旁贷，就应该点缀这五月的清晨似的。阳光在水流湍急的顿河颤抖，四散开去。太阳悠长的光芒在神甫的袈裟上、在旗幡上、在木桨激起的浪花上戏耍着。复活节赞美诗的歌声、钟声、桨声、鸟儿的啁啾，这一切都在空中融合成一种和谐柔美的音响。载着神甫和神幡的船走在前面。一个穿黑衣的见习修道士一动不动，像泥塑木雕一样，站在船头。

当游行队伍快到修道院的时候，我看到亚历山大·伊万内奇也在这幸运者之列。他站在最前面，高兴得张着嘴，右眉上挑，看着这队伍。他的脸泛着光彩。大概是，此刻，四周这么多人，又这么明亮，他对他自己，对他新的信仰，对他自己的良心，都很满足的吧。

过不多久，我们坐在房里喝茶，他还那样心满意足，容光焕发。他的脸相说明，他对这茶，对我都很满意。他固然非常欣赏我的学识，不过，要是谈点什么，他也不致丢丑……

“您看我要不要念点心理学？”他紧皱着鼻头，要作高深的谈话了。

“您这是为什么？”

“没有心理学知识，没法当教师。我要教书之前，了解孩子们的心灵。”

---

① 凡尔纳（1828—1905），法国科学幻想小说作家。

我就对他说，要了解孩子的心理，只读心理学是不够的。况且，对一个施教者来说，他还没有学会教识字，教算术的教学法，那心理学就像高等数学一样，是一种奢侈。他欣然同意我的看法。于是，又大谈其教师肩负责任的重大，说到根除儿童的向恶和迷信心理，培养他们诚实而独立地思考问题，启发他们有正确的宗教信仰，灌输他们人格和自由观念，又何其艰难。对此，我说了点什么。他仍欣然同意。一般说，他是个善与人同的人。显然，他还胸无成竹，“高深”的学问，还没在他的脑子里扎根。

我临走前，我们一起到修道院附近闲逛，以消磨这炎热的白昼。他和我寸步不离。他是对我依依不舍，还是怕孤独，天才知道！记得，山坡上错错落落有一些小花园，我们并肩坐在一个小花园的黄槐树阴下。

“再过两个星期我就离开这里，”他说，“到时候了！”

“您徒步走吧？”

“从这儿步行到斯拉文斯克，往后坐火车到尼基托夫卡。自尼基托夫卡起有一条顿涅茨克的铁路支线。顺着这条铁路支线，步行到哈采别托夫卡，那里有个熟悉的列车员再顺带我往前走。”

我想起尼基托夫卡与哈采别托夫卡之间的那片光秃荒凉的草原，我想象得出亚历山大·伊万内奇带着他的疑虑，他的思乡之苦和对孤寂的恐惧，在这草原上步行……他看出我脸上的忧闷，叹了口气。

“姐姐可能已经出嫁了！”他想着，说了出来，接着，马上想摆脱这烦心的事，向一处岩顶指了指，说：

“从这座山看得到伊久姆。”

在山上散步的时候，他发生了一件不愉快的小事：他可能跌了一下，把花格裤子划破，鞋跟也碰掉。

“唉……”他皱了皱眉，脱下鞋，露出没穿袜子的光脚，“扫兴……你看，麻烦了，这……真是的！”

他在眼前晃着那鞋，好像还不相信鞋跟彻底坏了似的，愁眉不展的，好半天，连声叹息，吧唧嘴唇。我箱子里本有一双半高腰皮靴，挺时髦的，尖头，带鞋带。我随身带着以防万一，只在阴天穿穿。回到房里，我设法找了个说词，劝他收下这双半高腰皮靴。他收下鞋，竟郑重其事，说道：

“我本要谢谢您的，但我知道，您认为说感谢的话俗气。”

半高腰皮靴的尖头和鞋带让他像孩子一样，大为动心，甚至改变了他的计划。

“现在，我去诺沃切尔卡斯克不必用两个星期，而是一个星期，”他想着，说出声来，“穿这种鞋，我就可大模大样去见我的教父了。其实，我没离开这里，是因为我没有体面的衣服……”

车夫拿出我的箱子，一个见习修道士脸上带着可笑的善意，进来要打扫房间。亚历山大有点慌乱，很不好意思，羞答答问他：

“我留在这个房间，还是换个地方？”

他不敢妄想独自占一套房间，显然，他在修道院这里就食已经觉得自惭形秽了。他确实不愿和我分离。为了排遣孤寂，他求我允许他送我一程。

从修道院伸出来的道路，是费了好大的力量在白垩石的山上凿成的，这路向上，在郁郁苍苍的松林下，盘山而上……起初，顿涅茨河隐去，后面是拥挤着数以万计人群的修道院院落，再往后，是绿色的屋顶……由于我在高处，就觉得一切都已消失在山凹中。教堂的十字架在落日余晖照耀下，在茫茫深渊中闪了一下赤灼的光芒，随即消失。但是，马车已经走进平坦的田野。这一切都留在脚下，抛到后面去了。亚历山大·伊万内奇跳下来，满脸愁闷，笑笑，用他的天真的目光最后一次，再看我一眼，下山而去。对我来说，他永远消失了……

圣山的印象已成了追忆，而我看到的已是新的景象：平坦的田野、淡褐色的远方、路边的丛林，丛林后面，是静止不动的风车磨房，这磨房似乎觉得落寞，因为每逢时节的时候，人们不再让它摆动它那风翼了。

父 亲

“说老实话，我醉了……原谅我，路上顺便进了啤酒馆，天儿热，喝了两瓶。热啊，孩子！”

穆萨托夫老头从衣兜里掏出一块抹布，擦他的剃得精光的醉脸。

“我到你这儿来，鲍连卡，我的天使，就呆一小会儿，”他眼睛不看他的儿子，接着说下去，“有特别重要的事。请原谅，也许我打扰了。我的心肝，你能不能给我十个卢布，星期二还你？你知道不，昨天还要交房租，你知道不，钱……嘿！要了命了！”

小穆萨托夫默不作声，走出去，在门后和他那来住别墅的女当家的，和几个合租这别墅的同事，小声商量。过了三分钟，他回来，默默递给父亲十个卢布。老头连看也没看，毫不在意塞进兜里，说道：

“谢谢。嗯，过得怎么样？好久没见了。”

“是啊，好长时间了。从复活节那天以后。”

“我有五回打算到你这里来，一直没空儿。一会儿这个事，一会儿那个事……活受罪！不过，我这是撒谎……我这都是谎话。你别信我的，鲍连卡。我说星期二要还这十个卢布，也别信。我的话，你一个字都别信。我啥事没干，就是懒，闹酒，没脸穿这身衣服上街见人。鲍连卡，你原谅我。我有三次打发小丫头跟你要钱，还寄来那几封哭穷的信。为那钱，我感谢，可那几封信，别信：我撒了谎。我没脸搜刮你，我的天使。我知道，你自己日子也不好过，也很艰难，但是，我这没脸没皮，是啥办法也没有。真是厚脸皮，为了钱丢人现眼！……你要原谅我，鲍连卡。我要把实情都告诉你，因为我看着你这天使一样的脸，于心不忍。”

沉默了一分钟。老头深深叹口气，说：

“你是不是弄杯啤酒来，让我喝口，怎么样。”

儿子默默出去，门后又是一阵低语。过了一会儿，端来啤酒，老头一见酒登时精神头儿就来了，说话的声音也变了。

“我的孩子，前几天，我去赌赛马了，”他的眼里带着惊恐，说道，“我们三人合伙买了一张三个卢布的马票，下了‘机灵鬼’那头马的赌注。要感谢这个机灵鬼。我们每人用一个卢布，赢了三十二个卢布。孩子，我可不能不去赌赛马。这是高雅的玩乐。我那混账婆子为这玩赛马，老揍我，可我还去。我喜欢，随你的便！”

年轻人鲍里斯浅色头发，死气沉沉的忧郁脸相，轻轻从这个角落到那个角落踱着步子，默默听着，待到老人要咳嗽一声，停住话头，便走到老人跟前，说道：

“爸爸，最近我买了双半高腰皮靴，我穿着太挤脚了。你要不要我这双靴子？我可以便宜点让给你。”

“好吧，”老头愿意，做了个鬼脸，“只是照原价，别让价。”

“好。我让你先赊着。”

儿子钻到床下，从下边掏出那双新靴子来。父亲脱下他那双难看的、显然是拣来的棕色长靴，试穿这双新靴。

“正好！”他说，“好了，我收着吧。到星期二，我领到退休金，就把靴子钱寄给你。不过，我这是说谎。”他突然又用他刚才的哭腔，接着往下说。

“赌赛马，我那是瞎话，退休金也是瞎话。你也是在骗我，鲍连卡……我觉得出你用心良苦，宽怀大度。我对你的了解最透彻！靴子是瘦窄点，可是因为你心宽。啊，鲍里亚[①]，鲍里亚！我都懂，我都觉得出来！”

---

① 鲍连卡是鲍里亚的爱称。

“您搬到新房子了吗？”儿子打断他，要改个话题。

“对，孩子，搬到新房了。我月月都搬家。我那混账婆子脾气不好，没法在一个地方久住。”

“我去过您的老房子，本想把您老人家接到别墅来住。就您这身子骨儿，不妨到空气新鲜的地方住住。”

“不！”老头挥挥手，“老婆子不让，我自己也不愿意。您有一百次想把我从坑里拉出来，我自个儿也想，可连鬼都没办法。算了！我就死了埋在这坑里吧。现在，我坐在这里，看着你天使一样的脸，可我自个儿还是想回家，往那火坑里跳。瞧，就是这个命。别把屎壳郎往玫瑰花上放。别，不过，孩子，我该走了。天快黑了。”

“等等，我送送您。我自己今天也有事进城。”

老头和年轻人穿上外衣，出门。过了一会儿，他们坐上马车。这时，天色已黑，窗口里闪着灯火。

“我把你拖累苦了，鲍连卡！”父亲嘟囔着，“可怜的，可怜的孩子！也许，有这种父亲是一种大灾难！鲍连卡，我的天使，我一看到你的脸，我就不能撒谎。原谅我……我太不要脸了，我的天！现在我又来搜刮你了，我这醉醺醺的样子让你丢脸，我也搜刮你的兄弟们，让他们也跟着丢人，你看我昨天那个样子吧！我不瞒你，鲍连卡！昨天，邻居们，还有那帮下流东西来找我那婆子，我就跟他们一起灌酒，把你们，我的这些孩子们一通臭骂。我骂了你们，抱怨你们不管我。你瞧见没有，我这是让那些喝醉的娘儿们可怜我，我想把我说成是不幸的父亲。我就是这个习气：我要是想遮盖我的过失，我就往我的孩子们身上推。我不能对你说瞎话，鲍连卡，我不能隐瞒。我就是憋着劲儿到你这来的。可一瞅见你的温和，你的好心眼，那舌头就贴到喉咙上，我的良心就翻腾出来了。”

“算了，爸爸，说点别的吧。”

“圣母啊，我这都是啥样的孩子！”老头不听儿子的话，接着说下去，“老天给了我多大的恩惠！这样的子女，不应让我这样不走正道的人消受的，而是有心肝，有感情的人才配！我不配！”

老头摘下带一个纽扣的小帽子，连画了好几次十字。

“光荣归于你，老天！”他往四周瞅了瞅，好像是找圣像，叹了口气，“都是些少见的好孩子！我有三个儿子，都一个样。清醒、正经、干练，有多聪明！马车夫，他们多聪明啊！单说格里戈里，他那聪明劲儿就顶十个人。他又会法国话，又会德国话，他说起话来，你那些律师哪比得了，你简直都听得入了神……我的孩子们，孩子啊，我都不信你们都是我的孩子！不信！你，我的鲍连卡，命苦。我搜刮你，以后还要搜刮你……你没完没了给我钱，虽说明知拿你这钱不干正事。前几天，我给你写了那封可怜巴巴的信，说我有病，那是谎话：我跟你要钱是去买罗姆酒。你给钱，怕的是不给我，我心里不好受。所有这些，我都知道，也感觉得到。格里沙①也跟着受罪。星期四那天，我的孩子，我喝得醉醺醺的，穿的脏兮兮的破衣服，到衙门里去找他……我身上那酒味，就像从酒窖里出来似的。我就这个模样，大摇大摆去缠他，说了许多下流话，可那里有他的同事，上司和来求见的人。真丢尽了人了。他呢，一点都不觉得不好意思，只是脸色有一丁点发白，但他轻轻一笑，没事人似的，走到我跟前，甚至还把我介绍给他的同事。后来，他一直把我送到家，连一句责备的话都没说！我搜刮他比搜刮你还多。现在，再说你的弟弟萨沙，也是不得安生！你知道，他娶了一位中校的女儿，人家是贵族圈里的，带着陪嫁……好像他不肯理我。不，孩子，他刚一结婚，婚礼后马上就带着年轻的夫人，首先来拜见我……到我这窝里来……谢天谢地！”

老头抽泣了一声，立即又笑起来。

“那时候，真不凑巧，我们正在吃萝卜丝，喝克瓦斯，正煎着鱼，房子里那股子臭味，连鬼都要恶心。我喝醉了躺着，我那老婆子的脏脸涨得通红，跳到那对年轻人面前……一句话，不成个体

① 格里戈里的爱称。

统。可萨沙总是能忍。”

“是，我们的萨沙是个好人。”鲍里斯说。

“好得不能再好了！你们都是我的宝贝：你、格里沙、萨沙、索尼亚。我折磨你们，折腾你们，让你们丢脸，我搜刮你们，可我一辈子都没听到你们说一句责备的话，没看到过一回白眼。要是你们的父亲像个人，多好，可是……呸！除了造孽，你们就没看见我干过别的。我是个不好的人，堕落的人……现在，感谢上帝，变温和了，我没脾气了。先前，你们小的时候，我还像点样，有决断。无论我干什么，说什么，我都觉得，好像就应该这么办。常常是我深更半夜，喝得大醉，一肚子恶气，就拿你死去的妈妈撒火，说她开销大。整整一夜，我骂你妈。我想，就应该这么办。你们早晨起来都去上学了，可我还在对你妈发脾气，这是常事。愿她升天吧，我把她折磨得好苦啊，这苦命人！你们从学校回来，我还在睡觉，只要我不起来，你们就不敢吃饭。到了吃饭，又是折腾。你大概还记得。千万谁也别摊上这样的父亲。上帝把我派给你们，是让你们行好的。就是行好的！小孩们，把这担子挑到底吧。敬重你的父亲，你就长命百岁。为了你们行好事，老天爷让你们长寿。车夫，停下！”

老头从车上跳下来，跑进一家啤酒馆。过了半个小时他回来，打着酒气嗝，坐在儿子旁边。

“现在，索尼亚在哪？”他问，“还在寄宿学校吗？”

“不，五月份她毕了业，现在住在萨沙的岳母家。”

“嗬！”老头失惊打怪的样儿，“这丫头好样的，也许像她的哥哥们吧。唉，鲍连卡，没娘，没人体贴。听着鲍连卡，她……她知道我的情况吗？嗯？”

鲍里斯无可回答。在死寂中，过了五分钟。老头抽泣了一声，用抹布擦了擦，说：

“我爱她，鲍连卡！这是我惟一的女儿，到老了，没有再比女儿更是个安慰了。我能不能见见她。行吗，鲍连卡？”

“当然，随您便，什么时候都成。”

“真的吗？她愿意？”

“够了，她一直在找您，要见您。”

“真的吗？瞧这些孩子！车夫，听见没有？鲍连卡，亲爱的，你张罗张罗！她现在是小姐，文雅、完美。总是那种高贵派头。我不想拿这下贱得不能再下贱的模样去见她。鲍连卡，这事我们这么安排。我戒三天酒，让我这醉气熏人的丑嘴脸成个体统，然后，我到你那儿，你随便拣件衣服暂借我穿穿。我再磨蹭着，去理理发。再后，你去把她接到你家。好不好？”

“好吧。”

“车夫，停下！”

老头又从车上跳下去，跑进一家啤酒馆。直到鲍里斯送他到家这段时间里，他又两次跳下车去。儿子每一回都默默耐心等他。他们打发走车夫，顺着又长又脏的院子走近“混账婆子”家的时候，老头做出极其羞愧而有罪的样子，赔着小心咳着，嘴吧唧吧唧作响。

“鲍连卡，”他带着谄媚的腔调说道，“要是我那婆子对你说点什么，你别在意……你看是不是跟她和气点。她粗鲁无知，不过还是个好娘们。她的胸中跳跃着一颗善良火热的心。”

长长的院子到头。鲍里斯走进黑暗的门廊。门的滑轮吱扭响了一声，一股厨房味、茶炊烟味冲了过来。听到粗声粗气的说话声。鲍里斯穿过门廊，经过厨房，只看到了黑烟，绳子上挂着的衣服，还有茶炊烟囱，烟囱缝里喷出金色的火星。

“这就是我的窝。”老头哈着腰，走进这小房间的时候，说道。这间房天花板很低，空气里浮着隔壁厨房令人难以忍受的气闷味。

这屋里桌边坐着三个女人，正在大吃大喝。她们见到有客来，互相看看，住了嘴。

“怎么，拿到了吗？”有个女人厉声问道。显然，这就是“混账婆子”。

“拿到了，拿到了，”老头低声说，“好吧，鲍里斯，请，坐吧！孩子，年轻人，我们这里简单……我们活得就简单。”

他又无缘无故，手忙脚乱起来。他对儿子心中有愧，同时，他显然又想在女人们面前像往常一样，摆出一副“满不在乎”和没人管的倒霉父亲的样子。

“是啊，我的孩子，年轻人，我们的日子过得简单、平淡，”他嘟囔着，“我们是普通人，年轻人……我们不像你们，爱摆谱儿。对……不喝点烈酒吧？”

有个女人（她不好意思在生人面前喝酒）叹口气，说：

“有这蘑菇，我就再喝点……这么好的蘑菇，你就是不想喝，也要喝点。伊万·格拉西梅奇要不要请这客人，他也喝点！”

她说的这“喝”字变了腔调。

“喝吧，年轻人！”老头说，没看儿子，“孩子，我们这儿没有葡萄酒和蜜酒，我们简单。”

“他们这种人在咱们这儿不开心！”“混账婆子”叹口气。

“没事儿，没事儿，他准喝！”

为了怕不喝扫父亲的兴，鲍里斯端起酒杯，默默喝了。茶炊拿进来，他脸色忧闷，又默不作声，喝了两杯倒胃口的茶，也是为了讨好父亲。他默默听着“混账婆子”夹枪带棒唠叨，说这世上竟有那种不信神的残酷儿女，不管自己的父母。

“我知道，你现在想什么！”老头喝得微醉，又要照老样撒酒疯了，“你认为，我堕落了，我不能自拔了，我可怜，可我认为，我这普普通通的生活，比你们的生活要更合乎情理得多，年轻人。我谁也不求……也不想低三下四……连个毛孩子都用怜悯的眼光看我，我受不了。”

喝过茶后，他刷那鲱鱼，然后带着简直要感伤得落泪的情绪，往上撒葱末。他再次说赌赛马，赢钱的事，还说起花了十六个卢布买了一顶巴拿马草帽。他撒谎那劲头，跟他吃鲱鱼和喝酒一样，津津有味。儿子默默呆了一个小时，起身告辞。

“我不敢留你！”老头傲气十足地说，“请原谅，年轻人，我不能照你的愿望生活！”

他来了劲头，神气活现，鼻子里哼了一声，向女人们挤挤眼。

“再见您哪，年轻人！”他送儿子到门廊，说道，“算啦！”

到了门廊暗处，他的脸突然靠在儿子的衣袖上，抽抽搭搭地哭了。

“我想看看索纽什卡①！”他低声说，“张罗一下。鲍连卡，我的天使！我会去的，借件你的衣裳穿……要一本正经的……在她面前我一声不吭。真的，一声不吭！”

他小心翼翼回头看了一眼屋门，里面有女人说话的声音。他强忍着，怕哭出来，大声说了一句：

“再见，年轻人！算啦！”

《幸福》——《父亲》

王福曾 译

---

① 索尼亚的爱称。